हमारा शहर उस बरस

हमारा शहर उस बरस

गीतांजलि श्री

राजकमल प्रकाशन

ISBN : 978-81-7178-629-9

मूल्य : ₹ 650

पहला संस्करण : 1998
तीसरा संस्करण : 2016

प्रकाशक : राजकमल प्रकाशन प्रा. लि.
1-बी, नेताजी सुभाष मार्ग, दरियागंज
नई दिल्ली-110 002

शाखाएँ : अशोक राजपथ, साइंस कॉलेज के सामने, पटना-800 006
पहली मंजिल, दरबारी बिल्डिंग, महात्मा गांधी मार्ग, इलाहाबाद-211 001
36 ए, शेक्सपियर सरणी, कोलकाता-700 017

वेबसाइट : www.rajkamalprakashan.com
ई-मेल : info@rajkamalprakashan.com

मुद्रक : बी.के. ऑफसेट
नवीन शाहदरा, दिल्ली-110 032

HAMARA SHAHAR US BARAS
by Geetanjali Shree

श्रीपत राय—काका—की याद में

आभार

राजी

नामवर जी

गुलाम शेख

सत्येन कुमार

के प्रति

यही जगह है। हमारा शहर।

घबराकर जिस शहर में निकल गए थे वे तीन कि अपराध और अपराधी, घायल और मुर्दे, सबको निकाल लाएँगे। साफ़-साफ़ देख लेंगे और जैसा साफ़ देख लेंगे वैसा ही साफ़ दिखा देंगे। शरद, श्रुति और हनीफ़, जिन्होंने ठान लिया था कि लिखेंगे। कि इस वक़्त चुप नहीं रहा जा सकता। सबकुछ खोलकर रख देना है। कि जो हवा चल रही है, वह हवा नहीं, बवंडर है; जो हमें कहीं उखाड़ न दे।

बारिश हो रही है। ट्रेन से उतरकर श्रुति प्लेटफ़ॉर्म पर खड़ी है। एक थरथराहट भरी बेचैनी उसके पैरों के नीचे से गुज़रकर ट्रेन के साथ-साथ निकल जाती है। लोग गिरते-पड़ते, भीगते बाहर को सवारियाँ ढूँढ़ने दौड़ गये हैं। शहर के गाय और कुत्ते पानी टपकाते प्लेटफ़ॉर्म पर सुस्ताने चले आए हैं। पानी पटरियों की तरफ़ रुख करके बह रहा है। वीराना है।

उस बरस एक बार सड़कों पर ऐसी ही नदियाँ बहने लगी थीं, पर वह बारिश नहीं थी, टंकियों का पानी था, जो मुहल्लों के मुहल्लों ने ज़हर के डर से खोलकर बहा दिया था।

शरद दूर से उसे पहचानकर बढ़ा। वह खड़ी रही, अकेली, इंतज़ार करती। दोनों आमने-सामने आ गए हैं। उनके चेहरे उनके शब्दों में उलझकर अजीब बँधी जकड़ी चुप्पी पैदा कर रहे हैं। वे सँभले कदमों से बाहर आ गए।

तीनों समझते थे कि सबकुछ वहीं बाहर था, जो हमें इतना भयभीत और व्याकुल कर रहा था। उन्हीं का डर था, जो मुझमें भी भर गया था। मैं घबराने लगी। वे लिखने की कोशिश करते और बीच में छोड़ देते। अपने लिखे को खोखला पाते और कहते, 'सब रटी-रटाई बातें हैं, जिनको लिखने से कुछ नहीं होगा; क्योंकि वे हर तरफ़ नकारी जा रही हैं। सरकारी नारों की तरह बेमतलब हो चुकी हैं। तब मुझे लगा था कि कुछ तो करना ही पड़ेगा। कैसे भी हो, लिखना तो पड़ेगा। चाहे समझें या न समझें। और वे न सही, जिनमें से एक पेशेवर लेखिका थी और दो बुद्धिजीवी, तो मैं ही सही, जो बस नकलकर्ता हो सकती थी।

उस वक़्त में कुछ ऐसा नहीं था कि साफ़ दो टूक बात कही जाए। तभी मैं लिख सकी, जिसे न दो टूक कहने का तजुर्बा था, न हठ। नकल उतारने

को अगर लिखना कहें तो मैं बस वही कर रही थी। वही कर सकती थी। इनके पीछे-पीछे रहकर जो टुकड़े उठ आए, उठा लूँ। जो, जहाँ मेरी नज़र में पड़ जाए।

मेरी नज़र के आगे वही घर है, वही फाटक, वही लेटरबॉक्स। उसका पल्ला खुल गया है और बारिश की सतत बूँदें उसे हिला रही हैं। श्रुति फाटक पर ठिठक गई है। उसकी चप्पलें ही नहीं पैर भी, टखनों तक भीग गए हैं। शरद ने फाटक खोला। घर के सामने की खुली जगह में जंगली घास भर गई है।

वहाँ एक मधुमालती की लतर हुआ करती थी, जिसके नीचे गुलाबी मसूढ़ों पर सफ़ेद दाँतों की कतार देखकर अजीब मतली-सी आई थी और मेरा कलम मेरे हाथ से छूटकर उसी के पास जा छिटका था। बाद में मैंने सोचा भी कि क्यों नहीं उन्हें देखकर मुझे मधुमालती के गुलाबी और सफ़ेद फूल याद आए? उल्टे मधुमालती के फूलों को देखकर हमेशा वही गुलाबी मसूढ़े और सफ़ेद दाँत याद आ जाते और उबकाई-सी आती। न ही उन्हें देखकर वह सुंदर सेहतपूर्ण हँसी याद आई, जो पूरे चेहरे को खिला देती थी। वह धूल में पड़े, हँसी की सारी सुंदरता को बेआबरू करते एक घिनौना आकार भर हो गए, चेहरे की सारी शख़्सियत को भुलाते, उस इनसान के सारे अस्तित्व को ग़ायब करते। दद्दू कहते थे कि पहचान को गाढ़ी लकीरों से आकार बनाकर किसी टुकड़े में घुसेड़ोगे तो पहचान नहीं, बेकार बेजान कट-आउट रह जाएगा, कि पहचान तो बाहर फूटती और फैलती और खुले में विचरती, हर चीज़ से लिपटती, घुलती, रोशनी है, जिसे किसी टुकड़े में बंद करोगे कि विशुद्ध अस्तित्व बनेगा तो बस बुझ जाएगी और मरा हुआ आकार रह जाएगा। मांस का घिनौना लोथ।

मगर मैं तो टुकड़े ही उठाती रही। वक़्त नहीं था, सलाहियत की छोड़िए, कि बीच के हिस्से भरूँ, जोड़ती कड़ियाँ तलाशूँ। किसी भी चीज़ को इत्मीनान से करने का वक़्त नहीं था। बस, डरते-डरते, जल्दी-जल्दी, इनकी कॉपी करती गई थी। चाहे इधर का उधर लिखा जाए, ग़ैर ज़रूरी कलम में खिंच आए, यहाँ का टुकड़ा वहाँ चस्पाँ कर जाऊँ। जब जीवन ही 'कोलाज' बन गया था, जिसमें बम के विस्फोट से जैसे, कतरे उछलते हैं और इस जगह के उस जगह जा चिपकते हैं, निहायत बेतुकी आकृतियाँ गढ़ते, तो अधूरे बिखरे टूटे से आख़िर बचाव था ही कहाँ?

अब लाशों के खेत में गोभी की फ़सल सुने हो कभी?

तो सुन लो।

थी हमारे शहर में उस बरस।

और सुने हो कभी कि ऐसी सफ़ेद, तरोताज़ा, गठे जिस्मवाली गोभी कौड़ियों के दाम भी न बिके?

सो भी हमारे ही शहर की बात, उसी बरस की बात।

ऐसी ही बातें थीं, जिनका न सिर, न पैर और मेरे बस का नहीं था कि टुकड़ों को जोड़-जाड़कर असल सूरत दिखाऊँ। बस, टुकड़े ही थे, जिनकी वक़त न मैं आँक सकती थी, न मुझे आँकना ही था। वह मेरा ठेका नहीं था। बस कॉपी करना था।

शुरू से ही मैं नकलकर्ता रही हूँ।

शुरू से, कि नहीं, पता नहीं; क्योंकि यह किसी को नहीं पता था कि शुरू कहाँ है। पर वहाँ से जहाँ से उनकी घबराहट से डरकर मैंने झपटकर कागज़ खींचा, कलम खोला और धूल धुएँ के मौसम में जुट गई कि तुम नहीं तो मैं ही लिखती हूँ, यानी तुम्हारी ही कॉपी करती हूँ, जो बोलो, देखो, कहो, यानी जो-जो मैं पकड़ लूँ, और समझ के नहीं तो बिना समझे ही लिखती हूँ।

क्योंकि लिखना तो था ही उस बरस और शहर के बारे में।

किसी न किसी को तो गवाह बनना था।

और क्या मालूम नासमझ की अनर्गल वाणी में सार हो...और क्या पता उस बरस के बाद बरस और भी हों...

जैसे शायद यह, जिसमें श्रुति खड़ी है और शरद उसे अंदर खींचकर दरवाज़े की साँकल और ज़ंजीर लगा देता है।

वह कहता है, "आओ, देख तो लो।"

श्रुति ने मना किया, "नहीं, रहने दो।"

"देख लो।"

"छोड़ो।"

पर शरद ने बढ़कर एक और दरवाज़ा खोल दिया है। अंदर पलंग पर जो गठरी पड़ी है, उसकी पीठ इधर है। चादर के बाहर दो पतली डंडियाँ-सी निकली हुई हैं।

श्रुति दरवाज़े के पास नहीं जाती। दूर से पलँग के पास पड़ी छोटी मेज़ पर रखी चीज़ों को देखती है और घूमकर सीधे 'हॉल' में आ जाती है। जो उस रोशनी में थे, जो उनके जिस्म से बाहर फैलती थी, वे जिस्म में सिमट कर ज़रा-सा एक गट्ठर बन गए हैं। सारी टिम टिम मिट चुकी है। बस, गाढ़ी लकीरों से बना एक कटआउट है, 'सिकुड़न' का कटआउट।

शरद हनीफ़ का नाम लेना चाहता है। "हनीफ़...?" वह शुरू होकर चुप हो गया है।

"लिख रहा है।" श्रुति बताकर पूछती है, "और तुम?"

शरद कंधे उचकाता है।

मैं अपना पुलिंदा खोलती हूँ। जल्दी-जल्दी पन्ने फड़फड़ाती हूँ। फिर धीरे-धीरे। रमी के पत्तों की तरह लगाती हूँ, पर यहाँ कौन से 'पेयर' बनेंगे, कौन से 'सीक्वैन्स'? पन्ने बस बिखरे हैं और कलम खुला है।

कोई सुन नहीं रहा।

दोनों चुपचाप बैठे हैं। उनके सामने पड़ा है उस बरस का वह शीशम का दीवान।...

उस बरस हमारे शहर में हिंदुओं ने शांतिप्रियता छोड़ दी थी। अबके ऐलान करके छोड़ी कि एक गाल पर तमाचा पड़ा तो दूसरा बढ़ा दिया, पर अब तीसरा गाल कहाँ से लावें? हम मजबूर हैं, वे चीखे। मस्जिदों पर सवार होकर त्रिशूल की नोंक पर देवी की पताका फहराने लगे कि जो हमारे संग हुआ है, वही हमें उनके संग करना है। पाप का बदला पाप से चुकेगा। साधू-संतों ने समाधि छोड़ दी और उपासना की एवज में ललकार गूँज उठी कि हमारी संतानें जाती रहीं, हमारी बेटियाँ लुटती रहीं, बेटो, हिजड़े हो क्या? ए वीर शिवाजी की संतान, भगतसिंह, राणाप्रताप के वंशज, अर्जुन और भीम के पुत्रो, उट्ठो। उन दुष्टों की बस्तियों को श्मशान बना डालो। बहुत हो गई तुम्हारी भलमनसी। दैत्यों-पिशाचों के जुल्म बढ़े तो देवताओं को भी क्रोध आ गया। उट्ठो।

जागो।

बचाओ।

और निकल पड़े जत्थे के जत्थे हमारे शहर में मस्जिदों की नींव उखाड़ के अपने देवियों-देवताओं की लाशें खड़ी करने।

हमारे शहर की हवा सनसनाने लगी। उनकी मजबूरी से बूम-बूम गूँजने लगी। जत्थे ज़ोर-शोर से निकले, भभूत के बादल उड़ाते, जो कभी भी धूल बनके हमारी आँखों में किचकिचा जाती, गंगाजल की नहरें बहाते, जो कभी भी खून बनके हम पर छींटे उछाल देतीं।

ज़ोरदार शोरदार मेला लगा। रंग इतने कि अबीर की आँधी हो, होली की मस्ती हो। यज्ञ हुए, जिनमें वीतराग की आड़ में पलती कायरता को तिलांजलि दे, भस्म का तिलक लगा और हाथों में धारदार धातु उछालकर सूरज की चिन्दियाँ कर डाली गईं और उन्हीं चमकते टुकड़ों को नोक पर लहराते हुए लोग गलियों में घुस गए। झूमते हुए सूरज को यों कब्जे में पाकर।

हम सहम गए सूरज की यह गत देखकर।

"एक बच्चे की नज़र से लिखूँ?" श्रुति पूछ रही है। उसके हाथ चुकंदर छीलने से लाल टपका रहे हैं। "हमारा अनबॉर्न बच्चा? जो यह सब देखे, सुने, बताए?"

"न।" हनीफ़ ने सिरे से 'वीटो' कर दिया। "एक तो", उसने कहा, "यह ढंग बहुत पुराना है, महाभारत काल से चला आ रहा है। दूसरे..." उसकी आवाज़ में शिद्दत है, "ख्वाब में भी हमें बच्चा नहीं चाहिए, जिसे यह वक़्त विरासत में मिले?"

जो पैदा न हुआ हो, उस बच्चे की गवाही का ख़याल आ सकता है, चाहे पलभर को ही तो मैं इतना क्यों डर रही हूँ? परछाईं की तरह लग जाऊँ और नकल बनाती जाऊँ। नकल से क्या डरना?

"हम क्यों डरें? हम इधर रहते हैं। तुम्हारा दोस्त नाहक फ़ियर-साइकोसिस फैलाता है। उसे मज़ा आता है।" श्रुति डरकर शिकायत करती है।

वे ऊपर फ़्लैट में बैठे हैं। जूठी प्लेटों का अंबार सामने है। अभी-अभी शरद नीचे अपने घर चला गया। उसके पहले तीनों साथ खा-पी रहे थे, गप्पिया रहे थे और मैं खड़ी थी कि सुनूँ, उतारूँ, अनसुना करूँ? प्लेटों में तेजपत्ता, लौंग, दालचीनी, बड़ी इलायची खानेवालों ने एक तरफ़ सरका दिए हैं। शरद का आख़िरी जुमला अभी तक हवा में तिर रहा है कि "शहर में आग लगी है, तुम हँस रहे हो?"

वहीं से मैं ठान लेती हूँ उतारूँ।

"तुम ह्यूमरलेस हो," हनीफ़ श्रुति को चिढ़ाता है। "शरद छेड़ रहा था, वह जानता है कि तुम बमक उठोगी।"

"कहीं नहीं छेड़-वेड़। तुम्हारा दोस्त है एकदम ह्यूमरलेस बेटा, वह भी एकदम टू मच ह्यूमरफ़ुल बाप का।" श्रुति शुरू गुस्से से करती है, मगर ख़त्म मुस्कराकर, जब दद्दू का ज़िक्र आ जाता है।

"आग तो लगी ही है।"

"पर यहाँ नहीं, वहाँ।" श्रुति टोकती है।

"मगर आग हमें नहीं फूँक पाती। जहाँ सती आज तक सिर माथे पर, जहाँ नर्मदिल औरतें हमज़ात को आग लगाकर फुँकते देखती हैं, जहाँ चूल्हों पर रोज़ फुल्कों के संग उँगलियाँ सिंकती हैं, वहाँ आग तो हमारी अज़ीज़ है। क्यों डरें कि मिटाएगी?"

"दार्शनिक हो रहे हो कि अपने दोस्त के जैसा फूहड़ मज़ाक कर रहे हो?"

मैं सर्वव्यापी नहीं हूँ। जहाँ जिस वक़्त हो पाई, वहाँ का लिख देती हूँ। आपस के जोड़-जुड़ाव मैं नहीं बना सकती, मिलके क्या ताना-बाना उभरता है, मुझे नहीं पता। मगर लिखने से तो बचाव है नहीं। यह वीभत्स जीभ जो हमारे शहर को लपलप लीलती जा रही है, उसके ख़िलाफ़ गवाही क्या बचेगी? क्योंकि क्या पता, यह जीभ कल हमें भी, तुम्हें भी...? और हम ही न रहे तो...?

और क्या पता किसी भोले इत्तेफ़ाक से हम या तुम कल बच ही गए तो शायद, पीछे देखकर, कुछ समझ पाएँगे, कुछ सँभल पाएँगे।

अभी बस लिखो। समझे बिना ही लिखो। और तुम नहीं तो मैं लिखती हूँ। तुम्हारा बोला, लिखा, देखा, जो स्याही में खिंच आए।

फिर हँसने लगे दद्दू। दीवान उछल रहा है। आँखें हो गईं चीनी और चेहरा खिलखिलाते मुँह के पीछे किशमिश जैसा। कान और ज़्यादा बाहर को निकल आए। सच, चिम्पैन्ज़ी लगने लगे! या 'चिम्पान्जी' जैसा कि वे उच्चारण करते हैं!

उसी दीवान पर बैठा शरद भी गोते खा रहा है, मगर हँस नहीं रहा। दीवान के स्प्रिंग, दद्दू कहते हैं कि 'मेरी तरह एन्शेन्ट हैं'। 'चिम्पान्जी' उछले या किशमिश भी, तो कबूल है, मगर डॉक्टर शरद लम्बोतरा मुँह बनाए, *डिस्कोर्स ऑफ़ माडर्निज़्म* जैसी किताब पढ़ें और इस तरह उछलें तो देखनेवालों को हँसी आएगी ही।

श्रुति और हनीफ़ के ठहाकों पर दद्दू की हँसी और बुलंदी को छू रही है। शरद अभी, इसी वक़्त, यही किताब पढ़ते-पढ़ते, ज़रूर छत से टकराएगा, मगर गेंद की तरह!

"लिखो-लिखो," दद्दू की आँखें चमक रही हैं, "जवान हो, कुछ तो करते ही रहोगे। नादानो! सूरज कभी कब्ज़े में नहीं आनेवाला।"

"जानबूझके हँसते हैं" श्रुति फुसफुसाती है। "वायलेन्टली झूलने की आदत पड़ गई है। खाना पच जाता होगा। नींद-वींद अच्छी आती होगी।"

"आदत बड़ी ज़ालिम चीज़ है," शरद का ध्यान खींचने को हनीफ़ उसे ठोकर लगाता है। "एक हुआ करते थे इन्हीं के जैसे जनाब, जो मॉडर्निज़्म वॉडर्निज़्म पढ़कर सोने जाते थे। अब उन्हीं के मकान के नीचे एक शराबी आ बसे। जो रात देर से लौटते और धम्म से बिस्तर पर गिरते, फिर भारी-सा एक बूट खोलते और भड़ाम ऊपर छत पर मारते, फिर दूसरा बमुश्किल तमाम

खोलते, भड्डाम ऊपर मारते और सुहानी नींद सो जाते, मगर बिरादर की तो नींद हराम। गए नीचे, पेल आए एक सख्त डाँट। शरीफ़ शराबी..."

दद्दू चीखे। हँसी से।

"...ने कान पकड़ लिए और आइंदा के लिए वादा किया। अब सुनिए हुआ क्या। आई रात और आए शराबी, बैठे धम्म से, उतारा एक जूता। और? मारा भड्डाम से। दूसरा उतारा। कि वादा याद आ गया। दाँतों तले ज़बान काट ली और बेहद स्लो एण्ड साइलेंट मोशन से बूट फ़र्श पर रख दिया और सो गए, मगर बिरादर? बिरादर रुके हैं, रुके हैं, रुके रहे, रुके ही रहे..."

"दूसरे भड़ाम के लिए!" दद्दू उछलने लगे।

"तीसरे।" श्रुति हँसी। पहले भड्डाम से बिस्तर में गिरे..."

"धम्म से गिरे।" दद्दू ने तरमीम की। "अब रुके रहे दूसरे भड़ाम के लिए।"

"जो आकर न दे और नींद भी..." हनीफ़ ने क़िस्सा बढ़ाया।

"क्यों आए?" दद्दू गेंद बन चुके हैं, छत तक पहुँचते।

"तब गए शरद कि ओ माई-बाप, रहम करो, मारो मारो दूसरा जूता भी, भलेमानस!"

दद्दू हँसे जा रहे हैं। अपनी धोती सटक से समेटकर उठे, अंदर की ओर बढ़े। बाथरूम। इधर हनीफ़ लपका और उनके पैरों के पास रहनेवाली ह्विस्की की बोतल से शरीफ़ माद्दा के पेग शरद और अपने भरे गिलासों में डाले। शराब का रंग उछला और फीकापन गायब हो गया।

"शरीफ़ शराबी तो बनें।" शरद ने गिलास उठाया।

श्रुति हँस पड़ी है "देखा देखा? आदत? दीवान का उछलना ब्रंद है तो नहीं पढ़ पा रहा!"

सब फिर नीचे खाना खा रहे हैं। दद्दू के आदमकद डायनिंग टेबल पर। इस हॉल में गिनी-चुनी चीज़ें हैं। सब बड़ी-बड़ी। यह दीवान जिस पर दद्दू बैठा करते हैं, उसके सामने लंबा यह सोफ़ा जिस पर आनेवाले बैठते हैं, लंबे डंडेवाला लैम्प। बड़ा बड़ा बड़ा। एक तरफ़ पूरी दीवार पर अलमारी है, जिसमें किताबें हैं, लकड़ी के दरवाज़ों के पीछे। वहीं टेलीविजन और बोतलों का आला है।

इधर शीशे का बड़ा-सा दरवाज़ा, जो दद्दू नहीं खोलते, जिसके बाहर

फाटक और सड़क है।

उस तरफ़ खाने की मेज़, पत्थर का आतिशदान और वह पुराना रेडियोग्राम। बड़े बड़े बड़े।

और बस भारी-सा काला टेलिफ़ोन, जो वहीं नीचे रखा रहता है, मीटरों लम्बे तार को पूँछ की तरह लपेटे।

शरद बार-बार कच्ची गाजर उठाकर खा रहा है।

मैं कलम-कागज़ लिए तैयार बैठी हूँ।

मैं शोधकर्ता नहीं कि अपनी मौलिक खोज़ का हवाला दूँ, न रचनाकार कि एक बार लिखूँ, उसे अगले ड्राफ़्ट में तराशूँ और अगली दफ़ा फिर लिखूँ, फिर उस पर ग़ौर करूँ, फिर लिखूँ, फिर सँवारूँ।

वैसे क्या यह बातें सँवारनेवाली हैं?

मुझे मोहलत नहीं कि पीछे मुड़कर अपना लिखा जाँच पाऊँ। वक़्त होता तो वह ज़रूर करना चाहती, सिर्फ़ जानने के लिए कि क्या लिख गई और समझने की कोशिश करने के लिए कि क्या मतलब बनता है, बनता भी है या यों ही? मगर वक़्त है कहाँ? हम उस अभिशप्त तबके के जीव हैं, जिनके लिए वक़्त नहीं रहा।

शरद को, लगता है सिर्फ़ गाजर खानी है। 'कट्ट' कच्ची गाजर काटता है और दद्दू चौंककर देखते हैं, फिर मुस्करा देते हैं।

'कचर कचर' यहाँ तक सुनाई पड़ रही है।

पर पहले वह बात कि मैं शोधकर्ता नहीं, सृजनकर्ता नहीं, न ही व्यास का गणेश कि महाभारत लिखती जाऊँ, वे बोलते जाएँ। या यों कहूँ कि गणेश हो भी सकती थी, अगर समझ-समझकर उतार पाती, पर यहाँ अपनी तो अपनी, जिनकी उतारनी है, उन्हें ही नहीं पता क्या है डिक्टेशन, तो व्यास भी कहाँ और किसे अंदाज़ कि है कहाँ महाभारत, तो गणेश भी कैसे?

अब क्या कहूँ, क्या हूँ? एक नकलकर्ता, जो बिना सोचे-समझे, क्योंकि सोचने-समझने का वक़्त नहीं है, (वक़्त होता तो समझती? ऐसी चीज़ आ जाती समझ में?) नकल कर रही है। किनकी? उनकी, जो खुद भी समझने का दावा नहीं कर सकते। खुफ़िया की तरह नज़र उधर कर दी है और एक अनजान आदेश के तहत कि 'तोलो मत, नकल किए जाओ', लिखने में जुट गई हूँ। उनकी आँखों में तिरा कुछ कि मैंने उतारा, बोलों में निकला कुछ कि मैंने 'कैच' किया, और उन्होंने काग़ज़ पर लिखा कुछ तो फिर तो कॉपी करना सबसे आसान—उनके कंधे के पीछे से झाँका और नोट करती गई। उनके बिखरे आधे-अधूरे टुकड़े।

फिर गाजर उठाई शरद ने। देखा कि आख़िरी है तो वापस रख दी।

देर से तक़ल्लुफ़ में एक अकेली गाजर धरी है। कोई उसे नहीं उठाता।

हमारे शहर में दंगे बहुत होते हैं। पुल क्रॉस करिए और पागल लोग मिलेंगे।

और शहरों जैसा ही है हमारा शहर। स्टेशन की इमारत पुरानी है और पिछली बार वहाँ के वेटिंग रूम में अंग्रेज़ों के वक़्त की आदमकद आर्मचेयर रखी थीं, अब का नहीं कह सकती। दुकानें हैं खाने-पीने की।

यूनिवर्सिटी भी है, पुरानी गुम्बदों की, जो दूर से नज़र आती हैं और जिन पर कबूतरों के डेरे हैं। कबूतर और कव्वे बहुत हैं इस शहर में। लोग भी बहुत हैं।

"तुम भी यही करोगे।" दद्दू बस चिढ़ाते हैं। "मैं ढेर हुआ कि यह बिल्डिंग भी ढेर होगी और यहाँ बनेगा स्काई स्क्रेपर। नाम होगा शरद श्रुति हनीफ़ अपार्टमेंट्स!"

"जाइए।" शरद मुस्कराया, "हम बता रहे हैं आपको पुरानी खूबसूरत इमारतों के बारे में। पुराने खूबसूरत घर। यह घर तो नया है..."

"ऐसा नया भी नहीं है बच्चू।" दद्दू खुश हैं। "और मैं तो हूँ न बेहद पुराना!"

"और खूबसूरत!" हनीफ़ की हँसी छूटी।

"हमीं पर बना लो..."

"दद्दू अपार्टमेंट्स!" श्रुति किलकती है।

हनीफ़ और शरद जालीदार खिड़की से मठ की सफ़ेद गुम्बद देखते हैं, जिस पर गेरुआ पताका उड़ रही है।

जब से झाड़ियाँ कटी हैं, मठ दिखने लगा है।

डिपार्टमेंट में बहुत कम लोग हैं। पुल के इस तरफ़वाले।

एक लाइन में हैं यूनिवर्सिटी, मठ और वह मैदान, जिसका मुकद्दमा चल रहा है। उसी एक सड़क के सामने, जो शहर की प्रमुख सड़कों में से है।

एक तरफ़ यूनिवर्सिटी मैदान और मठ, दूसरी तरफ़ सूखा नाला, जो बरसात में भर जाता है, मगर साल भर नदी कहलाता है। नदी पर है पुल, जिसके उस पार है सारा गड़बड़ शहर।

"गुड मौरनिंग सर...सर...!"

"अरे भई, तुम लोग कहाँ बाहर घूम रहे हो? घरों में रहो।"

"नहीं शरद सर, हम इधर ही रहते हैं, उधर नहीं।"

दद्दू दीवान को थाप दे देकर कह रहे हैं मानो मात्रा गिनते हों—

"खरी बात सैदुल्लाह कहें
सबके मन से उतरे रहें।"

"क्या सी?" श्रुति हँसती है।

"हाँ-आ।" दद्दू उसी तरंग में कहते हैं। दीवान पर थाप थाप थाप।

स्टॉफ-रूम भी ख़ाली-ख़ाली, मगर डिपार्टमेंट के हेड साहब गर्मी में हैं और जो हैं, उन्हें ही भाषण दे रहे हैं। बोलते वक़्त उनकी आदत है कि अपनी मूँछ से बाल का कोना दाँतों में खींचकर 'कट' काट डालते हैं। एक पैर ऊपर कुर्सी पर है मय सैण्डल के, वज़न घुटने पर और चाय की प्याली हाथ में।

"लानत है, बच्चे पहले छुपम-छुपाई, 'कट', आइस-पाइस, खेलते थे, अब हिंदू, 'कट', मुसलमान, खेलते हैं। वी इंटलैक्चुअल, हैव टू डू समथिंग। कल मेरी, 'कट', पोती, 'कट कट', कह रही थी, "हम जानते हैं आप क्यों चुप हो गए, आप, 'कट', मुसलमान की बात कर रहे हैं।" छः साल की है। वी इंटलैक्चुअल फ़ील वैरी परेशान। लिखना चाहिए, बोलना चाहिए। आज का अखबार देखा? हमें बताया जा रहा है कि वहाँ पहले मंदिर था! वाह! 'कट'। सो व्हॉट? उसके पहले बौद्ध विहार था, जिसके पहले और कुछ था। कभी कबाइलों का 'कट' स्थल था। सो व्हॉट? वी इंटलैक्चुअल आर गिल्टी फॉर रिमेनिंग क्वायट..."

"वाह हेड साहब क्या जम रहे हैं।" शरद सीटी बजा देता है। "काली कॉर्डराय, पीली टी शर्ट, नई लगती है..."

"है तो," प्रोफ़ेसर नन्दन मान जाते हैं, मगर भाषण बीच में कट होने से नाखुश भी हैं।

"सुनिए, इस पर एक किस्सा याद आया।" हनीफ़ शोख़ अंदाज़ में शुरू हो गया है, "एक हमारे जाननेवाले ने भी ऐसी ही पीली टी शर्ट और काली कॉर्डराय पैंट चढ़ाई और गए गुसलखाने में कि बस ज़ोर की आवाज़ हुई..."

"भड़ाम हुई होगी।" शरद ने चुटकी ली।

"भड़ाम ही। 'क्या हुआ', बेग़म ने पुकारा। 'टी शर्ट गिर गई,' हमारे दोस्त ने वापस हाँक दी। 'ऐसे ज़ोर के भड़ाम से?' बेग़म हैरान हुईं। 'मैं उसमें था," दोस्त ने सफ़ाई दी।"

कुछ लोग हँस पड़े।

"सँभाल के हेड साहब," शरद ने कहा।

प्रोफ़ेसर नन्दन चुप हैं। चुप रहते वक़्त उनकी आदत है कि दो उँगली से मूँछ का बाल खींचकर दाँतों से काट देते हैं—कट...कट...कट...।

हमारा शहर देश की दंगों-राशि का स्रोत और प्रतिबिम्ब दोनों बना हुआ है।

देवी मठ यहीं है और उसकी शाखाएँ दूसरे शहरों में फूटती जा रही हैं।

यहाँ घूम लो तो मान लो भारत-भ्रमण हो गया।

राहत मिली थी मुझे यह जानकर कि उन्होंने लिखने का इरादा किया है।

राहत, हमारे शहर में उस बरस!

जब राहत का मतलब बन चुका था अख़बार में किसी मोहल्ले में छिड़े दंगे-फ़साद-आगज़नी-लूटमार की घटना के बारे में पढ़ लेना और कँपकँपी के बाद साँस में साँस का आना—हम दूर हैं, पुल के इस पार।

नीम की डालों पर चिड़ियाँ चहचहा रही हैं।

"शायद यहाँ लिख पाऊँ" श्रुति बैठी है।

हनीफ़ क्लास लेने निकल जाता है। आज है क्लास तो ले लो।

डिपार्टमेंट का शोर हनीफ़ के ऑफ़िस में आ रहा है।

"नो टॉकिंग टॉकिंग।" छोटे जोश की आवाज़ है। मेज़-कुर्सियाँ खिसकाने की आवाज़ें हैं।

श्रुति कागज़ फैलाए, कलम खोले, माथे पर बल डाले बाहर देख रही है। हनीफ़ के कागज़ किताब बाईं तरफ़ सरका दिए हैं। हवा उन पर ऐसे खेल रही है कि कोई पन्ना बार-बार उठता है और गिर जाता है। श्रुति कनखियों से बार-बार देखकर हल्के से चौंकती है। ऐसा भ्रम हो रहा है कि पन्ना नहीं, बिल्ली का सफ़ेद रंग का बच्चा है, जो पूँछ तिरंगे की तरह सीधा उठाए अचानक बगल से निकल जाता है।

सुबह है। हनीफ़ सीढ़ियों से नीचे उतर आया और सामने का दरवाज़ा खोलकर खड़ा हो गया। बाहर कोई नहीं है। वह दाएँ-बाएँ वीराने में नज़र दौड़ा रहा है मानो ट्रैफ़िक से भरी सड़क पार करने जा रहा है। तेज़ी से फाटक के पास झुककर झाड़ी में गिरा, खबर बैंड में बँधा अख़बार ढूँढ़ता है। नहीं दिखता। ऊपर आसमान पर निगाह डालता है, फिर सामने सड़क पर, क्या बारिश आई थी? मगर लग तो नहीं रहा। तो भी लेटरबॉक्स में झाँकता है।

उसका पल्ला खोल खड़ा है कि श्रुति ऊपर बालकनी से आवाज़ देती है, "नहीं आया।"

हनीफ़ रुक गया है और ग़ुस्सैली नज़रों से ऊपर देखकर कहता है, "पहले क्यों नहीं बताया?"

ग़ुस्सा नहीं, दहशत है यह। इक्की-दुक्की हत्या के बिना शहर का मौसम सहज नहीं हो पाता।

शरद दद्दू के हॉल से बाहर झाँकता है, "आ जाओ, टी.वी. पर खबरें आनेवाली हैं।"

कोई सांस्कृतिक प्रोग्राम है। जोगन मीरा और उसकी सखियाँ पानी में लहराती हुई जल-नृत्य कर रही हैं। पीली वेणियाँ बाँधे हैं और अगल-बगल बैंगनी कार्डबोर्ड के नुकीले कमलनुमा फूल हैं या प्लास्टिक के।

हनीफ़ श्रुति को आवाज़ देता है, "आना है तो आ जाओ।"

समाचार चल रहे हैं। पता चलेगा मरे, मारा, बम फटे, आग फैली।

पता चलता है कि कर्फ़्यू लग गया है।

"लोकल रेडियो पर सुनें।" शरद बड़े रेडियोग्राम का नॉब घुमाता है, "शायद डीटेल मिलें।"

फ़ोन आ जाता है। बाबू का।

साँसों में इत्मीनान-सा घुलता है। कहीं दूर, पुल के उस पार शहर में कुछ घट गया। एक सम्प्रदाय के चार युवकों ने दूसरे सम्प्रदाय के इक्के चालक को जबरन नीचे खींचकर उसकी आँखें फोड़ दीं, भीड़ जमा हुई तो पुलिस को आँसू गैस छोड़नी पड़ी, कुल मिलाकर दो मरे, छः घायल हुए, अब स्थिति पूरी तरह से नियंत्रण में है, एहतियातन कर्फ़्यू लगा दिया गया है और पुलिस की कड़ी चौकसी है।

रेडियो पर गाना बज रहा है और तीनों एक संग बोल पड़े हैं : "ओ बड़े मियाँ दीवाने..."

"एल्लो आज भी बाज़ार गोल।"

"डिपार्टमेंट तो जाऊँगा..."

"हसीना क्या चाहे यही तो..."

"क्लास भी गोल।"

"मालूम नहीं है..."

"हमसे सुनो।"

"अंहः बन्द करो।"

"ठक।"

"और मैं यह भी लिख दूँ कि अभी दद्दू सो रहे हैं, उठेंगे तो चाय पिएँगे और हँसेंगे।"

किसी को कुछ अपने बस में या साफ़ नहीं दीख रहा था, जब मठवालों की ललकार गूँजी कि मस्जिदों की गुम्बद पर गेरुआ पताका लगा दो। न सरकार, न वर्दीपोश, न प्रशासन, न अखाड़ेबाज़, न श्रुति, न हनीफ़, न शरद, न किसी और को, क्योंकि तब मठवालों के जुलूस की धमधमाती पदचापें सबकी आँखों में धूल झोंकती चली गईं।

बहुत धूल उड़ी उस बरस।

"तो हम क्या करें?" कामवाली के स्वर में भी गुस्सा है। "हम तो कर्फ़्यू नहीं लगवाते?"

श्रुति लिखने की मुद्रा में बैठी है।

उसके पैरों के पास फ़िनायल की महक का गीला पोंछा लगाते हुए कामवाली

बड़बड़ाती है, "हमारे लिए तो मुसीबत है। सब घर में कहते हैं कि तीन दिन नहीं आई, कपड़े-बर्तन ढेर जमा हो गए, पूरा करके जाओ। हम क्या मशीन हैं?"

"अरे बाबा, जितना कर सकती हो, उतना ही करो, मुझे क्यों डाँट रही हो? मैं भी तो कर्फ़्यू नहीं लगवाती।"

"नहीं...डाँटेंगे क्यों..." कामवाली झेंप जाती है, "कल कर दूँगी सारा ठीक? सच्ची।" वह श्रुति को भरोसा देती है, "आप रात को सब कपड़े सर्फ़ में भिगा दीजिएगा, मैं सब धो दूँगी। सच्ची, कल।"

"ठीक है।" श्रुति ने कहा, "कल की कल देखी जाएगी।" दरवाज़ा बंद करके वह लिखने की मुद्रा में लौट आई।

दद्दू का दीवान।

उस दिन दीवान पतंग बना था।

जब दद्दू ने हवा की बात शुरू की थी, तब उसके पाये धीरे-धीरे ऊपर उठे, फिर वे बोलते गए तो वह धीरे-धीरे खुद हवा में टँग गया, हल्के-हल्के डोलता हुआ।

शरद और श्रुति खाना और कपड़ा जमा करके कुछ कैम्पों में पहुँचा आए हैं। कर्फ़्यू लगने के पहले लौट आए हैं और दद्दू ने उन्हें देखकर चाय बनवाई है।

"ननकऊ।" उन्होंने पुकारा है।

ऊपर अकेली बैठी है श्रुति। काग़ज़-पत्तर बिखेरे, कलम खोले। पटरे पर बैठी है। सतरंगी कुशन नीचे और पीछे लगाकर, दीवार से टेक लिए। नीची मेज़ पर वह झुकी हुई है, कोहनी पर बल दिए, गर्दन, 'चिड़िया की तरह', वह सोचती है, ऊपर को घूमी। ताकि सामने बालकनी और उसकी रेलिंग के पार सड़क नज़र आए। कमरे और बालकनी के बीच का स्लाइडिंग दरवाज़ा खुला है।

नीचे से दद्दू की हँसी आ रही है।

कोई आया होगा।

फिर हँसे।

'उनकी हँसी को किसी भी चिड़िया या जानवर की आवाज़ से मिलाया जा सकता है,' श्रुति सोचती है।

'यह मैं चिड़ियों, और जानवरों की याद में क्यों मरी जा रही हूँ?' वह बुदबुदाती है।

उधर डिपार्टमेंट में शरद और हनीफ़ क्या कर रहे होंगे?

क्या मालूम। दोनों जगह मेरा होना तो नामुमकिन है।

मगर लिखने के उनके निर्णय को सुनकर मेरी साँसों में जो राहत घुली वह उतनी ही नपुंसक निकली, जितनी दंगे की सुनकर होती।

वे लिख ही नहीं रहे थे, लिख पा ही नहीं रहे थे।

घटनाएँ और वक़्त की बढ़त उनका इंतज़ार नहीं कर रही थीं।

"लिखो भाई, लिखो बहन।" मैंने उकसाना चाहा।

पर मैं तो आगे आ ही नहीं सकती थी। सो, बौराई, बौखलाई एक से दूसरे, फिर तीसरे, फिर पहले को तकती रहती। वे खुद एक दूसरे को तकते रहते, तिलमिलाकर उलझी बातें करते और गाँठों में फँसकर चुप हो जाते।

वे नहीं जान पा रहे थे कि उन्होंने क्या देखा और क्या कहा। सब इतनी तेज़ी से होता जा रहा था कि सुलझाना नामुमकिन-सा था, मगर माहौल ऐसा कि जितना असंभव समझना सुलझाना था, उससे ज़्यादा असंभव उसके अलावा कुछ करना हो गया। जीने के और सारे कारण चुक गए थे।

"हम में सही मायनों में लेखक तो बस तुम्हीं हो," शरद ने श्रुति को उकसाया।

"सही मायनों का मतलब समझाओ," श्रुति हँसी।

"और तुम बस सिर खुजाओ," हनीफ़ ने डाँट लगाई। "जाओ, शैम्पू करो।"

"रूसी है," श्रुति ने समझाया।

मगर था लकवा, जो उसे एक लाइन लिखते ही ले जकड़ता। जब देखो, तब ले आती, एक नई शुरुआती लाइन।

"देखो, अब के, चल निकलेगा। यह ओपनिंग कैसी है...'मुझे लगता है इस बरस कुछ हुआ।' ?"

दद्दू का, उन्हीं की तरह एन्शेन्ट रेडियोग्राम चल रहा है, लेकिन सारंगी की तानें जुलूस के शोर को दबा नहीं पा रहीं।

दद्दू उठे और शीशे के दरवाज़े के आगे परदा फैला आए।

श्रुति, शरद और हनीफ़ उसी दरवाज़े से बाहर बरामदे में निकलकर खड़े मठवालों को देख रहे हैं और उनके संग आई भीड़ को। वे लोग समझा रहे हैं कि हिंदू जागो, देश बचाओ। कि नहीं तो हम पर अन्याय बढ़ता जाएगा। हमारे रक्त की नदियाँ बहेंगी। बह रही हैं। मंदिर और गुरुद्वारे नष्ट होंगे। हो रहे हैं। हमारी इज़्ज़त और सम्पत्ति लूटी जाएगी, हमारी लड़कियों का सरेआम अपहरण होगा। हो रहा है। लुट रही है। हिंदू कुत्ते बिल्ली की तरह मारे-मारे फिरेंगे। फिर रहे हैं।

"मार तो हिंदू सारी दुनिया में खा रहा है, क्योंकि वह अति सहनशील है," जुलूस से चिंघाड़ उठी है : "कायरता दूर करो या हिंद महासागर में डूब मरो।"

"हिंद नहीं," दहाड़ उठी है, "हिंदू महासागर कहो। हिंदू महासागर है वह। कायरता दूर करो या हिंदू महासागर में डूब मरो, क्योंकि और कोई जगह मरने के लिए भी तुम्हारे पास नहीं बचेगी। अपने ही देश में तुम दूसरे और तीसरे दर्जे के नागरिक हो। औरों के लिए तो पचासों देश हैं, पर हमारे लिए तो बस हिंदुस्तान है।"

"हिंदूस्थान बोलो।"

"हिंदूस्थान है।"

"मगर हिंदूस्थान तो धर्मशाला बन गया है और हिंदुओं को ही वहाँ से खदेड़ बाहर किया जा रहा है।"

"कब तक चलेगा यह?" उन्होंने लाउडस्पीकर से पूछा, "अब हम नहीं चलने देंगे।" उन्होंने उसे जवाब दिया। उनकी आवाज़ चीखते-चीखते खरखराने लगी है।

दो मठधारी बरामदे की तरफ़ देखकर फाटक पर आ गए हैं, "जल मिल सकता है थोड़ा पानी।"

"नहीं।" दद्दू उनसे कहते हैं और हाथ से आगे बढ़ने को इशारा करके अंदर चले जाते हैं।

वे कब बाहर आए, किसी को पता नहीं।

"मारो सालों को," वे बुदबुदाते हैं, "अब आओ भी," वे चिल्लाते हैं, "ज़्यादा सुनोगे तो वही सारंगी लगने लगेगा।"

और तो और, इस सारी खलबली में स्याही की चिंता भी नहीं कर पा रही और कहीं स्याही ख़त्म हो गई, जो हो सकता है क्योंकि अभी कुछ भी हो सकता है, तो फिर? इतना ज़रूर करती रही हूँ कि कर्फ़्यू थमा और मैं भागी, शहर में जितनी स्याही मिली, स्टॉक में भर ली, क्योंकि कल फिर कर्फ़्यू लागू हो सकता है और कब जाने, स्याही मिलना ही बंद हो जाए? डबलरोटी, दूध, किरासिन होते रहे हैं बंद बीच में कि नहीं?

"वी इंटलैक्चुअल्स..." प्रोफ़ेसर नन्दन आज फिर उत्तेजित हैं। तक़रीबन सारे टीचर डिपार्टमेंट के उस बरामदे में आ खड़े हुए हैं, जहाँ से मठ का शिखर दीखता है। आरती की आवाज़ और 'जै जगदम्बे' के समवेत स्वर के गोल उड़कर सीधे डिपार्टमेंट पर धावा बोल रहे हैं।

"ज़रूर लाउडस्पीकर लगाए हैं।" छोटे जोश उर्फ़ साढ़े चार फ़ुटा डॉक्टर जोश सुनाते हैं।

"ऐज़ इंटलैक्चुअल ऑफ़..." हेड बरक़रार।

हनीफ़ कंधे उचकाता है, "वी इंटलैक्चुअल्स मस्ट एण्ड विल डू समथिंग, पर अभी यह सियापा तोड़ा जाए एक क़िस्से से। मुलाहज़ा फ़रमाइए। चार खूबसूरत घुड़सवार एक सफ़र के लिए रवाना हुए। किसी गाँव से गुज़र रहे थे कि एक टट्टू-सवार भी साथ लग लिया। आगे-आगे चार हसीन घुड़सवार, पीछे-पीछे हमारे पिद्दी महान। जब एक और गाँव से होकर बढ़ रहे थे तो वहाँ के लोग बोल उठे : "वाह, क्या शान है, क्या बान है। अरे भला ये खूबसूरत घुड़सवार जा कहाँ रहे हैं? तो जवाब दिया हमारे टट्टू-सवार ने, कि जनाब हम पाँच घुड़सवार राजधानी जा रहे हैं। एण्ड नाऊ वी इंटलैक्चुअल चले क्लास लेने।"

"साले मार खाएगा।" शरद बाहर हँस रहा है।

"आजकल सभी इंटलैक्चुअल हैं। क्या कहने।" हनीफ़ हँसता है।

उफ़ कितने ज़ोरों की हवा चल रही है, मगर एक तरफ़ ही। अजब नज़ारा है। एक तरफ़ पूरे दमखम से बह रही है और उसी तरफ़ बढ़ती चली जाती है। पेड़ और उनके सारे पत्ते उधर ही झुक गए हैं जैसे अब कभी न सीधे होंगे, न दूसरी तरफ़ झुकेंगे। जैसे हज़ारों-हज़्ज़ारों लोग एक तरफ़ हाथ फैलाकर

उँगलियाँ खोलकर पी.टी.-आनी मुद्रा में हैं।

यह श्रुतिजी का सोचना है, जो फिर हनीफ़ के डिपार्टमेंट और कमरे में कलम खोलकर बैठी है।

उफ़ स्याही सूख रही है।

उसकी यह लापरवाही, वह भी इन दिनों!

"अब इतनी भी क्या हँसने की बात?" श्रुति नखरीला मुँह बनाती है, पर मन ही मन तसल्ली महसूस कर रही है। ऊपर अकेले बेचैनी होने लगी थी। बालकनी पर खड़े हो तो लगता कि दूर वह पुल की ही बत्तियाँ हैं और वह आँखें गड़ाती गई जैसे इस तरह वहाँ का कुछ दिख जाएगा।

"अरे," दद्दू हाथ बढ़ाकर उसकी ठोढ़ी छूते हैं और उसकी तरफ़ झुककर आँख मटकाते हैं, "आज हमारा 'डोल' सच परेशान लग रहा है।" वे 'डौल' को और श्रुति को 'डोल' कहते हैं। "दोनों साथ गए हैं और हट्टे-कट्टे गबरू जवान हैं।"

श्रुति के जबड़े हँसी ताने-ताने दुख रहे हैं, पर शायद जिस दिन से ऊपर के फ़्लैट में किराएदार बने, उसी दिन से दद्दू से यही रिश्ता चल निकला।

"तुम भी तो एक दर्जे की पग़लेट निकलीं," दद्दू अपने स्नेही ताने मार रहे हैं, "चुना होता कोई सीधा सादा चोटीवाला गाँव का बुद्धू। मुझसे कहा होता तो मैं ले आता पकड़कर। अपने गाँव से ले आता। मैं तो गाँववाला हूँ, तुम जानती हो।"

"हाँ-हाँ," श्रुति भी स्नेही कटाक्ष चुभोती है, "जब से मैं देख रही हूँ एक बार नहीं गए हैं गाँव, पर सुनाते हज़ार बार हैं कि हूँ गाँववाला।"

"अरे चुहिया," श्रुति को वे चुहिया भी कहते हैं, "जाकर ही जगह में होना, यह तुम लोगों की ज़रूरत है। मैं तो यहीं बैठे-बैठे जहाँ का ध्यान करूँ, वहीं घूम आता हूँ। और देखो, उन दोनों बोदे जनों को, शहर गए हैं, शहर जानने के लिए।"

"तो क्या गाँव जाएँ?"

"गाँव जाएँ ऐसा जिगरा नहीं उनका। वहाँ तो मैं ही जा सकता हूँ। अभी भी वक़्त है। बोलो ले आऊँ एक घुग्घू पकड़के? मज़े से बैठना, इतना लंबा घूँघट काढ़ के, बैलगाड़ी में, मगर तुम्हें तो यह लकड़सूँघा भगा ले गया है। जानती हो न लकड़सूँघा?"

"हनीफ़?" श्रुति हँसने लगी है।

"जादू की लकड़ी सुँघा देता है, छोटे-छोटे बच्चों को और उन्हें उठा ले जाता है। अब भुगतो। अब तुम्हारे दद्दू नहीं बचा सकते।" दीवान खुशी से गोते खा रहा है मानो वही बैलगाड़ी है जिसमें दुल्हन जा रही है।

तभी शरद और हनीफ़ आ गए। "उस तरफ़ भीड़ ने ट्रक रोककर उसके ट्रक ड्राइवर को मार दिया और..."

"हैं! तुम लोग कहाँ थे?" दद्दू चौंकते हैं।

"हम वहाँ नहीं थे, हम यूनिवर्सिटी जा चुके थे। स्टूडेंट आए, उधर से, वे बता रहे थे। सुना बहुत..."

श्रुति सुन रही है।

दीवान फिर हिचकोले खा रहा है, अपने सफ़र में मगन। हँसते हैं तो दद्दू हाथ-पैर फैला देते हैं।

"अरे, तुम लोग क्यों रो रहे हो? आबादी का प्रौब्लम तो हो ही रहा है। ऐसे नहीं तो वैसे मरेंगे सबके सब। और ट्रक ड्राइवर बड़ी पाजी कौम है, रात-रात आँखें बंद किए, नशे में धुत ड्राइव करते हैं, न जाने कितनों को अल्लाहताला के दरबार में पहुँचाते जाते हैं। यही सोच लो वन स्काउण्ड्रेल लेस इन दिस वर्ल्ड।"

हम उदास लोग थे। बेकार महसूस करने लगे थे। लड़ते तो गीदड़-भभकी लगती। चुप रहते तो शहादत। बोलते तो भावुकता। हमें लगता कि जो वाक्य हम बोलकर अपने और मुहल्लों के बीच पाट रहे हैं, सब बेकार हैं। हमारे और उनके बीच के वाक्यों की बात ही नहीं है। वाक्य है, जो उनके अंदर हैं और वाक्य हैं, जो हमारे अंदर हैं। जो निकलते हैं तो उनके हमारे बीच कुछ नहीं बनाते, अंदर को खोखला करते ऊपर फोड़े की तरह आ जाते हैं, बस। हम अकेले होकर चाहने लगे थे कि किसी को अपने साथ कर लें।

मुझे नहीं लगता कि मैं सपना देख रही थी। सच, वे दोनों मेरे आगे से एड़ियाँ ठुँकठुँकाते निकल गए थे।

ऊँचे-ऊँचे चमड़े के बूट थे और वे लेफ़्ट राइट लेफ़्ट राइट, दाएँ-बाएँ दाएँ-बाएँ, सीना तान, सीना तान, बढ़े जा रहे थे।

नहीं, इनसान नहीं थे कि उनका चेहरा बताऊँ। दो शब्द थे, 'हिंदू' और 'मुसलमान'।

लैंप जल रहा है। दद्दू दूसरे लैंप की तरह जल रहे हैं! अपने-आपसे बातें कर रहे हैं! या क्या पता दीवान से?

दूर धमाके की आवाज़ हुई है। पटाख़ा हो सकता है।

हनीफ़ शरद और श्रुति की टोली शहर की गलियों में निकली है। यहाँ जल चुकी छतों और दीवारों का ऊँचा-नीचा मलबा है। बिजली के पंखे दंगाइयों ने चुरा लिए हैं तो काली टूटी धुँआई छत के बीच से, मकड़े के उलझे पैरों की तरह दीखते, तार लटक रहे हैं। यहाँ रहनेवाले जल गए या भाग गए हैं।

"जिनके पास जाने के ठिकाने हैं, चले गए हैं।" बब्बू खाँ दर्ज़ी बताता है, "हमारी रोज़ी तो तबाह हो ही गई है, पर जो कहीं नहीं जा सकता, यहीं बैठा रहेगा। तैयार।"

शरद अख़बार के लिए रिपोर्ट तैयार कर रहा है, मैं कॉपी कर रही हूँ।

"तैयार! सबने सीख लिया है तैयार रहकर जीना। एक दूसरे का चेहरा देखकर तैयार, अख़बार खोलकर तैयार, फ़ोन की घंटी पर तैयार और बब्बू खाँ अपने घर की टूटी खिड़की का शीशा बदलवाकर फिर उसके टूटने का इंतज़ार करते हुए तैयार।"

"यह नहीं लिखो।" श्रुति कहती है। "स्टाइल मारने या शब्दों को सजाने की ज़रूरत नहीं है।"

"यह तुम्हें साज-सज्जा लग रही है?" शरद वहीं गली में लड़ने को तैयार है।

"यहाँ यह बहस मत छेड़ो।" हनीफ़ डपटता है। वापस बब्बू खाँ की ओर मुख़ातिब होकर पूछता है, "पहले तो ऐसा नहीं होता था?" जिस पर बब्बू खाँ ने जवाब दिया है कि पहले भी था, पर अब 'ओपन' में आ गया है।

"देखो हनीफ़, वह पीली चिड़िया," श्रुति नीम पर बैठा पीलक दिखाती है, "एकदम कॉमन चिड़िया है, पता, लेकिन लगता है, क्या अनोखी किस्म है? रोज़ आता है, पर लग रहा है न कि आज ही कहीं से उड़ आया है? इसे कहते हैं गोल्डन ओरियोल। पीले पंखों और कजरारी आँखोंवाले।"

"तुम यहाँ लिखने आती हो कि चिड़ियों की जानकारी हासिल करने?"

"लिखने।" श्रुति मुँह बनाकर सालिम अली बंद कर देती है।

"अच्छा लेखन चल रहा है," हनीफ़ फब्ती कसता है।

श्रुति ने पन्ना फिर खोल दिया है, जहाँ साफ़-साफ़ हर्फ़ों में लिखा है : "मुझे लगता है इस बरस कुछ हुआ।"

देवीमठ तभी से याद है, जबकि वह पहले भी था। उस बरस की तरह। आदिकाल से यूनिवर्सिटी से सटा। शांत पड़ा था या किसी ने ध्यान नहीं दिया। अपनी योग तपस्या में लीन। झाड़ियों के पीछे।

वैसे भी कँटीली झाड़ियों के बीच दुबका हुआ था। फिर वह बड़ा-सा मैदान था। और तब यूनिवर्सिटी की गुम्बदोंवाली इमारतें, जिसकी जालीदार खिड़कियों से तब वह नहीं दिखता था। मैदान में बच्चे खेलने आ जाते, मुसलमान नमाज़ पढ़ने और कुत्ते पेशाब करने।

पता नहीं, कहाँ से पत्थर आया या गेंद थी, जो खेलते बच्चों ने झाड़ी पर दे मारी? पर मठ छिड़ गया और कँटीली झाड़ी में छिपा मधुमक्खी का छत्ता छिड़ गया। सुना, भन-भन करती गुस्से से पागल मधुमक्खियों ने न जाने कितनों के चेहरे चूस डाले और उनके चेहरों पर लोथ के टुकड़े लटक आए। तभी झाड़ियाँ कटाने का सिलसिला शुरू हुआ और उसके पीछे से मठ अवतरित हुआ। मैदान को अदालत के हवाले कर डाला गया और उसका निपटारा अब तक नहीं हुआ। बस, ऐलान हो गया कि निपटारे तक कोई मैदान को अपना न समझे।

मैदान वीरान नहीं हुआ। कुत्ते अपने काम से आते रहे। कोई दयालु मठवाला उनके आगे परशाद का टुकड़ा भी फेंक देता। बच्चे धमाचौकड़ी मनाते रहे। बच्चे क्या, बड़े भी उस मैदान में उग आनेवाले मठ के मेले-जलसों में फिरकी बने घूमते। नमाज़ अलबत्ता वहाँ बंद हो गई।

उस बरस देवीमठ के मेलों का बड़ा ज़ोर था।

कभी काफ़ी दिनों तक कुछ नहीं होता। कोई ऐसी-वैसी वारदात नहीं घटती तो हमारी जान पर बन आती—तले की साँस तले, ऊपर की ऊपर। सन्नाटे से घबराता था शहर। जापानी की तरह, जो बहुत दिनों तक हल्का-फुल्का भूकम्प, थोड़ा-थोड़ा धरती को कँपा देनेवाला न हो जाए तो घबराता है। मतलब धरती कंपनें बटोर रही है, जितनी ज़्यादा निष्कंप है उतनी ही कंपनें भीतर कुलबुला रही हैं, एकजुट हो रही हैं, मिलकर बड़ी होती जा रही हैं, ज़बरदस्त भूचाल की तैयारी में। छोटी-मोटी थर्राहट का मतलब बड़ा भूकम्प टल गया, उसकी ताकत बिखर गई, वर्ना क्या शहर ही तबाह न हो जाएगा? और हम? अबकी विस्फोट सिर्फ़ उन गलियों में नहीं, इधर पुल के इस पार भी बढ़ आएगा।

तब...?

श्रुति और हनीफ़ रात के खाने के बाद सड़क पर चक्कर मार रहे हैं। दूर तक खाली है सड़क।

"क्या होगी प्रोफ़ेसर साहब की इमेज, जब लोगों को पता चलेगा कि दूर से गुदगुदाने का इशारा करो तो वह चूहे की तरह उछल-कूद मचाते हैं?" श्रुति हनीफ़ की कमर में उँगलियाँ गड़ाती है।

"नहीं-नहीं..." हनीफ़ बल खाता है।

एक घर की खिड़की से कोई ज़नानी सलाखों में मुँह दबाए उन्हें चुपचाप देख रही है। कमरे की हल्की रोशनी में वह परछाईं-सी हो गई है, मगर वह समझ रही है कि वह अदृश्य है।

"देखा?" हनीफ़ कहता है।

"हम अपने देश का इतिहास क्यों नहीं जानते? तभी तो हैवानी आत्माएँ इतिहास के पन्नों से कुछ का कुछ उठाकर उसका मलीदा बनाकर ज़हर-बुझे तीरों पर लगाकर तान देती हैं। और हम अपनी जाहिली में उन पर यक़ीन कर लेते हैं।"

हनीफ़ ने छात्रों से कहा, "सोचो, यह कौन-सा इतिहास है, जो हम बना रहे हैं?"

यह वह इतिहास था, जिसका हनीफ़ के इस लेक्चर से बिलकुल नहीं

और इतिहास की किताबों से उठाई जानेवाली तहरीरों से नाम मात्र का रिश्ता था। यह इतिहास लिखा जा रहा था और पढ़ा जा रहा था घरों में, सड़कों पर, ढाबों, रेस्त्राओं में। इनकी रचयिता थीं कुछ हैवानी और कुछ भटकी आत्माएँ।

हनीफ़ की कोशिश थी कि अपनी क्लास में छिड़ती बहसों को ढाबों-रेस्त्राओं से जोड़कर खोखले का खोखलापन दिखाए। इतिहास की किताबों से जोड़कर अनसुलझाए, मगर सीधे सुलझे दीखते पूर्वग्रह बताए।

"एक ज़माना था, पूरी तरह बीता हुआ नहीं, राजाओं, ज़मींदारों, नवाबों का, सामंती उसूलों का, जिनके तौर-तरीक़ों में शामिल था अपने ज़ोर और ज़मीन बढ़ाने के लिए दूसरों की ज़मीन पर क़ब्ज़ा करना, वहाँ लूट मचाना, पैसों की, औरतों की, गुलामों की। हिंदू भी थे, मुसलमान भी थे, और भी थे, इस सामंती ताक़त के दौर में और मज़हब लूट की वजह भी बना, मज़हब सियासत का हथियार भी बना, मज़हब बहाना भी हुआ। पर अमन के दौर भी थे, जब दान, इनाम, आराम, इज़्ज़त, दोनों क़ौम के प्रशासकों ने अपनी अवाम के हर मज़हबवाले को दिए।

"तुम तो इतिहास के छात्र हो," हनीफ़ बोला। "मुग़लों के रिकार्ड मत देखो, अकबर जैसों को दरकिनार करो, छोटे-छोटे शहरों के लोकल रिकार्ड देखो। वहाँ भी यही सारी मिसालें मिलेंगी, जो साथ और सद्भावना जतलाती हैं।"

और कहाँ से पनपी है वह मिली-जुली संस्कृति, हमारी तहज़ीब, जो हर मैदान में है—संगीत, साहित्य, आर्किटेक्चर, फ़लसफ़ा, नाच, खान-पान, पहनावा, कहाँ नहीं?

"कहाँ नहीं?" उसने फिर सवाल किया।

वह है हमारा माज़ी, जिससे हम ज़्यादा जुड़े हैं, जो हमारी अस्मिता में घुला-मिला है, न कि कोई विशुद्ध कहलानेवाला, बिन मिलावट का अतीत, जब कहते हैं कि बस वैदिक संस्कृति थी और उससे पहले मोहनजोदड़ो था। उसमें भी तरह-तरह के टुकड़े थे, जो बनते-बदलते रहे हैं। हमारे उस वक़्त के पूर्वज गोमांस खाते थे। कोई तक़लीफ़? उनमें हममें कोई एका?

"सवाल," उसकी आवाज़ प्रोफ़ेसर नन्दन के ऑफिस में जा रही है, "तुम करो, क्योंकि समाज के सोच को तुम बढ़ाओगे। पूछते क्यों नहीं कि जहाँ तीनों बातों की गुत्थमगुत्था थी—परस्पर जुल्म, परस्पर मेल, और तीसरा कि अलग-अलग मगर शांति से दूर रहना, वहाँ सिर्फ़ जुल्म और सिर्फ़ मुसलमानों का ही, क्यों हमारे कानों में डाला जा रहा है? सत्ता की होड़ में राजनीतिज्ञ बेईमानी करते हैं, करेंगे ही, मगर क्यों हम-तुम उनके झाँसे में आ रहे हैं,

क्यों उनके बेवक़ूफ़ पिट्ठुओं की तरह मुंडी हिला रहे हैं?"

"मैं क्या?" उसने तकरीबन चिल्लाते हुए पूछा, "तुमसे कम यहाँ का हूँ?"

उसकी आवाज़ थरथरा गई।

हनीफ़ का यह सवाल दर्द और गुस्से की लहर में हर तरफ़ उठने लगा।

"हुँह" छोटे जोश ने मुँह बिचकाया। "अपनी बात ज़रूर करेंगे।" उसने प्रोफ़ेसर नन्दन को बताया।

नीचे छात्रों ने जवाब दिया, औरों ने दिया, हम खुद देते रहे। कि आपकी बात और है हनीफ़, आप अलग हैं, हम और आप कुछ और हैं।

बात उनकी है, जो हम और आप नहीं, वे लोग हैं, पुल के उस पार वाले, जो दंगे करते हैं, वे लोग।

"देखिए," गली में लोग शरद को दिखा रहे हैं, "हमें अमीर देशों की मदद नहीं मिल रही तो हाथ बाँध के तो नहीं बैठ जाना? हम अपनी मदद खुद करेंगे। पान ज़र्दा के टिनों में सल्फ़र और पोटेशियम नाइट्रेट ठूँसकर भरा है। यह बम हैं।"

"यह भी, यह जलते-जलते बदन पर चिपक जाता है।"

शरद को बाबू पेंटर ने अपने अख़बार में नियम से लिखने को कहा है।

शरद लिख रहा है—"इस इलाके में जूतों के कारखाने हैं। जूतों की सोल जोड़नेवाला सोल्यूशन तेज़ी से आग पकड़ता है और खाल से चिपक जाता है। उसे मिट्टी के कुल्हड़ों में भरकर, कुल्हड़ों के मुँह कपड़े से बाँधकर, इस्तेमाल के लिए तैयार रख दिया है।"

लो, बारिश आई तो धूल तो थमी।

ठाँय-ठाँय।

"क्या है दद्दू?"

"कुछ नहीं भइयाजी।" ननकऊ रसोई से सिर निकालता है, "वह

चौमंज़िलेवाले बोस साहब हैं न? वो ही कबूतर उड़ा रहे हैं।"

"ठाँय पर ठाँय।" शरद कहता है और फिर अपनी किताब में डूब जाता है।

बारिश। श्रुति और हनीफ़ ऊपर अपनी बालकनी पर बैठे चाय पी रहे हैं।

"आजकल हमारे यहाँ दिन हरे और रातें भीगी होती हैं।"

हनीफ़ सिर पीट लेता है, "आपकी यह लेखकीय मुद्राएँ!"

"और आपकी यह नाटकीय मुद्राएँ!"

"सुनिए बेगम," हनीफ़ कहता है, "आपका बर्ड-वॉचिंग का आइडिया हमें पसंद आ गया। यहाँ पेड़ नहीं, पर कोई खुशबूदार लतर लगा दें तो बारिश के छींटे कम और चिड़ियाँ ज़्यादा आएँगी।"

"हाँ," श्रुति कहती है, "फिर मैं डिपार्टमेंट नहीं आऊँगी, यहीं लिखूँगी।"

"जैसे सालिम अली लिखता था, मगर खैर..." हनीफ़ हँसा।

"घनी बेल होनी चाहिए। फूलचुक्की आएगी। लाल मुनिया आएगी।"

"गौरय्या तो आएगी ही।"

"बुलबुल भी आएगी, मगर दद्दू से बात करनी होगी। लगाना तो नीचे पड़ेगा।"

"उनसे बात तुम करोगी डोल," हनीफ़ कहता है, "सामने जगह ख़ाली पड़ी है, उन्हें बाहर निकलना नहीं।"

"आहा!" श्रुति सपने देखती है।

हनीफ़ प्यार से मुस्कराता है, "देखो मेरी आँखों में हरे अरमान।"

श्रुति गा रही है, "हमारे यहाँ के हैं दिन हरे-हरे। रातें यहाँ की भीगी-भीगी।"

"कोई बेचारा आकर अपना त्योहार मनाना चाहे तो उसमें भी तुम मॉडर्न लोगों को परेशानी?" दद्दू हँसते हैं।

"पर देखा था आपने कैसा आक्रामक लग रहा था? मनाए अपना त्योहार, हमसे क्यों पैसा माँग रहा है?" श्रुति चिढ़ती है।

"पुरानी परंपरा ही मिटा दोगी?" दद्दू उसके चिढ़ने का मज़ा ले रहे हैं, "हम लोग झोली लिए दर-दर घूमते थे, घर की नारियाँ निकलकर जो चाहें हमारी झोली में डाल दें। भिक्षा! हम उनका आदर करते थे, वे हमारा!"

"अच्छा हम हम की तो जाने दीजिए।" श्रुति कहती है, "और वह जो चाहे वह लेने नहीं आया था, ज़बरदस्ती लूटने आया था। ऐसे भिक्षा नहीं ली जाती। यह अब शुरू हुआ है कि तुम मानो न मानो, राजपाट तो हमारा है, हम त्योहार मनाएँगे और तुम साथ दोगे, धन-दौलत जो हम माँगें।"

"त्योहार..." दद्दू चमककर कुछ और छेड़ने की तैयारी में हैं।

"त्योहार नहीं। शोर। बाजा-गाजा सड़कों पर। गंदी चीख-चिल्लाहट। सबको डिस्टर्ब करना।" श्रुति बड़बड़ाने की रफ़्तार बढ़ाती है।

"अरे तो मार भगाया कि नहीं?" दद्दू एकदम से पाँसा पलट देते हैं। हँसी ऐसी कि वह भी छेड़छाड़, यह भी छेड़छाड़, हम इससे भी, उससे भी, बेताल्लुक, मगर जुड़े भी।

ऊपर नीचे आना-जाना तो लगा ही रहता था। कभी शरद ऊपर खाने पहुँच जाता, कभी श्रुति और हनीफ़ नीचे। दद्दू बहरहाल कहीं नहीं जाते। उनको तो बस दीवान पर बैठ जाना था!

शरद और हनीफ़ के स्कूटर नीचे गराज में बंद रहते। दोनों को सड़क पर साथ ड्राइव करते देख सब्ज़ीवाले ने श्रुति से पूछा भी नहीं, मान लिया कि दोनों भाई हैं, और कुछ कहा था कि वे वाले बोले थे ज़िमीकंद लाना।

"किसने कहा कि वे भाई हैं?" श्रुति हँस दी। ऊँचा हँसकर बोली, "भाई होते तो साथ जाते?"

मठ में योग के क्लास भी होते हैं, जिनमें विलायती भी पहुँचते हैं।

बाबू पेंटर का कहना है कि ज़्यादातर स्वामी अपने गाँव से भाग गए और योग सीख गए और योग सिखाते-सिखाते सिद्धि प्राप्त कर बैठे। फिर तो उनके भक्त, देख लीजिए, बढ़ते गए हैं।

"अच्छा, जाति क्या है कर्मठ बाबा की, पता है आपको?"

"अच्छा, हमारे यहाँ न जाने कितनी एविडेंस हैं कि कभी नीची जाति वाले, कभी अलग कौमवाले, ऊँची जाति, दूसरी कौम के लिए धार्मिक कलाकारी यानी उनके भगवानों की कथा पेंट करना, मूर्ति गढ़ना आदि करते थे। सोचो, क्या इंटरैक्शन होगा, क्या भावनाएँ होंगी, मज़ेदार गुत्थमगुत्था है!" शरद अपनी कहने में बाबू को पीछे छोड़ गया।

"लेकिन आज अगर हम दृढ़ संकल्प और साम्प्रदायिकता-विरोधी तमाम ताक़तों के साथ उठें तो दकियानूसी तथा रूढ़िवादी ताकतों को पछाड़ देंगे। हम इस तथ्य से मुँह नहीं चुरा सकते कि अब यही एक लड़ाई है और घर बैठें चाहे सड़कों पर निकलें, हम सब इस तरफ़ या उस तरफ़ लड़ रहे हैं.."

शरद अख़बार में छपी अपनी रिपोर्ट पढ़ रहा है। दद्दू दीवान पर दूसरा अख़बार बिछाकर बैठे हैं, पढ़ रहे हैं, चाय पी रहे हैं। बाहर बस स्टॉप पर स्कूल के बच्चों का शोर है।

"बेल रिंग बज जाएगी।" एक बच्ची चीखी है।

फ़ोन की ट्रीं ट्रीं पर शरद लपकता है।

"अच्छा...ठीक है?...हाँ स्ट्रेट एण्ड डेड ऑन ही...रोज़ रिपोर्ट?...देखिए... थैंक्स...।"

ज़मीन से फ़ोन उठाकर उसने सोफ़े के मोटे बाज़ू पर रख लिया हैं और लंबी बात कर रहा है।

उस बरस हमारे शहर के साम्प्रदायिक दंगों में चार सौ लोग सरकारी सूची में मरे दर्ज थे। ग़ैर सरकारी अनुमान था कि पाँच सौ से कम नहीं गए।

इन तीनों की टोली ने आँखों देखा और कानों सुना विवरण देने का इरादा कर रखा था।

अचानक श्रुति उचकी, "मैंने तो कभी लाश नहीं देखी जीवन में। अरे, टोस्ट जल रहा है। कोई है वहाँ?"

डबलरोटी रोज़ नहीं मिलती थी और वैसे भी खाने की चीज़ जले-फिंके, ऐसी लापरवाही अच्छी नहीं, पर श्रुति को टोस्ट की उतनी भी परवाह नहीं थी, जितनी और जो हो रहा था, उसकी।

"लिखना बहुत ज़रूरी है" श्रुति ने पैरों में ढीली पड़ी हवाई चप्पलें फट-फट हिलाना शुरू किया।

"लिखो श्रुति, कहानीकार, उपन्यासकार।" शरद ने आदेश दिया।

वही आदेश खुद श्रुति ने अपने को दे रखा था, "लिखो..." पर सब बातें आदेश के तहत नहीं हो जातीं।

हनीफ़ हँसने लगा, "लिखा था पिछले हफ़्ते इन्होंने। एक प्रेम कहानी। जिसमें हरे दिन और भीगी रातें हैं। तुम्हारा लेखन बेग़म, सैंशुअल पर मुटाता है।"

चप्पल की फट-फट झटके से रुकी, "मैं अपने लेखन को मुटाने के चक्कर में यह सब नहीं लिखना चाहती। कि लिख लूँ और साफ़ हो जाऊँ और ताज़ी हो जाऊँ।"

उसकी तमतमाहट पर शरद भी हँसने लगा, "ताज़ी तो तुम प्रेम कहानी लिखकर होती हो, जो धकापेल लिखे जा रही हो।"

"अँह, पैर पर आ रही है," हनीफ़ चाय की ट्राली अलग ढकेलकर मुस्कराया।

"तुम हँस रहे हो?" श्रुति चाय की प्याली उठाकर बोली।

"तभी नहीं लिख पा रही।" हनीफ़ मुस्कराता रहा, "हँसना ज़रूरी है, नहीं तो मिर्गि़ल्ली-सा कुछ लिख दोगी। खैर, तुम मजबूर हो। जब कभी हँसी नहीं आती तो अभी भी क्यों आने लगी? अपनी-अपनी तबियत है। बता चुका हूँ न वह क़िस्सा? एक बंगाली और एक पंजाबी गए फ़िल्म देखने? बाहर निकले तो बंगाली रो रहा था, पंजाबी हँस रहा था। ऊँ ऊँ, सिसकियाँ आँसू, ऊँ ऊँ, भीषौण भालो फ़िलम, रोये जाए बाबू मोशाय। इधर पंजाबी जठ ने पुट्ठे पर ज़ोर का हाथ मारा और ठहाके पर लगाए ठहाके, वाह वाह, हा हा हा, सोंडी, एकदम सोंडी फिल्म!"

शरद हँसने लगा, "ज़रूरी है, एक न एक फ़ालतू किस्सा सुनाओ?"

"ज़रूरी है कि रेणु होता, प्रेमचन्द होता, बस।" श्रुति बोली।

रेणु और प्रेमचन्द, जो बखूबी इस 'ओपन' में आए इतिहास को अपनी लेखनी में कैद कर लेते और भविष्य के खोजकर्ता के लिए बहुमूल्य रत्न छोड़ जाते।

लेकिन हमारे शहर को रत्न की ज़रूरत थी? कि सिर फोड़नेवाले पत्थर की, जो जाकर लगे लोगों के कपाल पर और पीप बहे तो वे समझें कि हमने अपने खून को यह क्या बना डाला है?

श्रुति आगबबूला हो रही थी। वह कोई रत्न पेश करने में रत्ती भर दिलचस्पी नहीं रखती कि लोग दिल पर हाथ रखें और वाहवाही भरें कि हाय कितना खूबसूरत लिखा है, आँख भर आई। चारों तरफ़ फैली अश्लीलता को कलाकृति बनाकर तराशना, इन भद्दी बातों का शृंगार करना? पर कोरी नग्नता पेश कर देना भी तो भोंड़ापन है। अपने शहर को और इस बरस को रचनाकार की धनराशि मानकर उससे तिजारत करूँ?

यहाँ उम्दा लिखने की होड़ है क्या? कि बेहद सोच-समझकर वह टोन, वह टाइट रोप वॉकिंग, वह ज़िम्मेदारी निभानी है कि हमारे बोल अनजाने में किसी के ग़लत काम न आ जाए, तनी रस्सी के इस पार या उस पार ग़ैर इरादे गिर पड़ें और उन लोगों का हथियार न बन जाए? यह घिस घिस

तेज़ होती चाकू की धार है, जो मुझ पर भी, पर किसी और पर भी, चल सकती है।

'घिस घिस' श्रुति के अंदर चलती थी और 'घिस घिस' मैं उतारती थी।

"प्रेम कहानी में क्या," श्रुति गुस्साती रही, "वह तो चीज़ ही ग़ैरज़िम्मेदारी की है। छलछला पड़े, सदियों पुराने रीति-रिवाज़ को बहा दे, तो शायद लेखक खुद अपना कलम चूम ले। प्रेम कहानी में क्या, चाहे इधर गिरे या उधर गिरे।"

"तभी तो कहा है प्रेम और जंग में सब जायज़ है।" शरद ने आँख मारी।

"हँसने की क्या बात है" श्रुति ने आँखों में लानत-मलामत भरी। "प्रेम कहानी तो लिख ही सकती हूँ, पर..." वह उठकर चली गई, अपनी मेज़ के आगे बैठ गई, "अभी इसके अलावा कुछ लिखना ग़लत है।"

वह लिखकर लाई, " 'मैंने आज तक लाश नहीं देखी,' वह बोली।"

शरद और हनीफ़ को यह लाइन दिखाकर वह विमूढ़-सी बैठ गई।

"कुछ बन रहा है?" उन हालात में यह सवाल ही ग़लत था। तीनों ने सिर झुका लिए।

शरद धड़धड़ाता हुआ ऊपर आया।

"हनीफ़ कब लौट रहा है?"

"क्यों?" श्रुति उसके चेहरे को देखकर घबरा गई। "कल...सुबह की बस से।"

"बस से? ओह।" शरद के चेहरे से सलवटें मिटने लगीं।

"क्या हुआ?"

"श्रुति," शरद ने गंभीर आवाज़ में कहा। "स्टेशन पर दो बम फटे हैं। अभी पता नहीं कोई कैजुअलटी है या..."

"हैलो," दद्दू उकड़ूँ बैठे, ज़मीन पर रखे फ़ोन पर बोल रहे हैं। लम्बा और मोटा तार गोल गोल गोल गोल, लिपटा पड़ा है।

ट्रीं ट्रीं।

"हैलो। नहीं भई, नहीं आ रही साफ़ आवाज़।"

ट्रीं ट्रीं।

"हैलो। हाँ अब आ रही है।...कितने दिन आती रहेगी? हा हा हा हा!...आप लोग नहीं बताएँगे तो कौन बताएगा? वैसे आप हैं क्या? ...टेलिफ़ोन एक्स्चेन्ज में हैं वह मैं जानता हूँ, मगर...अच्छा...तो मिस्टर जड़ेजा, सबसे साफ़ आवाज़ तो तभी आती है जब आपके यहाँ से फ़ोन आता है। ...हा हा हा हा...।"

फ़ोन् रखकर वे कुछ देर उकड़ूँ बैठे रहते हैं, दोनों घुटने दो तरफ़, धोती से बाहर झाँकते। फिर खड़े हो जाते हैं।

हनीफ़ अंदर घुसा नहीं कि श्रुति उससे लड़ने लगी, "क्या हो जाएगा भाषण देकर? जितने छोटे शहर हों, जितने छोटे कॉलेज, उतनी ही तत्परता से चल देते हो। तुम्हीं एक बचे हो सबको तालीम देनेवाले? पॉलिटिशियन की तरह भाषण दे-देकर...हम सब एक हैं, भाई-भाई हैं!"

नीचे फ़ोन बजता है तो दोनों उछल जाते हैं, "क्या...?"

ट्रीं ट्रीं। ट्रीं ट्रीं।

ट्रीं ट्रीं।

"लगाओ लगाओ," दद्दू चमके। "अब यही कसर बाकी है कि तुम्हारे दद्दू बुढ़ापे में शहराती हो जाएँ। बाग लगाएँ। विलायती गुलाब उगाएँ।"

"विलायती गुलाब वुलाब नहीं, एक बेल जो तेज़ी से बढ़े, फूलों से लदे, हमारी खिड़कियों पर लिपटे, खुशबू फैलाए..."

"अरे बिटिया," दीवान में हल्की हल्की हवा भरने लगी है, "खुशबू वुशबू तुम लोगों की ज़रूरत है। क्या लाते हो? परफ़्यूम!"

वे परफ़्यूम ऐसे कहते हैं जैसे बड़ा भारी लम्बा-चौड़ा कोई शब्द है!

"पार्रफ़्योम!" ऐसे।

"मैं फूलों की खुशबू की बात कर रही हूँ। बाग में..."

"बाघ में!" हँसी से गुर्राते हैं दद्दू।

"बागीचा।"

"अरे देहाती आदमी का कौन-सा बागीचा पगली। हल चलानेवाले हम लोग। हमारे लिए तो गंदे सड़े नाले की महक ही खुशबू है। हाँ हाँ है एक नाला हमारे गाँव में...।"

"गाँव न हुआ, जन्नत हो गई।" श्रुति हँस देती है।

दद्दू भी चीख देते हैं और दीवान हवा से भर जाता है। इतनी कि नीचे आते ही वह फिर छत की तरफ़ कूदता है।

और अब दद्दू कह रहे हैं या हँस रहे हैं—

"हमको मालूम है जन्नत की हक़ीकत लेकिन,
दिल के बहलाने को ग़ालिब ये ख़याल अच्छा है।"

हनीफ़ रोज़ वहाँ किसानी दिखा रहा है। एक दिन कुदाल चलाई तो बड़े-बड़े पत्थर निकाले, फिर मिट्टी तोड़ी, फिर खाद मिलाई, अब पौधा लाना है।

"कर्फ़्यू के बड़े फ़ायदे हैं।" दद्दू अंदर हँसी मारते हैं।

"आपकी तरह यह भी हल वाला हो गया है।" श्रुति छेड़ रही है।

"कल? क्या है कल?" शरद पढ़ते-पढ़ते ऊपर देखता है।

"क्या है कल?" श्रुति पूछती है।

"मुझे क्या पता। तुम बताओ।"

"मुझे क्या पता..."

"तुम ही तो कह रही हो..."

"अरे, मैंने क्या कहा?"

"अभी कह रही थी..."

"शरद तुम्हारे कान बजते हैं। पढ़ो अपनी किताब।"

शीशे के दरवाज़े के बाहर हनीफ़ नज़र आ रहा है। उसके हाथ धीरे-धीरे तैयार की हुई मिट्टी को सहला रहे हैं।

जब कर्फ़्यू न होता तो तीनों निकल जाते 'ओपन' में आए इतिहास का पीछा करने, उसे रूबरू देखने, उन गलियों-मोहल्लों में जहाँ की नालियों में ठहरा सड़ता पानी तब वेग से बहने लगा था लहू के जा गिरने से और जहाँ चूल्हों को ठंडा छोड़कर उनकी आग सन्नाटे में कहीं और ही भटक के भड़कने लगी थी और जलने की गंध हमारे नथुनों को खुरचते हुए हमारे अंदर भरने लगी थी।

तीनों जल्दी में थे। कुछ बताना था। भाषण तरतीबदार, बेलबूटेदार, बनाने का वक़्त नहीं था, इतनी हड़बड़ी में सबकुछ 'ओपन' में आया जाता था।

किसी भी तरह बहुत ही जल्दी, सब तक यह खेद समाचार पहुँचाना था कि क्या है, जो 'ओपन' में आ गया है, जिसे कुछ तो करो, रोकना है।

शरद रास्ते भर परेशान रहा, "यार, वे तुम्हें अंदर जाने से रोकेंगे। यार, बुरा लगेगा। मुझे बुरा लगेगा। यार तुम्हें बुरा लगेगा।"

हनीफ़ हँसा, "मुझे क्यों बुरा लगेगा। मैं तो ज़रूर जाऊँगा।"

"पर वे लोग...वे..." शरद के चेहरे पर लकीरें, निरी।

"देखते हैं कैसे कोई रोकता है मुझे।" हनीफ़ उतना ही निश्चिंत।

और मठ के द्वार पर जहाँ देवी की वैसी ही ऊँची आसमान को छूती कट आउट रंगीन तस्वीर थी, जैसी मठ की गाड़ियों के बोनेट पर लगी रहतीं, उन्हें रथ समान बनाती, वहाँ पण्डों को सुनाते हुए हनीफ़ ज़ोर से शरद से बोला, "यार हनीफ़, यहाँ पहले भी कभी आए हो?"

पण्डे ने शरद को रोक दिया!

"चलो शरद।" जल्दी से, हँसी छिपाती, श्रुति ने हनीफ़ को अंदर ठेला।

अंदर उनकी हँसी मंद पड़ने लगी।

कटी झाड़ियों को लाँघकर मठ मैदान में भी फैल चुका था। मठ के मंदिर के चारों ओर ज़मीन ही ज़मीन नज़र आती। यूनिवर्सिटी की तरफ़ मैदान में अखाड़ा है और मेले की दुकानें सज गई हैं। मंदिर के आगे पीली गेंदे की माला, छोटी-छोटी टोकरियों में बेसन के लड्डू और चप्पलों के ढेर के पास से अंदर आने जाने वाले भक्तों की कतार है। दूसरी तरफ़ बहुत ही बड़ा पण्डाल लगा है, जहाँ प्रवचन चल रहा है।

खंभों पर शॉर्ट सर्किट टी.वी. हैं ताकि भीड़ के हर हिस्से के एकदम पास हों महंत।

देर तक हनीफ़ और श्रुति खंभों के आर-पार असल महंत को ढूँढ़ रहे हैं।

आँखें बिना इधर-उधर घुमाए बस एक जगह खड़े हो जाओ तो भी हर तरफ़ से नारंगी रंग के 'फचक्के' जो भक्तगण हैं, उछल आते हैं। और सिर ही सिर। और जूते चप्पलों की ढेरियाँ।

"थाली फेंको तो सिर ही सिर जाए।" श्रुति फुसफुसाती है।

"मगर फेंकें क्यों?" हनीफ़ भी फुसफुसा रहा है।

"उमराव ने कहा।" श्रुति बोली।

हनीफ़ को समझ नहीं आ रहा।

"मलमल के धानी दुपट्टे में मेले गईं।" श्रुति का स्वर वही।
हनीफ़ हल्के से मुस्कराया।
"ऐश बाग का मेला..."
"लखनऊ..."
"जी। उमराव..."
"ओके चुप।" हनीफ़ ने उसे कोहनी लगाई।
अपने बदन पर किसी का हाथ महसूस करके श्रुति उछल जाती है। गेरुए रंग में एक महिला देवी की प्रतिमा का ब्रूच उसके कपड़े पर खोंस रही हैं।
"नहीं। नो नो थैंक्यू।" श्रुति हड़बड़ा गई है।
देवी भक्ति का प्रवचन है। मठधारियों के नारंगी लिबास पर देवी के काले लहराते बालों, सिंदूरी साड़ी और गेरुए सिंहवाला 'ब्रूच' है और वे चौकीदारों की तरह भीड़ के ईच बीच घूम रहे हैं। बहुत से बच्चे बूढ़े और जवान वैसा ही 'ब्रूच' लगाए बैठे हैं।
देवी के गुणगान का प्रवचन जारी है। रह-रहकर पण्डाल गूँज उठता है : "जै जगदम्बे, देवी माता की जय, सीता मय्या की जय, माँ लक्ष्मी की जय।"
भारत माता की जय।
भगवान श्रीकृष्ण, प्रभु परमेश्वर राम, हे विश्वनाथ, वीर पुत्र हनुमान, तुम सबकी जय।
शाश्वत धर्म की जय, वेदों की जय।
महावीर, भगवान बुद्ध, गुरु गोबिन्द सिंह, तुम्हारी जय हो, जय हो।
स्वामी दयानंद, लोकमान्य तिलक, वीर सावरकर, स्वामी विवेकानंद जय हो तुम्हारी।
राणाप्रताप, छत्रपति शिवाजी, रानी झाँसी, सुखदेव, भगतसिंह, लाला लाजपत राय, नेताजी जय जय जय।
जय हो हिंदू शहीदों की, जय हो हिंदूस्थान की, जय हो देवी माता की। जै जगदम्बे।
टी.वी. पर स्वामीवर की सौम्य आकृति सौम्यता से बोल रही है : "आज हमारे देश की राजनीति हमारा अपमान कर रही है। हमारे लिए अपने धर्म का पालन वर्जित है। हमें अपने त्योहारों पर आनंद व्यक्त करने की स्वतंत्रता नहीं है। यह कौन-सी स्वतंत्रता हमारे देश को मिली है? क्या भारत सच में स्वतंत्र है? हम अपनी भूमि अपने लिए माँगते हैं तो यह सम्पत्ति की लोलुपता नहीं है, केवल अपने चिथड़े गए मान को पुनः जोड़ने की विनय इच्छा है। कोई राष्ट्रीय झंडा जलाएगा तो क्या आप उसे कपड़े के टुकड़े के लिए झगड़ा कहेंगे? या देश की रक्षा और सम्मान के लिए?"

लगता है टी.वी. स्क्रीन टूट तो नहीं जाएगा, पर नहीं, वही सौम्य आकृति बैठी है, जिसके सौम्य सुर बदल गए थे। फिर सौम्य हो चुके हैं।

"...सदाचारी बनो, बड़ों गुरुजनों का आदर करो, अतिथि का सत्कार करो, हमारे यहाँ अतिथि भगवान स्वरूप है, हमने अपने देश में सदियों से विदेशी अतिथियों का सम्मानपूर्वक स्वागत किया है, हमारा सिद्धांत है वसुधैव कुटुम्बकम्...पर नम्रता कायरता नहीं है..."

मैं चौंक गई हूँ। फिर से। लिखते लिखते। बोलने वाला बदल गया क्या? गुरुवाणी बदल गई। वही एक प्राणी बोल रहा है या मेरे नीचे देखते समय कोई दूसरा आ जाता है?

"देवी शक्ति दो कि हम सदयता के अपने स्वभाववश कहीं, मातृभूमि का अनादर न सहन कर जाएँ..."

"जै जगदम्बे।"

महंत ने हाथ उठाया है।

"जै जगदम्बे।" पण्डाओं ने मुट्ठी हवा में उछालकर रणक्षेत्र की-सी वाणी में अभिवादन किया।

शहर में यह अभिवादन फैलता गया।

"हटो, थोड़ा पानी डालूँ।" श्रुति मग में पानी लिए खड़ी है।

हनीफ़ पौधे पर पोली मिट्टी दबा रहा है। "माली का कहना है कि मधुमालती बहुत तेज़ी से बढ़ने वाली बेल है।"

"पकड़े तो पहले।"

"फिर इस पर बुलबुल गाएगी।"

"एक्चुअली वह बुलबुल नहीं है, गुलदुम है।" श्रुति ज्ञान बघारती है।

मुझमें कोई दम्भ नहीं। समझने की सलाहियत रखने का भ्रम नहीं। बस कॉपी करती हूँ।

पूरा डिपार्टमेंट सेमिनार हॉल में जमा है। छात्र भी, टीचर भी, बाकी सारे

कर्मचारी भी। प्रोफ़ेसर नंदन ने मीटिंग रखी है। वे बैठे हैं छोटे जोश और उर्मिला के बीच। शरद खिड़की के पास कश लेकर, मुँह बाहर करता है और 'फ़ुफ्फ़' धुँआ फेंकता है। सिगरेट खत्म करने की जल्दी में कश लम्बे हो गए हैं।

प्रोफ़ेसर नन्दन एक पर्चा सुना रहे हैं : "हमारे देश में जो हो रहा है, किसी से छिपा नहीं है। यह जनवाद और साम्प्रदायिक फ़ासीवाद की लड़ाई छिड़ी है और हम सब जानते हैं कि हम किस तरफ़ हैं। यह संघर्ष बहुत व्यापक होगा। हम सबको अपने-अपने हलकों में कोशिश करनी होगी, जिससे हमारे समाज में यह आवाज़ एकजुट होकर बुलंद हो। सब देशभक्त नागरिकों का आज यह फ़र्ज़ है..."

पर्चे को ही न कॉपी कर दूँ?

अब पर्चे से नहीं सुना रहे।

"...इस डिपार्टमेंट ने हर मौक़े पर अपना तरक्कीपसंद, उदार, प्रतिबद्ध मुखड़ा रौशन किया है। हमें आज फिर मिलकर काम करना है अपनी-अपनी हैसियत के मुताबिक। हम बुद्धिजीवी हैं और लिखने-पढ़ने के ज़रिए जो कर सकते हैं, करेंगे। इसीलिए आज हम यहाँ जमा हुए हैं। क्यों न मिलकर हम सब एक प्रोजेक्ट तैयार करें। क्या करें, कैसे करें, सब लोग अपने-अपने सुझाव दें।"

सब चुप हैं।

"बोलिए भई।" प्रोफ़ेसर नंदन छात्रों की तरफ़ देखते हैं, जो थोड़ा हिलडुल कर चुप हैं।

"क्या कर सकते हैं?" एक छात्रा धीमी आवाज़ में कहकर नीचे देखकर फिर ऊपर देखने लगती है।

मेरा कलम रुका है...तैयार।

हनीफ़ सिर उठाता है, "यहाँ छात्र बी.ए., एम.ए. करने आते हैं ओ़र कर्फ़्यू ने ऐसे ही पढ़ाई को खटाई में डाल रखा है, लम्बी.चौड़ी रिपोर्ट के लिए वे वक़्त कहाँ से लाएँगे?"

उर्मिला टोकती है, "लम्बी-चौड़ी का नाम किसने लिया?..."

"एक मिनट।" शरद टोकता है, "हनीफ़ ने बात पूरी नहीं की है।"

"थैंक्स शरद। हेड साहब ने ठीक फ़रमाया है, हम बुद्धिजीवी हैं, स्ट्रीट फ़ाइटर नहीं, पर कभी-कभी सबके लिए ज़रूरी हो जाता है किसी न किसी तरह स्ट्रीट फ़ाइट से जुड़ना। सवाल है कि कैसे हो कि बच्चों की पढ़ाई का नुकसान न हो।"

"नुकसान ही हो रहा है" छात्रा बोलकर फिर नीचे देखकर ऊपर देखने लगती है।

"मैं समझता हूँ," छोटे जोश समझाते हैं "कि हम एक हैण्डबुक जैसा मैनुअल तैयार करने के मक़सद से काम करें..."

"गुड्...।" प्रोफ़ेसर नंदन उसकी तरफ़ घूमे।

"गुड्ड।" हनीफ़ भी सहमत है, "जैसे हमने एड्स वाले प्रोजेक्ट में किया था कि लोगों को उस बीमारी की बुनियादी बातें बता दें, अफ़वाहों से वाक़िफ़ करा दें, डॉक्टरों को लोगों के डर बता दें..."

"आखिर जो फैल रहा है, वह भी एक किस्म की बीमारी ही है।" शरद बीच में आ गया।

हेड साहब ने मूँछ 'कट' करना चालू कर दिया है।

"तत्काल काम आ पाए, इस नज़र से रिपोर्ट बनाए।" छोटे जोश ने कहा।

"अ फ़र्स्ट-एड हैण्ड बुक।" उर्मिला स्पष्ट करती हैं।

"सिम्पल फ़ायर फ़ाइटिंग।" हेड समझाते हैं।

"क्या करें, बहुत बुरा वक़्त है। हम सब परेशान हैं।" उर्मिला परेशान लगती हैं।

इस पर सबके सब बोलने लगते हैं। टाइपिस्ट, चपरासी, ड्राइवर, छात्र।

"हमारा दूधवाला ऐसा कहता है..."

"हमारा तो भाई ही साम्प्रदायिक हो गया है..."

"हाँ-हाँ बिलकुल..."

"भाइयों में लड़ाई तो होती ही रहती है। प्यार की निशानी है।"

"मगर आज उसे इतना भारी बना दे रहे हैं।"

"तो है नहीं भारी?"

"नहीं..."

"है, मगर..."

"प्रोजेक्ट तैयार कर लें?" प्रोफ़ेसर नंदन के यह पूछने पर खामोशी छा गई। "हनीफ़, इसमें आप माहिर हैं, बताइए।"

"ऐसा क्या? हम सब मिलकर करते हैं। कुछ लोग पहले से लिख रहे हैं जैसे शरद..."

"मैं दोहराना चाहूँगा कि हमारे डिपार्टमेंट ने हमेशा शहर और देश में होती गतिविधियों के प्रति अपना चौकन्नापन दिखाया है, हम आइवरी टावर में बंद इंटलैक्चुअल नहीं हैं।"

"हम कुछ हैडिंग्स तैयार करें जैसे पुलिस की भूमिका, दवाएँ, डॉक्टरों की दिक्कतें, अफ़वाहों की भूमिका, अख़बारों की ज़िम्मेदारी..."

"और आठ-आठ दस-दस के ग्रुप बनाकर इन पर थोड़ी रिसर्च कर डालें। चाहें तो अपने-अपने मोहल्लों में ही शुरू करें। पुलिस कब पहुँचती है, उसके

क्या पूर्वग्रह हैं, ज़ख्मी अस्पतालों तक किन मुश्किलों से पहुँचते हैं, वहाँ क्या रवैया है, क्या कमियाँ हैं, भागे हुए लोगों के जो कैम्प लगे हैं, उधर क्या चल रहा है वग़ैरह-वग़ैरह।" शरद की दिलचस्पी बढ़ रही है।

"हमें जानना है कि हो क्या रहा है और बताना भी है कि असल में हो क्या रहा है।" छोटे जोश भी प्रभावित हैं।

"और यह रिपोर्ट हमें प्रशासन, अख़बारों, जहाँ-जहाँ हो सके, देनी है ताकि रॉयट-मैनेजमेंट में मदद मिले।" उर्मिला कहती हैं।

"जो मैनेज करना चाहते हैं, उन्हें!" हनीफ़ हँसा है, "जो बात बिगाड़ना चाहते हैं..."

"उनकी पोल खुलेगी।" प्रोफ़ेसर नंदन ऐलान करते हैं तो सेमिनार हॉल में आवेश से सिर हिलने लगते हैं।

ददू उन्हें बेल के पास उदास खड़ा देखकर शीशे का दरवाज़ा खोलकर कहते हैं : "उल्लुओ, ऐसे ही होता है। पहले पीला पड़ता है, मुरझाया-मुरझाया। परच रहा है नई मिट्टी से। अब उस पर सवार रहोगे तो साँस कैसे लेगा? बेचारे को अकेला छोड़ो, खुद खिल उठेगा।"

कभी-कभी हाँफ जाती थी मैं नकल करते-करते। छूट जाती थीं बातें या दोहराव हो जाता था। शब्द कान में पड़ते-पड़ते उड़ जाते, दृश्य बीच से कट जाते। कलम चलता, रुक जाता, फिर चलता, फिर थम जाता। उसी तरह से फुदकते, आड़े-तिरछे जाते, खुदा जाने क्या सुनाते स्याही के धब्बे बढ़ते जा रहे थे।

"आँय हाँय! धीरे-धीरे। मैंने चाय बनाने को कहा, दौड़कर गाड़ी पकड़ने को नहीं।" ददू ने लगाई।

"गिराती-पड़ाती काम क्यों कर रही हो?" शरद ने ऊपर देखा।

"मैंने नहीं, इसने गिराया," श्रुति शरद की तरफ़ इशारा करती है।

"वाह, देख रहे हैं ददू, मैं गरीब चुपचाप बैठा हूँ, पढ़ रहा हूँ..."

"तभी तो। जब पढ़ते हो, तब देखते नहीं कि पैर कहाँ मार रहे हैं, कोहनी

कहाँ टकरा रही है।"

"आपकी यह 'डोल' बहुत लड़ाकू हो रही है दद्दू," शरद चिढ़ाता है।

दद्दू को तो बहाना चाहिए, शुरू हो जाता है दीवान को कुदाना।

हनीफ़ उठकर खबरें लगाता है तो वे हाथ मचकाते हैं, "यही सब सुनोगे तो वह लड़ाका नहीं होगी तो क्या होगी? कुछ बढ़िया गाना सुनाओ, नाच दिखाओ तो वैसा करेगी। रुक्मणी अरुण्डेल बनेगी, इन्द्राणी रहमान, केसर बाई, गंगूबाई हंगल!"

दद्दू के ड्राइंग रूम में चीनीदानी उलट गई है और दूर तक चीनी छिटकी पड़ी है।

तीनों घर लौटे तो उनके मुँह लटके थे। उनके हाथों में वे कैसेट थे, जो गली-गली में बज रहे थे। प्लेयर पर उन्हें लगाकर वे चुपचाप बैठ गए।

"...तुम्हें हमने बराबरी दी, तुमने हमें क्या दिया? पाकिस्तान। बहुत हो गईं दया-धर्म की बातें। अब हैं वीरता और क्रूरता के दिन। यहाँ रहना था तो रहीम रसखान बनते, प्यार से दूध में चीनी की तरह, पर नींबू बनोगे तो क्या होगा? दूध फटेगा और दूध तो पनीर बनेगा, उसकी कीमत बढ़ेगी, पर नींबू तो कट के, निचुड़ के, सूख के कूड़े में ही फिंकेगा..."

बोलनेवाला एक साँस में ललकार रहा था, चीखकर। उसकी आवाज़ कंकड़ों से भरी थी, जो खुरचते-खुरचते बढ़ रही थी। न कौमा, न विराम। बस, बीच-बीच में स्वर ऐसे धमकता कि जैसे योद्धा ने खींचकर खंजर निकाला है 'झमक'। फिर एक-लय चीख चलती। फिर अचानक कुछ होता कि जैसे बोलनेवाला देवी भक्त है, जो उनके मद में चूर है और उस पर हाल आ गया है और वह झूम रहा है और सिर उसका रह-रहकर झटका खा रहा है।

"राणाप्रताप और शिवाजी के वंशज हैं हम। अर्जुन और भीम की संतान हैं हम और हमारे संग जो धोखा करेगा, वह कभी क्षमा—'झमक'—नहीं पाएगा।

नौ सौ हज़ार बरस पहले एक राक्षस था—रावण। उसने हमारी पूज्य सीता मइया का अपहरण किया। हम आज भी—'झमक'—भूले नहीं हैं। हर बरस रावण को जलाते हैं। ...अब तुम्हें सबक सिखलाना पड़ेगा। ...दे तो दिया तुम्हें पाकिस्तान, क्यों बैठे हो यहाँ, दूसरा पाकिस्तान बनाते।"

तीनों बैठे थे, एक दूसरे से आँखें चुराते। सिर नीचा किए कैसेट सुनते।

वे चाह रहे थे एक दूसरे के सामने न सुन रहे होते यह। ऐसा दिखा रहे थे कि कुछ सुन ही नहीं रहे या कि कुछ बज ही कहाँ रहा है या कि जो एक सुन रहा है, वही एक सुन रहा है, बाकी नहीं सुन रहे हैं। ऐसा चाह रहे थे कि होता, लेकिन हो नहीं रहा था ऐसा।

शूँ-शूँ कैसेट से मठ के अखाड़े में हवा को काटते हथियारों की झमक आ रही थी। कान में स्वर चरचरा रहे थे।

"हम भर पाए तुम्हारी यह उल्टी चालें, यह तुम्हारी हर चीज़ उलट के करने की नीति, हम बाएँ से लिखें तो तुम दाएँ से, हम पूरब को घूमें तो तुम पश्चिम को, हम सूरज को पूजें तो तुम चाँद को, अरे, हम बवाल कहें तो—तुम वबाल। 'झमक' हम कहें ताला तो तुम ताली। हम खाएँ मुँह से तो तुम..."

माहौल कोई भारी-सा आसमान था, जो महीन धागों पर लटका हुआ था। श्रुति ने कॉफ़ी का कप उठाया तो डर लगा कि कहीं कॉफ़ी के घूँट के साथ यह भी न गटक जाऊँ? उसने कप वापस रख दिया।

इतना खिंचा-तना हो गया आसमान कि ज़रूरी हो गया बेवकूफ़ी करना। सहज दीखना।

"कॉफ़ी ठंडी हो गई," हनीफ़ बोला।

"सब देवी माँ की कृपा है।" श्रुति ने व्यंग्य से मुट्ठी भींचकर आसमान में मारी, "जै जगदम्बे।"

हनीफ़ ने अभिवादन दोहराया, "जै जगदम्बे" और ठंडी कॉफ़ी निगल गया।

"यार!" शरद हँसकर बोला, "इन कटुओं ने नाक में दम कर डाला है।"

घर के अंदर बोला, मगर प्यार से।

घर के बाहर, खुले आम, सड़कों पर, दिन-दहाड़े, यही बोला जा रहा था।

मधुमालती के पौधे में जान आ गई है। हनीफ़ और श्रुति उसे खड़े निहार रहे हैं।

"यह उस स्प्रे का कमाल है। जी उठा।" हनीफ़ ने तोष से भीगे स्वर में कहा।

"पानी डाल दो।" श्रुति ने कहा।

तो दद्दू हनीफ़ के हाथों में पानी का मग देखकर छेड़ते हैं, "ज़्यादा लाड़ करोगे तो बेचारे का दम घुट जाएगा।"

"दद्दू," श्रुति बरामदे से पुकारती है, "आकर देखिए तो। दो नए पत्ते निकले हैं। अच्छी कसम खा रखी है आपने बाहर न निकलने की।"

दद्दू शीशे के दरवाज़े से देख रहे हैं, "इस बाहर को मैं नहीं झेल सकता, सीधा-सादा गाँव का वासी। एक न एक गाड़ी के नीचे कुचला जाऊँगा। घुस के बैठने में ही ख़ैर है। यहीं मौज करो, सपने देखो, भजन कीर्तन करो..."

"बस, वह मत करिए दद्दू," श्रुति हँसती हुई आती है, "अब भजन-कीर्तन के नाम पर मतली आती है।"

"यही तुम लोगों में खराबी है। भजन-कीर्तन किसे कहते हैं, जानते नहीं। इन पाजियों ने जो सुना दिया, उसी को भजन मान लिया।"

जाते हैं अपने एन्शेन्ट रेडियोग्राम पर बजाने के लिए रिकार्ड खोजने। धोती उठाकर करीने से रिकार्ड पोंछ रहे हैं, आगे को झुककर। उसी टेढ़ी मुद्रा में सिर पीछे घुमाते हैं—नीचे पतले-पतले पैर, ऊपर दोहरी होती काया, और उस पर धुरी पर उलटकर घूमा सिर। 'स्टैंड पर दो घुण्डीवाला सिर', श्रुति सोचती है।

"वह आया था पड़ोसी। शिकायत कर रहा था तुम लोगों की। कि बेपरवाह होकर कर्फ़्यू की रातों में सड़क पर फिरा करते हो।"

रिकार्ड बज रहा है : 'वैष्णव जन तो तैने कहिए जे पीर पराई जाने रे।'

इस समय डिपार्टमेंट में आज आए फ़ोन कॉल के चर्चे हैं। हमारे प्रदेश की शिक्षा-परिषद् ने हनीफ़ की किताब को इस वर्ष की समाजविज्ञान के क्षेत्र की सर्वोत्तम कृति घोषित किया है। कल समारोह है, जहाँ उसे पुरस्कार दिया जाएगा।

"रात की बस पकड़ लूँगा।" हनीफ़ ने किसी को जवाब दिया है।

"परिषद् भी खूब है! आज फ़ोन कि कल पहुँचो! चिट्ठी-विट्ठी..." प्रोफ़ेसर नन्दन हँसी उड़ाते हैं।

"चिट्ठियाँ बहुत ग़ायब हो रही हैं।" शरद कह रहा है।

"फ़ोन तो उन्होंने इसलिए किया कि पता करें, मैंने जवाब क्यों नहीं भेजा।" हनीफ़ बताता है।

"जाना तो चाहिए ही।" हेड मूँछ के एक बाल का सफ़ाया करते हैं।

शरद अपनी दाढ़ी में मुस्कराता है, "उनकी किताब से आगे निकल रही है दोस्त तुम्हारी! उन्हीं का प्रांत दग़ाबाज़ पिया!" बात सिर्फ़ हनीफ़ के कान में कही गई है।

सारा शहर मठ के मेलों में उमड़ने लगा। दुकानों में देवी भक्ति के प्रवचन के कैसेट और किताबें हैं, देवी के रंग-बिरंगे कैलेंडर हैं, गुलाबी और हरी मालाओं पर देवी के लॉकेट झूल रहे हैं, देवी के चित्र की टिकलियाँ हैं, कंगन हैं, कलम हैं, तरह-तरह के तामझाम हैं। सब पर देवी अंकित।

पहले गाहे-बगाहे मेला लगता, अब इस मैदान में बराबर मेला सजा रहता है। पतंगी कागज़ की लड़ियाँ हवा में पिरो दी हैं, खंभों पर ट्यूबलाइट टाँग दी गई हैं।

इस दुकान में एक तसले में गिरगिट के खानदान की किस्में, ढेरों और जीवित, रेंग रहे हैं।

"अइ।" चीख मारकर श्रुति पीछे हो गई है।

उसका तेल या क्या निकालकर औषधि बनी है, जो शीशियों में भरकर बिकने के लिए तैयार है। इसी दुकान में जड़ी-बूटियाँ, 'ताकत' ब्रैंड दवाएँ, जमा हैं। डिब्बों पर देवी बाल खोले गेरुए सिंह पर विराजमान हैं। यह औरतों को वशीभूत करने, कमज़ोर पौरुष को स्वस्थ करने, स्त्री-पुरुष के आनंदमय जीवन की गारंटीवाली दवाएँ हैं।

किताबों की दुकान में श्रुति पुस्तिकाएँ चुन रही हैं। *हराम हरम, मुल्लानी चालें, इस्लाम का विष वृक्ष।*

प्रोफ़ेसर नंदन ने पुलिस के बड़े अधिकारी से इजाज़त ली है। शाम चार बजे पुल के पार पुराने बाज़ार के घंटाघर पर सब मिलेंगे और बहुधर्म सभा होगी, जिसमें पारसी, जैन, हिंदू, मुसलमान, ईसाई, सिख सबके धर्मगुरु आएँगे।

अख़बार में इश्तिहार है।

"इतना बड़ा शील्ड दिया है।" श्रुति हँस रही है। ऊपर बालकनी में चाय चल रही है।

"बड़ा दुखी होगा नंदू।" शरद आधा गंभीर और आधा मखौलबाज़ लग रहा है। "अभी तक विदेशी तुम्हें बुलाते थे, अब उसी की रैयत!"

"यार, तो मैं क्या मना कर दूँ?" हनीफ़ ऐशट्रे बढ़ाता है, "मैं तो नहीं लिखता कि मुझे बुलाओ, इनाम दो?"

"क्या पता?" शरद गर्दन टेढ़ी करके आधे चेहरे से आँख मारता है।

छोटे जोश लड़ रहे हैं। "कुछ लोग तो यही मानते हैं कि असल रिसर्च थ्योरी गाँठने की है, बाकी तो सबस्टैंडर्ड एम्पीरिकल रिसर्च कर रहे हैं।"

"महज़ डेटा-कलैक्शन!" हनीफ़ चिढ़ाता है।

"डेटा कलैक्शन के बिना कौन-सी रिसर्च होती है डॉक्टर हनीफ़ ज़ैदी?" छोटे जोश तन्ज़ भरकर बोले।

"जैदी, डाक्टर जोश। मेरा नाम न बिगाड़िए। हम नुक़्ता नहीं लगाते।" हनीफ़ शान से कहता है। "जैदी और मेरी।"

छोटे जोश गड़बड़ाई आँखों से देखते हैं।

शरद ठहाका लगाता है, "कह रहा है इसकी रिसर्च डेटा कलैक्शन के बिना होती है!" फिर वह भी मसखरी करने लगता है, "डेटा कलैक्शन अलग बात है। हमारे हेड साहब ने कहाँ-कहाँ न लगकर डेटा बटोरा है, पर सबस्टैंडर्ड एम्पीरिकल रिसर्च दूसरी बात है।"

छोटे जोश गुस्साए और गड़बड़ाए दोनों हैं।

उर्मिला उन्हें चुप देखकर बोलती हैं, "जो थ्योरी नहीं बखान रहे ऐसा नहीं कि बस अख़बारी रिपोर्ट लिख रहे हैं।"

"मगर अभी तो हम रिपोर्ट ही माँगता है। दंगे, दंगों पर रिपोर्ट।" शरद आवाज़ बदलकर बोलता है। "हम थ्योरी नहीं माँगता।"

हेड चुप हैं। हँस नहीं रहे।

"एक सौ इक्यावन पेज की किताब, किताब हो गई!" छोटे जोश ज़रा मुँह फेरकर हँसते हैं।

"यह रिपोर्ट पाँच सौ पेज की बनाएँगे, क्यों उर्मिलाजी?" हनीफ़ को मज़ा आ रहा है।

"एण्ड नो थ्योरी। क्यों जोश?" शरद का अंदाज़ भी वही।

"क्या तुम भी यार जोश!" हनीफ़ खड़ा हो गया। "थ्योरी लफ़्ज़ सुनकर तुम दीवाने हो जाते हो!"

"सुनिए एक किस्सा।" शरद हनीफ़ की तरह कहता है, "मैंने कहा 'फ़लानी थी'। हेड साहब ने कहा, 'ओ री उर्मिला' और जोश साहब आगबबूला हो गए, क्योंकि उन्होंने सुना थी-ओर-री!"

छोटे जोश मुस्करा पड़े, "बना लो, बना लो।" अब नहीं मुस्करा रहे, "यह वक़्त थ्योरी पीटने का नहीं है, आप थ्योरी पीटते रह जाएँगे, उधर दुनिया बदल जाएगी।"

"अच्छा, किस्सा तो मैं सुनाता, पर यह वक़्त किस्सों का नहीं, डायरेक्ट ऐक्शन का है तो सीधे क्लास रूम, व्हैयर द ऐक्शन इज़।" हनीफ़ सलूट मारकर निकल गया।

घंटे भर में कर्फ़्यू लगेगा, पुलिस वैन चेतावनी देती शहर में घूम रही है। सायरन होगा, सीटियाँ होंगी। स्कूल-दुकान, दफ़्तर बंद हो रहे हैं। शटर गिरने की आवाज़, सायकिल, स्कूटर, रिक्शों की तेज़ी, बसों में लदे लोग, कुछ देर की है यह हड़बोंग। चेहरों से ज़ाहिर है कौन माँ-बाप हैं, जो सरपट दौड़े जा रहे हैं बच्चों को घर लिवाने-लाने के लिए।

प्रार्थना सभा में स्टेनगन लिए जवान घूम रहे थे।

दद्दू एक किताब उठा लाए, उर्दू की। फ़र्राटे से पढ़ते गए : "ये ये ये ये अल्लाह अल्लाह, ये ये ये ये अल्लाह अल्लाह।"

सब हँसने लगे : "ऐसे कैसे सीख सकते हैं जब आप अपने आप ही पढ़ते चले जाएँगे?"

"पर मैं ही सिखा सकता हूँ," दद्दू भी हँसे, "यहाँ और कोई उर्दू नहीं जानता। हम लोग तो मदरसे में पढ़कर आगे निकले। उर्दू पहले, हिंदी बाद में आई। फ़ारसी भी जानता हूँ।"

"कितने लोग सोच पाएँगे कि हमारे हनीफ़ ज़ैदी उर्दू नहीं जानते," शरद हँसा।

"ज़ैदी नहीं, जैदी! हम झुनझुनू के जैदी हैं, हर लेटर के नीचे नुक़्ता नहीं लगाते। सारे के सारे ज़ ख़ क़ लखनवी चोंचले हैं, हमारे यहाँ नहीं।" हनीफ़ हँसा।

"ये लोग क़ेले क़ाट क़ाट के नहीं ख़ाते।" दद्दू ने दीवान को जगाना शुरू किया।

"पर मैं उर्दू सीखना चाहती हूँ।" श्रुति हँसी।

"पहले हिंदी सीख लो। अच्छा चलो, अंग्रेज़ी ही सीख लो।" दद्दू हँसे।

सब हँसी से लोटन कबूतर हुए जा रहे हैं, मेरे कलम को यह सूझा, सो यही लिख गया।

बलात्कार पर स्पेशल रिपोर्ट आने लगी। दद्दू ने उठकर टेलीविज़न बंद कर

दिया।

"औरतें हैं दद्दू।" श्रुति ने कहा।

" ' 712 ई. में मुहम्मद बिन क़ासिम ने सिंध राज्य पर आक्रमण किया।' ऐं ऐं ऐं...।" जो हिस्से नहीं पढ़ने, उन्हें शरद ऐं ऐं में आगे सरका रहा है। " ' इसमें आश्चर्यचकित नहीं होना चाहिए। इस्लाम का जन्म ही काबे की 360 मूर्तियों को तोड़ने और खंडित करने से हुआ है।'...ऐं...। 'फिर क़ासिम ने हिंदू औरतों को अपने मुसलमान सिपाहियों में बाँट दिया, जिनकी शर्मगाहों को भरे बाज़ारों में लूटा गया। बच्चों के साथ अमानवीय व्यवहार करके हिंदुओं की दौलत लूटी और...' वाह क्या कहने लिसिन टू दिस... 'समाजवाद स्थापित किया। हिंदू मंदिरों को तोड़कर उन पर मस्जिदें खड़ी कीं और धर्मनिरपेक्षता का बीज इस तरह बोया'। देखा आपने—धर्मनिरपेक्षता और इस्लाम दोनों के खिलाफ़ भड़कान उठी है! उँ उँ उँ उँ...'धर्मनिरपेक्ष लालची और देशद्रोही हिंदुओं की मदद से, यह देश हिंदुस्तान नहीं, इस्लामिस्तान बना जा...' एल्लो!"

"ठीक से पढ़ो। ऐं ऐं ऊँ ऊँ क्या कर रहे हो?" श्रुति ने टोका।

"भई वाह!" शरद पन्ने पलटता है। "आँकड़े भी, तारीखें भी, सब मौजूद।" ज़ोरदार रिसर्च हुई हो जैसे। छोटे जोश खुश होंगे, नो थ्योरी, निरी हाई स्टैंडर्ड एम्पीरिकल डेटा! वाट! ऐं...सॉरी। अच्छा यह सुनो। उसी तरह के महमूद ग़ज़नी के सत्रह हमले। सब जगह धर्मनिरपेक्ष देशद्रोही हिंदू मदद कर रहे हैं। यहाँ भी आँकड़े—'30,000 घुड़सवारों ने सोमनाथ पर हमला किया।....' ऐं...? 'धर्मनिरपेक्ष हिंदू ने सुझाव दिया कि अपनी सेना के आगे हज़ारों गायों को खड़ा करके राजपूतों पर हमला करें। इस प्रकार गायों पर राजपूत वार नहीं करेंगे और गाय मरीं तो मुसलमान को धर्म-लाभ होगा तथा गौमांस खाने को मिलेगा।"

"क्या हो रहा है?" श्रुति पूछती है।

"आँखें फैल रही हैं।" शरद ने आँखें फैलाईं।

"आँखें खुल रही हैं। हिंदू और मुसलमान दिख रहा है।" हनीफ़ कहता है।

"लोग यही मानें शायद।" शरद की आँखें फिर फैल गईं।

"आगे?" हनीफ़ ने किताब की तरफ़ इशारा किया।

" 'मुहम्मद गोरी...' वग़ैरह वग़ैरह...आँकड़े देखो, तैमूर लंग 92000 घुड़ सेना...'बाबर ने हिंदुओं के कटे हुए सिरों का चंदेरी में स्तूप बनवाया।... अकबर को इंडिया की एकता का मसीहा कहते हैं, सर्वधर्म समभाव का

प्रस्तुतकर्ता कहते हैं...' मगर... 'उसके आक्रमण पर चित्तौड़ की 8000 राजपूत स्त्रियों ने जौहर की लपटों में अपने को झोंक दिया। 30000 हिंदुओं की हत्या की गई, जो अकबर की शरण में आए थे। हिंदू राजाओं और ठाकुरों की नवविवाहिता दुल्हनों की पहली सुहागरात अकबर के हरम में मनाई जाती थी'।..."

"उफ़। दिखाओ।" श्रुति किताब खींचती है : *हमारा प्रामाणिक इतिहास।*

कवर पर इश्तिहार के तौर पर कवितानुमा पंक्तियाँ हैं। यों—

'इस्लाम की बुनियाद पर यह देश हिंदुस्तान मिट रहा है।
आ ही जाएगा एक दिन यहाँ इस्लाम का दस्तूर।
हो जाएँगे इक दिन यहाँ से हिंदू काफ़िर काफ़ूर।
बंधुओ चेत जाओ।'

"भरी-पूरी इंडस्ट्री चल रही है।" श्रुति अब किताब पकड़े है।

"एकदम से तो यह इंडस्ट्री नहीं बन गई। हम कहाँ थे, जब यह बन रही थी?" हनीफ़ पूछता है।

"अरे छोड़िए भी।" शरद बेसब्र हो गया है, "इस वक़्त कोई मनमुटाव न रखें, जो हमारी मुहिम को कमज़ोर बना दे।"

"तो क्यों आपने यह बहस छेड़ी?" उर्मिला एकाएक मुड़कर पूछती हैं।

"यह बताने के लिए मदाम कि आप लोगों का जो यह फ़ेवरिट टॉपिक है रिसर्च विथ या माइनस थ्योरी फ़िजूल बात है। अच्छी रिसर्च अच्छी रिसर्च होती है और अलग-अलग स्टाइल ऑफ़ वर्किंग से निकलती है।" शरद तेज़ बोल रहा है।

"कौन नहीं मान रहा इसे शरद?" हेड पूछ रहे हैं।

"तरह-तरह के काम की अहमियत होती है, क़िस्म-क़िस्म के धागों से पूरा कसीदा तैयार होता है। समाज केवल सड़कों पर निकल के करनेवालों की वसीयत नहीं। अकेले बैठकर करनेवाला भी हवा का रुख बदलने या मोड़ने में सूत-सूत भर असर करता है। हवा की लय है, जो जीवन की लय है और समाज की लय है, जो तरह-तरह के सुरों से बनती है, हर खम हवा में हिलती है, जो जीवन और समाज को हिला देती है..."

"साला बह जाता है।" हनीफ़ मन ही मन मुस्कराता है। होंठों में बुदबुदाता है।

"साले।" स्कूटर पर हनीफ़ हँस देता है।

"तुम्हारी किताब है एक सौ इक्यावन पन्नों की बुरबक।" शरद डाँटता है।

"मुझे बता रहा है तू?" हनीफ़ हँसता है। देखता है, शरद नाखुश है, "यार तुम भी बह जाते हो।"

"साला वक़्त ही ऐसा है।" शरद भी हँसता है।

श्रुति ने फिर एक प्रेम कहानी लिखी है, जो वह किसी को दिखा नहीं रही, जिसमें प्यार है और सुनहली घास, जो बैठने पर नर्म लगती है, मगर उठकर चल देने पर चुभने लगती है।

लिखना कुछ और चाहती है, पर हिम्मत लिखते वक़्त जवाब दे देती है। मैंने उसे हनीफ़ से कहते सुना।

मैंने कॉपी करने को हाथ बढ़ाया था, लेकिन फिर स्याही का ख़याल हो आया। ऊलजलूल बातें। धकापेल कॉपीइंग में छान फटक आसान नहीं, फिर यह भी क्या पता, कब कोई ऊलजलूल बात काम का रुख ले ले, मगर जान-बूझकर स्याही गँवाना?

प्रेम कहानी!

"सर मुबारकबाद देने आए हैं।" पूरा मजमा हनीफ़ को घेरकर खड़ा है।

"इस किताब को तो सर, अभी और बड़ा पुरस्कार मिलेगा।"

"तुम लोग सर कहना बंद नहीं करोगे तो नहीं ही करोगे, क्यों?" हनीफ़ फटकारता है।

"सॉरी हनीफ़, प्रोफ़ेसर हनीफ़।" छात्र हँसते हैं, "अब आपको ट्रीट देना है।"

"लो, अभी लो।" हनीफ़ अपनी मेज़ पर रखे दो सेब उठाता है और ठहाका लगाता है, "लेकिन काटा कैसे जाएगा?"

एक छात्र झट एक नन्हा-सा चाकू पेश करता है।

"नींबू कहाँ है बरखुरदार?" हनीफ़ पूछकर और ज़ोर से हँसता है, "अरे ये किस्सा कैसे नहीं सुनाया मैंने? सुनो। एक साहब जहाँ भी जाते अपनी जेब में एक नींबू और एक चाकू साथ ले जाते। कहीं भी कोई खाना निकाले कि तपाक से नींबू काटकर उसके खाने में निचोड़ देते। ज़ाहिर है कि शराफ़त

में खाना उन्हें भी पेश किया जाता। तो इस तरह खाते-पीते कट रही थी। अब एक बार रेल के सफ़र में उनका साथ एक बुज़ुर्गवार से हुआ। जब बूढ़े ने खाना निकाला तो इन्होंने हस्बेमामूल नींबू निकाला, निचोड़ा, और एक निवाला तोड़ा ही था कि बड़े मियाँ ने तपाक् से एक तमाचा रसीद किया। तो बड़े अदब से आदाबर्ज़ करते हुए नौजवान बोले, 'अब्बा हुज़ूर भी इसी तरह मार-मार के प्यार से खिलाया करते थे!' "

हनीफ़ ने झुककर जो लम्बा आदाब किया कि कई छात्र भी हँसकर उसकी नकल करने लगे। खूब सारे छात्र और हनीफ़ ज़मीन तक झुके आदाबर्ज़ कर रहे हैं।

सायरन फिर बजनेवाला है। दुकान के शटर गिरने से भारी लोहे की आवाज़ आती है।

शरद 'बटरकप' स्कूल के आगे से निकलता है तो एक अकेली बच्ची फाटक पर खड़ी दिखती है। छोटी है। उससे बड़ा उसका बस्ता। वह आगे निकल जाता है। फिर पलटकर आता है। तभी एक स्कूटर देखकर बच्ची दौड़ती है और स्कूटरवाले को अपना भारी बस्ता थमाकर पीछे सीट पर चढ़ जाती है।

मुझे ख़्वाब आते हैं कि कर्फ़्यू है और मुझे स्याही ख़रीदनी है।

जहाँ झाड़ियाँ हुआ करती थीं, लाउडस्पीकर लग गए हैं और यूनिवर्सिटी में उनकी आवाज़ गूँजती है। दिन-रात प्रवचन दागे जाते हैं, जो टीचरों और छात्रों की क्लास में गड्डमड्ड गुँथ जाते हैं।

इस दौरान एक तरफ़ शरद है, दूसरी तरफ़ लाउडस्पीकर। और मैं।

"मध्यकालीन युग में धार्मिक स्थलों पर हमला करना युद्धनीति का अंग था।"

"उन्हीं को पुचकारा-दुलारा जा रहा है, हमीं पर रोक-टोक।"

"मंगोल, जो मुसलमान नहीं थे, माइंड यू, मध्य एशिया की मस्जिदों और पुस्तकालयों पर टूट पड़े।"

"हमने तो कभी नहीं कहा कि तुम उपनिषद् और गीता में भक्ति नहीं रखोगे तो..."

"यूरोप में धार्मिक लड़ाइयों का बहुत लंबा इतिहास है।"

"देवी के चरणों में कलम करके तुम्हारे शीश डाल देंगे।"

"प्रोटेस्टेंट ने कैथोलिक गिरजाओं में मूर्तियाँ तोड़ीं, चित्रकारी घिसकर ग़ायब कर दी।"

"हमारी जाति नीच व अनुदार नहीं है। यह गौरवमय है।"

"मेरी क्वीन ऑफ़ स्कॉट की क्रूरता आप सब पढ़ चुके हैं।"

"हिंदू जाति है। गर्व से कहो हम हिंदू हैं।"

"स्पैनिश इन्क्वीज़िशन दूसरी मिसाल है।"

"धर्मभ्रष्टा दूत हमारी शिक्षा प्रणाली को दूषित कर रहे हैं।"

"पिल्ग्रिम फ़ादर अमरीका इसीलिए भागे कि उनका रिलिजियस परसेक्यूशन किया जा रहा था।"

"छात्रों को भटका रहे हैं कि यह जाति प्रदूषण है।"

"जिन मुसलमान फ़ौजों ने ध्वंस किया, वे नोमैडिक थे और नोमैड लोगों ने हमेशा इसी तरह अपने लिए ठिकाने बनाए हैं।"

"आँखें खोलो, देखो, क्या यह सही नहीं...राजस्थान की बंजारा जातियों को ही लो...कि हिंदुओं की आबादी घटती जा रही है मुसल...लड़ाई, लूटमार, ध्वंस इतिहास के दौर होते हैं किसी एक जाति...मानो की बढ़ती जा रही है...का शाश्वत स्वभाव नहीं।"

गुत्थी बन रही है। तभी अलग-अलग लाइन में लिख रही थी।

"रामायण और महाभारत में क्या हो रहा था? मगध राज्य के इतिहास में क्या...

"तीन शब्द तलाक़ तलाक़ तलाक़ और मुक्ति कि फिर कहीं और निश्चिंत होकर वासना पूर्ति करेंगे ऐसे-ऐसे...

"हो रहा था? गुप्त, मौर्य, हर्ष कौन नहीं राज्य-विस्तार हेतु वही चीज़ें कर रहे थे, जिन्हें मुसलमानों के ही मत्थे मढ़ दिया है। अशोक...

"हथकण्डे कि बस भौंचक्के रह जाओ। बस एक सीख उनसे ले लो कि अपने धर्म के लिए..."

"ने किस दुख में जंग त्यागी, बौद्ध बना!"

"मरमिटना अपने धर्म के छोटे-बड़ों सबको बराबर मानना दूसरी जातियों का सर्वनाश अपने जीवन का एकमात्र ध्येय बनाना।"

"शैवों ने जैन मंदिरों और बौद्ध विहारों के संग ज़बरदस्त आक्रामक रवैया अपनाया। दुनिया भर में यह हुआ कि...

"प्रशंसनीय हैं मुसलमान। धन्य हो मुसलमान!"

"जिसके राज्य को खत्म करके, जिसने राज्य शुरू किया, उसने पहले की इमारतों पर दूसरी इमारतें खड़ी कर दीं। अपनी फ़तेह का इस तरह ऐलान किया।"

"रक्षा करो देवी।"

"बौद्ध और जैन स्थलों पर शैव मंदिर दिखेंगे। उन पर और उनके आस-पास इस्लामी मीनारें।"

"जै जगदम्बे।"

शरद रुक गया, "ये क्या मुसलमान-मुसलमान चिल्ला रहे हैं?" कुछ छात्रों को हँसी आ गई और शरद भी मुस्करा दिया।

दद्दू अपने बड़े से कमरे में बड़े से दीवान पर बैठे रहते हैं। बड़ा कमरा, बड़ा दीवान, खुद छोटे-से। अपने आपसे बातें करते रहते हैं। कोई आए तो खुश हो जाते हैं, "आओ-आओ, कहाँ से आ रहे हो?". वे अपने बगल की जगह थपथपाते, "आओ, बैठो।"

दद्दू बाहर नहीं निकलते और दद्दू घर के दरवाज़े बंद नहीं करते।

दद्दू शिकायत भी नहीं करते कि इतने दिन बाद क्यों आए। जिसकी जैसी मर्ज़ी। दिन में पच्चीसियों बार आओ, हफ़्तों बाद पहुँचो, एक मिनट को जाओ, वहीं बैठे रह जाओ।

ऐसे हैं दद्दू।

डिपार्टमेंट की इमारत पुरानी तर्ज़ की है। बरामदे में जालीदार खिड़कियाँ हैं, लकड़ी और पत्थर की नक्काशीवाली। ऊपर गोल गुम्बद पर नीले शीशेनुमा पत्थर जड़े हैं। वहाँ पूरी तरह से कबूतरों का डेरा है, नीचे डिपार्टमेंट में प्रोफ़ेसर नन्दन का, जिन्होंने नौजवान शोधकर्ता के पद से यहाँ काम शुरू किया था। कहते हैं, तब यह डिपार्टमेंट बस कहने को था। उसको असल में बनानेवाला नन्दन जी के सिवा और कोई नहीं। इसीलिए यह 'नन्दू का बेबी' भी कहलाता है।

स्वरूपनगर की बड़ी कोठियों को जलाने की कोशिश हुई है। अख़बार में

तस्वीरें निकलीं।

"हिंसा झुग्गी-झोंपड़ियों से तृप्त नहीं है।" हनीफ़ ने ताना कसा।

"अब हममें हरकत आएगी।" श्रुति का भी ताना है, दुख में पगा।

"कौन-सी हरक़त?" शरद के कटाक्ष में गुस्सा है, "एक एयर-कंडीशंड घर की तस्वीर आ गई और हम हिल गए। यही कहानी सबसे बड़ी बन बैठी। अरे, ग़रीबों पर ही घट रहा है अभी भी। बब्बू खाँ को देखा है—चेहरे पर वही संयत भाव, बस जाता है, बढ़ई को फिर बुला लाता है। तुम्हारी खिड़कियों पर एसिड की बोतलें गिरी हैं कभी?"

"तुम्हारी पे?" हनीफ़ चिढ़ गया।

"हमारी-तुम्हारी मत करो," श्रुति डाँट पिलाती है।

"यह कह रहा है, मैं नहीं।" हनीफ़ कमीज़ की बाँहें मोड़कर बाथरूम में घुस गया।

"फिर चले?" श्रुति ने पूछा।

"लगता है, कैंटीन के कटलेट नुकसान कर गए हैं। मैं कह रहा था न कि आलू का सड़ा-सा स्वाद है?"

"मुसलमान-मुसलमान, जिधर सुनो मुसलमान!" शरद होंठों ही होंठों में बड़बड़ाने लगा। यकायक श्रुति की तरफ़ मुड़ा, "तुम कितने मुसलमानों को जानती हो?"

श्रुति याद कर-करके नाम ले रही है। फ़ेहरिस्त पूरी।

उसमें हनीफ़ का नाम नहीं है।

श्रुति सुनाने लगी। यादें थीं। बिखरी। बचपन की। वह कभी पिक्चर हॉल में बैठी थी तब बुरकेवाली को देखकर वह और भाई हँसने लगे।

"देखो भाई!"

"हाय-हाय भूत!" उन्होंने किलकारी मारी। बहुत नीचा भी नहीं फुसफुसाए।

मम्मी की क्लासफ़ेलो थीं सुगरा बी। श्रुति याद करती गई, उनके ढाकई पराँठे, बेगिनती परतोंवाले और कबाब और अंडे का हलवा और ईद पर उनके घर से साल दर साल सेवइयाँ आती थीं।

सुगरा बी का बेटा जमाल भाई का दोस्त था। ईद-बक़रीद, होली-दिवाली आना-जाना होता ही था। एक बार वह बचपने भरे धोखे से भाई बहन को हँस-हँसकर खींच ले गया, वहाँ, जहाँ बकरा हलाल हो रहा था और मौलवी क़ुरान की आयत पढ़ रहा था और बकरा गेंदे की माला पहने था। मेंऽऽ मेंऽऽ की घुटी-घुटी आवाज़ जैसे बकरे के मुँह से नहीं, उसकी गर्दन को धीरे-धीरे रेतते चाकू से आ रही थी। घर तक भाई चुप रहा। फिर बोला, "हाऊ क्रूएल

श्रुति।" श्रुति को बुखार आ गया, पर मम्मी और सुगरा बी खूब हँसीं, "इसे दो रोज़ बुखार रहा।" पापा ने कहा, "खाती तो बड़े मज़े में हो।" जब खानसामा आता और बड़ी दावत होती और वह ज़िंदा मुर्ग़ी फड़-फड़ करते झोले से निकालता और उसे बँधे पैरों से उल्टा लटकाए पेड़ के नीचे ले जाता, जहाँ भाई-बहन दोनों चाव से दौड़े आते और तमाशाई बन जाते, मुर्ग़ी के पर नुचते, उसकी खाल उतरती, गोया खेल हो, देखते।

यह गुत्थी कैसे सुलझाएँ, तीनों विचारमग्न थे कि मम्मी और सुगरा बी हँसीं, कि मुर्ग़े की तड़प दिल में कहीं नहीं उतरी, कि बकरे की मिमियाहट सिर पर बुखार बनकर चढ़ गई...?

सोफ़े पर, ज़मीन पर, डायनिंग चेयर खींचकर, यहीं दद्दू के कमरे में हनीफ़ और शरद के छात्र बैठ गए हैं।

"अर्ना वर्ना कुछ नहीं," एक लड़का उत्तेजित हो रहा है, "हम उनका पक्ष लेनेवालों में से हैं, पर हमें तक लगने लगा है कि जो वे कर रहे हैं, उनकी पूरी क़ौम को तबाह करेगा। जहाँ वे हैं, वहीं उनके मुल्लाओं के दिमाग़ ख़राब हो रहे हैं। ईरान, बांग्लादेश..."

"जिन मुल्क़ों के नाम नहीं ले रहे, वहाँ," हनीफ़ समझा रहा है, "यही सब नहीं हो रहा। इंडोनेशिया, मोरक्को, मलेशिया...मुसलमानों में भी भरे पड़े हैं तरक्कीपसंद तत्त्व, पर उनकी तो बात नहीं होगी।"

"यह मीडिया का ढिंढोरा है, ख़ासकर पश्चिम से। उनका नया दुश्मन इस्लाम है, शोरिशपसंद, दकियानूसी। कोल्ड वॉर के बाद उन्हें एक नए शैतान की ज़रूरत थी..." श्रुति भी शरीक है।

"स्केपगोट थ्योरी सर...कब तक?"

शरद बोलने लगा, "मान लो, जो तुम कह रहे हो, सही है। मुल्ला, पण्डित, पादरी, राजनीतिज्ञ बहुत-से देशों में त्राहि-त्राहि मचा रहे हैं और पूरी क़ौम को बदनाम कर रहे हैं। मगर हमें देखना पड़ेगा कि जहाँ हम रहते हैं वहाँ की वास्तविकता क्या है, यहाँ कौन पिट रहा है, कौन झूठ बोल रहा है..."

दद्दू किसी की तरफ़ नहीं देख रहे हैं। दीवान के ऐन किनारे पर बैठे हैं, उनका चेहरा सिकुड़ गया है और मुँह निहायत गंभीरता में चोंच बना जा रहा है।

"तो क्या आप कह रहे हैं, मुसलमान पीट नहीं रहा? झूठ नहीं बोल

रहा?"

"बेशक बोल रहा है, पर कहाँ? अपने मुहल्लों में छिपकर, हर तरफ़ से बंद। हमें ख़ास पता भी नहीं चलता कि वहाँ वह क्या बक रहा है और ख़ास फ़र्क भी नहीं पड़ता। बाहर हम उसे निकलने नहीं देते।"

"हम क्यों कह रहे हो," श्रुति गुस्साई।

"दूसरी बहस है वह।" हनीफ़ उसे ही आँख दिखा देता है।

"इन बंद मोहल्लों में अरब देशों के पैसे के बावजूद वह जाहिल है, ग़रीब है, अपनी गलियों से बाहर निकलने से डरता है।"

"और जो निकल पाता है, वह न जाहिल रहता है, न गरीब और न वैसा मुसलमान, जिसकी नाक-नक़्श का अलग ढंग बनाकर ढिंढोरा..."

"हम कर रहे हैं।" शरद हनीफ़ की बात पूरी करता है, "यहाँ वह हमसे अलग नज़र ही नहीं आता..."

"फिर हम कह रहा है।" श्रुति दोबारा चिढ़ गई है, "मगर क्यों कह रहे हो हम?"

"आता है अलग नज़र? हनीफ़ को ही देखो।" शरद श्रुति को अनसुना करके बोले जाता है, "ऐसे मुसलमान को वे बंद घुटे मुहल्लेवाले शायद मुसलमान मानने से ही इनकार कर देंगे।"

दद्दू थोड़ा पीछे खिसककर बैठ जाते हैं। मंद-मंद मुस्काने लगते हैं, "घुसे रहने दो न उन्हें 'घेटो' में। बिलों में। कूपमण्डूक! टेरने दो अंदर ही खुशी से। बाहर निकलेंगे तो आप ही मुसलमानियत स्वस्थ हो जाएगी। कोई मोटा-ताज़ा इमाम सरकारी घोड़े पर सवार जामा मस्जिद से उलटे-सीधे ऐलान करे, क्या ख़ाक बिगाड़ लेगा?"

"उनसे डर कम है दद्दू। डर उन्हीं के जैसे कट्टर हिंदुओं से है, जो 'घरों' में बंद नहीं हैं। खुली सड़कों पर नाच रहे हैं।" श्रुति बोली।

"नंगा नाच कर रहे हैं।"

दद्दू ने ठहाका मारा है। कितना उदास था दीवान अब तक, "नंग बड़े भगवान से।"

सब हँस देते हैं।

दीवान हिचकोले खाता है, "हाँ-हाँ, नंग बड़े भगवान से! नाचेंगे भई, नाचेंगे। जब तक दम़ है नाचेंगे। फिर खुद ही बेदम होकर मर जाएँगे।"

"कितनों को मार के?" हनीफ़ पूछता है।

"कितनों को?" दीवान का हिचकोला रुकता है। फिर भरता है। "भुखमरी कैसे घटे? नौकरियाँ कैसे बढ़ें? भगवान तो दे नहीं रहा, नंग महाराज को देने दो!"

मठ के अखाड़े में कुश्ती, भाला, त्रिशूल, गदा, की ट्रेनिंग लँगोटधारियों को दी जा रही है। उससे हवा कटती थी। जो हमारे घरों तक आती थी, वही हवा। शूँ शूँ करती, जब वह रातों को घर के बाहर फुफकारती तो श्रुति और हनीफ़ और शरद अकसर नींद से जाग जाते।

मैं इनके पीछे-पीछे, मगर जब श्रुति लाइब्रेरी जाती, तब मैं नहीं जाती थी, क्योंकि वह अपने क्यूबिकल में बैठकर प्रेम कहानी लिखने लगती और फिर उसे छिपाती फिरती। तब मैं दोनों आदमियों के पीछे डिपार्टमेंट पहुँचती।

अकसर वे कैंटीन के बाहर टीन की छत के नीचे स्कूटर खड़ा कर देते। फिर एक सूखे नाले में उतरकर लकड़ी के टूटे-फूटे छोटे से पुल के पार से डिपार्टमेंट जाते। ऊपर से भी और कहीं से भी पुल पेड़ों से तक़रीबन पूरी तरह ढका रहता, इसलिए प्यार करनेवाले जोड़े वहाँ ज़रूर मिलते। वहाँ से ऊपर चढ़कर आओ तो अचानक सामने डिपार्टमेंट की इमारत नज़र आती। यह शार्टकट था।

डिपार्टमेंट को यू.जी.सी. से स्पेशल असिस्टेंस प्रोग्राम के तहत भारी ग्रांट मिलती थी और वह यूनिवर्सिटी का नामी डिपार्टमेंट था। प्रोफ़ेसर नंदन को फ़ख्र था, डिपार्टमेंट पर भी, पर खुद पर भी।

"दद्दू बताएँ," श्रुति उनकी तरफ़ मुड़ी, "आप कितने मुसलमानों को जानते हैं?"

दद्दू की चोंच फिर निकल आई है। आगे को सरककर पैर नीचे रख दिए हैं। एक घुटना दूसरे पर मोड़कर बैठे हैं।

"हमारे गाँव में ही थे बहुत से मुसलमान परिवार। चलो, आज तुम्हें एक बात बताता हूँ। तुम लोग आए दिन ढाबों-रेस्त्राओं में खाते हो, कौन जाने बैरे लोग किस जात के हों, उनके हाथ का छुआ-पकाया बेधड़क खा लेते हो। रेलगाड़ी में, बस में, किसी भी संप्रदायवाले से पकौड़ी-कचौड़ी खरीद

लेते हो। मिल-बाँटकर बैठते हो, छुआछूत नहीं मानते हो। और तो और, तुम लोग हिंदू-मुसलमान में ब्याह भी रचा रहे हो। हमारे गाँव में इस सबका सवाल ही नहीं उठता था। जलसों-त्योहारों का साथ होता और तमाम अनुष्ठानों में दोनों का मिलकर उठना-बैठना मगर नाश्ता-पानी अलग-अलग कराया जाता। पूरे गाँव की बात कर रहा हूँ। मैं तो जल्दी ही इस अलग-अलग के हिसाब से अलग हो गया, मगर तब तक मुसलमान के घर जाता तो हिंदू लड़का हिंदू हलवाई की दुकान से मेरे और मेरे पिता के लिए पत्तल के दोने में खाने को लाता। पिताजी और गाँव भर ऐसे ही रहे। हमारे घर में तामचीनी के बर्तन थे, जो मुसलमान मेहमानों के लिए ही रखे हुए थे! और इन बातों का हममें से कोई बुरा नहीं मानता था। तुम भेदभाव नहीं करते, हम करते थे, मगर हम हिंदू-मुसलमान में कहीं ज़्यादा अपनापा था।"

बता चुकी हूँ कि मैं क्या नहीं हूँ। बस, कॉपी करनेवाली हूँ। जो सनकी प्रक्रिया है जो मुझ पर भूत-सी तारी होती और एकदम से उतर जाती है! लिखते-लिखते बंद कर देती हूँ, मुँह फेर लेती हूँ। कहीं और का लिखने लगती हूँ और तब लगता है कि जो सामने हो रहा है, वह हो चुका है और मैं रिपोर्ट कर रही हूँ बीते की। जैसे सामने का घटता मन में अतीत बनकर फिर कलम से फूट रहा है पल भर में! कॉपी करती जाती हूँ, पर यह भी नहीं समझ कि हूँ कि थी!

"वाह रे दद्दू!" श्रुति ने एक और तिलपट्टी उठाई। "गाँव-गाँव की रट लगाएँगे और अब जब लेकर आई हूँ गाँव की चीज़, तो मैं ही खा रही हूँ।"

हँस देते हैं दद्दू, "गाँव में पोलिथीन में पैक होकर नहीं मिलती, ऐसे ही ढेरियाँ होतीं, जिन्हें मक्खियाँ खातीं और हम भी खाते।"

"अब मक्खियों का बहाना।" श्रुति जीत की आवाज़ में कहती है।

"खैर।" दद्दू कहते हैं, "अब इससे असली गाँव नहीं मिलेगा।"

"ठीक कह रहे हैं।" श्रुति गुड़ का स्वाद मुँह में भरे है, "वहाँ जाएँगे तो यही प्लास्टिक पैकेट मिलेगा। शहर वहाँ भी दिखेगा। जैसे हनीफ़ और मैं गए थे ना, याद है, एक कबीले के गाँव में? तो हमें मटन और ब्रैण्डी मिली..."

"हाँ-हाँ।" दद्दू खुश होते हैं, "बताओ-बताओ, जो गत हुई तुम्हारी..."

"हमने सोचा था महुआ मिलेगा, रोटला मिलेगा, मगर हमारे लिए ख़ास इंतज़ाम था..."

"मटन और ब्राण्डी का!" दद्दू और दीवान को मनचाही खुराक मिल रही है, "और जब तुमने कहा कि तुम कबीले की उस औरत की फ़ोटो लोगी तो वह ग़ायब हो गई और जब लौटी तो चेहरे पर दो मन पाउडर, बदन पर शहर से ख़रीदी गई नायलॉन की साड़ी।"

"उल्टे पल्ले की! मैंने फ़ोटो उसे ही भेज दिया।" श्रुति ने हज़ारहवीं बार दद्दू को रट गया यह किस्सा सुनाया। देर तक हँसी होती रही थी।

तब दद्दू कह पड़े, "ना रे, गाँव नहीं जाना मुझे अब कभी।" हँसी के आँसू पोंछते हुए..."जब गाँव बदल गया तो उससे वह नाता भी कहाँ?"

"अब तो बस गाँव की तस्वीर टाँगकर देखिए।" श्रुति ने उनकी जैसी बात कही और हँसी।

"बिलकुल।"

"और बाहर कभी मत निकलिए।"

"बिलकुल।" दद्दू ने उसकी छेड़छाड़ का मज़ा लिया। "बस, यह शीशे का दरवाज़ा रहे कि जब जी में आए, मुड़ के देख लें चुहिया के साथ कि बाहर अब निकलने लायक नहीं, हम जहाँ हैं, वहीं महफ़ूज़ हैं।"

"और खुश हो लें कि हम तो अंदर हैं।"

"हाँ, अरे चुहिया, तुम मत निकलना बाहर। चुहिया बिल में ही ठीक है। बाहर खुले में समझ ही नहीं पाएगी कि इधर भागूँ कि उधर।"

"सच, हम चुहिया हैं।" श्रुति बोलती है। "ज़मीन के नीचे, छिपकर चलनेवाला प्राणी। ज़मीन के ऊपर कुलाचें मारनेवाला जानवर कोई और है।"

"चुहिया नहीं तुम तो," दद्दू ने आँखें बड़ी-बड़ी बनाईं और गोल-गोल हवा मुँह में भरकर भारी नाटकीय आवाज़ निकाली, "तुम तो फ़ेमिनिस्ट हो...प्लूरलिस्ट हो...सैक्यूलरिस्ट हो...धत्त तेरे की!"

"पुलिस रेजिमेंट?" प्रोफ़ेसर नंदन का चेहरा सुर्ख़ है। "आप जानते नहीं हैं पुलिस रेजिमेंट क्या चीज़ है। आप कल के बच्चे हैं, जो यह आपको पुलिस रेजिमेंट लग रहा है। इस तरह..." वे दोनों मुट्ठियाँ खोलकर हाथ पूरा फैलाते हैं, "लुटाया है मैंने तन-मन-धन इसमें। इन्हीं हाथों से एक-एक ईंट धरकर बनाया है डिपार्टमेंट। आप सबको सुविधाएँ दी हैं, रिसर्च की खुली छूट दी

है, सेंटर ऑफ़ एक्सेलैन्स खड़ा किया है। किसी और विभाग से आप लेकर दिखाइए ऐसी आज़ादी? जब चाहें उठकर चल दें, इस सेमिनार, उस स्टडी टूर पर?"

"कहाँ की दौड़ लगाने लगे हेड साहब?" हनीफ़ थोड़ा हक्का-बक्का हो गया है, "मैं तो अटेंडेंस रजिस्टर के ख़िलाफ़ बोल रहा हूँ। बिलकुल उन्हीं बातों को मानकर, जो आपने बयान कीं कि यहाँ का माहौल न बिगाड़ें। टीचरों की तो छोड़िए, छात्रों को भी ज़बरदस्ती डेली अटेंड करा लें तो आप बेहतर काम नहीं कराएँगे। वह पुलिस डिपार्टमेंट में ठीक है, यहाँ तो आज़ादी और खुलेपन की ही फ़िज़ा रहे...।"

छोटे जोश खीझ गए, "आप लोग तो सेमिनार में जाना, पुरस्कार पाना, स्टूडेंट को ढीठ बनाना, इसी को इस डिपार्टमेंट का काम मानते हैं। यह डेमोक्रेसी है! हर चीज़ की हद होती है।"

उर्मिला भी लड़ाई के तेवर दिखाती हैं, "हेड साहब ने यहाँ रीडिंग रूम, ऑरकाइवल सैल, माइक्रो फ़िश, माइक्रो फ़िल्म रीडर लिए हैं, कितना नाम है डिपार्टमेंट का..."

"जी।" हनीफ़ इत्तेफ़ाक करता है, "क्योंकि औरों से मुख़्तलिफ़ है ये।"

शरद बोला, "हम अटेंडेंस रजिस्टर को ग़लत क़दम बता रहे हैं, हेड साहब की तौहीन नहीं कर रहे।"

"छात्र 'सर' न कहकर नाम ले दें तो डैमोक्रैटिक।" छोटे जोश शरद पर ही पिल पड़े, "आप दाढ़ी बढ़ा लें तो मुसलमान के हिमायती!"

मीटिंग के बाद शरद सबको गाली दे रहा है कि नई-नई माँगें हमारे यहाँ शुरू हो गई हैं, रूलबाज़ी, डिसिप्लिन, कन्ट्रोल।

हनीफ़ अचानक हँस देता है, "दाढ़ी बढ़ाकर समझ रहा है, मुसलमान बन गया है। अब जा," वह नाटकीय मुद्रा में शरद की पतलून को अपने इशारे की ज़द में लाता है, "वह भी करा ले। उसी की कसर क्यों छोड़ी है?"

"वो।" शरद मुस्कराता है, "बचपन में ही करा लिया!"

"हैं?" हनीफ़ रुका।

"बहुत से हिंदू बच्चों का करा देते हैं। कोई चोट-चाट, इंफ़ैक्शन। तुम्हें इतनी हैरानी क्यों हो रही है? पर तू क्या जाने? तुझे सेमिनारों में जाने से फ़ुर्सत मिले तब न यहाँ के रीति-रिवाज़ देख पाएगा!"

"नहीं, सेमिनारों का गिला नहीं है यहाँ।" हनीफ़ फिर चलने लगता है, "यहाँ विदेश न जा पाने का है। जब से ये पेरिस से इन्वीटेशन आने लगे हैं, आए दिन सुनने को मिलता है कि कुछ लोगों ने टीचरी के पाक पेशे को घुमक्कड़ी और अय्याशी का बहाना बना लिया है।"

"अब यह पुरस्कार, जिससे नंदू की नहीं, तुम्हारी किताब ट्रांसलेट होगी!"

"लिख दूँ परिषद् को?" हनीफ़ हँसा।

"न जी। इंतज़ार करो। डिसिप्लिन और कौम्पीटेंस के नाम में बनते नये-नये अटैंडेंस रजिस्टरों का!" शरद ने मखौलबाज़ी की।

मेरी कॉपीइंग बेतरतीब थी। कभी-कभी इसलिए कॉपी करती जाती कि आजकल न जाने कौन-सी बात उसी धारा में जा गिरती है।

"पत्ते तो निकल रहे हैं। यह भी नया है।" शरद इनके साथ मधुमालती के पास खड़ा है। "मगर फूल भी तो निकलने चाहिए। तब तक क्या मज़ा?"

"तुम बहुत बेवक़ूफ़ हो।" श्रुति चिढ़ी आवाज़ में कहती है।

"अरे-अरे!" हनीफ़ नर्मी से उसका गाल छूता है।

"कोसता है हमारी बेल को। तुम्हारा दोस्त।"

शरद हँसकर उसे एक 'टीप' मारता है।

मठ के महंत, शांत ममतामयी मूरत, मधुवचन में बात कर रहे हैं। उनके दाँत नहीं रह गए हैं और मुँह भी नहीं रह गया है या दाढ़ी-मूँछ में रुल-मिल गया है। घनी भवों के नीचे आँखें बची हैं और नाक के नीचे बड़ी-बड़ी सफ़ेद बरगदी मूँछें हैं और उसी में उलझी दाढ़ी की लटें हैं। बरगद के पीछे एक अदृश्य बिंदु है, जहाँ से आवाज़ निकलती है, जब-जब आगे, पक्षी के डैनों की तरह उनकी दाढ़ी-मूँछ ऊपर-नीचे ऊपर-नीचे फड़क-फड़क उड़ती हैं।

हवा उड़ रही है और एक मुन्ना-सा पत्ता महंत की दाढ़ी में फँसा है। एक शिष्य बढ़कर उसे निकालकर छिटक देता है।

"यह क्या किया?" महंत की आँखों में करुणामयी मुस्कान तैर रही है। भीनी गुरुवाणी है उनकी, "बच्चा, हमारे पूर्वजों की जटाओं में पशु-पक्षी घर-घोंसले बनाते थे, उनके बच्चे-अंडे यहीं होते थे, तुम एक पत्ते को देखकर विचलित हो गए?"

"जै जगदम्बे!" कोई बोला।

महंत की आवाज़ मीठी है, "हमने तो देवी-भक्ति की मदिरा पी रखी है। बस, वही एक नशा है हमारा, वही नाम जपते रहते हैं। जै जगदम्बे!"

मठ के कोने-कोने से गूँज लौटती है—"जै जगदम्बे!"

"क्यों मना करते हो बेटे?" महंत चरण आगे बढ़ाते हैं, नये भक्तों को पास आते देखकर। "ले, छू ले बच्चा।" बगल के ढेर से फल उठाकर भीड़ की ओर लपका देते हैं, "यह पाप बहुत हो गया, अब प्रायश्चित करो। देवी का नाम सुनकर बच्चों की पढ़ाई में अवरोध? क्षमा-क्षमा हे जगदम्बे माते!"

उनके डैने फड़फड़ा रहे हैं।

"आवश्यकता गुरुकुलों की है। हमारी सभ्यता संकट में है। यह क्या हमने अपनी संतानों को सिखा दिया है कि अकबर महान है? अकबर क्रूर विदेशी था। अंग्रेज़ था।" डैने फड़क-फड़क।

"हमारे देवी-देवताओं को मिथ्या कहते हो? क्षमा-क्षमा-क्षमा!"

फड़क-फड़क

"विधर्मी विधर्म बाँचें, वह जनतंत्र। हमें चुप रहने को बाध्य करो, वह जनतंत्र। देश को बँटने दो। हैं? हम अखण्ड भारत फिर बनाएँगे।" फड़क।

"चुप्पी कायरता है।...देश-प्रेम से ओत-प्रोत हो जाओ। हमारा भारत महान्।...हमारा भारत हमारा।...हम अब सहिष्णु नहीं हो सकते। हमारे बच्चों की वेदना हमें ललकार रही है। आम जनता का स्वर फूट पड़ा है।"

"जै जगदम्बे!"

कलम में स्याही भरने का वक़्त नहीं है। मैं निब दवात में डुबो-डुबोकर लिख रही हूँ।

हवा बार-बार पेड़ के अक्स को अलमारी के शीशे पर उछाल देती है। हनीफ़ सिर झटककर उठाता है, क्या कोई आ रहा है? मगर नहीं, वही पेड़ करतब दिखा रहा है।

मेज़ पर पड़ी छुट्टी की उसकी अर्ज़ी पर हेड के एतराज़ दर्ज हैं—ऐन वक़्त पर अर्ज़ी क्यों आई है, पहले से क्यों नहीं कि उस पर सोचा जा सके?

हनीफ़ कुर्सी खिसकाकर खड़ा हो जाता है और एक हाथ जेब में डालकर अपने ऑफ़िस से बाहर निकलता है, घूमकर लौट आता है और स्कूटर की चाभी मेज़ से उठाने के लिए जेब से हाथ निकालता है। फिर वापस डालकर गलियारे में बढ़ जाता है। सीढ़ियों से नीचे, किसी को देखकर सलाम में हाथ

उठाता है।

सीधे प्रोफ़ेसर नंदन के कमरे में, "हेड साहब, यह माजरा क्या है?"

"आइए हनीफ़। मैं खुद आनेवाला था।" नंदन कहते हैं।

"बर्लिन सेमिनार के लिए मेरी एप्लीकेशन...?"

"देखिए, कल आपको जाना है? आज आप ख़बर दे रहे हैं? मैं क्या जवाब दूँ?"

"मैंने जवाब नहीं माँगा है हेड साहब। हर बार की तरह लेटर भेज दिया है..." हनीफ़ के चेहरे पर सुर्खियाँ मँडरा रही हैं।

"वी सी न माने तो? कोई नोटिस पीरियड?" नंदन मूँछ खींचने लगते हैं।

"आज तक वी सी मानते आए हैं..."

"हनीफ़, मुझे आपकी कितनी तरफ़दारी करनी पड़ती है...यह लोगों को लगता है फ़ेवरिटिज़्म..."

"मुझे सेमिनार में जाने से न रोकें तो फ़ेवरिटिज़्म?" दोनों दूसरे की बात पूरी होने के पहले अपनी शुरू कर देते हैं, "अभी वी सी पर थे, अब लोगों..."

"सॉरी हनीफ़, सभी लीनिएंट होने के ख़िलाफ़ हैं कि कोई फ़ायदा न उठाए..."

"प्रोफ़ेसर नंदन!" हनीफ़ की आवाज़ में ख़तरे की घंटी है।

"आप इतना बाहर जाते हैं तो दूसरे क्यों नहीं? इसी से मनमुटाव पैदा होते हैं। हेड की हैसियत से मुझे डिपार्टमेंट में ईर्ष्या-द्वेष रोकना है। पहले से अप्लाई करें तो समय रहेगा कि..."

"सबके सामने—आपके भी—मेरे जर्मन ट्रिप की बात हो रही है। ईस्ट और वेस्ट की, बर्लिन वॉल की। कब से। छुट्टी के बारे में आपका रवैया बदलना था तो मुझे बताया क्यों नहीं गया कि अभी से अप्लाई कर दो? क्यों आज तक रुके, मेरी अर्ज़ी पर लिखित एतराज किया ताकि वी सी आपके नोट के साथ इसे पढ़ें...?"

"डॉक्टर हनीफ़, आप मोटिव इम्प्यूट कर रहे हैं।" नंदन ने जोर से कहा।

"कल किसी को जलन होगी कि मेरी किताब क्यों छपती है तो उसे समझाएँगे या मुझे लिखने से...? हनीफ़ तमतमाता है।

"आपको कौन रोक रहा है? कौन रोक रहा है आपको? मगर कोई कायदा मानेंगे या सबके सब मनमानी करेंगे? डिपार्टमेंट है यह यूनिवर्सिटी का, किसी की निजी ज़मींदारी नहीं!"

"आपको जो तय करना है, करिए।" हनीफ़ स्कूटर की चाभी हाथ में

निकालता है और बाहर आ जाता है।

"सर, मैंने चैक किया। इस वाली में भी वही पन्ने ग़ायब हैं और तीसरी कॉपी मिसिंग है।" कोई छात्रा एक लाइब्रेरी बुक दिखा रही है, "इन आइ.ए.एस. में बैठनेवालों को तो लाइब्रेरी से डीबार कर देना चाहिए। सच्ची।"

शहर में सी.आर.पी. को हटा के बी.एस.एफ. को लगा दिया गया है।

मठ के फाटक के फ़ौरन भीतर से गेंदे, गुलाब और सदासुहागन की क्यारियाँ शुरू हो जाती हैं। वहीं, सामने खड़ा एक बल्लमधारी सहसा "जै जगदम्बे" पुकारता है, जिस पर तीनों उछल जाते हैं और पहलवान के गठीले जिस्म पर मछलियाँ दौड़ जाती हैं।

मठ गूँजने लगा है फिर।

श्रुति कहती थी कि जैसे सियारों की "हुआँ-हुआँ" का ताँता एक खेत से शुरू होकर, उस खेत, फिर उस खेत, फिर उस खेत तक फैलता चला जाता है। फिर गूँज लौटती है। दूर से। पास आते-आते सियार, मालूम पड़ता है, एकदम सिर पर आ गए हैं।

नीचे हॉल में भी आवाज़ आ रही है। यह हनीफ़ बोल रहा है, "इतिहास की सारी बुनाई में से एक ही धागा क्यों निकालते हो?"

"मगर सर, अपनी धर्मनिरपेक्ष थ्योरी को सही साबित करने के फेर में लोग असुविधाजनक सच्चाइयों को अनदेखा करें..."

"यह कौन कह रहा है?" शरद चिल्लाता है, "पर यह तो समझो और भी बहुत कुछ था। जहाँ जेहाद की पुकार लड़ने को प्रेरित करती, वहाँ वही लड़ाई धन के लिए भी थी, व्यापार के विस्तार के लिए भी थी। अरबों ने तो इसीलिए यूरोप, अफ्रीका, एशिया में सिक्का जमाया! और जेहाद था तो माई-बाप फ़ितना भी था यानी मुसलमानों की मुसलमानों से मुठभेड़। और जो मिले-जुले संगठन थे--हिंदू, मुसलमान, यहूदी, पारसियों, सबके? अरे

अलग-अलग तरह के गुट बने हैं, तरह-तरह के हितों को मद्देनज़र रखकर।"

"सोचो ज़रा," हनीफ़ का स्वर : "किसके हाथों में सिर हमारे गिरफ़्त हैं कि जिधर वे घुमा दें उधर ही हमारी गर्दन घूम गई है—मुसलमानों के हाथों की गई तबाही की तरफ़, टूटे मंदिरों, हिंदू लाशों की तरफ़? दूसरे पहलुओं पर वे परदा डालना चाहते हैं..."

"परदा", शरद दहाड़ा, "मुसलमानों के आने से पहले से यहाँ था, मगर क्यों हम सब यही समझते हैं कि मुसलमान परदा लाए? सती पहले से थी, क्यों उन्हीं के सिर ठोंकी जाती है?"

"अरे किसने चुनाव किया है कि बस यह और यह गिनाएँगे, बाक़ी भूल जाओ? और क्यों हम मान गए हैं?"

"कौन-सी तुष्टि इससे लोगों को मिल रही है? अरे सोचो तो सही कि आख़िर यह कैसी तुष्टि है?"

श्रुति ऊपर जाना चाह रही है, मगर दद्दू को चुप देखकर वहीं बैठी है। दद्दू ने दीवान पर पैर ऊपर कर लिए हैं, घुटनों को लपेटकर सिकुड़े बैठे हैं। सिर हथेलियों में है, जो कोहनी पर टिकी और घुटनों पर रखी हैं। जैसे भीतर कोई बिंदु है और सारा शरीर उसी तरफ़ केंद्रित है, ऐसी उनकी काया बनी हुई है।

"है तो सही दद्दू। कौन-सी तुष्टि मिल रही है लोगों को एकतरफ़ा बात उछालकर?" श्रुति उनसे संपर्क करना चाहती है।

दद्दू बदन खोलने लगे हैं जैसे उलझी डालों को सीधा, अलग, करते हों, "बेटी" वे शुरू करते हैं।

तभी ऊपर से आती आवाज़ और बुलंद हो जाती है, "क्यों हममें से विरले ही जानते हैं? पूछो लोगों से, हाँ-हाँ खुद स्थिति साफ़ हो जाएगी, कि मुसलमान हिंदुस्तान कब आए। जवाब मिलेगा, जी आठवीं शताब्दी में, उत्तर की ओर से, सिंध मुल्तान में, ज़ुल्मी अरब, ध्वंसकारी तुर्क, 712 ईसवी, मोहम्मद बिन क़ासिम। फिर मोहम्मद ग़ौरी, महमूद ग़ज़नबी, खिल्जी..."

"वहीं उत्तर में राजपूत आपस में लड़ रहे हैं। मोहम्मद गौरी का साथ जयचंद देता है। मींड और जाटों के जत्थे हमले पर हमले कर रहे हैं। उसी तरह लूटमार, औरतों का अपहरण..."

"मेरी बात पूरी हो जाने दो।"

"ओह सॉरी, हाँ बोलो..."

"क्यों नहीं लोग जानते कि सबसे पहले मुसलमान उत्तर नहीं, दक्षिण भारत में आए, मलाबार तट पर व्यापार के लिए, बिना हमला किये? बिना खून-खराबे के वहीं साउथ में बसे और उधर के राष्ट्रकूट और चालुक्य राजाओं

ने, जो हिंदू थे, उनका स्वागत किया। यहाँ तक कि मिली-जुली शादियाँ हुईं और इनसे जो बच्चे हुए, उन्होंने 'बयासरा' के नाम से नई कौम बनाई। ये मेल था, झगड़ा नहीं। क्यों ये बातें आम जनता तक नहीं पहुँची हैं? क्यों लोग भूल गए हैं? कोई भुलवा रहा है? वे खुद भूलना चाहते हैं? सोचो..."

"सॉरी, आप कुछ कह रहे थे दद्दू?"

दद्दू मंद-मंद मुस्कराए, "आज ऊपर क्लास चलने दो। छात्रों का भी जवाब नहीं, यूनिवर्सिटी में लेक्चर हुए उनसे जी नहीं भरा, यहाँ भी...!

"इन्हीं दो के पास सबसे ज़्यादा आते हैं।" श्रुति बोली।

"स्टार प्रोफ़ेसर्स!" दद्दू हँसे, "हम लोग दूसरी जिंस के बने थे। हम रस लेते थे जीवन में। अच्छा साहित्य पढ़ते थे, बढ़िया गाने गाते थे। मुझे पता चला कि उदय शंकर ने पहाड़ों में नाच की संस्था खोली है तो पहुँच गया सीखने।"

"आपने नाच सीखा?" श्रुति को बात बहुत ही मज़ाकिया लगी।

"सीखा नहीं। उस लायक नहीं था। बदन में लोच नहीं थी। मगर सुंदर लड़कियाँ हों, खूबसूरत पहाड़, नृत्य नाटक, फिर क्या, आनंद ही आनंद। तुम लोगों ने तो जीवन से रस ही ख़त्म कर दिया है। ड्राई एकेडेमिक्स! अब तुम ऊपर जाने की ग़लती मत करना। तुम्हें मैं यहाँ महफ़ूज़ रखूँगा।"

"अरे, मैं तो सोच रही थी जाकर सुनूँ बात कहाँ पहुँची?"

"पहुँचेगी कहाँ? खाली हैं। थोथा चना बाजे घना। हाँ-हाँ जाओ, ड्राई होना है तो जाओ।" दद्दू ने खदेड़ा।

"बॉलकनी में बैठे होंगे, तभी यहाँ शोर हो रहा है। भेजती हूँ अंदर कमरे में।" श्रुति उठ खड़ी हुई। सीढ़ी पर खुद से बुदबुदाने लगी। "ड्राई होने चली!"

"सरकारी दफ़्तर तो बन ही जाएगा।" शरद आँख दिखाता है।

छोटे जोश भी। "आफ़िस से मँगाकर पढ़ लीजिए। सिंडीकेट के बनाए रूल हैं...।"

"रूल तो यही पहले भी थे जोशजी। सवाल यह है कि उन्हें किस रवैये में ढाला जाता है। पढ़ने-लिखने की संस्था के मुताबिक या...?" हनीफ़ चाय पीता है।

"सरकारी दफ़्तर के?" शरद सिगरेट फूँकता है।

"सेमिनार बहुत बड़ी चीज़ है? बच्चों की पढ़ाई के प्रति हमारा कर्तव्य

है कि बस देश-विदेश घूमा करें?" उर्मिला पूछती हैं।

हनीफ़ हँसा था, "आप उर्मिलाजी बेहद मासूम हैं। यहाँ कर्फ़्यू ने पढ़ाई का बेड़ा ग़र्क किया है, आप नाहक सेमिनारों को कोस रही हैं।"

"सेमिनार और लेक्चर कब से एक-दूसरे के दुश्मन हो गए?" शरद पूछता है।

"ये खूब कही!" हनीफ़ कहता है।

"हम तो कर्फ़्यू के बावजूद कोर्स भी पूरा करा रहे हैं, सेमिनारों में भी शरीक होते हैं।" शरद ने सीना ठोका।

"कड़ाई न बरतें तो लोग फ़ायदा भी उठा सकते हैं।" उर्मिला रूठ गई हैं।

नंदन चुप है।

"ये बात कहीं पहले भी सुनी है!" हनीफ़ उकताया लग रहा है।

"उदार नियम-कानून होंगे तो गलत फ़ायदा उठानेवाले भी उन्हें शायद इस्तेमा़ल करें, मगर वह जोखिम उठाना बेहतर है फ्री इंक्वारी और अच्छी रिसर्च के लिए खुले माहौल का गला घोंटने की बजाय। अच्छे लोग तो अच्छा काम करेंगे?" शरद बोल रहा है।

"कहाँ फँस रहे हो शरद?" हनीफ़ मुस्कराया।

"कड़े कानून, जोड़-तोड़, चुगलखोरी, मस्काबाज़ी, दरबार-कल्चर, चमचागीरी, सब अंतरंग साथी हैं..." शरद भुनभुना रहा है।

"यह सब इसलिए कि विदेश नहीं जा पाए।" उर्मिला बगलवाली से धीरे से कहती हैं। "मैंने सुन लिया।"

"नंदू चुप हैं, दूसरे बोलते हैं।" हनीफ़ धीरे से शरद से कहता है।

मैंने नोट कर दिया।

कहानी में मुसलमान हैं, जिनके चारों तरफ़ वे कैसेट बज रहे हैं, जो हमारे शहर में बज रहे हैं। एक मुसलमान युवक जलती मशाल उठाकर मारता है, दूसरा यहाँ से पाकिस्तान चले जाने की बात करता है, क्योंकि वहाँ यह कैसेट नहीं बज रहे।

"मगर उससे क्या होता है? सब ज़बरदस्ती की बात है कि पाकिस्तान अपना है। वहाँ भी हमारे लिए जगह नहीं, सिर्फ़ नारे हैं।"

कैसेट सुननेवालों को मालूम था कि जगह उनकी यही थी।

"यही थी? इतनी ही जगह थी, कैसेटों से घिरी? हिन्दुओं से घिरा उनका

मोहल्ला, जहाँ पीठ की तरफ़ गोलियों से छलनी हुई दीवार थी, आगे एसिड बल्ब से टूटी खिड़की थी और हाथ में या तो चाकू था या हाथ झुकी गर्दन के नीचे कमीज़ की तह में छिपा-बँधा खो जाने की कोशिश में था। करामत मियाँ ने पैंतरा बदला ही था कि" हनीफ़ रुक गया। कहानी नीचे रख दी।

"क्या हुआ?" श्रुति की नज़र में आत्मविश्वास की कमी है।

"जै जगदम्बे!" हनीफ़ उड़ा हुआ है।

"जै जगदम्बे!" शरद ने मठवालों की जुझारू मुद्रा में मुट्ठी मारी। हनीफ़ चिढ़कर शरद को देखने लगा।

श्रुति घबराई हुई है, शरद को लताड़ देती है, "भद्दी हरकत क्यों करते हो? आदत पड़ रही है?"

शरद पल भर चकित लगता है फिर सफ़ाई देता है, "मुझ पर थोड़े, यह कैसेट पर चिढ़ा है।"

"नहीं बनी ना?" श्रुति ने डरकर पूछा।

"नहीं।" हनीफ़ कहता है जैसे कहना नहीं चाहता।

"स्टाइल ही..."

"मैं स्टाइल ही तो नहीं चाहती। सीधासपाट कि जो कहा, वैसा ही समझा जाए।"

"उसके अलावा भी।" हनीफ़ कहता है, "तुम उन्हें बलि का बकरा बना रही हो। उनकी ह्यूमन डिग्निटी ख़त्म किए दे रही हो।"

"नहीं मिट रही?" श्रुति झगड़ती है।

शरद हनीफ़ की पीठ पर एक धौल जमाता है—'धप्प'। "मुझ पर चिढ़ेगा तो कह दूँगा यार, तू तो मियाँ भाई होता जा रहा है। ह्यूमरलेस!"

हनीफ़ सोचता है, तोलता है, धीरे-धीरे बोलता है, "तुम मत लिखो इस पर। कहानी-उपन्यास मत लिखो। अख़बार के लिए ठीक है। यह वही है, कहानी का लिबास पहनने की कोशिश में...।"

"तो क्या हुआ?" श्रुति विरोध करती है, पर अनिश्चित भी लग रही है। "'हर बात के लिए अलग ढंग होना होता है! अगर न्यूज़पेपर रिपोर्ट से बात स्पष्ट हो तो क्यों न उसी तरह कहानी लिखें? तरह-तरह का साहित्य होता है।"

शरद ने श्रुति की पीठ पर धौल मारा—'धप्प'! "यह मेरा लँगोटिया है, आप बाद में नमूदार हुईं! आप न सिखाइए उससे कैसे पेश आऊँ!" तीनों हँस दिए।

हनीफ़ कह रहा है, "यह आधा मुसलमान था, मेरे संग बचा आधा भी रँग गया। मैं आधा हिंदू था, इसके संग-सलामत आधा बदल गया। अब बूझो

पहेली तो जानें, हममें कौन मुसलमान है, कौन हिंदू?"

वह खुश लग रहा है।

"कौन हममें चोटीवा कौन कटुआ?" शरद पूछता है।

"चुप!" श्रुति हँसती है, "अश्लील बातें मेरे आगे?"

मेले की बत्तियाँ दूर से टिमटिम टिमटिमाती थीं। सज-धजकर लोग निकलते थे। मिठाई की दुकानें, चाट की दुकानें, खिलौनों की इफ़रात, सस्ती चटक-मटक चीज़ें, अमीर-ग़रीब सबकी चाँदी। प्रवचन पुस्तिकाएँ।

"ख़रीदनी हैं और दो-चार?" हनीफ़ का इशारा *हमारा रक्तरंजित और रोमांचकारी इतिहास* की तरफ़ है।

"धत्।"

सामने मठ का मंदिर। मस्ती में घुली भक्ति। तीनों कैलेण्डर की दुकान के आगे हैं। मैं कैलेण्डर को ग़ौर से देखती हूँ इसके पहले कि दुकानदार लपेटकर दे दे।

नोट करती हूँ। जो कैलेण्डर इन्होंने ख़रीदा है, उसमें एक अंग्रेज़, हैट हाथ में पकड़े, देवी के चरणों में फूलों का गुलदस्ता रख रहा है। झुका है और लिली जैसे कुछ फूल हैं। सामने टँगी तस्वीरों में बौद्ध और जैन भिक्षु, सिख सरदार, तमाम किस्म के लोग देवी के आगे साष्टांग प्रणाम कर रहे हैं।

"देखा बेटा।" बगल में खड़ा भक्त अपने बच्चे से कहता है, जो उसके कंधे पर बैठकर मेले में घूम रहा है, "तुरक ने मुसलमानी छोड़ दी, ऐसा प्रताप जगदम्बे का।"

तस्वीर में फुँदनेवाली फ़ैज़ टोपी पहने एक योद्धा नतमस्तक है।

"तब क्यों आज झगड़ा है?" बच्चा अपनी ऊँचाई से पूछता है।

"उससे नहीं बेटे, बाबर की औलादों से झगड़ा है।"

"अच्छा लिखा है।" छोटे जोश से कह दिया तो वह कुप्पा हो गए।

"सिर्फ़ नोटिसबोर्ड पर न लगाएँ।" हनीफ़ सुझाने लगा, "लेटर टू एडिटर तो बना ही दें।"

"अरे, आप लोगों की तरह की भाषा मैं कहाँ लिख सकता हूँ? ऐसे ही

जो समझ में आया, सीधा-सीधा लिख डाला।"

"वाह डॉक्टर जोश! इस वक़्त नहीं कह रहे आपकी तरह जारगन!" हनीफ़ छेड़ता है।

"थ्योरी-थ्योरी!" शरद भी।

छोटे जोश हँसकर दोस्ताना हाथ बढ़ाते हैं, "पकड़ा गया। चलो मान लिया।"

"भाषा की बात नहीं," हनीफ़ गंभीर हो जाता है, "और भाषा में कोई खोट नहीं है, डॉक्टर जोश। पर ये बातें दमदार हैं। सबको मालूम हैं। फिर भी सब अनजान हैं कि लोगों की ऐतिहासिक भौगोलिक स्थितियाँ उन्हें बनाती हैं और उनके मज़हब को भी..."

नंदन भी आ जुड़ते हैं, "ये बातें कि जहाँ औपनिवेशिक साम्राज्य ने और लोगों के साथ-साथ मुसलमानों में भी अपनी अस्मिता को लेकर डर और चेतना और उम्मीदें पैदा कीं, वहाँ-वहाँ क़ौमवाद ने सिर उठाया। जहाँ मुसलमान की पहचान को ख़तरा नहीं है, उन देशों में हालात कुछ और हैं।"

शरद छोटे जोश का लिखा उठाकर पढ़ने लगता है : "...कि इस्लाम का मूल स्वभाव न तो कट्टर ही कहा जा सकता है, न ही हर हालत में उदार...कि मुसलमान भी अपनी परिस्थितियों के हिसाब से इस्लाम की जानिब अपना रुख तय करते हैं...।"

"अच्छा, मुझे नहीं पता था कि क़ुरान की जो आयतें मक्का में लिखी गईं, कट्टर और आक्रामक थीं, क्योंकि वहाँ इस्लाम को अपनी एक्ज़िस्टेंस के लिए लड़ना पड़ रहा था और मदीना में यहूदियों और ईसाइयों से समझौते करके क़ुरान में भी नर्मी आ गई? क्यों तुम जानते थे?"

कुछ रिसर्च स्कॉलर सिर हिलाते हैं।

"यार, कबूतरों से बेवक़ूफ़ मैंने कोई चिड़िया नहीं देखी।" छोटे जोश उछलकर 'गूँ-गूँ' करते एक जोड़े को अपनी बुकशेल्फ़ से उड़ाते हैं, "गर्दन मरोड़ दो तो भी अगले दिन वापस वहीं।"

"और गंदा कितना करते हैं।" उर्मिला नाक सिकोड़कर हँसीं।

"तो बेकार नहीं है?" छोटे जोश सुखी होकर बोले, "अभी तो बहुत है लिखने को मेरे पास। बस यार, भाषा में ज़रा मदद कर देना। थोड़े जारगन से रुतबा बढ़ जाता है!"

"इन्हें कल से एयरगन लाने को कह दो। हमारे पड़ोसी ने कबूतरों से निजात पाने का नुस्ख़ा ढूँढ़ निकाला है! ठाँय-ठाँय!" हनीफ़ बतलाता है।

"मार दिया?" नंदन पूछते हैं।

"न जी..." शरद हवा में झूठी 'ठाँय' करके हँस पड़ता है।

फिर दंगे चल रहे हैं।

"फ़्लावर पेकर है।" श्रुति मधुमालती पर फुदकती एक नन्हीं चिड़िया दिखाती है।

"पिद्दी।" दद्दू कहते हैं।

"फ़्लावर पेकर नहीं तो सब!" शरद ठिठोली करता है। "फूल दो और आयी हैं पेक करने!"

"फिर कोस रहे हो?" श्रुति डाँटती है।

हनीफ़ आवाज़ देता है, "आओ, सुनना है तो। बाबू पेंटर ख़बर लाए हैं।"

"मैं पूछ रहा हूँ पिद्दी," दद्दू श्रुति की ठोढ़ी छूते हैं, "तुम लोग क्यों उस पचड़े में पड़ते हो? तुम उनसे अलग हो। वे लोग और ही नस्ल के हैं।"

"देखिए, जितनी खुद नहीं, उससे लंबी चोंच!" श्रुति शीशे के दरवाज़े के बाहर देखती है, "आऽऽ उड़ गई!"

"तुम हो कि चोंच निकालकर रो रहे हो कि क्यों हम अलग हैं, इधर, पुल के इस पार हैं?" दद्दू ठहाका लगाते हैं, "ये भी एक चिड़िया है? जिसे मैंने पकड़ लिया है, इसे कहते हैं सैक्यूलरिस्ट!"

उनकी हँसी के गुंजान सीढ़ियों तक पीछा करते हैं।

लोग शहर से भाग रहे हैं। सुना है कि स्टेशन पर ऐसी भीड़ है कि तिल रखने की जगह नहीं है और टिकटों की कमी के कारण यात्रियों के हाथ पर ही टिकट का ठप्पा लगा रहे हैं।

मौतें हुई थीं। घायल भी थे। डिपार्टमेंट की टीम कर्फ़्यू पास बनवाकर दवा

और पैसे लेकर अस्पताल पहुँची थी। अपनी रिपोर्ट के लिए नोट्स भी बनाए थे। डॉक्टरों का कहना था कि रजिस्टर देखिए, या तो बराबर के नाम होंगे या हिंदू ही ज़्यादा भर्ती हुए हैं। तब नंदन ने एक और सर्वे करवाया था कि घायल और मरों की अलग-अलग सूची देखो और हिंदू और मुसलमान चोट का अलग-अलग जायज़ा करो। किनके सिर फटे हैं ज्यादा, किनकी उँगली कटी है?

फिर इस सवाल पर भी ग़ौर किया गया था कि कौन मरते या चोट लगते ही अस्पताल में भर्ती हो पाए, कौन गली-मोहल्लों में ही सड़ते रहे?

श्रुति ने 'इस' को काटकर 'उस' कर दिया है। अब पन्ने पर लिखा हुआ है: "मुझे लगता है, उस बरस कुछ हुआ।"

"अच्छा खासा तेज़ आदमी है, मगर लिखने के नाम पर उसकी जान सरकती है।" हनीफ़ कह रहा है।

"कौन, छोटे जोश?" श्रुति पूछती है।

"बस नंदू के आगे-पीछे फुदकने में अपने दिन बिता रहा है।" शरद कहता है।

"देखा तुमने, नंदू चुप रहता है, ये लोग उसके भी मन की बोलते रहते हैं?" हनीफ़ ने शरद से पूछा।

"नंदू क्यों बोलकर बुरे बनें? उनके निरे दोस्त बैठे हैं न उनके मन की बोलने को!"

"मगर छोटे जोश उल्लू नहीं हैं।" हनीफ़ कहता है।

"क्या बातें कर रहे हो तुम लोग?" श्रुति ने पूछा है।

"उल्लू नहीं, बगुला है।" शरद मुँह टेढ़ा करता है, "वही नंदू और उसके साथी श्रुति। मीटिंग में आते हैं तो मुझे तो कीचड़ से सनी भैंस याद आ जाती है। छप-छप। और उसकी पीठ पर, पैरों के आसपास फुदकते बगुले तथा मैना, कीड़े चुगते हुए!"

"छी-छी शरद!" श्रुति हँसती है।

वैसे मैंने अपने कलम को सक्शन-पम्प जैसा बना लिया था। पता नहीं, यह उसकी तौहीन थी या इज़्ज़त? पर मुझे और कोई तरीक़ा आता नहीं था। भाग तो वे रहे थे इधर से उधर, मैं नहीं, मैं बस जितना खींच लेती, उतना इन पन्नों पर डाल देती।

मैं कहाँ हिल रही थी, हिल तो वे ही रहे थे। जैसे दद्दू लहकते और सामने बुत बने बैठे इंसान पर लहक पड़ती उसी को उसका स्रोत होने का भ्रम देती, वैसी ही मैं, इनसे निकलती लरज़ में लरज़ती। सक्शन भी शायद मैं नहीं, कलम कर रहा था। या वे खुद खिंचे आते स्याही बनकर बहने। मुसीबत यह कि तो भी जहाँ की बात हो, लगता वहाँ कुछ छोड़कर आई हूँ। आधी बात तो वहीं रह गई। शहर में, डिपार्टमेंट में, मठ में, दीवान पर! शायद यह सब भी उन्हें लगता और मुझे लगता कि मुझे लगता!

कोई ज़िद थी कि क्या कहा और लिखा, करा गया, उससे ज़्यादा ज़रूरी लगने लगा कि किसने कहा और किसने लिखा या किया। सबके नाम भारी मतलब रख बैठे थे। हालाँकि अख़बार कभी क़ौम का नाम नहीं बताता था, मगर यह भी उसी ज़िद की तहत था कि सबके नाम भारी मतलब रखने लगे थे।

तभी श्रुति ट्रेन में चुप हो गई, गुस्से को भूख के साथ निगल गई।

ट्रेन हमारे शहर का विस्तरण लग रही थी—वर्दीपोश तैनात और उँगली ट्रिगर पर, दबने से शतांश पीछे।

उन दिनों पुलिस फ़साद रोकती भी थी, बढ़ाती भी थी, इसलिए पुलिस पर पुलिस की हैसियत से भरोसा कोई नहीं करता था।

सामने जो स्टेनगनधारी खड़ा था, उसकी संगीन से फूटती शान, उसके सीने को गुब्बारे की तरह फुला गई थी। और उसके माथे पर चंदन का तिलक था।

इधर से उधर रोब से नज़र घुमाता वह सीधे श्रुति और हनीफ़ को देखने लगा। श्रुति ने अपनी आदत के मुताबिक, गर्द और उलझने से बचाने के लिए, बालों को दुपट्टे में दबा लिया था। माथे पर कसा दुपट्टा, कानों के पीछे से लपेटकर गर्दन पर दाहिने से लाकर बाईं तरफ़ पीछे, डाल रखा था।

संगीन फुर्ती से बढ़ आई, नाम और काम पूछने लगी।

श्रुति तमतमा उठी। उसके आत्मसम्मान को ठेस पहुँची थी। उसके मुँह में आया 'नाम है सायरा बेग़म क्या खाक कर लोगे' मगर...मगर अचानक हनीफ़ का नाम याद हो आया।

मैंने लिखा, 'अचानक' तो बब्बू खाँ की बात याद आ गई, "यह अचानक नहीं है, पहले भी था, सिर्फ़ ओपन में आ रहा है।"

वह सँभल गई, "क्यों पूछ रहे हैं? क्या बात है?" संयम का स्वर, मन ही मन अगला जुमला तैयार करती।

लेकिन हनीफ़ के चेहरे पर उबाल आने लगा और श्रुति पुलिसिया की आँखों को देखकर डरने लगी।

"आप क्या करते हैं," पुलिसवाले ने 'हैण्ड्स अप' के लहजे में हाँक लगाई।

श्रुति जल्दी से बोली, "मैं लेखिका हूँ, श्रुति, ये मेरे पति हैं, यूनिवर्सिटी में प्रोफ़ेसर।"

"पढ़ाते हैं, ओह्हो। तो फिर जाइए ना।"

कहकर पुलिसवाला खुद ही चला गया।

श्रुति ने सोच लिया था कि आइंदा टिकट ख़रीदते वक़्त नाम वह लिखेगी। थोड़ी परेशानी से वह हनीफ़ को देखने लगी कि इसे राज़ी कैसे करेगी?

घाव ही घाव हैं। एक का सिर फूटा है दूसरे का हाथ टूटा है, तीसरे के पेट में बर्छी भोंक दी थी। दवा लगी है चोट पर और खून जम गया है। पीला, लाल और बैंगनी। अस्पताल के ये रंग आँखों में भर रहे हैं।

"आपको भी नहीं पसंद आई। हनीफ़ ने पहले ही ज़ीरो दे दिया। अब मैं कहानी लिखना बंद ही न कर दूँ?" श्रुति दद्दू से शिकायत कर रही है।

"कहानी बेवक़ूफ़ घटना के ब्यौरे में नहीं होती। उससे उपजनेवाली नई और अलग दुनिया में होती है। वह नहीं गढ़ी, तो कुछ नहीं।"

"ठीक है, कह तो रही हूँ बंद कर दिया अब कहानी लिखना।" श्रुति बच्ची बनी हुई है।

"कहानी लिखना शुरू कर दो। इसे कहानी मत कहो।" दद्दू राय देते हैं, "अरे पिद्दी, बिना तर्ज़ के गाना कैसा, लड़ो मत, लड़ो मत। इसमें तर्ज़ है, मानता हूँ, मगर भाषण जैसी!" कहकर उनकी आँखें किशमिश हो रही हैं। दीवान नए तर्ज़ का नृत्य करेगा।

सुना है बी.एस.एफ़. को भी हटा रहे हैं और गोरखा रेजिमेंट बुला रहे हैं।

सच, बहुत धूल उड़ी उस बरस। आँखों में किरकिरी भर गई थी और देखने की शक्ति कमज़ोर पड़ गई थी। हम आँखें मिचमिचाते घूम रहे थे और वे लाल हो रही थीं, उन्हें रगड़ रहे थे और उनसे पानी टपक रहा था, उनमें लग रहा था पथरियाँ भर गई हैं। एक बार तो शोर मचा कि यह एक भयानक किस्म का "कंजक्टिवाइटस" है, जो सरहद के उस पार से बमों-हथियारों के साथ-साथ हमारे शहर में फैल गया है। जिधर से भी आया है, हमें तो यही परेशानी थी कि आँखें अब खोलें कैसे? दृष्टि पाएँ कैसे, बस? नहीं तो पता कैसे पड़ेगा कि कौन किधर से वार कर रहा है? गवाही क्या दें? और बचें कैसे? कभी-कभी तो धूल के ऐसे गुबार उड़ते कि मेरे कॉपी किए पन्नों पर पर्त जम जाती और स्याही गुम हो जाती। मैं बहुत डर गई थी स्याही को यों लापता पाकर। कसकर पन्नों को झटका था, तब कहीं जाकर स्याही फिर उजागर हुई।

सच ये सब हुआ था। हमारा शहर था और वे सारे लोग। डिपार्टमेंटवाले, पुराने शहरवाले, मठवाले, इस घरवाले, सब के सब थे। अगर नहीं थी तो हो सकता है, एक मैं ही नहीं थी, क्योंकि मुझमें तो बस इनकी रूह काँप रही थी, इनकी आँधी उड़ रही थी।

उसको होना कहते हैं तो मैं हूँ, बेशक़ हूँ, अभी तलक ज़िंदा हूँ।

दद्दू कड़वे तेल से रोज़ाना मालिश करते हैं। मेरे लिए जो स्याही, उनके लिए वह सरसों का तेल। बहुत ध्यान रखते हैं अपनी सेहत का। उम्र पूछो तो बताएँगे सौ बरस, मगर शरद कहता है कि सत्तर के होंगे। सबको हिदायत दे रखी है कि बाज़ार जाना हो तो तेल ले आना, स्टॉक में रहे। सुबह दो-ढाई घंटे बाथरूम में लगाते हैं। खुद मालिश करते हैं, गुसल लेते हैं और दमकते-चमकते निकलकर आते हैं।

"एक मालिशवाला रख लीजिए।" जब हनीफ़ ने कहा तो बोले, "वे सारे ज़मींदारी ठाठ गाँव में रह गए।"

"गाँव तो आपका हर रोग का इलाज़ है!" हनीफ़ हँसा।

दद्दू नहीं हँसे। पहले दीवान पर बैठे। तब हँसे। फिर तो दीवान भी!

"हर रोग का इलाज़ है। मेरा रोग भी गाँव, और इलाज़ भी गाँव। जो मेरे लिए गाँव, वह तुम्हारे लिए दंगा!" वे उछले।

"अच्छा मज़ाक है।" श्रुति ने मस्तियाते दीवान को घूरा।

"मज़ाक कौन कर रहा है, मैं गाँव से दूर गाँव-गाँव करता हूँ, तुम इस तरफ़ बैठकर दंगा-दंगा करते हो। लेना-देना कुछ है नहीं उससे, मगर लगे हुए हो। और शुक्र मनाओ ऊपरवाले का—हर धर्म के ऊपरवाले का—कि कुछ लेना-देना नहीं उससे। कह रहा हूँ मत बनाओ नीरस जीवन को, अच्छा पढ़ो-लिखो, खाओ-पिओ, क्या पड़ी है तुम्हें मरने-मारने से?"

"वाह दद्दू!" श्रुति ने आँखें तरेरीं।

तो दद्दू भी उसी का लहज़ा दोहराकर ताना कस रहे हैं, "वाह श्रुति, वाह हनीफ़, कहती है वाह दद्दू !"

एक चौदह बरस की लड़की के वहीं टाँके लगे हैं। वह लेटी है और रो रही है, "अब्बू, इन नर्सों ने मेरी जान बख्शी है। अब्बू, ये बहुत अच्छी हैं।"

उसके पास खड़ा आदमी कहता है, "हाँ बेटे, ये तेरे माँ-बाप हैं, इनका शुक्र मानो।"

"अब्बू, तुम्हें पुलिस ने मारा है। कहाँ मारा है?" वह रोए जा रही है।

उस दिन शरद को किस्सा याद आ रहा था, बचपन का गुज़रा। जब वह चौथी में पढ़ता था और स्कूल के सालाना उत्सव के लिए उनसे प्रेमचंद की कहानी 'ईदगाह' के नाट्य-रूपांतर में अभिनय कराया जा रहा था।

रिहर्सल चला। ईद का दिन है, नमाज़ होगी, बच्चों की टोली चिल्लाएगी "अल्लाह-ओ-अकबर।"

"पर हममें से कोई वह बोलने के लिए तैयार नहीं हुआ। आपस में हमने कोई मश्विरा नहीं किया था! पता नहीं, कहाँ की शांत सहमति में चुप खड़े रहे।"

"हमारे घरों में किसी ने कुछ नहीं कहा था, हमारे मन में कुछ नहीं था, पर हममें से कोई भी अल्लाह-ओ-अकबर नहीं बोल पा रहा था।" शरद एक से दूसरे को देखने लगा।

"अल्लाह-ओ-अकबर का मतलब है गॉड इज़ ग्रेट।" श्रुति गुलाबी आसमान

पर तैरते दल बादल को देखने लगी।

"इस गॉड से हम डर रहे थे।" शरद बोला।

"क्यों?" श्रुति ने आँखें उस पर गड़ाईं।

"मुझे नहीं पता। तुम बता दो।" शरद उधर दूर देखने लगा, जिधर से अज़ान के स्वर आए थे।

"किसी अबोली हामी में बिना सोचे, जाने, बच्चे अल्लाह-ओ-अकबर कहने से इंकार कर देते हैं। डर? कैसा? क्यों? बच्चों के अवचेतन में ये सब कहाँ से आया?" हनीफ़ जैसे खूनी का सुराग़ ढूँढ़नेवाला डिटैक्टिव हो!

"दो टीचरों ने माइक पर अज़ान दी थी और तब मोहसिन और किदवई और हामिद मंच पर फुदकते आए!" शरद याद करता गया।

"बच्चों के डर ऐसे ही होते हैं।" दद्दू भी बोले, "इस बच्ची को देखो। कितनी डरपोक है। बोलो, बोल सकती हो अल्लाह-ओ-अकबर?"

"और नहीं तो क्या।" श्रुति छोटी बच्ची का-सा मुँह बनाती है, "मुझे तो सुबह-सुबह अज़ान की आवाज़ बहुत अच्छी लगती है। दिव्य। दूर से आती है, जहाँ सूरज उग रहा है, उसके भी पीछे से।"

"पास से आने दो, फिर देखता हूँ, क्या उगेगा यहाँ, क्या डर से डूब जाएगा!" दद्दू लहराए।

"हम नहीं डरते।" श्रुति उनके लिए बेबी बनकर बोलती है।

"तुम डरते हो?" शरद हनीफ़ से पूछता है, अचानक।

"तुम डरते क्यों हो?" वह आगे पूछता है। इससे पहले कि सकपकाया हनीफ़ कुछ बोले शरद फिर कहता है, "तुम्हें डरना चाहिए।"

"क्या कह रहे हो?" श्रुति बौखलाई।

"तुम" शरद हनीफ़ से कह रहा है, "तुम यह नाले के रास्ते डिपार्टमेंट जाना बंद कर दो।"

हनीफ़ 'तुम' के भारीपन पर तमतमाया-सा हो गया है।

जब श्रुति लिखने बैठती है तो कभी पैर कलम से खुजाती है, कभी सिर! कलम से कुछ नहीं निकलता, मगर श्रुति से निकलता है—धुआँ। जो दिख नहीं रहा, मगर भर रहा है। घनाता जा रहा है। आख़िर श्रुति उठ गई और खाँसती हुई बाहर बॉलकनी पर चली गई। वह बार-बार ऐसा ही करती है।

मठवालों का कहना है कि स्वयं शंकर भगवान ने यहाँ देवी के आगे शीश झुकाया और औरतों को याद दिलाते हैं कि देवियो हमारे धर्म में सब जानते हैं, कि तुम्हारा स्थान कितना ऊँचा है।

मठ के मंदिर में वह स्थल है, जहाँ शंकर भगवान के चरणकमल धरती पर पड़े थे। वहाँ लाल अक्षरों में लिखा है : "गर्व से कहो हम हिंदू हैं।" शंकर भगवान का चित्र है और उसमें उनकी काया बैंगनी रंग की है।

"भइया सुन्न पड़ गया मैं—उस स्थल से निकलकर एक सनसनी मेरे पैरों में आई। बिजली का तार छू गया जैसे।" एक भक्त बता रहा है, "जय हो शंकर भगवान की। जै देवी तुम्हारी। जै जगदम्बे।" भक्त के हाथ में पीले फूल हैं।

"अरे, आप दहशत और बढ़ा रही हैं। हम जानते हैं कि कहाँ क्या हो रहा है। आप एक जगह देखकर अख़बार में शहर भर का ब्यौरा दे देती हैं। आप लोग ऐसे बढ़ा-चढ़ाकर लिख रहे हैं, तभी उनकी मान्यता बढ़ती जा रही है कि सारे हिंदू क़ौमवादी हैं। हमारा काम मुश्किल कर रही हैं।"

सोसायटी की महिलाएँ सामने बैठी हैं। त्रिवेदी, शहर के मोटे ज़िलाधीश, मोटी टेबल के उस पार। चाय की चुस्की और पान ज़र्दा की चुटकी लगातार। अगल-बगल दो मातहत।

श्रुति और बाक़ी औरतें गुस्सा हो रही हैं। क्यों नहीं जाएँ हम उन इलाकों में, मठ में, कैम्पों में? क्यों नहीं बताएँ महंत क्या बोल रहे हैं, दंगे से नुकसान खाए लोगों की क्या मदद हुई है, क्या नहीं हुई है, कि वादा कुछ और, करनी कुछ और।

"आपकी फैलाई बातों का नतीजा है कि रोज़ अख़बारों में शिक़ायत की चिट्ठियाँ आ रही हैं। आपको लोगों को भरोसा देना है कि उल्टे...?" 'चिट्‌टऽऽ' के लंबे शब्द के साथ, पान ज़र्दा की चटाई हवा में खुलती है। त्रिवेदी एक कोना फाड़कर ज़रा-सा मसाला फाँकते हैं। "हम अपना काम जानते हैं," उनके मुँह से ज़र्दा से भरी आवाज़ आती है।

"और हम अपना।" श्रुति चुभाती है।

"आप करती क्या हैं?" त्रिवेदी मुँह ऊपर करते हैं जैसे कोई बर्तन है और सँभालो-नहीं-अंदर-रखा-माल-गिरेगा! "लिखिए ना फिर कहानी-उपन्यास। आटा, कपड़ा, दवाई बेशक पहुँचाइए। हम आप एक साथ हैं।"

उनके इशारे पर बगलवाले, सारी औरतों को गाड़ी तक छोड़ने उठ जाते हैं!

कलेक्ट्रेट की सीढ़ियों पर, दीवारों पर, पान की पीक के पुराने धब्बे हैं।

त्रिवेदी का जूनियर कह रहा है, "क्यों आप लोग करती हैं ऐसा? क्यों एकतरफ़ा नज़र से देखती हैं? इतनी सदियों से एक तरफ़ के पिटते आए तब कहाँ थीं आप? आज दूसरी तरफ़ का एक पिटे और आप बेक़ाबू?"

उसके पहले हमारा शहर यूनिवर्सिटी के कारण जाना जाता था। उस बरस ने उसे तीर्थ स्थान बना दिया। दूर-दूर से लोग बसों-गाड़ियों में लदे-फदे आते थे। फिर मठ के वैन, जिन पर देवी की कटआउट आकृति, बौनट पर सवार थीं, उन्हें शहर में जगह-जगह से मंदिर तक लातीं, पहुँचातीं।

श्रुति लाइब्रेरी की सीढ़ियाँ चढ़ते-चढ़ते रुक गई है। मुड़ती है। हनीफ़ को शार्ट कट से डिपार्टमेंट की तरफ़ जाते देखती है। देर तक देख रही है।

खटारा-सी बस है।

"अब-रुकी-तब-रुकी बस।" हनीफ़ उसका यह नाम रख देता है। हर उमर के लोग दर्शन करने जा रहे हैं। बस का इंजन झटके खाता है। फिर धक-धक-धक झटके देता हुआ बंद हो जाता है।

कुछ पल चुप्पी। फिर लोग बोलने लगते हैं, स्वर आराम-भरे, भावों में कोई चिंता नहीं।

"क्या हुआ?" एक आदमी पूछता है।

"बस रुक गई।"

"रुक गई ऐं?"

"क्यों ड्राइवर साहब, क्या हुआ?" वही आदमी पूछता है।

"बस रुक गई," ड्राइवर आराम से बैठा जवाब देता है।

"ऐं, रुक गई?"

ड्राइवर चाभी हाथ में लिए अपनी सीट पर बैठा है। उसकी बगल में जो लौंडा बैठा था, उछलकर नीचे पहुँच गया है। बस के चक्कर काट रहा है। टायरों पर लात जमा रहा है।

"चलेगी?" कोई पूछता है।

"चली?"

धक-धक-धक, बस को फिर झटके आते हैं। वहीं के वहीं खड़े-खड़े।

"थोड़ा और खींच लो भइया।"

"तनिक और ज़ोर मारो ना।"

लौंडा ठोंकापीटी कर रहा है।

"बैलगाड़ी नहीं है भइया।" ड्राइवर गर्व से अपनी सीट पर बैठा ऐलान करता है।

भक्तों की भीड़ हँस पड़ी है।

धूल और धुआँ उड़ाती एक बस बगल से निकल जाती है।

"रोको-रोको," लोगों में हरकत हुई। एक बच्चा खिड़की के बाहर सिर देकर आवाज़ देने लगा है। लोग सड़क पर खड़े हो गए। कुछ टहल रहे हैं और ड्राइवर अपनी जगह पर सो गया है।

"आई-आई।" कहते पैर भागते हैं। देवी का कटआउट बढ़ा आ रहा है।

"रुको-रुको," हाथ हिलते हैं। वैन खाली है।

"बैठें?" शरद ने पूछा।

"नहीं।" श्रुति कहती है।

"जल्दी," हनीफ़ उन्हें खींचकर अंदर घुस जाता है। दो सीटें मिल जाती हैं।

खँडहर होती मस्जिद की गुम्बद पर मठ की गेरुआ पताका फहरा रही है। टेढ़ी गड़ी है।

"भगवन!" शरद हाथ जोड़कर एक तिलकधारी से पूछता है, "अधिकारियों का कहना है कि बिना सीढ़ी के गुम्बद पर कोई चढ़ नहीं सकता, मगर सीढ़ी तो वहाँ नहीं मिली है?"

हनीफ़ श्रुति से चिढ़कर कहता है, "ये पंडितपन क्यों जता रहा है, हम ये ज़बान नहीं बोलते।"

भगवन, मजीरा बजा रहे हैं, "भक्त वानर पहुँचे थे देवी की ध्वजा फहराने। जय बजरंगबली। जै जगदम्बे। सब देवी की मंशा है।" वह कीर्तन में लीन हो जाते हैं।

खँडहरनुमा मस्जिद के चारों ओर कँटीले तार और हथियारों से लैस सिपाही घिर आए हैं।

"स्ट्रैटजी।" शरद धीरे से हनीफ़ से कहता है, "उन्हीं जैसा दीखो, तभी

वे बात करेंगे।"

"देवी का पर्व था।" पुजारी बता रहे हैं, "दूर-दूर तक हिंदू हृदय देवी-संकेत से भर उठा। इस पवित्र स्थल में लाखों की भीड़ आती है, कन्याकुमारी, द्वारका, पुरी, कश्मीर से। क्या था, हाँ?" वह पुजारी कम, स्कूल-मास्टर ज़्यादा लग रहे हैं। "देवी का पर्व। क्या था? हाँ?"

"देवी का पर्व।" तीनों बोलते हैं।

"मन में देवी संकेत उठा, कहाँ आओ, हाँ-हाँ, यहाँ। कहाँ?"

"यहाँ।" तीनों तोते बन गए हैं।

"और क्यों आए? बलिदान देने के लिए।"

मैं लिख तो रही हूँ, पर मन में बज रहा है 'क से कबूतर ख से खरगोश, हाँ? हाँ?'

"अधिकारी बताते हैं कि छह मरे?" हनीफ़ बोला।

"नहीं, छह हज़ार बलिदान हुए।"

"मगर..."

"गोली चली, सीधी कतार में भक्तगण खड़े हैं, सबको चीरती गोली निकल गई। हाँ? देखिए दीवारों पर गोलियों के निशान।"

"मगर..."

"वीर थे। कोई शक्ति थी, जो पताका अपने आप लग गई। विधर्मी मुसलमानों ने भक्तों के सीने चीर डाले।"

"मगर मुसलमान तो यहाँ थे ही नहीं। हिंदू आए थे, जो पहले से धमका गए थे कि देवी पर्व पर मस्जिद वापस मंदिर बनाएँगे। और पुलिस फ़ायरिंग हुई।" हनीफ़ कहता है।

"मुसलमान थे।" जो भीड़ जमा हो गई है, उसमें से मिले-जुले स्वर उठे हैं।

श्रुति अपने गले की चेन मुँह में दबाए है। प्रेमकहानी भी नहीं लिख रही, मगर मधुमालती बढ़ रही है।

"उसकी डालियाँ हैं, डंडियाँ हैं, क्या कहेंगे?" वह हनीफ़ से पूछती है, "देखो, कैसे चोटी की तरह गुँथ गई हैं।"

"गुंजलका।" हनीफ़ कहता है।

"अच्छा नाम है।"

"मगर फूल कब आएँगे?"

"आएँगे, आएँगे।" श्रुति उसे चुप करती है, "शरद की तरह कोसो मत।"

श्रुति काग़ज़ फैला लेती है, कलम खोलकर मधुमालती को देखती है।

"गुंजलका नाम की हमारी मधुमालती," कहकर वह झुक गई है।

और लिख रही है : "खबर आई चोट लगी, खबर आई मार दिया, खबर आई जला डाला, खबर आई लूटा-पाटा, खबर आई दीवार तोड़ी, खबर आई सामूहिक बलात्कार हुआ। हमने सुना, फिर सुना, न सुनते तो घबरा जाते कि क्या खबर आनी है, अख़बार आगे-पीछे खंगालते, आदी हो गए थे। फिर एक किसी पल में झटका लगा, जब कौंध-सी आई कि अरे, ये सारी चीज़ें जो कभीकभार, दूसरी जगहों, दूसरे वक़्तों के बारे में पढ़ लिया करते थे, सब एक साथ घट रही हैं, और यहीं!

एक छोटा बच्चा लॉलीपॉप चूस रहा है और लोग उससे कह रहे हैं, "बताओ, तुमने क्या देखा, तुम्हारे घर में क्या हुआ, बताओ?"

"सबको मार दिया, मैं भाग गया," बच्चा लॉलीपॉप बिना निकाले कहता है।

"बिल्डरों का काम है," त्रिवेदी डिपार्टमेंटवालों को बता रहे हैं, जिन्हें उन्होंने फ़ोन करके गाड़ी में बुलवाया है, साथ, इन इलाकों के दौरे करने। "दंगे करवाकर झुग्गी झोंपड़ियाँ हटा दी हैं।"

जलाँध साँसों में कालिख पोत रही है। एक एसिड की बोतल, एक पहिया, एक टूटी-जली हीरो होण्डा, एक रीबॉक जूता, एक बच्चे की तिपहिया साइकिल, एक शीशा, एक कंघी, कैसेट से बाहर फैली लंबी, धूल-अंटी, उलझी टेप, उजाड़ बस्ती। मैं फ़ेहरिस्त बना रही हूँ।

"हर इलाके में अलग-अलग कारणों ने दंगे करवाए हैं," त्रिवेदी बताते हैं, "हम कसूरवार की शिनाख्त सही-सही कर रहे हैं। आप हमारा साथ दीजिए।"

त्रिवेदी पुलिस के तम्बू के बाहर सबको चाय पिलवाते हैं और 'फश्श' से लहराकर पान ज़र्दा पेश करते हैं।

"आप बड़े-बड़े बुद्धिजीवी हैं। अपनी रिपोर्ट हमें दीजिए। निदान ढूँढ़ने में हमें सहायता मिलेगी। इतनी गुज़ारिश है कि जल्दबाज़ी में कुछ भी पब्लिक के हाथों में मत थमाइए। इस माहौल में हरेक बात चिनगारी का काम कर रही है।"

सब बारी-बारी से हाथ मिलाते और, शुक्रिया कहते हैं।

"एक पूरी क़ौम झूठ बोल रही है?"

"दोनों क़ौमें झूठ बोल रही हैं।"

"जनता का भेजा ख़ाली हो गया है।"

"जनता खाली डिब्बा नहीं कि कुछ भी डाल दो, खड़खड़ा दो, बज उठेगा।"

यूनिवर्सिटी कैंटीन में बैठे हैं तीनों।

"आज की ज़िंदगी के सब तरह के तनाव से छुटकारा पाने का..." हनीफ़ बात पूरी नहीं कर पाया है।

"फिर वही बातें," शरद हिक़ारत से कहता है। "आर्थिक तंगी, राजनैतिक तनाव, वोट-बैंक की राजनीति, जवान लोगों की कुण्ठाएँ..."

"तो तुम्हीं कोई नई दलील दे दो।" हनीफ़ चिढ़ गया।

"क्यों जनता इतनी एलिएनेट हो गई है, क्यों ऐसी तुष्टि ढूँढ़ रही है?" शरद की मुद्रा लड़ने की है।

"क्यों? जो हनीफ़ कह रहा है, ग़लत कैसे है? वही कारण है, जिन्हें तुम घिसा-पिटा कह रहे हो, जो लोगों को ऐसा बना रहे हैं।" श्रुति भी लड़ेगी।

"तो? उनके अंदर की भावनाएँ, उनके विश्वास, सब बनावटी हैं, बहाने हैं, बाहरी झंझटों से पार पाने के लिए? फ़ॉल्स कॉन्शसनेस बड़ी पुरानी थ्योरी हो चुकी है।" शरद ताव दिखाता है।

"थ्योरी से हम कहीं नहीं पहुँचनेवाले।" पता नहीं हनीफ़ ने मज़ाक किया है या लड़ाई? क्योंकि तभी शरद के हाथ मारने से पानी का गिलास उलट गया और तीनों अपनी किताबों को बचाने झपट पड़े।

उसी बरस निरे तबादलों की ख़बर भी आती रही। दंगा हुआ और एक गया। दंगा हुआ, दूसरा गया। एक अख़बार इल्ज़ाम दे कि वह सांप्रदायिक अफ़सर था, दूसरा कहे उसने शहर के गुंडों को ठीक कर दिया तो उन्होंने एम.एल.ए. से मिलकर उसे निकलवा दिया।

"अरे कापड़िया आया है। ये तो वही छोकरा है शरद, जो तुम्हारे साथ पढ़ता था?" दद्दू अख़बार देख रहे हैं।

"हाँ दद्दू।" शरद ने जवाब दिया।

"हमें मना करते हैं, अपने खुद वही सारी खबरें पढ़ते हैं, क्यों दद्दू?" श्रुति शोख़ी से मुस्कराई।

"हमारा क्या?" दद्दू हँस-हँसकर कह रहे हैं, "हमारा जीना हो चुका। हमने हर तरह की मस्ती कर ली। अब ग़लती से उल्टा-सीधा पढ़ भी लें

तो हमारा तो क्या बिगड़ेगा? मगर तुम तो जीने के पहले ही मरे जा रहे हो, ऐसे नीरस लोग। नालायको, क्या फ़ायदा तुम्हारे जीने का?" ठहाकों और दीवान की कुदाई के बीच उनका चेहरा, मिचियाया और लाल हो गया है।

उनके उठते ही हनीफ़ और शरद ने अपने भरे गिलासों में झट से थोड़ी और शराब डाल ली है।

"दद्दू तो बुड्ढा है।" वे बाथरूम से लौटकर कहते हैं। अपना गिलास भरते हैं और शरद और हनीफ़ से पूछते हैं, "क्यों, और दूँ?"

"अभी है।" शरद ने कहा और हथेली अपने गिलास पर लपेट ली।

"मेरे पास भी, शुक्रिया।" हनीफ़ ने गिलास सोफ़े की आड़ में कर दिया है।

"दद्दू सठिया गए हैं।" वे छोटे-छोटे घूँट लेकर सुना रहे हैं, "मुझे तो सच बताऊँ, तुम लोगों की आज की कोई चीज़ समझ ही नहीं आती। टी. वी. देखो, अख़बार पढ़ो, मेरे भेजे में उनकी नई-नई बातें घुसती ही नहीं। तुम्हारी ऐकेडेमिक्स, तुम्हारा साहित्य भी...। बुड्ढे का दिमाग भी बुड्ढा है, नया कहाँ से समाएगा उसमें?" वे अपनी ही कही पर उछल रहे हैं।

मैं लिख रही हूँ यह—कि दीवान बच्चे की तरह उछल-कूद मचा रहा है। क्या कहने! दद्दू बुड्ढा हो रहा है, दीवान बच्चा हो रहा है!

पन्ने फड़फड़ा रहे हैं : "ये लिस्ट है मरनेवालों की। अच्छा, यह तो मानना पड़ेगा कि इस मामले में मुसलमानों के कैम्प हिंदू कैम्पों से कहीं ज़्यादा संगठित है।" नंदन बोल रहे हैं।

"हिंदुओं में एका-वेका है ही नहीं।" उर्मिला काम पर झुकी हैं, "शोर मचाने लगे हैं, बस। मुसलमानों ने बाक़ायदा चोट खाए, मरे, लापता सबकी सूची तैयार की है।"

"अब जल्दी कर दीजिए हनीफ़ साहब।" नंदन फ़रमाते हैं।

"कहाँ से कर दूँ हेड साहब! अभी तो जिसने अपने नोट्स दिए हैं, वह उनके साथ बैठकर समझने पड़ेंगे। आप लोग शॉर्टकट बहुत मारते हैं, ज़रा-सा क़ायदे से साफ़-साफ़ लिख दें तो कितना आसान हो जाए, मगर प्राइवेट डायरी में घसीटा मारकर पकड़ा दिया है।" हनीफ़ ने शिकायत की।

"अरे आपके लिए बाएँ हाथ का खेल है उलझे लिखे को एडिट करके सुलझाना।" कहते हुए छोटे जोश हँसते हैं।

"क्यों नहीं?" हनीफ़ ताना मारता है, "सबके पास फ़ालतू कामों के लिए

वक़्त नहीं है, जल्दी से बेसिर-पैर कुछ फेंका और हनीफ़ अहमक उसे तराशें, पेश करें, नाम आपका रहे। यू.जी.सी को रिपोर्ट देनी है, हनीफ़ साहब हाज़िर हों, आई.सी.सी.आर. को प्रपोज़ल भेजना है, हनीफ़ व्हेयर आर यू, सेमिनार के लिए राइट अप...''

"तो बरखुरदार इतने सेमिनारों में जाकर तजुरबा किस घड़ी के लिए हासिल करते हो? इस डिपार्टमेंट के लिए भी कुछ करना है कि नहीं?'' शरद झूमकर एक आँख दबा देता है।

दद्दू ने कोई गोली खाई है। अब आँखें बंद करके दीवान पर पसर गए हैं।

दद्दू पहले तो उसे एकटक देखते रहे। फिर गए, झाड़न लाए और झाड़ने लगे। तब भी तसल्ली नहीं हुई तो गए झाड़न को नल के नीचे गीला कर निचोड़ लाए। अब बड़ी मुस्तैदी से टेलीफ़ोन की सफ़ाई कर रहे हैं। इधर पोंछ, उधर पोंछ, डायल के छेदों में गीले कपड़े का कोना घुसा के पोंछ और अब टेलीफ़ोन की डोरी खोलते जा रहे हैं, पोंछते जा रहे हैं। लंबी डोरी। चाहो तो फ़ोन लेकर दूर भाग जाओ!

एकदम सँकरी-सी गली और उसमें भी रिक्शा घुस गया है! श्रुति अनायास ही घबराकर उठने लगती है, पर हनीफ़ उसे खींचकर फिर बिठा देता है।

करिश्मा है, जो रिक्शा चल रहा है! उसे चलानेवाला कभी एक तरफ़ से पैर निकाल के गली किनारे घरों की दीवारों पर लगाता है, कभी दूसरी तरफ़ से हाथ, मानो दीवारों को ठेलता हुआ बढ़ रहा है।

"सुन-सुनकर हमारे मगज फिर गए हैं।'' एक पढ़ा-लिखा नौजवान कहता है, "वे जब इतने से हैं, तब इतना अकड़ रहे हैं, जब उतने होंगे, तब कितना अकड़ेंगे। सन् सैंतालिस से हम इनकी धौंस सह रहे हैं। इससे अच्छे तो हम

ब्रिटिश राज में थे। आप समझ रहे हैं न कि मैं क्या कह रहा हूँ यानी कि हम मानने लगे हैं कि गुलामी भी बेहतर है। सोचिए, हम कितने त्रस्त होंगे!"

"आप क्या करते हैं वैसे?" श्रुति ने पूछा।

"बी.ए. फाइनल में हूँ।"

"हमारी यूनिवर्सिटी में?" हनीफ़ हैरान हो गया।

"देखो बेटी," दद्दू की चोंच निकली हुई है और वे हँस नहीं रहे, "मैं कब कहता हूँ यह सब अच्छा हो रहा है। बहुत बुरा हो रहा है। मैं कह रहा हूँ, जीवन बुरा नहीं है, तुम बुरे नहीं हो, इससे दूर रहकर बढ़िया जी लो, आगे तो न हम होंगे, न तुम।"

हँसी का नामोनिशान नहीं, श्रुति हैरान है।

"यह सब पहले भी हुआ, फिर होगा, फिर रुकेगा। उसके ख़िलाफ़ शोर मचानेवाले भी उस होने के दौर का हिस्सा हैं, जो हिमायत में हल्ला करेंगे, वे भी। न इनकी आवाज़ मरेगी, न उनकी।"

"और जो चुप रहेंगे, उनकी आवाज़..." श्रुति ने एतराज़ में मुँह बनाया है।

"उनकी कौन-सी आवाज़?" अब ज़रा मुस्कराए हैं दद्दू, मगर पल भर के लिए ही।

"एक न सही, दूसरी आवाज़ तो उनकी चुप्पी से बल पा रही है।" श्रुति का इसरार है।

"सब एक-दूसरे को दबाते-उघाड़ते बैलेंस करते चलते रहेंगे। आज इसकी रौनक, कल उसकी। मगर," बेतरह चोंच निकली हुई है दद्दू की, "क्यों जीवन की क्वालिटी इसमें झोंकते हो? यह सब ऊपरी खेल हैं, असल कोई और जज़्बा है, जो हमें जिलाता है।" वे सुनहले चमक रहे हैं, फिर भी हँस नहीं रहे, "अब देखो तुम्हें दिखाता हूँ।" अलमारी से कुछ कागज़, लंबा हाथ अंदर डालकर, टटोलकर निकालते हैं। धूल झाड़कर वापस दीवान पर बैठ जाते हैं, "हमारे गाँव में, उस ज़माने में, यह पतियाँ बँटती थीं। यह बक़रीद 1917 की है।"

श्रुति भी दीवान पर आ बैठी है।

"रामजी

हिंदू को लाज़िम है। आगे आप लोग को बिदित है के हिंदू और मुसलमान से बैर है कुरबानी के वास्ते। सो, आप लोग खूब जानते हैं कि हिंदू के बाँधकर दरख्त टाँग दिया है और कुरबानी गाँव में घुमाकर कुरबानी कर दिया। इससे

हिंदू को बड़ा भारी लजाया है के जीना धिक्कार है। इससे मुसलमान का घर लूट लेवें और मुसलमान को मार दें और पतिया पाँच गौ देहात में फैल देवें। न पतिया फैलावें और न लूटमार के तो बेटी पर चढ़े न जोरू के मूत पियें, व भगनी पर चढ़ें। इससे बेहतर है के मातारी के मुसलमान से ब्याह कर दें। थोर लिखना बहुत समझना चाहिए। अगर ज्यादा मुसलमान तुम लोग से पिटाने काबिल न हो, तो डुम्राओं के महाराज के यहाँ खबर देओ, तुरंत बंदूक समेत पल्टन आवेगा।"

"छी-छी।" श्रुति ने दद्दू की तरफ़ देखा।

"सच बेटी, यही है कि हिंदू में भी सांप्रदायिक भावनाओं की कभी कमी नहीं रही। कभी भड़के तो बाहर आ गई, नहीं तो शांति से अंदर पड़ी रही।"

"आपने क्या किया?" श्रुति के चेहरे पर जिज्ञासा है।

होंठों पर जानी-पहचानी मुस्कान आई, "हमने सबकुछ किया। शेखी बघारी। जवान मुस्टंडे बने।" फिर चली गई मुस्कान। दद्दू चुप बैठे हैं।

अब जो बोल रहे हैं तो गुसैल आवाज़ में। "जीवन बस इसीलिए है कि तबाह कर दें? पागल पाजी लोग, जीवन को इतना संकुचित, इतना बर्बर बनानेवाले। सबको छोड़ आया। गाँव का सत्यानाश करनेवाले।"

'आप किस तरफ़ थे दद्दू?' श्रुति पूछना चाहती है, "गाँव-गाँव करते हैं और छोड़ के भाग आए," उसने कहा।

वही हल्की-सी मुस्कान, "अच्छा, अब जल्दी से अलमारी में फिर बंद कर दो नहीं तो नदीदों की तरह झपटेंगे तुम्हारे वे दो बुद्धिजीवी।"

आज तो गिन-गिनकर हँसी छिटका रहे हैं। 'चाहूँ तो गिनकर ज़रा-सी डिबिया में भर लूँ!' श्रुति मन ही मन सोचती है।

मानो उसे ग़लत साबित करने में दीवान को खुश होने का मकसद मिल गया। लगा उछलने अचानक।

"तुम इधर ठोंकठाँक करते समझो जीवन तुम गढ़ रहे हो, वे उधर गुमान कर रहे हैं कि वे उसे सँवार रहे हैं, तुम एक दूसरे को हिक़ारत से देखकर 'थू तुम', 'थू तुम' करो, जीवन मस्ती से अलग खड़ा नटखटपन में हँस रहा है! अरे, टूट गई मस्जिद और टूट गया मंदिर तो क्या हो गया? भगवान अल्लाह उससे तो जिए-मरे नहीं? इंसान ही तो मरे? उसे तो मरना ही है!"

हँसी छिटकने लगी और डिबिया नहीं, ड्रम भर गया।

सारे टीचर एकमत हैं कि जो पोस्टर दो छात्रों ने डिपार्टमेंट के नोटिस बोर्ड

पर लगाया है, उसकी ढेर-सी कॉपी बनवाकर जहाँ-जहाँ हो सके, चिपका दें। यूनिवर्सिटी के तमाम नोटिस बोर्डों पर, बस स्टॉप पर, सिनेमा हॉल की दीवारों पर कि आते-जाते या इंतज़ार करते लोगों की नज़र पड़ जाए।

"पोस्टर वॉर।"

पोस्टर में एक तरफ़ मठ के प्रवचनों में दी जाती आँकड़े-युक्त दलीलें हैं, दूसरी तरफ़ उसे ग़लत साबित करते, संदर्भ-सहित तथ्य हैं।

नंदन को डिपार्टमेंट के नीम के नीचे चपरासी पर चिल्लाते देखकर हनीफ़ बाहर निकल आता है।

"ऑस्ट्रेलिया आपने बात की थी?" पूछता है।

"ओ हाँ, मैं भूल गया।" प्रोफ़ेसर नंदन को याद आता है।

"पर मैं तो यहीं था अपने कमरे में।"

"नहीं, आप रीडिंग रूम में थे और पियन कहीं गया हुआ था। मैं बहुत थका-थका महसूस कर रहा था—दिल का रोग है, आप तो जानते हैं। तो न आ पाया, न ही आवाज़ दे सका। मैंने उनका नंबर लिखा है, चलिए..."

"हेड साहब! अब मैं ऑस्ट्रेलिया फ़ोन करूँ! वह आसान है कि उनके लिए फ़ोन करना आसान है?"

"अरे तो किया नहीं फिर?" नंदन हमदर्दी से पूछते हैं।

हनीफ़ सिर हिलाकर चला गया। नंदन को मैंने शायद उर्मिला से कहते सुना था कि "लगता है हनीफ़ मियाँ फिर समंदर पार का ख्वाब देख रहे हैं!"

हनीफ़ गुस्से में है और शरद हँस रहा है। डायलॉग इस प्रकार हैं।

"नहीं बताऊँगा कि इस फ़ोन से उन्हीं को खुशी मिलती, कि डिपार्टमेंट की प्रोजेक्ट रिपोर्ट वहाँ छापने की इजाज़त चाह रहे थे।"

"साँप सूँघ जाता है इन्हें विदेश के नाम पर।"

"ऐसा भी नहीं कि कभी जा नहीं पाते।"

"मगर तुम्हारी तरह तो नहीं ना!"

"हाँ हाँ, इनके स्टूडेंट बताते हैं जो खुद ऐसे डॉक्टरों के बच्चे हैं।" श्रुति दद्दू के साथ दीवान पर बैठी है और शरद सोफ़े पर।

"अच्छा?" दद्दू को बड़ा लुत्फ़ आ रहा है।

"तीन-चार बीमारियों की दवा एक साथ दे देना तो खुली प्रैक्टिस है।"

"सब तेज़ एलोपैथिक दवाएँ।" शरद जोड़ता है।

"फिर पूछेंगे सोने का कि चाँदी का?"

"मौत के डर में ग़रीब भी माल निकालेगा ही!"

"एक में सिर्फ़ कैल्शीयम, दूसरे में सिर्फ़ विटामिन बी!"

"ये हैं सोने और चाँदी के इंजेक्शन!"

"इंजेक्शन लगते ही बदन में ताक़त-सी आती है..."

"ज़रा-सी हरकत...!"

"नक़ली हरकत!" दद्दू कहते हैं।

"ग़रीब की जीने की आस बँध जाती है।"

"ग़रीबी बढ़ जाती है।"

"नहीं रे!" दद्दू की आँखें फैली हैं, चमक रही हैं, पर चिंता के बिंदुओं से भी, "ऐसी धाँधली?"

"बिल्कुल दद्दू। यही सब तो हो रहा है।"

'आज तो मेरी काजल की डिबिया भी खाली रह जाएगी।' श्रुति मन ही मन दद्दू की हँसी बीनती है।

ऐसे भी बोलने लगे थे लोग कि डिसिप्लिन ही ख़त्म होता जा रहा है और इसके पीछे कुछ नहीं, हमारी उदारवादी नीति है। वे कहते और जगह जाकर देखिए शुरू से ही स्याह और सफ़ेद रहा है सबकुछ। चूँ करने की हिम्मत नहीं है किसी की। रहना है तो अपनी जगह पहचानकर रहो और बराबरी करने की कोशिश मत करो।

लोग कहने लगे थे कि डैमोक्रेसी का बड़ा उल्टा-सीधा इस्तेमाल होता रहा है यहाँ। अराजकता फैलाने का हथियार बन गया है वह। हक के नाम पर ढिठाई बढ़ती जा रही है। अपनी स्वार्थसिद्धि हो रही है। और वफ़ादारी? वफ़ादारी का तो नामो-निशान नहीं रहा।

इसमें नुकसान तो उन्हीं का हो रहा है ना, उस बरस के ये चर्चे थे, जो बड़े दरियादिल और समतावादी हो रहे हैं? कि हक़ तो उन्हीं के मारे जा रहे हैं, मार तो वे ही खा रहे हैं, और दूसरे उनका फ़ायदा उठा रहे हैं, उन्हीं के सीने पर सवार होना चाह रहे हैं, दिन दूनी रात चौगुनी तरक्की कर रहे हैं और हर फ़र्ज़ से आज़ाद होते चले जा रहे हैं।

कानून तो जैसे उनके लिए बने ही नहीं हैं, शिक़ायत होने लगी थी।

"टहलते आते हैं, टहलते चले जाते हैं।" छोटे जोश जोश में बोले, "डिपार्टमेंट न हुआ, कोई बाग हो गया!"

"टाइप कराने जाइए तो कहाँ हैं श्रीमान शक्तिजी? 'शालीमार' में चाय पी रहे हैं। ये पोस्ट ऑफ़िस भेजना है, कहाँ हैं दगडू? जी, पता नहीं। कोई बात हुई?" शिक़ायत गर्म है।

"स्कॉलरों का रवैया देखकर पियन, टाइपिस्ट सब रफ़ूचक्कर रहने लगे हैं," उर्मिला पल्लू से चम्मच पोंछकर चाय में डालती हैं।

"तो उन्हें सिखलाना है कि उनका काम अमूमन किसी भी दफ़्तर की तरह है—यहाँ दस से पाँच रहना, वे अडमिनिस्ट्रेटिव स्टाफ़ हैं। या हमें उनके क़ायदे-कानून में बाँध देना है?" हनीफ़ खिन्न है।

"स्कॉलर के लिए दस से पाँच यहाँ बैठे ही रहने की बात का मतलब क्या है? झख मारें? लेक्चर, लाइब्रेरी, फ़ील्ड ट्रिप, सेमिनार, ये हैं उसकी जगह..." शरद के तेवर तेज़ हैं।

"टाइपिस्ट को आप ज़रा कर्रा कर दीजिए शरद।" नंदन ने कहा है। शुबहा की नज़र से हनीफ़ ने हेड के चेहरे को देखा है।

"लिखने को बचा ही क्या है इसमें? सब तो लिख दिया है। वही-वही बातें।" श्रुति मायूस है।

"और मैं क्या कह रहा हूँ? लिखने को है ही क्या इसमें?" दद्दू स्वीकार करते हैं।

"यह मैंने कहा?" श्रुति वैसी ही मायूस बैठी है।

वह भी शुरू हो गया था—यूनिवर्सिटी के आगे से मठवालों के जलूसों का निकलना। जब धूप बाक़ी होती और आसमान में स्याही भी आ जाती, जिसमें लाल मिल जाता। तब धमाधम धूल उड़ती। और बैंगनी रंग फैल जाता।

"दद्दू, कापड़िया।" शरद मिलाता है, "पहचान पा रहे हैं? गंजा हो गया है।"

"बिलकुल पहचान लिया। आओ-आओ।" दद्दू दीवान थपकाते हैं।

"इसीलिए तो जवान रह गया हूँ!" कापड़िया हास्सा मारता है, "तुमने बाल बचाए तो क्या मिला? सफ़ेद होने लगे और बुढ़ापा जगज़ाहिर हो गया!"

"दाढ़ी भी बढ़ा ली कि लो और देखो मेरा बुढ़ापा!" दद्दू को कापड़िया की दलील रास आ गई है। श्रुति नहीं है कि गिने कि दोनों मिलकर कितनी बाल्टियाँ हँसी से भरे दे रहे हैं।

अभी तक मठ के मंदिर की धूम थी, अब एक नई उमंग जागी है। दूर-दूर से भक्त आ रहे हैं और शहर के किनारे पड़े खँडहरनुमा मस्जिद—जिस पर कहते हैं कि वानर सेना ने मठ का ध्वज फहराकर मंदिर बना दिया है—में मत्था टेकने जाते हैं।

हम जा चुके हैं उस मस्जिद, नहीं मंदिर, असल में चमगादड़ों की महकवाले खँडहर में।

मठ की वैन में जाना पड़ा था, क्योंकि जिस बस से जा रहे थे वह रास्ते में ही बिगड़ गई और इस पर बड़ी ठिठोली हुई थी कि वह कोई मामूली बैलगाड़ी नहीं कि ठेलने से चल दे।

हाँ, सही तो है। शरद की आवाज़ रोबीली है तो डाँट-वाँट में बड़ी असरदार होती है। सही कह रहा है हनीफ़ कि नंदू खुद पीछे रहते हैं और शरद को आगे कर देते हैं।

"सही तो है।" शरद भी मानता है, "क्या करूँ, सहज भी बोलूँ तो लगता है कि चिल्लाता हूँ!"

"मगर तुमसे ज़्यादा नंदू को टाइपिस्ट की मनमानी पर खुंदक है।" हनीफ़ कुछ समझा रहा है।

"तो?" शरद असमंजस में पड़ गया।

"तो ये जानेमन कि डाँटोगे तुम, बुरे बनोगे तुम, बदनाम होगे तुम..."

शरद भोंदू की तरह ताक रहा है।

"अरे यार, ऊपर से खाली हो क्या?" हनीफ़ झिड़कता है और एक गिलहरी कूदती है, "नंदू की पिता-तुल्य इमेज, दर्दमंद और हमदर्द हमारे, नहीं बिगड़ती।

और कड़ाई कौन बरतना चाहता है, बंदिशें कौन लगाना चाहता है?"

"यानी हम भी...?" शरद ताकता है।

"हम भी बेअक्ल निकले!" हनीफ़ हँस देता है।

"यार, वह तो जीनियस!" शरद कहता है।

"नोजी, फ़िज़ा इज़ लोमड़ी!"

"देखोजी, तुम यूनिवर्सिटी का कीड़ा हो, जहाँ की ज़िंदगी एकदम्मे नकली है। बाक़ी शहर दूसरे पेट्रोल से चलता है। अजी, वे लोग होली नहीं खेलने देते थे। हिंदुस्तान में ऐसी-ऐसी मच रही है कि रोंगटे खड़े हो जाएँ।" कापड़िया भी लड़ रहा है।

शरद तो लड़ ही रहा है। "हो सकता है," वह सख़्ती से कहता है, "कि किसी एक मोहल्ले ने कभी आनाकानी की हो, होली के हुड़दंग पर रोक मचा दी हो, पर उससे सारे शहर को जाँचना..."

"सारे शहर को तुम जाँच रहे हो माई बॉय, यूनिवर्सिटी के पढ़े-लिखे कहलाए जानेवाले सिरफिरों से। शहर कुछ और है, एकदम्मे और है।" कापड़िया हाथ मटका रहा है।

दद्दू इस सारे फ़साद से बेताल्लुक लगते हैं।

"अरे दद्दू, यह हिंदुस्तान है कि पाकिस्तान?" कापड़िया उनकी तरफ़ मुड़ता है। दद्दू सुनने लगते हैं।

"और जिस शहर की मैं बात कर रहा हूँ, वहाँ भाई साहब," वह अतिरिक्त अदब से शरद के आगे झुकता है, "वहाँ बरसों से"—'बरसों' पर उसकी आँखें ऐसे इशारा करती हैं, जैसे कलम बनकर उस एक लफ़्ज के नीचे गाढ़ी लकीर खींच दी हो—"होली नहीं मनती थी। मैं बता रहा हूँ। मैं वहाँ पोस्टेड था।"

"क्या करें पोस्टेड थे तो?" शरद रूठकर सिगरेट सुलगाता है।

"अब होली ठहरा बाहर खुले आकाश के नीचे मस्ती से नाचने-गाने का त्योहार।" कापड़िया झूम के बोल रहा है, "तो मैंने भी ठानी कि मैं, हूँ न पुलिस अधिकारी, अब मैं बताता हूँ कि यहाँ होली होगी या मोहर्रम।"

दद्दू ने शीशे का दरवाज़ा उठकर खोल दिया, पूरा नहीं, धुँए को रास्ता देते हों जैसे।

"मैंने सालों का मोहर्रम का जुलूस ही बंद कर दिया। उनका तो बज गया बाजा।" वह रुक गया, सोचने लगा, खुश दीखता, "उड़ गए तोते।...होश हुए फ़ाख्ता।"

शरद चिढ़ा।

"एक से एक रईसज़ादे चले आ रहे हैं कि साहब, यह क्या ग़ज़ब करवा रहे हैं आप? ये कैसे करवा सकते हैं? वाह, क्यों नहीं करवा सकते भाईजान, एकदम्मे करवा सकते हैं! लॉ एण्ड ऑर्डर का सवाल है, दंगे न छिड़ जाएँ मेरी ज़िम्मेदारी है, स्थिति नाज़ुक है, आई विल टेक नो रिस्क। अरे कप्तान साहिब, हमारे मातम को ही लेकर लॉ एण्ड ऑर्डर की, वे पूछते हैं। हाँ जी आपके मातम को ही लेकर।"

कापड़िया जिस तरह से हँसा, शरद उठ गया और उसकी बगल से हटकर दीवान पर दद्दू के पास जा बैठा। बची सिगरेट उसने मसलकर फेंक दी।

"अरे मातम की ऐसी कम तैसी! हम जश्न मनानेवाले देश हैं, हम तो मौत पर भी खाने-पीने की धींगामस्ती से बाज़ नहीं आते! लाश भी उठाते हैं तो उसे भी झुलाते-उछालते ले चलते हैं..."

दद्दू हँसने और खुद ही उछलने लगे।

"यहाँ मातम नहीं चलेगा।" कापड़िया उन्हें खुश होकर देखने लगा, "बताओ मियाँ," वह शरद की तरफ़ मुड़ा, "यह हिंदुस्तान है कि पाकिस्तान? तो फिर होली कि ताज़िया?"

शरद ने जवाब कुछ नहीं दिया है, पर उसका चुप खाली नहीं है। इसलिए मैं लिख दूँ शरद और आगे खींच दूँ लाइन, रिक्त स्थान इंगित करती? शरद—"........"

त्योहार का दिन आता। हम मनाते भी और डरते भी। उस बरस पटाखे भी चलते, बम भी, बंदूक भी। हर धमाके पर डर लगता कि यह है या वह?

दद्दू अंदर बाथरूम जाते हैं तो हनीफ़ दो काम करता है। एक...। हाँ वही, अपनी और शरद की गिलास में पेय का झिलमिल शराबी रंग बढ़ा देता है। और दो-एक किस्सा सुनाता है।

" '...कैसा घोर कलियुग आ गया है, बुज़ुर्गवार बोले, एक हम थे कितने उसूलों से जिए। सारी दुनिया जानती है कि उस चमारिन से हमारी आश्नाई चल रही थी, लेकिन खानपान, छुआछूत का हमने पूरा ख्याल रखा, क्या मजाल कि कभी उसे मुँह पर चूमा हो?' तो भई, तरह-तरह के उसूल हुए!"

"और आश्नाई!" श्रुति कहती है।

"लेकिन," शरद सोच में तल्लीन, "फिर भी वह सच में सांप्रदायिक नहीं है।" श्रुति को उचकते देख वह जल्दी से कहता है, "मुझे ग़लत मत समझो, पर कापड़िया बड़ी-बड़ी और भयानक हाँकता है। फिर भी..."

"ग़लत क्या, मैं तो तुम्हें सिरे से नहीं समझ पा रही।" श्रुति मुँह फेर लेती है।

"कुछ-कुछ...मैं भी नहीं समझ रहा..." शरद रुककर कहता है।

"देखा तुमने?" शरद सर्कुलर लेकर हनीफ़ के पास आता है। "अगले साल से रोटेशन ऑफ़ हेडशिप।"

"देखा। खाओगे?" हनीफ़ ने पूछा।

"क्या है? एक दे दो। ज़रा-सा अचार, बस-बस। नंदू तभी खार खाए बैठे हैं। दो साल रुक जाते वी सी तो नंदू ऐज़ हेड रिटायर करते। ऊँ मज़ेदार मूली का है।"

"कोई फ़र्क नहीं पड़ना। जो भी हेड बने, बागडोर नंदू के हाथों में रहेगी। उन्हें ही पता है अपने 'बेबी' की एक-एक ज़रूरत और उन्हीं के हैं सारे में वे ताल्लुकात, तो उनकी मुखालफ़त कौन करेगा।"

"तुम मियाँ। अगला नंबर आपका है। तैयार हो जाओ।" शरद उँगलियाँ चाट रहा है।

"मैं तो हर्गिज़ नहीं।" हनीफ़ काग़ज़ के नैपकिन पर तेल पोंछता है, "उनकी लगातार दखलंदाजी के आलम में मैं नाम के वास्ते भी हेडशिप नहीं बर्दाश्त कर पाऊँगा। दस्तख़त मेरे होंगे, पर..."

"कि निकालो, जेल में डालो, बर्खास्त दो!" शरद ठिलठिलाता है।

"और लोग पहुँचेंगे अदले-जहाँगिरी कि पनाह दो, बचाओ उस नादिर शाह से!" हनीफ़ बोला।

"बाबर कहो, बाबर। आजकल बाबर की ली जा रही है!"

"मैंने तो कह दिया," फिर उसी तरह की हाँक रहा है कापड़िया। "दो ही बातें हो सकती हैं—मुक़द्दमा या शहादत। मुक़द्दमा करो या शहादत से मरो। अब शहादत बहुत हो चुकी है। लोगों का धैर्य टूट गया है। तो कभीकभार

अति कर देते हैं, पर अति तो दोनों करते हैं।"

"कापड़िया तुम कैसी बातें करते हो? लताड़ना पड़ेगा तुम्हें।" शरद लताड़ता है, "जब नुसरत के साथ इलोप करनेवाले थे, तब मुझे खूब याद है तुम..."

"शु ! श ! श !" कापड़िया उँगली होंठों पर रखकर इशारा करता है, "कभी गोपा के आगे नुसरत-कांड न खोलना! क्या धाकड़ डिबेटिंग करती थी।" वह सोफ़े के हत्थे पर मुक्का मारता है, "चारों खाने चित्त कर दिया मुझे। एकदम्मे! दद्दू, मुसलमान की ज़बान तो बस। क्या कहने हैं। नुसरत बोलती थी तो ऐसा साफ़ सुंदर, अक्षरों को उन्हीं की शक़्ल में निकालती। हमारी लड़कियाँ तो 'धीरे बोलो, धीरे बोलो' का आज्ञापालन करते-करते मुँह बंद करके बोलना सीखती हैं। होंठों की शक्ल कुछ, बुदबुदाए शब्दों की कुछ।"

"फिर?" शरद ने टोका।

"फिर क्या? नहीं कर पाए हम शादी। हमारे अब्बाजान ने जमकर हमारी मरम्मत की। यही मिलीं आपको इस पूरे दुनिया-जहान में? कहते हैं मूरख, बर्रे का छत्ता देखा है कभी? एक बर्रा उससे अलग निकल आएगा तो क्या उसका स्वभाव बदल जाएगा? कौन बताए उन्हें," उसने मुँह फाड़ा, "कि गोपा उस छत्ते की नहीं है, मगर है बर्रा ही, क्या डंक मारती है!" इधर-उधर झाँकने लगा कि जैसे डर रहा हो छिपकर कहीं सुन न ले, "सुन तो नहीं रही?!"

शरद खुद चोरनिगाहों से दरवाज़े को देखने लग पड़ा कि जैसे कोई आ न जाए, सुन न ले।

"आपसे सच कहता हूँ दद्दू," कापड़िया कब रुका था? "मैं यह सब नहीं मानता, मगर आदर्श का परदा भी आँखों पर नहीं चढ़ा सकता इन इंटेलैक्चुअलों की तरह। सच कहूँगा और सच के सिवा कुछ नहीं।"

"पुलिस की नौकरी में हिंदी फ़िल्में बहुत दिखाई जाती हैं, क्यों?" शरद मज़ाक करना चाहता है।

"पुलिस की नौकरी ने ही तो आँखों की पट्टी खोली। तब देखा धृतराष्ट्र को धत्त-राष्ट्र!"

"कापड़िया!" शरद ने कड़ककर कहा।

"सुनो पहले।" कापड़िया वापस कड़का, "ऐसी-ऐसी धौंस देखी है। एक जगह हिंदुओं को लाशें नहीं जलाने देते। लोग अपने मृतकों के सीने पर दीपक रखकर नदी में बहा देते हैं।"

शरद झुँझलाने लगा, "थोड़ी रिसर्च कर लो कापड़िया। इस देश में जलाने और दफ़नाने को मिलाकर बने, अलग क़ायदे भी हैं। दोनों क़ौमों ने एक-दूसरे पर असर किया है। गुजरात में आज भी हिंदुओं की कब्रें हैं..."

"तुम लोग इधर-उधर ही देखते रह जाओगे, जो ऐन बीच में है, उसे ही नज़रंदाज़ करते। असल में मेरी दिली तमन्ना है कि एक बार, सिर्फ़ एक बार दुश्मन पर गोली चलाकर दिल की आग ठंडी कर लूँ।"

शरद फिर उसी तरह चुप है।

"खुद ही डर गए हैं पट्ठे! कम्बख़्त गोली चलाने की मुराद दिल ही में रह गई। दिल की लगी बुझा नहीं पाया।" कापड़िया गाता-सा कहता है।

शरद चुप है।

"और तो और," कापड़िया बोला, "उस मस्जिद-कम-मंदिर में गोली तब चली, जब मुसलमान नाम की चिड़िया भी डरकर आसपास नहीं फटक रही थी।"

"मस्जिद में।" शरद फूटता है, "वहाँ ज़माने से पीर मौलवी गुज़रते तो जानमाज़ बिछाकर नमाज़ अदा करते रहे हैं।"

"आप हैं किस दुनिया में? वहाँ पूजा हो रही है। पुलिस की टुकड़ी भी जूते उतारकर अंदर ड्यूटी दे रही है। वह मंदिर बन चुका है।"

"लिंग काटकर एक से दूसरा नहीं बना जाता।" दद्दू बोल पड़ते हैं, "सिर्फ़ खस्सी बन जाते हैं।"

श्रुति अभी भी लगी हुई हैं कि अब तो ज़रूर लिखना है और इसी सबके बारे में, पर रिपोर्ट नहीं, न थीसिस, न मनमोहक कहानी। कौन-सा रस, कौन-सी शैली, कैसे लिखें?

इसी में लिख नहीं पा रहीं।

"त्योहारों पर तो देना ही पड़ता है।" महरी श्रुति से कह रही है।

"पड़ता है मतलब क्या?" श्रुति गुस्सा जाती है, "अभी एक महीना नहीं हुआ तुम्हें यहाँ काम करते, उसमें भी आए दिन कर्फ़्यू के मारे नागा और माँगना तुमने शुरू कर दिया।"

"कर्फ़्यू होता है तो बताइए हम क्या कर सकते हैं?" महरी बर्तन पटकती है।

"पहले जो थी, कभी माँगती नहीं थी। माँगना कितना बुरा लगता है..."

"हम भी नहीं माँगते।" महरी अकड़ गई है, "हम त्योहारों का कायदा आपको बता रहे हैं।"

"हम त्योहार नहीं मनाते। जिन पर झगड़ा हो, खुशी नहीं, वह त्योहार मनाने लायक नहीं। हम नहीं मनाते।" श्रुति बुरा-सा मुँह बनाती है।

महरी धीरे से कहती है, "हम जानते हैं आप कौन-सा त्योहार मनाती हैं।" फिर वह हँसती है और श्रुति की तरफ़ आँख उठाती है, "ईद।"

मठ से लाउडस्पीकर पर शोर यूनिवर्सिटी में लगातार आता है। कुछ टीचरों ने तो खिड़कियाँ बंद करनी शुरू कर दी हैं।

छात्रों के झुंड शोर पर बातें कर रहे हैं।

"आज सुना। सारे नाम बदलने की बात कह रहे थे। ऐसे नाम। यूनिवर्सिटी का नाम भी जल्दी ही अटैक करेंगे!"

प्रोफ़ेसर नंदन ने उन्हें डाँट लगाई कि आप लोग आजकल पढ़ाई की बातें नहीं करते, यह ठीक नहीं है।

"अलग-अलग दूर-दूर छिपाव-दुराव भरता जा रहा है।"

श्रुति नीचे झाँककर देखती है कि कौन बोला।

दो औरतें सड़क पर जा रही हैं।

"मुझको कोटा की अच्छी साड़ी चाहिए—गर्मी में वही पहनूँगी और अच्छीवाली—कितनी भी कॉस्टली हो—पतला ज़री का किनारा या ज़री की चैकवाली, मामूलीवाली नहीं।" कहते हुए दोनों कॉलोनी में घुस गईं।

न दिखाई पड़ रही हैं, न सुनाई।

सब बुरी तरह घबरा गए हैं। पचास से ज़्यादा लोग तीसेक मिनट के अंदर ही अंदर मर गए हैं और उनमें बच्चे भी थे। अधिकांश पैरों तले रौंद दिए गए, बाक़ी, अख़बारों का कहना है, मैडिकल ओपिनियन है कि 'डिस्फ़िक्सिएशन' से जाते रहे।

ऐसा हुआ था कि नेताओं के साथ भीड़ चली उस मंदिर-मस्जिद-खस्सी,

जो भी हो, में नमाज़ अदा करने। मग़्रिब की। पुलिस ने रास्ते में ही रोक दिया, चार गोलियाँ हवा में चलाईं और लाठियाँ घुमाईं। लोग भागे, मगर ऐसे ख़ौफ़ में कि कुचले-पिचके बिछ गए।

आँसू गैस नहीं छोड़नी पड़ी, क्योंकि आगे कुछ रोकने को बाक़ी नहीं रहा।

बाबू पेंटर का कहना है कि यह सब अनजाने ही हो गया। भीड़ छँटी, तब देखा कि हड़बोंग में छूटे जूते-चप्पलों के आजू-बाजू ढेरियाँ छूटी पड़ी हैं, जो आख़िरी साँस ले रही हैं या वह भी नहीं। बाबू पेंटर यह भी कहते हैं कि इन्हें दंगों में मरे नहीं बताया जा सकता।

शरद और हनीफ़ ने लाउडस्पीकरों के ख़िलाफ़ जो शिक़ायत पत्र तैयार किया है, उस पर डिपार्टमेंटवाले हस्ताक्षर कर रहे हैं।

नंदन चाय के घूँट में ही हँस देते हैं, फ़व्वारा मुँह से छोड़ते हुए—"मठवालों के डेमोक्रैटिक हक़ नहीं क्या?" हस्ताक्षर कर देते हैं।

"दैट इज़ इन वैरी बेड टेस्ट।" हनीफ़ कहता है, "वे ऊलजलूल कुछ भी बरसा रहे हैं कि पापियों के मौत का सामान खुद देवी पहुँचा रही हैं और आपको मसखरी सूझ रही है?"

"भई वाह, आपके मज़ाक इन गुड टेस्ट, आपके कानून-क़ायदे की माँग इन गुड टेस्ट एण्ड इन लार्ज इन्टरेस्ट, और हम बैड टेस्टवाले, पुलिस रेजिमेंटवाले!"

तनाव है।

सिर्फ़ बिल्लियाँ सड़कों पर निकल रही हैं। कोई भरसक बाहर नहीं निकल रहा। कापड़िया ने फ़ोन किया है : "एस.आर.पी.एफ़. पर जाँच कमेटी बिठला दी है।"

बिल्लियों ने शहर पर डेरा जमा लिया है। कोई सड़क पार कर रही है, कोई मुँडेर पर बैठी धूप सेंक रही है, कोई बस स्टॉप पर खड़ी आँखें सिकोड़े दाएँ-बाएँ नज़र घुमा रही है।

दद्दू भी उठकर टेलीविज़न बंद नहीं कर रहे, मगर इंटरव्यू देख नहीं रहे। चुपचाप अपने गिलास से बातचीत कर रहे हैं। उसी को देख रहे हैं और होंठों में कुछ कह रहे हैं। अब गिलास नीचे रख दिया है और उँगलियाँ, हाथ नहीं, हिलाते हुए उसे कुछ बता रहे हैं, उसी तरह।

बिल्लियों का शहर !

हमारे इस शहर में उन दिनों लाउडस्पीकरों से धर्म बँटते थे और सुनसान रातों में घर की चहारदीवारी पर बिलौटे रोते थे।

कितनों के सिर झुक गए थे कि देश तो है यह बनाया, मगर पिशाचों का, जिन्होंने धर्म तक की धार्मिकता मिटा दी।

उस बरस भगवानों की बाक़ायदा खेती हुई। बीज लगे, जिनके ऊपर अंगुल भर मूर्तियाँ रखी गईं देवी जगदम्बे की। और जब धरती को फाड़कर पौधा और देवी प्रकट हुए तो "जै जगदम्बे" से लाउडस्पीकर झनझनाने लगे। ऐसे कि दीवारें हिल गईं, गिरजों और मस्जिदों की नींवें हिल गईं।

नींवें तो मंदिरों की भी हिलीं।

जिस तरह मुल्क़ में ईंटें टूटीं, उसमें तो शायद सच यह है कि नींव तो मुल्क़ की हिली। धूल के गुबार थे, हौलज़दा भीड़ की कुचलमकुचलाई थी, लाठी-पत्थरों की बारिश थी।

एक ऐसे ही पत्थर से शरद का माथा फूटा था।

चुप हूँ।

मेरे चुप को टोकिए नहीं। इसमें कितनी भभ्भड़, कितनी भीड़, कितना शोर है, कितनी बिना साँस लिए कॉपीइंग है, बताना आसान नहीं।

इसीलिए चुप हूँ, मगर चुप दीख रही हूँ, बस।

इन दोनों की तरह, जो सामने बैठे चुप दीख रहे हैं। इन पन्नों की तरह, जिन्हें मैंने खोलकर बेतरतीब फैला दिया है।

अब एक दृश्य का हिम्मत करके चित्रण करने जा रही हूँ। इसी जगह और इसी पल में। यह सीन इस तरह नहीं हुआ, न वक़्त के पैबंद में ऐसा, न इस जगह में अटा, न मेरे इन नकल-उतारे पन्नों में इकट्ठा, पर जतन करिए कि जैसे श्रुति ने एक शगल बनाया कि दीवान से छिटकती हँसी बटोरे, भरे, नापे, कभी स्कॉश की बोतल भर, कभी अमूल टिन बराबर, कभी बड़े-बड़े कनस्तर भारी हो जाएँ कि उठाए न उठें, तो कुछ इस सूझ की चोरी करते मैंने भी एक कोशिश की है कि दूर-दूर तक बिखरे कणों को बस यहीं समेट दूँ।

घर दद्दू का, जो नीचे रहते हैं, ताला लगाते नहीं, बाहर निकलते नहीं और जिनका गाँव गाँव था कि कस्बा था कि था भी या नहीं कोई नहीं जानता। दीवान पर अकेले बैठे हैं, लेकिन हमें ऊपर जाना है इसलिए यहाँ से लाइट हटाती हूँ। लाइट डाउन...डाउन...ऑफ़। देखा कैसे अँधेरा हुआ, मगर दद्दू बत्ती गुल होने के कुछ देर बाद भी हीटर के एलेमेंट की तरह जलते रहे?

ऊपर। हनीफ़ और श्रुति दद्दू के बरसों से किरायेदार। श्रुति पहले छात्रा, अब पत्नी और लेखिका, जो उस बरस की न कहें तो बेतहाशा लिखती है। हनीफ़ जाना-माना प्रोफ़ेसर, छात्रों में अपनी बेतक़ल्लुफ़ सोहबत, किस्सागोई, और साथ हो-हल्ला मचाने के कारण लोकप्रिय, मगर काफ़ी सारे टीचरों का मानना है कि वह सेमिनारपरस्त, विदेशपरस्त और घमंडी जीव है।

शरद, दद्दू का बेटा, हनीफ़ का पुराना संगी-साथी, खुद भी जाना-माना। ज़ोर से बोलता है, मगर दूसरों को बोलने भी देता है कि लगे, उनकी मान रहा है। लड़ाकू हो जाए तो दो टूक सुना देगा, दोस्ताना हो जाए तो दुश्मन भी हाथ बढ़ा देगा।

तो सीन यह है।

लड्डू खाए जा रहे हैं, चाय पी जा रही है। और ज़ैसा कि उन बहसों के दौरान होता है, जिनमें छात्र शामिल हों, कहीं चाय छलक पड़ी है, कहीं लड्डू का चूरा छितरा है। चींटियों का रेला दाना ढो रहा है, मज़दूरों की

याद दिलाता।

और हाँ मधुमालती की बेल पर फूल लद गए हैं, जो सुगंध फैलाते हैं, चिड़ियों की चहकान बुलाते हैं और मुर्झाते हैं और पीले पत्तों के साथ नीचे दद्दू के कमरे के बाहर झर रहे हैं। एक बिल्ली सड़क से चली आई और बॉलकनी पर अपनी बाँछें साफ़ करने लगी।

तरमीम : बिल्ली नहीं आई, वरना चिड़ियों को उड़ा देना पड़ेगा। वह मैं नहीं करना चाहती।

मैं अपने काम से लगने को तैयार बैठी हूँ।

अब फ़रज़ करें कि यहाँ आवाज़ें तेज़ होती जा रही हैं, धड़ाधड़, धकापेल, ज़ारों क़तार संवाद बह रहे हैं जैसा कि वाक़ई बार-बार उस बरस हुआ, और फूल की खुशबू झोंकों में झूल रही है और कुकर की सीटी भी बज जाती है और वह गाड़ी सड़क से निकल जाती है, जिसमें किसी नई-बुद्धी रईसज़ादे ने आज की निराली पसंद के हिसाब से खास हॉर्न लगवाया है, जो बजे तो गाड़ी का हॉर्न नहीं, गोद के बच्चे की चीखती रुलाई आती है।

किया फ़रज़? तो यह भी फ़रज़ कीजिए कि बोलनेवालों की रफ़्तार के कारण बार-बार मेरे कलम की स्याही ख़त्म हो जाती है और फिर भरने की मशक़्क़त में उस बीच की कॉपीइंग का हमेशा के लिए छूट जाने का डर है तो क्या चारा बचता है मेरे पास इसके सिवा कि दवात सामने खोलकर बैठ जाऊँ और कलम डुबो-डुबोकर लिखूँ? बीते युग के लेखकों की तरह!

"हमारी नज़र बीते युग पर ही क्यों अड़ी है? क्यों हम आज और आनेवाले कल के प्रति इतने ना-उम्मीद हैं कि पीछे ही देखे जा रहे हैं और उसमें भी केवल अलगाव के प्रतीकों को ढूँढ़ रहे हैं? अरे क्यों नहीं करते नज़रुल इस्लाम की बात, अमीर खुसरो की बात?"

"क्यों नहीं देखते भाषा का विकास, जब अरबी-फ़ारसी, संस्कृत और रोज़मर्रा की बोली के शब्द मिलकर भाषा बना रहे थे।"

"तभी तो भाषा पनपती है।"

"पर अट्ठारहवीं-उन्नीसवीं शती से दो ज़ुबानों का क्रम भी चल पड़ा था ख़ासकर उत्तर में कि नहीं?"

"दोनों बातें थीं। वली, मीर, सौदा की ज़बान देखो, आगे चलकर नज़ीर अकबराबादी की देखो। अदारंग सदारंग की संगीत की बंदिशें सुनो, जिनमें पीर, काजी, करीम, कृष्ण सभी की वंदना है।"

"एक मिनट, एक मिनट रुको। यह सुनो पुरानी बंदिश है। भीमसेन जोशी गा रहे हैं। सुनो :

"सुमिरौं तेरो नाम
जीव दिया सब संसार
हे काजी करीम
अरज करत इब्राहीम मेरे तो मौला
तुझ बिन कौन निस्तारे
सुमिरौं तेरो नाम।"

"यहाँ तक कि जो रंग, जो इमेज हमारे ज़ेहन में बस गए हैं, उस समय के ज़्यादा हैं, जब मिली-जुली तहज़ीब बनी, मेंहदी कलर, प्याज़ी, फ़ीरोज़ी रंग, छींट लहरिया...। वैदिक सनातनी तो पता नहीं क्या रहे..."

मैं लिख रही हूँ धाराप्रवाह और एक बुद्धिमानी और करती हूँ—यह किसी से चुराई नहीं है—संवाद बोलनेवाले का नाम नहीं लिखती। उतनी स्याही, उतना काग़ज़, उतने पल बचा लेती हूँ।

"हम इंसान एक ग़लती अमूमन करते हैं। जो घट जाता है, उसका घटना ही उसकी अनिवार्यता का सबूत मान लेते हैं।"

"कि यह तो होना ही था..."

"क्या कारण नहीं रहे होंगे, जो यह हुआ?"

"क्या और तत्त्व नहीं थे, जो मिलकर दूसरा नतीजा बनाते?"

"फिर क्यों नहीं कर पाए कुछ और?"

"मैं औरत की बात करके मिसाल देना चाहती हूँ। अभी औरत बहुत से क्षेत्रों में आदमी से बेहतर नहीं है। तुमने सुना नहीं कि यह उसकी अपनी सीमा है? यानी ऐसी है, तभी यह हुआ।"

"कि नफ़रत है, तभी यह हो रहा है, होना ही था।"

"नफ़रत तो कितनी है सर, हम उसे झुठला नहीं सकते। और स्वार्थ होंगे, पर नफ़रत तो कित्ती है सर..."

"नफ़रत को हवा मिल रही है।"

हवा ही नहीं, खाद-पानी सब नफ़रत को ही मिल रहा है। मेल की बातें किस आसानी से नज़रंदाज़ की जा रही हैं। मीडिया भी ध्यान नहीं देता।

देखिए सर, दुनिया भर में मुल्लाओं के दिमाग खराब हो रहे हैं, मुसलमान एकजुट होकर साथ दे रहे हैं, यहाँ भी...

जो नहीं दे रहे, उनके सिर पर इनाम रखे जा रहे हैं और कम से कम हमारे मुल्क में उनकी हिफ़ाज़त का ज़िम्मा कम ही लिया जा रहा है।

इसके अलावा जो तरक्कीपसंद मुसलमान हैं, वे ज़ाहिर हैं मिली-जुली फ़ोरम से बोल रहे हैं, अलग मुसलमान बनकर नहीं।

और यह क्यों कह रहे हो कि मुल्लाओं ने नाक में दम कर दिया है, वही पंडित-पादरी भी कर रहे हैं। धार्मिक कट्टरता हर धर्म में है, मगर उसके ख़िलाफ़ बोलनेवाले भी।

सर, हम पढ़-लिखकर भूल गए हैं कि धर्म किस क़दर जनता की रगों में है, तभी उदार होने का दावा कर सकते हैं।

बहुत बड़ी ग़लती कर रही हो, एकदम गलत बँटवारे कर रहे हो। एक तरफ़ धर्म और कट्टरता, दूसरी तरफ़ पढ़े-लिखे उदार और नास्तिक। जैसे कि यही जोड़ बनते हैं। ग़लत, सरासर ग़लत। न सारे शिक्षित नास्तिक, न सारे अशिक्षित अनुदार, न सारे हिंदू और मुसलमान कट्टर।

फिर भी मुसलमान ज़्यादा ऐसे, पढ़े-बेपढ़े... उनका पिछड़ापन...

बहुत हो गईं उनके पिछड़ेपन की बातें। सरकार उन्हें ग़लत शै भी खूब देती है।

ठीक कह रहे हो। ग़लत शै देती है। उनके सांप्रदायिक तत्त्वों को ही उभारती है, दूसरी ज़िम्मदारियों से, जीवन की मूल ज़रूरतों को पूरा करने की कठिन ज़िम्मेदारी से, उन्हें अलग पहचान का लॉलीपॉप पकड़ा के बरी हो जाती है।

यह भी बहुत हो गया सर, उनके हर दुख-दर्द की दवा हमारे पास, उनके हर मर्ज़ के ज़िम्मेवार हम, हिंदुओं का ही दोष है?

नहीं, पर हिंदुओं का बड़ा दोष है, क्योंकि अक्सरियत उनकी है।

बस-बस। कह गए जो नेहरू, हम आज तक वही ढोल पीट रहे हैं मेजारिटी का ज़हर ज़्यादा ख़तरनाक है।

इसे तुम कैसे नहीं मानते? जो ज़हर सारे समाज में फैलता है, वह ऐसा सहज दीखता है, रोज़ के जीवन से घुला-मिला कि ज़हरीला लगना बंद कर देता है, जब कि माइनारिटी की क़ौम-भावना अलग असहज विकृत दीख पड़ती है, उससे बचना, उसका निदान ढूँढ़ना कहीं आसान हो जाता है।

ढूँढ़ ही रहे हैं तब से निदान। वे बढ़ते ही जा रहे हैं, जो तब से करते आए हैं, वही और ज़ोरों में कर रहे हैं।

झूठ है कि एक क़ौम पूरी की पूरी मंदिर तोड़ती रही कि एक पूरी क़ौम वन टू ऑल धर्म परिवर्तन कराती रही और दूसरी क़ौम पूरी की पूरी सहनशील रही, बाँहें फैलाकर सबका स्वागत करती रही। स्याह और सफ़ेद में नहीं बँटी हैं कौमें, न सच, न समाज।

स्वागत की बात छोड़ो। हिंदू कितना अपने में घुस के रहते हैं, विदेश जाके देखो।

हम हिंदुओं की बुराई करके ही सैक्युलर हो गए हैं? हम क्यों हिंदुओं

की ही बुराई करते हैं?

मुसलमानों की भी करते हैं, मगर दोनों के लिए पैमाना अलग-अलग बनाना पड़ेगा...

वही अक्सरियतवाली बात...

वह भी। और भी। हिंदुओं को तो नहीं बात-बात पर साबित करना पड़ता कि वे इसी देश के हैं?

सुनो, सुनाती हूँ बेग़म अख़्तर की एक रिकॉर्डिंग, जिसमें बार-बार वह कहती हैं कि हमारा वतन यानी हिंदोस्तान। यह क्या बात हुई? ग़लतफ़हमी की गुंजाइश...

उन्होंने अपनी करतूतों से पैदा की।

हमने अपने शक़ से पैदा की। अरे, मक्का-मदीना को पूजते हैं तो देश-द्रोही? मॉरिशस का हिंदू काशी को तीर्थ माने तो उसे...

सारे मुसलमान पाकिस्तान को अपना ईश देवता मानते हैं।

सारे? क्या गधेपने की बात करते हो। निरे मिलेंगे जिनका पाकिस्तान से कुछ लेना-देना नहीं। और हो भी तो भी अपने लिए वहाँ संभावनाएँ नहीं देखते। और जो देखते हैं, पाकिस्तान में, कुवैत में...

मिडलईस्ट में तो खैर हिंदू और क्रिश्चियन भी खूब जाते हैं। अमेरिका...

आज तुम सबों का...

हम सबों का नहीं।

ख़ैर, तुम्हारे जैसे बहुतेरों का ईश देवता है तो परेशानी है? बेहतर ज़िंदगी के ख्वाब सब देखते हैं। ग्रीन कार्ड लेकर अमेरिकी नागरिक हो जाएँ तो भी उन पर तो हम गर्व करते हैं।

हम नहीं।

ख़ैर, बहुतेरे वे, जो कोई मुसलमान पाकिस्तान कह दे तो देश-प्रेम से बिलबिलाने लगते हैं।

तुम क्यों बिलबिला रहे हो?

हिंदू संविधान को बुरा कहे, तिरंगा जला दे तो अपनों पर हक़ जताता रहा है। मुसलमान सरकार के ख़िलाफ़ कोई प्रतीकात्मक कदम उठा ले तो देश का दुश्मन...

अरे भई, इतना गुस्सा जायज़ नहीं। यह दोस्ताना बहस है।

मैं जानता हूँ। यह दोहरी नीति...

लो, एक और लड्डू दबा जाओ।

अरे, आपके बालों में घी की महक।

बाल काले होते हैं घी से!

नहीं जी, घी लगाऊँगी बाल में? मैं तो नारियल का तेल लगाती हूँ।

तो कैसे...? सच्ची आ रही है। सूँघिए।

बहुत लड्डू खाए हैं, हाथ सिर पर पोंछ दिया होगा।

हाँ, लड्डू में भी वही महक है।

पेट से उठकर जहाँ-जहाँ खाली जगह मिली, वहाँ पहुँच गई तभी सिर से आ रही है।

हा हा हा

हा हा हा

चलो, हमें छोटा दिखाकर आप लोगों का गुस्सा तो रफ़ा-दफ़ा हुआ, हम सह लेते हैं। हमारा एहसान मानिए...

हमेशा से मेरी जान, हिंदू सहता आया है और अपना एहसान जतलाता आया है।

पहली बात मुझे हिंदू मत कहिए, दूसरी आया-आया मत कहिए।

हा हा हा

अब तुम्हीं गुस्सा होने लगीं? आज की अपनी मज़हबी बहनों की तरह!

मगर सर, हमने तो यह बात मज़ाक-मज़ाक में कही, मगर सर लोग पूरी तरह यही मान रहे हैं कि हिंदुओं को अब गुस्सा आना ही चाहिए।

देखो जी, हिंदुओं के लिए भी इस आधुनिक परिवर्तन के युग में ज़मीन सिकुड़ रही है, अनिश्चितताएँ बढ़ रही हैं तो वह गुस्सा हो रहा है जिस किसी के संग बाँटना पड़े, उसी से। ज़रा भी जगह नहीं देना चाहता।

आपकी बातों से लगता है कि हिंदू सबसे बड़ा विलेन है, मुसलमान महज़ स्केपगोट।

स्केपगोट थ्योरी भी...

अरे छोटे जोश तो नहीं सुन रहे।

हा हा हा

मज़ाक छोड़िए। हम लोगों की बातें एक साइड को बदमाश, दूसरी को मासूम-बेगुनाह बना देती हैं कि उन्हें तो ज़बरदस्ती मारा जा रहा है। मुसलमान पिछड़ा है, मिलने की कोशिश नहीं करता तो मासूम। झगड़ता है तो उकसाया गया है, इसलिए मासूम। कहीं हम हिंदुओं के प्रति अन्याय तो नहीं कर रहे? उनकी भी तो ज़ेहनियत उनके हालात से निकली है। आप ही कहते हैं कि इल्यूज़न ऑफ़ रियैलिटी भी एक महत्त्वपूर्ण रियैलिटी है। हर हालत में हिंदू को लग रहा है कि आँकड़े नहीं, ताकत की कमी के कारण वे माइनॉरिटी हैं।

येल्लो मठवालों की-सी बात कर रहे हो।

तो क्या मठवाले सब पागल हैं? मैं तो यह भी पूछना चाहता हूँ कि

हम हिंदूवादियों की वही बातें क्यों दोहराकर उन्हें बदनाम कर रहे हैं, जो बढ़ा-चढ़ाकर, बदतमीज़ी से, पगलाए ढंग से बोली जा रही हैं? अरे, मैं तो पूछता हूँ...

बोलो-बोलो, हम खुलकर बहस ही चाह रहे हैं।

भूल गया। याद आएगा तो कहूँगा।

ठीक है, मगर उसका एक जवाब मैं देना चाहता हूँ कि क्यों हिंदूवादियों की पगलाई बातें ही हम करते हैं, क्योंकि जहाँ वे बातें ऐसी पगलाई नहीं हैं...

वहाँ भी मुसलमानों के ख़िलाफ़ मलाल हैं।

हो सकता है, मगर वहाँ प्यार और बातचीत के रास्ते बंद नहीं हैं। वहाँ मुख़्तलिफ़ विचार हैं, मगर इंसानों की इज़्ज़त है कि भई जियो और जीने दो का फ़लसफ़ा चले, आख़िर हम-तुम दोनों इंसान ही हैं न...

एक शेर सुनाऊँ? दद्दू ने सुनाया—

> बस कि मुश्किल है हर इक बात का आसाँ होना,
> आदमी को भी मयस्सर नहीं इंसाँ होना।

वाह!

सच!

मयस्सर नहीं इंसाँ होना। बीऊटीफ़ुल।

ग़नीमत है वाऊ नहीं कहा।

मैं लिख लूँ? आप फिर बोलेंगी?

बस कि मुश्किल है हर इक काम

काम कि बात?

ऐं? काम शायद। या बात। पूछना पड़ेगा।

ठीक है, जाते वक़्त मैं पूछ लूँगी।

मगर सर, हमें फिर भी समझ नहीं आता। वही बातें चारों तरफ़ सुनते-सुनते हमारे सिर चकरा गए हैं। इजाज़त हो तो...

इजाज़त क्या माँग रहे हो? हम सब समझने की ही कोशिश कर रहे हैं।

आपसे हमारा मतलब नहीं है, इसलिए ग़लत मत समझिएगा, मगर मुसलमान ने अपनी तरफ़ से कोई कोशिश की ही नहीं है, अलग, अविश्वासी...

यह सही नहीं है। मिलजुलकर रहनेवाले हैं...

मगर कम।

हिंदुओं ने भी विश्वास दिलाने की बहुत कोशिश नहीं की है। शक़ ज़्यादा

बढ़ाए हैं। दोनों तरफ़ से मिलना हो, खुले विवाद हों, ग़लतफ़हमियाँ दूर हों, तब तो...

मुझे तो रह-रहकर गुस्सा आ जाता है, जब पाकिस्तान के लिए ताली बजा देंगे।

कितने बजाएँगे ताली? अरे लौंडे-लपाड़े जोश में, ज़िद में झगड़ालू भाव में कभी बजा भी दें तो ऐसी कौन-सी बड़ी बात है?

सुनो, देश के बार्डर अजीब चीज़ होते हैं। उससे लोग नहीं बँट जाते। सुनो, एक बार मैं गई थी राजस्थान में बार्डर तक। इधर रोड थारपारकर, उधर गाँव थारपारकर। एक बालू के टीले पर जीप चढ़ी और बी.एस.एफ के वॉच टावर से मुझे दिखाया गया कि ये बार्डर है। अच्छा, ये बार्डर है? तो यह है हिंदुस्तान, वह है पाकिस्तान!

और टोबा टेकसिंह यहाँ मरा था!

कैसी गड्डमड्ड होगी मन में? मगर रहना यहाँ है तो यह तो हम नहीं चाहेंगे कि हम पर कहर बरपा करो ऐ उधर के हमारे नाते-रिश्तेदार?

हम तो फिर भी कहेंगे कि मुसलमान कुछ है ही पिटने पर आमादा।

यार कैसी-कैसी बक रहे हो।

यू डोंट माइंड सर?

नहीं, बोलो। पिटने का काम करता है?

जब न तब पत्थर उठा लेगा।

दुनिया भर में दंगे उसी तरह शुरू होते हैं। अल्पसंख्यक असुरक्षा के भाव में अपने में घुसे घिरे रहते हैं और जब न तब त्रस्त होकर या लड़ाका होकर पत्थर उठा देते हैं, पर असल शुरुआत यह नहीं होती। उसके भीतर अपमान का क्लेश, नज़रंदाज़ किए जाने का गुस्सा...

देखा, फिर उसे भोला बना दिया। वह तो बस रीएक्ट कर रहा है। आज हिंदू बिलकुल यही कह रहा है कि आख़िरकार वह रीएक्ट कर रहा है।

झूठ है। हिंदुओं के साथ ऐसा कुछ नहीं हुआ है।

आप कहना क्या चाहती हैं?

कि बहुत कुछ गड़बड़ है, जिसका न पूरा दोष हिंदू और मुसलमान का है, न पूरी दवा एक-दूसरे का सामना करने में है। दोनों को एक तरफ़ एक टीम होकर बहुत-सी गड़बड़ियों को छाँटना है।

सब बड़ी-बड़ी खोखली बातें लगती हैं। कोई हम पर विश्वास नहीं करता।

कोई को छोड़ो। तुम खुद कर रहे हो अपने पर विश्वास? नहीं तो पहले अपने मन से गड़बड़ी छाँटो। अपने विवेक से काम लो। हनीफ़ जैसे मुसलमान और शरद जैसे हिंदू में फ़र्क है?

क्या कह रहे हो?

नहीं है, फिर भी है!

कमाल है। फिर तो मैं चुप ही हो जाऊँ।

नहीं, चुप मत होओ। इस बात की छानबीन करें। क्या फ़र्क तुम्हें लगता है? क्यों यह फ़र्क उससे बड़ा फ़र्क है, जो एक जगह और दूसरे जगह के हनीफ़ में है, फ़र्ज़ करो केरलाइट हनीफ़ और लखनवी हनीफ़ में। या जो फ़र्क रईस हनीफ़ और भंगी हनीफ़ में है वह? या जो एका भंगी हनीफ़ और भंगी शरद में है वह?

मगर यह फ़र्क...

कहीं तुम्हारा कोई पूर्वग्रह तो नहीं, जो तुम्हें यह फ़र्क इतना बड़ा लग रहा है? मुझे तो इसमें और...

कहीं एक जगह के, पढ़े-लिखे, अलग-अलग मज़हब से जाने जानेवाले...

हाँ-हाँ वही, एक ऐसे हिंदू और ऐसे मुसलमान में, जो...

नहीं सर, फिर मेरी बात कहीं गायब हो जाती है। मैं आप लोगों की बात नहीं कर रहा, उन लोगों की कर रहा हूँ, उस पार रहनेवाले। उधर सर, मुसलमानों के मोहल्लों में जाने से डर लगता है।

और उन्हें तुम्हारी तरफ़ आने से।

फिर भी वे जानते हैं कि हमारे यहाँ उन्हें ऐसा ख़तरा नहीं है, जैसा...

हाँ, यह तो हम भी कहेंगे। शायद खून-खराबा वे ज़्यादा आसानी से करते हैं।

इसलिए कि हलाल के आदी हैं।

सच्ची, हम लोग एक बार शहर के कसाईबाड़े में गए थे। ज़रा भी परेशानी नहीं खून बहाने में।

मज़ा आता है मारने में। मैं नहीं कह रहा लोग कहते हैं उनके बारे में।

भई वाह, तो डॉक्टरों की क़ौम तो सबसे बड़ी खूनी क़ौम होगी, इंसान की चीरफाड़, खून से लथपथ मुर्दे, इनकी तो उन्हें फिर चाट लग गई होगी। फिर तो कोई डॉक्टर शाकाहारी हो तो ताज्जुब करो।

और जनाब, जो औरतें छिपकली-कॉकरोच नहीं मारतीं इतनी नर्मदिल, नाज़ुकमिज़ाज होती हैं सुना है कि नहीं कि अपनी बहुओं को जलाती हैं फिर खड़े-खड़े तमाशा देखती हैं। ज़िंदा जलाती हैं। यह कौन-से जोड़ बैठा रहे हो?

अरे बाबा, प्याली गई।

हिस्टैरिकल होकर क्यों बोल रही हो?

हिस्टैरिकल। इस पर मैं कुछ कहना चाहूँगी, पर एक मिनट आप लोग

चुप हो जाएँ तो। यहाँ पोंछा लगा दूँ।

बताइए, मैं लगा देता हूँ।

अच्छा रहने दो। बाद में कर दूँगी।

नहीं, कर ही दूँ। आप बताइए तो...चींटियाँ भर जाएँगी।

मैं उतारे जा रही हूँ, उतारे जा रही हूँ।

अच्छा, उधर देखो...मिला। छोटी बाल्टी में डाल दिया होगा थैंक्यू। हाँ हिस्टैरिकल। बताइए, क्यों औरतों में मर्दों के मुकाबले ज़्यादा है हिस्टीरिया का मर्ज़? इसलिए कि उन्हें चुनने-बढ़ने की कम आज़ादी ने अलग ढंग से कुण्ठित कर दिया है। आदमी वही सब ज़्यादा आसानी से पा रहा है। मैं मोटे तौर पर बात कर रही हूँ, बारीकियों को अभी नहीं छेड़ रही। जब बिना लड़े मिल रहा है तो आदमी संभ्रांत शांतिप्रिय दिख लेता है। औरत को हर बार लड़ना पड़ता है तो विकृत करार दी जाती है। अब ऐसे में जब आदमी चीखने लगे, शोषित होने का दावा करे तो बेहूदगी नहीं लगेगी?

औरत को हर कुछ पाने के लिए चिल्लाना पड़ता है। आदमी हर कुछ गँवाने पर चिल्लाता है।

अब आप तो कुछ ज़्यादा ही...

मोटे तौर पर यही बात है। हिंदू-मुसलमान की भी यही बात है। मोटे तौर पर। यह सारी बातें कमज़ोर और ताक़तवर वर्ग की बातें हैं।

मुसलमानों में सांप्रदायिकता भरी है।

हिंदुओं में भी भरी है।

मगर एक इनसैक्योरिटी और डर से पैदा हुई है, दूसरी ताक़त और अहंकार से। दोनों के चिल्लाने का फ़र्क देखना होगा। दोनों की ग़लतफ़हमियों से जूझना होगा मगर एक से ज़्यादा सहानुभूति हो ही जाएगी, अगर हममें संवेदना बाक़ी है।

हममें तो है, मगर उनमें नहीं।

किनमें?

उन मुसलमानों में।

हम हिंदू या मुसलमान नहीं हैं।

मैं तो नहीं हूँ।

मैं हूँ, मगर वैसा नहीं।

कैसा नहीं?

उनके जैसा। जो उधर रहते हैं। दंगे करवाते हैं। खून बहाते हैं।

दंगे का मतलब जानते हो? श्रुति उठ गई। असल दंगे वहाँ हो रहे हैं, जहाँ खून बह रहा है।

अचानक सब चुप हो गए, जैसे दुकानों के शटर गिरे हों।

वह लमहा निकल गया तो सभा छितरने लगी। छात्र बॉय कर रहे थे, प्यालियाँ समेटी जा रही थीं, नीचे दद्दू के पास बड़े गुलाम अली खाँ गा रहे थे : 'हरो ओम तत्सत।'

पता नहीं क्या मतलब था श्रुति का, जो कहकर बैठ गई कि असल दंगा वहाँ है, जहाँ खून बह रहा है।

और मेरा कलम लिखता गया कि वहाँ जहाँ खून बह रहा है।

जो, खुदाबंदो, यहाँ भी तो बह रहा है, हमारी रगों में, इस पतली-सी खाल के नीचे!

सड़कों से इंसान ग़ायब हो जाते, बिल्लियाँ भरमार में घूमने लगतीं। तब घरों में दुबके हम, बिल्लियों के सन्नाटे से घिरकर घबरा जाते थे। कोई अचीन्ही हड़बड़ी थी उस बरस, जो हमें बेचैन करने लगती थी। लग रहा था कि हमारी आँखों से ओझल निरे टुकड़े हैं, जो सारे में फैले हैं और सब मनमानी करते जो सो टुकड़े उठा रहे हैं, जोड़ रहे हैं, अलग-थलग कहानी बना रहे हैं। फिर तो कोई कहानी सच्ची नहीं है, हम सनसना जाते। फिर अपने घेरे में पड़े, गुमसुम हो जाते।

बीच में मठ था, इस तरफ़ हम, उस तरफ़ वे सारे। हमें बताया जा रहा था कि एक था हिंदू और एक था मुसलमान और अब भी एक है हिंदू और एक है मुसलमान। हमने कभी यकीन नहीं किया और हमने भी पूरा ज़ोर लगाकर बतलाया कि निरे थे हिंदू और मुसलमान और आज भी हैं, जाकर उधर देखो। बीच में मठ, इधर हम, उधर वे सारे, तरह-तरह के हिंदू और मुसलमान।

ऐसा नहीं है कि होते-होते यह समझ नहीं आया कि 'वे लोग' और 'उधर' वाली थ्योरी नकारी जानी चाहिए। मगर पहले कि उसे नकारकर चूर-चूर करके फेंक दें, 'वे लोग,' जो उधर दूर नहीं थे, बल्कि इधरवालों की खाल के नीचे से झाँक रहे थे, इन्हीं को चूर कर बैठे।

तब।

फिर तो बहुत वक़्त निकल गया और उस बरस को बीते बरस निकल

गए और इतनी दूर से देखते हुए वह झूठा भ्रम देने लगा कि वह साफ़ नज़र आ रहा है, पूरा का पूरा, मानो हम दर्शक हैं, वह बरस एक कैनवस।

लेकिन इतिहास की ग़र्क़ में गया बरस कंकाल ही तो रह जाएगा, जिसे निकालकर उस पर कभी चढ़ी मांसपेशियाँ और उनका जुड़कर बना रूप और उस रूप पर बैठे उस सदी के कपड़ों का अंदाज़ा हम अपनी कल्पना से ही कर सकते हैं। एक और कहानी गढ़ते हुए।

किंतु एक दीगर बात हो जाए। मान लीजिए कि हमारे सोचने के विपरीत वह बरस बीता नहीं है, क्योंकि हम उसे इन अगले बरसों में खींच लाए हैं, इन्हें भारी बनाते और खुद भी इनके बोझ से झुकते, तो फिर? तो फिर यह किस्सा, जो रेडियो, टी.वी. और अख़बार के बीच फैली व्यस्तता से ही नहीं गढ़ा है, बल्कि उनके बीच सहमी ख़ामोशी से भी, और जो मरनेवालों का उतना ही है, जितना कि न मरनेवालों का और उन लोगों का ही नहीं, वरन इनका भी है, आख़िर कहाँ ले जाएगा हमें?

इस ख़याल से मैं भी डर रही हूँ कि शायद सच वे लोग पहले भी हमीं में जी रहे थे और शायद वह बरस अभी भी है, बीता नहीं।

हाँ, मैं जानती हूँ कि मैं फिर चुप हो गई हूँ।

पर नहीं, चुप नहीं रहूँगी। कॉपी करती जाऊँगी।

बस, दो पल इन पन्नों को छू लूँ, जिनमें घर के, डिपार्टमेंट के, यहाँ के, वहाँ के, दृश्य कॉपी कर रखे हैं।

रोज़ ही कलम साधे पाई जाती है श्रुति। कोशिश में है कि जो चाह रही है, वह लिखे और इसी कोशिश में सबकुछ लिखना बंद है। मगर नियम से बैठ जाती है घर को ही ऑफ़िस बनाए और आध पौन घंटे के लंच ब्रेक को छोड़ सुबह साढ़े नौ जो बैठी तो फिर पाँच तक बैठी रहती है, मधुमालती की तरफ़ नज़र किए, कलम साधे, परेशान।

"नहीं हो रहा है।" उसने हनीफ़ से शिक़ायत की थी।

"तो कुछ और लिखो।" हनीफ़ ने हिदायत दे दी।

"तुम लिख पा रहे हो कुछ?" उसने आगबबूला होकर पूछा था।

"वाक़ई," हनीफ़ ने कहा था, "सारा काम ठप्प कर रहे हैं ये दिन।"

और फिर धूल भी तो इतनी उड़ रही थी कि बंद दरवाज़ों की दरारों से घुस जाती और सारे घर में फैल जाती। तिस पर बाई ने भी आना बंद कर दिया था, अबके कर्फ़्यू नहीं, उस नारियल के मारे, जो उसने चटनी बनाने के लिए ख़रीदा था और जिसमें से देवी की पत्थर की प्रतिमा निकली। अब वह व्यस्त थी, मोहल्ले में पूजा-पाठ करा रही थी, कह रही थी छोटा-सा मंदिर बनाएँगे और देवी को वहाँ स्थापित करेंगे। उड़ने दो धूल। यह उसने नहीं कहा। यह मैंने कहा देखकर कि वहाँ धर्म, यहाँ धूल।

आज भी प्रोफ़ेसर नंदन अपनी मूँछों में उँगलियों की कंघी फेर रहे हैं और एक बाल मुँह टेढ़ा करके पकड़ लेते हैं और दाँतों से दबाकर 'कट' कर देते हैं।

समवेत स्वर उठे हैं कि इस कहने-को-बड़े-नामी डिपार्टमेंट में कुछ लोग तो ऐसे हैं, जिन्होंने बरसों से एक लेख नहीं लिखा है।

"और आप सुबह से शाम तक उन्हें यहाँ ज़बरदस्ती बिठाकर किताबें लिखवा डालेंगे?" शरद की हँसी में ज़बरदस्त तंज़ है।

"सुनिए..." हनीफ़ मुस्कराया।

"एक किस्सा?" उर्मिला बहुत उत्साह नहीं दिखा रहीं।

"नहीं, शब्दशः सत्य..." हनीफ़ दिल पर हाथ रखकर कहता है।

"बड़ी संस्कृत बोल रहे हैं अपने हनीफ़ मियाँ!" छोटे जोश नंदन से कहते हैं, मगर काफ़ी आपस-की-बात के लहजे में।

"एक जगह रूल बना कि किताब जिसकी नहीं, वह प्रोफ़ेसर कभी नहीं। अब एक स्कॉलर जनाब—नाम नहीं बताऊँगा, वे आज भी ज़िंदा हैं और प्रोफ़ेसर हैं—परेशान, क्योंकि, हो न हो प्रोफ़ेसर तो बनना ही है। तो सुनिए, क्या किया उन्होंने। गए साहब नैशनल आरकाइव और एक पुरानी ऑफ़िशियल फ़ाइल को करवाया ज़ीरॉक्स, उसे अलग-अलग चैप्टर के नाम देकर बाँट दिया, और प्रेस में भेजकर किताब छपवा ली!"

सुनते ही ठहाका लगा।

"यह हँसने की बात नहीं है। सोचने की है।" हनीफ़ भी हँस रहा है, "रूल बुक रवैया कोई हँसी-मज़ाक नहीं।"

नंदन का 'कट' हुआ।

"दोस्तो, थोड़ा और आपका कीमती वक़्त ज़ाया करूँगा।" हनीफ़ नाटकीय हो रहा है, "दूसरा किस्सा अर्ज़ करके। एक और जनाब..."

"हैं और प्रोफ़ेसर हैं!" शरद ज़ोर से हँसा।

"यक़ीनन!" हनीफ़ ने उससे कहा।

"आप तो उर्दू छाँटने लगे डॉक्टर साहब!" छोटे जोश ने बदन झुमाया।

"सुना मैंने जोश साहब। आप संस्कृत और उर्दू ही ढूँढ़ते रहे तो फिर जो इतनी गहरी बात सुना रहा हूँ, उससे महरूम रह जाएँगे। ज़रा कान पेश करिए। जिन जनाब की अब कह रहा हूँ, वे कलकत्ता जा रहे थे प्रोफ़ेसर का इंटरव्यू देने। क्या करते बेचारे—सफ़र में सूटकेस ही चोरी हो गया। उसी में उनकी आनेवाली किताब की प्रेस कॉपी थी, जो प्रकाशक को देनेवाले थे। और तो और, इसी चोरी में उनकी अगली किताब के नोट्स भी चोर ले गया। अब यह तो स्पेशल केस हुआ ना? इंटरव्यूवाले कोई जल्लाद तो थे नहीं। मान लिया गया साहब कि इनकी दो किताबें हैं और...।"

"प्रोफ़ेसरशिप मिल गई!" शरद भी चटखारे लेने लगा।

"क्यों न मिलती?" हनीफ़ पूछ रहा है, "सब रूल के मुताबिक है।"

"किताबें...?" एक रिसर्चस्कॉलर ने सवाल करना चाहा।

"आज तक इस दुनिया में तो आई नहीं!" हनीफ़ हँसा, "और एक छोटा-सा, चींटी-सा," उसने दो उँगलियों में चींटी दबाने जैसी मिन्नत की, "आखिरी किस्सा।" छोटे जोश की तरफ़ मुड़ा, "शब्दशः सत्य। तीसरे उम्मीदवार ने सेमिनार करवाया, सेमिनार के पर्चे छपाकर किताब के एडिटर बने और ये उनकी किताब क़रार की गई और उन्हें प्रोफ़ेसर क़रार कर दिया गया।"

"कट"। नंदू ने एक और बाल मार गिराया।

"दद्दू आप बेकार में हँसते हैं।" श्रुति कहती है।

"कोई पूछे, किसने कहा है कि लिखो वही? और जब आता नहीं तो कहाँ से लिख लोगी? ए बी सी नहीं पता और चली हैं लिखने पूरी गाथा? क्या? एनसाइक्लोपीडिया देवी मठिका? हा हा हा।"

दद्दू जैसे फुला-फुला के गुब्बारे छोड़ रहे हैं, जो कमरे में तैर रहे हैं।

"नहीं आ रहा समझ तो क्यों पीछे पड़ी हो उसके? छोड़ो बेचारे की पूँछ। कम्यूनलिज़्म एक बिल्ली है, जिसकी पूँछ पकड़कर तुम उसे नचाना चाहती हो। क्या कर रही है बिल्ली? सड़क पर ही तो घूम रही है। बिल्ली तो आज़ाद जानवर है। मग़रूर मस्त। किसी की सगी नहीं। किसी की पकड़ में नहीं आती तो क्या तुम्हारी पकड़ में आएगी? अरे, रहने दो न बेचारी को। तुम्हारे घर भी आएगी तो क्या? चूहे ही तो खाएगी। तुम्हें तो आएगा नहीं चूहों को

पकड़ना। हा हा हा चूहा भी नहीं आता इस बिचारी की पकड़ में, पर ख्वाब बड़े-बड़े। तुम सोओ, आओ मैं तुम्हें थपकी देकर सुलाऊँगा, गोदी में जैसे तुम्हारी अम्मा सुलाती थीं। फिर ख्वाब देखना कि मैंने बिल्ली पकड़ ली!"

दद्दू भी खूब हैं। गुब्बारों से भर गया है कमरा।

"कहानी बनाना कोई आपसे सीखे।" श्रुति भी डोल रही है।

"मैं तो कह ही रहा हूँ, मगर विषय बदलना पड़ेगा।" दद्दू दीवान को गुब्बारा बनाए दे रहे हैं।

शरद और हनीफ़ साथ गए थे नंदू को समझाने कि क्यों वे सुबह से शाम डिपार्टमेंट में बैठने की पाबंदी के ख़िलाफ़ हैं। इस जगह की आत्मा घुटेगी और कुछ नहीं। लोगों को काम करना है तो काम का माहौल ही उनसे काम कराएगा, ज़बरदस्ती आप किसी को नहीं बदल सकते। बदलाव अंदर से होने चाहिए, न कि रूल थोपने से। ये तो नाहक शक़-शुबहों का मौसम पैदा करेंगे।

"शक़ ही तो कर रहे हैं लोग," नंदन ने समझाया, "कुछ लोगों को ज़्यादा छूट मिल रही है, कुछ सुबह से शाम पिले रहते हैं यहाँ।"

"अभी तो आप हैं।" शरद ने कहा, "आपके बाद यही रूल इस्तेमाल होंगे धौंसबाज़ी के लिए, लोगों को दबाने के लिए।"

"चमचागिरी शुरू होगी..." हनीफ़ बोला।

"मैं क्या करूँ?" नंदन कहते हैं, "जब सबके सब यही माँग कर रहे हैं तो..."

प्रोफ़ेसर नंदन ने यह नहीं कहा कि रोटेशन लागू हो रहा है तो उन्हें कुर्सी छोड़नी होगी। प्रोफ़ेसर नंदन ने कहा कि उनकी तबियत ख़राब रहती है और 'मिसेज़ भी बीमार रहती हैं' इसलिए वे 'स्टेप डाउन' करके हेडशिप किसी और के हवाले करने की सोच रहे हैं।

इस बात पर दद्दू चीखें मार-मारकर हँसने लगे।

जुलूस में कापड़िया के साथ जीप में शरद भी बैठा है। पुलिस ने कड़ी हिदायत दे रखी है कि न कोई कैसेट बजेंगे, न गालियाँ या भद्दी चीखें होंगी। शांति से देवी का नाम लेते बढ़ो।

ज़ारो कतार भीड़ है। जै जगदम्बे, जै जगदम्बे का नारा है। जो न गालियाँ

हैं, न भद्दी चीखें।

"इधर कहाँ?" शरद पूछता है, "इधर भी जुलूस निकलने लगे?"

जीप आगे बढ़ती है। कानों में धीमे स्वर आते हैं :

"भारत को महान् बनाना है,
मस्जिदें तोड़ गिराना है।"

"एई।" कड़ककर कापड़िया कहता है। फ़ौरन दो सिपाही डंडे दिखाते नीचे कूदते हैं।

स्वर आने लगते हैं :

"जै जगदम्बे
देवी तेरी महिमा अपार
कर हमारा जोग सिद्धार
जै जगदम्बे।"

"बड़े कमीने हैं!" कापड़िया शरद की तरफ़ मुड़कर हँसता है।

जुलूस नया बाज़ार में घुसता है। हाथ में उस्तरा है, ग्राहक के साबुन पुते चेहरे पर झुका है एक नाई, जो इसी तरह रुक गया है, जुलूस को दिलचस्पी से देख रहा है कि गली से एक युवक दौड़ता हुआ आकर चीखता है, "हाय मार डाला, हाय हाय मुसल्लों ने मारा।"

चक्कू-छुरियाँ गुब्बारों की तरह फहरा रहे हैं। भीड़ गली में, गली के बाहर, भाग रही है, चिल्ला रही है। रंग उछल रहे हैं। पीला। लाल। बैंगनी।

कहाँ से मुझे आ रही है अस्पताल की महक?

नारे बदल गए हैं।

"फ़ायर।" कापड़िया ने ज़ोर से हुक्म दिया।

कापड़िया ने फ़ोन किया था। तीन शव गली से निकले। एक वही भिखमंगा फ़कीर था।

"वही, जो लंबा चोगा पहने तामचीनी का कटोरा लिए वहाँ अक्सर खड़ा मिलता।" श्रुति बोली।

"लौंडे तो लौंडे ही रहेंगे!" कापड़िया घर आया था, "ढाबे में बैठकर हँस रहे थे कि 'अल्ला हो अकबर, पजामे में हाथ भर'!"

"यार तुम सुनते भी हो?" शरद चिढ़ गया।

मगर कापड़िया तीन पैग लेकर, इसके बावजूद कि वे दद्दू के बनाए पैग हैं, शायद अपने भी कानों से बेज़ार होकर बस मुँह चलाता है!

"...मैं तुम्हें होसपिटल ले चलूँगा, हम्पी के 'रुइन्स' दिखाऊँगा। बाप के मरने पर मैं ऐसे नहीं रोया।...।" लड़खड़ लड़खड़!

"यार, राम राजा पर सुल्तानों के हमले पता हैं, पर यह नहीं कि अच्युत राय ने बीजापुर के इब्राहीम आदिलशाह को बुलाकर अपने लोगों का कैसे दमन किया, यह नहीं कि राम राजा ने जब अहमदनगर पर हमला किया तो कैसे मस्जिदें तोड़ीं, औरतों पर टूटे, क़ुरान को..."

मगर कापड़िया अपनी बोल रहा है। लड़खड़ लड़खड़। "तुम्हें दुख नहीं होता टूटे मंदिरों को देखकर?..."

"विजयनगर का इतिहास पावर स्ट्रगल का है, जिसमें कभी एक राजा किसी नवाब से मिलकर..."

"इतनी सुंदर कलाकृति के लिए भी मन में प्यार नहीं जागा?"

"हम्पी हिंदू है भी नहीं। इन्डो सारासेनिक स्टाइल है, जिसमें इस्लामिक फ़ीचर भी हैं..."

"क्या चीज़ें हमने बनाईं..."

"मध्यकालीन नमूने भी शामिल करो।"

अचानक कापड़िया गुस्से में आ गया है, "चट गए हम शरद मियाँ, चट गए, आप लोग इतिहास ही सिखाते रहेंगे। किसे..."

"हाँ किसे?" शरद भी चट कर बोला।

"कापड़िया अपनी ड्यूटी में कोई तरफ़दारी नहीं करता, असल बात वह भी है," शरद लड़ पड़ा था। "हमीं चाह रहे हैं सब जानना। तो यह ज़रूरी नहीं, खुद को खंगालो, व्यक्त करो, फिर परखो, क्या निकला?"

हनीफ़ सहमत नहीं लगा तो शरद उसे याद दिलाने लगा, "तुम ही स्टूडेंट को बता रहे थे कि कितने स्तर हैं रिश्तों और भावनाओं के, इस समाज में। कि एक शूद्र जब उस भगवान की तस्वीर रँगेगा, जिसकी पूजा उस मंदिर में वह ही नहीं कर सकता तो सोचो, रँगते वक़्त क्या-क्या उसका निकलता है—आनंद, गुस्सा..."

"ओके!" हनीफ़ ने हार मान ली और मुस्करा पड़ा, "पर यह तीन पैग की चित्रकारी है!"

"मैं पूछता हूँ सबसे ज़्यादा परेशानी तुम्हें ही क्यों हो रही है, अरे जाएगा भाड़ में डिपार्टमेंट तो जाए ना, तुम्हें तो भाड़ नाम की किसी जगह नहीं भेज रहे?" दद्दू ने ठिठोली की।

"दद्दू आप भी!" श्रुति बोली।

दीवान तो मानो हार्लिक्स पीता है!

"अच्छा लाओ।" दद्दू श्रुति से उठने का इशारा करते हैं, "लाओ इन जेहादियों के लिए दो गिलास। अपने लिए भी ले आओ। अब लेती तो होगी तुम भी, मुझसे भले ही छिपा जाओ। अरे, डरो नहीं, तुम्हारा दद्दू बहुत लिबरल है, उसके डिपार्टमेंट में जब चाहो छुट्टी लो, जब चाहो क्लास में आओ! जो चाहो, पिओ!"

"जितना चाहो, पिओ!" हनीफ़ कहकर हँस पड़ा।

"डोल, तुम्हारा दद्दू सच्चा फ़ेमिनिस्ट है, ले आओ भागकर अपने लिए भी गिलास। औरत-मर्द की बराबरी मानता हूँ! एकदम बुद्धू है यह लड़की, मगर हम तो भई इक्वैलिटी मानते हैं! है ना?" तारसप्तक की हँसी है।

"नहीं, मैं नहीं लेती।" श्रुति हँसी है, "पर यह मान लूँगी कि जैंडर की बराबरी आप मानते हैं। जितना मुझे बुद्धू कहते हैं, उतना ही इन्हें भी!"

"आ हा हा हा! यह तो तेज़ होती जा रही है।" झूम गए दद्दू, दुनिया भर की तेज़ी अपने चमकने और चीखने और उछलने में भरकर, "बिलकुल तुम तीनों को बराबर का बुद्धू मानता हूँ।"

"दद्दू आपके अलावा कौन तेज़ है?" श्रुति अपनी चमक दिखा रही है।

"प्रोफ़ेसर नंदन!" दद्दू ने झट जवाब दे दिया।

"त्रिवेदी हमारी कम्यूनलिज़्म रिपोर्ट से खुश हैं।" छोटे जोश खुश होकर बताते हैं।

"यही हो रहा है।" शरद ज़ोर से मुक्का हवा में मारता है, "सारे हनीफ़ जैदी हनीफ़ ज़ैदी हो गए हैं।"

"मुझे क्यों घसीटते हो?" हनीफ़ एतराज़ करता है।

"तुम्हें नहीं, तुम्हारे नाम की मिसाल दे रहा हूँ।" शरद खिजाहट में कहता है।

"मेरे ही नाम को क्यों? छात्र भी आते हैं तो भी तुम मुझे ही मिसाल बनाते हो..."

"तुम मुसलमान सुनकर ऐसे रीएक्ट क्यों करने लगते हो?" शरद आश्चर्य कर रहा है।

"ज़ाती मिसालें क्यों दी जाएँ?" श्रुति भी मानती है, "आम बात करो। हाँ तो सब मुसलमान एक हो रहे हैं और..."

"और..." शरद रुका है, चिढ़ूँ या आगे बोलूँ?

"और सब हिंदू एक," वह बोल देता है, "राजस्थान और गुजरात के गुलाम, ग़ुलाम हो रहे हैं, और लखनऊ अलीगढ़ में हिंदू की जिंदगी, ज़िंदगी हो गई है। मुझे नहीं पसंद इसका ऐसे बिदकना।" वह अचानक फिर हनीफ़ को कोस पड़ा है, "अब तो मैं इसे मियाँ भाई कहते-कहते हिचकने लगूँगा। मज़ाक को मज़ाक की तरह नहीं लोगे तो..."

"मज़ाक हर वक़्त मज़ाकिया नहीं लगता।" श्रुति कहती है।

"मजाक अच्छी सेहत की निशानी है। सब एक-दूसरे पर कसते आए हैं। शोषक ने शासक के बारे में चुटकुले बनाए, एक जातवालों ने दूसरी के, लखनवी ने दक्खनी के..."

"आदमी ने औरत के और जब वह नहीं हँसी तो कहा ह्यूमरलेस है!" श्रुति गुस्सा करती है, "मज़ाक दोनों पार्टी को हँसाएँ तो मज़ाक है, नहीं तो लांछन हैं, अनादर हैं..."

"तो मैं इसका अनादर कर रहा था?" शरद ने फिर हवा में मुक्का मारा।

"यह मठवालों की तरह मुक्का क्या मारने लगे हो?" अचानक हनीफ़ हँस पड़ा।

"मैं? उनकी तरह?" शरद बुरा मान गया।

"पता नहीं कौन ह्यूमरलेस है।" हनीफ़ हँसते-हँसते गंभीर होने लगा।

"ताक़त उनकी बढ़ रही है, जिन पर परिवार नियोजन की ज़बरदस्ती नहीं है, जो कीड़े-मकोड़ों की तरह बच्चे पैदा करते हैं, जो शादी-ब्याह के अपने कानून बनाते हैं और तीन बार तलाक़ कहकर जीवन भर बीवियाँ बदलते हैं और एक साथ चार रखते हैं और पराई औरतों का शील भंग करते हैं तो उनके बड़े-बूढ़े आशीर्वाद देते हैं कि तुम्हें शबाब नसीब होगा और गाय काटते हैं..."

"किसने लिखा है?" श्रुति पूछती है।

हनीफ़ अख़बार में नीचे देखता है। "कुछ भयभीत देशवासी।"

"मुझे तो लग रहा है कुछ ईर्ष्यालु देशवासी!" शरद मुस्कराता है।

"शरद, आप हँस रहे हैं?" श्रुति तानेबाज़ी कर रही है।

"नहीं जी, पढ़ रहा हूँ।" शरद गोद में रखी किताब उठाकर दिखाता है—*"द इन्वैन्शन ऑफ़ द रियल।"*

"आख़िरी लाइन तो सुनो।" हनीफ़ अख़बार के पीछे से सिर निकालता है, "और हम इसका विद्रोह करें तो हमसे कहा जाता है कि और धर्म भी ऐसे हैं और तुम लोग सांप्रदायिक हो रहे हो।"

"तो इनकी बुराइयाँ गिनाकर उन्होंने और धर्मों की अच्छाइयाँ साबित कर दीं। यह आजकल का गणित है श्रुतिजी।" शरद हैरानी से कहता है।

फिर वे बोले, "सॉरी हनीफ़, मगर यह दूसरी तरह की बात है!" तो मैं चौकन्नी होकर लिखने लग जाती हूँ।

"...हमारे ताऊ ने तो वह तलवार अपने पूजाघर में भगवानों के आगे सजा रखी है। कहते हैं कि आज भी उस पर मुसलमान का खून है।"

फिर बोले, "सॉरी हनीफ़ साहब!"

कौन हैं, वे तो मैं कॉपी करने से रह गई, पर कहीं और के आए प्रोफ़ेसर हैं, जो स्टाफ़रूम में चाय गटक रहे हैं।

"...जिन्होंने बँटवारा देखा है, उनसे हम ये बातें नहीं कर सकते। जिनके मकान, ज़मीन सब उधर रह गए हों..." बात सबसे कर रहे हैं, पर जब न तब हनीफ़ की तरफ़ देखते हैं, मानो बस उसी से कह रहे हैं, "न जाने कितनी बार हुड़क-सी उठती है इस दिल में कि जाकर देखूँ तो किस मियाँ की औलाद ने हमारे पुश्तैनी मकान पर कब्ज़ा जमा रखा है। घर होगा वह उनके लिए। हमारा तो जिगर का टुकड़ा है।"

शरद भी हनीफ़ की तरफ़ देखता है, मानो रुका है कि वह बोले। फिर खुद ही बोलता है, "जिगर के टुकड़े तो इधर भी बिखरे पड़े हैं।"

"हाँ अँ।" अजनबी प्रोफ़ेसर उदास लगते हैं, "हमें अब उस नफ़रत से क्या, हम पढ़े-लिखे हैं, हम और आप इसी तरफ़ रह गए हैं एक नैया में सवार, साथ मरेंगे, साथ जिएँगे।" वे फिर हनीफ़ को ही देख रहे हैं। हँसते हैं। खुसफुसा रहे हैं, "मगर जो मुसलमान यह नहीं समझ पाए हैं, उन्हें एक लाइन से लगाकर ठीक कर दो। हमारी रगों में भी गर्म खून है। हम सिंधी हैं, पठानों के बाप! आपकी हम नहीं कह सकते।"

अब वे नंदन को देख रहे थे।

कर्फ़्यू न हुआ, कोई खेल हो गया! फ़िर!

मैं स्याही का अपना जमावड़ा देखकर फ़िलहाल इत्मीनान पाती हूँ।

"क्या हुआ?" हनीफ़ और शरद शीशे के दरवाज़े से अंदर झाँककर पूछते हैं।

दद्दू श्रुति को कुछ पढ़कर सुना रहे थे। रुक जाते हैं, "क्या हुआ?"

"शायद शाम की ख़बरों में हो।"

दोनों अंदर आ जाते हैं।

लड़ रहे हैं दोनों।

"तुम चुप क्यों रहे?" शरद पूछ रहा है।

"वे क्या मुझी से बात कर रहे थे, तुम सबसे नहीं?" हनीफ़ का सवाल या जवाब?

"तलवारें तो उधर भी सजी होंगी। और हिंदू भी तो भरे हैं, जिन्हें लाइन से लगाकर सबक सिखलाना है..."

"तुम डिफ़ैसिंव क्यों हो रहे हो?" हनीफ़ ताव से पूछता है।

"तुम अजीब तरह से चुप हो गए थे।" शरद ज़ोर से बोला।

लड़े जा रहे हैं दोनों।

बार-बार लड़ पड़ते हैं।

"एग्रैसिव क्यों हो रहे हो?" हनीफ़ और गुस्साया है।

"तय कर लो पहले, डिफ़ैसिंव हूँ कि एग्रैसिव?" शरद चिढ़ा-चिढ़ा लग रहा है।

लगता है, फिर कापड़िया तीन पैग पार कर चुके हैं!

"बंद कर दो क्रिकेट इन दो मुल्क़ों में। हमेशा फ़साद का डर बढ़ जाता है।"

"अब खेल में दो सरकारों का झगड़ा क्यों ला रहे हो?" श्रुति पूछती

है।

कापड़िया ने सुन कैसे लिया?!

"दो सरकारों का ही नहीं है झगड़ा। वह कहते हैं, यह खेल नहीं, जेहाद है...।"

"यार, खेल के मैदान पर ही तो फ़ायरी टेम्पर रहता है। बाद में तो सब दोस्त हैं।" हनीफ़ समझाता है।

"और यही तो कुछ एरियाज़ हैं, जो दोस्ताना स्पिरिट बढ़ा रहे हैं।" शरद समझाता है।

कापड़िया चुप हो गया है।

तीन पैग नहीं हुए होंगे!

"हमें लोगों को समझाना चाहिए।" कापड़िया बदले स्वर में बोला।

"बिलकुल।" शरद खुश हो जाता है।

"क्रिकेट मैच होते रहें.."

"बिलकुल।" शरद ने हामी भरी।

"तो हमारे बीच..."

"हाँ।"

"जल्दी ही एक नया पाकिस्तान बन जाएगा।"

"बिलकुल।" शरद के मुँह से निकल चुका है।

वह हैरानी से सिर हिलाने लगता है—नहीं!

कर्फ़्यू का सायरन बजा तो सब तेज़ चलने लगे।

"मेनोपॉज़?" श्रुति, हनीफ़ और शरद तीनों इस उपमा को दद्दू के मुँह से सुनकर बेसाख़्ता हँसे।

"वह और मैं।" दद्दू ने उठाई धोती और उसके छोर से आँखों में आए हँसी के सितारे पोंछे। "हमारा यह मेनोपॉज़ है। हमारे दिन पूरे हो रहे हैं। हम जो कर सकते थे, कर चुके। किताबें लिख दीं। इधर-उधर हो आए।"

"बच्चे पैदा कर लिए। डिपार्टमेंट उनका बेबी है।" श्रुति हँसी।

"बच्चे पैदा कर लिए। उनका वह बेबी। मेरे ये तीन बेबी। अब हमारे बस में कुछ रहा नहीं। जो कुछ था, सब पीछे है। आगे नई पीढ़ी के दिन

हैं। सोचो, हमारा हाल, बगल से एक के बाद एक तुम सब हमसे आगे निकले जा रहे हो।''

''पहले 'हम' सबसे आगे थे!'' शरद हँसा।

''हाँ!'' दद्दू दीवान की सवारी करने लगे, ''अब इन्हें बुलाया जा रहा है ऑक्सफ़ोर्ड, इन्हें किताब का इनाम मिल रहा है, दद्दू को और नंदन साहब को ठेंगा! 'फिर कोई आया, नहीं, कोई नहीं, राह रौ होगा, चला जाएगा, अब यहाँ कोई नहीं, कोई नहीं, आएगा'। हा हा हा हा!'' दद्दू एक बार फैल के उछलते हैं। फिर दोहरे होकर उछलते हैं। पगलाई हँसी के साथ बोले, ''अब मैं तो कहीं जाऊँगा नहीं, पर तुम्हें तो रोक सकता हूँ! अरे, कुछ हम पर रहम करो !''

प्रधान मंत्री मठ के महंत से मिलेंगे। मठ के आसपास शहर के प्रशासन ने मज़दूर लगा दिए हैं। सड़क पर गरम-गरम तारकोल पड़ा है और सड़क किनारे, जिस तरफ़ गाहे-बगाहे नदी बहती है, मज़दूरिनें उतर गई हैं और मिट्टी के तवों पर मोटी-मोटी रोटियाँ सेंक रही हैं।

दंगों का मौसम, कर्फ़्यू का मौसम, लोगों के पागल होने का मौसम। हिंदू का, मुसलमान का, तबाही मचाने का मौसम।

तीन मर गए।

मरनेवालों की संख्या बढ़कर पाँच हो गई है।

ताज़ा ख़बरों के अनुसार आठ लोग मारे जा चुके हैं।

शहर में कर्फ़्यू है और आर्मी संवेदनशील इलाक़ों में फ़्लैग मार्च कर रही है।

सुना है, मठ के सामने एक आधुनिक फ़्लाइओवर बनेगा, जिसका नाम होगा जगदम्बे फ़्लाइओवर। हमारे शहर का यह पहला फ़्लाइओवर होगा।

स्थिति तनावपूर्ण है, लेकिन नियंत्रण में है।

डिपार्टमेंटवालों को ख़ास इजाज़त मिली है कि 'पीस मार्च' करें। बाबू पेंटर ने कहा है कि अख़बार में इश्तिहार देते हैं, जो हमारे साथ है, आएँ।

अभी यह बहस चल रही है कि शांति मार्च का पोस्टर लेकर हनीफ़ और एक-दो छात्र-छात्राएँ जैसे मुशीर और तसलीमा को सबसे आगे करें या सबसे पीछे।

मैं लगी हुई थी पीछे-पीछे इनका कहा-सुना-देखा उतारने, पर डरने भी लगी थी वही वही बातें नहीं हो रहीं? एक सी बू?

फिर दंगे होते, फिर कर्फ़्यू लगता, फिर ज़रा ढील दी जाती। फिर हम सर्वधर्म सभा और शांति मार्च करते।

पुलिस की कतार के बीच हम वही-वही लोग फिर झंडों पर शांति पैगाम उठाए चल रहे हैं। एक-दूसरे को देखकर अजीब तरह से बगलें झाँक रहे हैं, क्योंकि खिड़कियों से झाँकते लोगों की आँखों में मूक तिरस्कार है, क्योंकि खुद हमें लग रहा है कि इससे कोई फ़र्क नहीं पड़ेगा। सब बेमाने है।

मानो वह बरस ही बेमाने था, उसकी हर चीज़ बेमाने थी, बस सब वही-वही नाटक बार-बार कर रहे थे और बस हम सबकी भूमिकाएँ निर्धारित थीं। आप फिर मारेंगे, आप मरेंगे, आप फ़ोटो खिंचाएँगे, आप सद्भावना के शब्द लिखेंगे, आप अलग बैठेंगे इन पचड़ों में नहीं पड़ेंगे, आप दरवाज़ा खोलकर कहेंगे कश्मीर की बात तो उठाते नहीं हमें नहीं आना, और आप सुनें देखें पढ़ें जो भी, मानेंगे यही कि मरे तो हिंदू ही और टूटे तो मंदिर ही और मुँह यही कहने के लिए खोलेंगे।

आँकड़े तो थे ही बेमाने। इतिहास ही हो गया था बेमाने। बार-बार सन्न से हो जानेवाले हमारे मन-मस्तिष्क के लिए सन्न से हो जाना हो चुका था बेमाने। अजूबी किस्म की लूट, मारकाट, बलात्कार की ख़बर सुनकर ओफ़्फ़ो, च् च् च् च्ऽऽ जैसी प्रतिक्रियाएँ भी बेमाने।

मार्च के दौरान दर्शकों का रेला 'चोंचला' कहकर हँस पड़ा।

रात गए श्रुति जाग गई। उसने हनीफ़ को हल्के से हिलाया और दोनों बातें करने लगे, "जैसे कुछ हिल नहीं रहा, सब वहीं का वहीं है, कोई बदल

नहीं रहा।" कि कहीं तहों के भीतर, तर्कों के पीछे गहराई में छिपा वह बिंदु है, जो जड़ है, जमा है, जहाँ न दंगों की हवा जाती है, न तर्कों की, जो अछूता है, साबुत सलामत आत्मतुष्ट बिंदु, जहाँ न जाने कब से, कब से, हिंदू और मुसलमान एक-दूसरे के ख़िलाफ़ हैं।"

"हैं तो बस हैं ही।" श्रुति कह रही है।

"हम लोगों को एकदम नज़रंदाज़ कर दोगी," हनीफ़ ने उसका सिर हाथों में लिया है।

"हम लोग?" श्रुति ग़ौर से उसे देख रही है, "हम लोग क्या हैं?"

"हम लोग वे लोग नहीं।" हनीफ़ ने कुछ सोचा और कहा।

"तुम्हें यकीन है?"

"तुम्हें नहीं?"

वे पास-पास सिर करके फिर सो जाते हैं। हर चीज़ उस बरस में फिर से...

"सच कह रहा हूँ।" शरद हनीफ़ से बोला, "कापड़िया ने मना कर दिया है कि ड्यूटी के दौरान कोई पुलिसवाला तिलक-विलक नहीं लगाएगा, जब पुलिसगीरी कर रहे हो तो वही करो।"

कबूतरों की मुँह बंद करके गुटरगूँ-गूँ-गूँ जारी है।

"अच्छा, सब चुप हो जाओ, हनीफ़ मुझे बताएगा कि क्यों नहीं वह हेड बनना चाहता।" दद्दू हाथ हिलाकर सबकी चाँय-चाँय रोकते हैं।

"रहने दीजिए दद्दू। पहली बात मुझे तो शक़ है कि वह कोई जुगाड़ निकालेंगे कि उनके रिटायरमेंट तक यह सिलसिला न चलाया जाए।"

"यार, यूनिवर्सिटी का रूल है, उनका निजी फ़ैसला नहीं।" शरद ने टोका।

दद्दू फिर हाथ से रोकते हैं, "चलो, माना कि वे ऐसा कर पाते हैं, तब दो साल बाद आएगा तुम्हारा नंबर, मगर मैं जानना चाहता हूँ कि न करा पाए आगे, तब तुम क्यों नहीं मानोगे?"

"मैं कह दूँगा आई एम नॉट अवेलेबल," हनीफ़ बोला।

"दद्दू पूछ रहे हैं, क्यों?" श्रुति ने उससे कहा।

"देखिए, शरद मुझसे एक हफ़्ते बाद प्रोफ़ेसर बना है, उसे अगला हेड

बनाने में ऐसी कोई परेशानी नहीं। मुझे मंजूर नहीं कि बात-बात पर अम्माजान बताएँ कि बेबी को ऐसे नहलाओ, ऐसे कपड़े पहनाओ।"

"तो मुझे भी तंग नहीं करेंगे?" शरद पूछता है।

"तुम मान रख पाते हो...किस्से नहीं सुनाते!"

"अम्मा-बेबी-आया-सिंड्रोम।" श्रुति हँसी।

"मेनोपॉज़ सिंड्रोम।" दद्दू का फ़तवा, "ऐसा नहीं हो सकता कि डिपार्टमेंट प्रोफ़ेसर नंदन के साथ रिटायर कर जाए?" बिना दूसरों की हँसी का इंतज़ार किए वे उछलने लगे।

छोटे जोश धमकते हुए अंदर आए हैं, "हमारे शहर से ज़रा बाहर, आबादी से दूर होते ही, रेलगाड़ी को जंजीर खींचकर रोका और बहुत आदमियों को मारा, बहुत औरतों को ज़लील किया।"

छोटे जोश औरतों की तरफ़ देखते हैं, दो पल रुककर बोल देते हैं, "रेप किया। फिर लोहे की छड़ें अंदर डालकर घाव किये।" एक संग बहुत से लोग दहलती सिसकारी लेते हैं। शरद कुछ कहने को है। काँपकर चुप हो गया है।

श्रुति फाटक खोलकर अंदर घुसी। सीधे सीढ़ी चढ़नेवाली है कि नीचे का दरवाज़ा खुलता है। वह अकबकाकर मुड़ती है।

दद्दू खड़े हैं।

"अरे!" वह और अकबका जाती है, दद्दू दरवाज़े पर तो मिलते नहीं। "क्या बात है दद्दू?"

वे निर्विकार भाव से खड़े हैं, "कहाँ से आ रही हो?" सहज सवाल है, मगर सहज नहीं है, क्योंकि दद्दू उठकर आये हैं पूछने।

"मैं लाइब्रेरी में थी दद्दू।"

"हाँ-हाँ।" वे सिर हिलाते हैं, "जो नई किताबें लाई हो, दिखाना।" वे मुस्कराकर मुड़ चले हैं, पर पूरी तरह हमेशा की तरह नहीं दीख रहे।

श्रुति हँसकर जवाब देती है "एकदम नये लेखक हैं, आपको समझ नहीं आएँगे! वह टैगोर भी लाई हूँ, जो आप बंगला में सुना रहे थे। अब मैं अंग्रेज़ी में पढ़ूँगी! अभी आती हूँ।"

जब तक वह नीचे आई, शरद और हनीफ़ भी लौट आए।

"कौन थी दद्दू?" उन्होंने पूछा।

दद्दू ने ठहाका लगाया, "वही रही होगी, श्रुति सेन। अरे, एक पगलेट बंगालन है, बहुत पहले आया करती थी, फिर कुछ संन्यासिन-वन्यासिन होकर कहीं हिमालय में खो गई! असल में मैं बाथरूम में था, जब फ़ोन आया। ननकऊ ने उठाया। उसी ने कहा श्रुति मेमसाहब हैं, बोली हैं, फिर करेंगी, कहती हैं तबियत बिगड़ी हुई है। हा हा हा!" वे हल्की-फुल्की किरमिच की गेंद बन गए।

"तो आया कि नहीं फ़ोन?" हनीफ़ ने पूछा।

"नहीं आया। तभी तो मैंने तुम्हें फ़ोन किया। मैं इस श्रुति के अलावा सबको भूल चुका हूँ। जब तुमने बताया कि तुम देख आए हो, ये वहीं लिख रही है, तब मैं समझ गया उस पगलेट ने फ़ोन किया होगा। कहाँ से फिर वह बला-ए-मुहीब नाज़िल हुई? कमाल तो यह है कि जिसका नाम श्रुति, वही इस दुनिया में पगलेट!"

मगर खैर, एक ही जन इस वक़्त दुनिया में पगलेट लग रहे हैं और वे हैं दद्दू!

'हैलो' 'हैलो' हो रही है।

"वाह हेड साहब, यह तो एकदम नया रूप है! अचकन आप पर खूब फब रही है।"

"ह हा ह हा!" प्रोफ़ेसर नंदन झेंपकर प्यारी हँसी हँसते हैं, "बस, लगा हुआ हूँ कि दुनिया तो बदल नहीं रही, खुद को बदल डालूँ!"

"असल वही है। खुद को बदल डालें। फिर दुनिया तो बदल ही जाएगी!"

मठ वैनों की संख्या बढ़ी लगती है। आज दो तो यूनिवर्सिटी के सामने रुकीं। बौनेट पर देवी।

दूर से ही दिख जाती हैं। मांसल रणबाला की पिण्डलियाँ, लाँघ की धोती में, अंगार-सी आँखें झक-झक, और खुले बाल, ऊपर बादलों से ठिठोली करते।

श्रुति हनीफ़ भी कापड़िया के साथ बैठे थे।

"अब सब हो चुका," वह बता रहा है, "लोग तंग आ चुके हैं। दोनों तरफ़ के गुंडों के खुलकर नाम बता देते हैं। प्रशासन कड़ाई बरते तो सारे धर्म लोग घर में छोड़कर निकलें। वही होना ज़रूरी है। वैसे इस बार मुसलमानों ने बहुत मार खाई है, मैं बता रहा था न शरद तुम्हें? खोजा, बोहरा, जो खुद को पूरी तरह मुसलमान मानते नहीं, वे भी पार लग गए। क्रूर से क्रूर आदमी रो पड़ेगा। निहत्थे लोगों को मारा है और वे कह रहे हैं कि हमें क्यों मार रहे हो, हम तो मैमन हैं..."

शरद हँस के बोला, "तुम तो कहते थे, मुसलमानों में बड़ी शेखी है, लड़ाकापन है, पाकिस्तान बना रखा है यहाँ..."

कापड़िया अपने ही मुँह पर मुक्के लगाता है, "यार, आई वॉज़ बॉर्न अ ब्लडी लाउड माउथ! मगर अब मैं भी देख रहा हूँ, सच कहता हूँ। एक बात आपको बताऊँ," वह श्रुति से मुड़कर कहता है, "आप तो लेखिका हैं, ऐसी बातें समझती होंगी। लोगों के हर कुछ कहने का मतलब नहीं होता है। बहुतेरे हम, हाँ मैं भी, ऐसे ही बकते रहते हैं, सुनी-सुनाई बातें, मन में समाज की डाली सही ग़लत धारणाएँ, बिना उन पर सोचे। नई-नई बातें कहाँ से लाएँगे, वही पुरानी ही तो कहेंगे, जो निकलते-निकलते निकल जाएँगी। न दद्दू?"

अचानक श्रुति को वह बहुत बुरा नहीं लग रहा।

अब वह हनीफ़ से कुछ कह रहा है,..."वैसे आप बिलकुल अलग किस्म के हैं। कभी जाकर उन मुसलमानों से मिलिए तो बेहद कोफ़्त होती है। कीड़े-मकोड़ों से रेंग रहे हैं, बंद मोहल्लों में, मगर गुमान यह कि अब भी वे तो नवाबों-बादशाहों के पुत्तर ठहरे, राज ही करेंगे, और कुछ नहीं करेंगे। उन्होंने भी कम नहीं बिगाड़ा है माहौल। आज यह हाल है कि डर-डर के अच्छे शरीफ़ मुसलमान और हिंदू भी मिले-जुले मोहल्ले छोड़ रहे हैं। अच्छे शरीफ़ लोग जाएँ तो कहाँ जाएँ अब? वैसे..." वह श्रुति की तरफ़ देखता है, "आप लोगों ने कोई अपना घर लेने की सोची है?"

श्रुति सोचने लगी—कहाँ और कैसा होगा हमारा घर? अचानक उसे कापड़िया बेहद बुरा लगने लगा।

दद्दू अकेले बैठे बाउल संगीत की तरंगों पर झूम रहे हैं कि धोबी दरवाज़ा खोलकर आ जाता है। दद्दू रिकॉर्ड हटाकर अंदर जाते हैं और डायरी लेकर

लौटते हैं।

तब तक धोबी ने गठरी खोल दी है और सोफ़े पर, दीवान पर, चमकदार कलफ़दार ढेरियाँ सजी हैं। उनके बीच दद्दू डायरी खोलकर बैठ गए हैं, धोबी बोल रहा है, दद्दू टिक मार रहे हैं : तीन झाड़न, चार तकिये के गिलाफ़, दो पेटीकोट, सात चादरें...

अख़बार में मठ में होनेवाले प्रोग्राम का पन्ना देखा तो बहुत से लोग खुश हो गए। आज शाम पुरानी फ़िल्म 'जोगन' दिखा रहे हैं।

नरगिस है और दिलीप कुमार उसमें, उर्मिला ने बताया।

दो-तीन जगह बम फट गए, दो-तीन जगह पाए गए। शरद और श्रुति आए हैं। लोग कलाप कर रहे हैं।

"एक औरत पागल हो गई है। उसका एक महीने का बच्चा गया।" कोई औरत बताती है।

"अच्छा हुआ आप उन्हें नहीं लाए, नहीं तो लोग खुलकर नहीं बोल पाते..."

श्रुति मुँह खोलती है, मगर शरद आँख दिखाकर बंद करवा देता है।

"हमने तो नहीं मारा न उन्हें, हमारी औरतों-बच्चों ने क्या किया, देखिए न देखिए, उनके रक्त में है...दुख दे-देकर मारने की प्रवृत्ति...अब उन्हें एक ही काम करना है कि अपनी संख्या बढ़ानी है...हिंदुओं को मारो और बच्चे जनो...मानिए आप, हमीं डूब रहे हैं, हमीं डूबेंगे।"

"उनका एक हमारे दस के बराबर, यह पहाड़ा है।"

"अब कर लो हिसाब कौन अल्पसंख्यक हुआ।" श्रुति नितांत उदासी से कहती है।

"देखो, सिर्फ़ हम गए तो खुलकर तो बोले लोग," शरद कहता है।

फिर कहता है, "सॉरी, मेरा मतलब..."

"हर बार सॉरी क्या कहते हो, मुझे पता है तुम्हारा मतलब," श्रुति तड़ाक-सी आवाज़ में कहती है।

शाम होती, अँधेरे का हल्का-सा अन्देशा और मठ मेले की बत्तियाँ भक से जल जातीं, पुल तक उजियारा फेंकती। अँधेरा फिर आगे की गलियों में छिपता फिरता।

श्रुति जिस नज़र से अपने कलम को देख रही है, वह कलम में काठ बनकर अटक गई है।

दिमाग जो अटक गया है!

नहीं, दिमाग ही लकवाग्रस्त नहीं होता, कलम भी लकवाग्रस्त हो जाता है, जिसकी अपनी ज़िंदगी होती है, जो अपनी-सी कर जाता है कि जब मन काठ हो तो आवेग में आ जाऊँगा और मन बिलबिला रहा हो तो मरा पड़ा रहूँगा!

क्यों श्रुति?

और क्यों कलम? इतनी महँगी स्याही की बेक़द्री करता कलम?

श्रुति दद्दू को समझा रही है, वे हैं कि उसे समझा रहे हैं, हनीफ़ शरद दोनों की सुन रहे हैं चुपचाप गिलास थामे और इस इंतज़ार में कि दद्दू बाथरूम जाएँ।

श्रुति कह रही है, "तो फिर कुछ दुकानदार, कोई भक्त-वक्त, पूरा परिवार इस षड्यंत्र में शामिल हैं। सब मिलकर झूठ रच रहे हैं।"

"नहीं, कभी नहीं।" दद्दू समझाते हैं, "तुम्हारी कामवाली तुम्हें लग रहा था, कहीं झूठ बोली? नहीं न? वह झूठ नहीं है। उसके लिए सच ही देवी खुद आईं। उसके परिवार को उबारने। सच्चे मन की भक्ति करते रहे हैं वे लोग। कोई षड्यंत्र-वड्यंत्र नहीं।" वे उठ जाते हैं।

"यह सच है।" हनीफ़ व्हिस्की की बोतल आज़माता है और शरद को पकड़ाता है।

"कैसे?" श्रुति चिढ़ जाती है।

चाय के दौरान चर्चा है कि यूनिवर्सिटी ने दूसरे प्रदेशों से लोग लेने कम कर

दिए हैं।

"ऐसा रूल नहीं है, पर आप देखिए दूसरे विभागों में क्या हो रहा है?" उर्मिला कह रही हैं, "जौग्रफ़ीवालों ने तो पोस्ट लैप्स करा दी, मगर यहाँ का कैंडीडेट नहीं मिला तो किसी को नहीं लिया।"

"बाहरवालों के साथ एक परेशानी होती है कभी-कभी।" छोटे जोश सयानी आवाज़ में कहते हैं, "उनकी जड़ें यहाँ तो हैं नहीं, उस तरह की प्रतिबद्धता नहीं होती। क्यों प्रोफ़ेसर नंदन, ग़लत है?"

"दोनों बातें हैं। न बाहर के सब बुरे, न अंदर के सब अच्छे।" नंदू सिर झटकते हैं और मूँछ उनकी गिरफ़्त के बाहर होकर लपकती है, "हमारे डिपार्टमेंट ने तो यही चाहा कि बेस्ट को लें, जहाँ का भी हो।" वे हनीफ़, शरद और कुछ औरों की तरफ़ संकेत करते हैं।

"क्या हमारे प्रदेश के अच्छे लोगों को बढ़ावा देना हमारा फ़र्ज़ नहीं बनता?"

"अब तो हनीफ़ के हाथों में हैं।" नंदू मुस्कराते हैं। उनकी मूँछ काँपती है, जैसे मुस्कान में खलल पड़ी हो, "दो नियुक्तियाँ इनकी हेडशिप में होंगी। यह जानें, इनका काम जाने।"

"अरे रेरे इस पर नींद न मुहाल करिए अपनी।" हनीफ़ शरारती हँसी हँस देता है, "आई एम नॉट अवेलेबल फॉर द हेडशिप।"

"नींद क्यों मुहाल हो? कोई हेरा फेरी करेंगे क्या आप और क्यों नहीं बनेंगे आप हेड?" नंदू गुस्से में हैं।

"सीनियर-मोस्ट को बनना है..." छोटे जोश वजह बताते हैं।

"कोई ऐसा रूल तो नहीं न? तो फिर क्या? अब हम तो हर काम रूल के मुताबिक करते हैं!" हनीफ़ चिढ़ाने के मूड में है।

"क्यों लंबे विदेश-प्रवास का प्रोग्राम बना रहे हैं, जो नॉट अवेलेबल?" कहकर नंदन का गुस्सा नौ-दो-ग्यारह हो जाता है। खुशी से मूँछ के एक, बाल का ओम नमः स्वाहा करते हैं। 'कट।'

"हाज़रीन, मैं अपनी नहीं, डिपार्टमेंट की ख़ैर चाहता हूँ!" हनीफ़ की आवाज़ मगन है।

"अरे, कब से?" कहकर छोटे जोश झूल जाते हैं।

हनीफ़ बुरा मान गया? पर स्वर तो छेड़छाड़ का ही है, "नहीं, अपनी ही ख़ैर सोच रहा हूँ। सुना होगा आपने वह लतीफ़ा, जोश साहब, संस्कृत का लतीफ़ा! कि एक ऋषि ने किसी को—क्यों शरद, क्या था?—एक ऋषि ने रास्ते में एक घायल चूहा देखा, उन्हें उस पर आ गया तरस और उन्होंने उसे एक सुंदर राजकुमार बना दिया। वक़्त के साथ राजकुमार बहुत बदमाश

हो गया—चूहा उत्पात करेगा ही!—और आखीर में ऋषि को भी तंग करने लगा। एक दिन ऋषि को उस पर गुस्सा आ गया और उन्होंने कह दिया—'पुनर्मूषको भव'! राजकुमार फिर चूहा बन गया!''

हँसी इधर-उधर से फूटी।

''दम के दम में नेस्तोनाबूद...'' हनीफ़ हँसकर कह रहा है।

''संस्कृत का है तो उर्दू क्यों छाँट रहे हैं?'' छोटे जोश हँसते हैं।

''क्योंकि संस्कृत का लतीफ़ा है।'' शरद हँस देता है।

''उसका क्या?'' हनीफ़ भी हँस रहा है, ''यहाँ हम सारे बैठते अंग्रेज़ी में हैं, पीते उर्दू में, लेटते संस्कृत में, मरते...''

''बस-बस।'' उर्मिला हँसीं।

सब हँस रहे हैं, पर सब एक-दूसरे पर हँस रहे हैं। नहीं?

मठ पूजा स्थल था, मेला स्थल था, चकपक चकपक चमकता। नरगिस न भी हो, कुछ न हो, बस कर्फ़्यू न हो, जो जब तब नहीं होता, तो लोगों की वहाँ अठखेलियाँ रहतीं।

शरद और डिपार्टमेंट के कुछ और सदस्य ट्रेन से जा रहे हैं।

''बाय, सँभलकर जाना।'' श्रुति कहती है। बोलते ही उसकी आँखें सहमी-सहमी हो गई हैं।

''अरे, मुझे क्या डर, मैं इस कम्यूनिटी का हूँ।'' शरद ने कहा है, मगर अब वही श्रुति को सहमा-सहमा-सा देख रहा है।

''यह बंदा वैसा नहीं, एकदम्मे नहीं। नहीं तो क्या हनीफ़ तुम्हारे घर में बैठकर मैं यह बात कहता?'' कापड़िया अपना सीना ठोंक रहा है।

उसकी बात पर हनीफ़ चुप हो जाता है।

''मुझे तो बस तुम लोग इतना बता दो कि क्यों, ऐसा क्यों है कि जब मैं एक बजे उधर होली की भीड़ बैन कर देता हूँ कि मस्जिद आते-जाते किसी पर जाने-अनजाने रंग न पड़ जाए और जंग न छिड़ जाए, तब तुम जैसे.

मेरी पीठ ठोंकते हैं—वाह कप्तान साहब, कितने सैक्युलर हैं आप, और जब मैं मंदिर के आगे से ताज़िया सही-सलामत निकलवा देता हूँ, तब भी आप ताली बजाते हैं कि वाह, क्या सैक्युलर पुलिस अफ़सर है?"

इस पर शरद चुप हो गया। कापड़िया आज सबको लाजवाब करने पर तुला हुआ है।

"या फिर यही साबित कर दो कि हिंदू जुलूस निकालते हैं तो छेड़छाड़ करते हैं, मुसलमान तमीज़ से निकल जाते हैं!" वह उन्हें उत्तर सुझा रहा है!

"दोनों को दुरुस्त करो।" वह सयानफ़ से कहता है शरद और हनीफ़ को घूरता।

"दोनों की अलग प्रॉब्लम पहचानकर।"

किसी एक ने कहा है। मगर कापड़िया ऐसा भूचाल-सा फटा है कि मैं गिर पड़ी हूँ!

"तुम्हें आज पता चला?" डॉक्टर श्रुति से कह रहे हैं। "मैं बरसों से इन्हें दवा देता रहा हूँ।"

"दद्दू।" श्रुति इल्जाम भरी नज़र उन पर डालती है।

"अच्छा, जाएगा कि मारूँ?" दद्दू डॉक्टर को झिड़कते हैं, जो सुई लगाकर उनकी बाँह पर रुई दबा रहा है।

"मगर दद्दू, इतना बड़ा राज़ बनाने की क्या ज़रूरत थी?" श्रुति मुँह फुला लेती है।

"पैरेनॉयड होने की ज़रूरत थी?" दद्दू आँखें गोल-गोल करके, गाल में हवा भर के नाटक करते हैं—"पैरेनोइया। आज सबको पैरेनोइया फैलाने में ही रस मिलता है।"

"नहीं," श्रुति हल्की डाँट लगाती है, "आज सबको शहीद बनने में रस मिलता है। सब जीज़स क्राइस्ट बनना चाहते हैं।"

"चलो, यही सही!" दद्दू सयानी हँसी देकर कहते हैं, "पगली, कब तक अपने दद्दू को जिलाए रखेगी?"

"यह लीजिए," श्रुति डॉक्टर की तरफ़ देखकर कोसती आवाज़ में कहती है, "अब कहाँ तक खींच रहे हैं बात?"

दद्दू हँसते हैं, "तुम खींच रही हो। मैं तो हट्टा-कट्टा हूँ। यह डॉक्टर सुई कब से भोंके जा रहा है, न मैं जाता हूँ, न बीमारी!"

"चित भी मेरी, पट भी मेरी! अब हट्टे-कट्टे हो गए। ये!" श्रुति हाथ के संकेत से पसलियाँ गिनती है।

"हा हा हा!" हट्टी-कट्टी हँसी फेंकते हुए दद्दू फैल जाते हैं, "मगर मरा भी तो नहीं हूँ! मान लिया चलो कि हट्टा-कट्टा नहीं! वैसे," वे बड़े चाव से बताते हैं, "मैं हमेशा ऐसा ही दुबला-पतला था, पर तुम्हारी तरह मरा तो नहीं हूँ। देखो, अपना चेहरा। क्यों मरी चुहिया हो रही हो? उस गधे की याद आ रही है? तुम्हें भी तो सारी दुनिया में वही एक मिला! यह नहीं कि घर में रहे, बीवी की तेल मालिश करे, पैर दबाए, इधर-उधर आवारा बना फिरता है। देख रहा होगा ख्वाब हेड बनने के!"

श्रुति हँसने लगी है, मगर फिर भी शिक़ायत करती है, "मगर बताने में क्या जाता था?"

"कुछ नहीं जाता था।" दद्दू चटखारे लेते हैं, "न आता था कुछ। पगली कहीं की। इतनी-सी बात नहीं समझती? यह साँसों का मामला है। एक गई, एक आई, एक गई एक आई और कभी जो एक गई तो एक नहीं आई, बस!" वे सिर भी मटका रहे हैं, हाथ भी।

अख़बार की रिपोर्ट पर फिर बहस चल रही है कि उद्योगपतियों की माफ़िया है, जिसके हिंदू और मुसलमान 'डॉन' शहर में दंगे करवाते हैं।

"जब जी चाहे।" छोटे जोश कहते हैं, "और रुकवा देते हैं, जब जी चाहे।"

"मगर जो उस माफ़िया में नहीं है, वे भी तो कर रहे हैं..."

एक छात्र उबल पड़ता है, "जब देश के प्रधानमंत्री मत्था टेकने लगें तो..."

"धार्मिक भावना ग़लत थोड़े ही है।" दूसरे छात्र ने टोका।

"धार्मिक भावना तो छात्रों में देखिए," उर्मिला कहती है, "मेरी क्लास में आने से पहले मठ जाकर तिलक लगाते हैं..."

"पहले तो नहीं करते थे..." प्रोफ़ेसर नंदन मूँछ का बाल पकड़कर रफ़्तार में आनेवाले हैं।

"कश्मीर में देखिए, क्या हश्र हो रहा है?" एक छात्र खालिस बाल ठाकरे के अंदाज़ में बोला। "हम यहाँ सैक्यूलरिज़्म, सैक्यूलरिज़्म की दुहाई दे रहे हैं, वहाँ कितनी निर्ममता से औरतों-बच्चों, किसी को भी उड़ाया जा रहा है। साँप पाल रहे हैं हम..."

"यह क्या भाषा है?" बहुत सारे टीचर एक साथ भड़कते हैं, "ऐकेडेमिक

हो, कोई मर्यादा...”

छात्र बीच ही में ढिठाई से बात काटता है, “बाहर निकलिए तो पता चलेगा ऐकेडेमिक न कुछ कभी था, न होगा। किताबी लफ़्फ़ाज़ी और लीपा-पोती है ये। बाहर सब नंगा है।” एक लंबी उबासी लेकर वह चुप हो गया है।

“हनीफ़!” श्रुति उसे गले लगा लेती है।

“वाह!” श्रुति ने ताना मारा है।

“वाह! वाह!” दद्दू उसी की नकल उतारते हैं, “अच्छा जाओ, गिलास उठा लाओ और लेती हो तो अपने लिए भी। कह रहा हूँ न मैं, नहीं मारूँगा! लेती तो तुम होगी। बता दो, कब तक छिपाओगी?”

श्रुति हँस देती है।

“इतना बड़ा राज क्यों बना रही हो?” वे तरन्नुम उठाते हैं।

श्रुति और ज़ोर से हँस देती है।

“बताने में क्या जाता है?” दद्दू अपने मज़ाक पर खुश हैं।

“कुछ नहीं।”

“और आता बहुत है। एक पूरा गिलास बढ़िया जाम का। तुम लोग क्या जानो!”

“अगले वक़्तों के हैं ये लोग, इन्हें कुछ न कहो
जो मय-ओ-नग़मा को अंदोह-रुबा कहते हैं।”

“मैंने तो बस सुना है, जो जीते नहीं, वो पीते नहीं!”

“लाहौल!” दद्दू शराब उठाते हैं, “इस पीढ़ी से कविता तो ग़ायब ही हो गई है। हम नज़्म कहते थे, तुम लोग तुकबंदी करते हो। या हिंदू-मुसलमान करते हो!”

“आप तो कह रहे थे कि आप लोग भी करते थे?”

“हम लोग हिंदू-मुसलमान थे, हिंदू-मुसलमान हिंदू-मुसलमान करते नहीं थे!”

मेले में पूड़ी-कचौड़ी खाते प्रोफ़ेसर नंदन मिल जाते हैं।

"हैलो हैलो, यह मेरी पत्नी हैं और ये प्रोफ़ेसर शरद, ये प्रोफ़ेसर..."

अचानक चुप होकर इधर-उधर देखने लगते हैं, "ज़ोर से नाम मत लीजिएगा। जब से बम फूटे हैं, यहाँ बड़े चौकन्ने हो गए हैं।"

नंदन के पास फ़ोन आए हैं, शुभचिंतक शहर के अधिकारी के कि अख़बार में अपनी रिपोर्ट मत भेजिए, नाजुक मौक़ा है।

बहस पर बहस चल रही है और छात्रों की आवाज़ें गूँज रही हैं।

"आम जनता को पता चलना चाहिए..."

"आम जनता को पता है..."

"हमारी रिपोर्ट इतनी सारी अफ़वाहों को काटती है..."

"यह रिपोर्ट खुद एक भारी अफ़वाह बता दी जाएगी!"

"जो हमें सच लगता है, हमें कहना चाहिए।"

"सैक्यूलर तो यही कहेगा, कहा जाएगा।"

"आई अग्री!"

"आई डोन्ट!"

एक दरवाज़ा है, एक खिड़की। दोनों पर परदे टँगे हैं, जिससे लटकते बच्चे झाँक रहे हैं। बीच-बीच में उनके अगल-बगल से ज़नाना हाथ बढ़ आता है, कभी चाय की प्याली थामे, कभी नाश्ते की तश्तरी लिए।

इधर नौजवान चिल्ला रहे है : हम बेसहारा नहीं हैं, अरब मुल्क हमें पैसा देंगे, इनको तेल नहीं देंगे, पाकिस्तान सरहद पर बारूद बिछा देगा, हमने अपने हिफ़ाज़ती दस्ते बनाए हैं, अल्लाहताला की यही मर्ज़ी है तो हम भी दिखा देंगे, हमारा एक उनके पचास के बराबर है।

परदे के पीछे से अचानक बहुत से हाथ निकलते हैं और एक छोटी लड़की बनकर बाहर फूटते हैं, "आप जाइए, आप जाइए।" वह हनीफ़, श्रुति और शरद को धक्के दे रही है। कोई बुजुर्गवार डाँट रहे हैं। वह रो पड़ी है। सबको इधर व्यस्त पा, परदे के पास से एक छोटा बच्चा आ गया है और यहाँ रखी नमकीन मज़े से फाँक रहा है।

"अबकी आदिवासियों ने आग लगाई है," बाबू पेंटर आए हैं बताने, "उनसे शिला पत्थर पर हाथ रखवाकर सौगंध दिलवाई, शराब पिलाई, पैसा दिया और..."

और माचिस पकड़ाई।

"इसमें तो हम शरद का साथ देंगे। अरे जी हम अपने लिए चाहते हैं कि यह हो! घर का सदस्य राजा दूल्हा बनेगा, तब हम छुटभइए भी राज करेंगे! 'एई मैं लड़केवाले की बरात में हूँ!' " दद्दू ने कॉलर ऐंठा, सिर अकड़ाया, " 'मुर्ग़ा मछली चाहिए, गाड़ी में जाना माँगता'..."

"मगर इसे नहीं बनना दूल्हे राजा!" श्रुति कहती है।

"तो इससे पूछ कौन रहा है? हमें हलाल के लिए बकरा मिले और हम क़बाब न बनाएँ?" दद्दू आज अँगूठा मटका रहे हैं।

हनीफ़ का चिड़चिड़ापन धुल जाता है, "यह सही फ़रमाया आपने। आपके बेटे और उन पाजी हेड साहब के बीच मेरा कीमा-क़बाब ही बन रहा है!"

"दो पाजियों के बीच कहो।" दद्दू शरद पर हँसने लगे।

शरद भी हँस रहा है, "मगर बनेंगे यही, चाहें या नहीं।"

"मेरे चाहने की छोड़ो, वे ही नहीं चाहते..."

"वे चाहें या न चाहें, इस वक़्त तुम्हें—तुम्हें ख़ासकर—वे नहीं अपोज़ करेंगे। बदनामी का डर है। कोई भी कह सकता है कि मुसलमान को..."

"आई बेग यौर पार्डन।" हनीफ़ है तो बैठा, पर लगा यों कि जैसे खड़ा होकर बोला।

"यह तुम हिंदू-मुसलमान सुनते ही भड़कते क्यों हो? इस समय तो तुम वही माने जाओगे," शरद साफ़गोई बरतता है और हनीफ़ और श्रुति दोनों हिलने-डुलने लगे हैं, बेचैनी से।

"क्यों बेचारे को बिल्ला बनाए दे रहे हो?" दद्दू बोले हैं, मगर ज़ोर से हँसकर नहीं, बस हल्की-सी मुस्कान के साथ, जो वैसे भी तकरीबन हर समय उनके होंठों पर फिरी ही रहती है, जिसे एकदम हटाना हो तो उन्हें होंठों को कसकर सिकोड़ना पड़ेगा और चिड़िया की चोंच की तरह आगे निकाल देना होगा।

"हँह, मुसलमान तो ऐसा कहेंगे ही।"

"व्हॉट डू यू मीन?" हनीफ़ ख़तरनाक दीख रहा है।

"आई डोन्ट मीन।" उर्मिला ऊँचे स्वर में कहती है, "लोग ये कहेंगे, अगर रिपोर्ट छपी तो..."

"उसे अकेले जाने दो।" शरद श्रुति को समझाता है, "लोगों को खुलकर बोलने दो।"

और एक बार फिर बब्बू खाँ। वे नमाज़ पढ़ रहे हैं, सिर पर कपड़ा बाँधे। दोनों दरवाज़े पर रुक जाते हैं। बब्बू खाँ का सिर सिजदे में झुका है, अभी पूरा उठा भी नहीं, वे पूरे मुड़े भी नहीं और कह रहे हैं, "क्या कोई रास्ता नहीं हनीफ़ भाई, श्रुति सिस्टर, क्या आप कुछ नहीं कर सकतीं, कुछ तो करिए..."

मानो यह भी क़ुरान शरीफ़ में लिखा हो और नमाज़ का हिस्सा हो...

"देख लीजिए।" प्रोफ़ेसर नंदन को इस तरह हाथ हिलाते काया गुस्से से डुलाते कम देखा है, "सबको अपने ख़िलाफ़ करके हम कौन-सी क्रांति लाना चाहते हैं?"

उनके हाथ में वह पर्चा है, जो यूनिवर्सिटी के बहुत से विभागों में पहुँचा है।

'आदाब अर्ज़।'

सबसे ख़तरनाक है मुश्रिक यानी नास्तिक और मुनाफ़िक यानी पाखंडी।

ये लोग मुसलमान के पास भी आते हैं, काफ़िरों के पास भी जाते हैं और ऐसी बातें करते हैं कि दंगा-फ़साद हो।

पाखंडी, धर्मनिरपेक्ष, सेकुलर, मानवतावादी, आत्मघाती—चाहे हिंदू हों या मुसलमान, सबसे ज़लील लोग हैं। वे शैतान की औलाद हैं।

...उन्हें जहाँ पाओ, कत्ल कर दो। उन्हें अपना दोस्त या मददगार मत समझो।

...धर्मनिरपेक्ष, सेकुलर, मानवतावादी, मुनाफिक देश को गुमराह कर रहे

हैं,...कम्युनिस्टों के शांतिदूत फैलाकर दंगा-फ़साद कर रहे हैं...बच्चों को अपने नक़्शे क़दम पर चलने की तालीम दे रहे हैं...वे मुसलमानों के साथ गोमांस की दावत खाते हैं...हिंदुओं को भी बरगलाते हैं...

उन्हें...

शरद उनके हाथ से पर्चा ले लेता है, "यह डाक से आया कि...?" जाँच-पड़ताल कर रहा है।

बहुत से फ़िरंगी साधू मठ में आ गए हैं। नारंगी धोती के नीचे किरमिच के जूते पहने बाज़ार में नज़र आते हैं। पीठ पर रकसैक भी है। देवी की स्तुति गाते हैं और हाथ में डिब्बा है।

शहर की सबसे पुरानी और मशहूर मस्जिद पर भी कुदालें चली हैं, पीछे की तरफ़ रातों में। लोगों ने दिन में चोटें दिखाई हैं। अब पुलिस पहरा देती है।

शरद अंदर बढ़ रहा है कि दाढ़ी रचाए एक दरवेश उसे रोक देता है, "आप मुसलमान हैं?" उसकी आँखें बेइंतहा बड़ी हैं।

'हूँ,' शरद कह देता, मगर डर जाता है कि दुआ नमाज़ के वक़्त कोई ग़लती करता पकड़ा न जाए तो घिघियाता है। फिर दाँत पीसता है। फिर लेफ़्ट-राइट करता निकल जाता है।

हनीफ़ हँसता है, "तुम्हें यह कट्टर भी रोक देते हैं, वह कट्टर भी।"

"हम कब तक एक की कट्टरता माफ़ करते जाएँगे? नहीं, मैं पूछ रहा हूँ?" शरद की इस बात पर अचरज से श्रुति उसे देखने लगती है।

"नहीं, मैं कह रहा हूँ कि मैं अकेले इधर जाऊँ, तुम अकेले उधर और अपनी ऊँची-ऊँची बातें छिपाए रखो, तब तो पता चलेगा कि असल में हो क्या रहा है?" श्रुति और हनीफ़ को चुप देखकर शरद बिलबिलाने लगा है, "उनमें असुरक्षा और पिछड़ापन है तो हममें भी तो है।"

"हममें?" श्रुति आँखें फाड़ती है।

"तुम किसकी नुमाइंदगी कर रहे हो?" हनीफ़ पूछता है।

"मैं नहीं कर रहा।" शरद हताशा और गुस्सा मिलाकर हाथ फटकारता है, "मगर वे तो मानेंगे।"

"तुम अपने आपको हिंदू मानते हो?" हनीफ़ एकाएक सवाल करता है।

"मैं?" शरद सिटपिटाया है। "मैंने ऐसे सोचा नहीं। हमने ऐसा कब सोचा है?" वह तीनों को एक लपेट में लेता है और झुँझलाकर कहता है, "यह कैसी बातें करने लगे हो?"

"तुम ना?" हनीफ़ उठकर चल देता है।

"कहिए, आप सुबह क्लास में क्यों नहीं थीं?" छोटे जोश एक छात्रा को डाँट पिला रहे हैं, पर मैं कोई उनकी बातें 'चीट' करने तो नहीं आई हूँ। हनीफ़ और शरद बोलें, वह उतारना है।

बोलें तब ना!

सामने छज्जे पर गिलहरी अपने मुँह में बड़ा-सा लकड़ी का टुकड़ा या कुछ लिए पूँछ फुदका रही है। लग रहा है, फूली हुई ठुड्डी है उसकी।

अब यह तो कोई ग़ैबी इशारा नहीं होगा कि बगल के खंभे पर गर्दन उचकाए जो गिरगिट बैठा है, उसकी सच ही लाल दोहरी ठुड्डी है!

मुझे हँसी आ रही है—यह ख़तरनाक लग रहा है, वह लालची!

ओफ़ो, बोलेंगे ये दो कि मैं गिलहरी-गिरगिट ही करती रहूँ? या छोटे जोश को ही उतारूँ, जो अभी तक उस छात्रा को घुड़क रहे हैं। अभी-अभी कहा है, "...अंदर ढील न बंद की तो इसी तरह आप ही बाहर अराजकता फैलाएँगे..."

"है क्या ये?" श्रुति बॉलकनी की तरफ़ घूम जाती है।

"किसी का बच्चा रो रहा है।" हनीफ़ बेध्यानी से कहता है।

"नहीं, हनीफ़ मैंने बहुत बार सुना है। एक लाल मारुति में टेप लगा रखा है या हॉर्न।"

"अच्छा।" शरद दिलचस्पी में दौड़कर बॉलकनी से झाँकता है, पर अगर गाड़ी थी तो निकल चुकी है।

बाबू पेंटर तैयार हो गए हैं कि डिपार्टमेंट की रिपोर्ट के कुछ हिस्से यह तीन

बतौर लंबे लेख के उनके अख़बार में छापें।

"सब नाम न दें तो ज़्यादा विश्वसनीय रहेगा।" वे सुझाते हैं।

"क्यों?" श्रुति कुरेदती नज़र से बाबू को देखती है।

"क्योंकि ऐसा नहीं होना चाहिए कि दोनों क़ौम के नाम देखकर लोग अख़बार बिना पढ़े अलग कर दें कि अजी हम पहले से जानते हैं कि यह बिरादरी क्या कह रही है।"

श्रुति लड़ रही है, "हम हिंदू या मुसलमान होकर नहीं बोलेंगे..."

"अरे, जान भी जाइए, आप हैं हिंदू या..."

"हर्गिज़ नहीं।" श्रुति आपे से बाहर होने लगती है, "आप मुझे यह..."

"आप मुसलमान नहीं हैं?" बाबू हनीफ़ के आगे खड़े हैं।

"मैं? मतलब? हाँ...नहीं..." हनीफ़ लड़खड़ा रहा है।

"देखो बाबू," शरद धौल जमाता है, "न यह रोज़े नमाज़वाला, न मैं पूजा पाठवाला, अब क्या मुसलमान और क्या हिंदू?..."

"क्या वे सारे लोग रोज़ा नमाज़ और बोधी गंगाजल वाले हैं?" बाबू की हँसी संक्षिप्त है, "बात नाम की है, जो इंसान की पहचान का एक ज़रिया है। और..."

"आप हम तीनों के नाम दीजिए," श्रुति सख़्ती से कहती है। "और पता पड़ने दीजिए लोगों को कि हम क्या हैं..."

"जी हाँ, हिंदुस्तानी, सेक्युलरिस्ट, प्लूरलिस्ट," बाबू तिरछी मुस्कान दे रहे हैं, "इन नामों की आज जो छीछालेदर हो रही है..."

चीख पड़ी है श्रुति, "यह कहकर कि यह नाम खोखले हो गए हैं, आप यह तो नहीं साबित कर पाए कि हम हैं ही नहीं। हम सोच लेंगे एक और नाम पर हम हैं और उन दो से अलग हैं, एक तीसरी जमात हैं और...और...हमारी पहचान का सबूत हमारा होना है, न कि हमारा नाम..."

मेरा हाथ थरथरा रहा है। भला, चीखों की भाषा कलम की राह किन शब्दों में उतरती है?

हनीफ़ प्रोफ़ेसर नंदन की मेज़ से चिट्ठी उठाता है। उसी की छात्रा का है, जिसने हेड से दरख्वास्त की है कि अपने पिता की लंबी बीमारी के कारण उसकी अटेंडेंस कम पड़ रही है, मगर कृपया उसे इम्तहान देने दिया जाए। इसी मजबूरी में वह क्लास कम आती रही है।

उर्मिला और हेड भी हैं, जब छात्रा आई।

हनीफ़ उसकी तरफ़ मुड़ता है, "नोट्स का क्या करोगी?"

"औरों से लिया है। किताबें पढ़ती हूँ।" छात्रा कहती है।

"इसकी कोई ज़रूरत नहीं। मैं अटेंडेंस की वजह से किसी को डीबार नहीं होने दूँगा। पिता कैसे हैं अब तुम्हारे? तो नोट्स हैं तुम्हारे पास, राइट? गुड्, मुझसे कुछ पूछना हो तो आ जाना। ठीक? इसे सरकारी मामला क्यों बनाया जाए?" वह प्रोफ़ेसर नंदन की तरफ़ मुड़कर चिट्ठी उठाता है, "तो सब ठीक अब? राइट। फिर इसकी जगह कूड़ेदान में।" चिट्ठी के दो टुकड़े करके वह छात्रा को थमा देता है। वह मुस्कराती है।

"लो, तुम फेंक दो।"

"दद्दू, आपको नहीं लगता...?" श्रुति के शब्द।

"नहीं, मुझे नहीं लगता।..." दद्दू ने आगे भी कुछ कहा है।

"मुझे पता है उसने...कहा।" श्रुति बोली।

"तो उसे...नहीं कर दिया जाएगा?"

शुक्र है, श्रुति को भी नहीं सुनाई पड़ रहा तो उसने उठकर दरवाज़ा तो बंद कर दिया!

बड़बड़ा रही है, "मधुमालती महक रही है। पर यह इतनी ज़ोरों से कीर्तन करने लगे हैं।"

"मुझे भी बुलाते हैं!" दद्दू डींग हाँक रहे हैं।

"तो जाइए ना। आपको वैसे भी हमारी बेल की कोई ख़बर नहीं। उस पर चिड़िया आकर बोलती..."

"हाँ, कौवा भी आख़िर चिड़िया है!" दद्दू तंग कर रहे हैं।

"कौवा नहीं। रहने दीजिए। रोज़ सुबह चहकती हैं।" अब श्रुति डींग हाँक रही है।

"तो क्या बेचारा कौवा नहीं चहकता? कैसी संगदिल इंसान हो?" दद्दू की आँखों में चमक भर रही है, "कौवा तो नाहक बदनाम है। वह तो सुबह से शाम तक तरह-तरह की आवाज़ें निकालता है। कभी काँव-काँव, कभी कूँव-कूँव, कभी क्राँ-क्राँ..."

आज कौवा बनने का शौक़ सवार है! दीवान पर तो सवार हैं ही!

श्रुति लिख रही है। जितनी ज़ोर से जो भजन करेगा और अज़ान सुनाएगा, उतना ही असल वह हिंदू और मुसलमान होगा? तो विच्छेद करनेवाले 'पूरे' हैं और शांति और मेल से रहनेवाले उखड़े अधूरे, जिनकी नपाई होगी, उस 'पूरेपन' की निस्बत?

हनीफ़ को सामने आते देख हँसती है, "ताता दाकी मास नहीं, इता दाकी मास था!"

डिपार्टमेंट में लोग नाखुश हुए हैं। उन सबने भी काम किया था। छोटे जोश तरेर रहे हैं।

"आप ही सब अख़बार में भेजने के ख़िलाफ़ थे, डिपार्टमेंट का नाम नहीं चाहते थे।" शरद याद दिलाता है।

"इस तरह की चीज़ पर भी कॉपीराइट?" हनीफ़ मुस्कराता है।

"नाम कमाने की नीयत..." उर्मिला शुरू हुई हैं।

"नॉनसेन्स," हनीफ़ तड़क गया है, "यहाँ सिर्फ़ एक मक़सद है कि ज़्यादा से ज़्यादा लोग जानें। हमें इसे दस जगह लिखना चाहिए, अलग ज़बानों में लिखना चाहिए..."

"अकेले आप रैडिकल नहीं हैं।" 'कट'। प्रोफ़ेसर नंदन धीरे से आगे आते हैं।

"मेरा क्लास है।" हनीफ़ सरकशी से निकल जाता है।

"इतनी ऐरोगेंस अच्छी नहीं है।" प्रोफ़ेसर नंदन चिढ़ गए हैं।

मय बैंडबाजे के बारात निकल रही है।

"मैं तो समझी मठवालों ने फिर जुलूस निकाला है।" उर्मिला बोलीं।

"फ़िल्मी धुन बजाएँगे?" छोटे जोश मुस्कराए।

"क्यों नहीं?" उर्मिला हँसने लगीं, "मैंने एक जटाधारी को गाते सुना! 'आज मैं, जवान हो गई हूँ, गुल से गुलिस्तान हो गई हूँ!"

छात्र-टीचर सब हँस पड़े।

"लोग जल्दी में हैं कि बेटी दुल्हन बने, शादी-ब्याह धूमधाम से हो जाए, देवी के पर्व के पहले, कर्फ़्यू के पहले।" शरद ने सुनाई।

नंदू के होंठ फैल गए, "एक दुल्हन और है जी, जो न हिंदू है, न मुसलमान।

नारे हैं क्या, जो गुस्से से उठे हैं?..."ऐसी बातें...ऐसी तोहमत...यह तो हम नहीं सहेंगे..."

"पूरी हो गई तुम्हारी बात?" शरद की आवाज़ आती है। बड़ी शांत, बड़ी ख़तरनाक। हनीफ़ सकपका जाता है।

"पूरी हो गई हो तो मैं कुछ कहूँ।" शरद उसी लहजे में कह रहा है।

"हाँ...बस इतना ही कहना है मुझे कि इन हालात में मैं तैयार नहीं हूँ। मेरे नाम की वजह से बनूँ उसके लिए तो और भी तैयार नहीं हूँ।" हनीफ़ चुप हो गया है।

"बोलिए।" नंदन गुस्से से शरद को देखते हैं।

"अब इस भुलावे में तो न ही पड़ा जाए कि शहर की हवा यहाँ नहीं आ रही है, मगर हम भी तो सोचें कि हमें क्या हो रहा है, जो असहमति सुनते ही भड़क जाते हैं? छात्रों ने बढ़-बढ़कर बोलना शुरू किया और हम उन्हें उनकी औक़ात में रखने के लिए नियम माँगने लगे..."

"आप इधर-उधर की बातें मिला रहे हैं," छोटे जोश उँगली उठाकर चिल्लाए हैं।

शरद भी उँगली उठाता है, "मुझे बोल लेने दीजिए।"

'चुप।" नंदन छोटे जोश को इशारा करते हैं।

"क्या हो रहा है इस डिपार्टमेंट में? जो चीज़ें पहले अच्छी मानी जाती थीं, आज इनडिसिप्लिन करार दी जा रही हैं?" शरद रौ में बहने लगता है, "पहले भी छात्रों को हम स्टाफ़ के साथ चाय पीने को बढ़ावा देते थे। अब उस पर रोकथाम लगाना चाहते हैं, क्यों?"

"देखा है, कैसे बोलते हैं छात्र?" उर्मिला चिढ़ती हैं।

"और रोकता कौन है? जिन्हें आना है, आते हैं।" एक और लेक्चरर हैं।

"मगर छात्र जानते हैं कि उनका आना पसंद नहीं किया जा रहा। कितने कम हो गए हैं, जो आते हैं! तो क्या दिखावा करने को हमने कहा था कि आया करें और दो-एक आए तो ठीक था, उनकी तादाद बढ़ी तो हमें बुरा लगने लगा?"

"आप भी गाली दे रहे हैं।" छोटे जोश तो जब देखो, तब चिल्लाते हैं।

"नहीं, मैं पूछना चाहता हूँ कि यह रवैया दिखावा कैसे नहीं है? और जो कहते हैं कि उन्हें आने दो, वह दिखावा कर रहे हैं, रैडिकल होने का? यह क्या मतलब है?"

"सबसे ज़्यादा आप ही भड़कते हैं, छात्रों की मठ के प्रवचनों से भरी बातों पर, आप कह क्या रहे हैं?" उर्मिला ताना कसती हैं।

"वह दूसरी बात है..."

"दूसरी कैसे?"

"मैं बहस करता हूँ, यह नहीं कहता कि निकालो इन्हें और आने मत दो।" शरद लंबा बोलेगा तो आवाज़ में दर्द, गुस्सा, जज़्बात कुछ न कुछ भर उठेगा!

"हम यह बातें क्यों कर रहे हैं," हेडसाहब बहस को असल मुद्दे पर करना चाहते हैं।

"यह बातें सब जुड़ गई हैं।" शरद ज़ोर देकर कहता है, "इसलिए और भी ज़रूरी है कि एक ऐसा हेड आए, जो एक और किस्म की आवाज़ को जिलाए रखे। सिर्फ़ आवाज़ की बात है, काम तो तब भी मिलकर ही होंगे। और आपकी गाइडेंस हेडसाहब तो हर पल होनी होगी। हनीफ़ हमारी पीढ़ी का प्रतिनिधि होगा। जनतंत्र यही तो है न कि तरह-तरह की आवाज़ें सामने आएँ? हेड इसे ही बनना चाहिए।"

"हाँ-हाँ बिलकुल।" प्रोफ़ेसर नंदन गुस्से में कह रहे हैं, "रोटेशन शुरू हुआ है। इनकी बारी है। इन्हें मना करने का हक है ही नहीं। हम इनसे पूछ ही नहीं रहे। बता रहे हैं..." वे गुस्से से मेज़ पर हाथ मार रहे हैं।

अचानक ही श्रुति ने वह गिरगिट देखा है। न लिखने का या न लिख पाने का यह एक फ़ायदा है! खिड़की से बाहर झाँकती रहती है। बाहर मधुमालती की घनी बेल है, जिस पर गौरैया फुर्र-फुर्र करती रहती है। आगे सड़क है, जिस पर वह मनहूस या निराले, जो चाहें कह लें, हॉर्नवाली मारुति भागती है, पर अभी एक गिरगिट है, दीवार की किसी दरार में से सिर निकाले सो रहा है। आँखें खोले। या सो रहा था। सीमेंट-सी खुरदरी खाल और रंग बनाकर। जैसे सीमेंट का ही टुकड़ा बाहर निकला हुआ हो, नुकीला-सा, साँप के जैसा। सड़क पर हुई हरकत ने उसे जगा दिया और अचानक ही वह अलग नज़र आने लगा। उसकी लाल लटकती ठोड़ी ख़तरनाक साँसें लेने लगी। हो न हो, उसमें ज़हर है। पतली-सी ज़बान भी बाहर निकल आई है। सड़क पर कोई चल रहा है, गिरगिट की तरफ़ आ रहा है, गिरगिट का सारा ध्यान उसी पर है। वह दरार में पीछे खिसक गया है कि दिख न पाए, मगर ज़हर की थैली और नुकीली ज़बान लहरा रहा है कि कहीं दिख जाए तो! मगर राहगीर ने तो देखा ही नहीं और आगे निकल गया। अब गिरगिट भी आगे निकल आया है।

"छोटा-सा डायनोसौर है," श्रुति दिलचस्पी से देख रही है, मगर बहना,

क्या कलम खोलकर, स्याही सुखाने से, बेहतर नज़र आता है?

स्याही! उफ़ स्याही!

बाबू पेंटर बहुत खुश हैं, "गुस्सा करनेवाले तो हैं ही, मगर सबसे अच्छी बात है कि बहुत से संवेदनशील लोग हैं, जो जानना चाहते हैं, पर उन्हें उन लाउडस्पीकरों के अलावा कुछ सुनने को नहीं मिलता था। हमारी बिल्डिंग में एक डॉक्टर कह रहा था कि मैं यह न पढ़ता तो सोचता ही नहीं कि रजिस्टर देखूँ, किस क़ौम को ज़्यादा नुकसान हुआ है। मैं तो यही बताता कि बराबर के जख़्मी आए हैं, नामों की गिनती करके, जख़्मों की नहीं।"

"बदल गई दुनिया?" हनीफ़ हँस देता है।

"ठीक है, नहीं बदली।" बाबू पेंटर भी मित्रभाव से हँसे हैं, "मगर इसे इतनी बेकार की बात मत सोचिए। कुछ सवाल ही आम नहीं हो पाए हैं, ज़रूरत उसकी है। अच्छे लोगों को वे सवाल सूझ जाएँ तो उनके मन की बहुत-सी उलझनें साफ़ हो जाएँगी। आप मानते हैं न दद्दू?" बाबू उनसे आदर से पूछ रहे हैं।

"हाँ-हाँ, बिलकुल मानता हूँ। जो कहा, सो मानता हूँ।" दद्दू सिर किसी तबलिया की तरह हिला रहे हैं, मगर हँस तो रहे नहीं।

नहीं, मठ की गतिविधियों में कोई कटौती नहीं हुई है, बल्कि बढ़ोतरी ही हुई है। अब तो आए दिन वरिष्ठ अधिकारी, मंत्रीगण, ऐसे-ऐसे दिग्गज, महंत के दर्शन को पहुँचते हैं। ज़रूर आज भी अख़बार में तस्वीर होगी।

है।

लकीर के इस तरफ़ एक पीढ़े पर विराजमान महंत, जिनकी दाढ़ी में तिनका अटक गया था और उस तरफ़ शहर के नामी उद्योगपति शम्भु प्रकाश। पीछे शायद उनकी पत्नी हैं। दोनों झुके हैं, घुटनों पर टेक दिए, सिर नीचे किए, हथेलियाँ ज़मीन पर। सामने महंतजी विराजमान। ऐसा लगता है कि महंतजी कहनेवाले हैं 'रैडी स्टैडी गो' और यह दोनों दौड़ पड़ेंगे!

महंतजी का हाथ आशीष में फैला है। उंगलियाँ, अँगूठा, नाख़ून सब साफ़ दिख रहे हैं। हाथ ही साफ़ दिख रहे हैं, बाक़ी अंग तो लटों और तहों में निराकार हैं।

वैसे सभी के हाथ ही साफ़ दिख रहे हैं, बाकी अंग झुकने से या कपड़ों में ग़ायब हैं।

हाथ ही हाथ!

केले हों लारी पर जमा!

मगर दो पतलूनें अलग खड़ी हैं। उनके धड़ फ़ोटोग्राफ़र ने काट दिए हैं। पुलिस होगी। महंतजी को भक्ति में वर्दी खटकती है। तभी सादे लिबास में सिपाही लगा दिए होंगे।

"आज की हेड लाइन देखी?" दद्दू पूछ रहे हैं।

तीनों घबरा जाते हैं, "क्या है?"

"प्रोफ़ेसर नंदन को दिल का दौरा पड़ा, जब उनका तख़्ते ताज प्रोफ़ेसर हनीफ़ जैदी ने हथिया लिया! वे अस्पताल में पड़े रो रहे हैं!"

और दद्दू बेतहाशा हँस रहे हैं!

लोग कहते हैं कि लोग हैं, जिनके परदादा के परदादाओं ने भी इन्हीं मठ के महंत के दर्शन किए थे!

बाहर मधुमालती की बेल में से तारसप्तक में होती 'ट्रिल ट्रिल' श्रुति का ध्यान खींच रही है। वह दद्दू से पूछती है, "दद्दू, आप हिंदू हैं?"

दद्दू कहते हैं, "नहीं तो क्या यह जुलूस निकालनेवाले हिंदू हैं?"

श्रुति उठकर बाहर देखती है 'ट्रिल ट्रिल' कौन कर रहा है? गिलहरी है!

"मैं समझी, कोई चिड़िया होगी!" वह दद्दू को बताती है।

"मस्जिद में हर हफ़्ते तबलीग़ी मीटिंग हो रही हैं। तुम्हें भी शायद घुसने नहीं देंगे।" शरद है।

और हनीफ़।

"कुछ भी हो, हमारा काम पढ़ाना है, न कि खुद ही बच्चों की पढ़ाई में रोड़े लगाना।" प्रोफ़ेसर नंदन नाखुश लगते हैं।

"अभी हम चुप हो गए तो वे तो इसे अपनी जीत मानेंगे।" शरद शिकायत करता है।

"जीत-वीत मानें, उस पर हमारा ज़ोर नहीं है," हनीफ़ कहता है, "चुप हो गए तो यह आवाज़ चुप हो जाएगी। इस आवाज़ को किसी को भूलने नहीं देना है।"

"शांति भंग करके नहीं।" आज उर्मिला ने दो टूक बात कही है।

"अरे," शरद आँखें फैलाता है, "शांति सभा सद्भावना-मार्च अब शांति भंग करने लगे?"

नंदन सुलझी नज़र से देखते हैं, "सबको यूनिवर्सिटी के ख़िलाफ़ करके हम न शांति लाएँगे, न क्रांति। अख़बार में कैसी-कैसी चिट्ठियाँ आ रही हैं, देखिए। कुछ दिन चुप हो लें, वही समझदारी है।"

"तो आप डर रहे हैं?" हनीफ़ सीधे उनकी आँखों में देखता है।

"आप नहीं डरते? आपको डरना चाहिए।"

खाने की मेज़ पर अतिरिक्त गंभीर चेहरा-मोहरा बनाकर दद्दू श्रुति की तरफ़ एक डोंगा बढ़ाते हैं।

श्रुति 'थैंक्यू' करके एक बड़ा चम्मच उसमें डालती है और अपनी प्लेट में परोसनेवाली है कि हड्डियाँ देखकर बोल उठती है, "ऐं हड्डियाँ?" हड़बड़ाकर डोंगा मेज़ पर रखती है, "दद्दू" वह उन्हें देखकर हँसती है, "आप अभी सारा गिरवा देते!"

"हैं ऽऽ!" दद्दू अचरज का अभिनय करते हैं, "गोश्त नहीं खाएगी? पुश्तैनी मांस-खोर की बीवी पंडिताइन बनी फिरेगी! हैं?" बंदूक से दागी गोली-सी हँसी निकलती है।

"वाह दद्दू!" श्रुति उनकी शरारत का मज़ा लेती है।

"वाह श्रुति!" दद्दू फ़ौरन गूँज की तरह लौटाते हैं।

मेज़ पर खाना रखा है। श्रुति गाजर का हलवा बना लाई है, जो दद्दू

बड़े शौक़ से, बड़ा ज़रा-सा, बड़ी देर तक खाएँगे।

फ़ोन की घंटी बजती है तो श्रुति कुर्सी पीछे खिसकाती है।

"देखा, वापस रख दिया फ़ोन तो बजने लगा। होगा कोई फ़ालतू फ़ोन। बजने दो।" दद्दू खाना बुड्ढों की तरह, सामने के दाँतों से कूच-कूच कर खा रहे हैं।

तब तक श्रुति ने फ़ोन कान पर लगा लिया है।

"हैं ऽऽ?" वह सनसना जाती है।

"आप कौन बोल रहे हैं?" वह डपटकर कह रही है।

"बदतमीज़..." उसके मुँह से फूट पड़ता है।

"अलग रख दो।" दद्दू खाते-खाते आदेश देते हैं। श्रुति फ़ोन अलग रखकर विस्मय से मुड़ती है। दद्दू की तरफ़ देखकर उसके चेहरे पर लाली दौड़ जाती है।

दद्दू छोटे-छोटे टुकड़ों को मींजकर गेंद बना रहे हैं या गोलियाँ। रोटी-सब्ज़ी, दाल-भात। अच्छे से बाँधकर मुँह में डाल लेते हैं। चोंच बन गई है, जो ऊपर-नीचे चल रही है।

दद्दू जैसे कुछ तरह की बातों को ज़बान पर लाना ज़बान को नापाक करना मानते हैं।

अपराधी-सी दिखती श्रुति भी नीचे देखते हुए खाना खा रही है।

"इस तरह क्या देख रहे हो?" शरद सकपकाया मुँह बनाता है। हनीफ़ चुप है।

"यार, यह तुम दोनों का अजीब है।"

तब भी कोई जवाब नहीं देता।

"इससे बुरा क्या होगा कि हम एक-दूसरे से मन की बात कहना बंद कर दें?" शरद पीछे पड़ रहा है। तब भी प्रतिक्रिया नहीं।

"मैंने वह बताया, जो खुद बहुत से मुसलमान भी कह रहे हैं कि इस्लाम की सीख कम, दूसरी क़ौमों से नफ़रत ज़्यादा सिखाई जा रही है।" मगर हनीफ़ और श्रुति चुप बाँधे हुए हैं।

"देखो, यह बहुत ग़लत है।" शरद की आवाज़ बरबस ऊँची हो गई है, "फिर तो कोई कुछ बोले ही नहीं। ज़रा-सा, जो कहते आए हैं, उससे अलहदा मुँह से भूल से निकलते ही शक़ करने लगते हैं, जिसे देखो, वही।"

"भूल से निकली बातें हैं?" श्रुति बोली है।

"अब भूल कह गया तो वह पकड़ लिया।" शरद बेबसी का मुँह बनाता है।

"माने तुम जो कहो, वही न पकड़ें?" हनीफ़ भी बोला।

"माने कि अभी कुछ मत पकड़ो। न बोलनेवाले की पकड़ में आ रहा है, न सुननेवाले की।" शरद बेबस लग रहा है।

यूनिवर्सिटी के सामने दो फलवालों की लारियाँ जला दी गईं। एक लारी सत्तर साल की औरत की थी, जो बाबू पेंटर का अख़बार कहता है, कुछ युवकों को ललकार रही थी, "मारो-मारो अल्लाह के बंदो, मुझे भी मारो दोज़ख के कीड़ो..."

शरद और हनीफ़ ऊपर लाइब्रेरी की दूसरी मंज़िल से खड़े सड़क को देख रहे हैं। जले टायरों और लारी के अवशेष। एक ढेर से पतला-सा धुआँ उठ रहा है, जो वहीं कहीं ज़मीन के पास मैला-सा, डोलकर रह जा रहा है।

"माइनॉरिटी हम हैं।" हनीफ़ मधुमालती के पास खड़ा बोला।

"मुसलमान?" शरद हनीफ़ के मुँह से यह सुनकर उसे अचंभे से ताकने लगा है।

"अहमक," हनीफ़ बेतरह चिढ़ा, "हम जैसे।"

"न हिंदू, न मुसलमान..." श्रुति सूखे फूल और पीले पत्ते जमा करती बोली।

"क्या नाम है हमारा?" शरद की आवाज़ दबी-सी है।

"हो सकता है कि नाम ग़लत है, शुबहा पैदा करता है। कोई मौजूँ नाम सोच लेंगे, मगर नाम ग़लत हो तो यह मतलब तो नहीं कि हम ही नहीं...?"

"क्या हैं हम? कहाँ हैं..."

"हम तीसरी जमात हैं।" श्रुति बीच में कहती है, "और इतने भी कम नहीं हैं..."

हनीफ़ बीच में काटता है "अ सिंगल स्वौलो डज़ नॉट मेक अ समर।"

शरद हँस रहा है, "असल बात यह है कि हिंदुस्तान में स्वौलो नहीं होती!"

अनवर भाई बता रहे हैं कि उनके स्कूल में बहुत-सी लड़कियों का आना बंद हो गया है। "एक बात है," कहते हैं, "लोगों को भरोसा नहीं रहा।"

"आइए ना! अरे ऐसे कैसे हम जाने देंगे? चलिए, घर यहीं है।" वह घरवालों से मिला रहे हैं, जो बारी-बारी से आदाब करते हैं।

जवाब में श्रुति एक को माथे पर आदाब में हाथ ले जाकर नमस्ते कहती है, दूसरी को नमस्ते में हाथ जोड़ने की क्रिया पूरी किए बग़ैर 'हलो' कहती है, तीसरे को हाथ बगल में रखे-रखे आदाब कहती है।

मैं हँसना चाह रही हूँ, मगर उसकी शक्ल रोनी हो गई है, शायद इसी हाथ-कहीं-बोल-कहीं गड्ड-मड्ड पर!

डिपार्टमेंट में फैला हुआ है कि हनीफ़ ने चिल्लाकर कहा कि उसे डमी हेड नहीं बनना, उसे तो ऐसा हेड बनना है, जो अकेले, मन-माफ़िक मामले तय कर सके, जो अपने दादों-परदादों की तरह राज करे!

मुझे खुद नहीं पता था कि मैं कितना बे-तरतीब कॉपी कर रही हूँ, पर यह तो लगने लगा था कि जो लग रहा था एक शहर है जिसमें यह तीन हैं, कभी-कभी यह तीन हो जाते जिनमें शहर है। मैंने तो सोचा था कि यह तीन तस्वीर हैं और शहर इनका फ्रेम। मगर इतनी-सी बात नहीं थी। कोई भी बात इतनी-सी बात नहीं रह गई थी। जो इस पल तस्वीर में था, अगले पल फ्रेम में जड़ हो ज़ाता और मानो इतना ही काफ़ी नहीं था, जो फ्रेम जड़ था, वही फिर चरमराने लगता और तस्वीर थम जाती। कोई समझ सकेगा इस हेराफेरी को? अगर समझ सकते हैं हिलती बदलती तस्वीरों में, कभी फ्रेम में क़ैद, कभी तस्वीर में पकड़े गए, तो यही थे हम उस बरस। या बेहद शोर के बीच गहराते सन्नाटे की बात, तो वही थे हम उस बरस। या घिरते सन्नाटे के बीच बेहद शोरीदा मन, तो वह थे हम उस बरस। कभी इसमें, कभी उसमें पड़े, हम इंतज़ार कर रहे थे, पक्के नियतिवादी की तरह कि अब...अब...सन्नाटे का घेरा या शोर का फैलाव बढ़कर...हमें ही...निगलनेवाला है।

एक मुसलमान की फ़ैक्टरी में आग लगाई गई। आग फैलकर बगल की

पोलिथीन फ़ैक्टरी को भी भस्म कर गई, जो हिंदू की है। दोनों पड़ोसी और उनके पीछे ढेर सारे हिंदू और मुसलमान ग़मगीन खड़े हैं।

"हमारे यहाँ कोई दुश्मनी नहीं है।"

"नहीं-नहीं, हमारे यहाँ का हो ही नहीं सकता। बाहरवालों की कारस्तानी है।"

"हाँ उधर...आग उधर लगाई थी।"

एक औरत वहशियों की तरह हँसती है, "आग लगाओगे तो दोनों भस्म होंगे, चिराग जलाओगे तो दोनों रोशन होंगे।"

उसका सामने का एक दाँत ग़ायब है। वह इतना हँस रही है कि उसके मुँह से लार टपक रही है।

मैंने देखी थी वह तड़प, जो किसी साँप की-सी फ़ुर्ती से हनीफ़ के मुँह पर उछली और पूँछ फटककर वहीं कुंडली मारकर बैठ गई, जब श्रुति बोली थी "हमारे यहाँ तो, बस एक शख़्स मुसलमान है, मेरे पति हनीफ़।"

बाबू श्रुति के गुस्से पर गुस्सा नहीं हुए। बहुत संयम से उसे सुन रहे थे। इस पर भी बुरा नहीं मान गए कि श्रुति ने उन पर इल्ज़ाम ठोंक दिया कि "आपको तो अपनी रोज़ी की पड़ी है कि अख़बार में वह लिखो, जिससे अख़बार बिके और इन बातों को तो लोग हेय समझने लगे हैं, लिखिए, 'इस्लाम के पिल्ले' तब फड़केंगे।"

"घिसी-पिटी बातें हैं।" बाबू पेंटर बोले थे, "द्वारका के मंदिर की पूजा सामग्री की दुकानें मुसलमानों की हैं, पर उनका अंदर जाना मना है, और मकर संक्रांति की पतंगें मुसलमान बनाते हैं गुजरात में और जयपुर में वे जनेऊ बनाते हैं कि बंगाल के पटुआ, जो हिंदू धार्मिक चित्रकारी करते हैं, सब मुसलमान हैं...ऐसे लेख पढ़-पढ़कर लोग अनदेखा करने लगे हैं...

"तो भी हमें सुनाते जाना है।" श्रुति का गुस्सा शुरू हो चुका था, "आज नहीं तो कल लोग सुनेंगे..."

"और हिक़ारत मत कीजिए।" बाबू ने कहा था, "रोज़ी का सवाल तो है ही। अख़बार बेचने पर ही चलेगा और लोग इससे आगे, इससे अलग कुछ चाहते हैं कि हिंदू और मुसलमान का जनम-जन्मान्तर से क़रीबी रिश्ता है..."

"तो आप हमारा लेख नहीं छापेंगे?" श्रुति घूरकर बोली।

"ये करीबी रिश्ते तो रोज़ी-रोटी की ख़ातिर दो बैरियों में समझौते जैसे

हैं..." इस तरह उठी थी रोज़ी की बात।

"बिला शक़," हनीफ़ ने कटाक्ष कर डाला, "जो मुसलमान की दुकानों में भी देवी के कैलंडर भर गए हैं, उसी रोज़ी का सवाल है!"

"रोज़ी के लिए डरना या लड़ना..." कुछ कह पड़े थे बाबू, जब श्रुति ने उन्हें चिढ़कर देखा और कहा कि "आपकी भी तो रोज़ी का सवाल है" और बाबू ने कहा था, "हिक़ारत मत कीजिए।"

"यह नहीं चलेगा।" बाबू ने साफ़-साफ़ कहा और लेख की कुछ पंक्तियों को छूकर बोले, "मठ की बातें..."

इतना ही बोले कि श्रुति बमकी, "मना है...बिलकुल...वहाँ मुसलमानों का जाना। वे कहते नहीं, मगर मानते हैं, नाम पूछ लेते हैं ज़रा भी शक़ हो तो। पूछ लें आप हनीफ़ से..."

हनीफ़ हौले से मुस्कराया, "हाँ...नाम...!"

तब बाबू पहली बार परेशान हुए, "आप समझने की कोशिश करिए श्रुति। अभी जो हवा है, उसमें क्या कैसे कहें, इस पर ग़ौर करना ही पड़ेगा। लोगों के कान खोलने हैं, न कि बंद करने हैं। मठ के ख़िलाफ़ वे आपकी बात सुनने को तैयार ही नहीं हैं। पहले ही भड़क जाएँगे। आवर महंत इज़ अ बिग हेड। असल में आप जिस जगह बैठी हैं, आप बेखटके उनके ख़िलाफ़ बोल लेती हैं..."

फिर तो जैसे श्रुति के गुस्से का ओर-छोर नहीं रहा।

"आप बाबू, जिस जगह बैठे हैं, बेखटके कह सकते हैं कि मत बोलो, क्योंकि आप एक तरफ़ की हवा में विचरते हैं, जिसका रुख वही मेजॉरिटी कम्यूनिटी तय कर रही है। मैं..." वह रुकी, सोचती रही, फिर बोली, "सुरक्षित संपन्न मैं, दूसरी तरफ़ पहुँचती हवा का झोंका, सरासर मामूली-सा सही, डरावनी हवा का झोंका, महसूस कर रही हूँ, जो तमाम लोगों को बुरी तरह झुका रहा है जबकि हमारे यहाँ तो बस एक शख़्स मुसलमान है, मेरे पति हनीफ़...।"

हनीफ़ तड़पा।

"मगर हो यह गया है कि मैं बोलूँ या कोई बोले, अब मैं उनके कानों से भी सुनने लग जाती हूँ और उन्हीं की तरह कभी सिकुड़ने, कभी..."

"यक़ीनन आप जानती नहीं, मैं मुसलमान हूँ।" बाबू ने श्रुति को बात पूरी नहीं करने दी।

कुछ देर के लिए मेरा यह कलम अटक गया था।

कितने दिनों से यह लोग मठ नहीं गए। पुराना पड़ गया! वही मठ, मेला,

प्रवचन, मस्जिद, कर्फ़्यू, जै जगदम्बे, मारकाट।

"क्यों यह ऐसा करता है? जैसे सारे डिपार्टमेंटवाले इसके पीछे पड़ रहे हैं।" शरद शिकायत पर शिकायत लाद रहा है।

"कल तक जिन पर नंदू खुश थे, वही बातें उन्हें दिन पर दिन काटने लगी हैं। क्यों?" हनीफ़ नंदन को कोस रहा है।

और दोनों एक साथ बोलने पर आमादा हैं। इसकी कि उसकी में मैं किसी की नहीं लिख पाऊँगी!

"कहा भी तो क्या हुआ? बहुत शराफ़त से कहा। सारी लेडीज़ से भी कहा कि भरसक साड़ी पहनकर आएँ..."

"पैंट पर कुर्ता पहनने से उनके डिपार्टमेंट की बदनामी हो रही है!..."

"यार, जो बिगड़ रहे हैं, उनको ठीक करने के लिए थोड़ी कड़ाई शुरू की गई है...मशीन में बीच-बीच में नट-बोल्ट टाइट करना पड़ता है कि नहीं?..."

"मुझे टाइट करके दुनिया दुरुस्त की जा रही है!" हनीफ़ एकदम कड़वी हँसी के साथ कहता है।

"फिर...देखा फिर..." शरद बिलबिलाता है, "जो हो रहा है, इन्हें हो रहा है, इनके ज़रिए हो रहा है। हर बात को अपने पर प्रहार की तरह लेता है और ओवर रीएक्ट करता है, जबकि इसे मालूम है इन दिनों अपने नाम की वजह से भी यह..."

"जब तक मेरे इस नाम हनीफ़ की वजह से कुछ हो सकता है, मुझे अकेला छोड़ दिया जाए।" हनीफ़ दाँत पीसता है।

"ऐसा कैसे कर सकता है?" शरद श्रुति से पूछने लगा, "इस दिन से इस दिन तक मेरी माँग है कि मुझे मरा पड़ा रहने दो!"

"सिर्फ़ पड़ा रहने दो!" हनीफ़ गुस्साया।

"अब अगर तुम दोनों चुप नहीं हुए तो मैं दद्दू को बता दूँगी कि उनकी शराब कहाँ जा रही है।" श्रुति डाँटती है, "इतना लड़ते हो।"

फिर दद्दू बाथरूम से लौट आए और खपड़ैल की बात होने लगी।

हमें खुद ही ठीक से मालूम नहीं था कि हम क्यों भड़क रहे थे। क्यों हनीफ़

खुद को मुसलमान कह देता तो कुछ नहीं, पर कोई और कहता तो वह चिढ़ जाता। क्यों शरद, जो अकेले शहर में घूमकर आता तो कहने लगता कि यार है क्या बात जो अनपढ़ तो अनपढ़, पढ़ा-लिखा भी मुसलमान के ख़िलाफ़ बोल देता है। और क्यों श्रुति कलम खोले स्याही सुखाती बैठती तो गुस्से से उठकर घर में घोंसला बनाने फुर्र-फुर्र करती गौरैया को ही घूँसा दिखाती और उसके मुँह से गिरे तिनके को बीनकर मुधमालती की तरफ़ फेंकती, जा उधर जा।

क्यों है ऐसा, सोचो, शरद पूछने लगता? सोचो, श्रुति कहती थी कि शिक्षित भी और जाहिल भी ऐसे, तो मुसलमान कैसा घिरा हुआ महसूस करता होगा, मगर सोचो, शरद कहता कि अगर लिखा-पढ़ा और बेलिखा-पढ़ा सभी एक-सी बात मानते हैं तो क्या होता रहा है, जो उनकी यह मान्यता बनी?

इन मौक़ों पर हनीफ़ चुप रहने लगा था। जैसे कर्फ़्यू में शटर गिरने पर मौन छा जाए।

लेकिन हम सच ही समझ नहीं पा रहे थे और आपस में भड़कने लग जाते।

तुम अकेले शहर में जाना बंद करो, श्रुति शरद पर गुस्साई।

क्यों पर, शरद वापस भभका? जो हमसे अलग ढंग से सोचते हैं, उनकी बात धैर्य से श्रद्धा-भाव से नहीं सुनेंगे तो जानेंगे कैसे कि हमसे फ़र्क लोग भी हैं?

श्रद्धा भाव अंधाभाव बना जो जा रहा है। श्रुति ने कहा।

पास जाकर देखोगी न श्रुति, शरद उदास हो गया, तो पता चलेगा कि वे भी लोग हैं, अमूर्त परिभाषाएँ नहीं, जो चोट खाते रहे हैं, मरते रहे हैं!

शायद इतनी हमदर्दी अच्छी नहीं, श्रुति भी उदास हो गई। इंसान तो हैं ही सभी, पर यह जानकर उनकी वह नज़र, जो इंसानियत नहीं मानती, उसको भी कहीं मासूम न कहने लग जाओ।

और तुम, तुम चुप क्यों हो? ऐसी बहस में एक न एक पल शरद चिढ़कर हनीफ़ पर पलटता और उसके चेहरे को टोहता मानो उसमें ज़रूर कोई ईदी भाव छिपा होगा।

असल में उस शक़ों-शुबहों के माहौल में हम अनायास ही आपस में ही अविश्वास करने लगे थे। नामों में इतना मतलब भरनेवाली प्रवृत्ति के ख़िलाफ़ बोलते-बोलते हम खुद उसी प्रवृत्ति के होते जा रहे थे। ऐसे बात करने लगे थे कि जैसे सच में दो ही पहचानें रह गई थीं और सबकुछ हो चुका था—हिंदू या मुसलमान।

हिंदू-मुसलमान हो गई थी हर चीज़, हर रंग, हर शब्द, हर सलाम-

नमस्कार, अचकन-धोती, हरा-पीला। जिस किताब घर का नाम सरस्वती था, उसके मुसलमान नाम के मालिक ने सरस्वती काट दिया। जिस होटल का नाम मुग़ल महल था, उसका सेठ सिकुड़ी हुई 'हिंदुई' शब्दावली में दूसरा नाम खोजने लगा।

अरे, बिल्ले चढ़ गए हर चीज़ पर।

अरे, न जाने कितनी उपमाएँ, कहावतें, किंवदंतियाँ मौत के घाट उतार दी गईं और आम लोगों से छिनकर कहीं बंद कर दी गईं जहाँ कोई उनपर गंगाजल छिड़क रहा था, कोई नज़्र की शिरीनी, कोई चरणामृत, कोई आबे ज़मज़म।

यही करने लगे थे हम उस बरस कि जिनकी बात ग़लत मान रहे थे, उन्हीं के नियमों को आधार मान बैठे, उन्हीं की परिभाषाओं को मंज़ूर कर बैठे।

ज़िद्दी बरस था, जो हर चीज़, हर रंग, हर शब्द, हर लोग को हिंदू और मुसलमान में बाँटने पर आमादा था। इतना कुछ हिंदू में से निकालकर, इतना कुछ मुसलमान में से खाली करके कि जो बचा, वह न हिंदू था, न मुसलमान, न हममें से ही कोई था वह।

फिर आए बाबू पेंटर। और जाने लगे तो शरद ने ख़ुदा हाफ़िज़ कहकर उन्हें गले लगा लिया।

"यह क्या तुम गिजगिजे ढंग से..." हनीफ़ को गुस्सा आया।

"वह ऐसी बात कर रहे थे कि आँखें भर आईं।" शरद का जवाब आया, "गले लगाना तो वहाँ आम बात है, वैसे भी।"

"तुम कुछ भी सहज रहने दोगे?" श्रुति कड़क उठी, "अब तुम्हें मुसलमानों की आम बातें याद आ रही हैं?"

"यार तुम लोग हो, जो कुछ सहज नहीं रहने दोगे। हर संकेत पढ़ने लगते हो, उस पर लंबी थीसिस लिखने लगते हो। कोई सादगी बचेगी ज़माने में?"

प्रोफ़ेसर नन्दन रूठे हुए हैं। "मना किया था कि कुछ दिन मत लिखिए। जवाब तो मुझे देने पड़ रहे हैं।"

श्रुति और हनीफ़ सब्ज़ीवाले के ठेले के पास खड़े हैं, दद्दू के फाटक पर।

"बैंगन ले लें?"

हनीफ़ मुँह बिचकाता है, "दूसरी भी तो सब्ज़ियाँ हैं।"

"और सबकुछ इतना महँगा है। तुम तो हर सब्ज़ी के नाम पर मुँह बना देते हो फिर कहते हो, मैं फ़स नहीं करता।"

"फ़स कहाँ करता हूँ, सब खा लेता हूँ।"

"मुँह बनाके।" श्रुति झुँझलाई।

"मगर खा तो लेता हूँ," हनीफ़ उसे घूरता है, "लाओ, मैं देखूँ।" वह ठेले पर सब्ज़ियाँ छूता है, "ग्वार फली कैसे दीं?"

"पाँच रुपए पाव।"

"उसी को फ़सपॉट कहते हैं। नखरे करनेवाले को..." श्रुति झल्लाती है।

"नखरे करता नहीं हूँ..." हनीफ़ फिर समझाता है।

"नखरे से सोचनेवाले को भी फ़सपॉट कहते हैं।" श्रुति कसकर कहती है, "लेंगे बैंगन। दे दो भाई बैंगन। आधा किलो। भर्ता तो खा लोगे ना, चटपटा?" वह कोसती आवाज़ में पूछती है।

"सब खा लेता हूँ..."

"ज़्यादा सब्ज़ी ले लीजिए बहनजी," सब्ज़ीवाले का तराजू खड़क रहा है।

"क्यों," श्रुति उसे शक़ से घूरती है, "भाई, झटके से तो मत तौलो।"

"नहीं बहनजी," सब्ज़ीवाला दिलासा से कहता है, "यह लीजिए।" वह छोटा बैंगन और उठाकर डाल देता है, जिससे तराजू झटका खाकर फिर बज उठता है।

"क्यों," हनीफ़ पूछता है "कल नहीं आओगे?"

"क्या पता साहबजी, कल आ पाएँगे कि नहीं?"

"क्यों गड़बड़ होगी कहीं किसने कहा तुमसे?" श्रुति एक साँस में पूछ गई।

"गड़बड़ का तो कौनो पता नहीं लग सकता आज के जमाने में। मगर तूफान आए को है। देखिए पूरब दिसा में कैसे बादल घिरे हैं।" वह आकाश की तरफ़ हाथ फैलाता है।

शरद को एक लंबी अंग्रेज़ मिल गई है, उन गलियों में, जिधर वह अकेला जाता है।

"आप दंगों पर लिख रही हैं?" वह पूछता है।

"नहीं, मैं औरतों की घरेलू चित्रकारी बटोर रही हूँ।"

"ओ," शरद कहता है।

उसका नाम बेवरली है। वह कहती है, "नहीं, दंगों पर नहीं" और उसके बदन पर झुरझुरी दौड़ गई है, "मुझे दंगे अच्छे नहीं लगते।"

शरद हिक़ारत भाव से मुस्कराता है कि वाह, क्या बात कही है, जैसे दंगे किसी को अच्छे लगते हैं, मगर होंठों के कोनों तक पहुँचकर उसकी हँसी बदल गई है कि जैसे यही सादगी तो है, जो हममें नहीं रही।

त्रिवेदी भी खुश नहीं हैं कि डिपार्टमेंटवालों ने ऐसे लेख छापे।

"आपका हवाला देकर लोग तिल का ताड़ बनाते फिर रहे हैं," नन्दू चिढ़कर बताते हैं कि अधिकारीगण यों बता रहे हैं।

एक लिहाज़ से बात सही है। सभी बढ़ा-बढ़ाकर बता रहे हैं, ख़ासकर जिन पर गुज़री है। अब जिस पर गैंग रेप हुआ है और जिसके आठ टाँके लगे हैं, कभी तो कह देती है कि पचास लोग टूट पड़े! कितनी भीड़ मोहल्ले में लूटपाट मचाने पहुँची, उसकी भी गिनती ऐसे की जाती है कि जैसे जान-माल बचाने की फ़िक्र कम थी, दंगाइयों की एकदम सही गिनती करने की ज़्यादा! पचास थे! नहीं पाँच सौ! नहीं पाँच हज़ार!

मगर यह तिल के ताड़ नहीं हैं। यह तो ताड़ के ही कुछ हैं!

और खैर रेप असल है इतना, कि उसकी गिनती को लेकर मतभेद को अहं मुद्दा मानकर फँसनेवालों को कौन बताए, वे किसका रेप कर रहे हैं?

"मैं कह रही हूँ ना?" श्रुति ने बिगड़कर कहा, "हमारी मधुमालती के पास से उड़ी थीं और स्वौलो ही थीं।"

दद्दू को मज़ा आने लगा, "क्यों मेरी बेटी को तंग कर रहे हो? कह रही है तो मान लो। हाँ-हाँ, ठीक कहती हो बेटी," बहलाती आवाज़ में अभिनय पर उतर आए हैं, "स्वैलो ही थी," स्वौलो नहीं स्वैलो बोल रहे हैं वे, श्रुति की तरफ़ बड़ी-बड़ी चमकती आँखें करके, "मैंने भी देखीं। मेरे पास खड़े सालिम अली ने भी देखीं। उन्होंने ही बताया।"

शरद और हनीफ़ दोनों हँसने लगे, "सालिम अली ने ही क्यों, खुद स्वौलो

ने बताया, हलो, मैं स्वौलो हूँ।"

"मैं झूठ बोल रही हूँ?" श्रुति बिदक रही है, "मैं कह रही हूँ, मैंने देखा।"

"हाँ-हाँ," दद्दू उसी तरह बच्चे को फुसलाती-सी आवाज़ में बोल रहे हैं, "मैंने भी देखा। इतनी बड़ी थी।" उन्होंने हाथ इधर से उधर पूरे फैला दिए हैं, "सिर पर सींग थे..."

"दद्दू।" श्रुति मुस्करा दी।

"लम्बी-सी दाढ़ी थी।" दद्दू का ड्रामा चालू है।

"कहीं तुम तो नहीं थे शरद?" हनीफ़ भी दद्दू का साथ देता है, "श्रुति को चिढ़ाने चढ़कर बैठ गए थे हमारी बेल पर?"

कहानी के इस मोड़ ने दद्दू को दीवाना बना डाला है।

श्रुति हँसी, मगर फिर बोली, "मत मानिए आप लोग। स्वौलो ही थी। तीन-तीन। उन्हें बोलते हैं अबाबील। दो में बँटी ऐसी लंबी सींकदार पूँछ होती है।"

"हैं, तुम्हारी पूँछ भी है," हनीफ़ ने शरद को देखा और दद्दू उछले।

"जाड़ों में आती है।" श्रुति ने अनसुना किया। "हुँह कह डाला," वह शरद की ओर मुड़ी, "कि हिंदुस्तान में स्वौलो नहीं।"

शरद ने सिर मचकाया, "फिर भी तो नो स्वौलो इन इंडियन समर! या तो कहावत बदलो। कहो अ सिंगल स्वौलो डज़ नॉट मेक ऐन इंडियन समर।"

हनीफ़ ने तरमीम की, "तुम्हारा मतलब है अ सिंगल स्वौलो डज़ नॉट मेक ऐन इंडियन विंटर!"

दद्दू ज़रा और ऊँचे उछले, "मगर इसने तो तीन-तीन देखीं।"

"आपने भी तो।" श्रुति मुस्कराई।

"अरे हाँ, तीन-तीन मैंने भी देखीं। खुद इन्हीं आँखों से।" दद्दू ने हाथ बढ़ाकर श्रुति की आँखों को हल्के से छुआ, "ये आँखें चश्मदीद गवाह हैं!"

"अरे दद्दू, वह क़िस्सा नहीं सुना? जो जनाब हरेक बात में चश्मदीद गवाह होने की हैसियत से अपनी राय मनवाते थे? अकबर की आम के बारे में नज़र जाननी हो तो बताते..."

दद्दू छत तक उछलने लगे हैं, "जो अकबर के साथ आम खाते वक़्त उन्हें पता चला! हा हा हा!" अभी तो बार-बार लौटकर दीवान पर आ रहे हैं, कहीं छत की तरफ़ उछलना रुक जाए तो क्या ऊपर टँग जाएँगे?

हनीफ़ किस्सा कह ही नहीं पाया, मगर हँसा, "हाँ, हर बारे में अमाँ यार खुद फ़लाने ने मुझे बताया, हाँ जनाब फ़लाने भी वहीं बैठे थे! फ़लाने चाहे सदियों से दुनिया से कूच कर चुके हों!"

दद्दू हँसते-हँसते रुके, फिर हँसे, फिर रुके, "देखो श्रुति, यह तुम्हें चिढ़ा

रहा है, बहुत पाजी है, तुम्हें बुद्धू समझता है। तुम क्यों इसके साथ रहती हो? मेरी मानो, बोरिया-बिस्तरा लेकर यहाँ आ जाओ, शरद को ऊपर भगा देंगे, वह भी एक नंबर का पाजी है, हम-तुम यहाँ चैन से रहेंगे...''

''आप भी तो चिढ़ा रहे हैं।'' श्रुति ने बच्चों-सा मुँह बनाया।

''हैं?'' दद्दू ने मुँह भी फाड़ा, आँखें भी, ''मैं तो तुम्हारा साइड ले रहा हूँ। सबको बता रहा हूँ हमने स्वैलो देखी।'' अचानक वे फुसफुसाकर बोले, आँखें ज़ोर-ज़ोर से चमकाते, ''कल इन्हें बताएँगे कि हमारी मधुमालती पर एक कंगारू आ बैठा!''

कमरे में हँसी भरने लगी, भरती गई, और ऐसी ही रफ़्तार रही तो हँसी हमें ही बाहर धक्का दे देगी, श्रुति ने ठहाकों के बीच सोचा, चारों ओर हँसी की, किसी ठोस काया की तरह फैलने की कल्पना करते हुए।

''मौलवी तो गया न काम से! क्या फ़र्क पड़ा इस बहस से? कि सिर धड़ से अलग कर दिया कि चार टुकड़े किए कि सिर फेंक दिया धड़ जला दिया, कि घर लूटा कि बस मार दिया, घर नहीं लूटा। अरे, मैं कहता हूँ कि एक भी टुकड़ा नहीं किया। या मान लो कि मैं कहता हूँ कि हज़ार टुकड़े किए। कोई फ़र्क तो नहीं न पड़ा? मौलवी तो वही न कि गया काम से?''

दद्दू देर से समझा रहे हैं जैसे मुश्किल से समझ आएँगीं। बारीकियाँ उधेड़नी हैं। उनकी चोंच निकल आई है और हाथ बहुत हिल रहे हैं।

मठ में घुसते ही कुछ संन्यासिनें बेवरली को घेरकर शरद से अलग कर देती हैं। एक बड़ा-सा पण्डाल है, जिसके नीचे गोरे विदेशी बैठे हैं।

शरद को दूसरी जगह बैठना पड़ता है, अपने देशवासियों के साथ। इस पण्डाल से जनता बाहर को बह चली है और धूप में बैठी है।

विदेशियों को धूप सताती होगी, इसलिए उधर टेबल फैन हैं और सबको छत मिली है। बहुत से विदेशियों को घुटने मोड़ने भी नहीं आते हैं, इसलिए कुर्सियों का भी इंतज़ाम है, मगर बहुतेरे नीचे दरी पर बैठे हैं।

हम जिस देश के वासी हैं उस देश की जनता गंगा की तरह बह रही है। पण्डाल में, दरी पर, उसके बाहर मिट्टी पर।

महंत बोल रहे हैं ''...हमारी संस्कृति उदार है। दूसरी संस्कृतियों की तरह

संकीर्ण नहीं। यह गंगा जमुनी संस्कृति है, सब अनेक लहरों के समान इसमें समा जाते हैं। ...यूरोप और अमेरिका के वासी वहाँ के घोर पतन और भौतिकवाद से भयभीत होकर माँ के पास चले आए हैं। माँ के पास अपार ममता है...जै जगदम्बे...जै मातृभूमि...”

शरद के नज़दीक एक पंद्रह-सोलह साल की लड़की अपने माँ-बाप के साथ बैठी है। उसने 'वी' गले का कुर्ता पहना हुआ है और नीचे शलवार। एक संन्यासिनी उसे देखकर रुक गई है।

“ओढ़नी नहीं है?”

एक दूसरी संन्यासिनी से वह कुछ कहती है और जितना मैं सुन पाई हूँ, लिख देती हूँ, “महंतजी महाराज अभी परशाद बाँटेंगे।”

कोई खलबली नहीं मची है। नितांत शांतभाव छाया है। एक दोहर कोई किसी को पकड़ाता या पकड़ाती है, जो उसे संन्यासिनी के हाथों में देता या देती है, जो धीरे से उसे उस पंद्रह-सोलह साल की लड़की के 'वी' गले पर डाल देती है।

“सौहार्दपूर्ण व्यवहार...ऊँचे संस्कार...”

महंतजी उपदेश दे रहे हैं।

“कुछ समझीं?” शरद बेवरली को मेले की दुकानों की तरफ़ ले जाता है।

“नहीं।” बेवरली अल्पना डिज़ाइन की एक पुस्तिका के पन्ने पलट रही है।

“तभी मुझे अच्छी लगती हो,” शरद हँसकर कहता है।

“देखा, तुम्हारा बर्ताव अच्छा नहीं था।” शरद लड़ रहा है।

“वह प्रोफ़ेसर नन्दन की स्टूडेंट है, इससे मुझे कोई वास्ता नहीं।” हनीफ़ भी लड़ रहा है, “वह ऊपर से एकदम ख़ाली है।”

स्कूटर खड़े करके वे लड़ते हुए अंदर आए।

“तुम सच अपने आपको समझते क्या हो? सब बेवकूफ हैं!”

“वह मेरी हर बात पर आजकल इतनी नज़र क्यों रख रहे हैं?”

दद्दू दो प्यालियों में चाय डालकर एक चम्मच शक्कर डालते हैं हनीफ़ के लिए और ढाई चम्मच शरद के लिए और धीमी गति से चीनी मिला रहे हैं।

“अब यह और?” शरद प्याली उठाता है, “उल्टी-सीधी करोगे तो लोग

बोलेंगे नहीं?"

"सीधी भी करूँ तो भी लोग बोल रहे हैं।" हनीफ़ भी प्याली उठाता है, "मेरी किसी भी बात को लेकर कहानी बन रही है।"

"क्या बात है?" श्रुति पूछती है।

"ऊपर से पैरेनॉयड।" शरद चम्मच उठाकर प्याली में गोल-गोल चलाने लगा है, "कोई साज़िश है?"

"है।" हनीफ़ भी चम्मच चला रहा है।

"क्या कह रहे हो तुम लोग?" श्रुति फिर पूछती है।

"मुझे तो तुम बेवकूफ़ लगते हो।" शरद कहता है, "सब तैयार हैं कि तुम हेडशिप लो..."

"नहीं।" हनीफ़ बीच में बात काटता है, "मेरी हर बात में नुक्स निकाला जा रहा है ताकि मैं अजीब दिखूँ। और ज़ोर से कहूँ कि मैं नहीं चाहता हेडशिप।"

"क्या खूब! अब तुमसे कहलवाया जा रहा है कि तुम हेड नहीं बनना चाहते।" शरद बेहद ताने भरे स्वर में कहता है चीनी घोलते हुए।

"ज़ोर-ज़ोर से कहलवाया जा रहा है।" हनीफ़ गुस्से से चीनी घोल रहा है।

"हमें भी बताओ।" श्रुति थोड़ा चिढ़ती है।

"क्या तुम वक्त-बेवक्त फ़ालतू ग़ुस्सा नहीं दिखाते हो?"

"पहले भी दिखाता था। आज उसे उछाला जा रहा है। वह अपनी कुर्सी नहीं छोड़ना चाहते, मेरे लिए कतई नहीं।"

"इतनी बड़ी हस्ती हैं आप!" शरद चम्मच गोल-गोल चलाना रोककर ऊपर-नीचे मिलाता है।

"इतनी बड़ी हस्ती है वह कुर्सी। और मुझसे वह डरता है।" अनजाने ही हनीफ़ शरद की हरकतों को खुद भी करने लगा। वह भी चम्मच दूसरे ढंग से हिलाने लग पड़ा।

"यह क्या तरीक़ा है? दद्दू और मैं भी हैं यहाँ। हमें भी बताओ..." श्रुति कड़ाई से पूछती है।

"हर बात के दो पहलू हैं। उन्हें कुर्सी प्यारी है, मगर वह सच सोच रहे हैं कि तुम घमण्डी हो, बेशऊर हो। बिना समझने की कोशिश किए किसी से भी भिड़ जाते हो, व्यवहारकुशल नहीं हो..."

"दो क्यों, हर बात के बहुत से पहलू होते हैं, मगर यहाँ सारे पहलू एक बात के तहत हैं कि वह अपनी बागडोर अपने हाथों में ही चाहते हैं।"

"तुम्हें दे रहे हैं..."

"देना नहीं चाहते, मगर देना पड़ा तो बुरा-भला कहते हुए देंगे..."

दोनों की प्यालियों में चाय और चम्मच का मंथन चल रहा है।

"मक्खन निकालोगे?" श्रुति डपट देती है।

"चलो-चलो, दूसरी बना दूँ।" दद्दू मुस्कराते हैं।

"नहीं।" शरद प्याली की तरफ़ देखता है और एक बार में चाय गटक जाता है।

ज़ाहिर है, हनीफ़ भी वही करता है!

मक़बूल हक़ ने फिर फ़ोन किया। हनीफ़ को कहीं बोलने के लिए बुला रहे हैं।

"कह दो, नहीं," शरद बगल से इशारा करता है।

"नहीं," श्रुति किसी गूँगी के आवेश में आकर नहीं करने का ख़याल दिला रही है।

"नहीं," हनीफ़ कह देता है। अगले काफ़ी दिनों के लिए कहीं और मशगूल है, कहकर।

फ़ोन रखते ही डपटता है, "बात तो कर लेने दिया करो। कहाँ बुला रहे हैं? किनसे बात करनी है?"

"तुम्हें ही क्यों बुलाते हैं?" श्रुति पूछती है।

"मक़बूल हक़ कहीं बुलाएँ, तुम नहीं जा सकते।" शरद सुनाता है।

मस्जिद में जो बम फूटा है, उसके बारे में यह माना जा रहा है कि इसमें हिंदुओं का हाथ है ही नहीं कि मुसलमानों ने जो बम हथियार छिपा रखे थे, उन्हीं में ग़लती से एक फट गया।

"क्या पता? यह भी हो सकता है, वह भी।" शरद अख़बार देख रहा है, "आजकल कुछ पता नहीं चलता।"

"मगर अगर मुसलमान हथियार बटोर रहे हैं तो यह कोई अच्छी बात नहीं।" वह सोचता हुआ कहता है।

"बटोर ही रहे हैं।" हनीफ़ कहता है।

"वह क्या करें? कुछेक को तो लगेगा ही कि यही एक रास्ता है।" श्रुति कहती है।

"यही बात मुझे नहीं पसंद।" शरद सोचता जा रहा है, बोलते हुए, "उनकी

ऐसी हरकतों को भी हम हमदर्दी से देखते हैं?"

"हमदर्दी से यह मतलब मत निकालो कि हम उसे सही बता रहे हैं।" श्रुति आँख दिखाती है।

"तब हिंदुओं का वही सब कहना कि उन्हें यही एक रास्ता दीख रहा है..."

"शरद, हमारा विवेक हमें कुछ नहीं बताएगा? कौन कैसे-कैसे उल्लू सीधे कर रहे हैं?" श्रुति भभकती है।

हम वही बात कब तक दोहराएँगे? शरद झुँझलाता है, "तुम...तुम्हारी कोई राय है?" वह झुँझलाकर हनीफ़ से पूछता है।

"मैं तो तुम्हारी राय जानना चाहता हूँ।" हनीफ़ कहता है, "तुम्हारा रवैया मुझे कुछ जँच नहीं रहा।"

"क्या जँच नहीं रहा?" शरद और झुँझलाता है।

हनीफ़ चुप है। सोच रहा है। कहता है, "पता नहीं।"

हम सब भी या तो हिंदू हो गए हैं या मुसलमान।

एक बार यही हॉल रंग-बिरंगे गुब्बारों से भर गया था। वे गुब्बारे नहीं थे, हँसी थी, जो डोल रही थी।

मसूढ़े फैलाकर हँसा जाता है, पर मसूढ़े हँसी नहीं होते, जो यहाँ गुब्बारे बनकर लहलहाई थी।

कैम्प में एक बड़े-से हॉल में डरकर अपने घरों-मोहल्लों से भागकर आई औरतों का जमाव है।

"इनकी तरफ़ कुछ नहीं हुआ है।" कापड़िया शरद और बेवरली को बता रहा है, "यह बस डर गईं।"

"कैम्प इन्हीं के सम्प्रदायवाले चला रहे हैं।"

"आइए।" कापड़िया औरतों को बुलाता है और कुछ बुज़ुर्गवार दढ़ियल साथ चले आते हैं।

"यह विलायत से आई हैं। इन्हें बताइए।"

बताई जा रही हैं वही वही बातें। माफ़ करिए मेरा कलम खुद ब खुद विद्रोह कर रहा है। थक रहा है, उन्हीं उन्हीं बातों को लिखने के नाम पर।

नहीं लिखता!

कान ही नहीं सुन रहे!

यह तो ग़लत बात हुई। कानों को बंद रहने की आदत न पड़ जाए।

"दिशा फ़ारिग भी होने जाती हैं तो साड़ी में जाती हैं।" एक बुज़ुर्ग फ़रमा रहे हैं।

"देखा," कापड़िया धीरे से अंग्रेज़ी में कहता है, "हमने इनकी औरतों को परदे के बंधन से बाहर कर दिया!"

ख़त्म होता है तो दद्दू खुद ही उठकर जाते हैं और रिकार्ड हटाकर रेडियोग्राम बंद कर देते हैं।

"देखा?" वे मुस्कराकर श्रुति से पूछते हैं।

वैसे मैं जान रही हूँ कि उनका मतलब है—सुना?

"क्यों रोती है इस चोले को? सुना 'भोला मन जाने अमर मेरी काया धन रे जोबन सपने-सी माया' क्या गा रहे हैं?" अपनी चमकीली खाल छूते हैं। "आना और जाना तो..."

हाय मेरी स्याही की दवात उलट गई। हाय।

> " 'ज़िंदगी क्या है अनासीर में ज़हूर-ए-तरतीब,
> मौत क्या है इन्हीं इज्ज़ का परीशाँ होना' "

"पता है," वह आँख बंद करके हाथ लहराने के बाद पूछते हैं, "किसका है? पण्डित ब्रिजनारायण चकबस्त! क्या समझीं?"

सुनिए कि पुल के उस पार के शहर को लोग पाकिस्तान कहने लगे हैं और इधर को हिंदुस्तान।

यह भी सुना है कि लाउडस्पीकरों की बिक्री दिन दुगुनी रात चौगुनी हुई है। इसे मानने में हमें कोई दिक़्क़त नहीं है, क्योंकि हमारे कानों की भी गवाही है। जब-जब सन्नाटा नहीं छाया रहता, तब तब गलियों में कान फटते हैं!

कहनेवाले तो यह भी कहते हैं कि जितनी ज़ोर से मठ और मंदिरों में आरती हो रही है, उतनी ही ज़ोर से मस्जिदों की मीनारों से अज़ान गूँज रही है।

जो भी है, हम बहुतेरे लोग दोनों आवाज़ों से डर रहे हैं।

ख़बर है कि शहर के रईस महमूद बीड़ीवाला के घर में बंदूकें और बम बरामद हुए।

शरद और बेवरली के आगे-आगे एक कॉलेज की छात्रा चल रही है। उसके एक हाथ में बड़ा-सा चार्ट पेपर है, दूसरी में साइकिल है, बल्कि पहला हाथ चार्ट और साइकिल दोनों थामे है। लम्बे शोख गुलाबी रंग के नाखून हैं।

"उसके पाँव देखो।" बेवरली कहती है।

उतने ही गुलाबी नाखून वहाँ भी हैं। गुलाबी कहें कि रानी रंग कहें?

"पहिए का निशान है, देखो।" बेवरली फिर दिखाती है।

वाक़ई। अब मैं भी देख पा रही हूँ। टायर का डिज़ाइन खुभ गया है, लड़की के पाँव पर।

"तुम्हें तो दिखने ही थे।" शरद मुस्कराता है, "इसे घरेलू डिज़ाइन मत समझना! यह तो हूबहू सड़कछाप है।"

"यहाँ वालों के अलग डिज़ाइन होंगे।" बेवरली चित्रकारी की सोच रही है।

"तुम भी सोचती होगी कि कहाँ तुम्हें लेकर घूमता हूँ।" शरद क्षमा-भाव से कहता है।

"मैं जानना चाहती हूँ। कुछ नहीं जानती।" बेवरली कहती है।

"इसीलिए तुम मुझे अच्छी लगती हो।" शरद कहकर चकित लग रहा है।

"यह तो मेरा अपमान कर गए तुम!" बेवरली खिलखिलाती है। आगे चलती लड़की मुड़कर मुस्कराती है।

"हाइ!" बेवरली उससे आँख मिलाती है।

"अभी तक तो आया नहीं तुम्हारा तूफ़ान।" श्रुति ने लौकी तुलवाई।

"तुम सब्ज़ियाँ कहाँ से लाते हो भाई," शरद पूछता है।

"गाँव से। विश्वास मानिए बाबू साहब, बस दो पैसे का फ़ायदा है हमें। चार कोस से लाते हैं, शहर में बेचते हैं।"

"तुम्हारे गाँव में मुसलमान हैं?" पता नहीं शरद को क्या सूझी है।

"नहीं-नहीं, हमारी तरफ़ नहीं हैं, पर जहाँ हैं, बुरे हैं," भाजीवाले ने लापरवाही से जवाब दिया है।

"क्या मतलब?" श्रुति तड़क के बोली है, "तुम्हें मालूम है, मेरे पति मुसलमान हैं।"

हनीफ़ मुस्काता है, मगर झेंप के साथ।

सब्ज़ीवाला भी झेंपा, "अरे बाबू साहब की बात और है। आप पढ़े-लिखे लोग हैं। हम नहीं कह रहे, मगर लोग कहते हैं तुरकों के बारे में..." वह रिरियाकर चुप हो जाता है।

अंदर जाते हुए शरद कहता है, "ऐसे ही, बिना सोचे, आदत से, लोग बोलते हैं। कोई मतलब नहीं इन बातों का।"

हनीफ़ के हाथ में हरे पत्तेवाला कोई साग है। उसे सँभालता वह थम जाता है, "बात को ऐसे उड़ाओ मत।"

शरद भी रुक जाता है, "हम एक-एक बात में मतलब ढूँढ़ेंगे तो फिर तो सबकुछ वही एक संकेत करेगा। अरे, बहुत-सी बातें होती हैं, सारे तत्व मिलकर हवा में तिरते हैं और सीधे सादे अनजान लोगों से भी ऊटपटाँग कहला देते हैं। इस तरकारीवाले को मुसलमान से कोई मतलब नहीं, इसे दो जून रोटी के अलावा कुछ सोचने की फ़ुर्सत नहीं।"

"यार, यह क्या फ़िल्मी नारा लगा रहे हो?" हनीफ़ हँसता भी है, चिढ़ता भी।

मगर शरद अपने को बचाने की ज़िद में आ चुका है, "उलझी हुई बात है, बहुत से धागे हैं। कॉम्प्लेक्स..."

"यह कॉम्प्लेक्स नया शब्द सीख गए हो? हर बात बस कॉम्प्लेक्स है, इसलिए कुछ भी समझो ग़लत है?" हनीफ़ तन्ना उठा।

तब तक तीनों दरवाज़े से भीतर हो गए और एक नीचे के घर में बढ़ा और दो ऊपर सीढ़ियों से चढ़ गए सब्ज़ियाँ थामे।

मठ की वैन आ रही है। आगे-आगे देवी हैं।

बेवरली इसमें बैठना चाहती है।

अब मठ की वैन चल रही है।

शरद फुसफुसाता है, "तुम्हारे साथ इसमें बैठना बुरा नहीं लग रहा।"'

"अब फिर यह न कहना कि मैं बुद्धू हूँ इसलिए।" बेवरली फुसफुसाकर हँसती है।

"किसने तुम्हें बुद्धू कहा?" शरद एतराज़ करता है, "तुम पूर्वग्रहों से खाली हो, तुम इसका यह मतलब, उसका वह मतलब, कुछ नहीं जानती..."

"बुद्धू नहीं हूँ, मगर कुछ नहीं जानती।" बेवरली फुसफुसाहट का चस्का ले रही है।

"बेवरली," शरद उसे प्यार का टोहका लगाता है, "तुम समझती क्यों नहीं? तुम भारी से भारी चीज़ को मासूम बना देती हो। हल्का। निष्पाप।" अब तक शरद उसे अनुग्रहीत नज़रों से देखने लगा है।

"खाली हूँ, कुछ नहीं जानती, समझ नहीं पा रही, और कह ऐसे रहे हो जैसे, मुझे इसे अपनी तारीफ़ मानना चाहिए!" बेवरली धीरे-धीरे हँस रही है। मगर शरद का हाथ अपने हाथ में लेकर ऐसे उछालती हुई, मानो हाथ भी हल्का-फुल्का कर दिया!

वैन में बैठे यात्री उन्हें मज़े से देख रहे हैं, बेवरली नितांत बेखबर है, शरद शरमा रहा है, और ड्राइवर महाशय सामने लगा शीशा घुमाते हैं कि वह क्यों महरूम रह जाएँ?

फ़िल्म देर से आएगी, पहले गवर्नर का संदेश आएगा, टेलीविज़न पर ज़री बॉर्डर की रेशमी साड़ी पहने महिला घोषणा करती है तो दद्दू निराश हो जाते हैं, "कर दिया न सत्यानाश" कहते उठते हैं और टी.वी. बंद कर आते हैं।

"लगता है कि फिर लोग मरे," शरद कहता है, "तभी मियाँ भाई वक्तव्य देने खड़े कर दिए गए हैं।"

श्रुति सकपकाकर हनीफ़ की तरफ़ देखती है, जो खुरपी लिए अभी-अभी अंदर दाख़िल हुआ है।

उधर हनीफ़ बावर्चीखाने में जाकर हाथ धो रहा है और मिट्टी के रंग का पानी बहा रहा है, इधर श्रुति शरद को आड़े हाथों लेती है, "यह क्या बेमतलब की मियाँ भाई मियाँ भाई करने लगते हो?"

शरद अकबका जाता है, "क्या चाहती हो मतलब डालकर कहूँ?"

"कहो ही क्यों?"

तब शरद चिढ़ जाता है, "न कहना मतलब बन जाएगा।"

"आ गए बोलने हिंदू भाई क्यों नहीं कहते?"

"मुसलमान गवर्नर को?" शरद मज़ाक करता है।

दद्दू भीना-भीना मुस्कराकर फ़िल्मफ़ेयर पलटने लगे।

हनीफ़ रूमाल से हाथ पोंछता आ रहा है। फिर कमीज़ पर भी रगड़ देता है।

"बकवास मत करो।" श्रुति डाँटती है। "जब हिंदू भाई आएँ तब..."

"बकवास," शरद एकदम फूट पड़ा है, "हनीफ़" वह करख़्त आवाज़ लगाता है, "ज़रा आइए यहाँ।"

"आ ही रहा हूँ।" हनीफ़ बैठ गया है।

"ज़रा बैठिए यहाँ। कुछ बातें अभी तय हो जाएँ।" शरद कर्राते स्वर में कहता है।

"कुछ बोलोगे भी।" हनीफ़ बेसब्र दीख रहा है।

शरद चुप हो गया है।

हनीफ़ पता नहीं क्यों उठ रहा है।

"यह तुम अजीब-अजीब हरकतें क्यों करने लगे हो?" शरद भड़भड़ाकर बोल जाता है, "अब तुम्हारे आगे डर-सा लगता है।"

"उसका मैं कुछ नहीं कर सकता।" हनीफ़ वापस सोफ़े में धँस गया है।

"हद है, क्यों नहीं कर सकते?" शरद अजीब तरह से बिलबिलाता है, "भरोसा दिलाओ..."

"तुम भी शुरू हो जाओ। क्या-क्या भरोसा दिलाऊँ? कि मैं देश-भक्त हूँ..."

"हद है हनीफ़, हद है," शरद आगबबूला हो उठा है, "तुम ऐसे घटिया मोड़ दोगे मेरे कहे का, मैं...मैं..." वह हकलाने लगा।

"चुप..." हनीफ़ दाँत पीस देता है।

दद्दू ने फ़िल्मफ़ेयर बंद करके एक तरफ़ रख दी है। उनकी उँगलियों के दबाव से उस पर हल्के से तेलहा निशान बन गए हैं। दद्दू दोनों आदमियों की तरफ़ देखते हैं, कुछ कहना चाहते हैं, मुस्करा देते हैं।

"अरे मूर्खो," वे कहते हैं, "उल्लुओं की तरह क्या गुर्रा रहे हो?"

मुझे फ़ौरन सूझ गई है मूर्ख जो उल्लू के माफ़िक गुर्राते हैं! मगर वक्त नहीं है, इस मज़ेदार पहेली का रस लूँ।

दद्दू आगे कह रहे हैं, "मर्दों की तरह सीना तानो और चलो हो जाएँ दो-दो हाथ। फ़िल्म तो गई। मेज़ अलग खिसकाओ, अखाड़ा तैयार और हम दो दर्शक तैयार। क्यों," वे श्रुति से मुस्काते हुए पूछते हैं, "सीटी-वीटी बजानी

आती है कि नहीं?"

"हाँ, वही ठीक होगा।" शरद एक ही पल में हनीफ़ को गुस्से से देखता है, दद्दू को मुस्कराकर, "ऐसी गत बनाऊँगा कि सारी शेखी भूल जाओगे।"

"नाक सुड़क-सुड़क करते आओगे दद्दू से शिकायत करने।" हनीफ़ की हँसी खुल रही है।

"ऐसे आँखें मत तरेरो।" शरद घुड़कता है।

"तरेरूँगा, क्या कर लोगे?" हनीफ़ अकड़कर कहता है।

श्रुति एक बार दद्दू को देखती है, एक बार इन दोनों को।

"ओफ़ो, क्या बच्चों की तरह...?"

"मैं तो बच्चा हूँ।" शरद 'हूँ' को लम्बा खींचता है, "साफ़ दिल। बुड्ढा तो यह है, हर चीज़ दाढ़ में दबाकर चबाता जाएगा, चबाता जाएगा, न निगलेगा, न थूकेगा।" वह गाय-भैंस की तरह जुगाली करता है।

"बंद करो, बंद करो।" श्रुति पेट पकड़कर हँस रही है।

"सब इसलिए कि मैंने प्यार से मियाँ भाई कह दिया।"

"अरे बाबा, तो कहो ना जितना कहना है मियाँ भाई, कहो।" हनीफ़ हँसने लगा है।

"नहीं, अब तो मैं कहूँगा प्रोफ़ेसर भाई या बुद्धिजीवी भाई।"

"बुद्धूजीवी भाई कहो," श्रुति सुझाती है।

और दद्दू को भरपूर बहाना मिल जाता है!

श्रुति लिख रही है—कभी हमने, कभी तुमने हमें हिंदू या मुसलमान बना दिया।

श्रुति देर से मधुमालती के पास खड़ी है। कभी अंदर देखती है, कभी फूलों में नाक सटाकर ज़ोर की साँस लेती है।

नहीं जी, एक बार अंदर देखती है, एक बार फूलों में नाक सटाती है, फिर अंदर, फिर नाक सटी! मज़ा यह कि खुशबू नहीं आ रही।

श्रुति नहीं मानेगी। उसे खुशबू आ रही है, मगर बार-बार नाक सटाकर साँस खींचना कि खुशबू खिंचेगी, इस क्रिया ने कहिए तो खुशबू, कहिए तो उसका भ्रम, पैदा कर दिया है!

खुशबू असल होती है कि भ्रम, किसी ने पूछा नहीं है, मगर मैंने लिख

दिया है।

वैसे यह बात मजे़दार है कि इतनी ज़ोर से साँस खींच रही है, मानो खुशबू का होना न होना उसकी नाक पर निर्भर करता है, न कि फूल की अंतरात्मा पर!

मजे़दार है कि दम्भ है कि खुशबू मैं ज़ोर से साँस चलाकर पैदा कर दूँगी या खींच लूँगी न कि फूल के मन से आएगी।

और फूल को क्या कहें? मस्त? बेख़बर? मग़रूर? जो खुशबू देना हो तो ही देगा, श्रुति लाख नाक सटाए, फेफड़े फाड़े? क्योंकि वह जो ज़बरदस्ती खींच रही है, उसके अपने मन की पैदावार है, न कि मधुमालती की महक।

मधुमालती की महक का यह आलम है कि जब जी चाहे तो फाटक के उस पार सड़क पर चलो तो वहाँ तक लहराकर पहुँचती है। मगर श्रुति की मर्ज़ी से तो नहीं न? लाख वह नाक सटाए!

नाक सटाकर साँस खींच रही है। फिर अंदर देख रही है, फिर साँस खींच रही है फूलों में भरकर, फिर अंदर देख रही है। अंदर कापड़िया आया हुआ है। लगातार बोले जा रहा है।

मगर दद्दू कहते हैं कि बड़बोला है बस जो ऊटपटाँग बोलता है, उसके मन में कुछ नहीं है। करने में वह कोई ऊटपटाँग हरकत नहीं करेगा।

भरोसे का आदमी है, श्रुति सोचती है।

मगर श्रुति को उसका बोलना अच्छा नहीं लगता। कैसी-कैसी बोल देता है। हँसकर कह रहा था 'न आई होती उनकी बादशाहत, न आती आज उनकी शामत!'

मगर दद्दू कहते हैं कि बोलों में कुछ नहीं रखा है, शब्द हैं, आडंबर है, खिलवाड़ है, अलग दुनिया है। मन की दूसरी दुनिया है, जो बोले शब्दों की रिश्तेदार नहीं है।

"मैं तुम्हें बुद्धू समझता हूँ और बुद्धिमान कहता हूँ," दद्दू कहते हैं, "है कोई मेल मन और बोल में?"

श्रुति मुस्कराकर नाक फिर फूलों में घुसेड़ती है।

कुछ भी कहते हैं दद्दू, इधर-उधर जिधर भी निकलते जाते हैं दद्दू, कहानियों पर कहानियाँ बनाते, खुद उन्हें ढहाते, मटकते, उछलते।

हँस देती है श्रुति। फिर अंदर झाँकती है। कापड़िया बैठा है, हाँके जा रहा है, पर अब वह बुरा नहीं लग रहा है, क्योंकि वह दद्दू के ऊपर पड़ती लैम्प की रोशनी की ज़द में नज़र आ रहा है।

दद्दू और उनके आसपास का दृश्य दप दप कर रहा है।

श्रुति उधर बढ़ जाती है।

बेवरली के पास एक कैमरा है और एक छोटा टेपरिकॉर्डर और शरद। शरद उसे जब न तब शहर की गलियों में ले जाता है। काफ़ी जगहों में लोग शरद को पहचानते हैं। काफ़ी लोग रिकॉर्डर देखकर खिंचे आते हैं।

जो बोलना चाहते हैं, बहुत बोलना चाहते हैं। गर्दन ज़रा तिरछी करके मुँह टेप के पास सटाकर ऐसे बोलते हैं, जैसे मंच पर खड़े हों। बोलते ही उनकी आवाज़ असहज हो जाती है। टेप की तरह यंत्रचालित।

इस क़दर टेप का असर हुआ लगता है कि जो शब्द पहले बोलनेवाले के मुँह से निकल जाते हैं, आगे बोलनेवाले रटे हुए पाठ या अभिनय की तरह उन्हें ही दोहराते जाते हैं। छितरे हुए बोल एक ही कहानी का ठोस रूप ले लेते हैं और बार-बार दोहराने से सत्य की कठोरता पा जाते हैं।

प्रो. नन्दन को फ़ितूर सवार है कि इस तरह के लेख डिपार्टमेंट को बदनाम कर रहे हैं और साथ ही अपने ही मक़सद को काट रहे हैं।

"समाजशास्त्री होने के नाते हम ऊपरी दृश्य वर्णित करके संतुष्ट नहीं हो सकते। इन बातों पर लिखना फ़िलहाल स्थगित करके मनन करने की ज़रूरत है।"

"कौन इनकार करता है इस बात से, मगर रोज़मर्रा को लेकर चौकन्नापन भी ज़रूरी है," शरद कहता है।

हनीफ़ चुप है।

"आज हिंदू आक्रामक लग रहा है, मुसलमान उसका शिकार, मगर बात इतनी साधारण तो नहीं हो सकती। तहों में जाने की ज़रूरत है, वहाँ बात कितनी जटिल है..."

हनीफ़ बोल पड़ता है, "यह कॉम्प्लेक्सिटी की दलील इसके बुरे को उसके बुरे से काट देने के काम लाई जा रही है।"

उसके अचानक बोल पड़ने पर सबके सब चुप हो गए हैं जैसे समझ नहीं पा रहे कि क्या कहें।

नन्दन ही चुप्पी तोड़ते हैं, हँसकर, "चलिए आप बोले तो सही!"

हनीफ़ चुप है, फिर वह भी हँसता है, "आपने बुलवा दिया!"

चाय सुड़कने की आवाज़ें आती हैं। एक-दो टीचर अपने काम पर निकल जाते हैं।

"दगडू, मारना है क्या मुझे? डायबीटीज़ का पुराना मरीज़ हूँ।" प्रोफ़ेसर नन्दन चाय पीते हुए कहते हैं।

"इतना सही है," शरद शब्दों के बीच विचार में लीन होकर रुकता है, फिर बढ़ता है, "कि सरलीकरण की गलती हमें तो नहीं ही करनी चाहिए। अगर वे...अतीत को...अपने साम्प्रदायिक विचारों के लिए...तोड़ते-मरोड़ते हैं...तो कहीं हम अपने...सैक्यूलर...जो भी...सिद्धांत के लिए...तो नहीं?"

हनीफ़ और काफ़ी सारे लोग आश्चर्य से देखते हैं। शायद शरद के मुँह से यह सब सुनने की उम्मीद नहीं थी।

"हम भी कहीं झूठा इतिहास तो नहीं गढ़ रहे?" वह सुलझे शब्दों में पूछता है।

हनीफ़ व्यस्त हाथों से अपने काग़ज़ समेटता है। फड़ फड़ आवाज़ होती है।

"ज़रा खुलासा कीजिए।" नन्दू दिलचस्पी से पूछते हैं।

"हम कहते फिर रहे हैं कि हिंदू-मुसलमान बड़े प्रेम से रह रहे थे। क्या हम वाक़ई जानते हैं?" शरद उनसे पूछता है।

"प्रेम से नहीं रह रहे थे?" नन्दन पूछते हैं।

"यह तो मैंने नहीं कहा।" शरद कहता है।

हनीफ़ जाने को खड़ा हो गया है। नन्दन गर्दन ऊपर घुमाकर उसे देखते हैं।

"आप क्या सोचते हैं हनीफ़, इस बात में दम है?"

यों तो इस सवाल में कुछ नहीं, पर हनीफ़ को नन्दन के चेहरे पर सवाल-जवाब से अलग कोई रुचि दीख रही है, जो उसे सहज नहीं रहने दे रही, मानो विवाद में नहीं, हनीफ़ के भावों को पढ़ने में, कुछ अतिरिक्त दिलचस्पी है। और इस बात का हलका-हलका मज़ा है कि हनीफ़ के परम प्रिय मित्र शरद ने ऐसे मुद्दे पर हनीफ़ की मुख़ालफ़त कर दी, मानो अब हनीफ़ फँसा-फँसा महसूस कर रहा होगा।

"हम यह जानते हैं कि झगड़ा भी था, मुहब्बत भी, चाहे उनकी तफ़सील न भी पता हो। तो क्यों नहीं मोहब्बत की बातें सामने करें?" तेज़ वाक्य वह बोलता है।

"और झगड़े छिपाएँ?" नन्दू को खुद ही अपने मन की आज कहनी पड़ रही है! छोटे जोश छुट्टी पर हैं, उर्मिला आर्ट्स-फैकल्टी की मीटिंग में हैं!

"चुनते तो हैं ही हम। कुछ चीज़ों को एकदम आगे करते हैं। उसका यह मतलब तो नहीं कि जो पीछे है, उसे झुठला रहे हैं? झगड़े थे तो उन्हें मानेंगे, पर उन्हें बढ़ाएँ क्यों? खत्म क्यों न करें? मोहब्बत थी और रह सकती है तो क्यों न उसे उजागर करें, झगड़े को घातक मानें?"

प्रोफ़ेसर नन्दन चुप रह गए हैं। बोलते तो कहते "ऐं?" क्योंकि शरद

बोला है पाँसा वापस पलटकर!

"ऐसे नहीं होता है।" वे बोली फिर पकड़ते हैं, "दगडू" पुकारकर दगडू को कुछ बताने लगे हैं।

इस वक़्त मैं चाह रही हूँ कि काश! मैं चित्रकार होती!

बीच में बड़ा-सा लहसुन का पहाड़। अनगिनत उँगलियाँ उस पर नाचतीं। लंबी जनानी पोशाकों में से निकली। लहसुन की घूँघर लवंगें, उँगलियों की घूमती फुर्ती, छिली लवंगों की छोटी-छोटी ढेरियाँ और हवा में और फ़र्श पर बिखरते छिलकों के फाहे।

यह शरणार्थी औरतों का झुंड है।

लहसुन की तेज़ बास शरद की नाक को छीलती हुई उसके सिर में घूम जाती है।

"जैसे एक कौम की महक हो।" वह बेवरली से कहकर हड़बड़ाता हुआ बाहर आ जाता है।

मठ के द्वार पर पंडा हनीफ़ को रोक देता है, "आप अंदर नहीं जा सकते।"

हनीफ़ अपमानित लग रहा है।

श्रुति और भी ज़्यादा।

यह देखकर हनीफ़ उसे अपनी बाँह के घेरे में लेता है, "किसी से पता चल गया होगा।"

"दद्दू, मैं सोच रही थी..."

"अरे रे रे!" दद्दू स्तब्ध होने का नाटक करते हैं, "तुम सोचने भी लगीं? तो फिर क्या होगा खुदा की खुदाई का!"

"कि," श्रुति हँसके गंभीर हो जाती है, "कि मैंने इस बरस कोई काम पूरा नहीं किया।"

दद्दू सुन रहे हैं।

"एक कहानी छपी तो पत्र मिले कि इस समय आप अश्लील कहानी

लिख रही हैं।"

दद्दू को इस बात पर हँसी आ गई।

"फिर जो लिखा, कहीं भेजा नहीं। कुछ नहीं किया दद्दू। कुछ नहीं किया इस बरस।"

"उन दो बुद्धूजीवियों ने भी कहाँ कुछ लिखा?" दद्दू कहते हैं।

"बस वह डिपार्टमेंट की रिपोर्ट और उस पर आधारित लेख..."

"अब यह पट्टी मुझे न पढ़ाओ।" दद्दू सिर डुगडुगा रहे हैं, जैसे कह रहे हों, 'पकड़ लिया रँगे हाथों।' "रिपोर्ट और रिसर्च का फ़र्क तो मैं भी समझता हूँ। किसी ने लगकर काम किया ही नहीं है।"

श्रुति रुआँसी है।

दद्दू मुस्काते हैं। फिर गंभीर हो जाते हैं। उन्हें ज़रूर गंभीर लगने में तकलीफ़ होती होगी। नसों के सिकुड़ जाने से दर्द होता होगा और वे फिर फैल जाते हैं। सिर फिर झूम रहा है "अब पछताय होत क्या, जब चिड़ियाँ चुग गईं खेत।"

श्रुति बहुत ही मायूस हो गई है।

"अरे पगली," दद्दू उसे समझा रहे हैं, "मैं हूँ न। हूँ न मैं गधी। क्यों रोती है? कहानी ही बस लिखनी है ना, कौन-सा डाक्टर नंदन का बॉस बनना है? लाओ, अभी तुम्हारा हाथ पकड़कर लिखवाता हूँ। किसी को नहीं बताऊँगा। सब श्रुति श्रुति श्रुति करेंगे! बोलो, कितनी कहानियाँ लिखनी हैं? जितनी कहो लिखवा दूँ। एक, दो, पंद्रह-बीस, हज़ार, दो हज़ार!"

"हा हा हा हा" वे हँसी के अनार छोड़ते हैं, मगर आज श्रुति की अपनी बान है। उदास मुस्कान देकर सोफ़े के हत्थे पर उँगलियाँ बजा रही है। दद्दू का अनार फिस्स होकर रह गया।

वे धोती समेटते हैं, "यह तो मामला बहुत संगीन हुआ लगता है। ज़िंदगी और मौत का सवाल हो गया है। इधर आओ।" वे दीवान पर जगह थपकाते हैं। श्रुति उठ आती है।

दद्दू उसके घुटने पर हाथ रखे हैं, "मेरी मानो तो एकदम बढ़िया, तरोताज़ा, मज़ेदार कहानी लिखो, जिसका विषय कुछ भी हो, यह न हो।" वे हाथ, हवा को घेरते, फहराते हैं, "इसी ने तुम सबको तबाह कर दिया है।" उनका मुँह और बोल दोनों हँसी से फूट रहे हैं, मगर दीवान शांत है, "बंदर-बिल्ली की कहानी लिखो, सरकस की लिखो, कुछ भी लिखो, बस ये न लिखो।" अब उन्होंने घुटने से हाथ हटा लिया है और उसी अजीब शांत ढंग से हँसते हुए 'नहीं-नहीं' की मुद्रा में हिला रहे हैं।

"हमने इसलिए तो नहीं लिखना-पढ़ना चाहा था कि इसी सब," श्रुति

भी हवा को लंबा हाथ चलाकर घेरती है, "में फँसे रहें।"

"मेरे तो, देखो, बाल पक गए तुम्हें यह समझाते-समझाते।" अब दद्दू बाग-बाग मुस्करा रहे हैं।

दोनों चुप बैठे हैं।

धीरे-धीरे दद्दू के होंठ चोंच में तब्दील हो रहे हैं। धीरे-धीरे। और जब वे पूरी तरह बाहर को निकल आए हैं, दद्दू को चिड़िया बनाते, तब वे सिर ऊपर करते हैं और श्रुति की तरफ़ देखते हैं।

"यह तो बदकिस्मती है हमारी कि हम उस दौर में जी रहे हैं, जब कुछ सहज और सुंदर नहीं हो पा रहा। यह जो चीख है, वह चीख है, असली आवाज़ नहीं। तुम्हीं बताओ, तुम पगलाकर चिल्लाओगी तो वह आवाज़ श्रुति की आवाज़ होगी या यह, जिसमें तुम सहजता से बोलती हो? अपनी आवाज़ खो मत देना..."

कि तभी दरवाज़ा खुल जाता है।

तारीक समा है। हनीफ़ उसी नीची मेज़ के आगे बैठा है, जहाँ बाहर देखती हुई, श्रुति लिखती है। सामने बॉलकनी है, जहाँ मधुमालती घना गई है। इस अँधेरे में शीशे के दरवाज़े पर कमरे की बत्ती और मेज़-कुर्सी नज़र आ रहे हैं, बाहर की बेल नहीं। हवा ज़रूर फड़फड़ा रही है।

हनीफ़ चुपचाप सुनता है, "देखो," वह श्रुति से कहता है, "कैसी अजीब आवाज़ है। आग की हो सकती है, पानी की हो सकती है, हवा की भी हो सक्नी है।"

"हवा की ही है।" श्रुति बताती है।

हाथों में कॉपी किए पन्नों का वज़न अंदाज़ती हूँ। इनका भार अच्छा लग रहा है। चमत्कार लग रहा है कि इतना हो गया! माना कि यह मेरा किया नहीं है, मगर कॉपी करने का ख़याल तो मेरा रहा। इन्हें लिखने का श्रेय तो मेरा ही है।

स्याही पर हाथ फेरूँ?

नहीं। कहीं गिर विर गई।

इतने दिनों से कर्फ़्यू भी नहीं लगा है। हो, न हो, अब जल्दी ही लगेगा।

स्याही के साथ खिलवाड़ गवारा नहीं।

मगर इस बुरी तरह जी कर रहा है कि स्याही को छू लूँ।

अजीब पागलपन है!

बस एक उँगली दवात में डालकर बिंदी भर छू लूँ? माथे पर लगा लूँ? मैं अपने ख़याल पर चौंक जाती हूँ।

अब हम जैसों को हर बार सोचना होता है—यह करना हिंदू हुआ कि मुसलमान?

पलक झपकना हिंदू हुआ कि मुसलमान?

क्या हनीफ़ ने किस्से सुनाने कम कर दिए हैं?

दद्दू ने हँसना कम नहीं किया है। अभी ही श्रुति ने छह बाल्टियाँ लबालब भर डालीं!

नहीं किया है न कम?

शरद बेवरली के साथ बाहर बरामदे में बैठा है। हनीफ़ आधी बाल्टी पानी लिए निकलता है, "ओ हलो।" उसे नहीं मालूम था कि यह दो बाहर बैठे हैं। ज़रा झेंप-सा जाता है कि अचानक उसका पहुँचना ग़लत तो नहीं?

उसकी झेंप पर शरद झेंप जाता है। कोई सहज बात कहना चाहता है। "बड़े दिनों बाद इसे निकाला?"

किसे? मैं उतारते हुए सोचती हूँ।

"किसे?" हनीफ़ मधुमालती में पानी डालते हुए पूछता है।

"यह पठान सूट?" शरद उसके लिबास की तरफ़ संकेत करता है।

"कमाल कर रहे हो? रोज़ शाम से पहनकर बैठ जाता हूँ।" हनीफ़ बिना आँख मिलाए कहता है।

"मैंने तो नहीं देखा पहले।"

"देखा ज़रूर है, मगर अब तुम्हारी नज़र में दूसरी तरह से बैठ रहा है।" हनीफ़ कहकर, हाथ 'बाय-बाय' में हिलाकर चला गया।

शरद सिगरेट के कश ले रहा है।

थोड़ी देर में बेवरली से कहता है, "देखा, कैसा हो रहा है?"

"मुझे तो कुछ नहीं लगा।" बेवरली कहती है।

"चिढ़ गया।"

"मुझे तो नहीं लगा। हाँ, एक पल ठिठक गया था कि कहीं हम यह न चाह रहे हों कि कोई आए।" बेवरली बोली।

"वह तो था ही। मैं भी ज़रा झेंप गया, मगर चिढ़ा भी।"

"मुझे तो नहीं लगा..."

"तुम यह सब जानती नहीं हो..."

"लो, फिर शुरू हो गए कि मैं कुछ जानती नहीं हूँ।" बेवरली हँस पड़ी।

"यह बातें...इनकी कह रहा हूँ।" शरद ने सफ़ाई दी।

"पठान सूट की?"

"हाँ, पठान सूट की। जैसे उसे मेरी बात बुरी लग गई।"

"मुझे तो नहीं लगा।"

"ऐसी क्या बड़ी बात, अगर मैंने कह दिया कि पठान सूट पहने हो..."

"कोई बड़ी बात नहीं।"

"मैं भी पहनता हूँ। वह जानता है।"

"तुम ग़लत समझ रहे हो।"

"नहीं, उसे हर काम मतलबभरा इशारा लगता है।"

"मुझे तो नहीं लगा।"

"और मुझे तो उस पर पठान सूट अच्छा ही नहीं लगता।"

"यह नया पहलू निकाला!"

"मगर कोई इशारा तो नहीं कर रहा। कुछ कपड़े फबते हैं, कुछ नहीं।"

"चलो, तुम पहनकर दिखाओ तो देखूँ, कैसे लगते हो?"

"पाकिस्तानी लगूँगा।" बेवरली ने नज़रें ऊपर कीं, मगर शरद मुस्करा रहा था।

"ऐसे मज़ाक भी मैं नहीं समझती।" वह गंभीर हो गई।

"अरे, बेवकूफ़ मत बनो। मैं मज़ाक कर रहा था।"

"फिर बेवकूफ़ कह रहे हो।" बेवरली हँसने लगी।

"मगर तब मज़ाक नहीं कर रहा था।" शरद गंभीर हो गया।

"कब?" बेवरली थमकर बोली।

"अभी ही क्यों मुझे याद आया?"

"क्या?" बेवरली डर रही है।

"तुम्हारे ही साथ ऐसी बातें याद आती हैं।"

"क्या?"

"नहीं, बहुत बार याद आती हैं।" शरद गंभीर हो गया है।

"बताओ।"

"मगर अभी-अभी समझ में आ गया।" शरद अकेले बात कर रहा है, अपने आपसे।

"क्या?"

"तुम्हारे साथ।" उसने सिगरेट फ़र्श पर मसल दी।

"शरद..."

"जब खबर आई थी कि औरतों के एक झुंड को रेप किया..."

"ट्रेन रोककर?"

"मेरे मन में पुकार उठी थी—हिंदू औरतें न हों।"

शाम है। श्रुति मधुमालती में पानी डाल रही है। अचानक भाजीवाला सड़क पर दौड़ता निकल जाता है। बगटुट। खड़ खड़ड़। एक आलू ठेले से लुढ़कता हुआ घर के सामने आ गिरा है।

'ऐं क्या?' श्रुति पूरा सोच भी नहीं पाती कि बड़ा-सा भीमकाय साया, पीले रंग का, धरती और आसमान के बीच घिर आया। एकदम से हर चीज़ पर वही, तपन लिए खौफ़नाक रंग, चढ़ गया है।

श्रुति जल्दी से अंदर जाने को मुड़ती है कि धूल के बवंडर तेज़ से तेज़ रफ़्तार पकड़ने लगते हैं। सड़क पर सुस्ताती दो साइकिलें पत्तों की तरह लुढ़क गई हैं। ज़ोर के धमाकों के साथ घरों के खिड़की-दरवाज़े बंद हो रहे हैं। 'भड़ भड़' ऊपर से भी आ रही है।

"हनीफ़", श्रुति चिल्लाती है, खूब ज़ोर से, और भागती है। दोनों भाग-भागकर सारे खिड़की-दरवाज़े बंद करते हैं और उड़ती किताबों पर पेपर-वेट रखते हैं। घर में धूल ही धूल है।

"टॉर्च कहाँ है?" हनीफ़ चिल्लाता है। तभी बत्तियाँ गुल हो जाती हैं।

एकदम से मैं हड़बड़ा गई हूँ, मगर कॉपी करने की इतनी अभ्यस्त हो चुकी हूँ कि अँधेरे में भी रुकती नहीं।

सब नीचे बैठे हैं, जहाँ आँधी नहीं घुस पाई है।

बेहद आहिस्तगी से दद्दू उठे हैं और खाने की मेज़ की तरफ़ सँभले कदमों

से पहुँच गए हैं। उधर दराज़ से मोमबत्ती और माचिस निकाल लाते हैं।

बाहर दूर से भयानक आँधी के गोल उठ रहे हैं। अंदर दद्दू पत्थर के आतिशदान पर झुके गर्म मोम की बूँदें गिराकर मोमबत्ती उसमें खोंस देते हैं। ऐसा करते ही उनके चेहरे पर लहराती सुनहली लौ अचानक लपकती है और दीवार पर लहराते गाढ़ी छाया में बदल जाती है, जो दद्दू से चार गुनी ऊँची है।

ऐसी आँधी आई है कि कोई नहीं निकल सकता। कर्फ़्यू भी भेड़-बकरी बना कहीं दुबक गया है।

"चर्र्र SSS की आवाज़ मैंने रात को सुनी।" श्रुति कहती है।

"फिर कहानी बना रही है!" दद्दू चिढ़ाते हैं।

"तुमने नहीं सुनी?" वह शरद और हनीफ़ से पूछती है।

"इस हवा-पानी में?" हनीफ़ ऐसे देखता है कि क्या दिमाग फिर गया है?

"हो सकता है कि पेड़ गिरा हो।" शरद कहता है।

"पेड़ ही था।" श्रुति कहती है, "ज़रूर कॉलोनीवाली पुरानी इमली रही होगी।" वह अफ़सोस का मुँह बनाती है।

"तुम्हारी मधुमालती तो ठीक है?" दद्दू पूछ रहे हैं, मगर हँस नहीं रहे, गंभीर होने का अभिनय भी नहीं कर रहे।

"उसे क्या होगा? मार पटापट पटापट पत्ते गिराती रहती है कि सामने कूड़ा भरा रहे।" शरद कहता है।

"कोसते क्यों रहते हो?" श्रुति चिढ़ती है।

"साँप-वाँप चढ़कर तुम्हारे घर में घुस जाएँगे। तब होश ठिकाने आएँगे।" शरद हँसता है।

"इस मधुमालती पर साँप नहीं, चिड़ियाँ आती हैं। इस साल साइबेरिया से फ़्लैमिंगो पहुँचे कि नहीं?" दद्दू श्रुति की तरफ़ मुड़े हैं।

"वह भी आएँगे, देख लीजिएगा।" श्रुति हँसती है, "ज़रा यह बारिश तो रुके।"

"पटा पट पटा पट।" शरद कहता है।

"क्या बारिश आई, मगर, मान गए साहब।" हनीफ़ के चेहरे पर हैरत का रंग है।

"पटा पट पटा पट।" शरद फिर कहता है।

"एकदम से आई।" हनीफ़ जैसे किसी चमत्कार का ज़िक्र कर रहा है।

"और अब रुक के नहीं दे रही।" श्रुति चिड़चिड़ाती है।

"हैं? तुम्हें तो बरसात बड़ी पसंद थी?" दद्दू दन्न से दागते हैं।

"मगर यह तो नहीं न कि बिजली न हो, दूध न हो..." श्रुति मुँह खोले है।

"टेलिफ़ोन न हो।" शरद कहता है।

"शराब न हो।" हनीफ़ कहता है।

"हैं?" दद्दू झट लैंप के डंडे के पास देखते हैं। दो बोतल रखी हैं। इत्मीनान से कहते हैं, "अभी तो है।"

"इतनी ही तो।" शरद कहता है।

"ये महीनों चलेगी।" दद्दू मुस्कराते हैं।

"अगर सिर्फ़ आप लें।" श्रुति मुस्कराती है, कनखी हनीफ़ और शरद पर मारती हुई, "मगर न धोबी आएगा, न भाजीवाला, न अख़बार, न डाकिया..."

दद्दू निश्चिंत हैं, "बरसात पसंद है, मगर भीगें नहीं, यह शर्त है।"

दीवान भी आँधियों का तजुरबा न ले तो कैसे चलेगा?

बिजली के नंगे तार बिछ गए हैं। दो-तीन लोग यों पार हो गए हैं।

स्याही को देखकर बहुत खुश होने का नतीजा है। धुकधुकी शुरू हो गई है। कहीं आने-जाने का सवाल ही नहीं उठता है।

मैं स्याही को रो रही हूँ, यहाँ रोना हो रहा है कि पानी का पाइप फट गया है और पानी भी बंद होनेवाला है।

शरद और हनीफ़ को तो मैंने ही देखा है कि छाता लेकर फाटक के बाहर दीवार के सहारे खड़े हो जाते हैं। श्रुति ने छत के पाइप के नीचे बाल्टी रख दी है कि सुबह तक बारिश का पानी जमा हो जाए। और दद्दू...

दद्दू तो वैसे ही दमक रहे हैं। न जाने उन्हें पहले जैसा गुसल नसीब हो रहा है कि नहीं, फिर भी!

"पानी नहीं जोड़ पाए तो टैंकर आएगा पानी देने," शरद बताता है, "फ़ोन कापड़िया ने ठीक करा दिया है।"

"बेवरली कह रही है कि नदी में हलाहल भर गया है पानी।" शरद एक और फ़ोन करके बताता है।

"नदी?" सब हँसते हैं। नक्शा यही कहता है कि हमारे शहर में पुल के नीचे नदी बहती है, पर हममें से कोई ऐसा नहीं कहता।

"वही तो। कह रही है कि मरे जानवर बह आए हैं। भैंस तक! मैं सोच रहा हूँ, बरसाती पहनकर ज़रा देख आऊँ।"

"यह भी कोई देखने की चीज़ हुई!" दद्दू हँसते हैं, "तुम लोग नहीं बदलोगे," वे धीरे-धीरे सिर हिलाने लगते हैं।

धूप की एक फाँक निकली है। पेड़ टूटे पड़े हैं। जब शरद और हनीफ़ डिपार्टमेंट पहुँचते हैं तो वहाँ सफ़ाई अभियान चल रहा है। कहीं धूल जमा है, कहीं पानी।

"चार दिन में यह हाल हो गया है।" उर्मिला साड़ी का पल्ला नाक पर लपेटकर किताबें झाड़ रही हैं।

दगडू हँसकर कहता है, घुटनों तक पाजामा, नंगे पैर, सींक की झाड़ू कस कसके ज़मीन पर मारता, "हफ़्ता भर कोई गड़बड़ तो नहीं करने पाए मुसलमान!"

शरद और हनीफ़ अपने कमरों की तरफ़ बढ़ रहे हैं, "यहाँ आते ही सब शुरू हो गया।" शरद कहता है।

"मैं तो तंग आ गया हूँ।" हनीफ़ बड़बड़ाता है।

"यहाँ काम करनेवाला भी बिना सोचे बोल रहा है..."

हनीफ़ 'सी यू' करके अपने दफ़्तर में घुस जाता है।

या सुना नहीं या बात नहीं करनी।

मैंने एक साथ खूब सारी स्याही ख़रीद ली है। अब फ़ालतू बातें भी नकल हो जाएँ तो उतनी चिंता नहीं।

दद्दू अंदर संगीत की लहरों के साथ हैं। खुद अपने से बातें भी कर रहे हैं!

श्रुति तूफ़ान के कारण भर गए लिसलिसे फूल और पत्तों को हटाने में लगी है। जिस सुतली से लतर को बाँधा था, ज़्यादा भीगने से कमज़ोर हो गई है। उसे थोड़ा कसते हुए श्रुति सोचती है...

हनीफ़ उसकी बगल में खड़ा है।

"बड़ी लंबी उमर है तुम्हारी।" वह खुशी से चहकती है, "मैं तुम्हें ही याद कर रही थी कि इस सुतली..."

"के बजाय तार बाँध दूँ। मैं खुद यही सोच रहा था। अभी लाता हूँ।" आधी दूर जाकर वह मुड़ता है, "काम न हो तो अपने ख़ादिम की याद आती है?"

'ऊँ ऊँ' कुछ बिल्ली जैसा मुँह हो गया है श्रुति का।

बड़े एहतियात से तार बाँधा जा रहा है, "बचा के, बचा के" हनीफ़ खबरदार करता है, "गिर जाएगा।"

"बेल न हुई तुम्हारी बेबी हो गई।" श्रुति छेड़ती है।

"तभी तो मुझे नन्दू-फन्दू का बेबी नहीं चाहिए।" हनीफ़ चिहुँकता है।

"और मेरा?" श्रुति मुँह फुलाती है।

हनीफ़ स्टूल से उतर गया है। श्रुति के गाल पर उँगलियाँ हल्के-हल्के बजाता है, "वक़्त ग़लत है।" हल्की-सी लय में कहता है।

स्टूल रखकर लौटता है तो श्रुति कहती है, "चलो, अंदर चलें। दद्दू अपने से बात करने में मगन हैं।"

"अभी चलेंगे।" हनीफ़ कहता है।

दोनों हाथ पकड़े मधुमालती को निहार रहे हैं। अंदर दद्दू संगीत लगाकर खुद अपने से बातें कर रहे हैं। उन्हें पता है कि श्रुति और हनीफ़ बाहर हैं, मगर वे किसी का इंतज़ार तो करते ही नहीं, न किसी के आने और जाने से उसकी नज़र में अपनी वक़त आँकते हैं।

दद्दू तो बस ऐसे हैं कि कोई भी बात करनी हो, करो, रोक देनी हो, रोक दो, चुप बैठे रहना है, चुप बैठे रहो। उनके पास बस बैठ जाओ और वे काली रातों के जुगनू की तरह बस झपक-झपक करेंगे।

"आज वह चुप बैठा रहा।" शरद श्रुति से शिकायत कर रहा है।

"मुझे तो उसने बताया ही नहीं है कि क्या हुआ।" श्रुति कहती है।

"हुआ कुछ नहीं। वही बातें बार-बार होती हैं, पर पहले वह अच्छी

दलीलें देकर लोगों को उनके कहे की खामी दिखलाता था..."

"बार-बार क्या वही दिखाता रहे?" श्रुति पूछती है।

"बात यह नहीं है। बात यह है कि ग़लतफ़हमी नहीं होनी चाहिए। अभी जैसे..." शरद उपमा खोज रहा है "...जैसे सबकी फ्लैश लाइट उस पर चमक रही है।"

"तब बोलने का उसका मन नहीं तो क्यों बोले?" श्रुति गरमाकर कहती है।

"इतना टची नहीं हो सकता वह।"

"टची?"

"चुप रहेगा तो बोलेंगे कि अजीब हो रहा है।"

"तुम उसकी बात पर चुप क्यों रहते हो?" श्रुति सारा सलाद हनीफ़ की प्लेट में उलटकर पूछती है।

"मेरे चुप पर इतने सवाल मुझे अच्छे नहीं लगते।" हनीफ़ श्रुति को झुँझलाकर देखता है।

"मैं पूछ रही हूँ।" श्रुति मनुहार करती है।

"क्या पूछ रही हो?" हनीफ़ हरे पत्ते कचरता हुआ प्यार से पूछता है।

"उस पर..."

"क्योंकि वह अजीब तरह से बोलता है। बोलने लगा है। जैसे असल बात यह नहीं कि हम मुसलमान हैं, बल्कि यह है कि हम हिंदू नहीं हैं।"

"हनीफ़।" श्रुति प्लेट पर हाथ ढकती है।

"मेरे दाँत खट्टे हो जाएँगे। तुमने बेईमानी की है, ज़्यादा मुझे दे दिया है।" हनीफ़ आगे को झुककर ज़बरदस्ती श्रुति की प्लेट में सलाद गिरा रहा है।

हरे-हरे पत्ते श्रुति के हाथों पर गिर रहे हैं।

"जब दगडू जैसे बोलते हैं तो बिना द्वेष के बोलते हैं। वह तो मज़े में मुसलमानों से घुलमिलकर रहता है।" शरद कह रहा है।

"तब क्यों ऐसे बोला?" बेवरली पूछती है।

"फ़र्क करो बेवरली, फ़र्क करो।" शरद ने अध्यापकाना रूप धारण कर लिया है। "उधर भी लोग कह रहे होंगे कि अच्छा हुआ, तूफ़ान आया, हिंदू गड़बड़

नहीं कर पाए। इन्होंने एक एब्स्ट्रैक्ट कैटेगरी बना ली है, जो वहाँ," वह दूर इशारा करता है, "गड़बड़ करते हैं, धमाल मचाते हैं, मगर असल लोगों में आकर यह घुले-मिले रहते हैं, दोस्ती, अपनापा, शराफ़त से जीते हैं।"

"तो सारी दुश्मनी ऐब्स्ट्रैक्ट है?" बेवरली पूछती है।

"है..." शरद ने मुँह खोला।

"तलवारें एब्स्ट्रैक्ट में तो नहीं गिरतीं।" श्रुति भभकती है, "तुम कितनी ख़तरनाक बात कर रहे हो। 'एब्स्ट्रैक्ट है' कहकर इनसानों पर टूटती मुसीबत को नज़रंदाज़ कर रहे हो। दगडू की ऐब्स्ट्रैक्ट सोच जब भड़केगी तो वार असल पर होगा। तब हनीफ़..."

"हनीफ़ को दगडू कभी मुसलमान की तरह नहीं देखेगा।" शरद सिर हिलाता है।

"हनीफ़ को भी..." श्रुति इसरार करती है।

"हनीफ़ को कभी नहीं, कभी नहीं।" शरद उसे काटता है।

"उसे मुसलमान नहीं समझता?" बेवरली पूछती है।

"वैसा नहीं, असली नहीं।"

"असल वही, जो कट्टर है।" हनीफ़ कड़वी हँसी हँस देता है।

"मुझसे पूछो न, मैं सब जानता हूँ।" दद्दू खिलंदड़ापन दिखाने लगे, "असल हिंदू और असल मुसलमान।" न जाने वे यह दो शब्द कहकर शरमा-से क्यों गए। "एक की बोधी यूँ लंबी," वे हाथ से ज़मीन तक खींचते हैं, "एक की दाढ़ी यों फैली," फिर हाथ फैलाते हैं। "यह तो एक ब्यूटी-कॉन्टेस्ट है, तुम लोग उसे झगड़ा समझ रहे हो! जिसकी सबसे लंबी, वह खिताब जीतेगा! मेरी लंबी, नहीं, मेरी लंबी।" दद्दू किशमिशी आँखें करके हँसने लगे हैं, "पहना दो दोनों को ताज, तुम असल हिंदू और तुम असल मुसलमान!"

बेवरली का दद्दू के साथ नया-नया तजुरबा है। वह नया-नया लुत्फ़ उठा रही है, "मगर ताज तो एक ही है दद्दू।"

"हैं?" दद्दू की आँखें ज़रा खुलती हैं, उनमें तारे चमक जाते हैं, मगर अगले ही क्षण वह हल निकाल देते हैं, "ताज पहनकर तुम बैठ जाओ।" बड़ी ज़ोर से हँसते हैं, "और सारी बोधियाँ और सारी दाढ़ियाँ एक में बाँध दो। उछलने दो सालों को।"

"बोधी दाढ़ी कॉन्टेस्ट।" श्रुति हँसती है।

"उछल-उछलकर एक-दूसरे की बोधी-दाढ़ी सब खींच देंगे। तब... हाँ..." वह अपनी कहानी के आप ही बढ़ते क्रम से प्रभावित हैं "...निकलेगा असल हिंदू और असल मुसलमान।"

दद्दू की बातें।

वैसे दद्दू के पास कोई मसला समझने नहीं जाया जाता था यानी कि ऐसे सोचें कि चलो, आज असल हिंदू और असल मुसलमान के बारे में बात करेंगे। बल्कि दद्दू से बात ही नहीं की जा सकती थी। वे जो बोलते थे वह, एक जाने-माने मतलब की सोचें तो, बातें नहीं होती थीं। बस सतरंगी बुलबुले होते थे, जो उस गुनगुनी तपिश में फूटते थे, जो उनको घेरे रहती थी।

उनके पास जाया जाता था बस, उस घेरे में बैठने, सुस्ताने, मुस्कराने। बुलबुलों पर मंद-मंद रीझने।

उछलने! जब बुलबुले नहीं वलवलः फूटते थे। और दीवान जी उठता था, मगर बुलबुले हों या वलवलः, जो दद्दू का घेरा था, उसकी आँच हमेशा धीमी सुनहली-सुनहली रहती, कभी तेज़ धमकती आग नहीं बनती। वह कोई फैली-फैली पारदर्शी ऊर्जा थी—सहज, सौम्य और गरिमामय। उसके घेरे में आ जानेवाला एक शांत-सी आज़ादी अपनी नसों में सुलगती देखता। दद्दू के ठहाकों और दीवान की उछालों के सिवा उस घेरे में कोई अति का भाव नहीं होता था।

बस, इसी के लिए जाया जाता था उस स्नेही घेरे में। कोई बात कर पाने, कुछ सीखने नहीं। सिखाने के तौर पर दद्दू कुछ नहीं सिखा पाए। तभी कोई उनसे उर्दू नहीं सीख पाया, लिखना नहीं सीख पाया, गाना नहीं सीख पाया और पीना नहीं सीख पाया! बताने के तौर पर वे कुछ नहीं बताते थे। इसलिए अपना जीवन नहीं बता पाए।

दद्दू के उस घेरे में बस सब बैठने जाते। कभी पढ़ रहे हैं, कभी खा रहे हैं, कभी टी. वी. देख रहे हैं, कभी संगीत सुन रहे हैं, कभी चुप हैं, कभी उछल रहे हैं, और हमेशा हल्की-हल्की गर्मी की नर्म सेंक ले रहे हैं। जो यह नहीं जानते, वे यही कहते कि उस घेरे में कुछ नहीं हो रहा, बातों का सिर-पैर नहीं है, वक़्त की बरबादी है।

और क्या कहें इसके सिवा कि ऐसे लोगों को उस घेरे में दाख़िला नहीं मिल पाया था?

दद्दू होते तो कहते, उन्हें जीवन में रस सोखना नहीं आता, लहकना नहीं आता, वे खुश्क, भुरभुरे लोग हैं, वे ज़रा-सी जगह में अटके लोग हैं।

ग़लतफ़हमी न हो जाए, दद्दू हैं...मगर कहाँ हैं...?

बहुत लड़ने लगे हैं शरद और हनीफ़। फिर लड़ रहे हैं, "या तो तुम चुप रहते हो या हिक़ारत से बोलते हो। जो तुम्हारे दिमाग से नहीं सोचे, वही

ग़लत है! इतनी हिक़ारत..." शरद गुस्से में है।

"सब तरह की राय से इतनी हमदर्दी तुम्हें कहाँ से कहाँ ले जा रही है। जहाँ जाते हो, वहाँ के बनना चाहते हो। इतना झुकोगे, फिर दूसरे ही तुम्हारे भीतर से झाँकेंगे, तुम ही खुद को नहीं पहचानोगे।" हनीफ़ भी गुस्से में है।

"इतना अकड़ना है तो फिर किसी से क्या जानना है? जो तुम जानते हो, वही सबकुछ है! जहाँ पहले थे, वहीं रह जाओ। किसी के बारे में कुछ न जानो। जैसे सब एक ही जगह ठहरे हैं, कुछ नया हुआ ही नहीं है..."

"बिलबिलाते ही जाओगे," हनीफ़ गुर्राता है, "जो राय शुरू ही हो किन्हीं इंसानों को भद्दी नज़र से देखकर, उसको हमदर्दी की ज़रूरत है? तुम सुन भी कैसे सकते हो?"

"तुम राय को असल मान लेते हो। वह भद्दी हो, पर उसके पीछे जो दुख-दर्द हैं, जो असल हैं, वह भद्दे नहीं..."

"हर राय—भद्दी या नहीं—के पीछे असल दुख-दर्द होंगे। तो?"

"राय शुरू और आखिर नहीं है।"

"राय को शुरू से आख़िर तक गलत कहो, तब कोई और बात करो, नहीं तो चुप रहो।"

"तुम्हारी तरह! तभी लोग डरते हैं। चुप, घुन्नी क़ौम कुछ नहीं कह रही। जब बोलेगी तो एकदम ही जेहाद का ऐलान गूँजेगा।"

"तुम पागल तो नहीं हो गए हो?"

"तुम्हें नहीं कह रहा। मुसलमानों की 'एज़ अ क़ौम' कह रहा हूँ..."

"मेरे घुन्नेपन की मिसाल देकर?"

"ऐसे ही तुम बात पकड़ते हो, ऐसे ही तुम बात पकड़ते हो।"

"ऐसे ही तुम..."

लड़ते तो दोनों पहले भी थे, मगर अब यही एक विषय है और ज़ोर-ज़ोर से चिल्लाने भी लगते हैं। दद्दू को आते देख लें तो ही चुप होते हैं। नहीं तो चिल्लाते रहेंगे।

दोनों चुप बैठे हैं।

"यह क्या बात हुई?" श्रुति फटकारती है, "अब तुम्हीं एक-दूसरे से नहीं बोल पाओगे तो फ़ायदा क्या?"

खामोशी नहीं टूटती।

फिर टूटती है, "यह दूसरे की सुन ही नहीं सकता।"

"मैं या तुम?"

"इसे इतनी-सी बात समझ नहीं आ रही कि सब खोज-बीन कर रहे हैं, साफ़-साफ़ समझ नहीं पा रहे। उसी कोशिश में सुनी-सुनाई, उल्टी-सीधी, मुँह से निकल जाती है। निकल जाती है तो दोहरा देते हैं, मगर कतई ज़रूरी नहीं कि बात मान रहे हैं। मैं तो कहता हूँ कि जो भी कह रहे हों, अंदर छानफटक जारी है। यार, अटल विश्वास और अभिव्यक्ति के बीच बहुत फ़ासला होता है। तुम अभिव्यक्ति को यक़ीन मान लेते हो। यहाँ सबकुछ हिल गया है।" शरद ने बयान किया है।

"शायद यह सही कह रहा है।" श्रुति कहती है, "शरद तुम तो साहित्यकार हुए जा रहे हो!"

हनीफ़ मुस्करा देता है, "हम जानते हैं, मगर पूछ लेते हैं।" उसको हँसते देख श्रुति हँस रही है।

"अब क्या बेसिर-पैर की जोड़ रहे हो?" शरद हँसकर पूछता है।

"एक किस्सा! सुनो।" हनीफ़ कहता है, "पुराने वक़्त की बात है। एक ठाकुर साहब घोड़ी पर सवार होकर दूसरे गाँव के लिए रवाना हुए। पीछे-पीछे उनका नाई पैदल चल रहा था। गाँव से बाहर निकले ही थे कि ठाकुर साहब ने मुड़कर नाई से पूछा, 'अरे गंगादीन, हमारी घोड़ी कहाँ है?' नाई ने कहा, 'सरकार, घोड़ी पर तो आप सवार हैं।' ठाकुर साहब ने फ़ौरन जवाब दिया, 'मालूम तो था, फिर भी, पूछ लेना चाहिए।' "

हँसी से लोटपोट हुए जा रहे हैं तीनों।

"मगर सार क्या बैठा," शरद हँसते हुए पूछता है।

"घोड़ी हुई इस्लाम या हिंदुइज़्म, जिसे कुछ नहीं हो रहा, ठाकुर और नाई ही लगे हुए हैं।" श्रुति कहती है।

"सार तो मन की बात है, जो चाहो निकाल लो।" हनीफ़ कहता है।

पुलिस की वैन शहर में चक्कर काट रही है।

"अफ़वाहों पर विश्वास मत करिए। पीने के पानी को कुछ नहीं हुआ है। इस नंबर पर फ़ोन करके सही बात पता करिए। अफ़वाहों पर विश्वास मत करिए।"

पानी उबालकर पीजिए, सब जगह शोर है। पीलिया का प्रकोप है।

मुसलमानों ने शोर मचा दिया कि हमारी पानी की टंकी में ज़हर मिला दिया है।

हिंदुओं ने भी वही शोर मचा दिया।

अख़बार में तस्वीरें हैं। सड़कों पर पानी बह रहा है।

लिखा है कि टंकियों का पानी बहा दिया, जिससे पीलिया के मरीज़ों को अस्पताल पहुँचाना और जोखिम में पड़ गया।

'वेनिस होता शहर' एक और तस्वीर है, एक और अख़बार में, और इसमें सड़कें नहीं हैं, नहरें ही हैं।

श्रुति चुप बैठी है, मगर कलम बंद रखा है, खैरियत है।

हँसने लगती है और कलम उठा लेती है।

लिखोगी तभी खोलना।

चुप है, फिर से।

यह क्या? अपने आपसे बोल रही है? दद्दू की आदत इसने भी अपना ली? होंठों ही होंठों में सिर हिलाते हुए। कुछ स्पष्ट सुनाई नहीं पड़ रहा।

"हनीफ़!" वह अचानक चिल्लाती है। बाथरूम से जवाबी 'हाँ' आता है।

"मैं हिंदू हूँ?" कोई जवाब नहीं।

"चाहूँ या न चाहूँ, हिंदू हूँ?"

"शायद।" बाथरूम से आवाज़ निकलती है।

"शरद भी?"

"हाँ।"

"तुम?"

"नहीं।"

"तुम मुसलमान हो?"

"हाँ।"

"मैं नहीं?"

"श्रुति।" बाथरूम की आवाज़ में हँसी है।

"मैं शरद की तरह ज़्यादा, तुम्हारी तरह कम हूँ?"

"होगा कोई रेशा एक-सा।" बाथरूम कहता है।

"वह रेशा तुममें नहीं?"

बाथरूम चुप है।

"मैं औरत हूँ।"

"पता नहीं।"

"हैं?" श्रुति और ज़ोर से पुकारती है।

"हिंदू रेशे की कह रहा था, औरत की नहीं।" बाथरूम ललक से फेंकता है।

"मेरे बाप पंजाबी थे?"

बाथरूम चुप।

"थे कि नहीं?"

"थे बाबा।" पानी की आवाज़ के आगे पीछे आता है।

"माँ बनारसी?"

"हाँ।"

"तो कितने रेशे हुए, जो मुझमें और शरद में हैं, मुझमें और तुममें नहीं?"

बाथरूम का दरवाज़ा खुल गया है और तौलिए से गीले बाल कस-कसकर रगड़ता, जाँघिया-बनियान पहने हनीफ़ सामने आता है।

श्रुति खड़ी हो जाती है। आँखें आधी मींचकर कहती है, "मैं क्यों अपने रेशे-रेशे छाँटूँ? मैं जो भी हूँ, पूरी हूँ। क्यों करूँ, यह रेशा असल में है? निकाल कर अलग दिखा दूँ तो क्या वह मेरा हिस्सा रह जाएगा कि अलग लटकता मरा अंग होगा?" वह हाथ में जैसे मरा झूलता रेशा पकड़े है, जो किसी शरीर से नहीं जुड़ा, निर्जीव झूल रहा है।

"खड़ी क्यों हो और डाँट क्यों रही हो?" हनीफ़ हँसकर बढ़ता है।

"डाँट इसलिए रही हूँ कि तुम्हें गाउन ले जाने में क्या तक़लीफ़ होती है? नंग-धड़ंग चले आते हो ठंड पकड़ने!"

"और खड़ी क्यों हो?" हनीफ़ दिलचस्पी से पूछता है।

"इसलिए कि मेरा तो और कोई काम नहीं, लाऊँ जल्दी से साहब हुज़ूर के कपड़े।"

"अरे रे रे, कैसी बातें करती हैं?" हनीफ़ उसे रोकता है, "आप लिखिए, मैं खुद कपड़े लाऊँगा।"

'धम' से श्रुति बैठ जाती है और उसी तरह कलम खोलकर लिखने लगती है। धाराप्रवाह!

'मैं क्यों रेशे-रेशे, रंग-रंग, अलग करूँ अपनी इस भरी-पूरी आइडेन्टिटी के? मैं जो हूँ, मेरी चेतना में सुषुप्त है, क्यों उसे ज़बरदस्ती जगाऊँ, उसमें से कोई अंश चुनूँ, कोई त्यागूँ? ऐसा करने में मेरी आत्मा सिकुड़ती है। मेरी अस्मिता की गरिमा घटती है। उसका वैविध्य, उसका सहज सुंदर रचाव बिगड़ जाता है। इसे धुँधला कर, उसे गाढ़ा करके, इधर बाहर खींचकर उधर दबाकर, हम अपने ही रूप को तोड़-मरोड़कर भद्दा बना रहे हैं।'

"नहीं करूँगी।" वह हनीफ़ से चिढ़कर कहती है।

"अब क्या?" वह मुस्कराता है।

"मैं द्रव हूँ। तभी न बढ़ पाती हूँ? मैं रोशनी हूँ। लहर हूँ, क्या कर लोगे?"

"कुछ नहीं, कुछ नहीं।" हनीफ़ सिर बचाता है, जैसे उस पर वार हो रहा है।

"वह मुझे इतना-सा निकालकर, उसे ही कड़ा, गाढ़ा, कर देंगे, मैं क्यों मानूँ?" वह गुस्से से कहती है।

"तुम खुद ही इतनी कड़ी दीख रही हो।" हनीफ़ हँसता है।

"मैं परिभाषा से परहेज़ करती हूँ।" श्रुति हँसती है और मेज़ से काग़ज़ उठाकर उसके टुकड़े-टुकड़े करने लगती है।

"कुछ लिखा है? अरे रे रे, फाड़ क्यों दिया?" हनीफ़ घबराकर पास आता है।

चिंदियों को गुरचियाकर श्रुति कूड़ेदान की तरफ़ उछालती है और सरकशी से आँखें हनीफ़ पर किए, खड़ी होती है। धड़ाम से एक किताब नीचे गिरी जाती है। पहले कि वह रोके, उसका पैर उस पर पड़ जाता है।

"अरे रे रे।" वह किताब उठाती है और उसे माथे से लगाती है। नीचे झुके-झुके गर्दन घुमाकर पूछती है, "यह हिंदू हरकत हुई या मुसलमान?"

"इस समय यूनिवर्सिटी किसी को छुट्टी नहीं देना चाहती।" शरद हनीफ़ के दफ़्तर में आ बैठा है।

हनीफ़ का चेहरा स्याह लग रहा है, "यूनिवर्सिटी की बात उतनी नहीं है, जितनी इस डिपार्टमेंट की। यहाँ अब बाक़ी डिपार्टमेंटों जैसा रवैया शुरू हो गया है।"

"अरे, कोर्स की चिंता है। सब टीचर्स कॉन्फ्रेंस में ही जाते रहे तो कोर्स पूरा कैसे होगा?" शरद हनीफ़ को मना रहा है।

"कितने जा रहे हैं? और यहाँ से कितने जा रहे हैं?" हनीफ़ पलटकर पूछता है।

"तुम्हारे अलावा भी कोई जा रहा होता तो भी प्रोफ़ेसर नंदन मना करते।" शरद का मत है।

"मैं मान लेता हूँ। तो भी ग़लत है। जब काम सँभल पा रहा है, तब क्यों यह कट्टरता? क्यों पकड़ कसने की ज़रूरत?"

"दूसरे विभाग चिढ़ते हैं, बड़ा तोप समझता है यह डिपार्टमेंट अपने आप को!..."

"तो उन्हें बहलाया जा रहा है?" हनीफ़ कड़वाहट जतलाता है।

"सबसे कटकर नहीं रहा जा सकता।" शरद रूठ गया है। हनीफ़ चुपचाप खिड़की के बाहर देखने लगता है। नीम के पीछे ताड़ का पेड़ झूम रहा है। उसके पत्ते चटाइयों की तरह उड़ रहे हैं।

"मैं जा रहा हूँ, उन्हें छुट्टी ग्रांट करनी है, करें, तनख्वाह काटनी है, काटें..."

"ऐसा मत करो।" शरद परेशान हो जाता है।

हवा की तरह खबर फैल रही है कि शहर में चार जगह बम फटे हैं। रेडियो पर घड़-घड़ हो रही है, फिर बी.बी.सी. पकड़ में आ जाता है।

एक स्कूल बस नीचे 'नदी' में उलट गई। पुल पर बम फूटा, उसके धमाके से बहुत से बच्चों को चोट लगी है। कुछ मर भी गए हैं।

दद्दू के फाटक के बाहर कॉलोनीवाले जमा हो गए हैं। घरों में से कभी बच्चे, कभी घरवालियाँ, कभी नौकर-चाकर, रह-रहकर निकल रहे हैं और भीड़ में जुड़ गए हैं। श्रुति, शरद और हनीफ़ भी वहीं खड़े हैं।

"दंगे तो हमेशा होते थे। वहाँ, यहाँ नहीं, पर ऐसी अमानवीय हरकत? अरे, इतने नन्हें-नन्हें बच्चे थे नर्सरी क्लास के।"

"आप कहाँ की बात कर रहे हैं? हमारा दिमाग ख़राब है, जो हम उदार बने रहते हैं। हममें से कोई ऐसा अमानुषिक नहीं हो सकता।"

"फ़साद, मार-काट, दोनों करते रहे हैं, मगर इस तरह की बर्बरता, राम-राम-राम!"

"अरे, वे लोग अब भी नहीं मान रहे। हिम्मत तो देखिए। स्पेशल स्टेटस ने उनके दिमाग ख़राब कर दिए हैं।"

"मगर बम लगाए किसने? अभी तो पता नहीं चला है।"

"अब उल्लू न बनिए, न बनाइए। सबको पता है कि बम कौन लगा रहे हैं।"

"मेरी बच्ची इतना डर गयी है कि घूम-घूमकर बस दरवाज़े-खिड़कियाँ बंद करती रहती है।"

"अब तो घरों में दुबके रहो तो भी सुरक्षित नहीं।"

"हाँ जी, क्या पता हमारी खिड़की के ही नीचे..." इस पर काफ़ी सारे जमा, हँस पड़ते हैं।

"अरे छोड़िए, बड़ी-बड़ी समझदारी की बातें। हम कब तक बुरे को बुरा कहने से कतराएँगे? हिटलरों की क़ौम है हमारे बीच। पता है न हिटलर,

कैसी-कैसी करता था? नन्हें-नन्हें बच्चों को हवा में उछालता और वहीं ऊपर गोली से उड़ा देता। नन्हें-नन्हें बच्चों को उलटा पकड़कर उनके दोनों पैरों से इस तरह चीर देता।"

हनीफ़ से भी कह रहे हैं, शायद उसी जग-मानी धारणा के तहत कि आपकी बात नहीं है।

"फ्रिज में देखो, क्या सब्ज़ी है और ले जाओ," दद्दू श्रुति से कहते हैं।

यह बात हनीफ़ और श्रुति के आगे, उन्हीं की तरह कॉलोनी में सैर को निकले, दो तीन जनों में से एक ने ही कही थी कि हिंदुओं ने मारना-धाड़ना इसीलिए अपनाया कि मुसलमानों ने नफ़रत भर दी और अब जो वे बमबारी आदि पर पहुँच गए हैं तो क्या होगा, हिंदुओं में उनके प्रति नफ़रत ही तो बढ़ेगी?

"कोई मानेगा थोड़े?" श्रुति बोली थी। हनीफ़ चुपचाप सिर हिलाने लगा।

"हम बोलेंगे तो वे कहेंगे कि आप तो बस हिंदुओं के ख़िलाफ़ बोलना चाहते हैं। जैसे कि हम बमवालों की तरफ़दारी कर रहे हों!"

"...कह रही है अँ हँ कि बिजूका लगा दो..." आगे कोई बोला।

"आप ही जो खड़े हो जाइए!" हनीफ़ ने फब्ती कसी, जो आगे टहलनेवालों तक नहीं पहुँची।

पर श्रुति की हँसी पहुँची। और उनमें से कोई मुड़कर देखने लगा।

"सच्ची...बिजूका...।" श्रुति मुँह दबाकर हँसती गई ऐसे कि जैसे आगे वाला उसकी हँसी लीर-लीर कर रहा है।

कल तक जो चुप थे, जब सारे में मार-काट चल रही थी, आज ऊँची आवाज़ में पूछ रहे हैं कि देख लिया, किसकी तरफ़दारी कर रहे हैं आप लोग और आपकी तरफ़दारी का देख लिया, उस क़ौम ने क्या जवाब दिया—बम?

हनीफ़ ने मना कर दिया है कि वह मरे-कटे लोगों के परिवारों-मोहल्लों में नहीं जाएगा।

"यह ठीक नहीं है।" श्रुति और शरद दोनों कहते हैं।

वह बरबस चीख पड़ा है, "क्यों, अब क्यों ठीक नहीं है? तुम्हीं कहते थे कि साथ-साथ न जाएँ तो लोग खुलकर बोलेंगे।"

डिपार्टमेंट तो बंद पड़ा है।

आज अख़बार आया है। मठ ने अस्पताल को बहुत भारी चंदा दिया है। उन्हें अभी जुलूस नहीं निकालने दिया जा रहा।

दद्दू झूले की कहानी बना रहे हैं। कि सब झूले पर बैठे हैं, पर मज़ा लेने की बजाय झगड़ रहे हैं, तो क्या होगा?

"मार नीचे गिरेंगे-मरेंगे, यही ना? झूले की पेंग तो इधर जाएगी तो उतनी ही उधर भी जाएगी। गिरेंगे-मरेंगे, हाथ पकड़कर नहीं बैठेंगे तो।"

"झूले पर मसले हल होंगे?" वे कहकर हँसने की कोशिश करते हैं, मगर न कोई और साथ देता है, न दीवान ही हिलता है।

कापड़िया बहुत व्यस्त है, "फ़ौरन भागना है।" वह चाय भी जल्दी-जल्दी पी रहा है।

"यह बहुत बुरा हो रहा है। यह बहुत ही बुरा हुआ है।" बार-बार उसके मुँह से निकलता है।

"लोगों को किस तरह समझाया जा सकता है? वे समझ ही नहीं सकते। बहुत बुरा हुआ।" वह प्याली नीचे रखकर खड़ा हो गया और अपना चश्मा खोज रहा है। हाथ में गाड़ी की चाभी निकाल ली है। दद्दू अपनी बगल से उठाकर उसका चश्मा थमाते हैं।

"बैकलैश का अलग डर है। सबसे बड़ी बात है कि हमदर्द खो-दिए हैं उन लोगों ने, आपके सैक्युलर लोग भी अब सैक्युलर नहीं रह पा रहे। क्या समझाया जाए उन्हें। इतनी दहशत फैल गयी है। बहुत बुरा हुआ।"

शरद बाहर तक छोड़ने जाता है। इंजन चलाकर कापड़िया कहता है, "बताना किसी दिन तुम टीचर-लेखक लोग कि क्या जवाब दें इसका।"

डिपार्टमेंट में वीरानी छाई है।

"तुम चाहो तो कुछ रोज़ यहाँ रह सकती हो।" शरद बेवरली से कहता है।

"बम तो कहीं भी फूट सकते हैं!" वह हँस देती है।

"चलो, मैं तुम्हें छोड़ आता हूँ।" शरद खड़ा है।

"नहीं, मैं चली जाऊँगी..."

"छोड़ आने दो।" दद्दू कहते हैं।

हाँ, बमों का सिलसिला भी क्या खूब चल पड़ा था।

लाउडस्पीकरों की बिक्री और बढ़ी होगी, क्योंकि पुलिस भी उनका ज़ोरों में इस्तेमाल करने लगी थी। उसके ऐलान दूर-दूर तक गूँजते। ऐलान क्या, ख़बरदारी थी। ख़बरदार, जो किसी लावारिस पड़ी चीज़ को छुआ। कोई संदिग्ध पैकेट दिखे तो तुरंत बॉम्ब स्क्वॉड को सूचित करें। बच्चों को अकेले न घूमने दें। खिलौने, रेडियो, कुछ तनहा पड़े मिलें तो खुद भी बचिए, बच्चों को भी दूर रखिए। रेलवे स्टेशन, बस स्टेशन, बसों, ट्रेनों, टिकट घरों, जहाँ न तहाँ, 'ख़बरदार-ख़बरदार' के पोस्टर चीखते थे।

"चिट्ठी खोल लें, लिफ़ाफ़े में बम तो न होगा?" श्रुति ने पूछ लिया था।

मज़ाक में, मगर मेरे डर में मज़ाक नहीं था, जब स्याही लेते वक़्त मैंने सोचा कि क्या मालूम, दवात खोलने पर भी वही अंजाम न फूटे!

बमों से तो लोग बहुत घबरा गए थे। अब तो यही नहीं पता था कि किन जगहों से दूर रहें। फिर भी लोग कभी अपने घर छोड़ दोस्तों-नातों के यहाँ कुछ रोज़ बसेरा डाल देते।

बच्चे स्कूल बंद होने पर 'जै जगदम्बे' खुशी से हाथ उछालते और माँ-बाप कहते, पढ़ाई तो हमारे ज़माने में होती थी, आजकल तो बस महँगे-महँगे बस्ते हैं और कर्फ़्यू और हड़ताल और फ़साद, आह।

मगर यह भी होता था कि हम डरते भी नहीं थे। हम भी मरेंगे, सब जानते हैं, मगर कौन मान पाता है? कि एक पल यह हैं, एक चलती-फिरती बड़ी-बड़ी सोचती हस्ती, और अगले पल उस मेज़ और कुर्सी के जैसे हो जाएँगे! उससे बदतर होते जाएँगे, हम पर मक्खियाँ भिनभिनाएँगी, हमें कीड़े खाते जाएँगे, हम सड़ेंगे, बेख़बर?

वैसे भी, हर बात के बावजूद, हम अभी भी दूर थे।

कर्फ़्यू है। गली-गली में बच्चे क्रिकेट खेल रहे हैं।

शरद बेवरली को शहर दिखा रहा है।

"यह पूरा जल गया था। बगल की दुकान में भी आग फैल गई थी। एकदम नया बना लिया है।"

"यहाँ रबड़ टायर बाँधकर लोगों को जला दिया था।"

"यहाँ बहुत लोग मरे। यही एक रास्ता खुला था भागने का, पर इधर से ही फ़सादी आए थे। औरतें छतों से पीछे की तरफ़ कूदने में घायल हुईं।"

"देखो, अभी भी दीवारों पर काला है।"

इसको कहते हैं साइट-सीइंग!

सेमिनार रूम में उजाला है। एक शोध-छात्रा अपना पर्चा पढ़ रही है। इतना लंबा पर्चा है, पूरा पढ़ रही है। पन्ने उसके हाथों में थरथरा रहे हैं। वह कभी कुर्सी में एकदम आगे खिसक आती है, फिर एकदम पीछे हो जाती है।

प्रोफ़ेसर नंदन ने नज़र घुमाकर देख लिया है, कौन है, कौन नहीं।

"फ़लाने कहाँ हैं?" वह बगल में बैठे शरद से पूछते हैं। शरद का सिर

एकदम झुका था, कोहनी पर टिका और वह नंदन के सवाल पर हड़बड़ा गया। उसके हाथ से कलम और आँखों पर से चश्मा नीचे जा गिरा। खिसियानी हँसी देकर, वह कुर्सी खिसकाकर ज़मीन टटोलता है। हनीफ़ हँसता है।

"आंटी-आंटी," बगलवालों की लड़की हाँफती आई है, "लौकी और बैंगन और कच्चे केले मिल रहे हैं, चाहिए?"

घरों से औरतें थाली, टोकरी, थैले, लिए निकलीं और ठेलेवाले को घेर लिया।

छोटे जोश अपनी शॉल में ग़ायब हैं, मगर आवाज़ जोशीली निकाल रहे हैं। डपटना ही कही जाएगी। एक रिसर्च स्कॉलर को लताड़ रहे हैं, "चाहे यहीं यूनिवर्सिटी में थे, थे तो दूसरे विभाग में, इस डिपार्टमेंट के टाइम में?"

छात्र कुछ कहनेवाला है कि तभी शरद पहुँच लेता है, "क्यों जोश साहब? सर्दी से बचने को गर्म हो रहे हैं?"

"गर्म कहाँ ठिठुर रहे हैं।" छोटे जोश अभिवादन का हाथ उठाते हैं, "आप भी तो चले गए थे?"

"बहुत से लोग गए थे।" शरद कहता है, "हनीफ़ का टॉक था।"

"वही कह रहा हूँ। ऑफ़िस को सूचित करें। शायद और भी लोग जाना चाहें। यहाँ के काम के हिसाब से टॉक रखी जाए..."

"मियाँ, क्यों खार खाए बैठे हो?" शरद जोश को एक धौल लगाता है, "रिसर्चस्कॉलरों ने रखी थी, दो-चार लोगों की इनफ़ॉर्मल टॉक।"

छोटे जोश चेतावनी का हाथ हिला-हिलाकर कह रहे हैं, "देखिए बहुत हो रहा है कि यह भी इनफ़ॉर्मल है, वह भी इनफ़ॉर्मल है। यह सारा डिपार्टमेंट ही ज़रूरत से ज़्यादा इनफ़ॉर्मल हो गया है। ऑफ़िस किसलिए है, अगर वहाँ से कुछ तय ही नहीं होना?"

हनीफ़ को देखकर दद्दू अख़बार तहाकर उसकी तरफ़ बढ़ाते हैं, "आप पढ़ लीजिए दद्दू।" हनीफ़ वापस बढ़ाता है।

"कुछ नहीं है पढ़ने को। तुम्हीं देखो, तुम्हीं लोगों को मिलेगा कुछ।"

कॉलोनीवालों ने मिलकर एक नेपाली चौकीदार रख लिया है। सुना है कि नेपाली बड़े ईमानदार होते हैं!

रातों में सब उसके डंडे की ठक-ठक अपने घरों के सामने सुनकर, सुकून से आँखें बंद कर लेते हैं और दूर जाती ठक-ठक पर फिर खोल लेते हैं।

दंगे और मारने के अजीबोग़रीब तरीक़ों की पढ़कर भी सनसनी नहीं हो रही थी। कितनी ही दफ़े तो हम हेडलाइन भी अन-देखती निगाहों से पढ़कर अख़बार तहा देते।

"इतनी बदबू उठ रही थी अस्पताल के मुर्दाघर से।" उर्मिला नाक पर आँचल दबाकर बता रही हैं, "इतनी लाशें हैं, जिन्हें कोई पहचान नहीं पा रहा, जिन्हें कोई ले जानेवाला है ही नहीं। मार-काट करनेवालों को पाँच मिनट सज़ा के तौर पर वहाँ खड़ा कर देना चाहिए, सारी शेखी निकल जाएगी।"

"इतनी बचकानी बात मत करिए।" छोटे जोश कहते हैं, "ज़रा यह खिड़की बंद कर दूँ?" वह पूछते हैं, "लगता है, मुझे ही सबसे ज़्यादा ठंड लगती है।" उनके शॉल का कोना लगता है दाल या सब्ज़ी में डूबा था, हल्दी का दाग नहीं छूटा।

"हाँ, बचकानी तो है ही।" उर्मिला मानती हैं, "मगर शायद पुलिस को वहाँ भेज दें तो वह अपना काम बेहतर करने लगेगी! उन्हीं से लाशें उठवाएँ, दिलवाएँ।"

हल्की-सी हँसी होती है।

प्रोफ़ेसर नंदन मूँछों को काटते हैं। "किसी को कुछ फ़र्क नहीं पड़नेवाला," वह कहते हैं, "किसी के लिए इन दृश्यों में कुछ भयावह नहीं रह गया है।"

"हमीं लेक्चर देते फिरते हैं और समझते हैं कि लोग बदल रहे हैं।" छोटे जोश शॉल झटकाते हैं।

"कुछ नहीं रखा अभी लेक्चर-लेखों में।" नंदन हाथ हिलाते हैं, "यूनिवर्सिटी वालों पर तो सबसे ज़्यादा शक़ करने लगे हैं लोग। यूनिवर्सिटी को तो कुछ समझते ही नहीं।"

"यूनिवर्सिटी में एक हवा बहती है, बाक़ी शहर में दूसरी।" उर्मिला कहती हैं।

"मैं तो समझ नहीं पाता कि क्या जवाब दूँ।" नंदन अपनी तक़लीफ़ बता रहे हैं, "जिसे देखो, वही पूछता है—अब क्या बोल रहे हैं आप लोग, अभी भी वही दोहराएँगे?"

"अभी चुप रहें, वही ठीक है..." छोटे जोश कहने लगते हैं।

"तो कहते हैं कि अब क्यों नहीं बोल रहे आप लोग? अब चुप हैं।" प्रो. नंदन परेशान हैं, "इस सबकी हिमायत हम कर नहीं सकते, बुराई बहुत कर चुके हैं..."

शरद भी चुप है, हनीफ़ भी।

"नहीं तो सब यहीं खा लो।" दद्दू तय कर रहे हैं।

श्रुति स्कूटर पर बैठने से पहले एक लात मारती है। हनीफ़ स्कूटर पकड़कर हिलाता है। शरद सामने आकर हँसता है, "बम का डर है?"

"नहीं भाई।" श्रुति हँसती है, "माया कह रही थी कि उसने स्कूटर जैसे ही स्टार्ट किया, एक साँप नीचे से भागा।"

"स्कूटर के नीचे से?" शरद की आँखें फट जाती हैं।

"स्कूटर में ही कहीं लिपटा पड़ा था।" श्रुति बता रही है।

"बाप रे बाप!" शरद सीने पर हाथ रखता है, "वह भी इस मौसम में?"

हनीफ़ ठहाका लगाता है। श्रुति झेंपकर कहती है, "बरसात के बाद की बात है।"

"और हमें आज डर लग रहा है।" हनीफ़ स्कूटर पर चढ़ जाता है, "बैठो।"

"एहतियात करना ठीक ही है।" शरद कहता है, "मैं भी ज़रा हिला लूँ अपना स्कूटर।" वह मुस्कराकर हेल्मेट सिर पर साधता है।

"सबकुछ तो पहले से ही तय है।" हनीफ़ बड़बड़ा रहा है। शॉर्टकटवाले पुल पर आशिकों की एक भी जोड़ी नहीं है। "वह कहें, मत लिखो, मत बोलो, मत जाओ, यह कानून, वह कानून मानो, तो वह नहीं कह रहे विभाग का हित कह रहे हैं, तालीम के हक में कह रहे हैं, अक्सरियत की भलाई कह

रही है।" पहले इस पुल पर कितना रोमांस होता था! "और मैं कहूँ, चुप रहो, या कहूँ बोलो, या कहूँ ऐसे कानून मत लागू करो, तो मैं एक अपना ज़ाती मक़सद पूरा कर रहा हूँ..."

"हनीफ़, अब हम लोगों को इधर से नहीं जाना चाहिए।" शरद घबराया लग रहा है, " मगर सिर्फ़ मुख़ालिफ़त करने से कुछ नहीं हासिल होनेवाला।" वह नज़रें चारों ओर घुमाता है। पेड़ों के घने साए हैं। चिड़ियाँ उनमें छिपी किलक रही हैं। बहुत ही सुंदर समाँ है, आशिकाना, माशुकाना। मगर इस क़दर वीरान।

बेवरली चुपचाप बैठी है, मगर शरद लड़ रहा है, "पता नहीं क्यों, यह बोल नहीं रही। तुम देखो तो जान पाओगे। यह दूसरी ही तरह की बेरहमी है। आधुनिक बम हथियार तस्करी से लाए हुए...कोई मुक़ाबला ही नहीं कर सकते वे लोग, जो खुद टुकड़ी बनाकर मारने जाते हैं, खुद भी मरते हैं। इसकी भयावहता का तुम अंदाज़ नहीं कर पा रहे। रीमोट दबाया और आप मस्ती से मूँगफली खाते निकल गए, इधर जैसे खिलौनों के टुकड़े पड़े हों..."

"हम भी...हम भी..." श्रुति हकलाती है। चिल्लाकर कहती है, "हनीफ़, तुम बताओ ना।"

हाँ और बम फटे हैं।

"तुम सो जाओ।" हनीफ़ दूसरे कमरे में लैम्प जलाकर पढ़ रहा है। श्रुति की आँख अचानक खुलती है तो अँधेरा ही अँधेरा दिखता है। वह पलँग टटोलती है। अब अँधेरे में भी दिख रहा है।

हनीफ़ वहीं बैठा है, शायद खिड़की के बाहर देखता, "हनीफ़।" श्रुति आवाज़ देती है, "क्या कर रहे हो?"

"अभी-अभी बत्ती बुझाई है। आ रहा हूँ।" फ़र्नीचर हिलने-डुलने के स्वर रात में सुनाई पड़ते हैं।

कापड़िया ने जीप भेजी है, मगर हनीफ़ नहीं जाना चाहता।

"नंदू की बात मान रहा है। उन्होंने मना किया है कि फ़िलहाल यह सब छोड़ दें।" शरद मुँह टेढ़ा करके कहता है।

"मज़ाक मत करो शरद।" श्रुति जल्दी से कहती है।

"नहीं, सच में।" शरद वैसे ही टेढ़ा बोलता है, "उन्हें प्रवासी मज़दूरों पर एक नया प्रोजेक्ट मिल रहा है। अब उन इलाकों में जाना होगा। इन जगहों के बारे में जो कुछ करना-जानना था, हम कर चुके हैं..."

तब दद्दू मज़ाक करते हैं, "बिलकुल मत जाओ। मैं तो तुम्हें भी मना करता हूँ," वे बेवरली को मुस्काकर देखते हैं, "मगर तुम जा सकती हो।" वे आँखों को छोटी-छोटी करके उसे ग़ौर से परखते हैं, "हाँ-हाँ, तुम जा सकती हो।"

"वह क्यों?" बेवरली मुस्कराती है।

"अरे, तुम तो विलायती हो। तुम्हें कहाँ यहाँ रहना। इन सबको भी वहीं ले जाओ, तब आराम से, खुशी से तुम सब इन्हीं बातों में घुसे रहना। अरे, कोई बताए यहाँ रहनेवाला क्यों हर वक़्त वहीं घुसे! कुछ और नहीं बचा उसके लिए!" वे फ़ि फ़ि फ़ि करके हँस रहे हैं, जैसे मुँह पूरा नहीं खोला हो।

जीप का ड्राइवर आता है, "सर, कापड़िया सर ने कहा है कि..."

"हाँ, चलो-चलो।" शरद और बेवरली उठ जाते हैं।

"मैं भी नहीं जाऊँगी।" श्रुति कहती है।

"तुम जाओ। तुम क्यों...?" हनीफ़ गुस्सा दिखा रहा है।

"मैं भी काम करूँगी।" श्रुति आँखें निकालती है।

"जाओ-जाओ," दद्दू हाथ हिलाते हैं, "पहले कि यह ललचाए। मैं तो तुम लोगों के शौक़ ही नहीं समझ पाता।"

श्रुति हँसने लगती है।

"हँस क्यों रही हो?" हनीफ़ शांति से पूछ रहा है, मगर चिढ़ा हुआ है।

"दद्दू का ब्यूटी-कॉन्टेस्ट! सारी चुटियाँ और सारी दाढ़ियाँ एक में बँधी हैं और चीख-चिल्लाहट मची है!"

दद्दू खुश लगते हैं।

"एक गिरा तो दूसरा भी गिरा। घिसट-पिसट। क्या लग रहे हैं।" श्रुति कल्पना कर-करके हँसती है, "कपड़े तार-तार हो रहे हैं, पंडितजी भी, मुल्लाजी भी नंगे..."

"ना ना ना ना" दद्दू एकाएक रुक जाते हैं, "तब तो बिलकुल ख़ैर नहीं। नंग बड़े भगवान से। उनसे कोई नहीं जीत सकता। उनके पागलपन में कुछ मना नहीं है। नंगे तो बड़े भगवान से!"

दद्दू ने हँसी-हँसी में कहा था—नंग बड़े भगवान से। फिर वे बार-बार कहने लगे थे—नंग बड़े भगवान से।

हमारा शहर भगवानों से बड़ों से भर गया था उस बरस।

"तब हम दोनों चलेंगे और फ़र्स्ट क्लास में चलेंगे।"

हनीफ़ हतप्रभ उसे देखता है, "क्या फ़र्स्ट में बम नहीं फटते?" वह एक अलमारी बंद करता है, दूसरी खोलता—"डेढ़ घंटे का सफ़र है। आराम से सैकड में जगह मिलती है। उनके पास पैसा नहीं है कि किराया-विराया दे पाएँ।"

"तब क्यों जा रहे हो?" श्रुति मुँह फुलाती है, "सबसे ज़्यादा चिंता तुम्हें ही हो रही है?"

"अच्छा बस फ़ालतू एतराज़ बंद करो।" हनीफ़ वापस अलमारी में सिर घुसेड़ देता है, "याद है, एक वह लेख था—"कट्टरता और सैक्युलर स्टेट?"

"डिपार्टमेंट से कोई नहीं जा रहा, मगर..." श्रुति भुन-भुन करती है।

"और किसी को बुलाया नहीं है। तुम्हें भी चलने को कोई नहीं कह रहा।" हनीफ़ कागज़-किताबें उलट-पुलट कर रहा है, "गया कहाँ वह लेख?"

"मैं चलूँगी।" श्रुति तनकर कहती है, "कोई सुन रहा है नहीं, चले हैं भाषण देने।"

"जो सुनने को तैयार हैं, वहाँ भी नहीं चाहती कि बोलूँ?" हनीफ़ खड़ा हो जाता है, "तुम रहने दो चलना। इस भन-भन में..."

"हटो, मैं ढूँढ़ती हूँ।" श्रुति उसे ढकेलती है, "सैक्युलर-सैक्युलर! यहाँ धर्म के बिना कोई साँस नहीं लेना चाहता, चले हो..."

"सैक्युलर क्यों धर्म के बिना हो?" हनीफ़ भी अलमारी में घुसता है, "धर्म से अलग कहो।"

"कोई नहीं समझेगा, कोई नहीं समझेगा," श्रुति लेख उसके चेहरे पर सटा देती है।

"फ़र्क देख रही हो?" शरद बेवरली को बताता है। "अभी यह मुसलमानों के कैम्प होते तो पूरी लिस्ट तैयार मिलती। कौन मरे, कौन घायल, कौन लापता। कोई मुक़ाबला नहीं, उनके हमारे संगठन में, व्यवस्था-कुशलता में।"

"मत बोलो ऐसे।" बेवरली अचानक उस पर झपटती है।

शरद अपने कमरे में पढ़ रहा है। बत्ती जल रही है और वह लिहाफ़ में घुसा है।

वह पढ़ नहीं रहा है, शून्य में ताक रहा है।

चौकीदार की ठक-ठक होती है।

वह शायद आँखें खोले सो रहा है। पता नहीं क्या बजा है।

"सो जाओ।" दद्दू अंदर आए हैं।

"हँ," ज़रा-सी हिली हैं शरद की आँखें। फिर वह 'धड़ाम' से लेट जाता है।

दद्दू ने बत्ती बुझा दी है।

"ऐसे थोड़ी कुछ होता है," हनीफ़ ट्रेन में श्रुति को समझाने लगा, "पैरेनॉयड मत बनो।"

श्रुति सच भयभीत लग रही है।

"उकताई निगाहों से एक बार सीट के नीचे देखो, फिर आगे-पीछे देखो कि कोई पैकेट या बोतल या डिब्बा या ट्रॉज़िस्टर तो नहीं पड़ा है।" हनीफ़ झुककर देखता है। श्रुति भी इधर-उधर देखती है, मगर परेशानी से।

"निगाह ऐसी सहज हो," हनीफ़ उसकी तरफ़ मुँह करता है, "कि जैसे झुककर देखा कि जूतों में ज़्यादा कीचड़ तो नहीं सन गई, झटक दें?" और खड़ा होकर फट-फट जूते झाड़ देता है।

सामने बैठी औरत हँस देती है।

अपना गिलास आगे करके हनीफ़ की गोद में रखी बोतल से कहती है, "ज़रा पानी देना।"

हनीफ़ ने ढक्कन खोल दिया है। औरत के हाथ में दूर तक काँच की चूड़ियाँ हैं। वह चेहरा ऊपर करता है। औरत ने पल्लू से सिर ढक रखा है।

"मगर मैं मुसल..." उसके होंठों पर आना चाहता है।

"तुम्हारा धर्म जाता है तो मत छुओ मुझे।" सामने बैठी औरत ने झिड़क दिया है।

श्रुति और हनीफ़ दोनों के चेहरे लाल हैं।

आज हनीफ़ और श्रुति नहीं, कापड़िया और बेवरली नीचे खाना खा रहे हैं। दद्दू अपनी मिंजाई में लगे हैं, गाजर और मटर को कूँचकर रख दे रहे हैं। कापड़िया बातों में लगा है, किसी और को खाने के अलावा कोई चिंता करने से मुक्त करके!

"सारे गुंडों को कुछ दिन बंद रखूँगा...हिंदू गुंडों को भी...तभी बात सँभलेगी। कड़ाई की ज़रूरत है, मगर कड़ाई से ही हम डरते हैं...बिहार में उस कलेक्टर को पत्थर से मार ही दिया—स्टोंड टू डेथ। बड़े-बड़े लोग हैं गुंडे, मगर मैं नहीं डरनेवाला...मार दो सालो...मार के मरूँगा। हो जाऊँगा शहीद...मुसलमानों में कोई मरता नहीं है, शहीद होता है। आपने ग़ौर किया है...सालों की शब्दावली ही अजीब है...आजकल हिंदू भी मरते नहीं, उनका बलिदान होता है ! सुना दद्दू? हिंदू धर्म का इस्लामाइज़ेशन!...मठ के महंतों ने अनशन कर दिया है।...वैसे जिस तरह बच्चे मरे हैं...लोग और भड़क गए हैं। यह एडवांस्ड टैक्नालॉजी की रणनीति, इसके खिलाफ़ रीएक्शन..."

शरद मुँह में खाना भरे-भरे ही बोल देता है, "बमबारी भी तो रीएक्शन ही है।"

"बाद की बात है।" कापड़िया भरे हुए बैंगन—भरवाँ बैंगन—ऐसे चूसता है, जैसे हड्डी से शोरबा खींच रहा हो, "हिंदुओं का भड़कना असल रीएक्शन है। उन्हें लग रहा है कि कब से झेले जा रहे हैं। कभी वे जाहिल हैं तो माफ़ करो, कभी नेहरू कह गए तो चुप रहो..."

बेवरली खाना रोक देती है। उसके चेहरे पर वही निर्दोष, भोली जिज्ञासा आ बैठी है, जो वह हर नई बात सुनकर महसूस करती है, "तो क्या असल रीएक्शन वहीं से है, जहाँ से हिंदुओं ने मुसलमानों और नेहरू के खिलाफ़ रीएक्ट किया? उसके पहले..."

"तो क्या?" कापड़िया का बैंगन सफ़ाचट हो गया है, मसाले के कतरे उसकी उँगलियों पर हैं और उसे वह अपनी प्लेट में पडी रोटी पर लगा देता है "असल रीएक्शन पहलेवाला हुआ? वही असल रीएक्शन क्यों हो, जो मुसलमानों का है?"

"वही पुरानी दलील कि मुर्गी थी तो अंडा आया, मगर अंडा था, तभी

तो मुर्गी हुई! क़यामत तक का जाप ले बैठे हो!" दद्दू कहकर फिस्स्-फिस्स् हँसते हैं। यह फिस्स्-फिस्स् की नई हँसी शुरू कर दी है। दाँतों के बीच से हवा निकालते हुए।

उनकी प्लेट साफ़ हो गई है। वे उठकर चले गए हैं।

दद्दू के यहाँ यह भी क़ायदा है कि जो खा चुका, वह जाए, हाथ-वाथ धोये, कोई माँग नहीं है कि सबके ख़त्म कर लेने तक वह मेज़ पर बैठे, साथ देने को हो सके तो उस रफ़्तार से खाए, जिससे सबके आख़िरी कौर एक साथ, एक ही पल में, मुँहों में पड़ें।

"रीएक्शन तो हर होने में है।" शरद कहता है।

"तो? ग़लती..." कापड़िया चम्मच ठोंकता है।

"उसकी, जो ग़लत करे। चाहे रीएक्शन में या..." बेवरली राय बढ़ाती है।

"रीएक्शन में तो हर चीज़ होती है। हमें बंद कर देनी चाहिए रीएक्शनवाली दलील..." शरद कहता है।

"समझने के लिए चलेगी..." बेवरली कहती है।

"माफ़ करने के लिए नहीं..." शरद निपटाता है।

"यार, तुम लिखाड़ू-पढ़ाकू लोग!" कापड़िया हँसकर उठ जाता है।

देश की राजधानी में एक नई राजनैतिक पार्टी का गठन हुआ है। उसका नाम रखा गया है—अखिल भारतीय वीर दल।

डिपार्टमेंट के कुछ सदस्यों ने वाइस चांसलर को आवेदन-पत्र भेजा है कि शहर और यूनिवर्सिटी के बिगड़े हुए हालात को देखते हुए बेहतर यही होगा कि अगले दो साल तक रोटेशन सिस्टम लागू न किया जाए।

कुछ सदस्यों ने अपने दस्तख़त नहीं दिए हैं।

"मैं तो समझ नहीं पाती।" श्रुति कहती है, "बताओ क्यों?" वह पूछती है।

"हमारा ही विभाग रोटेशन से गड़बड़ाएगा?" हनीफ़ वापस पूछता है।

"कभी कहते हो, तुम्हें बनना नहीं..." श्रुति बड़बड़ाती है।

"बिलकुल नहीं बनना मुझे।" हनीफ़ कहता है।

"किसी और को बनाने की बात हो तो..."

"किसी और की बनने की बात हो तो मुख़ालिफ़त क्यों करूँगा?"

"रिटायरमेंट तक वही सही। यह लो दूध।"

"क्यों? पी चुका।" हनीफ़ गिलास खिसका देता है।

"अरे धीरे।" श्रुति गिलास पकड़ लेती है, "पी चुके? वाह, अभी तो उबाला है मैंने।"

"कल वाला पिया।"

"कल का बचा ही नहीं था।"

"था।"

"तुम भूल रहे हो।"

"तुम भूल सकती हो?" हनीफ़ गुसलखाने में जाता है।

श्रुति जूठे बर्तनों में दूध लगा गिलास या प्याली ढूँढ़ती है। बाथरूम का दरवाज़ा खटखटाकर कहती है, "तुम झूठ क्यों बोल रहे हो? याद करो। याद आए तो बता देना और पी लेना।"

यूनिवर्सिटी में अखिल भारतीय वीर दल की छात्र शाखा है, जिसने उद्घाटन सभा में मठ के महंत को मुख्य अतिथि बनाया है।

मौत जब सिर पर होती है तो कौन सोच पाता होगा कि उससे डरो? डर गए तो मौत पहले ही न आ जाएगी?

जो हुआ था उस बरस। जितने दंगों में मार-काट से नहीं मरे, उतने सदमे से मरे, लोगों का कहना था।

लोग कहते थे कि लोग डर से गिड़गिड़ाए कि वह आया...आया...कटार लेकर...मुसलमान...त्रिशूल लेकर...हिंदू...अरे-अरे, मत मारो मुझे...मैं तो ईसाई हूँ...अरे, हम तो बोहरा हैं...बेटा, तुम्हारी माँ की तरह हूँ...

मठ में गेंदे की मालाएँ हैं, लाल गुलाब की मालाएँ हैं, बैंगनी सदासुहागन के फूल हैं। नथुनों में कोई महक भर रही है। फूलों की नहीं। अस्पताली दम-घोंटू महक। रंगों की महक।

लाल-पीला-बैंगनी महकता है।

"घर और ऑफ़िस का कुछ तो फ़र्क करें। नहीं, हमीं क्यों रोकें अपने बाल-बच्चों को यहाँ आकर अपना होमवर्क करने से?" उर्मिला ने सुनाया।

"किसके घरवाले यहाँ काम करते हैं?" शरद लड़ता है।

"ओ हो...न करते हों...किसी के...पर द डिपार्टमेंट इज़ फ़ॉर द डिपार्टमेंट वालाज़ न?"

अख़बार में निरे महंत अनशन पर बैठे हैं। लंबी जटाएँ, छितरी दाढ़ियाँ। बीच में तीन महंत—बीचोंबीच सबसे बड़े वाले—अर्धचेतन हालत में लेटे हुए हैं। यह तो दद्दूवाला ब्यूटी-कॉन्टेस्ट नहीं लग रहा!

आश्रमशाला के फाटक पर लाल रंग से लिखा हुआ है : "हिंदू जागो, देश बचाओ।"

अंदर मिट्टी का बाड़ा है, जिसकी लगता है, रोज़ झाड़ू, धुलाई, सब होती है। बच्चे वहीं ज़मीन पर बैठे हैं। अलग टुकड़ियों में बँटे छोटी-बड़ी कक्षा के हिसाब से। क्लास चल रहे हैं।

"नहीं-नहीं, किसी को रोकिए नहीं।" श्रुति, हनीफ़, शरद, बेवरली, सभी बोल पड़ते हैं।

हनीफ़ का एक आदिवासी छात्र इन्हें अपना पिछड़ा इलाका दिखा रहा है।

प्रबंधक कहते हैं, "तब तक फ़िल्म देखिए। सरकार बच्चों को मुफ़्त फ़िल्में दिखाती है।"

एक सरकारी विकास अधिकारी आए हैं। अंग्रेज़ी छाँटते हुए बताते हैं कि कितना रुपया सरकार देती है बच्चों की शिक्षा के लिए फ़िल्म बनाने के

लिए।

यह बहुत ही पिछड़ा इलाका है। बच्चों को खाने को मिलता है इसलिए उन्हें आश्रमशाला भेजा जाता है! यहाँ न हिंदू पहुँचे हैं, न मुसलमान, यह सारी बातें छात्र बताता है। ईसाई पादरी ज़रूर अरसे से आते रहे हैं।

मिट्टी की दीवारों पर खपरैल की छत पड़ी है। यहीं प्रोजैक्टर आदि चलता है।

फ़िल्म के नाम पर सारी क्लासें रोक दी गई हैं और नन्हें-नन्हें बच्चे दनदना कर अंदर आ गए और नीच बैठ गए हैं।

कितने तो चार-पाँच साल के लग रहे हैं। लड़कियों ने दो चोटी की हैं, फिर चोटियों को गोल लूप में सिर के दोनों तरफ़ लाल-लाल रिबनों से बाँध दिया है। सब कनखियों से शहरातियों, ख़ासकर विलायती आगंतुक को देख रहे हैं, जो लकड़ी की बेंच पर एक तरफ़ बैठे हैं।

रील घूमने की घिर्र-घिर्र हुई और फ़िल्म शुरू हो गई।

"तीन फ़िल्में हैं।" सरकारी अफ़सर तिरछे झुककर बताते हैं।

पुरानी प्रिंट के सफ़ेद चित्ते परदे पर थिरकते हैं। उन्हीं के बीच फ़िल्म बढ़ती है।

चाचा नेहरू बच्चों को प्यार कर रहे हैं। संजय और राजीव का हाथ पकड़कर चल रहे हैं। बाग में सैर कर रहे हैं और फूलों को छू रहे हैं। पॉमेरेनियन को गोद में खिला रहे हैं। माउण्टबेटन के साथ खड़े हैं। बड़ी बुरी क्रिकेट खेल रहे हैं।

घिर्र...घिर्र...रील घूमती है।

दूसरी फ़िल्म में हरे मास्क और एप्रन बाँधे विदेशी डॉक्टर जमा हैं, जो ऑपरेशन टेबल के इर्द-गिर्द कैंची, चाकू, सुई उठा बढ़ा रहे हैं। मेज़ पर पड़े शख़्स को दूसरा दिल दिया जा रहा है। कैमरा चिरे सीने और फड़कते दिल पर सीधा फ़ोकस कर रहा है। लाल-लाल, ख़ूनी, कच्चा गोश्त है।

तीसरी फ़िल्म एक लंबा गाना है, जो नरगिस, सुनील दत्त और प्रेमनाथ गा रहे हैं। गाने के बीच में शोरदार ऑरकेस्ट्रा होता है और परदे पर दंगों की भगदड़ आती है—कोई मर रहा है, कोई भाग रहा है, कोई चीख रहा है, कोई मार रहा है, तोड़-फोड़ चल रही है, सबकी आँखों में ख़ून भरा है, कुचले जिस्म और ख़ून से परदा लथपथ है—कि किसी कोने से मुस्कराते एक्टर आ जाते हैं, गाने लगते हैं, सबका हाथ सबके हाथों में प्यार से मिलाते हुए।

"जै जगदम्बे!" शरद धीमे से फुसफुसाता है।

शरद और बेवरली ने बहुत से इंटरव्यू टेप किए हैं और बहुत से नोट्स उतारे हैं। जहाँ-जहाँ बम फूटे हैं, वहाँ।

"कुछ भी कहो बेवरली," शरद रिक्शे में सिगरेट फूँकता है, "पास चले जाओ तो बस इंसान के निजी दुख-दर्द ही रह जाते हैं।"

"उस औरत को देखकर कैसा लग रहा था ना?"

"मुझे तो गुस्सा आ रहा था।" शरद सिगरेट बाहर उछाल देता है।

"किस पर? उस औरत पर?"

"नहीं, उसकी यह हालत बनानेवालों पर।"

"बहुत ख़तरनाक है। बिना बुझाए कभी मत फेंको।" बेवरली पीछे मुड़कर देखती है, जैसे चिंगारी या आग या धुआँ मिलेगा!

"अजीब मुसीबत है," लोगों ने कहना शुरू किया है, "कम से कम हिंदू तुले थे तो पता तो चलता था कि किन जगहों में मत जाओ। अब तो कहीं भी, कहीं से, पता भी नहीं चलेगा, क्या आकर लगा।"

"अभी तो देखिए क्या-क्या नहीं होता। जिस तरह का पैसा इस क़ौम के पास है रॉकेट मिसाइल सब आएँगे।"

"आपने कभी सोचा है..."

हनीफ़ और शरद को आते देख कॉलोनीवाले चुप हो जाते हैं, मगर श्रुति वहीं खड़ी थी। वह नहीं बताएगी?

और मैं और मेरा कलम?

इन दिनों डिपार्टमेंट में पढ़ाई के अलावा नए प्रोजेक्ट की तैयारी चल रही है।

"आपको पता है," प्रोफ़ेसर नंदन कहते हैं, "लोगों ने कीटाणु-वॉरफ़ेयर की थ्योरी भी चला दी है कि सबसे ज़्यादा बीमारी वहीं क्यों हुई, जहाँ हिंदू थे?"

वह, लग रहा है, केवल शरद और हनीफ़ से बात कर रहे हैं, "सबसे ज़्यादा हैपटाइटिस केसेज़ उन झुग्गियों के लोगों में हुए हैं जो बाहर की लेबर ने बसाई हैं। बरसात के बाद वहीं सबसे ज़्यादा गंदगी फैली, पीने का पानी और सीवेज का पानी एक में मिला था।"

और कोई पूछे उनसे कि कीटाणु छोड़ने ही थे तो क्यों नहीं वहाँ छोड़े, जहाँ व्यापार ठप करके देश को बरबाद कर सकते थे? यही पिद्दा शहर मिला?

"मगर उन्हें इस नई थ्योरी में ज़्यादा ही चाव मिल रहा है कि यह भी मुसलमानों की चाल है।"

शायद वह थ्योरी-थ्योरी करके इनकी नज़रों में प्रोजेक्ट की महत्ता बढ़ाना चाहते हैं? या बताना चाहते हैं कि डिपार्टमेंट ने पहलेवाले लेखों, सभाओं, भाषणों को बंद नहीं किया है?

श्रुति बिस्तर टटोलती है। खाली है। दूसरे कमरे में भी लाइट नहीं है। उसका हाथ बैडस्विच पर जाता है, फिर चोरों की तरह हट जाता है। चोरों की तरह वह उठती है, बेआवाज़ कदमों से सामने की बैठक में आती है। चाँदनी रात है। हनीफ़ बालकनी पर खड़ा है। उसके ऊपर चाँदनी की धुंध पड़ रही है। उसके पास सितारों के गुच्छों की तरह मधुमालती के फूल लटक रहे हैं। श्रुति चोरों की तरह दरवाज़े की ओट से उसे देखती रहती है।

जो खस्सी, मंदिर, मस्जिद, है उसके पास की ज़मीन मठ ने ले ली है। वहाँ विद्यालय बनाएँगे।

"मैं तो दे दूँगा, पर संपादक इसे निकाल देंगे।" बाब्रू पेंटर कहते हैं, "लिखकर रखते जाइए। ज़रा कल को आने दीजिए।"

दोनों अंदर आते हैं तो दद्दू का गिलास सामने है।

"वे बाथरूम गए होंगे। लोगी?" शरद बेवरली से पूछता है। वह इंकार कर देती है।

दोनों सीधे शरद के कमरे में जा बैठे हैं। शरद चुप है।

"क्या बात है?" बेवरली उसके बेहद उदास चेहरे को देखती है।

शरद बेवरली को देख रहा है। बेवरली लंबी, पतली, नाज़ुक-सी लड़की है। उसकी आँखें बैंगनी और हरे काँच के चूरे से भरी हैं। देर तक शरद उसे देखता रहता है।

"बेवरली...मैं जो कुछ देख रहा हूँ..." वह अटककर कहता है। उसके गले में कुछ अटकने लगता है तो चुप हो जाता है।

"हाँ, बहुत दर्दनाक है।" बेवरली का बेहद नर्म चेहरा करुणा से भर गया है।

वह नीचे देखने लगती है। सिर उठाकर शरद को देखने लगती है। एक हाथ उसकी गोद में रख देती है। सहानुभूति का।

अनुग्रह का, "शरद थैंक्यू, जो मुझे यह सब दिखाया।"

हम यह नहीं कह सकते, शरद सोचता है। थैंक्यू, यह सब दिखाया। हमारी बात का मतलब लग जाएगा। मुझे हर बात सोच-सोचकर बोलनी पड़ रही है। थैंक्यू कि हमें इतने जले घर दिखाए, अधजली लाशें दिखाईं, वह मन ही मन संवाद जोड़ता है और मुस्कराता है।

बेवरली का हाथ एकदम मक्खन-मलाई लग रहा है। मुलायम गोलाई।

वह हल्के से छूता है। बेवरली की गर्दन झुकी हुई है, लंबी बलखाती फूल की चिकनी डाली की तरह। उस पर बीचोंबीच सलोनी लकीर खिंच गयी है। शरद लकीर पर उँगली चलाता है। ऊपर से नीचे फेरता है, जहाँ गोल-सी मुलायम हड्डी का उभार है, पीठ के बनने के पहले, "तुम्हारी हड्डी कितनी मुलायम है," वह कहता है। गली-अस्पताल के दृश्य उसके चारों ओर मँडराते हैं। उसके गले में अटकन बढ़ रही है।

जिज्ञासा से वह उँगली बेवरली के कंधे पर दो पल गड़ाकर उठाता है। एक डिम्पल उभरता है, जो दबाव से छूटकर गद्दे की तरह फूलने लगता है और पीला होकर अगले ही क्षण लाल हो जाता है। फिर लाली भी मिटने लगती है। बेवरली धीरे-धीरे उसका हाथ सहलाती है।

शरद को रोना आ रहा है। यह बोलेगी तो मैं रो दूँगा, वह डर रहा है।

"नहीं, मठ की वैन में हम नहीं जा सकते।" श्रुति सड़क पर ही लड़ रही है।

"खाली थी, और कोई बात नहीं," शरद मुँह बनाता है, "इतना सामान लेकर..."

ढेर सारी खरीदारी की गई है।

"जाओ पाकिस्तान या कब्रिस्तान!" ज़ोर से आवाज़ आती है।

चारों कूद जाते हैं। तपाक से पीछे मुड़ते हैं, जिधर से आवाज़ आई थी।

ज़रा दूर पर तीन बुरकेवाली चल रही हैं। आगे तीन युवक मोटरसाइकिल पर सवार अभी-अभी उनकी बगल से निकले हैं।

"उनसे कहा।" शरद नाहक कहता है।

"तुम सफ़ाई क्यों देने लगते हो?" श्रुति पूछती है।

"आजकल यह सबकी सफ़ाई देते हैं!" हनीफ़ थैले सँभालता बढ़ जाता है।

"ऐसा नहीं कि दूसरी तरफ़वाले गालियाँ नहीं बकते।" शरद उसकी पीठ को ललकारता है।

पीठ रुक जाती है। उस पर टिका सिर घूमता है, " कितनी सुनीं हैं तुमने? कितनी सुनीं हैं इन दोनों ने?"

"तो नहीं हैं साबित हुआ?" शरद चिढ़ता है।

"होंगी, पर ऐसी खुली छूट..." बेवरली बोल रही है।

"तुम मत बोलो, तुम्हें नहीं पता।" शरद उसे लताड़ देता है।

हनीफ़ आगे किसी दुकान में घुस गया है।

शरद श्रुति से कहता है, "अब इसके साथ बाहर तो मेरी घिग्घी बँधी रहती है। कुछ पता ही नहीं, किस बात का बुरा मान जाएगा। चढ़ बैठेगा।"

"सही कह रहे हो।" बेवरली भी शरद पर डालती है, "तुम तभी हमदर्दी करते हो, जब दूसरा निरीह भोला बेचारा दीखे, चढ़ बैठे तो..."

श्रुति हनीफ़ के पीछे दुकान में घुसती है।

दोनों निकलते हैं तो एक के हाथ में बाल्टी है, जिसमें तीन झाड़ू पड़े हैं।

"मैंने क्या कहा उसे?" शरद बेवरली पर गुर्राता है, "जो चिढ़कर चला गया?"

"मुझे कहा।" बेवरली जवाब देती है, "मैंने जो मुँह खोला।"

"इतनी ठंड लग रही है दद्दू आपको?"

दद्दू उठकर हीटर बंद कर देते हैं, "क्या करूँ? इसे जलाऊँ तो गर्मी लगती है, बंद करूँ तो ठंड!"

"दद्दू, मैं कहानी लिखूँगी।" श्रुति बैठ जाती है। "इस सब पर नहीं,

सिर्फ़ कहानी।"

दद्दू मुस्करा रहे हैं, मंद-मंद सिर हिलाते।

'सावन के बादलों की तरह से भरे हुए
ये वो नयन है जिनसे जंगल हरे हुए।'

दद्दू सुनाते हैं, फिर पूछते हैं, "बताओ, किस भाषा में है और किसने कहा?"

"नहीं पता न?" वे हाथ चमकाते हैं, "जाहिल, सौदा की शायरी है।"

"हैं?" श्रुति अचंभे से देखती है।

"हैं!" दद्दू फिर हाथ मचकाते हैं, "इस तरह क्या कहानी लिखोगी? कुछ नहीं लिख सकती। तुम्हारा बेड़ा इज़ ग़र्क।" कहकर वे हँस पड़े हैं।

"इज़ नॉट।" श्रुति मुस्कराती है।

"चलो, मान लिया इज़ नॉट, पर मेरी मेहनत बढ़ा दी तुमने। अब चलूँ, तुम्हें भाषा सिखाऊँ !"

दद्दू अपनी किताबों में तल्लीन हैं। साथ-साथ कहते जा रहे हैं, "अरे, तुम लोगों को क्या पता है? खोल देखकर चीज़ पहचानते हो, अंदर क्या है उड़नछूँ! यह।" वे एक किताब चुनते हैं। "सुनो।" वे पन्ना पलटते हैं, " 'सजन तुम...' सुनो।"

"सुन रही हूँ।" श्रुति सीधी बैठ जाती है।

" 'सजन तुम मुख सिती उल्टो निक़ाब आहिस्तः आहिस्तः!' सुनो, अब यह मुख पर ग़ौर करो। 'सजन तुम मुख सिती, उल्टो निक़ाब आहिस्तः आहिस्तः।' सिती माने से। 'मुख से उल्टो नक़ाब आहिस्ता-आहिस्ता।'"

"कमाल है दद्दू!"

" 'कि ज्यूँ गुल से निकसता है गुलाब आहिस्तः आहिस्तः' "

"वाह-वाह!" वे लुत्फ़ से सिर हिलाते हैं।

"सौदा?" श्रुति पूछती है।

"नहीं, यह वली है। दोनों अठारहवीं शताब्दी के हैं। अरे, तुम लोग जानते क्या हो?"

पिक्चर हॉल में बम मिला।

हनीफ़ पीछे से आकर श्रुति को थाम लेता है, "अच्छा बाबा, बोल दिया था झूठ। नहीं पिया था दूध!"

श्रुति हँस दी, "मगर क्यों?"

"बस।"

"बअस क्या?" श्रुति उसे नज़रों से बेधती है, "दूध की बात थी ही नहीं।" हनीफ़ हल्के से मधुमालती को छूता है।

"तुम्हें बुरा लगता है न?" श्रुति हठ से उसका चेहरा अपनी तरफ़ करती है। हनीफ़ चौंकता है।

"तुम बनना नहीं चाहते, क्योंकि वह तंग करेंगे, मगर वह मस्ती से तुम्हें काटकर निकल जाएँ मानो इस काबिल नहीं...? है ना?"

"थोड़ा बुरा लगना लाज़मी है।" हनीफ़ शांत स्वर में मानता है, "मैं नहीं तैयार यह दीगर बात है, मगर उनका यही चाहना...।"

"मगर हनीफ़, तुम तो जानते हो, लोगों का क्या हाल होता है, जब उन्हें कुर्सी छोड़नी होती है।"

"मगर श्रुति रोटेशन में हर ऐरा-गैरा हेडशिप पाता है...।"

"जर्म ही छोड़ने होते तो पीलिया से भयानक न छोड़ते! ऐसे कुंद बुद्धि तो मुसलमान नहीं!" छोटे जोश लोगों की बातों पर हँस रहे हैं।

"तुम लोग मुझे रहने ही दो।"

"फिर मैं भी नहीं जाऊँगी।" श्रुति कहती है।

"यह तुम क्यों करती हो? ऐसे ही मैं गिल्टी फ़ील करता हूँ..." हनीफ़ मुँह बनाकर बोला।

"तुम क्यों गिल्टी फ़ील करते हो?" शरद दोस्ताने अंदाज़ में बोला।

"यार, कभी तो तुम खुद मुझे चलने को मना करते हो। अब मैं कह रहा हूँ तो 'चलो' कहते हो।" हनीफ़ के माथे पर बल पड़ गए।

"शायद नहीं-ई जाना चाहिए। अभी तुम्हें देखकर कहीं...गुस्सा...न करें लोग।" श्रुति सोचने लगी और बोली।

"इसे क्यों टारगेट बनाएँगे? अच्छा, रहने दो।" शरद हनीफ़ का चेहरा देखकर डर-सा गया।

"मगर तुम जाओ श्रुति। तुम्हें तो कोई कुछ नहीं बोलेगा।" हनीफ़ पीछे पड़ा।

'बोलेगा तुम्हें भी नहीं।' शरद दिलासा देना चाहता है, मगर ज़ोर से कहने की हिम्मत नहीं हो रही। हनीफ़ उसे अजीब तरह से आक्रांत कर रहा है।

दद्दू लगता है, तब से वहीं, वैसे ही बैठे हैं। पुरानी जिल्द की किताब खोले, अपने को ही शेर सुनाते, खुद दाद देते : "शब ए खिलवत में गुलरू सूँ खिताब आहिस्तह आहिस्तह।"

श्रुति फ़ोन वापस सही रखते हुए पूछती है, "वली?"

"आय हय, मिलन की रात में फूल से मुखड़ेवाला माशूक। नहीं, यह मीर है। यह तो आदमी, क्या लिखता है।"

श्रुति सोच रही है। वह कहना चाहती है—हनीफ़, जिस सड़क पर मैं बेखटके चल सकती हूँ और तुम डर-डर के, वह सड़क दोनों के लिए बदल चुकी है, वह सड़क दोनों में एक विकार की तरह उतर गई है।

"मैं अच्छी कहानी लिखूँगी दद्दू। इस सब पर नहीं। सच्ची।" वह कहती है।

"अय हय!" दद्दू कह रहे हैं, "क्या बात है।" पढ़ रहे हैं। ज़ोर से : "आफ़ाक की मंज़िल से गया कौन सलामत, सामान लुटा राह में याँ हर सफ़री का।"

"तुम्हारी उदारता इनके दुख-दर्द को देखकर काफ़ूर नहीं हो जाती?" शरद ने बेवरली से पूछा।

"मैं हिंदू थोड़े ही हूँ!" उसने जवाब दिया।

श्रुति जानती है हनीफ़ सो नहीं रहा। उसकी पीठ श्रुति की तरफ़ है और

अँधेरा है, तो भी। उससे रहा नहीं जाता और वह बढ़ाकर अपना हाथ हनीफ़ के कंधे पर रख देती है।

हाथ से बहता दिलासा और अपनापन हनीफ़ को बेचैन कर रहा है। उसका जीव सिकुड़ रहा है। वह कसकर हाथ झटकना चाहता है। गुस्से की टीस है, जो उस हाथ के नीचे है। बाकी सारा बदन एहसासहीन है, जैसे वहाँ जिल्द नहीं, एक खुला पड़ा घाव है, जिस पर श्रुति ने हाथ दबा दिया है।

टी.वी. पर जब विज्ञापन आते हैं दद्दू या तो बाथरूम जाते हैं या ग्लास भरते हैं या पत्रिका उठा लेते हैं। ट्रक के टायरों का विज्ञापन है—'व्हॉट कर्व, व्हॉट स्मूदनैस!' टायर के आगे औरत।

कब्ज़ का विज्ञापन है—औरत आधे स्तनों से लेकर जाँघों के ऊपर तक बदन पर हाथ फेर रही है। यहाँ कब्ज़ है!

"दद्दू नहीं देखते, तुमने देखा?" शरद हँसकर हनीफ़ और श्रुति से कहता है।

नंगी तस्वीरें देखकर जब हम मुँह नहीं फेरते तो क्या होता है? नग्नता हमारे खून में बहती है और बिना उसकी सोचे हम निकृष्ट, भड़कीले, ग़लीज़ ख़यालों की गिरफ़्त में आ चुके होते हैं।

दद्दू तो मुँह फेर लेते थे।

"क्यों नहीं तुम्हें बताना चाहूँगा?" हनीफ़ श्रुति हाथ पकड़े सामने की सड़क पर खाने के बाद सैर कर रहे हैं।

"बात अपनी जान माल की ख़ातिरी की नहीं है...वह तो हैं ही सलामत ...पर एक विस्तृत बदनामी, एक विस्तृत नफ़रत और विकृति का हिस्सा होने की है...मैं...जुड़ गया हूँ उससे।" हनीफ़ धीरे-धीरे कहता है।

"वे दूसरे लोग हैं।" श्रुति नहीं मानना चाहती।

"इस्लाम के नाम से जुड़ गया हूँ।" हनीफ़ कहता है।

"ग़लत।" श्रुति उत्तेजित है।

"तुम समझो श्रुति।" हनीफ़ कहता है, "ज़रा चुप रहकर सोचो। यह सब जो हो रहा है...मेरी...मुसलमानियत ज़बरदस्ती मुझ पर लद गई है।"

"वे लोग।" श्रुति समझाने लगी।...

"वे लोग हम लोग वाली थ्योरी बहुत सहूलियत-अंगेज़ है। जो हो रहा है, वहाँ हो रहा है, वे कर रहे हैं, हम अलग हैं, साफ़ हैं, कुछ और हैं। ऐसा हो सकता है?" हनीफ़ के शब्द सुलझे निकल रहे हैं, "हमारे अंदर कुछ नहीं हो रहा? सब बाहर हो रहा है?"

आजकल अँधेरा जल्दी होता है। सड़क ज़रा दूर जाकर कोहराई हो गई है। किनारों पर लगी बत्तियाँ धुआँ-धुआँ हैं।

"यह बलिदान करने का समय है।" महंतजी लाउडस्पीकरों से आकाशवाणी कर रहे हैं। "मूर्ति-भंजकों और गौ-भक्षकों से देवी हिसाब माँगती हैं।...हमें अपना कलंक धोना है...तभी फिर से शांति और अहिंसा से जीवन व्यतीत करने का युग लौटेगा..."

शरद बेवरली को यूनिवर्सिटी कैम्पस में खड़े होकर सुनवा रहा है और कहता है, "मगर यह न समझना कि सभी साधू-संत पाखंडी-उचक्के हैं। धार्मिक ताप हम शायद समझ ही नहीं पाते। हाँ, यह हो सकता है कि समाज में फैली अराजकता और पूर्वग्रहों ने इन्हें भी धर दबोचा है और यह भड़क गए हैं। और उग्रवादी तत्व इनको इस्तेमाल भी कर रहे होंगे। फिर मंदिर ध्वंस तो हुए ही हैं, उसका दुख तो होगा ही। इन्हें नहीं तो और किन्हें?"

"सर, हमारे कस्बे में चलकर बोलिए। लोग सुनना चाहते हैं। हम समाज भवन में सब बंदोबस्त करेंगे।"

हनीफ़ के छात्र आए हैं। यानी हनीफ़ बोले।

बेवरली के साथ शरद नए किस्म की बेफ़िक्री महसूस करता है। यहाँ वह कुछ भी कह सकता है। यह नहीं होता कि इस कहने का मतलब तुम हिंदूवादी हो गए, वह कहा तो मुसलमानों की तरफ़ चले गए, कभी नंदन का साथ दे रहे हो, कभी कापड़िया को माफ़ कर रहे हो।

"उनके फ़तवों की बात करते हैं, हमारे फ़तवे देखे?" शरद हँसता है,

"सैक्युलरों के फ़तवे!... कैसा टाइम आ गया है? हर शब्द तोलकर बोलना पड़ता है। ऐसा झपट्टा मारकर मतलब बताते हैं लोग!...उथल-पुथल तो ज़ाहिर कर ही नहीं सकते!" शरद का प्रलाप चल रहा है।

"ओह, कितने ज़बर्दस्त दौर से गुज़र रहे हो तुम लोग!" बेवरली विस्मय से कहती है।

"कोई भारतीय कह सकता है ऐसा? झटपट उसे अपराधी घोषित कर देंगे!"

"समुद्र मंथन की-सी स्थिति है। सब ओर उथल-पुथल है। किधर जाएगा, कैसे ठोस बनेगा...? ओह!" बेवरली का चेहरा ऐसा कि चमत्कार हो रहा है, जादुई समाँ है।

"कितनी भयानक बातें कितने निर्दोष तरीके से कर सकता हूँ तुम्हारे साथ। वहाँ तो..." शरद मुँह बनाता है, "कह दिया इनके पास विदेशी और आधुनिक ताकत है तो मुसलमानों के ख़िलाफ़ हो गया, कह दिया हिंदू भी कन्फ़्यूज़्ड हैं, यह कन्फ़्यूज़न का दौर है, तो प्रो-हिंदू हो गया।" अचानक शरद का गला भर आया।

बेवरली उसके माथे के बालों पर ममता से हाथ फेरने लगी।

शरद कुछ सोच रहा है, अंदर डूबा हुआ, ऊपर बेवरली के हाथ धीमे-धीमे उसके बालों को लपेट रहे हैं। वह बोलेगी तो मैं रो पड़ूँगा, वह डर रहा है, "बेवरली, मुझे इतना अच्छा लगता है कि तुम इन चीज़ों को पहले से नहीं जानती, निर्मल मन से जान रही हो। तुम बेवकूफी भरी बात कह सकती हो। तुम ख़तरनाक बात कह सकती हो। बेवरली, मैं यहाँ कुछ भी कह सकता हूँ।" शरद की आँखों में अजीब गीली-गीली चमक है।

बेवरली की उँगलियाँ प्यार से उसकी आँखों को छूती हैं। अचानक वह उसका हाथ पकड़ लेता है और होंठों से बेतहाशा चूमने लगता है, अपने गाल पर दबा लेता है, आँखों पर ढकता है, फिर दोबारा चूमने लगता है, कस-कसकर, और बोलता जाता है।

"मुझे खुद नहीं पता बेवरली, क्या बातें मन में हैं, क्यों किसी पर ज़्यादा दुखी हो जाता हूँ, मैं नहीं जानता। बात पहले निकल जाती है, उसका ख़याल बाद में आता है, वजह बाद में पता चलती है, अगर पता चलती है। क्या पता उसे भी बुरकेवालियों के लिए ज़्यादा दुख हुआ हो, क्या वह बता देगा मेरी तरह? मैं समझ ही नहीं पाता मैं क्यों चिल्लाता हूँ, हम एक हैं और फिर शक़ करता हूँ कि क्या हम एक हैं?"

बेवरली समझ नहीं पा रही कि शरद के पागलपन को कैसे रोके। वह रुक जाता है, बेवरली का हाथ छोड़ देता है और बेवरली पर बेहद उजाड़

नज़र डालता है।

दुनिया भर का अकेलापन उसके चेहरे पर छा गया है।

"बेवरली।" उसके होंठों का आकार कहता है। वह फिर से उसके हाथ उठाता है, धीरे से, दोनों हाथ, और उनकी हथेलियाँ खोलकर अपने चेहरे पर ढाँप लेता है। उनके पीछे अगर वह रो रहा है तो मैं नहीं देख पा रही।

"क्या ऐसा नहीं हो सकता सर, शरद सर, कि आप बोलें? हनीफ़ सर को लेकर कहीं गड़बड़ न हो।"

वही छात्र शरद और हनीफ़ से डिपार्टमेंट की इमारत के बाहर धूप सेंकते हुए पूछ रहे हैं।

यानी हनीफ़, तुम चुप रहो।

देखा, हितैषी भी बोल रहे हैं, बोलिए, बैरी भी बोल रहे हैं, बोलिए! हितैषी कह रहे हैं, चुप रहिए, बैरी कह रहे हैं, चुप रहिए! वही शब्द। कितना आसान हो चुका है ग़लत समझना। उलझ जाना।

यह सीन इसी तरह हुआ था। पहला पत्थर पड़ा तो शरद ने बस हाथ उठा दिया, 'ठहरो'। और बोलता गया। शायद ऐसा भी होता है। पत्थर पड़े तो उस पल में हम निडर हो जाते हैं और हर अंजाम के लिए तैयार होकर लयदार रवानी से बोलने लगते हैं।

शरद ने हाथ उठाया तो पत्थर मारनेवाले के पीछे भागने को उठे छात्र चुपचाप बैठ गए।

"सोचिए," शरद ने हाथ नीचे किया था, "जब मतभेद रखने का जवाब पत्थर होने लगे तो हमें जान लेना चाहिए कि हम उस मोड़ पर आ ही गए हैं, जहाँ अब भी नहीं सँभले तो संस्कृति का ह्रास कोई रोक नहीं सकता।

आख़िरी मौक़ा। अब भी नहीं तो हमेशा के लिए हम चुप ही हो जाएँगे। उस समाज व्यवस्था को ले आएँगे, जिसमें पत्थर तय करेंगे हमारी गतिविधियाँ।"

हम तैयार बैठे थे, क्योंकि हवा में ज़्यादा कलफ़ लग चुका था और वह तनाव से कड़कड़ा रही थी, मगर जब तक पत्थर नहीं पड़ा था, सारा तनाव हास्यास्पद लगता रहा था। जिस तरह हम घबराकर चारों ओर चोर-निगाहों से देख रहे थे, कलफ़ लगी हवा को दिमाग में महसूस करते, उस पर खुद हमें ही झेंप हो रही थी। डर, जनाब उधर लगता है, और पत्थर, जनाब, उधर पड़ते हैं! हम अपने डर पर झेंप रहे थे।

पत्थर पड़ा तो हम और भी झेंप गए। दिल धड़धड़ाने लगे कि मानो हम अपनी कायरता पर शरमा गए। झेंप मिटाने को बहुतों ने सामने बैठे श्रोता से आँख मिलाई और खिसियानी मुस्कान मारी। जैसे गंभीर बैठे रहे तो इस ज़रा से पत्थर को बड़े हादसे का गुमान दे देंगे, अपने को शहीद समझने लगेंगे!

श्रुति का दिल ज़ोरों से धड़कने लगा था और वह भी सामने बैठी महिला से आँख मिलाकर मुस्करा दी थी। जैसे पत्थर एक मज़ाक था और उसे पता था।

जो छात्र हड़बड़ाकर उठे थे कि पत्थरवाले को पकड़ें, वे शरद के इशारे पर कि 'कुछ न करो', ऐसे संयमी बड़ों की तरह हाथ उठाकर, फिर बैठ गए थे।

और मानो पत्थर के पड़ने से शब्दों की गाड़ी, जो अटक-अटककर चल रही थी, खटाक से पटरी पर सही बैठ गई और सीधी, संतुलित, अच्छी रफ़्तार से चलने लगी।

"तुम अपने आपको हिंदू कहते हो?" शरद शांत स्वर में ताप लेकर बोल रहा था, "विवाद तो हिंदू धर्म और संस्कृति के मूल में है। खंडन-मंडन की परंपरा, शास्त्रार्थ का रिवाज़, क्या तुम लोग नहीं जानते? कोई एक मत है हिंदू जाति में? विपुल मत हैं। और रहेंगे। मेरी सुनो और जवाब दो कि जिस महान जाति के लिए तुम चिंतित हो, उसकी संस्कृति, परंपरा, धर्म को इतना निकृष्ट, दमघोंटू, संकीर्ण बनाकर तुम इसमें हिंदू छोड़ ही क्या रहे हो?"

कम्यूनिटी हॉल में सब बैठे थे। एक भी मुसलमान नहीं आया था, हमारे हनीफ़ जैदी को छोड़कर। ट्यूबलाइटें लगी थीं और जल्दी ही जला दी गईं। नीचे बिछे गलीचों पर नंगे पैरों के स्थायी धब्बे थे। दीवार से सटकर माइक का तार मंच तक पहुँच रहा था। मंच नहीं था, बस एक सफ़ेद चादर थी, जिस पर माइक रखा था।

कस्बे में भी वही सवाल उठाए जा रहे थे, जो और जगह और इसीलिए शरद के वक्तव्य से कुछ पाने लोग आए थे।

अधेड़ उम्र के दंपति थे। आदमी पालथी मारकर बैठे हुए, औरतें घुटने एक तरफ़ को मोड़कर, साड़ियाँ सँभाले हुए। लड़के-लड़कियाँ छोटे झुंड बना कर दरवाज़ों से लगकर खड़े थे या उकड़ूँ बैठे थे।

"सवाल करें, जवाब दें, बहस करें, मगर पत्थर?"

"यूनिफ़ॉर्म कोड तो होना ही चाहिए, मगर हमारी चिढ़ के कारण नहीं। अभी कहीं यूनिफ़ॉर्म कोड नहीं है। हिंदुओं का भी अपना कोड है। उसमें भी पूरी समानता नहीं है। पुराने, प्रचलित, रीति-रिवाज़ों को मान्यता दी गई है। तभी दक्षिण में मामा-भांजी शादी कर सकते हैं, तभी कुछ हिंदुओं में बग़ैर सप्तपदी के भी विवाह संपन्न हो जाता है, आदिवासियों-कबीलों के अपने तौर-तरीके हैं, बिन विवाह संबंध भी हैं, तब तो हम नहीं भड़कते। इस देश में न जाने कितनी रूढ़ियों का निवारण होना है, नई सोच के मुताबिक, कि कहाँ एक-सा क़ायदा लागू होना चाहिए, कहाँ विभिन्नता रहने दी जाए, देश की सांस्कृतिक राशि को उज्ज्वल रखने के लिए, मगर यह बातें दुश्मन-भाव से नहीं तय होंगी, दोस्ताना वाद-विवाद से, सभी की भागीदारी में तय होंगी।"

वह उस बरस की आख़िरी ऐसी सभा थी। खूब शोर मचा था कि हिंसा भड़कानेवाली सभाएँ बंद करो और बंद हो गई थीं ऐसी सभाएँ।

"इस्लाम कोई मास प्रोडक्शन की फ़ैक्टरी नहीं," शरद ने माइक पर कहा था, "कि उसमें से निकला हर शख़्स एक-सी संकीर्ण और कट्टर और लड़ाकू सांस्कृतिक तथा धार्मिक सोच का एक जैसा नमूना हो, बस नाम अलग-अलग हों!

"यह भी तो देखिए कि हम किसी भी मुद्दे पर बात करते हैं, असम, पंजाब, उत्तरपूर्वी भारत के मसले, तब तो हम बहुत से तत्वों की बात करते हैं, प्रशासन, आतंकवाद, कुंठाग्रस्त सामाजिक तबके इत्यादि। कभी मुस्लिम सांप्रदायिकता को लेकर क्यों नहीं मिले-जुले तत्वों की बातें करते?"

"ज़रूरत है," वह बारंबार बोलता चला गया था, "कि रूढ़िग्रस्त लोगों में भरोसा, शिक्षा, अपनेपन का जज़्बा आए, हिंदू में भी, मुसलमान में भी, और धर्मों में भी। उनकी कुंठाएँ, उनके आपस के शक़ों को इंसानियत के असूलों से सुलझाया जाए। यहाँ कोई ग़ैर नहीं है..."

"चुप कर ग़ैर हिंदू!" दूसरे पत्थर के साथ खिड़की टूटी थी, दर्प भरी आवाज़ आई थी।

तीन पत्थर मारे गए थे उस सभा में। पुलिस को आना पड़ा था और जिस वक़्त शोर चल रहा था 'बोलने तो दीजिए' 'बोलने तो दीजिए' हनीफ़ ने उठकर माइक सँभाला था और वह भी बोला था।

"ग़ैर हिंदू मैं नहीं हूँ, तुम हो।" शरद ने दूसरे पत्थर का जवाब दिया

था और आगे बोलता चला गया, "मैं हिंदू हूँ। एक हिंदू होने के नाते मैं चुप नहीं रह सकता। मेरी विपुल संस्कृति, जो इस धर्म से जुड़ी है, मगर और स्रोतों से भी रची है, उसे झुठलाकर मेरा नाम तुम नहीं हड़प सकते। तुम हिंदू नहीं हो। तुम अरसों-बरसों से जड़ पड़े हिंदुत्व के हिमायती हो। ऐसा जड़ कोई हिंदुत्व है ही नहीं। एक बिंदु पर अटकी कोई परंपरा हो ही नहीं सकती।"

"तुम अपनी ग़लती भी नहीं देख पा रहे। न मैं धर्म के ख़िलाफ़ हूँ, न आधुनिकीकरण के, न भारतीय सभ्यता के, न यूनिफ़ॉर्म कोड के, न यह सब परस्पर टकरानेवाले तत्व हैं। ये सब ज़िंदा, हरकत से भरपूर तत्व हैं, वक़्त और समाज के असर के साथ बदलते हुए और हमें मिलकर उन्हीं का सुघड़ सामंजस्य बनाना है।"

'जै जगदम्बे' के नारे लगाते उग्र युवक बाहर निकल गए थे। शरद की आवाज़ सुनाई नहीं पड़ रही थी।

"निवेदन है कि सहिष्णुता और संयम बनाए रखिए। पहले वक्ता को सुनिए। खुलकर सवाल करेंगे, मगर बदतमीज़ी मत करिए।" जो छात्र अपने टीचरों को लेकर आया था, माइक उठाकर बोल रहा था।

"हमें सोचना है कि हम किधर जा रहे हैं? आज हमें अपना मुँह खोलने के लिए पहले हाथ जोड़कर सहिष्णुता की विनती करनी होती है, कल..."

छात्र के बगल में हनीफ़ खड़ा हो गया था। वह बोलने लगा था।

"सुनिए आप लोग । हम बार-बार गलत शुरुआत कर रहे हैं। पीछे जाते हैं ज़ुल्म खोजने। मैं कहता हूँ शुरू यहाँ से करिए, अभी से, आज से, और ख़ूबसूरती से।"

'मुसलमान हैं'...'हनीफ़'...सभा में खुसरफुसर फैली।

"हाँ, मैं मुसलमान हूँ और मैं वह सब कह रहा हूँ, जो शरद ने कहा। मैं सुधार की माँग कर रहा हूँ, मुसलमानों में भी, औरों में भी। सारे धर्मों के कट्टर तत्वों को बढ़ने देने के ख़िलाफ़ बोल रहा हूँ। जिन हिंदुओं ने और जिन मुसलमानों ने मज़हब को इतना घिनौना बना दिया है, उन दोनों के ख़िलाफ़ बोल रहा हूँ..."

"चुप बे ग़ैर हिंदू" की चीख पर उड़ता तीसरा पत्थर आया था। जो सीधे शरद के कपाल पर लगा।

हनीफ़ इतना ही कह पाया था कि "आज से और यहीं से" क्योंकि सबसे शुरुआती बात यही थी कि जो आज और यहाँ था, उसके लिए कोई माफ़ी नहीं दी जा सकती थी।

शरद को फ़र्स्ट-एड की ज़रूरत पड़ी थी। सभा तितर-बितर हो गयी।

वह उस बरस की ऐसी आख़िरी सभा थी।

जिस तरह हमारा शहर बँट चुका था ऐसी सभाएँ फिर नहीं हो सकीं।

हमारा शहर आधा हिंदू, आधा मुसलमान नहीं था, हमारा शहर बन चुका था आधा हिंदू-नहीं, आधा मुसलमान-नहीं।

मगर पत्थर गिरे तो यह भी होता है कि जोशीले वाक्य हवा में भरते-भरते कोई धक से खाली हो जाता है और चुप हो जाता है जैसे पत्थर नहीं, गरम मोम है, जो होंठों पर गिरकर जम गई है।

हनीफ़ चुप हो गया है।

और दद्दू भी परेशान लग रहे हैं।

और मैं जो कलम खोले बैठी हूँ, बेहद डर गई हूँ कि इसी तरह सब मुँह सीए बैठे रहे तो मेरे तो कलम की स्याही सूख जाएगी और उसे कागज़ पर चलाऊँगी तो क्या हवा की तहरीर बनकर रह जाएगी?

"सुना कि मुसलमानों ने पत्थर मारकर आपकी सभा भंग कर दी?" डिपार्टमेंट में लोग पूछ रहे हैं।

"ऐं?" शरद के मुँह से निकला है और वह निपट उल्लू लग रहा है।

महरी की घंटी पर श्रुति दरवाज़ा खोलती है। महरी साड़ी का फेंटा बाँधकर, उसे ऊँची करके, किचन की तरफ़ बढ़ती है। खन टनन टन, खूब शोर करती हुई बर्तन धो रही है।

श्रुति पालथी मारकर झूम रही है जैसे भजन मंडली में लोग करते हैं। यक़ीनन उसके दिमाग में भजन नहीं चल रहा मगर कुछ चल रहा है, क्योंकि यों झूमना उसके सोचने की क्रिया होती है।

"दरवाज़ा बंद कर लीजिए," महरी आवाज़ लगाती है। "साहब नहीं हैं?" श्रुति के आने पर महरी पूछती है।

"तुम्हें नहीं पता...?" श्रुति मुस्कराकर शुरू करती है।

वह कहने जा रही थी कि यूनिवर्सिटी खुल गई है, इस वक़्त वह लेक्चर

देते हैं। पर अपने ही शब्द 'तुम्हें नहीं पता,' पर वह घबरा गई है, जैसे उसके आगे किसी अनिष्ट का संदेश हो। 'तुम्हें नहीं पता, कल वे एक सड़क दुर्घटना में...'

"क्यों?" वह असहज हो गई है।

"कल यहीं थे, इसलिए पूछा।" महरी नितांत बेपरवाही से सीढ़ियों पर रखी अपनी चप्पलें पहनकर उतर गई।

"सुना, वहाँ भी आग लगा आए!" कापड़िया खीसें निपोरता है। "जहाँ-जहाँ चरन पड़े संतन के तहाँ-तहाँ बंटाधार?"

दद्दू चुप ही नहीं हैं, उनकी भृकुटि भी तन गई है।

"नंदू फंदू का असुरक्षा का भाव ठीक हुआ?" श्रुति चुप्पी तोड़ना चाहती है।

"ताक़तवर की असुरक्षा ताक़त रहे तो ही ठीक होगी। देखें।" शरद कहता है।

"दद्दू, यह तड़ीपार होता क्या है?" श्रुति पूछती है।

"बेटे वह..." दद्दू घूँट लेते हैं तो उनके गले पर रोशनी हिल जाती है। वह समझा रहे हैं।

"पता है वहाँ," शरद किसी दूसरे डिपार्टमेंट की बात कर रहा है, "उसने," वह किसी रीडर का ज़िक्र कर रहा है, "फ़लाने," वह किसी हाल ही में नौकरी से लगे लेक्चरर की बात कह रहा है, 'के अपॉयंटमेंट पर लिखित ऐतराज़ करना चाहा था? सारी कमेटियों से रिज़ाइन करके वी. सी. को शिकायत का ख़त लिखा था? पर बाक़ी विभागवालों ने मेमो सर्व करने की धमकी दी तो उसने शिकायत वापस ले ली।"

"किस बात पर?" श्रुति मुड़ी है।

"कि जब यहाँ लायक लोग हैं, तो बाहर का कोई क्यों सेलेक्ट हुआ है?"

"हुँह! आज..." हनीफ़ मुँह बिचकाता है, "उसे चुप होना पड़ा। कल इसी बात पर वह शहीद माना जाएगा। हीरो बनेगा।"

"...कनपटी पर।" दद्दू श्रुति से कह रहे हैं।

"उसे नहीं बोलना चाहिए था। अपने दोस्त से कह दो, बेकार ख़तरे न मोल ले।" बेवरली धीमे से कह रही है।

"ख़तरे?" शरद ज़ोर से हँसता है, "कहीं कुछ सुनकर आई हो और डर गई?"

"हँसो मत।" बेवरली उठ जाती है, "जब तक कोई छुरा न भोंक दे, ख़तरे का वजूद नहीं दिखेगा?"

"छुरा?" शरद और हँसा, "हम लोगों को?"

बेवरली अपने जूतों के फीते बाँध रही है और उसके चेहरे पर चिढ़ उभर आयी है, "जी चाहता है कि मैं ही छुरा भोंक दूँ ताकि तुम सचेत तो हो जाओ।"

"बेवरली।" शरद उसे खींचकर बैठा लेता है, "दाँत मत पीसो। मैं डर जाता हूँ..." "ऐसे मत घूरो मुझे।" वह दुखी लग रहा है।

बेवरली भी दुखी लग रही है। कॉलोनी से बच्चों के खेलने की आवाज़ें आ रही हैं।

"मैं शर्मिंदा हूँ बेवरली।" शरद माफ़ी माँगता है, "मुझे ऐसे छोड़कर मत जाया करो।" हल्की-सी घबराहट उसकी आवाज़ को कँपा देती है।

"तुम सभा में तो इतना अच्छा बोल रहे थे। यहाँ..." बेवरली बात पूरी नहीं कर पाती।

"जब माइनॉरिटी पर हमला होता है, मैं उनकी तरफ़ से मिट जाने को तैयार हो जाता हूँ। माइनॉरिटी को पुचकारना हो, हम बारंबार दौड़े जाते हैं, मगर माइनॉरिटी को ज़रा भी ग़लत बताने में हम हकलाने क्यों लगते हैं?"

दोनों स्तब्ध हो गए हैं। शायद ग़ैर इरादे यह शब्द शरद ने अपने को कहते पाया है।

"मैं बहुत शर्मिंदा हूँ।" वह बेचैनी से खड़ा हो गया है, "हममें...मेजॉरिटी होने का इतना अपराध-बोध है कि दूसरे को ग़लत देखकर भी खुद हम ही शरमा जाते हैं...क्या?"

"बेवरली।" वह सहमकर कहता है। बेवरली उसका हाथ अलग झटक देती है।

"बोलने तो दो मुझे।" शरद की आँखों में आँसू हैं, "मुझे मत छोड़ो।" उसके गले में अटका पड़ा है।

डिपार्टमेंट की सीढ़ियों पर प्रोफ़ेसर नंदन ने फूलों के गमले रखवा दिए हैं।

उनकी कोशिश होगी कि स्पेशल असिस्टेंस रिव्यू कमेटी से कंप्यूटर के लिए भी पैसा माँग लें।

गुलदाउदी के गमले हैं। बीच-बीच में बड़े-बड़े गेंदे भी सजा दिए हैं। उनका केसरिया रंग अलग चमक रहा है।

"यह समय टॉक-वॉक देकर हीरो बनने का नहीं है।" हेड साहब की आवाज़ आ रही है।

हनीफ़ डिपार्टमेंट के दफ़्तर में कुछ टाइप कर रहा है।

"हम हिंदुओं के सेंटीमेंट्स को कब तक अनदेखा करेंगे? मुसलमान तो करते ही हैं, हम भी कर रहे हैं। एक मुसलमान बता दीजिए जो हिंदू हित की बात करता हो।"

"और हमारे जगप्रसिद्ध तरक्कीपसंद मुसलमान भी अपने ही हितों की माँग करते हैं।" उर्मिला कह रही हैं।

हनीफ़ टाइप बाबू की तरफ़ देखता है, वह किसकी सुन रहा है?

"यह जो हो रहा है हिंदू धर्म का अपवाद है, मगर उन्हें दुश्मन बनाकर हम कुछ नहीं कर पाएँगे, बस और अकेले पड़ जाएँगे। यह आप क्या कर रही हैं?" नंदन का स्वर बदल जाता है।

"आपने कभी नहीं खाया?" उर्मिला उल्लास से पूछती हैं।

हनीफ़ निकल आया है। उर्मिला ने गेंदे के फूल को तोड़कर उसकी पीली पंखुड़ियाँ नोच दी हैं और अंदर एक छोटा-सा सफ़ेद बीज मुँह में डाल लिया है।

"मैं डर रहा था कि लड़कियाँ बालों में लगाने को फूल चुराएँगी, यहाँ आप उनसे नाश्ता कर रही है।" नंदन हँसे। हनीफ़ को देखकर सिर हल्का-सा हिलाते हैं और 'कट' करते आगे सीढ़ी चढ़ जाते हैं।

हनीफ़ खड़ा है। कोने में पड़े कूड़ेदान के बाहर भी पीली-पीली पंखुड़ियाँ छितर गई हैं।

किसी को दिलचस्पी नहीं है कि बैंड-एड लगाए शरद की तस्वीर अख़बार में तीसरे पन्ने पर छपी है।

अख़बार में संपादक के नाम चिट्ठी है "शरद और हनीफ़ के वक्तव्य बहुत बढ़िया रहे, आज के युग में उन्हीं के जैसा कलेजा चाहिए, और यह तो अच्छी बात है कि यह लोग छुरेबाज़ी, दंगों, बमबारी से दूर हैं, इसलिए और तरह की बातें बेहिचक बोल सकते हैं।"

दद्दू नेलक्लिपर से नाखून काट रहे हैं, दीवान पर ही बैठे, मगर आधा बदन टेढ़ा उठाकर, जिससे सुबह की धूप उनके हाथों को उजला रही है। शरद अपने होंठ चबाता है। दद्दू नेल फ़ाइल से नाख़ूनों को घिसकर फूँक मारते हैं।

"अब बाहरवाले हमें हमारा धर्म सिखला रहे हैं!"

डिपार्टमेंट की डाक में बेनाम ख़त पहुँचा है।

हनीफ़ की मेज़ के दाहिनी तरफ़ की अलमारी में किताबें खचाखच भरी हैं। बाईं तरफ़ खिड़की है और उसके बाहर सीढ़ियाँ जिन पर कोई गुज़रे तो उसका अक्स शीशे की अलमारी में झलकता है। कोई अपने बच्चे को लेकर उतर रही है।

"ऑफ़िस है मम्मा?"

"हाँ, ऑफ़िस है। श् ! श् ! श् !"

हनीफ़ अलमारी की तरफ़ देखता है तो उस औरत से नज़रें मिल जाती हैं। दोनों जल्दी से आँखें फेरते हैं। उसके निकल जाने पर हनीफ़ खिड़की का परदा फैलाता है।

शरद की क्लास से आवाज़ आ रही है, "किसने तुम्हें बताया कि ज़्यादा से ज़्यादा मुसलमान नदवा और दारुल-उलुम जैसे शिक्षा के इदारों में पढ़ते हैं? कितने ही इस्लामिया स्कूलों में पढ़ते हैं, जहाँ मॉडर्न तालीम दी जाती है—अंग्रेज़ी, गणित, विज्ञान—और किसने कहा कि नदवा जैसी संस्थाओं से बस कट्टर हिंदू-'हेटर निकल रहे हैं? क्या गुरुकुलों से सिर्फ़ मुसलमानों के दुश्मन आ रहे हैं?"

"ओ ऽऽ सर!" किसी लड़की की आवाज़ बड़ी प्रभावित लगती है।

"सुनो।" हनीफ़ शरद की इस भाषणस्वरूप आवाज़ को खूब जानता है, "किसी धर्म में एक ही तर्क नहीं माना जाता। जब-जब कोई गुरु कट्टर बात निकालता है तो दूसरा ज़रूर ही उसका उल्टा कहता है। फ़तवा की ही बात ले लो। फ़तवा देनेवाला एक लीडर नहीं, बहुतेरे हो सकते हैं। एक कहेगा कुरान में औरतों को यह बताया गया है तो कुरान से ही दूसरी आयत कुछ

और कहेगी। सय्यद अहमद बरेलवी ने कहा कि हिंदुस्तान दारउल हर्ब है, अब यहाँ मुसलमानों का राज नहीं इसलिए हिजरत करो, माने छोड़ो इस मुल्क को, तभी दूसरा फ़तवा आया कि हिजरत की ज़रूरत नहीं है, क्योंकि यह देश दारुलअम्न है।"

"ओ ऽऽ सर!" उसी लड़की की वैसी ही ओ ऽऽ आती है।

"न ही यह बात है कि फ़तवे सिर्फ़ शरीअत या हदीस के हिसाब से दिए जाएँ। फ़तवों की अपनी राजनीति भी होती है। हर धर्म में, हर वक़्त, दोनों आवाज़ें उठती हैं। यह तो हमारी पोलिटिकल चौयस है कि हम किस आवाज़ को सुनना चाहते हैं। क्या?" उसने रुककर पूछा है।

हनीफ़ परदा फिर खींच देता है। वह कुर्सी पर बैठा सोच रहा है कि इस आदमी पर भरोसा हो सकता है?

ददद्दू कह रहे हैं कि लोगों में वहशियाना तत्व हमेशा से थे। बार-बार वे दौर आएँगे, जब उनका वहशी पागलपन बाहर आएगा।

"तुम अंदाज़ लगाओ, क्या नशीली आज़ादी होगी ऐसे पागलपन की!" वे श्रुति को बता रहे हैं।

"जब," वे कहते हैं, "वही लोग, जो कल तक हम और तुम थे, अचानक वहशी दरिंदे हो जाएँगे।" श्रुति को उनकी आँखें डरा रही हैं।

"और कल फिर हम और तुम बन जाएँगे।" वे हाथ इस अंदाज़ में हिलाते हैं कि बस दिक़्क़त क्या है?

"दरिंदों से बचना है," वे अब श्रुति को चिढ़ा रहे हैं, "तो मेरे साथ इसी कमरे में बंद हो जाओ। जहाँ-जहाँ घूमना है, वहाँ की तस्वीर टाँग दूँगा और तुम्हें यहीं बैठे-बैठे घूमना सिखा दूँगा!" श्रुति मुस्करा देती है।

"पर अपने उस निखट्टू मियाँ की तरह उन दरिंदों से सवाल-जवाब करने लगोगी तो फिर तुम भी फँस जाओगी। उनसे उन्हीं की तरह बात करनी पड़ेगी और उसमें कोई उनसे नहीं जीत सकता। अब यह तो हो नहीं सकता कि वह तो आएँ और तुम्हें एक लात लगाएँ और तुम बस कहो यू ब्लडी नॉन प्रोग्रेसिव!! तुम्हें भी लात ही उठानी पड़ेगी!"

इस बात पर ददद्दू लात उठा देते हैं। मारने नहीं, फैलाने के लिए, क्योंकि वे जब हँसते हैं तो इसी तरह तन-मन खोल देते हैं और दीवान तक को खुश कर देते हैं!

"लड़ना तो पड़ेगा," श्रुति कहती है।

"अरे बाबा तो लड़ ना, जब वे फिर से हम और तुम हो जाएँ!" दद्दू ने कहा तो हँसकर है, मगर कह चुकने के बाद हँसना रोक दिया है।

आज अख़बार में दो पत्र आए हैं।

एक 'माफ़ी माँगो' कह रहा है। "इन्होंने हिंदुओं की धज्जियाँ उड़ाने के लिए सभा में बोलना स्वीकारा था। यह शिक्षा देते हैं कि अधर्म?"

दूसरा कहता है, 'हम दब्बू हैं।'

"तुम्हें क्यों ज़रूरत पड़ी बोलने की?" शरद ने हनीफ़ से पूछा।

हालाँकि जब बेवरली डरी थी तो वह हँस दिया।

"जवाब देना चाहिए?" डिपार्टमेंट के सामने टीचर और छात्रों के झुंड में से प्रश्न होता है।

सर्दी बढ़ गई है और लोग एक पैर से दूसरे पर बल डालते धूप की गर्मी सोखना चाहते हैं।

"जगह, संख्या, माहौल दब्बू या उग्र बनाते हैं..." एक छात्रा कह रही है।

"जैसे हमें।" एक छात्र उबल पड़ता है, "हम बदला लेंगे।"

"किससे किसका?" वही छात्रा भी उबाल दिखाती है, "मैं तुम्हें सता करूँ क्योंकि तुम्हारे पूर्वजों ने मेरी पूर्वजों को सती किया?"

"आप तो न बोलिए मेम साहिबा।" छात्र चिढ़कर कहता है, "जिसे औरत का भ्रष्ट होना सही लगता है, उसे मंदिर के भ्रष्ट होने पर क्यों रंज होगा?"

"व्हॉट इज़ दिस?" बहुत से टीचर और शरद और हनीफ़ भी, उस लड़के को टोकते हैं।

"आप तो न बोलिए सर! जो अपनी बेटी समान छात्रा की पवित्रता मैली कर सकता है..."

हनीफ़ स्तंभित है।

"जवाब तो लिखना पड़ेगा, कर्रा।" शरद ने कहा।

"मेरी मानिए जल्दी से कोर्स निपटाइए। अभी सब सुचारु ढंग से चल रहा है।" प्रोफ़ेसर नंदन, बच्चों के साल न बरबाद हों, इस अभियान में जुटे हैं।

"नहीं-नहीं, कोई ज़रूरत नहीं कि उस हक़ के लिए भाषण दो।" श्रुति की आवाज़ में चिल्लाहट है, "हिंदू-मुसलमान सबको सुधारने का सरकार से ठेका मिला है क्या?"

शरद भी श्रुति को देखकर चिंतित लगता है, "एक तो ज़रूरत नहीं थी कि तुम बोलते, तुम मुसलमान हो।"

"सब मेरा नाम पहले से जानते थे।" हनीफ़ सफ़ाई देता है।

"तब तो और ज़रूरत नहीं थी। ऊपर से तुम हिंदुओं की बुराई भी करने लगे।"

"तुम क्या कर रहे थे?" हनीफ़ तिलमिलाता है।

"यार, मुझमें और तुममें फ़र्क है, हम कब तक नहीं मानेंगे?"

"अब इस तरह पर उतर ही आए!" श्रुति ताना कसती है।

"यह कोई भावुक आदर्शवाद..." शरद सफ़ाई देनी शुरू करता है।

"शरद," श्रुति तड़पकर कहती है, "जो हम कहते रहे हैं, जो हम हैं, भावुक आदर्शवाद हो गया? अगर है तो इतना अटल और सुंदर और असल है कि उसी की बिना पर हम जिएँगे और हम बहुत सारे हैं..."

"श्रुति," शरद ने बढ़कर उसका हाथ पकड़ लिया है, "एक ट्रैजेडी हो चुकी है। यह सच है कि हम एक हैं, पर यह भी सच है कि हनीफ़ और शरद के दो मतलब बन गए हैं..."

हनीफ़ पहले से चुप था। श्रुति और शरद भी चुप हो गए।

दद्दू हाथ हिला-हिलाकर कुछ कह रहे हैं, मगर श्रुति का मन भटक रहा है। ऊपर से चहलकदमी की आवाज़ आती है।

"एक मिनट," श्रुति दद्दू से कहती है। वह जल्दी-जल्दी सीढ़ियाँ चढ़ती है। दरवाज़ा खुला है। वह हैंडल घुमाकर अंदर जाती है।

हनीफ़ आरामकुर्सी पर मधुमालती की तरफ़ चेहरा किए बैठा है। उसकी गोद में एक मोटी किताब खुली रखी है।

श्रुति धीरे से दरवाज़ा बंद करके नीचे लौट आई है।

ताज्जुब। दद्दू कुछ कह रहे हैं और ऊपर से फिर से चहलकदमी की आवाज़ आ रही है।

श्रुति कैसे फिर कहे, 'एक मिनट', वह इसी पशोपेश में है।

दद्दू कह रहे हैं "...उसे भी करेंगे जो सुखद है..."

जैसे ही वे बाथरूम जाने को उठते हैं, श्रुति उछलकर ऊपर जाती है। हनीफ़ उसी तरह बैठा है। श्रुति विस्मय से देखती है।

"क्या है?" हनीफ़ चिड़चिड़ाया है।

आज का लेख अवकाश-प्राप्त हाईकोर्ट जज ने लिखा है, जो मठ के महंत के भारी भक्त हैं, कापड़िया फ़ोन करके बताता है।

"आप लेटर टू एडिटर तो ज़रूर भेज दीजिए।" बाबू पेंटर का भी फ़ोन आज ही आया है।

दद्दू चुप बैठे हैं। ननकऊ आकर उन्हें हिसाब की पर्ची दिखा रहा है। दद्दू गौर से जाँचते हैं, कुछ पूछते हैं, फिर जोड़ते हैं। हाथ बढ़ाकर मेज़ पर रखा अपना बटुवा उठाते हैं और सौ रुपए का एक नोट देकर फिर दीवान पर बैठ जाते हैं।

और तो और, उन्होंने दीवान का मुँह ऐसा रखा है कि ग़लती से भी बाहर नज़र न उठे। कभी श्रुति मधुमालती दिखाने के लिए आवाज़ देती है तो मुड़कर झाँकते हैं।

वे चुप बैठे हैं।

दूसरी दुकान पुल के पास है।

उँह मैं ख़याल को अलग झटकती हूँ। यह सारी कारस्तानी दद्दू की है, जो उन्होंने बात-बात में सुना दिया है कि हमारे-तुम्हारे जैसे लोग ही हैं जिन्हें कभी-कभी दौरा पड़ता है।

यह दुकानदार जवान छोकरा है।

पहले तो वह ऐसी सिरचढ़ी नज़र से औरतों, बुजुर्गों को, नहीं घूरता

था? न ही उसके होंठों के कोने राजपूत की मूँछों की तरह नुकीले मुड़ जाते? ऐसा लगता है कि डर नाम के पखेरू से वह सरासर अनभिज्ञ है!

येल्लो, मैं क्यों डर रही हूँ!

अब आना तो है ही मुझे यहाँ, स्याही लेने।

या तो यह नतीजा है श्रुति का उस छात्रा की पवित्रता वाली बात सुनकर हिल जाना, देखकर।

उसके भीतर डर-गुस्सा-शर्म एक साथ लपके थे। उस छात्र ने हिंदू-मुसलमान, बर्बर सभ्य, नैतिक-अनैतिक, आज के, बीते, सारे विवाद और उलझाव में औरत की जगह दिखा दी थी। एक मंदिर यानी पूजा स्थल, जिसे इनसान या हैवान यानी पुरुष, पूजेगा या भ्रष्ट करेगा। उस पर हिंदुआई करेगा या मुसलमानी।

औरत का क्या होगा? श्रुति ने उस छात्र की बात पर सोचा था और मुझे डरा दिया था।

शरद और बेवरली का जवाब बाबू के अख़बार में आया है।

'फ्री डिबेट आख़िर कब से बुरी चीज़ मानी जाने लगी है? शिक्षा संस्थाओं और शिक्षक छात्रों में सवाल-जवाब होना कब से अधर्म की सीख देना हो गया? गज़ब है कि सवाल डिबेट बंद करने का उठाया जा रहा है और मठ, जो अपने लाउडस्पीकरों और भक्तों के ज़रिए यूनिवर्सिटी में घुसपैठ कर रहा है, उससे एक भी छोटा-सा सवाल नहीं किया जा रहा! वह धर्म फैला रहे हैं? उस महान हिंदू धर्म की शिक्षा दे रहे हैं? यह भी किसी को नहीं पता कि मठ को इतना पैसा कहाँ से मिल रहा है? या पलक झपकते ही देवी ने पैसों की बरसात कर दी है?"

ख़त के ऊपर काले-काले अक्षरों में लिखा है : 'धर्म और धंधा।'

नीचे ढेर सारे हस्ताक्षर हैं, जो बेवरली और शरद ने अपने खत पर लिए थे। नंदन और छोटे जोश के नहीं हैं। हनीफ़ और श्रुति के हैं।

अचानक हर अख़बार में एक न एक ख़त उस सभा और उसकी बातों के हिमायत में या विरोध में आ ही जाता है।

एक ज़रा-सा कस्बा और एक ज़रा-सी सभा!

"मत उठाओ। फ़ोन अलग करके रख दो।" दद्दू श्रुति को डाँट देते हैं।

श्रुति ने कुछ लिखकर फाड़कर फेंक दिया है।

मैं उठा लेती हूँ और कॉपी तो कर ही डालती हूँ।

बाहर = नंगा

बाहर की बातें यूनिवर्सिटी में नहीं।

बाहर = हनीफ़

"छोटी-छोटी चीज़ें निकल जाएँगी तो इस भारी कुदरत के आगे क्या रह जाएगा हमारे जीवन में?" श्रुति अँधेरे में डरकर कहती है।

तो हनीफ़ कहता है, "क़ुदरत कहाँ से ले आईं? भारी-भारी मक़सद यहाँ सब खा जा रहा है।"

इधर बेवरली और शरद फिर कमरे में बैठकर बातें कर रहे हैं, "तुम्हें नहीं लगता कि लोग जो कह रहे हैं उसका कोई मतलब नहीं?"

"तीन साल में चार बार मेरा ऑपरेशन हुआ।" बेवरली बता रही है। गोरे देशों वालों की जो अपने तन से बेखबरी का रिश्ता होता है, ऐसे मौक़ों पर, उसी के अनुसार वह अपनी टी शर्ट उठाकर कमर दिखा रही है कि "यहाँ पथरियाँ पड़ गई थीं, ऑपरेशन हुआ।"

जहाँ वह अपने हाथ में कमर का मांस जमा करके दिखा रही है, उसके पास शरद हल्के से उँगली रख देता है, "लोग बस बोल देते हैं बिना अपने शब्दों का मतलब जाने। मतलब बता दो तो सच ही वे तो वह कह ही नहीं

रहे थे।"

"कुछ महीने ठीक रहा, फिर दर्द हुआ, टाँके खुल गए थे।" बेवरली बताती है।

"उन्हें पता चल नहीं रहा कि हो क्या रहा है तो बस मुँह खोलकर स्वर पैदा करना चाहते हैं।" शरद बेवरली का हाथ कमर से हटाकर अपना वहीं रख देता है।

"फिर किया ऑपरेशन, मगर कुछ महीने बाद फिर टाँके उधड़ गए, मेरी आँतें बाहर को फटने लगीं।" बेवरली अपना हाथ वापस रख देती है।

"भीतर से? कहाँ से? किस खुराक पर पनप पाई है वह आवाज़?" शरद उठकर चलने लगता है।

"फिर मैं एक प्लास्टिक सर्जन के पास गई।"

"कहाँ से इतने पूर्वग्रह, इतना वैमनस्य आया?" शरद ऊपर-नीचे चक्कर काट रहा है, हाथ दोहर में घुसाए।

"तब से ठीक हूँ।" बेवरली टी शर्ट गिरा देती है।

"मगर होंगे न हममें से कितने सारे, जो बस फ़िक्र में मुँह खोलते हैं, शिरकत करने को अपनी बोली निकाल देते हैं? उस भीतर से उठी आवाज़ को खुद ही पहली बार सुनते हैं? तब सोचेंगे, क्या हमारा यह मतलब था? तब बदल पाएँगे अपनी आवाज़। तो अच्छा नहीं कि भीतर ऊपर आ रहा है? हम अपने चेहरे देखकर डर जाएँगे तो बदल देंगे चेहरे कि नहीं? है हमारे हाथ में अपने चेहरे बदल देना?" वह बेवरली के आगे खड़ा हो जाता है।

"तुमने मेरी एक नहीं सुनी।" बेवरली उँगली गड़ाती है।

शरद उसके आगे घुटनों पर बैठा है। दोनों की ऊँचाई बराबर हो गई है। "तुमने भी तो नहीं।"

"सॉरी।" बेवरली हाथ सीने पर रखकर क्रॉस बनाती है।

शरद उसकी नकल करके "मैं भी सॉरी" कहता है। दोनों के चेहरे ठीक आमने-सामने हैं। इस वक़्त वह जज़्बाती हो रहा है, "मुझे सिर्फ़ तुम अच्छी लगती हो।" बेवरली हाथ उठाती है तो वह उन्हें पकड़कर वापस कुर्सी के हत्थों पर रख देता है। "इस शहर में एक तुम ही हो...नहीं तो मैं भाग जाऊँ।" शरद बेवरली को देखता हुआ महसूस कर रहा है कि कैसे किसी के इतने पास और सबसे दूर एक साथ हुआ जा सकता है।

उसकी आँखें अपलक ताकने से दर्द करने लगी हैं। वे लाल होने लगी हैं। उनमें थकन के रेशे घिर आए हैं। वह थक गया है, बहुत थक गया है, उसका सिर बेवरली की गोद में गिरना चाहता है। वह चाहता है कि वह

कहे, 'चलो हम तुम शादी कर लें।'

वह झटके से खड़ा हो जाता है।

"लोग जो कह रहे हैं, उसका कोई मतलब नहीं है।" वह फिर से कहकर चलने लगा है।

उधर लाउडस्पीकर इतनी जोर से कहने में लगे हैं कि आए दिन डिपार्टमेंट वाले कॉरीडोर में खड़े होकर सुनते हैं।

"यह तो कोई नई आवाज़ लग रही है।" उर्मिला कहती हैं।

"आदमी है कि औरत?" छोटे जोश आधी हँसी मारते हैं।

"आज भारत की आबादी के 85 प्रतिशत लोगों के नैतिक मूल्य, लोकतांत्रिक अधिकार, धार्मिक स्वाधिकार, समृद्धि तथा एकता खतरे में है। अतः देश खतरे में है।...भारत माता पुकार रही है..."

सामने कैंटीन की छत पर काफ़ी सारे छात्र चढ़ गए हैं और मठ की तरफ़ झाँक रहे हैं और जैसा कि छात्रों का क़ायदा है, उनके आपस के गुल-गपाड़े भी चल रहे हैं।

'जै जगदम्बे, जै जगदम्बे' की गगनभेदी पुकार पर दो-एक जोशीले छात्र डिस्को शैली में मटक रहे हैं।

'हनीफ़ से कहो, माफ़ी माँगे।'

इतना-सा ख़त है डिपार्टमेंट की डाक में। डाक टिकट नहीं है, मुहर नहीं है, टाइप किया हुआ है।

प्रोफ़ेसर नंदन आगबबूला हो रहे हैं, "यह किसका काम हो सकता है? यह तो डाक से नहीं आया है।"

छोटे जोश भी उत्तेजना से हिल रहे हैं, "यह तो डिपार्टमेंट खुलने के बाद डाला गया है।"

"कैसे कह सकते हो?"

"इस तरह कि लेटर बॉक्स तो बड़े दरवाज़े के अंदर है और दरवाज़े पर ताला लग जाता है।"

"हाँ, यह तो सोचा ही नहीं।"

"फिर तो यहीं का कोई होगा? या तो छात्र या एडमिनिस्ट्रेशन वाला,"

उर्मिला धीरे से कहती हैं, "उनमें देखिए, तिलक लगाकर कौन-कौन आते हैं..."

"धर्म मानने से कोई साम्प्रदायिक नहीं हो जाता।" शरद फटकार लगाता है।

"अपने धर्म के लिए परेशान तो हो सकता है। जो लेटर हमारी तरफ़ से गया, वह उसके धर्म को धता बता रहा था।" उर्मिला कहती हैं।

"किसी के धर्म को धता नहीं बता रहा था। धर्म के नाम पर जो धाँधली हो रही है, उसके ख़िलाफ़ था।" शरद उत्तेजित हो जाता है, "आपने साइन क्यों किया?"

"लोगों को भड़काने के लिए तो नहीं ही।" उर्मिला उसके तेवर पर चिढ़ के बोली हैं।

"लोग आपसे तो भड़के भी नहीं हैं।" शरद कहकर उदास हो गया है।

हम उदास हो गए थे। हम अकेले पड़ गए थे। क्यों झूठ बोलें कि हम कभी ऐसे लोग थे, जो अपने निजी घेरों को छोड़कर सड़क पर क्रांति के लिए लड़ना चाहते थे?

हमें अपने छोटे-मोटे निजी घेरे प्यारे थे। हम साधारण लोगों की तरह थे, जो साधारण जीवन की साध रखते हैं। हम सादगी से अपने काम में लगे रहना चाहते थे, अपनी प्राइवेट स्पेस को बरक़रार रखते हुए।

मगर उस बरस कोई स्पेस प्राइवेट नहीं रह गया था। हम जैसे सम्पन्न-सुरक्षित लोगों का भी नहीं। हममें से कोई एक सहज अनाम जीवन जिए, इसकी गारंटी खत्म हो चुकी थी।

हमारे ज़मीर खुद हमें बाध्य कर रहे थे कि अपने घेरों से बाहर निकलें, मगर 'वे' भी ज़बरदस्ती कर रहे थे कि निकलो, सफ़ाई दो, अपने नाम बताओ, पतलून नीचे खींच दो।

हिंदू-मुसलमान, हिंदू-मुसलमान, यही हाहाकार था।

हमने कहा कि हममें दोनों मौजूद हैं तो खिल्ली उड़ी।

मतलब कि श्रुति ने कहा तो खिल्ली उड़ी।

हनीफ़ ने कहा तो अविश्वास हुआ, पर खुशी भी हुई कि हाँ, मुसलमान हर हालत में ना-मुसलमान बन जाए, मगर रहे ना-हिंदू ही!

पता नहीं हम क्या रहे।

सड़कों पर शोर मच रहा था कि असुरक्षा की डुगडुगी अब हम बजाएँगे।

उस पर हम निकल आए थे कौन-सी असुरक्षा करते हुए।

उन्होंने कहा, अब हिंदू राष्ट्र आएगा तो हम फिर निकल आए और पूछने लगे कि कब नहीं थे हम हिंदू राष्ट्र, इसी तरह द्वेष और दंभ से नहीं तो भी औरों को नकारते हुए?

और जब सड़कों पर मची कि सेक्युलर बनकर हमें क्या मिला, तब हम कूद पड़े, कब थे हम सेक्युलर, कि सेक्युलर कह देने से तो सेक्युलर नहीं हो जाते?

मगर फिर हम सोचने लगे थे उन बहुतेरी धाराओं के बारे में, जो कोई चाहे या न चाहे, हिंदू राष्ट्र था या नहीं, सेक्युलर थे या नहीं, हममें पहले से साथ-साथ बह रही थीं।

पता नहीं क्या थे हम।

पर जो भी थे, शायद हम सभी की माँ सेक्युलर रहीं और बाप कट्टर, तभी इतनी सादगी से हम दोगली संतान थे।

"क्या होगा अब?" डिपार्टमेंट में मच गई।

"क्या करना चाहिए अब?" डिपार्टमेंट में मची है।

"मीटिंग करें और सार्वजनिक तौर से उसकी भर्त्सना करें।"

"अख़बार में पत्र भेजें।"

"किसी बच्चे-कच्चे की करतूत है। यह सब करके उसका और उस नोट का रुतबा बढ़ा देंगे। ध्यान ही मत दीजिए।"

"हर छोटी-सी बात उठाई जाएगी तो कीमती समय जाएगा, उसे भारी मतलब अलग प्रदान कर देंगे।" नंदन सहमत हैं।

"शायद ग़लत है हर चीज़ को फ़ौरन इस दल में या उस दल में बिठा देना।" शरद कहता है। नंदन सिर हिलाकर हामी भरते हैं।

शायद दोनों एक बात नहीं कर रहे।

दद्दू चोंच निकालकर अकेले बैठे हैं। वे श्रुति को अंदर आते नहीं देखते। उनकी आँखें नीची हैं। उनके हाथ स्थिर हैं, मगर उँगलियाँ मकड़े के पैरों की तरह हिल रही हैं। होंठ भी बुदबुदा रहे हैं मानो अपने ही से पूरा वार्तालाप चल रहा है।

"आओ-आओ," वे देखते हैं तो खुश हो गए। "जाओ, एक प्याली और ले आओ। दो प्याली" वे शरद के स्कूटर की आवाज़ पर पुकारते हैं।

"बताओ, बाहर की क्या खबर है?" दद्दू चाय में दूध की बूँदें टपकाकर रंग जाँच रहे हैं।

"खबर तो अच्छी नहीं है।" श्रुति कहती है। दद्दू चुप दीखते हैं। "हाँ, खबर तो अच्छी नहीं है।"

शरद डिपार्टमेंट में चलती खलबली की सुनाता है, 'है तो वह बेनाम धमकी ही। पर चुप तो नहीं रहा जा सकता।"

दद्दू मायूस से हैं, "बोलकर भी क्या होगा? यह नफ़रत बहुत गहरी है।"

शरद और श्रुति चुपचाप उन्हें देखने लगते हैं।

"कभी तो लगता है कि बेवकूफ़ बच्चा है, खुद चुप हो जाएगा, कभी लगता है कि यही कह-कहकर हमने उस पर ध्यान नहीं दिया और अब वह बच्चा नहीं, राक्षस है, जो और ऊँचा, और चौड़ा होता जा रहा है।" शरद निराश स्वर में कहता है।

"हाँ," श्रुति भी हताशा व्यक्त करती है, "समझ में ही नहीं आता कि कब नहीं ध्यान दे रहे तो उसे बड़ा कर दे रहे हैं, कब ध्यान दे रहे हैं तो वह फूल रहा है?"

"यह सब कुछ नहीं है। कोई बच्चा दानव नहीं बन रहा। यह सिर्फ़ नफ़रत है, जो सदियों से हवा पा रही है, जिसे टूटने नहीं दिया गया है।" दद्दू का फ़तवा है।

"दद्दू क्या कह रहे हैं," श्रुति परेशान हो गई है, "कल ही तो आप अपनी दादी के बारे में बता रहे थे..."

"हाँ, दादी के बारे में बता रहा था..." दद्दू खड़े होते हैं, धोती का फेंटा ठीक करते हैं, फिर बैठ जाते हैं और पैर ऊपर कर लेते हैं।

"क्या बता रहे थे?" शरद उत्सुक हो गया है।

"धर्म के बारे में बता रहा था।" दद्दू कहते हैं, "मगर यह वैसी बातें नहीं हैं।" लगता है कि वे लंबा कुछ बोलने जा रहे हैं, पर वे चुप रहते हैं।

"मगर जवाब दिए बिना नहीं चलेगा," शरद बोलता है, "पहली बात है कि यह हनीफ़ का सवाल है, दूसरी बात कि..."

"यह हनीफ़ का ही सवाल नहीं है।" श्रुति कहती है, मगर बेबसी से।

"दौड़ो-दौड़ो" प्रो. नंदन ज़ोर से चिल्लाते हैं। खलबली मच गई है। छात्र टीचर कमरों के बाहर निकल आए हैं।

"यह था।" दगडू और टाइपबाबू हाँफते हुए पहुँचे हैं। उनके बीच में पंद्रह या सोलह बरस का एक छोकरा है, जिसकी कमीज़ वे दबोचे हुए हैं।

लड़का डरा हुआ है, "मैं कुछ नहीं जानता। सच कह रहा हूँ। मैं तो अख़बार बाँटता हूँ।..."

"हाँ, यह तो लाइब्रेरी में अख़बार लाता है।" दो-चार लोग हाँ-हाँ करते हैं।

लड़का उनसे गिड़गिड़ाकर कहता है, "आप तो जानते हैं, मुझे बचाइए। मैंने कुछ नहीं किया। मुझे इतनी ज़ोर से मारा।" वह रोने लगता है। उसके गाल पर उँगलियों के निशान दिखाई पड़ते हैं।

"अबे..." टाइप बाबू हाथ उठाकर घुड़कते हैं।

दगडू बड़े शौक से लाल पीलापन दिखाता है और लड़के का कॉलर पकड़कर बड़ी शान से गुर्राता है।

हेड साहब 'रहने दो' कहते हैं तो "ऐऽऽ एक और मारूँगा तो..." दगडू कहता है, फिर छोड़ता है।

"गला फाड़-फाड़कर बुला रहे थे, भागे चला जा रहा था।" टाइप बाबू शेर होने का उन्माद महसूस कर रहे हैं।

"यह तुम्हें कहाँ से मिले?" नंदन कागज़ का एक मोटा पैकेट दिखाते हैं, जो उन्होंने कुछ ही पलों पहले फाड़कर खोल दिया था।

"मैं नहीं जानता उन्हें...वे लोग...बैंक के बाहर...मूँगफली वाले के पास खड़े थे...बोले अख़बार दोगे, यह भी रखते आना..."

"तुम्हें पता है, अनजान व्यक्ति या चीज़ ख़तरनाक हैं आजकल, पुलिस की गाड़ी गली-गली हुँकारा भरती है? दिमाग़ खराब है?" छोटे जोश डाँटते हैं।

लड़के की आँखें डर और उत्सुक सनसनी से भर गई हैं "बम...?"

"जाने दो इसे।" नंदन घूम गए हैं।

"है क्या?" समवेत स्वर उठे हैं।

पैकेट उर्मिला को पकड़ाकर हेड साहब आगे बढ़ जाते हैं। बाँटने को पर्चियाँ जमा हैं। सब एक-एक उठाकर पढ़ रहे हैं।

"॥ जं जगदम्बे प्रसन्न॥'

देवी का चमत्कार

देवी मठ के मंदिर में एक पुजारी पूजा कर रहा था। अचानक एक साँप निकला। उसे देखकर पुजारी ने नागदेवता समझ के प्रणाम किया। तभी देवी

प्रकट हुईं और बोलीं, मैं जो कहती हूँ, उसे ध्यान से सुनो : ये साँप वो हैं, जो थोड़े-थोड़े दिनों बाद पृथ्वी पर जन्म लेते हैं और लोगों का धर्म नाश करते हैं, इनका नाश करो। जो आदमी ऐसा करेगा और मेरे नाम के दो हज़ार पर्चे छपवाकर बाँटेगा, उसकी मनोकामना चौबीस दिन में पूरी होगी और जो व्यक्ति आज-कल करेगा, चौबीस दिन बिताएगा उसका बहुत बड़ा नुकसान होगा।

इतना कहकर देवी छत्तीस कदम पीछे हटकर अपनी आँखों के तेज से साँप को भस्म करके अंतरध्यान हो गईं। यह खबर सुनकर बंबई के एक आदमी ने एक हजार पर्चे छपवाकर बाँटे और अपने घर में इनसान की शक्ल में पैदा हुए साँपों को नहीं आने दिया तो उसकी बासठ लाख की लाटरी खुली। धनबाद के एक रिक्शा चलानेवाले ने छह सौ पच्चीस पर्चे छपवाकर बाँटे तो अट्ठारह दिन बाद सोने की मोहरों से भरा एक छलाछल कलश मिला। इसी प्रकार एक बेरोज़गार लड़के ने बलवा करनेवाले साँपों को अपने यहाँ नहीं छिपाया और पर्चे छपवाने का विचार था कि उसकी नौकरी लग गई। एक आदमी झूठा समझ के पर्चे को फाड़ दिया और पड़ोसी साँप को दूध पिलाता रहा तो उसका लड़का मर गया। आगरे के बाबूलाल वैश्य को यह पर्चा पढ़ने को मिला तो सोच-समझकर भी उन्होंने एक महीने तक पर्चा नहीं बाँटे तो उनके धंधे में बहुत नुकसान आया और साथ ही उनकी पत्नी की मृत्यु हो गई। बाद में बाबुलतारा के एक निवासी ने खुद सहित पाँच व्यक्तियों को यह बात सुनाई और पाँचों ने मिलकर एक हज़ार पाँच सौ पर्चे छपवाए और साँपों को पहचान कर अलग किया तो एक घंटे में हज़ारों रुपए का फ़ायदा हुआ। अब वो अपने गाँव में देवी मंदिर बनवा रहे हैं।

अतः आप सभी पाठकों से निवेदन है कि आप लोग भी श्रद्धानुसार प्रचार करें, साँपों को भली भाँति पहचानें, उनसे धर्म की रक्षा करें और इस तरह होने वाले चमत्कार का फायदा उठाएँ।

बोलो जै जगदम्बे
जगदम्बे माँ की जै।'

पन्नों के फिसलने गिरने, एक हाथ से दूसरे में जाने की कड़-कड़ डिपार्टमेंट में सुनाई पड़ रही है।

सब नीचे बैठकर खा रहे हैं। बाहर हल्की-हल्की बारिश, सामने उगी जंगली घास पर महीन तारों की जाली की तरह चमक रही है। ननकऊ रोटी लाकर देता है। हनीफ़, शरद, श्रुति, जिसकी भी, प्लेट में डालकर पूछता है, "इसके

बाद और लेंगे?"

शरद डाँट देता है, "अभी बनाते जाओ। गिन-गिनकर क्या ला रहे हो?"

वह भुनभुनाता हुआ चला जाता है, "बासी बच जाती हैं। ढेर सारी।" दद्दू गुस्सा करते हैं। मुझे क्या? मैं बनाता जाऊँगा।"

दद्दू चोंच चलाते हुए खा रहे हैं।

"तुम क्यों चुप हो?" श्रुति हनीफ़ को हल्की ठोकर मारती है।

"नहीं तो।" वह खाने में व्यस्त है।

दद्दू अचार की खाली शीशी पूरी उलट देते हैं। धीमी गति से ज़रा-सा तेल और मसाला उनकी दाल पर टपक जाता है।

शरद डिपार्टमेंट की बड़बड़ा रहा है, "सॉरी, थैंक्यू, प्लीज़, ये सब कहना ही नहीं आता हमें। मैं माइक्रो फ़िल्म रीडर पर पढ़ रहा हूँ, वहीं वे बात कर रहे हैं। बात क्या, सिर पर खड़े होकर हल्ला कर रहे हैं। हनीफ़ क्या सोच रहे हो?"

दद्दू उड़ी-उड़ी एक नज़र फेंकते हैं।

"ओह सॉरी।" हनीफ़ हड़बड़ा जाता है।

"इसे सॉरी कहना आता है।" श्रुति मुस्कराती है।

"क्या सोच रहे हो भाई, सच में बड़े गंभीर लग रहे हो, गुप्पा!" शरद होंठ बंद करके गाल फुलाकर दिखाता है।

"नहीं, कुछ नहीं।" हनीफ़ कटोरदान खोलकर फुल्का लेता है, जिस पर दद्दू सब्जी, दाल, चटनी, सब एक-एक करके उसके करीब सरकाते हैं।

"तबीयत तो ठीक है न?" शरद अतिरिक्त ध्यान से देखता है, "सुस्त लग रहे हो।"

"कोई तो बात है।" श्रुति भी कहती है, "उस पर्चे के बारे में सोच रहे हो?"

"डोंट बी सिली।" हनीफ़ खीझा है, "ऐसे पर्चे न जाने कब से आ रहे हैं, चेन लैटर।"

"तो माफ़ी माँगो की बात..." श्रुति कहती है।

हनीफ़ फूट पड़ता है, "लीव मी अलोन। विल यू? और कुछ अब सोचने को बाकी नहीं रहा?"

श्रुति सकपका जाती है।

दद्दू नीचे देखकर खा रहे हैं।

सब चुप हो गए हैं।

दद्दू खाकर हाथ धोने उठ जाते हैं और बिना किसी की तरफ़ देखे कमरे से चले जाते हैं।

श्रुति का चेहरा अभी तक लाल है, "सबके आगे चिल्लाए। इतने बैड मैनर्स हैं।"

हनीफ़ कड़ककर कहता है, "तुम पीछे पड़ जाती हो।"

"तो क्यों मुँह फुलाए बैठे थे?"

"कौन फुलाए बैठा था? खा रहा था। सीरियस था। पागल हूँ कि हँसता रहूँ? कुछ सोच रहा था।"

"वहीं सोच रहे थे।" श्रुति का मुँह गुप्पा है।

"फिर...।" हनीफ़ आँख तरेरता है।

"हर समय वही सोचते हो। हर बात अपने आपसे जोड़ते हो, जैसे जो हो रहा है, तुम्हें हो रहा है।" श्रुति रुँआसी है। गुस्सा भी, "ऊपर से सॉरी भी नहीं कहना आता।" वह बचकानी हो रही है।

"अभी तो कह रही थी, आता है।" शरद हँसने-हँसाने की नाकाम कोशिश करता है।

"मगर नहीं आता है।" श्रुति भन्नाती है, "इन्हें अपने आगे कोई सूझ नहीं रहा। इन्हें अपने बारे में बड़े ऊँचे-ऊँचे गुमान हो रहे हैं कि सारा जग इन्हीं के पीछे पड़ा है।"

"तुम जानबूझकर यह कर रही हो।" हनीफ़ की आवाज़ में ठहराव है, चेतावनी भी है, "तुम उकसा रही हो, लड़ना चाहती हो।"

"देखो-देखो, कैसे बोल रहा है?" बिलबिलाकर श्रुति कहती है, "कुछ इसके अंदर है, जो यह ऐसा बन गया है।"

"कुछ श्रुति," हनीफ़ खतरनाक लहजे में कह रहा है, "तुम्हारे अंदर है, जो तुम यों तूमार बाँध रही हो। मैं कहता हूँ..." उसके उठने पर कुर्सी गिर जाती है।

तभी दद्दू भी आकर दीवान पर जा बैठे हैं।

हनीफ़ का स्वर दब जाता है। कुर्सी उठाते हुए वह नीची आवाज़ में कहता है, "यह मत करो कि हर उड़ के आए भाव, भूल से निकले शब्द, नींद में ली करवट, हर चीज़ को उसी एक फ़साद में बिठा दो। कुछ सहज रहने दोगी मुझमें? तुम्हीं मुझे अजीब बना दोगी।"

"ऐसा?" श्रुति धीरे-से कहती है, मगर है उसी जुझारू लपट पर सवार।

"अब क्यों बनाए जा रहे हो रोटियाँ?" शरद ज़ोर से डाँटता है।

फिर तो दगडू ने वह बात कह ही दी थी, 'अब खैर वहीं है, जहाँ मुसलमान

नहीं।'

उसकी बात सुनकर एक छात्र ने वह सवाल पूछ लिया था, 'आखिर दंगे वहीं क्यों होते हैं, जहाँ मुसलमान हैं?'

प्रोफ़ेसर नन्दन मुस्करा दिए—'वहीं तो होंगे।'

हनीफ़ धीमे से बोला, 'हो तो रहे हैं वहीं।'

सब उसकी आवाज़ सुनकर चौंक पड़े। फिर अतिरिक्त ज़ोरों से हँसने लगे।

मैंने देखी थी वह चुप्पी, जो सबको घेरती जा रही थी। मुझे पता था कि सबकी अलग-अलग तरह की थी। सब एक दूसरे से आँखें चुरा रहे थे। हम ही एक दूसरे से कतरा रहे थे। हम जो असल अल्पसंख्यक थे, उस तीसरी जमात के, जिसमें हिंदू भी थे, मुसलमान भी, और-और भी, वही एक दूसरे के वैविध्य से कतरा रहे थे!

पत्तों के हिलने से ठंडी हवा निकल रही है और स्टाफ़ रूम वाले हैं कि उसी बात पर बहस किए जा रहे हैं।

"उनके ख़त बंद नहीं हो रहे। आप कहते हैं, चुप रह जाइए?"

"उनकी बात पर इतना फ़ोकस करके आप औरों की नज़र उनकी तरफ़ कर रहे हैं।"

"हमें तो लिखना है...हमारी बात पर भी तो नज़र आएगी...लोग हम जैसे हैं, मगर उन्हें भाषा नहीं मिल रही, स्लोगन नहीं मिल रहे..."

"पोस्टरों में मठ की पोल खोलें..."

"मठ का नाम मत लाओ..."

"धर्म..."

"धर्म की बात मत कहिए..."

कमरा ठंडा हो रहा है, मगर इन बातों का छोर नहीं।

दद्दू ने जो कहा था, श्रुति बेवरली को बता रही है। दद्दू ने कहा था कि

सभी धर्मों के बारे में उन्हें न मुल्ला-मौलवी ने बताया, न पंडित महंत ने। मुझे तो मेरी दादी ने बताया, जो उस ज़माने में धर्मग्रंथ पढ़ती थीं। हज़रत मोहम्मद की ज़िंदगी पर बच्चों के लिए एक किताब थी, उसे भी उन्होंने पढ़ाया, जिसमें मोहम्मद शांति का पैगंबर था, जिसने मक्का में अपने प्रति सारे ज़ुल्म चुपचाप सहे और जब मदीना से जीतकर वहाँ लौटे तो अपने सारे दुश्मनों को माफ़ कर दिया। दद्दू ने कहा कि बड़े होने पर मुझे पता चला कि मोहम्मद ने आम माफ़ी का ऐलान तो ज़रूर किया, मगर चार एक शत्रुओं को मरवाया भी, मगर फिर भी वह शांति और सौहार्द का दूत ही हुआ ना? उसका अधिकतर रवैया तो क्षमाभाव का रहा ना?

दादी ने ही मुझे राम और कृष्ण और ईसा और मूसा की कहानियाँ सुनाईं, दद्दू बता रहे थे, श्रुति बेवरली को बताती है।

हनीफ़ चाय सुड़क रहा है, शरद सिगरेट।

"दद्दू बताइए।" श्रुति दद्दू के साथ बैठी है। दद्दू हथेलियाँ हीटर के पास मल रहे हैं तो उनसे भी लाल ताप निकल रहा है, जैसे वे पारदर्शी हों, "मैंने रात आपकी दादी के बारे में सपना देखा।"

"दादी, हाँ," दद्दू ने कहा, "वे दूसरे शहर में रहती थीं।"

"गाँव नहीं?" श्रुति मुस्कराई।

"उपशहर, गाँव जैसा।" दद्दू मुस्करा देते हैं।

"धार्मिक थीं?"

"हाँ, हम भी थे। बच्चों की तरह का धर्म।" दद्दू स्मृति-तंतुओं को कुरेद रहे हैं, "दिवाली पर पूजा होगी तो हमें खील, बताशे, खिलौने मिलेंगे। दशहरे पर चौकियाँ निकलेंगी। जन्माष्टमी पर झाँकियाँ सजेंगी। भगवानों को देखकर हम परशाद, पटाखों, खिलौनों में मस्त हो जाते।"

"और ईद मोहर्रम?" श्रुति ने पूछा, क्योंकि इसी तरह हम सोचते हैं—एक पलटन में होली, दिवाली, दूसरी पलटन में ये!

"बहुत-से मुसलमानों के घर थे, दादी-दादा के मोहल्ले के पास।" दद्दू बता रहे हैं, "मैं जब वहाँ जाता तो उन्हीं के साथ खेलता, खाता, पीता। तुम्हें पता है," दद्दू दीवान पर चढ़कर बैठ गए हैं और हाथ खूब हिला रहे हैं, "जब दादी गुज़र गईं तो मैं साल भर उन्हीं की एक मुसलमान दोस्त के परिवार में रहा, हाईस्कूल का इम्तहान देने? न न, दादा की नहीं, दादी की दोस्त थीं, बेस्ट फ्रैंड।" उन्होंने समझाया।

"वहाँ," दद्दू बचपन में लौट गए हैं, "पाँचों वक़्त नमाज़ होती। रोज़े रखे जाते तो सेहरी के लिए मुझे सुबह-सुबह उठाते..."

"आप रोज़े रखते?" श्रुति सुनने में लीन है।

"नहीं।" दद्दू हाथ लहराते हैं, "मैं सेहरी की लज़ीज़ चीज़ें भी खाता, आठ बजे नाश्ता मिलता मुझे, दिन में खाना मिलता, फिर इफ़्तारी में खाता।" दद्दू हँसने लगे हैं, "हम बच्चों के लिए धर्म का मतलब खाना, खेलना, त्योहार होता। धर्म में असल चीज़ यही है, मिलने मनाने के रंग-ढंग, जो लोगों-मोहल्लों को जोड़ते हैं। बाक़ी पूजा-नमाज़ तो सबका अपना निजी मामला है, दिन भर करो, न करो..."

दद्दू ऐसे बोल रहे हैं, जैसे पूजा-पाठ धर्म में नगण्य है। नहीं, ऐसा तो वे नहीं कह रहे। वे कह रहे हैं कि ये चीखने चिल्लानेवाली चीज़ें नहीं हैं, "जिसके मन में है, वह हाथ जोड़कर दुआ-पाठ, जो करना है, कर लेता है, फिर निकल आता है और लोगों के साथ मौजमस्ती करता है।"

"आपने पूजा कभी की ही नहीं?" श्रुति तो मानो इंटरव्यू ले रही है।

"की।" दद्दू अपनी कहानी के हीरो पर हँस रहे हैं, "एक बार जन्माष्टमी पर व्रत रखा, मगर फल जल लेता रहा," वे उँगली दिखाकर कहते हैं, "और बहुत बार, अरे बार-बार, बारम्बार," वे ज़ोर देते हैं, "मैं अपने कस्बे के वाराह जी के मंदिर जाता। अब सोचो कि मुझे यही नहीं पता कि वाराह देवता सुअर हैं। मूर्ति भी नहीं पहचान पाया। हाथ जोड़ता, आरती लेता, मस्त रहता..."

"और मुसलमानों के साथ?"

"देखो," दद्दू बेहद तल्लीन भाव में आ चुके हैं, "हमारे घर के आगे ताज़िया रुकता और जब तक हमारे दादा नहीं निकलते, वहीं रुका रहता। जुलूस बढ़ता, जब दादा आगे-आगे चलते।"

"धर्म," दद्दू ने धर्म कहकर चाबुक मारा है और दद्दू बन गए हैं, दोबारा, आज के। "हल्लेबाज़ी है ही नहीं। जो हम हैं हमारी नसों में घुला है, पक्के हिंदू, मुसलमान, पर अजीब तरह से उसे भूले हुए, न कि उसका नगाड़ा पीटते हुए। धर्म," दद्दू फिर चाबुक मारते हैं, "अपने रीति-रिवाजों से लोगों को जुड़ने का सुंदर सलीका देता है, एक गुझिया बनाता है तो दूसरा सेवँइयाँ, दादा ताज़िया उठाते हैं तो मामू रामलीला में राम को प्रणाम करते हैं। कट्टरता धर्म का हिस्सा नहीं है, प्रभुत्व का है।"

दद्दू चुप हैं, आँखें चमक रही हैं, "मैं तो अहमक था, तुम लोग बुद्धिमान हो गए होगे," अचानक दद्दू कहते हैं, "मैं भगवानों को नहीं पहचानता था, पर भक्त था। और उस परिवार को तो मैंने एक मोहर्रम पर 'हैपी मोहर्रम'

कार्ड बनाकर भेजने की सोची थी।''

"भेजा?" श्रुति हँसने लगी।

दद्दू उसे देखकर चोंच अंदर कर लेते हैं और खुद भी ज़ोर से हँस देते हैं।

"पता नहीं, किसी ने बता दिया या क्या, पर ऐन वक़्त नहीं भेजा!"

दोनों अच्छे से हँस रहे हैं। दीवान से पहले जैसा सलूक करते हुए!

फिर वह फ़ोन आया है 'तेरी माँ कुत्ती, तेरी बीवी कुत्ती।'

मुझे वह स्याही वाला अच्छा नहीं लगता। हर बार मेरे स्याही उठाते ही उसी संदिग्ध मुस्कान के साथ बाईं उँगली, बाईं कनपटी पर रखकर घूरता है।

'माफ़ी माँगो,' अख़बार में बहुत-से हस्ताक्षरों के साथ पत्र आया है। उनमें कुछ नाम दद्दू पहचानते हैं। कह रहे हैं, शहर के वरिष्ठ लोग हैं, देवी भक्त हैं।

जो कह रहे हैं, उनकी धार्मिक आस्था को क्लेश पहुँचा है, वे आहत हुए हैं।

आज फिर एक खत छपा है कि हमारे धर्म के पथभ्रष्टों से निपटना है। बाहर वालों से निपटना है।

आज के खत में धमकी की बू है।

माफ़ी माँगो। यह कानूनी जुर्म है। दफ़ा 295ए के तहत। इन्होंने जनता की धार्मिक भावनाओं को ठेस पहुँचाई है। इन पर मुक़दमा चलाया जाए। इन्हें हिरासत में लिया जाए। इनके नाम वारंट निकाले जाएँ।

दंगे।

उसी तरह की घटनाएँ।

फिर दंगे।

शरद क्लास ले रहा है। जल्दी-जल्दी। पीछे की कतार में छात्र बाकायदा पैर लंबे फैलाकर कुर्सी पर लेटे-से हैं, टोपियाँ आँखों तक खिसकाए।

"आपने हाज़िरी दे दी?" शरद कड़ककर पूछता है, "अब कोई ज़बरदस्ती नहीं है। घर जाकर सोइए।"

छात्र उठ गए हैं। लेक्चर चल रहा है। जल्दी-जल्दी। छात्र खड़े होकर ज़ोरों से जूतों की एड़ियाँ ठोंक रहे हैं, घिसट रहे हैं, ठोंक रहे हैं, घिसट रहे हैं।

शरद रुक जाता है। आगे के छात्र सिर घुमाकर बाहर जानेवालों की ओर देख रहे हैं। लेक्चर फिर जल्दी-जल्दी चल रहा है।

फिर एक ख़त है कि मठ पर कीचड़ उछाला गया है।

दंगा नियंत्रण में है, पर चल रहा है।

डिपार्टमेंट में सनसनी फैली हुई है। हँस हँसके लोग कह रहे हैं, 'दिमाग खराब हो गए हैं उनके।'

मठ से आते भजन हम सुन रहे हैं। शहर में स्थिति तनावपूर्ण है।

फिर कम्यूनिटी कैम्प।

हनीफ़ नहीं जा रहा? यह मुसलमानों के कैंप हैं, उसे पता नहीं? पता है, तब भी?

बहुत-से छात्र भड़क गए हैं। रोज़ ख़त आ रहे हैं। यूनिवर्सिटी के खिलाफ़ पोस्टर चिपकाए गए हैं। कुछ तो करना चाहिए।

"पढ़ाई-लिखाई गुल हुई जाती है।" नन्दन बड़बड़ाते हैं।

"लेकिन सर, हम चुप नहीं बैठेंगे।" छात्रों पर जोश सवार है।

सब वही बात कर रहे हैं कि हमारे जैसे संभ्रांत लोग गए, बीवियों-बच्चों के साथ गए, दुकानों को जलाने से पहले उनमें से चुन-चुनकर सामान लूटा।

"लूट नहीं, मेला रहा!"

"नाप नाप के जूते निकाले।"

"मैच करके ब्लाउज़ पीस उठाए।"

"मैंने इन्हीं आँखों से देखा। मेरी खिड़की से सड़क दिखती है। मेरे पड़ोसी का बेटा मारुति लेकर आया था। मैंने उसमें सब लादते देखा।"

श्रुति को रोना आ रहा था और आँसुओं में डबडबाई आवाज़ उसके होंठों तक आई, पर बाहर निकली तो खुश्क हो गई और झुलसे शब्द निकले, "क्यों चुप रहते हो? सब कुछ अपने से जोड़ने लगे हो। लोग क्या सोचेंगे, सोचा है?"

शहर में लगी आग दिख रही है। मधुमालती के पास शरद अकेला खड़ा आसमान देख रहा है, जो उस तरफ़ लाल-लाल लहलहा रहा है, जिसके बीच में धुएँ के बादल डोल रहे हैं। बाक़ी आसमान भी बैंगनी है।

दद्दू चुप बैठे हैं।

फिर वही इनका जाना, वही सुनना, बातें करना।

शरद श्रुति और बेवरली मिलकर एल्बम देख रहे हैं, जिसमें मरे और घायलों की सूची और सबूत हैं, रंगीन तस्वीरों के तौर पर। कैंप के बच्चे आगे-पीछे से झुककर खून और तारकोल से लिथड़ी, फूली देहों को देख रहे हैं। कभी इस कंधे, कभी उस कंधे के पीछे से। जले-कटे, अधमरे मुर्दे, वीभत्स तन-बदन।

श्रुति बेचैन है। बेवरली फुसफुसाती है, "बच्चों को तो बाहर भेज दें।"

औरतें बता रही हैं, 'हाँ मुझे नंगा कर दिया'...'मैं बक्से में घुस गई...'पुलिस आई, तब निकली।'

'हाँ इसे...'...'दस बार'...'इसकी पेशाब वाली जगह में टाँके'...

शनील ओढ़े जो औरत खड़ी है, वह रोने लगती है, "हम रोज़ बच्चों को महँगा फल देते थे। उनके टिफ़िन में क्रैकजैक और ग्लूकोज़ बिस्कुट डालते थे, अब हमें कैंपवालों के लिए पकाना पड़ रहा है...हमारी इनकी बिरादरी अलग है, यहाँ ज़्यादातर इन्हीं के लोग हैं, पैसा आता है तो वो...वो...देखिए जो उधर खड़ी है, वो कहती है, इसे नहीं, पहले अपनी जमात को मिलेगा। आप लिखिए, हमारा कितना नुकसान हुआ है। हमारे घर की लागत...आप लिखिए तो..."

उसके इसरार पर श्रुति कागज़-कलम निकाल लेती है। तब तक बेवरली ने औरत के कंधे पर हाथ रख दिया है और अपनी टूटी-फूटी हिंदुस्तानी में कह रही है, "बहन, हम सरकार की तरफ़ से नहीं आए हैं। हम पैसा नहीं दिला सकते। हम बस रिपोर्ट लिख सकते हैं कि लोग पढ़ें और जानें..."

श्रुति बुझ गई है। 'मुझे नहीं समझ आया कि इसकी तरह सुलझी बात कह दूँ? नाटक की तरह लिखने लगी और झूठी भूमिका में पड़ गई?'

'मुझे आता ही नहीं, इनसे मिलना, इन्हें अपना-सा देख पाना। मैं एक्टिंग कर रही हूँ।' वह उखड़कर सोचती है।

छात्रों ने जुलूस निकाला है। यूनिवर्सिटी से शुरू होकर मठ के आगे से जाते हुए, कचहरी के सामने, फिर अखबार के ऑफिस के आगे, फिर लौटकर वाइस चांसलर के दफ़्तर के बाहर धरने में बैठे हैं।

उनके पोस्टरों पर धूप चमक रही है : 'मठ जो कीचड़ उछाल रहा है, उसे रोको।'

'ओपन डिबेट ऑवर मोटो'

'प्रेस का सनसनीखेज़ रवैया हाय-हाय!'

दद्दू बता रहे हैं, "अबके तो श्रुति, गज़ब ही हो गया।" सिर हिला रहे हैं, जैसे अपनी बात पर यकीन नहीं।

"आप ही कहते हैं कि पागल हो जाते हैं लोग।"

"हाँ" दद्दू की आँखें ऐसी हैं कि थोड़ा बाहर, थोड़ा अंदर देख रहे हों, "पागल हो नहीं जाते, हैं, लोग। संस्कृति-संस्कार सब कपड़ों की तहें हैं। नीचे वही आदम, भूखा, जंगली, हवस से भरा दरिंदा है।" श्रुति दद्दू के चेहरे से डर जाती है।

"वह छूट मिल जाए कि किसे भी मारो, कुछ भी करो, लूटो, खाओ, तो वह मार-काट नहीं, जश्न करता है, उसे खून-से सनने में मज़ा आता है, ज़िंदा जलाकर नाचने में उल्लास होता है, वह नए-नए कारनामे करता है, उसे लाशों की बू से नशा होता है, उसे लोगों की चीखों पर भगवान मिलता है..."

"दद्दू।" श्रुति की आवाज़ पूरी नहीं निकल पाती।

दद्दू गिद्ध लग रहे हैं। शायद वे हँसना चाह रहे हैं, मगर हँस नहीं पा रहे हैं। "फिर क्या?" तब वे कहते हैं। उनकी आँखों की लौ बुझ गई है, "फिर वह ठीक हो जाता है। दोबारा कपड़े पहन लेता है।"

श्रुति डर गई है, अपने ही आकस्मिक इस ख़याल पर कि न जाने दद्दू 'ठीक' हुए लोगों में से हैं?

भयानक ख़याल है।

आ ही रहे हैं भयानक ख़याल आजकल।

बाबू पेंटर का फ़ोन है : "प्रेस से इस दौर में बैर मत मोल लीजिए।"

दद्दू अपना कुछ टेलीविज़न पर देख रहे हैं। हाथ में फ़िल्म पत्रिका है, उसे भी देख लेते हैं। बेवरली, श्रुति, शरद, हनीफ़ खाने की मेज़ के गिर्द बैठे हैं।

बेवरली कहती है, "बाबू नहीं छापते, न छापें, मैं ज़रूर विलायत से

छपवा सकती हूँ। बाहर इस पर पाबंदी नहीं होगी।"

"बाहर।" श्रुति कहती है।

"क्या?" हनीफ़ मुड़ता है।

"एक और बाहर," श्रुति बेगानेपन से कहती है।

"सुनो।" शरद अख़बार में ए.बी.वी.डी. के छात्रों का पत्र सुनाता है।

'साम्प्रदायिक ज़हर फ़ैलानेवाले यह हैं...हम यूनिवर्सिटी में पढ़ने आते हैं। यहाँ यह राजनीति घुसा रहे हैं।...आज तक हम यही जानते थे कि हम हिंदुस्तानी हैं, यह हमें ज़बरदस्ती साम्प्रदायिकता की सीख दे रहे हैं। छात्रों को गुमराह करके उन्हें धर्म के बैरी बना रहे हैं...'

दद्दू ने कुछ कहा। सब उनकी तरफ़ मुड़ते हैं, पर वे टीवी देख रहे हैं, तल्लीन।

मुझे सुनाई पड़ा था : 'खुदाया।'

सो, मैं लिख देती हूँ : 'खुदाया।'

खुदाया!

कापड़िया घर आया है, "मठ की मुखालिफ़त मत कराएँ छात्रों से। बड़े-बड़े अधिकारी उनके शुभचिंतक हैं।"

"सारा मामला उलझ जाएगा। माफ़ी नहीं, पर हम समझा दें कि हम वैसा कुछ नहीं कह रहे थे और इस किस्से को यहीं दफ़नाएँ।" प्रो. नन्दन परेशानी से सारी मूँछ उखाड़े दे रहे हैं।

शरद उत्तेजित है, "सब हमीं से कह रहे हैं!"

"बहुत खतरनाक क्लॉज़ है प्रोफ़ेसर शरद।" हेड बहुत परेशान लग रहे हैं, "हम यूनिवर्सिटी में फ़साद नहीं चाहते, हमें अपना काम करना है।"

"गिड़गिड़ाकर माफ़ी माँगना ज़रूरी नहीं, पर एक विनीत सफ़ाई..."

"यही तो मैं कह रहा हूँ।" नन्दन दोहराते हैं।

छोटे जोश शॉल कसकर लपेटते हैं। उनका सारा जोश ठंडा पड़ा लगता है।

"मगर किस बात की?" शरद लाल-पीला हो गया है, "माफ़ी का सवाल ही क्यों? हम उन्हें समझाएँगे तो लोग हमारी बात ग़लत है, हम मान रहे

हैं, कहेंगे। उनसे तो बात ही नहीं करनी।"

उछल-उछलकर एक छात्रा सहमति ज़ाहिर करती है, "पागल कुत्ता भौंके और हम जवाब दें? वह भी ग़लती मानें?"

"पागल कुत्ते से अलग तो होना चाहोगे?" नन्दन बेसब्री से पूछते हैं।

"उसे मारेंगे।" कोई छात्र कहता है।

"नहीं मार सकती। एक नहीं है। और साधारण कुत्तों में मिले-जुले हैं, अलग पहचान नहीं मिलेगी..."

"तो?"

"तो अपने को बचाना है..."

"यानी माफ़ी!" शरद खौफ़नाक लग रहा है।

"यानी..."

"हनीफ़?" शरद पूछता है।

हनीफ़ पल भर चुप रहता है। फिर बोलता है, "अब तक हम बहस करते थे, जड़ें कहाँ हैं, परंपरा क्या है, इतिहास में क्या हुआ? अब सारा मुद्दा सिमट गया है कि माफ़ी माँगो, क्यों, न माँगो, क्यों, हम मासूम हैं, वे मासूम हैं?"

"यह जवाब नहीं है।" शरद झल्ला उठा।

"सच पूछो तो मुझे पता नहीं। सामना करें तो किसका, जब वे सुन ही नहीं रहे। अलग बोलें तो किससे..."

"इधर-उधर की मत करो।" शरद गुस्से में है।

हनीफ़ चुप हो जाता है। "दद्दू," वह अचानक मुस्कराता है, "शरद के पिता, कहते हैं 'नंग बड़े भगवान से'।"

जोशीली छात्रा उठकर गलियारे में लगे ब्लैकबोर्ड पर चौक से लिख देती है : 'नंग बड़े भगवान से'!

अख़बार में तस्वीर है। स्कूटर एक तरफ़ उलटा पड़ा है, हेल्मेट दूसरी तरफ़ और बीच सड़क में कसी जीन्स पहने कोई मरा पड़ा है। काले द्रव का नक्शा उसके पास बह गया है। नक्शे के छोर पर दो अलग नाप वाले पेंचकस गिर गए हैं।

यह स्याही वाला क्यों ऐसे करता है? जानकर डरा रहा है? फिर वही बाईं उँगली बाईं कनपटी पर और सिर पीछे फेंककर सरकश निगाह उठाता है। क्या नाम है उसका?

किस...किस...क़ौम का होगा?

सुना है कि वाइस चांसलर तैयार नहीं हुए कि 'रोटेशन' दो बरस बाद लागू करें।

श्रुति नाइटी पर गाउन डाले नीचे चली आई और दरवाज़ा खोलकर शरद के कमरे के बाहर खटखटाने लगी। शरद ने उसे देखा तो 'एक मिनट' कह कर कहीं आड़ से कुर्ता डाला और उस पर स्वेटर पहनकर सामने आया। श्रुति ने उसे अख़बार पकड़ाया, "क्या है?" उसने अख़बार पर नज़र दौड़ाई। "ये।" श्रुति ने उँगली से इशारा किया। 'लेटर टू एडिटर' मैंने देखा।

शरद की आँखें बाएँ-दाएँ बाएँ-दाएँ दौड़ीं, फिर वह ज़ोर से पढ़ने लगा।

'हमने पैसे को लेकर बेईमानी की, जो तोहमत लगाई, वापस लेते हैं।' वह भौंचक्क देखने लगा।

'हम माफ़ी माँगते हैं।' उसने आगे पढ़ा।

"हैं?" उसके मुँह से फटा।

'हम वाक़ई धर्म के बारे में कुछ नहीं जानते। हिंदू धर्म के बारे में कुछ नहीं जानते।'

"व्हॉट इज़ दिस?" वह फूटा।

"और देखो। हस्ताक्षर।" श्रुति ने कहा।

तीन नाम हैं। नन्दन, उर्मिला, शरद....

शरद ने तेज़ी से मुड़कर अपनी मेज़ की दराज़ खोली और एक कागज़ श्रुति को दिया।

श्रुति चुपचाप पढ़ने लगी। शरद बगल से ज़ोर से पढ़ता गया।

'हमारा इरादा किसी की धार्मिक भावनाओं को ठेस पहुँचाने का नहीं था। हम सब मतों की आज़ादी को मानते हैं। हमने पैसे को लेकर मठ पर बेईमानी की तोहमत नहीं लगाई, केवल पूछा कि इतना पैसा है उसका लेखा-जोखा तो होगा, कहाँ है? हमने हिंदू धर्म और धर्म की महानता को ही मद्देनज़र रखकर पूछा है कि क्या जो बिक रहा है, हिंदू धर्म है? धर्म है?

हमें ग़लत समझकर जिन मासूमों को ठेस लगी है, उनसे हम माफ़ी माँगते हैं और विनती करते हैं कि वे हमारी बात समझें। धर्म की जो धारणा बनाई जा रही है, वही असल है तो वाकई हम धर्म के बारे में कुछ नहीं जानते, हिंदू धर्म के बारे में कुछ नहीं जानते।'

ख़त के नीचे हनीफ़ का भी हस्ताक्षर है।

हनीफ़ भी नीचे आ गया है।

बाबू पेंटर भी आ गए हैं, "यह संपादक की काट-छाँट है, मैंने खुद आज, अभी, देखा।" वह ज़ोर-ज़ोर से फ़ोन पर बात कर रहे हैं। हनीफ़ श्रुति शरद वहीं खड़े हैं।

तभी दद्दू अपने सोने के कमरे से निकलते हैं, सबकी भीड़ देखकर उनकी चाल में नाम मात्र की जुम्बिश होती है और फिर वे बिना कहीं और देखे सबकी बगल से निकलकर सीधे दीवान पर बैठ जाते हैं।

श्रुति बाबू के हाथ से अख़बार लेकर दद्दू को पकड़ाती है।

हवा में धार है और अँधेरा जल्दी होता है।

प्रोफ़ेसर नन्दन को इतना उत्तेजित कम देखा होगा। उनकी आवाज़ तारसप्तक पर निकल रही है, "हम बोल चुके, जो बोलना था। लोग हमारे मुँह खोलने से पहले जान चुके हैं कि हम क्या कहेंगे। डिपार्टमेंट नहीं, तमाशा हो गया है।"

नन्दन चाहते हैं कि यह 'चैप्टर' यहीं बंद कर दिया जाए।

"हम जितना बढ़ाएँगे बढ़ता जाएगा।"

"हम बढ़ा रहे हैं?" हनीफ़ धीमी आवाज़ में पूछ रहा है।

बाकी सबके सब चुप हैं। बोलते हैं तो फिर नन्दन ही बोलते हैं। "सुबह से शाम हम बस लेटर टू एडिटर ही ड्राफ्ट करते रहते हैं!"

"सुबह होती है शाम होती है,
उम्र यूँ ही तमाम होती है।"

एक लंबी आह भरी है दद्दू ने और स्नेह से मुस्कराए हैं, पर उनकी भी आँखें परेशान हैं।

"क्या करें दद्दू," श्रुति भी परेशान है, "लिखने के कोई माने नहीं हैं।"

"न सताइश की तमन्ना न सिले की पर्वा,
गर नहीं है मेरे अशआर में मानी न सही।"

धीरे-धीरे तरन्नुम में दद्दू सुनाते हैं, "समझीं? पगली! ग़ालिब को उनके समकालीन शायरों ने बरसों कुछ नहीं समझा, मगर वह मस्त था। गर नहीं है मेरे अशआर में मानी न सही, जो न समझा वह नादान, गालिब तो नहीं। मगर वह तो ग़ालिब था। तुम्हारी क्या बिसात! तुम तो कुछ नहीं हो और तुम्हारे लिखे में है ही नहीं कोई मतलब!"

"है कैसे नहीं?" श्रुति रूठी।

"अब है?" दद्दू ने ताना कसा, "इन बातों में मतलब है? क्या कहने! तुम लोगों का वही हाल कि तुम्हीं लिखो, तुम्हीं पढ़ो, तुम्हीं अपनी दाद दो!" वे हँसने लगे, पर उनकी हँसी में मज़ा नहीं है।

"नहीं करता दूसरा तारीफ़ तो खुद करनी ही पड़ती है।" श्रुति भी उसी बेमज़ा तरीके से हँसकर जाने-पहचाने क्रम से दद्दू की बात पर प्रतिक्रिया व्यक्त करती है।

"हाँ-हाँ।" दद्दू ने सिर हिला दिया, "शायरी न हो, पर शायरों का यह गुर ज़रूर है तुममें। खुद अपनी डुगडुगी बजाना! एक फ़ारसी के प्रसिद्ध शायर, मौलाना रूमी, सुनो क्या कहते थे : 'मन न दानम फ़ाइलातुन फ़ाइलात।' कि मैं फ़ाइलातुन फ़ाइलात जैसे छंदों को नहीं जानता, मगर : 'शेर भी गोयम बेह अज़ क़ंदो-नबात।' मगर इनके बग़ैर भी चीनी और मिसरी से बेहतर मिठास वाले शेर कहता हूँ :

'मन न दानम फ़ाइलातुन फ़ाइलात।
शेर भी गोयम बेह अज़ कंदो-नबात।' "

"समझीं पगली!" वे फिर हँसे। वैसे ही, "पर मीठे शेर कहने के लिए मसाइल तो मीठे चुनो।"

"कैसे चुनें दद्दू?" श्रुति मुस्करा दी। उसकी आवाज़ में चिंता घुली है।

दद्दू का मुँह खुला है। शायद कोई नया शेर याद आया हो कि तभी कमरे का दरवाज़ा धड़ाक से खुलता है। शरद और हनीफ़ अंदर आए हैं। शरद, लग रहा है कि दौड़ता आया है। हाँफ रहा है, "स्टूडेंट यूनियन ने रेज़ोल्यूशन पास किया है—हनीफ़ को...हनीफ़ को...यूनिवर्सिटी से डिसमिस करने का..."

दद्दू का मुँह खुला का खुला है।

"डिसमिस?" श्रुति सन्न हो गई है।

"डिसमिस!" शरद फिर कहता है, "उनके दिमाग खराब हो गए हैं।"

"ऐसा कैसे कर सकते हैं?" दद्दू की आवाज़ ऐसी निकलती है कि मानो पल भर पहले निकलने की कोशिश में झटके से छूट पाई।

"नहीं कर सकते।" शरद धम्म से बैठ जाता है, "इट इज़ नान्सेन्स। स्टूडेंट यूनियन को यह अधिकार हीं नहीं है।" शरद सिर से पाँव तक हज़ारों मुद्राएँ बनाता जा रहा है, "पर उनकी हिमाकत तो देखिए। मैड हो गए हैं। कम्प्लीटली मैड।" फँसी-फँसी चीखती आवाज़ में वह कहता है, "निकालने-विकालने का तो सवाल ही नहीं, उन्हें यह अधिकार ही नहीं, पर देखिए उनकी...उनकी ...हिमाकत!" वह अटककर दोहराता है, "अरे हिमाकत तो देखिए।" वह भौंचक्का हो गया है। बौखलाकर कहता है "उन सबको निकाल बाहर करेंगे। एक्स्पेल कर दो..."

"पर उन्होंने ऐसा किया क्यों?" श्रुति सकते में है।

"साम्प्रदायिक ज़हर फैलाने वाले को समूल उखाड़ो, यह कहा है। वे पागल हो गए हैं..."

शरद की आवाज़ बदली हुई है। मैं ऊपर न देखूँ तो पहचानूँ नहीं। नीचे देखकर लिखती हूँ तो उन सबके सीनों में बेहद घबराहट से धड़धड़ करते दिलों का शोर कलम को उतावला कर रहा है।

बेमौसम बरसात के आने से ठंड और बढ़ गई है और बाँध का पानी छोड़ना पड़ा तो 'नदी' फिर लबालब भर उठी।

आज एक ही बात हो रही है—हनीफ़।

जिसे देखो वही—हनीफ़।

अख़बार में भी—हनीफ़।

सब्ज़ीवाले की हाँक सुनकर श्रुति सिर उठाती है, "तुम ले लो प्लीज़।" वह रज़ाई में फिर दुबक गई है। हनीफ़ की तरफ़ से कुछ हरकत हो रही है। श्रुति के मन में आ रहा है पता नहीं उस भाजीवाले ने क्या सुना हो?

"तुम ले लो।" हनीफ़ ने कहा।

मैंने दद्दू को रिसीवर फ़ोन पर ठीक से रखते देखा। फिर वे जाकर शीशे के दरवाज़े से बाहर देखने लगे।

"चलिए, अच्छा हुआ कि वाइस चांसलर ने फ़ौरन करा वक्तव्य छपा दिया।"

बिलकुल सटीक बात कह डाली 'कि स्टूडेंट यूनियन का काम न किसी की नियुक्ति, न उसकी बर्ख़ास्तगी से है। प्रोफ़ेसर हनीफ़ देश-विदेश में प्रसिद्ध हैं, यूनिवर्सिटी को उन पर नाज़ है। स्टूडेंट यूनियन ने उल्टी-सीधी राय देकर जो दुस्साहस दिखाया है, वह निन्दनीय है।' आदि।

"गुड्ड।" कहकर शरद अख़बार तहाता है, "हमारा भी पत्र जल्दी आ जाए, ज़रूरी है।"

"देख रहे हो वह चिड़िया?"

"गौरैया?" हनीफ़ चाय सुड़कता हुआ देखता है।

"नहीं।" श्रुति कहती है, "चुप। श् श् श्। कुछ और है," वह फुसफुसाती है, "पहले नहीं आई।"

चिड़िया छोटी-सी है और मधुमालती की डालों पर नहीं, पत्तों पर फुदक रही है। पत्तों से ज़रा ही बड़ी। खुद एक पत्ता जैसी। वह फुदकती है तो पत्ता थिरक जाता है।

"कितनी हल्की होगी।" श्रुति विस्मय से भरी है, "पत्ते पर खड़ी है।"

"बारिश की बूँद से भी पत्ते ऐसे ही काँपते हैं।" हनीफ़ कुछ रोज़ पहले बारिश में भी यहीं बैठकर बाहर देख रहा था। तब तो और अजूबा था—बूँद गिरती दिखती नहीं थी और अलग-अलग पत्ता अचानक पूरा पलटकर सीधा हो जाता।

"डरती भी नहीं। हम यहीं बैठे हैं और वह हमसे बेखबर फुदक रही है।" श्रुति फुसफुसाती है, "हिलो नहीं, हिलो नहीं, उड़ जाएगी।"

हनीफ़ धीरे-से प्लेट रख देता है।

"देखूँ क्या नाम है?" श्रुति धीमी गति में उठने की प्रक्रिया करती है।

"नहीं, बैठो अभी," हनीफ़ रोक देता है, "उड़ जाएगी। ग़ौर से देख लो, बाद में किताब में खोजना।"

"अच्छा, देखो," दोनों चिड़िया का मुआइना शुरू करते हैं, "काली चोंच

है, ज़्यादा नोकीली तो नहीं, सफ़ेद पेट है, पीठ भूरी-नर्म-नर्म भूरी...''

''पंख की किनारी पर काली धारियाँ।''

''काली आँखें।''

''पूँछ के पास सफ़ेद धब्बा।''

''गौरैया से छोटी।''

''लिख लिया।''

''लिख रहे हो? बढ़िया।''

''डरती नहीं है। लिख दिया।''

''बढ़िया।''

''मधुमालती के पत्तों की किनारी पीली हो रही है।''

''लिख दिया।'' हनीफ़ हाथ रोककर कहता है।

''क्या?'' श्रुति पल भर समझ नहीं पाती, ''अच्छा।'' वह मुस्कराती है। ''बढ़िया।''

''तो कौन-सी चिड़िया हुई?'' हनीफ़ मुस्कराता है।

''पीली किनारी के पत्तों पर फुदकने वाली।'' श्रुति जवाब देती है।

''उड़ी। ऐऽऽ उड़ गई।'' हनीफ़ बेपरवाह होकर कुर्सी-मेज़ ज़ोर से खिसकाकर खड़ा हो गया।

दोनों बालकनी से खड़े होकर अपनी बेल को देख रहे हैं। नीचे नए हरे पत्ते हैं, ऊपर पीले, सूखते, गिरने को आतुर, वयस्क पत्ते।

''बुरा शगुन लग रहा है।'' श्रुति कहती है।

''मन खराब हो तो हर चीज़ अपशगुन लगती है।'' हनीफ़ उसे पास खींच लेता है।

कुछ देर चुपचाप, हनीफ़ से सटी खड़ी रहने के बाद श्रुति कहती है, ''वैसे आजकल मैं अंधविश्वासी हो रही हूँ।''

हनीफ़ उसकी बाँह अपनी बाँह से दबाता है, ''होता है।'' वह उसके बालों पर सिर रख लेता है। ''इस पर एक किस्सा याद आया।'' वह उसी मुद्रा में कहता है।

''बताओ-बताओ।'' कुछ असहज उल्लास से श्रुति उचकती है तो हनीफ़ का सिर झटके से अलग होता है।

असहज हाँ। जैसे बिरले ऐसे मौक़े आते हैं, जाने न दो। हनीफ़ ने पिछला किस्सा कब सुनाया, मैं याद करने की कोशिश करती हूँ, किंतु तब तक हनीफ़ यह वाला बढ़ा देगा, सो सब पिछला भूल, फिर कॉपी करने में जुट जाती हूँ।

''मेरे पड़ोस में एक लड़का था—नाम ही नहीं याद उसका—खैर, उसके

यहाँ मेरे रोज़ का आना-जाना था। वहाँ कोई शादी पड़ी और उसके तमाम रिश्तेदारों का ताँता लग गया। शायद मेरे दोस्त की चाची थीं, जो शादी में शरीक होने आईं और पड़ गईं सख़्त बीमार। ऐसी बीमार कि डॉक्टरों ने जवाब दे दिया। हाय-तौबा मच गई, मगर सबसे ज़्यादा हमारे दोस्त के वालिद-वालिदान की जान पर बन आई कि शादी का मामला, घर में मौत हुई तो शादी टल जाएगी। लिहाज़ा उन्होंने शादी के लिए आए खास मेहमान, तांत्रिक भोंपा बाबा के आगे हाथ जोड़े।"

"भोंपा।" कहकर श्रुति ने ठहाका लगाया।

"भोंपा बाबा ने कहा कि चिंता मत करो बेटा।" हनीफ़ ने बाबाई मुद्रा अपनाई, "शादी तो कल है। मैं अड़तालीस घंटे यमराज को रोके रखूँगा।"

श्रुति और हँसी। उसकी हँसी भी असहज है।

"हमारे दोस्त के माँ-बाप शायद अब भी बेफ़िक्र नहीं हो पाए तो उन्होंने शादी में ही आए एक और सिद्ध पुरुष से भी यही फ़रियाद की कि यमराज को कल तक रोके रखिए। इन्हें सब कहते थे लालाजी। खैर, लालाजी ने भी वही दिलासा दिया।" "अब सुनिए साहब, क्या हुआ?" हनीफ़ ने हँसकर कहा।

"मर गईं वह?" श्रुति चहकी, "नहीं मरीं?" वह आँखें फाड़कर हँसने लगी, "झूठ?"

"नहीं मरीं।" हनीफ़ बोला, "शादी पूरी हुई। चाची नहीं मरीं। न तब, न अब। कुछ बरस पहले तक तो थीं।"

अब जो हँसी श्रुति तो लगा कि किस्से पर खुशी से न कि और किसी बात पर।

"खत्म नहीं हुआ।" हनीफ़ ने उसके मुँह पर हल्के से हथेली दबाई, "जब मेरे दोस्त के माँ-बाप के ये कारनामे चाची और उनके शौहर के आगे खुले तो वे बहुत ही बुरा मान गए। जॉयन्ट फ़ैमिली में किसी की बात ज़्यादा देर छिपी नहीं रह सकती, उन्हें पता चल गया कि जब चाची के आगे-पीछे मौत का साया था, उन्हें शादी की ऐसी पड़ी थी! साथ ही उनका गुस्सा भोंपा बाबा और लालाजी पर था कि यमराज को टाल सकते थे तो दो दिन के लिए ही क्यों?"

श्रुति मुक्त हँसी हँस रही है।

"तो उन्होंने कहा कि मैं ब्राह्मण हूँ, लालाजी को श्राप देता हूँ कि बीमार पड़ जाओ, इसके पहले कि शादी से अपने घर लौट पाओ।"

"अब तुम बना रहे हो।" श्रुति ने आँखें दिखाईं।

"नहीं, यकीन मानो। लालाजी स्टेशन तक ही पहुँच पाए कि उन्हें टट्टियाँ

लग गईं!"

"हनीफ़।" श्रुति ने हँसकर फटकारा, "तो भोंपा बाबा को क्यों बख्शा?"

"बोले।" हनीफ़ का जवाब हाज़िर है, "कि भोंपा बाबा ठहरे तांत्रिक, उनसे डर गया तो गुस्सा पी गया, मगर लालाजी बनिया!"

"बेचारे, तुम दद्दू की तरह कहानी बनाते हो।"

"अगली बार तुम्हें उन लोगों से मिला दूँगा। चाचा मर गए, भोंपा बाबा भी गए, मगर वह चाची शायद अभी भी होंगी!"

"तो कोई बैड ओमन नहीं।" श्रुति ने प्यार से कहा। एक पीली किनारी के पत्ते को उँगली से टीप लगाई तो वह गिरा, "तुम टेंस हो?" उसने नीचे पत्ते को देखा।

"तुम हो?" हनीफ़ उसकी तरफ़ देखने लगा।

"शरद पूछ रहा था।" श्रुति ने सफ़ाई दी।

शरद कहता था कि डिपार्टमेंट में हनीफ़ का अपॉयंटमेंट नन्दन ने ही कराया, यह मत भूलो, बेकार उसे विलेन तो न बनाओ?

"वही लाएगा और वही न चाहेगा?" उसने श्रुति से पूछा, क्योंकि हनीफ़ बात नहीं करना चाहता।

"तो क्यों तंग कर रहा है?"

"वह तो कुछ कहता भी नहीं..."

"तो दूसरों को क्यों कहने दे रहा है?"

"यार किस-किसका मुँह बंद करेगा? इनसान है, भगवान तो नहीं?"

"पहले कैसे करता था?" श्रुति पूछती है। "पहले क्या कोई बोलता नहीं था?"

जवाब है कि सवाल?

"कोई बोल नहीं रहा..." शरद कहने लगा।

"लहर बोल रही है? हुँह दद्दू जैसी बात!" श्रुति कहती ऐसे है, जैसे दद्दू तो बक़वास करते हैं! जो वह कहती है, पर हिक़ारत से नहीं।

"मगर तुम तो पहले इसके साथ हुआ करते थे।" श्रुति शरद को लपेटती है।

"यह नहीं रहता अब मेरे साथ।" शरद चिढ़कर कहता है, "अजीब बातें..."

"बात तो वह करता ही नहीं।" श्रुति हनीफ़ की तरफ़दारी कर रही है

या शिकायत?

"बात करती जैसी चुप्पी है, अजीब बात करती जैसी चुप्पी।" शरद तो शिकायत ही कर रहा है।

"इनकी चुप्पी ऐसी! और नन्दू की वैसी!" अब श्रुति शरद की शिकायत कर रही है।

"तो आप हस्ताक्षर नहीं करेंगे?" शरद सीधे पूछ लेता है।

एक शोध छात्रा स्टूडेंट यूनियन के प्रस्ताव के ख़िलाफ़ वक्तव्य पर डिपार्टमेंट वालों के दस्तख़त करा रही है।

"मेरे साइन करने, न करने की बात ही नहीं है। एक करे, सब करें, वही बात है।" नन्दन नाखुश लग रहे हैं।

"तो आप नहीं करेंगे?" शरद उन्हें घूर रहा है।

"करने में क्या है? कर दूँगा।" नन्दन कहते हैं, पर करते नहीं, "अब बात यहीं खत्म करिए। उम्र के जोश में बच्चे बेवकूफ़ी करें तो उसे इतना तूल क्यों दें। हमारा काम..."

"यह हमारा काम है।" शरद उनकी बात बीच में काटता है, "आप साइन करेंगे कि नहीं?"

"ओफ़्फ़ो।" प्रो. नन्दन त्रस्त लग रहे हैं, "फिर वही बात। साइन में क्या है? करूँ न करूँ। आप कहेंगे, कर दूँगा, मगर डिपार्टमेंट का नाम अब रहने दीजिए, प्लीज़।" वह लगभग विनती के-से अंदाज़ में हाथ जोड़ देते हैं।

शरद छात्रा से प्रोटेस्ट का पत्र छीनकर जो हटता है तो हवा सन्न से कट जाती है। पहले कि किसी को बात पल्ले पड़े, शरद एड़ियाँ ठोंकता निकल गया।

देर तक सब के सब नीचे दद्दू के पास बैठे रहे। दीवान एक बार भी नहीं उचका। आखिर दद्दू ने मुस्कराकर कह दिया, "जाओ, अब सोओ।"

मैं तो कहूँगी बर्फ़ीली हवा है।

जगे हैं। इतनी रात गए।

अब ऐसे ख़त रोज़ अख़बार में।

एक—'यह एक हनीफ़ की बात नहीं, हम सबकी बात है, शहर के विषैले माहौल की बात है।' दूसरा—'हमारी संस्था छात्र यूनियन के इस दुस्साहस की निंदा करती है।'

शरद अख़बार श्रुति को पकड़ाता है।

ज़रूर पौ फटने वाली है, क्योंकि दोनों सो रहे हैं और इधर रोज़ ही इसी वक़्त सोते हैं।

आज अख़बार में पत्र है कि 'हनीफ़ ने खुद अपने घमंड और जुझारूपन के कारण इस सरंजाम को आमंत्रण दिया है। कि वह क्लास में भी राजनीति करने लगे थे, हिंदू धर्म के ख़िलाफ़ लेक्चर दे रहे थे, 'छात्रों को हम उच्च शिक्षा पाने उनके पास भेजते हैं कि दंगा-फ़साद सीखने?' श्रुति शरद को अख़बार पकड़ाती है।

अख़बार में वाइस चांसलर और छात्र यूनियन का अध्यक्ष मंजन का इश्तिहार बने मुस्करा रहे हैं और एक दूसरे की तरफ़ हाथ बढ़ा रहे हैं। नीचे लिखा है कि वाइस चांसलर ने छात्रों को डटकर पढ़ने की नसीहत दी ताकि कल देश की बागडोर वे बखूबी सँभालें।

हनीफ़ तस्वीर देख रहा है।

"सुना है।" श्रुति कहती है, "बाँध का पानी छोड़ने से पुल के नीचे लबालब

समाँ है।"

"हाँ, डिपार्टमेंट से दिखता है।" हनीफ़ जवाब देता है।

यह सोएँ तो मैं कॉपीइंग से निवृत्त होऊँ।

हैं! हैं! हैं! उफ़ आँख लग गई थी। कितना भयानक ख्वाब था कि बाढ़ आ गई और पुल के नीचे पानी नहीं, स्याही बह रही है—लबालब। बढ़ती जा रही है हर तरफ़, हर किसी को अपने में डुबाती हुई। हम सब उसमें छप छप हाथ-पैर मार रहे हैं, बचने को बेताब, और बाढ़ है कि किनारों को दूर करती जा रही है और मैं बुरी तरह बौखला रही हूँ कि किधर को बढ़ूँ, स्याही चाहिए, स्टॉक में भरने, कहाँ से लाऊँ, किधर, किधर, भयभीत हो रही हूँ, स्याही में तन-बदन घबराकर चलाती, फिर भी डूबती, उसी को तलाशती!

दद्दू अख़बार देख रहे हैं। आजकल सबसे पहले संपादक के नाम पत्र वाला सफ़ा खोला जा रहा है!

...'यह वो संगीन है, जो हर तरक्कीपसंद तत्व का खात्मा करने पर तुली है...कैसा ख़तरनाक मज़ाक है कि जो सांप्रदायिकता के विरोधी हैं, उन पर आरोप है कि वे सांप्रदायिकता फैला रहे हैं...'

दद्दू चाय खत्म करके अख़बार साथ लिए-लिए बाथरूम की तरफ़ बढ़ गए हैं।

'बात साफ़ ज़ाहिर है—जहाँ मुसलमान होगा, वहीं गड़बड़ होगी।' अख़बार में जो पत्र आया है, उसकी इस पंक्ति पर चिंता, हँसी, हैरत, यही सब डिपार्टमेंट में लोग व्यक्त कर रहे हैं। दो जन ज़रूर चुप हैं—हनीफ़ और प्रोफ़ेसर नन्दन।

"देखिए न दद्दू।" श्रुति ने बाँह पर से स्वेटर पीछे खिसका दिया है। दद्दू उसकी बाँह सहलाते हैं, जो बेहद खुरदरी है।

“खुश्की होगी। मुझसे तेल ले लो।”

“नहीं दद्दू। कोई गंदा चर्मरोग है। देखिए कैसी फटी-फटी है।” श्रुति चिंतित लगती है।

“अरे बेटे।” दद्दू उसकी बाँह थपकाते हैं, “ऐसे घबराने से नहीं चलेगा। बोलो तो उस डॉक्टर को बुला दूँ?” डॉक्टर के नाम पर श्रुति और बेचैन लग रही है, “दो दिन जो तेल मैं देता हूँ, लगाओ। नहीं ठीक हुआ, तब डॉक्टर की सोचेंगे।” दद्दू उसका चेहरा देखकर कहते हैं। लिहाफ़ लपेटकर वह हीटर के आगे दीवान पर बैठ जाते हैं, “वैसे वह पाजी ऐन बीच शहर में उस तरफ़ रहता है। पता नहीं, वहाँ से निकलने में उसे कितना वक़्त लगे! आजकल तो डॉक्टर की ज़रूरत न पड़े, वही बेहतर।”

श्रुति को चुप देखकर वह गंभीरता से कहते हैं, “डरो मत, मैं मज़ाक कर रहा हूँ। तुम्हें कुछ नहीं हुआ है।”

श्रुति चुप है, मगर वह चाह रही है कि दद्दू पहले जैसी कोई मतलबहीन बात कहें और चीख-चीखकर हँसें। दीवान खूब उछले। वह उठकर उनकी बगल में बैठ जाए। दोनों साथ-साथ छत तक पहुँचें।

एक और पत्र संपादक ने छापा है ‘...इस बात पर ग़ौर किया जाए कि माफ़ी भी केवल हमारे हिंदू साथियों ने माँगी है...”

“अब इसका जवाब लिखें!” शरद तिक्त स्वर में कहता है।

“यार फ़ॉरगेट इट!” हनीफ़ चिढ़कर कहता है।

बेवरली कहाँ है? यह सवाल मेरे मन में उठा, क्योंकि मैंने शरद को उसे याद करते पकड़ लिया। बार-बार यही होता रहा है इस बरस कि हनीफ़ जब शरद से गुस्सा करे या मुँह मोड़े, जाने-अनजाने, शरद भुन्ना नहीं पाता तो अंदर ही अंदर कुढ़ने लगता है। तब वह अकेला होने लगता है। तब उसे बेवरली की दोस्ती का बड़ा सहारा होता है।

अब तक कापड़िया शहर के हाल कह रहा था। हनीफ़ को देखते ही तपाक

से उठकर हाथ मिलाया। दद्दू जो बड़े ध्यान से सारी बातें सुन रहे थे, उठकर हनीफ़ के लिए गिलास लाने चले गए।

"आजकल तो बस आप ही के चर्चे हैं।" कापड़िया गर्मजोशी से बोला है। हनीफ़ किसी गफ़लत में कमर से ऊपर तक पूरा भाग, सिर भी, 'हाँ-हाँ' झुला रहा है।

"इसी की बात हो रही है।" शरद भी कहता है, "मठ को कोई कुछ नहीं कह रहा। और तो और, छात्र यूनियन के ख़िलाफ़ भी डिसिप्लिनेरी एक्शन की बात नहीं है।"

"क्या कह रहे हो?" कापड़िया दद्दू से गिलास लेकर हनीफ़ के लिए पेग नापता है, "हम बिजली के नंगे तार पर बैठे हैं, उसे फ़्यूज़ करो न कि विस्फोट कराओ! मामला दब जाने दो। क्यों हनीफ़जी?"

दद्दू जो फिर सबकी बात बड़े ग़ौर से सुन रहे थे, अलग देखने लगते हैं, मगर शरद, श्रुति और कापड़िया हनीफ़ की तरफ़ घूम गए हैं।

"मैं क्या कहूँ?" सबकी नज़रें अपने पर पाकर हनीफ़ सकपका गया है।

"क्यों? तुमसे किसी बात का ताल्लुक नहीं?" शरद ने कह तो दिया है, मगर जैसे सोचे बिना कह गया। वह हनीफ़ के जब न तब अलग खड़े हो जाने पर धैर्य खोने लगता है।

"भई बात सिर्फ़ मेरी तो है नहीं।" हनीफ़ अपने को घिरा महसूस करता है, "मेरा कोई क्या बिगाड़ सकता है?" उसे लगता है वह हीरोपंती दिखा रहा है।

'शहादत का भाव ओढ़ने लगा है।' शरद मन ही मन जुगुप्सा से भर उठता है, "तुम्हारा कुछ नहीं बिगड़ रहा?" वह हनीफ़ से तमतमाकर पूछता है, "निकाल नहीं सकते, मगर यह हैरेस करना, इतने नामों में से एक तुम्हारा निकालना, इस भद्दे विवाद में ज़बरदस्ती बिठाना, इट इज़ अ विचहण्ट।"

'यह किसकी तरफ़ है?' श्रुति सोचती है, "सिर्फ़ छात्रों की बेवकूफ़ी की बात है, कहकर, हम आज फैलती-पनपती इस मानसिकता को भुला नहीं देंगे?" वह कापड़िया से पूछती है, "उस मानसिकता को और बढ़ाएँगे..."

"नोटिस करेंगे, तब उसका अस्तित्व मान लेंगे..."

"अस्तित्व तो है ही।" श्रुति अधीर हो उठी है।

"मगर..."

"मगर क्या? दद्दू ने पूछा है। वे हर बोलने वाले की बात उसकी तरफ़ ज़रा झुककर, आँखें फैलाकर यों सुन रहे हैं कि मानो आँखों से सुनते हैं।"

"मगर," कापड़िया चौंककर दद्दू की तरफ़ मुड़ता है। उसे पता नहीं क्यों, आगे शब्द नहीं सूझ रहे। उसके माथे पर बल पड़ गए हैं जैसे इस जंजाल

से निकलने की युक्ति ढूँढ़ रहा है। वह हँसने लगता है, "भई, उनके पास दैवी शक्ति है। आपके पास क्या है? मानवीय शक्ति। कौन बलवान हुआ?"

कोई नहीं हँसता।

शरद सिगरेट और माचिस निकालकर पूछता है, "और तुम्हारा बल कहाँ पड़ता है? दैवी-रहित स्थानों पर, हैं? जैसे हम पर, जैसे शहर की उस पुरानी मस्जिद पर, जैसे बाबू के पर्चे पर।"

'बहने लगता है साला,' हनीफ़ सिर नीचे करके सोचता है।

कापड़िया रूठा हुआ है अब, "हम किसी तरफ़ के गुंडे को नहीं बख़्शते।"

"पुलिस क्या करती है, हम भी जानते हैं।" पता नहीं शरद पुलिस को क्यों घसीट ला रहा है।

"तुम बिलकुल नहीं जानते प्रोफ़ेसर शरद," कापड़िया उँगली हिला-हिलाकर कहता है। वह बुरा मान गया है, "हम दोनों तरफ़ के गुंडों से बराबर सख्ती दिखाते हैं। न पूरी पुलिस फ़ोर्स, न पूरी सरकार बदमाश है। टाडा के तहत..."

"न जाने कितने मुसलमान नज़रबंद हैं" हनीफ़ एकाएक बोल पड़ा है।

"हिंदू भी।" कापड़िया जोर से कहता है, "टैरोरिस्टों को कहीं ढील नहीं दे रहे..."

"टैरोरिज़्म पर तो ढील नहीं, लेकिन जिनके इशारों पर दंगे हो रहे हैं, बड़े लोग, जो सारी गंदगी करते हैं, जिनके नाम सब जानते हैं, उनमें से एक को भी पकड़ पाए? वे जानते हैं, उन्हें कोई नहीं पकड़ेगा। टैरोरिस्ट को यह कॉन्फ़ीडेंस है?" हनीफ़ बमक पड़ा है।

"तो वह आप देना चाहते हैं?" कापड़िया ढिठाई पर उतर आया है।

"यह तो हनीफ़ ने नहीं कहा।" दद्दू परेशान लग रहे हैं, "वह कह रहा है कि इतने मुसलमान खुलेआम मारे गए, पहचानकर भी उनके खूनियों को तो पकड़ते नहीं..."

"दद्दू!" कापड़िया दद्दू की बात भी काट देता है, "एक बात बता दूँ। मैं इतने दिनों से पुलिस की नौकरी में हूँ। मेरी बात गाँठ बाँध लीजिए। अगर आज हम और आप और इनके जैसे मुसलमान बचे हैं तो यह पुलिस के ही कारण है। एक बार जो हम अलग हो जाएँ और खुली लड़ाई होने दें तो हिंदुओं के छक्के छूट जाएँगे। हम उन पर रोक न लगाएँ तो..."

"अमाँ!" शरद हँसा है। फिर एक झुरझुरी उसके तन में होकर निकल गई और वह चुप रह गया है।

आज चिट्ठी नहीं, लेख है। मुसलमान की विदेशपरस्ती...सरकार की मुसलमानपरस्ती...इस्लाम की कट्टरपरस्ती।

अब हो चुकी बहुत, मैं थकन महसूस कर रही हूँ, पर दद्दू हैं कि फिर दुनिया जहान से बेख़बर उसे पढ़ रहे हैं। उन्हें हो क्या गया है?

फ़ोन आया है कि सब ठीक है?

"शरम की बात है कि दूर-दूर से चिट्ठियाँ आई हैं छात्र यूनियन की हरकत को धता बताती," शरद नीचे देखकर स्टाफ़ रूम में बोल रहा है, "मगर हमारा डिपार्टमेंट, जहाँ के हमारे ही कलीग को विच-हण्ट में पीटा जा रहा है, एक आवाज़ नहीं उठा पाया।"

"डोंट ओवर रीएक्ट।" हनीफ़ डपट देता है।

तभी छोटे जोश हँसते हुए निकल जाते हैं, "विच हंट? हू, व्हैयर, विच? यहाँ तो साहब हीरो ही हीरो हैं!"

'जै जगदम्बे' की मठ की तरफ़ से ज़ोरदार सामूहिक पुकार पर पखेरुओं का एक झुंड फड़-फड़ आकाश में उड़ता है।

"या तो शकरी मुनिया थी या फुटकी।" श्रुति सालिम अली के पन्ने पलटती कहती है।

"क्या?" हनीफ़ पूछता है।

"कुछ नहीं।" वह चुप हो जाती है।

लगता है हनीफ़ कुछ बोलना चाह रहा है। उसकी तरफ़ देखता है। फिर अलग देखने लगता है। अब बोला, तब बोला हो रहा है।

"ओहो।" वह कहता है।

पत्र तो खूब आ रहे हैं—डाक से—'हमें सुनकर अफ़सोस हुआ, आप

ठीक हैं?'

"मैं क्यों कहूँ?" हनीफ़ दाँत पीस रहा है। दोनों अपने-अपने स्कूटर निकाल रहे हैं। लाइब्रेरी के बाहर छात्रों का शोर शराबा है। कर्फ़्यू उठे काफ़ी दिन हो गए, सब काम पूरा कर लेना चाहते हैं, जब तक यों खैर है।

"तो तुम चाहते हो" शरद ठंडी आवाज़ में कहता है, "छात्र यूनियन को सज़ा हो?"

"उन्हें पता होना चाहिए कि नादानी में किया हो या जिसमें भी, ऐसी हरकत कोई खिलवाड़ नहीं। उन्हें डिसकरेज करना ज़रूरी है कि आइंदा ऐसी..." हनीफ़ गुस्से से स्कूटर का इंजन चालू करता है। यह मुझे सफ़ाई देनेवाली स्थिति में क्यों डाल रहा है? मुझे कटघरे में क्यों खड़ा कर रहा है? पहले कि शरद समझे, हनीफ़ फुर्र से उसे छोड़कर निकल गया।

दद्दू सुबह उठकर आए तो श्रुति को वहाँ बैठा पाया, "अरे, हमारी डोल तो हँसना ही भूल गई है।" वे दीवान पर बैठकर मुस्कराते हैं, "अब क्या करें दद्दू, बताओ। कहाँ ले चलें? सर्कस? मेला?"

"कहीं भी।" श्रुति हल्के से मुस्कराती है, "इस जगह को छोड़-छाड़कर अब चलें।"

दद्दू भी हल्के से मुस्कराए हैं। श्रुति उनके लिए चाय डालती है। वे कप उठाकर चुस्कियाँ लेने लगते हैं : "रहिए अब ऐसी जगह चलकर जहाँ कोई न हो, हम-सुखन कोई न हो और हमज़बाँ कोई न हो।"

अचानक श्रुति का गला भर आया है।

दद्दू चुप हैं। फिर उसी लहजे में बोलते हैं जैसे शायरी को ही बढ़ा रहे हैं। "ले चल मुझे अब गाँव, बस अब गाँव ही सबसे अच्छा और गाँव ही सबसे सच्चा। झगड़ा नहीं, झंझट नहीं, वहीं रहें, खेती करें।"

श्रुति हँस पड़ी है।

"अरे हँसो नहीं।" दद्दू कहते हैं, "फिर यह गंभीर इंटलैक्चुअलाना चेहरा बिगड़ जाएगा।"

"क्यों इंटलैक्चुअल नहीं हँसते?" श्रुति पूछती है।

"वह हँसने लगे तो बुद्धू लगेंगे। मुँह फाड़कर, दाँत बाहर निकालकर,

आँखें चुँधियाकर कोई इंटलैक्चुअल लगेगा!" दद्दू उसे हँसाकर खुश हैं।

जब वह और हँसती है तो कहते हैं, "अच्छा खिड़की-दरवाज़े कम से कम बंद तो कर दो कि हवा न आ जाए और इस हँसी को ऐसे ही चिपका जाए। फिर क्या होगा तुम्हारे रोबीले सीरियस चेहरे का?"

श्रुति हँसती हुई उठी और दद्दू के पास दीवान पर बैठकर एक कप और चाय डालती, मगर अब दीवान इंटलैक्चुअल हो गया है!

छात्र फिर आए हैं, "सर, यह कितनी बदतमीज़ी है, आज का ख़त तो..."

हनीफ़ ने सबको चाय पिलाई है। भुने चने और लइया, मिर्च और काला नमक डालकर, कड़वे तेल में कुरकुरा करके श्रुति ने रख दिए थे, चाय के साथ।

कापड़िया शरद के साथ ऊपर आया है, "बड़ा आर्टिस्टिक घर है।" वह चारों तरफ़ देखता है।

कॉफ़ी पीकर जाने लगता है तो दरवाज़े पर कहता है, "ज़रूरत हो, रात हो या दिन, मुझे कहना।"

"यहाँ क्यों लाए उसे?" पता नहीं, हनीफ़ इस पर भी गुस्सा है।

"शायद वह कहना चाहता था कि उस दिन उसके चिल्लाने को अन्यथा मत लो।" शरद का अनुमान है।

"नॉनसेंस।" श्रुति कहती है।

"वह माफ़ करने लायक नहीं है।" हनीफ़ के तेवर चढ़े हैं।

"कोई है माफ़ करने लायक तुम्हारी नज़र में?" शरद झल्ला जाता है, "सबसे दुश्मनी ही करना चाहता है।" वह श्रुति को असंयमित देखकर बतलाता है।

बातों-बातों में पता चला है कि बेवरली नेपाल गई थी और फिर जल्दी ही आनेवाली है।

हनीफ़ हनीफ़ हनीफ़! ड्रामा हो गया। सारा ड्रामा इसी एक नाम में सिमट गया है! मैं चौकन्नी बैठी हूँ, कलम तैयार। अब तो कॉपी करते ही रहना होगा, करते ही रहना होगा।

दद्दू का पूरा ध्यान टेलीविजन पर चल रही 'गांधी' पर बनी फ़िल्म में है।

श्रुति कहती है, "मैं सोचती हूँ, एक छोटी मेज़ यहाँ नीचे रख लूँ..."

"तब लिखोगी!" शरद से नहीं रहा जाता।

"तब यहाँ से मधुमालती को देखूँगी।" ज़रा चिढ़कर श्रुति कहती है।

"क्या नाम बता रही थी उस दिन? फूलचुक्की, हाँ। और आप हैं लिखचुक्की।"

श्रुति मुँह फुलाए रखती है।

"फूलचुक्की!" शरद मुँह फुलाकर उसकी तरफ़ इशारा करता है।

"कोई क्राइसिस हो, तब तुम सबको एलियेनेट क्यों कर देते हो?" श्रुति उससे चिढ़ रही है।

"ज़रूर तुम्हारे मियाँ ने कुछ पट्टी पढ़ाई है।" शरद आश्चर्य से देखता है। फिर मुँह फुला लेता है।

"उसको क्यों घसीट रहे हो?"

"मैं नहीं घसीट रहा।"

"लीव हिम अलोन।" श्रुति बेहद चिढ़ी हुई है।

"उसे वह भी मंजूर नहीं।" शरद फिद्द से हँसता है।

दद्दू ज़ोर-ज़ोर से हँसने लगते हैं, पर पूरी तरह से फ़िल्म में खोए हैं। "हा हा हा।" वे कहकहा लगाते हैं, "गोडसे बेकार बुरा बना। पिस्तौल की गोलियाँ नाहक बरबाद कीं। खुद ही बुड्ढा आज के आते-आते ढेर हो जाता। उसका कलेजा कहाँ कि ये सब देख पाता?" ज़ोर-ज़ोर से दद्दू हँस रहे हैं।

फिर एकदम से चुप हो गए और चोंच निकालकर बैठ गए।

जहाँ शरद और हनीफ़ खड़े हैं, वहीं से मठवालों का जुलूस निकल रहा है।

"निकल जाने दो।"

दोनों स्कूटर थामकर एक किनारे रुक गए। मठ की वैन है और आगे-आगे देवी का ऊँचा कट-आउट बढ़ा आ रहा है। अंदर गेरुए वस्त्र डाले जो महिला

बैठी है, चरचराती आवाज़ में बोल रही है।

"माइक बिगड़ गए हैं क्या?" शरद कहता है।

फिर शरद ही कहता है, "कान में मिर्ची लगे तो क्या होता है? यही जो हो रहा है।"

महिला की चिल्लाहट पास आती है, 'हमारा वातावरण प्रदूषित हो चुका है, नैतिकता का पतन हो गया है, डर-शंका के बिना हम साँस नहीं ले पा रहे...जब शरीर का कोई अंग सड़ने लगे तो क्या करना पड़ता है? सड़न पूरे शरीर को न सड़ा दे, इसलिए उतना हिस्सा काटकर फेंक देना होता है। नहीं तो पूरा समाज सड़ जाएगा।'

माइक पर मुक्का थरथराता है और भीड़ पुकार उठती है : 'जै जगदम्बे।'

शरद 'उनके दिमाग खराब हो गए हैं' कहने को मुँह खोलता है, पर इतनी बार यह जुमला दोहरा चुका है कि मुँह बंद कर लेता है।

ज़रा ही आगे मठ वैन रोक दी गई है और अपार भीड़, सड़क के किनारों से, छतों से, मोटर-रिक्शों से, पेड़ों से भी, हाथ जोड़कर समुद्र के नाद जैसा स्वर करती है।

वैन में से दिव्य मुस्कान लिए एक महंत उतरते हैं। वे भीड़ को आशीर्वाद दे रहे हैं। उनके पीछे भाषण देनेवाली महिला उतरी हैं। लोग बढ़कर दोनों को गुलाब और चमेली की मालाएँ पहनाते हैं।

'जै जगदम्बे' गूँजता है। वैन के पीछे-पीछे लोग भाग रहे हैं। महिला की आवाज़ आ रही है, मगर अलग-अलग शब्द नहीं सुनाई पड़ रहे।

"कमाल है।" शरद शुरू करता है कि अचानक उसे एहसास होता है कि पहले कभी वह इस तरह हनीफ़ को अपने से अलग समझता नहीं खड़ा हुआ, उसके लिए अलग नहीं झेंपा और दिलासा पहुँचाने के इरादे से समझ, सफ़ाई, देने लगा। कि वे हमेशा एक होकर खड़े होते थे, एक गुस्से या शरम से प्रभावित। आज वह दो तरह से सब देख-सुन रहा है, अपने आँख-कान से, फिर हनीफ़ की तरफ़ से।

इतना कुछ सोचकर शरद को हनीफ़ से चिढ़-सी हुई, 'साला तब से चुप है। मुल्लाओं का शोर तो और भयावह है।' उसे लग रहा है कि वह सही सोच रहा है।

इस वक़्त भी हनीफ़ चुप बैठा है। छात्रों के बीच शरद और श्रुति देर से बहस कर रहे हैं।

आज अजीब-सा पत्र आया है, अख़बार में। लिखनेवाले का आरोप है कि पंद्रह बरस पहले वह हनीफ़ जैदी से किसी डिनर पर मिला था। उनके आज के कारनामे पढ़कर उस डिनर की यादें ताज़ा हो गईं, क्योंकि उसमें भी हनीफ़ जैदी ने अजीबोग़रीब बातें की थीं और पाकिस्तान की हिमायत की थी।

देर तक हनीफ़ के न बोलने पर शरद उससे चिढ़कर कहता है, "जवाब तो देना पड़ेगा।"

हनीफ़ भी चिढ़ा उत्तर दे रहा है, "क्या जवाब दोगे? मुझे न डिनर याद है, न उसमें हुई बातें।"

"याद करो। तुमने कहा होगा कि..." शरद बोल रहा है।

"क्यों याद करूँ?" हनीफ़ की आवाज़ गुस्से से काँप रही है, "क्यों जवाब दूँ?"

वह ट्रे उठाकर रसोई में चला गया और पटककर रख दी। वापस आया तो अख़बार उठाकर किताबों की अलमारी पर फेंक दिया। अब मोज़े निकालकर एक तरफ़ उछाल रहा है।

"बंद करो।" श्रुति उस पर चिल्लाती है। सब ठिठक जाते हैं।

"धीरे से नहीं रख सकते? हर चीज़ ऊपर से, दूर से, पटक ही सकते हो?" वह डाँटती है। छात्रों के चेहरों पर झेंप है।

हनीफ़ बिना जवाब दिए अपनी कुर्सी कमरे में ले जाता है। उसे देखकर छात्र भी कुर्सियाँ बालकनी से उठा रहे हैं।

"कुर्सी लाओगे तो खींचकर। मूढ़ा लाओगे तो उछाल दोगे, मीलों धूल उड़ाओगे, जंगलियों की तरह..." छात्र बिना आवाज़ किए चीज़ें उठा रहे हैं।

"स्टॉप इट।" हनीफ़ पैर कसकर जमाए, श्रुति के आगे खड़ा है।

"यू स्टॉप इट।" वह बैठे-बैठे कहती है।

दोनों बुत बने हुए हैं। पीछे छात्र और शरद आधी-अधूरी मुद्राओं में बर्तन, स्टूल, कोई न कोई चीज़ लिए कुछ करना चाह रहे हैं।

क्या बाक़ियों को छोड़कर बस हनीफ़ का पीछा करूँ? वह चुप रहे तो उसकी चुप्पी को स्याही से मोटे-मोटे अक्षरों में उतार दूँ, स्याही से मोटी लकीर से घेर दूँ? हँसे तो उसे गाढ़ी लकीर से घेर दूँ? जो करे, उसे डार्क लिख दूँ? अँगड़ाई ले तो, छींक मारे तो, मधुमालती के फूल सूँघे तो...

"आप अब भी नहीं बोलेंगे?" शरद प्रोफ़ेसर नन्दन के मुँह के आगे आज का अख़बार फड़फड़ा रहा है।

"मैंने देखा।" नन्दन इत्मीनान से बैठे हैं, "सब बोला जा चुका है।"

"कि हनीफ़ जैसे डिपार्टमेंट के हेड बनने लगे तो..."

"आपा मत खोइए शरद।" नन्दन ज़रा सख़्ती से कहते हैं, "सब जानते हैं कि हनीफ़ ऐसे नहीं हैं। कोई संपादक को चिट्ठी लिख दे तो उनकी हेडशिप नहीं मिट जाती। हनीफ़ इनके बनाए नहीं बनते..."

"सवाल हनीफ़ का नहीं है..." शरद दाँत पीसकर कहता है। तभी हनीफ़ गलियारे से गुज़रता है, "यह इसी वक़्त क्यों निकलता है," शरद बुदबुदाया। नन्दन भी हनीफ़ को देखते हैं, "यह चिट्ठियाँ एक आम धारणा को बल दे रही हैं कि मुसलमान सांप्रदायिक होने का पर्याय है।"

"और दूसरी चिट्ठियाँ?" नन्दन मूँछ का बाल दाँतों से काटते हैं और मुँह बिचकाकर 'थुह' करते हैं, "वह तो साबित कर रही हैं कि हनीफ़ महान हैं, महान के सिवाय कुछ नहीं हैं?"

शरद कुर्सी पर बैठ गया है, चिनगती लुआठ की तरह।

कुछ देर नन्दन उसकी तरफ़ देखते रहते हैं। उनके सिर के पीछे खिड़की पर गिलहरी बड़ी मुस्तैदी से कहीं आने-जाने में लगी है। नन्दन नर्मी से बोलते हैं, "तुम्हारा दोस्त है, तुम घबरा रहे हो। एक व्यक्ति के केस को कॉज़ मत बनाओ।"

शरद चुपचाप उन्हें देख रहा है।

"मुझे पूरे डिपार्टमेंट की सोचनी है..." नन्दन उसे चुप देखकर बढ़ावा पाते हैं।

"जब डिपार्टमेंट की सैक्युलर इमेज का सवाल है, तब हनीफ़ प्रतीक बनकर शांतिमार्च में आगे-आगे चलेगा, जब हेडशिप की बात है तो वह व्यक्ति बन जाएगा..." शरद मायूसी से बोल रहा है।

छोटे जोश बोलते हैं तो समझ में आता है इसी बीच यह भी आ बैठे हैं, "हेडशिप का ताल्लुक उनकी प्रेज़ेंट क्राइसिस से नहीं है, उनके बर्ताव से है।"

"और प्रेजेंट क्राइसिस का ताल्लुक उनकी हेडशिप से है?" शरद बेहद धीमे से पूछता है। उसकी आँखें दहक रही हैं।

"चालाकी मत करिए।" नन्दन फट पड़ते हैं, "जो शख़्स पूरी दुनिया की मशीनरी को अपने पीछे खड़ा करके सामना कर रहा है, उसे आप विक्टिम बता रहे हैं? हममें से कोई होता तो कब का लुट-पिट चुका होता।" नन्दन की आँखें भी दहक रही होंगी।

फाटक पर खड़ा है। नाटा, कोयले से काला, चौड़ा गठीला बदन, बड़ी-बड़ी काली दाढ़ी उसके काले लिबास में जज़्ब, लंबे-लंबे बाल भी, आँखें लाल। हाथ में बड़ा-सा लोहे का चिमटा है।

पागल है क्या?

किसी को नहीं देख रहा।

चिमटा उठाकर अजीब कोण बनाकर खड़ा है। पागल है क्या?

गोंगा बाबा?

डर।

हम डरें? या न डरें?

"यह तो अच्छी बात नहीं है," श्रुति का कहना है। दो-चार बार यही बात वह कह चुकी है।

"मगर क्या कर सकते हैं, लोग ऐसे ही होते हैं।" दद्दू घुटने मोड़े, दोनों हाथ बाँधे, परेशान हैं।

"अब यही कि इसकी वजह से डिपार्टमेंट पर मुसीबत आ रही है।" शरद कहता है।

दद्दू हँसते हैं, "हनीफ़, तुम मिट्टी में मिल जाओ तो तुम्हें झंडा बनाएँगे, तुम झंडा बनकर अकड़ो तो तुम्हें धूल चटाएँगे।"

हनीफ़ हँसता है, मगर वह हँसी नहीं है।

खैर, दद्दू की भी हँसी नहीं थी।

शरद तमकता है, "कह रहे थे, हनीफ़, कि हनीफ़ तो..."

"यार," हनीफ़, गुस्से से मुड़ता है, "मैं भर पाया। मुझे तुम्हारे लोगों के मुँह से अपना नाम अब नहीं सुनना। हो चुका, जो होना था। अब छोड़ो।"

सब चुप हैं। श्रुति सहम गई है। शरद रूठ गया है।

दद्दू देर तक अपना गिलास उँगलियों के बीच गोल-गोल फिसलाते हैं। वे ही चुप्पी तोड़ते हैं। "हाँ, बंद करो यह सब। अच्छी-अच्छी बातें करो।" मगर कोई कुछ नहीं बोल रहा।

डिपार्टमेंट खाली है, पर शरद अपने कमरे में बैठा है। इमारत की छत पर

बनी पानी की टंकी की सफ़ाई हो रही है। उसे खोल दिया है और पानी पड़ापड़-पड़ापड़ झरने की तरह ऊपर की मंज़िल से नीचे ज़मीन पर गिर रहा है। जाड़ों की घुप शाम में उसका शोर अजीब वीरानी ला रहा है।

शरद फ़ोन पर बेवरली का नंबर डायल करता है, "बेवरली? वैल्कम! कैसी हो?"

"......"

"नहीं डिपार्टमेंट में हूँ।"

"......"

"चलो गुड फ़ॉर यू।"

"......"

"उसी सब में लगा रहा।"

"......"

"ऐसा मत कहो। तुमसे किसने कहा?"

"....."

"डर की कोई बात नहीं है।"

"....."

"अब तुम भी..."

"....."

"अंदाज़ तुम्हें भी है कि क्या हो रहा है शहर में..."

"....."

"पर..."

"....."

"सच? तुम बताओ, डर की बात है?"

"....."

"मैं चाहता हूँ, तुम सच कह दो ताकि मैं अपने डर का तिरस्कार करना बंद कर दूँ, डरने दूँ खुद को और कुछ करूँ..."

"....."

"यही तो है। सवाल उसका अकेले का नहीं है, लेकिन वह अपने अलावा सबको भूल गया है।"

"....."

"कौन-सा अन्याय?"

"....."

"नहीं, अभी नहीं।"

"....."

"ऐसे ही, घर जाऊँगा।"

"....."

"बेवरली?"

"....."

"मुझे निरीह, पिटते हुए लोग अच्छे लगते हैं।"

"....."

"मैं तन्मय होकर उन्हें बचाने में लगता हूँ, मरने-खपने को तैयार।"

"....."

"वह दाँत दिखाने लगें तो नफ़रत होती है।"

"....."

"हो सकता है। मुझे अपराधबोध प्रेरित कर सकता है जैसे कुछ और नहीं। गिरतों को उठाना मुझे सब कुछ भुला देता है।"

"....."

"तब मुझे अच्छा नहीं लगता। गिरे ही..."

"....."

"नहीं, मैं ठीक हूँ।"

"....."

"किस बात में शहादत जताई मैंने?"

"....."

"तुम..."

"....."

"नहीं, आज नहीं।"

"....."

"हाँ।"

"....."

"शायद"

"....."

"ठीक है"

"....."

"नहीं-नहीं।"

"....."

"तुम भी टेक केयर।"

"....."

"राइट।" कहते हुए शरद ने फ़ोन रख दिया है और पानी गिरे

जा रहा है।

मठवालों ने मोबाइल अस्पताल ईजाद किए हैं। देवी आगे-आगे, मठ वैन पीछे-पीछे, और अंदर डॉक्टर और कम्पाउंडर।

मठ की दीवार पर किसी ने लिख दिया : 'हँस के लिया है पाकिस्तान, लड़कर लेंगे हिंदुस्तान!'

शरद को ऊपर बालकनी पर हनीफ़ नज़र आया। हनीफ़ ने भी उसे देख लिया, पर अजीब तरह से पीछे को झुक गया है ताकि नीमअँधेरे में दिखाई न पड़े।

'शहादत का भाव ओढ़े बैठे हैं।' शरद खीजकर सोचता है, 'अपने अकेलेपन को कंबल की तरह लपेटे बैठे हैं!' वह टेढ़ा मुँह करके सोचता है।

छात्रों की जिस टोली ने हेड के ऑफ़िस के बाहर धरना किया है, उन्हें छोटे जोश अंदर बुला लाते हैं। हेड उनका आवेदन पत्र पढ़ते हैं और वाइस चांसलर और डीन को उसकी कॉपी भेजने का वादा करते हैं।

शहर में फ़िलहाल शांति है और मठवालों की शांति सभाएँ हो रही हैं। हमारी कॉलोनी में भी कीर्तन की आवाज़ आ रही है।

उनसे इस परिवार का दूर से हाथ हिलाने का रिश्ता भर है, पर सुना है, वे सारे घरों में जाकर विदा ले रहे हैं।

"यह क्या? किसी से पूछा-ताछा नहीं, बस सीधे सामान बँधवा दिया?" श्रुति श्रीमती को उलाहना देती है।

"अपने लिए न भी डरें, पर यह छोटे-छोटे बच्चे...।" आदमी तो इतने पर छोड़ देता है, पर उनकी बीवी बात आगे करती है, "रोज़ खून-बलात्कार की सुन-सुनकर...।" वह भी बात अधूरी छोड़ देती हैं।

"मगर यहाँ कुछ नहीं होता।" श्रुति विश्वास भरी आवाज़ में कहती है।

"देखिए न, हनीफ़ भाई के साथ क्या हो रहा है।"

"अरे, वह तो..." शरद कहकर चुप हो गया है।

"अब तो बचानेवालों की भी ख़ैर नहीं।" औरत कहती है।

"वहाँ हमारे अपने लोग हैं।" आदमी कहते हैं।

"देखिए, बेहतर दिन आएँगे।" हनीफ़ कहता है।

"खुदा हाफ़िज़।"

"खुदा हाफ़िज़।" ट्रक पर लदा बँधा सामान सामने से जाता है तो तीनों उजाड़ नज़रों से बाहर देखने लगते हैं।

दद्दू आजकल डाक खुद देखने पहुँच जाते हैं और कभी-कभी कोई इश्तेहार या लिफ़ाफ़ा भी फाड़ देते हैं। फटी चिंदियाँ वे हाथ में दबाकर वापस आते हैं और एक पोलिथीन पैकेट में डालकर, पैकेट कसकर बाँधकर, रसोई के कूड़ेदान में फेंककर, दीवान पर लौट आते हैं।

"देखिए !" प्रो. नन्दन ने छात्रों का 'पेटीशन' शरद की मेज़ पर पटककर कहा, "छात्र परेशान हैं कि उनके डिपार्टमेंट को राजनीति और सांप्रदायिकता का मैदान क्यों बनाया जा रहा है।"

शरद पर्चा उठाता है।

'हाथियों की लड़ाई में घास रौंदी जा रही है...हमारी पढ़ाई में अवरोध पैदा किया जा रहा है...'

"इसके पीछे कौन है?" शरद सिर ऊपर करता है।

नन्दन के मुँह में शब्द खदबदा रहे हैं, जो आखिर फूट पड़ते हैं, "इसके पीछे हनीफ़ को पेडेस्टल पर चढ़ाने का आप सबका शगल है।"

कापड़िया से ही पता चलता है कि शहर में दीवारों पर हिट-लिस्ट चिपकाई जा रही है। वह कहता है, "यह टैरोरिस्टों का काम है।" वह हनीफ़ की तरफ़ देखकर कहता है।

हनीफ़ की आत्मा मरोड़ उठी है और वह सीधा बैठा है, मगर सिकुड़ गया है जैसे उस पर पहचान का गोदा लगा दिया गया है।

"हिंदू टैरोरिस्ट हैं।" कापड़िया कहता है तो हनीफ़ और श्रुति दोनों विस्मय से उसे देखते हैं।

चलते-चलते कापड़िया कहता है, "डरने की कोई बात नहीं है, मौज से रहिए, ज़रूरत हो तो फ़ौरन फ़ोन कर दीजिए।" फिर हनीफ़ को देखते हुए कापड़िया ने कहा।

श्रुति डरकर देख रही है। हनीफ़ को लग रहा है कि उसे नाम-जात का ऐलान करता पट्टा पहना दिया है इस पुलिस अफ़सर की नज़र ने।

शहरवासियों की तरह मैं भी कहना चाहती हूँ कि डर की कोई बात नहीं, दूर कुछ वारदातें हो जाती हैं तो सारे शहर में दहशत फैल जाती है, बस।

पर दहशत क्या अस्तित्वहीन होती है, वारदात ही ठोस बात है? जो मरा नहीं या मारा न जाए उसके किस्से का कोई वजूद नहीं?

लेकिन यह भी तो सोचो। इतने दिनों से कितनी ही बार हम डरने लगे, पर कुछ हुआ क्या? कुछ तो नहीं। अपने आप डर चढ़ा और उतर गया। उसी तरह आज को भी लो—चढ़ा है तो फिर उतर जाएगा।

"तुम्हारे मज़ाक हमें पसंद नहीं आते।" श्रुति ने फ़ोन पटक दिया है।

"यह क्या? क्यों लाल-पीली हो रही हो?" दद्दू पूछते हैं।

"कहता है हनीफ़ द हीरो अक्लमंदी से रहें तो दोनों तरफ़ से चाँदी है।"

"ठीक तो कहता है।" दद्दू धीमे से मुस्कराते हैं।

"वह तो मज़ाक करेगा, दस लोग मज़ाक नहीं समझेंगे। ऐसे ही हीरो-हीरो

कर रहे हैं।" श्रुति उत्तेजना से कहती है।

"तो उसका तुम क्या कर सकती हो?" दद्दू खिन्न लगते हैं, "हर बात हज़ार तरह से कही जाती है।"

"हँसो।" वे हल्के से हँसते हैं, "अक़्लमंदी दिखाओ। ठीक ही तो कह रहा है वह," दद्दू फ़ोन की तरफ़ संकेत करते हैं, "अक्लमंद होता तो एम.पी. वम.पी. बन जाता। अभी भी मौक़ा है, एक-दो तमाचे मैं लगा दूँ। फिर मिलकर शोर मचाएँ, 'पीटा-पीटा' फिर इस्तीफ़ा, फिर सीधे राजधानी से न्यौता 'आइए राज्यसभा की शोभा बढ़ाइए।' "

श्रुति चुप है।

"क्यों मेरा भी मज़ाक नहीं पसंद?" दद्दू चिढ़ाते हैं।

"कह ही रहे होंगे ऐसा, लोग।" श्रुति कहती है।

"ख़ाक कह रहे होंगे। उस चुगद से तो हेड नहीं बना जा रहा।"

"अच्छा है।" श्रुति अब मुस्कराती है।

"हाँ-हाँ।" दद्दू का सिर डोलता है, "तुम्हें अच्छा लगता है। तुम्हें चुगद ही अच्छा लगता है, मगर फिर कापड़िया भी अच्छा लगना चाहिए।"

"वह रोज़-रोज़ फ़ोन क्यों करता है?" श्रुति गंभीर हो जाती है।

बाबू पेंटर का फ़ोन आता है तो शरद दद्दू की तरफ़ पीठ करके खुस-पुस खुस-पुस करता है। फिर बेवरली से नीची आवाज़ में खुसपुस खुस-पुस करता है। दद्दू की आँखें शरद की पीठ पर हैं।

मक़बूल हक़ ने किसी से हनीफ़ को इंटरव्यू करवाया है।

"तुम्हें मानना तो नहीं चाहिए था।" श्रुति उससे कहती है। हनीफ़ चुप है।

"तुम्हारे रेप्यूटेशन का सवाल है।" फिर भी चुप। श्रुति आकुल होने लगती है, "ऐसे तो कछुए की तरह सिर अंदर घुसाकर बैठोगे, ग़लत-सलत मुसलमान के आगे शेर बन गए।"

"मत बोलो।" ऐसे श्रुति की बेचैनी बढ़ जाती है, "यही वह चाहते हैं, कि कहो, मैं मुसलमान हूँ और शेर बनो।"

"और दूसरे क्या चाहते हैं, पता है?" हनीफ़ चुप्पी तोड़ता है, "कि कहूँ,

मैं मुसलमान हूँ और कछुआ बन जाऊँ।"

"आओ," दद्दू मेज़ को झाड़न से बड़े एहतियात से पोंछ रहे हैं—दाएँ-बाएँ, फिर दाएँ-बाएँ, फिर ऊपर से नीचे। एक तरफ़ झाड़न गीला कर लाए हैं। पहले उस आधे से पोंछते हैं, फिर सूखे हिस्से से। मेज़ नम होकर चमकती है फिर पल भर सूखने पर उसकी चमक बुझ जाती है। धूप-छाँव की-सी कैफ़ियत हो रही है।

"मैं रुका था तुम आओ। आज तुमसे काम है।"

"बताइए।" श्रुति झाड़न के लिए हाथ बढ़ाती है।

"यह मैं कर दूँगा। तुम्हें दूसरे काम करने हैं। मैं भूल गया था कि आज लल्लन आ रहे हैं, बच्चों के साथ, और मैंने ननकऊ को छुट्टी दे दी।"

"कुछ खाना नहीं?" श्रुति फ्रिज की तरफ़ बढ़ती है।

दद्दू पीछे-पीछे आते हैं, "है न। यह दाल बची है। एक सब्ज़ी है।" गैस के पास कटोरदान खोलते हैं, "छह पराँठे हैं।" गिनकर कहते हैं, "दही होना चाहिए," अपना पूरा सिर फ्रिज में घुसेड़कर खोज रहे हैं।

"कम पड़ेगा।" श्रुति भी ढक्कन खोलकर देख रही है।

"मैं भूल गया नहीं तो और बनवा देता।" दद्दू दोबारा कहते हैं।

"इसमें क्या है? ज़रा और मैं बना देती हूँ।" श्रुति तत्परता से कहती है।

"यही मैं सोच रहा था।" दद्दू कहते हैं, "दाल प्याज़-टमाटर डालकर बढ़ा दो और चावल डाल दो।"

"अब आप जाकर बैठिए।" श्रुति घड़ी देखती है, "मैं खुद सोचकर बना दूँगी।"

दद्दू अब जो लग रहे हैं, उससे पता चला है कि इसके पहले चिंतित थे।

"तुम दोनों भी यहीं खाना।" वे दीवान पर से बोलते हैं।

थोड़ी देर में वे रसोई के दरवाज़े से बोलते हैं, "अरे आटा क्यों गूँध रही हो? चावल चलने देती।"

"इसमें क्या?" श्रुति पंजों पर खड़ी आटे से कुश्ती कर रही है।

"मैं गूँध दूँ?" दद्दू पूछते हैं। श्रुति मुँह से साँस छोड़कर हँसती है।

"तो क्या मुझे आता नहीं?" दद्दू भी हँसते हैं, "मैंने गाँव में ये मोटी-मोटी टिक्कर सेंकी हैं, कंडों की आँच पर।"

"गाँव में तो आपने सब कुछ किया है!" कहकर श्रुति फिर होंठ मुँह में दबा लेती है। आटा अब रबर की तरह हो गया है।

"लो, मेरे गाँव का मज़ाक उड़ा रही हो! खाना बनाना तब मुश्किल थोड़ी था, वह तो शहरों में मुश्किल है, जहाँ ऐसी महीन चपाती चाहिए, पुलाव चाहिए, खिले-खिले बासमती का। हम तो गुलैथी बनाते थे! या ली दाल, डाली बटलोई में, और ली आटे की लोइयाँ, उसी में डाल दीं और छोड़ दिया उपलों पर पकने को।"

"बाटी टाइप।" श्रुति चकला, बेलन, तवा बटोर रही है।

"उल्लू, बाटी नहीं, यह तो..."

"चिमटा कहाँ है?" श्रुति ढूँढ़ती है।

दद्दू आगे आते हैं। दोनों बर्तन खड़का रहे हैं।

"शायद ननकऊ चिमटा इस्तेमाल ही न करता हो।" दद्दू को सूझती है।

"मेरे हाथ जलेंगे।" श्रुति झुककर डिब्बों के पीछे खोज रही है।

"मैं बना दूँगा।" दद्दू कहते हैं, किसी अलमारी में घुसे।

"आप तो बिना चिमटे, बिना आग, बिना आटे के भी बना देंगे!" श्रुति हँस देती है। "खाने की तस्वीर टाँग दीजिए लल्लन अंकल के लिए, हो जाए आपके जैसा डिनर!"

"ऐं?" दद्दू की समझ में एक-दो पल देरी से आई है, "सब लोग वह नहीं पचा सकते। उसके लिए मेरे जैसा हाज़मा चाहिए।"

श्रुति तवे पर 'सीऽऽसीऽऽ' करती रोटी उलटती है और इधर-उधर देखती है।

"कैसी भारतीय नारी हो? हमारी नारियाँ नाजुक होती हैं, पर चिमटे के बिना रोटियाँ सेंकती हैं।" दद्दू फ्रिज खोलते हैं।

"उसमें होगा?"

"क्या पता?" वे हँसते हैं, "मुझे लगता है ननकऊ इस देश की वीरांगना बनना चाहता है।"

"खैर, मैं तो कायर रहूँगी। लाती हूँ ऊपर से।" श्रुति ने गैस बंद कर दी है।

ऊपर से लौटती है तो दद्दू रसोई में खड़े हैं, चिमटा लिए। "यहाँ टँगा था। ठीक, गैस के ऊपर!"

"यहाँ?" श्रुति उधर देखती है, जहाँ टँगा था। उसके भी हाथ में चिमटा है।

"तुमने दरवाज़ा बंद किया कि मुझे दिख गया।" दद्दू कहते हैं।

"चिल्ला देते।" श्रुति कहती है, मगर ऐसे ही, क्योंकि दद्दू न चाल में,

न ढाल में, न बोल में, न अपनी किसी भी चीज़ में, कभी चिल्लाते हैं। सधे, सुंदर। तारसप्तक केवल संगीत में। कहीं और से आए तो दद्दू की नज़रें नीची हो जाएँ। उनमें आ जाए तो वे खुदकुशी कर लें।

न, न, चिल्लाना, भड़काना, ठोकर खाना, हाई-पिच का कुछ भी होना, दद्दू में नहीं हो सकता। एक उनकी हँसी के आलम को छोड़कर!

"कुछ हो रहा है उसे।" बेवरली शरद के डिपार्टमेंट में है। शरद उससे कहता है।

"होगा ही।"

"वैसे नहीं।" शरद की आवाज़ में कुछ है, जो मैं नहीं पकड़ पा रही।

"मक़बूल हक़? और जो तुम मठ वालों से भगवन भगवन करते हो?"

"मैं 'भगवन' को घर में तो नहीं घुसने देता।"

दद्दू ने डाक खोली है। हिट लिस्ट की सूची पढ़ रहे हैं, कनखियाँ दाएँ-बाएँ करते हैं, फिर ऊपर के फ़्लैट की तरफ़। पर्चा फाड़कर चिंदियों की गुलैथी लेकर रसोई में जा रहे हैं। पीला पर्चा था।

शरद स्कूटर की आवाज़ सुनकर शीशे के दरवाज़े पर खड़ा हो जाता है। दद्दू की निगाह उसकी पीठ पर है। तेज़ी से कोट पहनता, "मैं अभी आया" कहता है और हनीफ़ के पीछे-पीछे निकल जाता है।

"हिट लिस्ट बक़वास है। डराने की बचकानी करतूत। ध्यान ही मत दो।" कापड़िया कह रहा है, जब श्रुति अंदर घुसती है।

"क्या?" वह एकदम सजग है।

"एक-दो नाम तो मनगढ़ंत हैं। सुहैल उस्मान नाम का शख़्स इस शहर में कहीं नहीं है!"

"मठ..." शरद श्रुति को देखकर चुप हो गया है।

"मठ का इसमें कोई रोल नहीं। मठ तो धर्म में मदांध है। ये कोई और हैं, उनकी आड़ लिए। मठ न होता, कहीं और से उत्तेजना पाते। बहाना, शरद बहाना।" तभी वह भी श्रुति को देख लेता है।..."खबरदार तो हम सबको आजकल रहना चाहिए, पर नॉट टू वरी," कापड़िया ने कहा।

श्रुति की घिग्घी बँध रही है। वह कुछ पूछना चाह रही है, पर हिम्मत नहीं हो रही है।

दद्दू को आते देखकर वह कहती है, "दद्दू..."

कापड़िया हैरत से एक से दूसरे को देखने लगता है।

हक़ आए थे कि हमारी मजलिस में बोलिए।

"मत जाना।" श्रुति बिफरती है।

"बेशक जाऊँगा।" हनीफ़ कहता है।

थोड़ी देर में श्रुति कहती है, "हाँ, तुम्हें जाना चाहिए।"

हनीफ़ कह रहा है, "मैं सोच रहा हूँ नहीं जाऊँ।"

बीच-बीच में हम हनीफ़ के लिए डर जाते थे, पर वैसे हम यह मानते नहीं थे कि हनीफ़ को कुछ होगा।

वैसे हमने, जो उसे हुआ, उसे भी कब सोचा था कि होगा?

बहुत बार तो हमने माना भी नहीं कि उसे कुछ हुआ? मैं वह बता रही हूँ, जो लोगों ने कहा। लोगों ने कहा—और छोटे जोश ने हँसकर—कि इतनी बड़ी हस्ती तो नहीं हनीफ़ कि उसे कुछ करके कोई लड्डू-पेड़े पा लेगा? सारी बातें अलग हैं—मठ में धर्म की आँधी उड़ी है, डिपार्टमेंट में तो सिर्फ़ इतनी ही तो कोशिश हुई कि डिपार्टमेंट के कायदे हों वहाँ, और हनीफ़ क्यों अपने आगे किसी को कुछ समझता नहीं और देखिए नारेबाज़ी तो वह खुद करते रहे हैं तो किसी ने बुरा मान लिया तो ताज्जुब क्या और सुनिए, यह जो अकेले उससे कहा जा रहा है कि माफ़ी माँगो और मारने की धमकी छाप दी है, अकेले उससे नहीं, हम सबसे कहा जा रहा है हमारे इन उबाऊ सैक्यूलर नारों के ख़िलाफ़, वह तो उसका नाम ज़रा अलग दिखता है तो उसके नाम गाली पड़ रही है हम सभी को।

"हम सब फँस रहे हैं उसके कारण," कुछ डिपार्टमेंट वाले त्रस्त हुए, "खुद भी पिटेंगे, हमें भी साथ मरवाएँगे।"

पर कुछेक कहने लगे थे कि सारा हीरोपना देखिए अकेले ही हड़प गए। आजकल इनके चर्चे हर ज़बान पर!

आज देख रही हूँ शरद ने एमर्जेंसी नंबरों की सूची फ़ोन के नीचे दबा दी है, जिसे, उसके जाने के बाद दद्दू पढ़ रहे हैं।

हनीफ़ के ऑफ़िस से नीम का पेड़ दिखता है, जिसके पीले पत्ते हवा से उड़कर नीचे उर्मिला और शरद पर गिर रहे हैं। दोनों को हँसते देख हनीफ़ खिड़की पर आ जाता है।

"चलिए, शर्त बद लीजिए।" शरद कह रहा है।

"आप किस तरफ़ हैं?" उर्मिला हाथ बढ़ाती हैं।

"जिधर आप नहीं!" शरद हाथ पर हाथ मारता है।

पास ही राख से अभी भी धुआँ निकल रहा है। माली ने सूखे पत्ते बटोरकर आग लगाई थी।

हनीफ़ को अच्छा नहीं लगता। कुछ भी हो, डिपार्टमेंट में यह लोग उसे बुरा-भला कह रहे हैं और उर्मिला ने भी हस्ताक्षर नहीं किए थे।

मुस्तफ़ा के घर कल दोपहर में एक टोली घुसी और उसकी बीवी और बूढ़ी सास को कमरे में बंद करके, घड़ियाँ, जेवर, पैसा, चुराया। फिर सामान तोड़ फोड़कर भाग गई। कुछ पता नहीं चला, कौन थे। मक़बूल हक़ दौड़धूप कर रहे हैं। चार लोगों के साथ वह एक लंबी गाड़ी से उतरते हैं और हनीफ़ से डिपार्टमेंट में मिलते हैं।

सबको साथ खड़ा देख शरद को 'गिरोह' शब्द याद आ जाता है। उर्मिला को अपनी तरफ़ देखते पाकर वह कोई बात छेड़ देता है।

हनीफ़ से नज़र बचाकर श्रुति नीचे आती है।

"शरद।" वह पीछे से पुकार लगाती है। शरद मेज़ पर झुका कुछ लिख रहा था।

"आओ न श्रुति," वह खड़ा हो जाता है। एक कुर्सी पास खींचता है और उस पर से तकिया हटा देता है।

"कोई बात तो नहीं ना? डरना इज़ रिडिक्युलस ना?" श्रुति भड़भड़ाकर बोली है।

"और क्या। श्रुति वह बच्चे थे..."

"पर यह ख़त-वत। कापड़िया..."

"हिट लिस्ट इज़ बक़वास।" हिकारत से शरद कहता है, मगर कहते ही डरा-डरा लगता है।

"तो है...इसका...नाम..." श्रुति रुक-रुककर बोलती है, "मुझसे छिपाने का सबब?" वह गुस्से में आ गई है।

"फ़ालतू बातें।" शरद फिर हाथ से बात उड़ाता है। वह बेहद चिंतित लग रहा है। झटका देता है और मुँह खोलता है तो जैसे अपनी ही चिंता को लतियाकर उसे नकार गया है, "हनीफ़ बड़े आदमी हैं! देखा नहीं, कैसे दूर-दूर से उसे दोस्तों, अजनबियों—सबने सपोर्ट किया। कोई उसे छू सकता है? जो ऐसी हिमाक़त करेगा, उसी को मुँह की खानी होगी..."

"तुम तो औरों की तरह न बोलो। चीथड़े हों फिर कहो कि हीरो बन गया..."

"नहीं, नहीं, नहीं।" शरद सिर जो इंकार में हिलाता है तो रोकना भूल गया है! "किसी ने उसके चीथड़े नहीं होने दिए। इतनी पब्लिसिटी..."

"उसे चाहिए? इस तरह? तुम किस तरफ़ हो?" श्रुति कर्कश हो चली है। शरद चुप है। फिर हाथ बढ़ाता है। श्रुति अनिश्चित होकर देखती है, फिर वह अपना हाथ उसे दे देती है।

"तुम डर रहे हो?" वह तटस्थ आवाज़ में पूछती है।

"हाँ शायद।" नीचे देख रहा है।

"बस, इतना ही..."

"कह ही डालो।" बेवरली उसे उकसाती है, मगर ज़रा चिढ़कर।

"कि वह अजीब तरह का मुसलमान लगने लगा है।" शरद कह देता है।

"शीशे में देखकर बताना तुम क्या लग रहे हो।" बेवरली कहती है, ज़रा और चिढ़कर।

सब अजीब तरह से शक़्क़ी हो रहे हैं, पर मेरा शक़ निर्मूल नहीं हो सकता। वह स्याहीवाला सचमुच उसी तरह उँगली कनपटी पर दबाकर घूरता है। और इस बार उसकी उँगलियों के बीच मठ से खरीदा जै जगदम्बे कलम भी था।

गुलाबी आसमान पर चमकीले काँच के दो सितारे और आधा चाँद उग आए हैं। हवा नहीं है। सन्नाटे में एक गूँज है, जो उदास करती है।

शरद देर से मधुमालती के पास खड़ा है। शीशे के दरवाज़े के पार दद्दू, हनीफ़ और श्रुति बैठे हैं। उसे पता है कि उसके अंदर जाते ही हनीफ़ उठकर चला जाएगा।

'हक़ गिरोह में शामिल होंगे वह और तेवर हमें दिखाएँगे!'

तीनों के सिर झुके हैं और दद्दू का हिल रहा है। दद्दू हनीफ़ को बोतल दे रहे हैं और बोल रहे हैं। हनीफ़ दो गिलासों में पैग नापता है।

बारी-बारी से शरद को उसके लिए प्यार और फिर नफ़रत उमड़ती है।

'अकेले डिपार्टमेंट के लिए निकल जाता है।'

ऐसी ही एक शाम के झुटपुटे में हनीफ़ ने स्कूटर से उतरकर 'मैं अभी आया' किया था तो शरद भी बोला 'मैं भी आया' और दोनों लगभग भागते हुए गेट के बाहर, दीवार की तरफ़ मुँह करके धार मारने लगे!

'साला, दोस्त रह चुका है अपना!' वह उदास हो जाता है। गुस्से से बढ़ता है 'मेरे ही घर में घुसा बैठा है और मैं ही सामने आने से डर रहा हूँ?'

डिपार्टमेंट की दीवार पर किसी ने रातोंरात पीले रंग के कागज़ पर छपी हिट-लिस्ट चिपका दी है, जिसमें सातवाँ नाम हनीफ़ का है।

"भद्दी बात।" प्रोफ़ेसर नंदन और शरद हनीफ़ के पास आए हैं और हेड कह रहे हैं, "सम बेवक़ूफ़ चिल्ड्रन अगेन।"

घर पहुँचकर शरद फिर हनीफ़ के पास आता है। श्रुति भी वहीं है।

"डिपार्टमेंट में लगा दिया।" शरद बमुश्किल श्रुति से कहता है। हनीफ़ से जैसे उसे डर लग रहा है। हनीफ़ लग भी रहा है चुप्पा। ऐसे मौकों पर क्या कहना चाहिए? "कुछ नहीं है।" वह कृत्रिमता से बोलता है। "कब से जगह-जगह लगा रहे हैं।"

"मुझे पता है।" हनीफ़ कहता है।

श्रुति और शरद चौंक जाते हैं।

"बताया क्यों नहीं," श्रुति पूछती है।

"तुमने बताया," हनीफ़ गुस्से से पूछता है।

"कहाँ देखा," शरद दयनीय लग रहा है।

"मकबूल हक़ ने दिखाया," हनीफ़ मुँह फेर लेता है।

"उससे मत मिलो।" शरद लड़ाकू लगने लगता है। "कह दो..."

"आप उल्लू हैं।" हनीफ़ चिढ़ता है।

"हाँ-हाँ, कह दो, आप उल्लू हैं। कह दो, हम नहीं मिलेंगे..."

"मैं तुम्हें कह रहा हूँ।"

"हाँ हूँ उल्लू।" शरद जलकर बुझ जाता है।

"तो चुप रहो।" श्रुति सारी स्थिति पर घबरा रही है।

"और कैसे हुआ जाता है चुप?"

कभी हम ऐसे देखते जैसे रेप हमने किया, कभी ऐसे कि रेप हमारा हुआ।

फिर देवी ने चढ़ावे का दूध पी लिया और जो नहीं मानते थे, वे भी मानने लगे। देवी चमत्कार के दो सबूत शहर भर में फैल गए—एक कि आँखों-देखी कह रहे हैं और दो कि बी.बी.सी. पर भी आया।

श्रुति कहती है मैं ऊपर की बॉलकनी पर ग्रिल लगाना चाहती हूँ।

"बहुत बुरी लगेगी।" हनीफ़ डाँटता है।

"स्लाइडिंग।"

"है तो स्लाइडिंग डोर।"

श्रुति कहती है, "खोलकर दूसरे कमरे में जाओ तो लंगूर घुस सकते हैं।"

"लंगूर?" हनीफ़ अविश्वास से देखता है, "आज तक तो देखे नहीं लंगूर यहाँ और दद्दू का घर रात-दिन खुला रहता है, यहाँ तुम हर तरफ़ लोहे की सलाखें लगाना चाहती हो?"

"जादू का खेल देखा है?" दद्दू चहकते हैं। "वह भी तो आँखों-देखा है!"

"आप लोग हँसी बहुत जल्दी उड़ाते हैं।" हनीफ़ कभी यों ज़रा-सा कुछ कह कर महफ़िल से उठ जाता है, "अगर लीटरों दूध चढ़ाया है तो देवी ने यक़ीनन दूध पिया, आप भले ही उसे मंदिर की ज़मीन पर गिरता ही देख पाए हों।"

कहकर हनीफ़ तो चला गया है, पर नंदू खुश हैं। "जो इतनी बड़ी संख्या के लिए सच है, वह एक माने में सच ही है। हम लोग ज़्यादा ही धड़ल्ले से सेल्फ़ हिप्नोसिस, अंधभक्ति, बोगस, मास हिस्टीरिया कहकर छुट्टी कर देते हैं, यहाँ सारा देश उत्फुल्ल है, मगर आपसे और आपसे ज़्यादा आपके मित्र हनीफ़ से यह कहने में डर लगता है..." वे प्यार से कहते हैं।

"वही तो कह गया है।" शरद प्यार से याद दिलाता है।

"डर लगता है," नंदू कहते जाते हैं, "कि आप दोनों से ऐसा कुछ कहें तो आप हमीं पर चढ़ बैठेंगे, हमें कायर, समझौतावादी क्या-क्या कहेंगे। यह दूध जैसी बातें हँसी में उड़ा देना..."

"यही वह बोला..."

"अकेले आप दो रैडिकल नहीं हैं। बहुत सोचना-समझना पड़ेगा, हम पहले की तरह दन से लिख नहीं सकते, अरे हम रैडिकल हैं कि बड़बोले? मैं कहता हूँ, देवी ने दूध ग्रहण किया—यह निर्दोष भक्ति का सत्य है।" नंदू ने कट से मूँछ काटी।

"हम क्या कहते हैं, आप क्या सुनते हैं?" शरद बोला है।

"आप? आपने तो कुछ कहा ही नहीं। मित्र हैं कांट्रोवर्सीवाले !"

उसने अबके दाहिनी उँगली से दाहिनी कनपटी दिखाई।

इस बार मुझे हौल हो रहा है। बेवजह नहीं हो सकता। क्या शहर में इस तरफ़ कहीं और से स्याही नहीं ले सकती?

बी.ए. के हैं। चौदह छात्र। उन्होंने इजाज़त माँगी है कि इस सिमैस्टर से उन्हें हनीफ़ के सैक्शन से हट जाने दिया जाए और प्रोफ़ेसर नंदन और उर्मिला के सैक्शन में जाने दिया जाए।

आज हनीफ़ का चेहरा एकदम स्याह है। श्रुति समझ नहीं पा रही कि क्या कहे।

"क्यों?" उसके मुँह से निकल जाता है। फिर वह डरकर देखती है।

"होंगी वजहें। किसी ने भड़काया होगा। या नहीं। नापसंद होंगे मेरे लैक्चर। या डरते होंगे मुझसे।" हनीफ़ की आवाज़ बदली हुई है।

जैसे बची हुई है।

श्रुति उसके पास सरक आई है।

वह बुरी तरह विचलित लग रहा है। श्रुति की तरफ़ पीठ करने लगता है। फिर जैसे था वैसे ही घूम जाता है, मुँह खोलता है। फिर जैसे था बंद कर लेता है, "तुमने कुछ लिखा?" बहुत सोचने के बाद वह श्रुति से यह सवाल कर रहा है।

"हाँ।" श्रुति की आवाज़ अटक रही है। "...हनीफ़...।"

"लाओ दिखाओ।" हनीफ़ जल्दी से हाथ बढ़ाता है, जैसे श्रुति के पास वहीं रखा है उसका लिखा, पर जल्दी से हाथ वापस खींच लेता है, जब श्रुति अपने लिखे के बजाय अपना हाथ बढ़ाने लगती है।

वह जाकर अपने कागज़ ले आई है। हनीफ़ उन्हें पकड़े है, उसके होंठ काँपे जा रहे हैं, काँपे जा रहे हैं, उसकी आँखों में आँसू भरे हैं।

"हनीफ़।" श्रुति रोती है।

हनीफ़ फूट-फूटकर रो रहा है, कुछ अनर्गल बोल रहा है, "...स्टूडेंट"... मैंने सुना है, और जितनी दफ़े श्रुति हाथ बढ़ाती है, वह कसकर के झटक कर उसे अलग छिटकाता है।

धूल उड़ रही है। मैं पुलिंदा खोलकर बैठी हूँ। लिखने की बजाय बार-बार फूँक मार रही हूँ। फूँकते ही धूल फिर उड़ी चली आ रही है।

कुछ हो नहीं रहा। बस सीढ़ियों से उतरती पतलून को हनीफ़ की पहचान कर डिपार्टमेंट के कुछ लोगों ने आँखे हटा ली हैं। या जूतों से। यानी पहचान लिया उनसे। हनीफ़ को।

ऐन बीच में क्या-कुछ घटता है, जिसके बाद सब बदल जाता है? या बस हम देखने लगते हैं तो उसे बदला मानते हैं? बच्चा था तो भी तो ऐसा ही था, पर हम हँसते थे उसकी ग़लतियों पर, 'बच्चा है', कहकर। अब वह बड़ा हो गया है, बड़ों की तरह वही ग़लतियाँ करता है, पर अब हम नहीं कह पा रहे, हँसकर, कि 'बड़ा है'!

हम सब बड़े हो गए थे। शहर भी बड़ा हो गया था।

अजीबोग़रीब वक़्त था। जीवन की गति अगर उल्टी हो गई थी तो वही सीधे का पर्याय बन गई थी। उसी के अनुसार हम हर चीज़ पहचान रहे थे यानी पैर नहीं, सिर पर खड़े हों, तो भी सीधे तो हम ही खड़े थे, ज़मीन हवा होगी और आसमान धरती!

शहर आबाद भी रहा, बर्बाद भी हुआ। आज तूफ़ान आया तो कल ग़नीमत हो गया, परसों देखेंगे क्या आएगा...

हमें तब भी इंतज़ार था कल का, कल नहीं तो परसों का।

इंतज़ार या डर? असल में तो डर था कल का, आज तो ग़नीमत है, आज कुछ नहीं हुआ है। कल का नहीं तो परसों का। जो अब तक रगों में था और अब ऊपर घावों में फूट रहा था वह तो अभी भी मामूली खरोंचें थीं, कल देखना, क्या बहेगा।

और परसों।

जब संगीनें जो दूर तनी हैं, मुड़ेंगी, हम पर भी और तुम पर भी। हर असहमति पर। सबको बताती, क्या करो, क्या गाओ, क्या पढ़ाओ, क्या लिखो...

मैंने शुक्र मनाया, मैं आगे नहीं हूँ। मेरे अँधेरे तक, मेरा हाथ रोकने, कोई नहीं पहुँच सकता। डरती थी, कब तक? मगर डरते तो सभी थे। खुद अपने डरों से आँखें चुराते हुए।

और तो और, यह तीन एक दूसरे से डरने लगे थे। पहले की तरह नहीं, जिसमें लड़ाई और सुलह की गुंजाइश थी, पर किसी अजीब ही तरह से।

मुझे याद है शरद, हक़ और उसके साथियों को हनीफ़ को घेरे देखकर

चिढ़ा ही नहीं, वरन डरा भी था। इनके एक को कुछ हो, और इसे तो कुछ हुआ भी नहीं है, और यह क़ौम किस तत्परता से एकजुट होती है, हम कभी ऐसे हो सकते हैं?

हनीफ़ भी डरा था डिपार्टमेंट में घिरते सवालों से, खुद शरद में उनकी अनुगूँज पाकर, उसे उनके साथ हँसते-बोलते पाकर। 'आखिर हेड तो इसे ही बनना है, उन्हीं सबके बनाए बनना है, मैं इस सबमें कहाँ हूँ?'

हिक़ारत से सोचा था दोनों ने, पर असल में डर से भी। हम अपने से भी, दूसरे से भी डरने लगे थे।

श्रुति रुआँसी आवाज़ को नफ़रत की खुश्की के साथ मुँह से निकलते सुनकर डर रही थी। शरद के सवालों से, हनीफ़ की चुप्पी से, अपनी ही प्रतिक्रियाओं से डर रही थी।

और मुझे डर लग रहा था कि कहीं इन लोगों ने मिलकर समस्या तो नहीं बदल डाली? शहर में कर्फ़्यू, मठ के जुलूस, मार-काट, आगज़नी, नए 'मंदिर' की रौनकों को, अख़बार में छोड़कर अपने में समा गए थे? एक दूसरे की टीकाटिप्पणी करने में, अपने चेहरों को ही घूरने में?

मेरे मन में आया भी था कि मैं कॉपीइंग बंद कर दूँ। हनीफ़ अकेला बैठा है और पूरी क़ूवत से जिस्म के उस हिस्से से कट जाना चाहता है, जहाँ श्रुति का दिलासा-देता हाथ है, यही लिखना है उस बरस के बारे में? श्रुति कुढ़ रही है 'मुझी से सब छिपाता है, ऐसा भी कुछ नहीं हो रहा और जो उसे हो रहा है, क्या मुझे नहीं हो रहा,' ये? या ये कि शरद बेवरली से कह रहा है, 'मत बनो वैसी, इतनी-सी जगह ही बची है, जहाँ वह बातें नहीं। अब तुम भी?'

और डिपार्टमेंटवाले जो कभी मुस्कराकर, कभी खीझकर, कभी घोर गंभीरता से पूछने लगे थे, वही सवाल, जिसे सुन-सुनकर कान पक गए थे कि आखिर सोचने की बात है कि फ़साद वहीं क्यों होते हैं जहाँ मुसलमान हैं, जो वे पूछते सवाल की तरह थे मगर यह सवाल नहीं था, उनका और सबका जवाब था।

मैं बिना समझने की कोशिश के ही बेकल कॉपीइंग को अपना पेशा बना बैठी थी, पर बार-बार के उन्हीं दृश्यों और शब्दों से डरने लगी थी।

नहीं, इतना ही नहीं था। मैं डरने लगी थी कि यह शब्द और दृश्य, जो मैं उतार रही हूँ, यह ऊपरी तह है, सरसरी लहर है, कि इसके नीचे वह प्रहार हो रहे हैं, जो असल में हमारे शहर को और हमें बदल रहे हैं और जो ज़ाहिर बातों से एकदम विपरीत भी हो सकते हैं।

तो कितना बड़ा झूठ मैं उतार रही थी? मैं डर रही थी।

पर नहीं, रुकी नहीं मैं, क्योंकि सच और झूठ के निर्णय मैं नहीं करनेवाली थी। और अगर वह बरस झूठ था और यह शब्द मिथ्या, तो यह त्रासदी भी तो हमारे शहर की ही थी।

अब कुछ भी कह लें, मेरे अंग-प्रत्यंग उन तीनों की तरह लकवाग्रस्त तो नहीं होते थे। जब अपने को नहीं, दूसरे को 'उतारना' हो, तो शायद फुर्ती रह सकती है!

जैसे पहले वे फिर भी कर लेते थे, उतना भी नहीं डरते थे। नज़र बाहर को उठी हुई, उन दूसरे लोगों की तरफ़।

तो मैं डरती गई, पर लिखती गई।

हवा रुक गई है, जिससे धूल और शहर भर का प्रदूषण आसमान पर टंग गया है। उस आसमान पर, जो जाड़ों के बोझ से नीचे झुकता जा रहा है। सीधे हम सबके ज़ेहन में उतर रहा है।

कापड़िया का फ़ोन है "चिंता मत करिए। फिर भी, अकेले तो न ही घूमें।"

मक़बूल हक़ का फ़ोन है : "हम ईंट का जवाब पत्थर से देंगे।"

बेवरली ने फ़ोन किया है : "क्या कुछ रोज़ तुम लोग मेरे फ़्लैट में आकर रहना चाहोगे?"

शरद ने बिना किसी को बताए फाटक के बाहर लगे दो में से एक नाम की पेटी उतार दी है। दद्दू ने अंदर, शीशे के दरवाज़े पर खड़े-खड़े उसे देख लिया है, पर शरद यह नहीं जानता, क्योंकि वह ऊपर की बॉलकनी की तरफ़ देखकर

पेटी अपने बैग में डालता है और ज़िप खींच देता है।

हनीफ़ ग़ायब है।

श्रुति बार-बार बॉलकनी पर खड़ी होकर पुल की तरफ़ आँखें मिचियाकर देखती है, नीचे फाटक देखती है, सड़क पर निगाह दौड़ाती हैं।

बीच-बीच में जाकर वह धीमी आँच पर पकता गाजर और दूध चला आती है, कड़ाही के किनारों से खुरचकर हलवा बीच में दबाती है।

हालाँकि हनीफ़ अब, पहले की तरह छुट्टियों और कर्फ़्यू के दिनों में डिपार्टमेंट नहीं जाता, फिर भी वह सोचती है, हो सकता है कि डिपार्टमेंट ही चला गया है। हालाँकि आजकल हनीफ़ बस क्लास लेने जाता है और आता है, घर पर ही अपनी पढ़ाई-लिखाई करता है तब भी।

फिर बॉलकनी पर कुर्सी खींचकर बैठ जाती है।

सोचती है 'नीचे जाऊँ' पर शरद का स्कूटर गराज में है और 'वह साथ बैठेगा तो बवाल मचाएगा, डर बढ़ा देगा, नहीं जाऊँगी।'

'ऐसा तो हनीफ़ करता नहीं?' वह घबरा रही है।

'आजकल वह पहली-सी कौन-सी हरकत करता है,' वह दिलजोई करती है। देर तक गाजर ही चलाने लगती है। फिर बॉलकनी पर खड़ी है।

सड़क पर एक लड़का, हट्टा-कट्टा, कसी पैंट पहने, ख़ासी तिड़ंग में चला जा रहा है। वह सिर उचकाकर श्रुति की तरफ़ देखता है तो हल्की-सी, मगर बेहूदा मुस्कान उसके होंठों पर चढ़ जाती है। चलता जाता है और उसी तरह मुड़-मुड़कर मुस्कान फेंकता जाता है।

श्रुति फिर कड़ाही बजा रही है। आँच के धीमेपन से चिढ़कर उसे तेज़ कर दिया तो गर्म भपकियाँ उसके चेहरे पर पड़ने लगीं।

वापस बॉलकनी पर लौट आई है। वह लड़का कॉलोनी में मुड़नेवाला है। अब उसने दाँत निपोर दिए हैं, फिर मुक्का हवा में मारकर सीने में अकड़ भर ली है और अंदर मुड़ गया है। श्रुति ने उसके हाव-भाव में 'जै जगदम्बे' की ललकार भाँप ली है।

हलवे की महक पर वह रसोई में लौटी है। तेज़ आँच से दूध लगभग पूरी तरह सूख चुका है। वह जल्दी जल्दी छनोटा मारती है। फिर अंदाज़ से चीनी डालती है। सोचती है 'मीठा चख लूँ' तो ज़रा-सा हलवा, चम्मच पर फूँककर, ठंडा करके मुँह तक लाती है।

तभी उसके मन में बेतुका खयाल आता है कि 'इधर हलवा बनाकर खाया

जा रहा है उधर न जाने क्या...'। वह रुक भी गई है, होंठ और ज़बान बेतुकेपन से चम्मच से अंश मात्र दूरी पर, बाहर को निकले हुए। पर बचपना झटक वह मीठा चख लेती है। इलायची, बादाम बुरककर वह खुलकर डरने लगी है।

श्रुति नोट लिखती है : 'वॉक के लिए गई हूँ' और उसे दरवाज़े पर सेलोटेप से चिपकाने के बाद धीरे-धीरे सीढ़ियाँ उतरती है। फाटक तक उसमें डर समाया रहता है कि कहीं शरद देख न ले।

झुटपुटा है। वह देर से कॉलोनी में इधर-उधर घूम रही है। पार्क में तो नहीं बैठा? उस टीले की तरफ़ तो नहीं निकल गया?

एक बेहद बूढ़ा आदमी पार्क की सीढ़ी से उतरनेवाला है। उसने छड़ी नीचे सड़क पर टिका दी है और उस पर झुका, पैर उठाने के फेर में है। वह पूरी तरह काँप रहा है और छड़ी भी उसी तरह काँप रही है। श्रुति हाथ बढ़ाकर उसकी बाँह थाम लेती है। तब भी वह बहुत डरता, सँभलता, उतर पाया है। कुछ बुदबुदाकर और शायद काँपती मुस्कराहट देकर वह बेहद अस्थिर कदमों से एक तरफ़ चला जा रहा है।

उसे देखकर शक़ हो रहा है कि वह देख भी पा रहा है कि किधर जाना है? 'पूछूँ घर का पता' श्रुति सोचती है? बुड्ढा ख़त की लाल पेटी के पास छड़ी टेककर थरथराता खड़ा है, अँधेरे में साए जैसा, सिर कहीं घुमाता है, फिर बदन भी अंधी टोह में जैसे, घुमाता है। गली में जाते उसे श्रुति देखती है।

वह मुस्काती है : 'जाऊँ घर में, देखूँ कि वह लौटा या नहीं। फिर यहाँ आकर देखूँ कि यह लौट पाए कि नहीं!'

हनीफ़ फ़्लैट में है।

बहुत ही धीमे स्वर में श्रुति कहती है, "बड़ी देर कर दी?"

"स्कूटर की सर्विसिंग कराने गया था।" हनीफ़ सामान्य है।

"बता जाते।" उतना ही धीरे श्रुति कहती है।

"बता गया था, महरी को।"

हलवे की महक आती है, इलायची की लहर के साथ।

"गाजर का हलवा बनाया है।" श्रुति हँसती है। उसकी हँसी में बचकर निकल आने की हल्की-सी घिग्घी है।

प्रोफ़ेसर नंदन ने एक बार और हनीफ़ से कहा है। रोटेशन लागू करना है

और आप अगले हैं। नंदन के कहने में भी स्पष्ट है कि यह बस एक रस्म-अदायगी है, किस मुँह से हनीफ़ 'हाँ' करेगा।

अजीब बात यह है कि उसके उत्तर के बारे में ज़ितना ही वह आश्वस्त हैं, उतना ही उन्हें रस्मी तौर पर आग्रह करने का मन हो रहा है।

वह संवेदना की तरी स्वर पर लीपकर बोले जा रहे हैं, "अब चलिए, बहुत हो गया...अब छोड़िए, अपनी ज़िम्मेदारी से भाग खड़े होने की कोशिश ...वाह आपका हम सबके प्रति कोई ऑब्लीगेशन नहीं बनता...जैसे कुराह पर चलनेवाले लड़के को शादी में बाँधकर राह पर लाया जाता है, आपको भी ...हिह हिह हिह!"

हनीफ़ की आँखों में साफ़ नफ़रत झलक रही है।

"क्यों आप खलनायकों का दस्तूर निभा रहे हैं?" वह कहता है।

नंदन हक्का-बक्का लग रहे हैं।

मठ के कुछ पंडितों ने कॉलोनी में आकर कहीं पूजा-पाठ किया। सबके घरों में परशाद पहुँचा है। लाल और पीले मलमल में इलायची दाना, फूल और नारियल की फाँकें। दद्दू फ्रिज़ के ऊपर रख आते हैं।

"क्या यह चाहता नहीं है कि सारा कांड भुला दिया जाए?" अब शरद हनीफ़ के न रहने पर श्रुति से बात करता है, "हिट-लिस्ट की पर्चियाँ आनी बंद हुईं तो यह हक़ के गिरोह में खुल्लमखुल्ला आने-जाने लगे!"

"हक़ ही जब-तब आते हैं शरद, यह तो कहीं नहीं जाता," श्रुति रुआँसी है।

"इसका नाम यों ही दिवालिया है, एकदम ही चकनाचूर करना चाहता है? उसे पता नहीं, हक़ अपने अख़बार में कैसी-कैसी ज़हरीली बातें लिखाते हैं?"

"कहीं आ तो नहीं गया?" दोनों स्कूटर की आवाज़ पर खड़े हो जाते हैं। शरद जल्दी से अपनी मोजरी में पाँव डालता है, दरवाज़े तक जाकर फिरकी की तरह घूमता है और ऐशट्रे की राख रसोई में कूड़ेदान से कागज़-छिलके उठाकर उनके नीचे दबाकर हाथ धोता है। और खरगोशी दिखाता है!

दद्दू बाहर आकर चिट्ठियाँ निकालते हैं। लैटर बॉक्स पर खुँसे गेरुए पताका के दो टुकड़े करके उसे बाहर फेंक देते हैं। कागज़ और लकड़ी का बना था, छोटा-सा।

अंदर आकर पता नहीं क्या ढूँढ़ रहे हैं। मेज़ के नीचे झाँककर देख रहे हैं, फिर उकड़ूँ बैठे-बैठे जैसे घिर्री पर घूमते हुए, कुर्सियों के नीचे, सोफ़े के पीछे, खोजते हैं। फिर उठकर तेज़ी से बैडरूम में जाते हैं, झुककर पलँग के नीचे देखते हैं। सब कमरों के दरवाज़ों के पीछे तलाशते हैं। बीच राह ठिठककर शीशे के दरवाज़े के बाहर बरामदे के कोने पर आँख जाती है। निकलकर झाड़ू उठा लेते हैं।

नंदन अब आते हैं शरद से उसके ऑफ़िस में बतियाने! पहले की तरह उसे इंटरकॉम पर फ़ोन करके नहीं बुलाते!

मतभेद के कारण यों भी नहीं हैं, क्योंकि शरद के भाषण और लेख बंद हैं। इसमें उसका कुसूर नहीं है—भाषण तो किसी के बुलाने पर होते थे और लेख बाबू के छापने पर ज़िंदा थे। बाबू को सख़्त ताकीद मिली है कि ऐसे लेख न छापें और वह खुद भी यही राय रखते हैं कि न छापूँ।

"हनीफ़ चाहें तो मेरे घर रह सकते हैं। वैसे सब ठीक हो जाएगा। हम सब साथ हैं।" बाबू बोले हैं।

वैसे एक बार नंदन ने भी शरद से कहा था कि अगर वह बहुत डर रहे हों तो यूनिवर्सिटी के गेस्ट हाउस में डेरा डलवा दूँ? पर शरद ने श्रुति से नहीं कहा कि ऐसा कहा।

मज़ाक है न कि हम डर रहे हैं? कभी शोर सुनकर, कभी सन्नाटे से! जबकि देख रहे हैं, बार-बार कि चिट्ठियाँ आती हैं, बंद हो जाती हैं, फ़ोन भी आते हैं, चले जाते हैं, यहाँ तक कि हिटलिस्ट ही जहाँ-तहाँ दीवारों पर लगी खुद ही फटने को आ गई हैं। कितनी मर्तबा इस बरस हम डरे हैं, फिर सामान्य हो गए हैं, डर के आदी होकर, उन्हीं बातों को देखने-सुनने के आदी होकर। नींद नहीं आई है। फिर आ गई है। अरे, कितनी तो दफ़े यही होता रहा है फिर भी जब न तब, डरने लगते हैं। शायद लाचारी है—जानते हैं, डर फिर चला जाएगा लेकिन जब तक है, तब तक तो डरना ही होगा। डर

रहे हैं!

श्रुति रात में निकलने से डर रही है।

हनीफ़ दिन में निकलने से डर रहा है।

शरद बेवरली को स्टेशन पर अलविदा करने गया तो अचानक बहुत खाली-खाली महसूस करने लगा। उसे लगा कि उसके कोई दोस्त नहीं रहे।

"तुम्हारी याद आएगी।" वह कहता है।

"तुम्हारी मुझे।" बेवरली कहती है और प्यार से अपना पैर घुटनों पर मोड़ देती है, जिससे वह शरद के पैर से छू जाता है।

'किसी और बरस में यह मेरी दोस्त होती?' शरद मन से पूछता है, "तुमसे बस, मैं बात कर सकता था," वह कहता है।

"क्योंकि मुझे, मोटे तौर से ज़्यादा, कुछ नहीं समझ आता!" बेवरली अपने जूते से शरद के जूते को सहला देती है।

"तुम्हारे साथ मैं हर अड़चन, हर गंदगी, हर उलझन से दूर हो जाता था, खाली हो जाता था।"

"था? मैं अभी यहीं हूँ, गई नहीं।" बेवरली हँस पड़ी है।

"बेवरली, तुम मेरे लिए क्या हो, मैं बता नहीं पा रहा।" शरद की भर्राई आवाज़ निकलती है।

"तुम हिंदुस्तानी लोग बहुत जज़्बाती होते हो।" बेवरली कह देती है।

"एक और स्टीरियोटाइप!" शरद हँसता है।

"लिखना।" बेवरली कहती है।

"तुम्हीं से तो मैं, स्टीरियोटाइप से अलग तरह की बातें करता था," शरद सोचता है।

'लिखूँगा इसे?' वह उसे ट्रेन में बिठाकर नीचे प्लेटफ़ॉर्म पर खड़ा है। सीटी बज गई है।

"कोई पत्रिका?" वह खिड़की से पूछता है, "फल-वल ले दूँ?" वह गाड़ी के साथ-साथ चल रहा है, "पानी रख लिया न?" वह हाथ हिलाता है।

श्रुति लिखकर हँसने लगी, "सैक्युलर नहीं, सैक्योरल हैं हम! हम उतना ही बोलते हैं, जितने में हम सैक्योर रहें, हमारी प्राइवेसी न बिगड़े, हमें गोली

बारी न लगे!"

'सिनिक़ल जोक मत कहो।' वह खुद से कहती है।

पता नहीं, क्या लिखने बैठी है, बोली थी न कि इस सबसे अलग 'कुछ लिखूँगी?

शरद अपने दफ़्तर के दरवाज़े पर हनीफ़ को देखकर हल्के से लरज़ उठता है।

"हलो आओ।" उसे लगता है कि ऐसा औपचारिक 'आओ' उसने हनीफ़ से पहले कभी नहीं कहा।

हनीफ़ दरवाज़े से ही पूछता है, ज़रा अंदर की तरफ़ होकर, "तुम्हारा टर्म कब से शुरू हो रहा है?"

"वी. सी. ने शायद लैटर भेज दिया है।" शरद बताता है।

"एक महीना, दो महीना इससे ज़्यादा क्या लगेगा?"

"मेरे खयाल में जल्दी ही।"

"मैं तभी सेबैटिकल के लिए अर्ज़ी दूँगा।"

हनीफ़ मुड़नेवाला है। उसी वक़्त शरद के ट्यूटोरियल के छात्र आ जाते हैं। उनके आगे शरद, अपने और हनीफ़ के बीच कुछ बदला हो, ऐसा नहीं ज़ाहिर करना चाहता। ज़्यादा ही दोस्ताने से कहता है, "राइटो! सी यू लेटर मैन!"

हनीफ़ के निकलते ही उसे गुस्सा आता है कि उसे एक्टिंग करनी पड़ी।

मैं एक अजीब बात बताती हूँ। डिपार्टमेंट में लोग वैसी बातें करने लगे हैं, जैसी मठवालों से सुना करते थे।

नहीं, ग़लत कह गई।

मठवालों की तरह बिल्कुल नहीं कर रहे, न उस धर्मांधता से, न उस प्रचंडता से। डिपार्टमेंटवाले बुद्धिजीवी हैं और वे बुद्धिजीवियों-सी ही बातें कर रहे हैं, पर बातें काफ़ी कुछ वही हैं, जो उधर सुनी थीं।

मैं इसलिए कह रही हूँ कि शरद भी उनके साथ जब मीमांसा करता है तो मैं कॉपी-कलम लिए सुनती रहती हूँ और सुनती हूँ कि यह लोग अपने अब तक के कहे पर सवाल कर रहे हैं और सवाल वही हैं, जो मठवाले जवाब

के लहजे में देते रहे हैं। कि क्या सब क़ौमे एक-सी होती हैं? उनके चिंतन के मूल में जो फ़र्क है, उनके व्यवहार का सामाजिक जामा बनाते हैं? हमारी संवेदना एकतरफ़ी है? इतनी बड़ी जनता सरबसर ग़लत हो सकती है? आदि-आदि।

मुझे सुनकर ताज्जुब होता है। ताज्जुब क्या, मैं हक्की-बक्की रह जाती हूँ। क्या यही फ़र्क है उनमें और इनमें—एक वही शब्द जवाब के जुमले में डालकर बोल रहे हैं, दूसरे सवाल के जुमले में?

हम कहाँ से कहाँ आए हैं? आगे बढ़े हैं? या क्या यह गोल चक्कर है और हमने घेरे का एक चक्कर पूरा लगा लिया है, बस?

हक्की-बक्की हूँ इस बात पर ही कि फिर क्या यही लोग इतने नादान, इतने पिछड़े, इतने अंधे निकले, कि इतने दिन लगे इन्हें समझने में, जबकि अपने दिमाग़ों पर गर्व इन्हें है, कि दिमाग चलाने का पेशा इनका है, वह बात जो वे लोग, उधरवाले, मठवाले, भारी संख्या में शहर की जनता, सब शुरू से ही समझ रहे थे, बिना सोचे ही, अपने अचेतन मन से जान रहे थे और मान रहे थे?

शक़ न होगा कि वे तो अचेतन मन से जवाब दे रहे थे, ये चेतन मन से इतना करने लगे हैं कि उन शब्दों को अपने से कहकर एक प्रश्नचिह्न लगा देते हैं! यह प्रश्नचिह्न भी क्या बस इनके दिमाग़ीपन की रस्मअदायगी ही नहीं? कल यह प्रश्न चिह्न हट जाएँगे और यह भी उधर के होंगे?

अजब-सी बात है कि इतना वक़्त सोचनेवालों को लगता है?

पर डर भी लगता है कि हमीं इतने बेवक़ूफ़ कि जो वे सब समझ चुके थे, हम आज समझ रहे हैं? सारा आत्मविश्वास ढहा देनेवाली बात हुई!

शरद को देखकर हनीफ़ बॉलकनी पर चला जाता है।

शरद श्रुति से कहता है, "यहाँ बेशक तुम सेफ़ हो, पर सेफ़र होने में कोई हर्ज़ नहीं। बेवरली चाभी छोड़ गई है। उसका फ़्लैट छह महीने तक मेरे पास है। वहाँ आसपास विदेशी रहते हैं।"

हनीफ़ अंदर आ जाता है, "शरद हमें उल्टी-सीधी नसीहत देना बंद करो।"

"तुमसे तो बात ही नहीं हो सकती।" शरद खड़ा रहता है, "सुना है, मठ में गड़बड़ चल रही है, महंतों में ही आपस में। दंगे-वंगे छिड़ गए तो...।"

"ज़रूरी होगा तो हम तय करेंगे कि क्या करना है।" हनीफ़ उसे टरकाता है।

"तुम तो अपने अलावा किसी की सोचते ही नहीं हो।" शरद तक़रार बढ़ाता है, "श्रुति की सोचो।"

"तुम्हें बताने की ज़रूरत नहीं है।"

"श्रुति, तुम सोचो।" शरद उसकी तरफ़ मुड़ता है।

"उसे डराओ मत।" हनीफ़ गुस्से से देख रहा है।

शरद चला जाता है।

मधुमालती के पास श्रुति झुकी है, 'मान लो,' उसके मन में आता है, 'इसी वक़्त बदमाशों का टोला धमकता घुस आए तो क्या करूँगी मैं?'

'अच्छा है, हनीफ़ घर पर नहीं है।' वह सोचती है 'नीचे कूद सकती हूँ?' वह नीचे की दूरी का मुआइना करती है। 'हड्डी-पसली एक रही तो बाहर ही बाहर हनीफ़ को होशियार कर दूँगी!'

अपने बेढंगे खयालों पर वह झेंपकर हँसी है।

वैसे शहर शांत है। ननकऊ रोज़ सब्ज़ीवाले से ढेरों मटर खरीदता है और चाय के साथ अदरक और हरी मिर्च में छौंककर पेश करता है, नींबू और धनिया की पत्ती ऊपर से छिड़कता है, और जिसका नसीब दद्दू के पास उस शाम, उसका नसीब ज़ायकेदार मटर भी!

शरद की ख़ाँसी रुक नहीं रही। स्कूटर पकड़े खाँस रहा है।

"मफ़लर बाँधो। गरारे करो।" श्रुति नीचे देखती है।

दद्दू का डॉक्टर आया है। दद्दू हैं कि जल्दी से उठ खड़े हुए और उसे अंदर अपने बेडरूम में ले गए। इनमें से किसी के आगे उसे बात भी नहीं करने देते!

तुम्हारे-मेरे साथ तो पाँच मिनट को रहता है, हनीफ़ श्रुति से बोला था। शरद के बारे में। नंदू और बकौल शरद के उसके बगुलों के साथ ज़्यादा रहता है। हेड बनेगा तो काम उन्हीं की सोहबत में करेगा ना, करना होगा ना?

"वह कुछ भी कहे," उसने श्रुति की बात काटी कि वह तो कहता है कि तुम अलग रहते हो...।

कितनी ज़रा-सी बना दी थी उस बरस ने हमारी दुनिया को।

"क्या-आ?" हनीफ़ खुनस के साथ पूछता है।

"यही।" श्रुति कहती है, "उसके नाम पर ही तुम्हें चिढ़ हो जाती है।"

"तो क्यों उसे डिफ़ेंड कर रही हो?" हनीफ़ खफ़ा है, "क्यों बता रही हो मुझे, वह हमारी फ़िक्र में सब करता, कहता है? मैं जानता हूँ।"

"फिर भी?" श्रुति अचरज से देखती है।

"फिर भी।" कहकर हनीफ़ होंठ सी लेता है। दूर जैसे नगाड़े बज रहे हैं।

"श्रुति उस शख़्स को," हनीफ़ खुद ही बताने लगता है, "अपने कहे पर खुद ही भरोसा नहीं है। वह कहता जाता है, क्योंकि ज़िंदगी भर यही कहता आया है। उसे खुद अपने कहे पर यकीन नहीं है।" हनीफ़ समझा पाने की मुश्किल पर ही खफ़ा लगने लगता है। श्रुति इंतज़ार करती है।

"कल कोई मुझ पर हाथ उठाएगा तो वह तपाक से बीच में आ जाएगा, वार अपने पर लेकर हमलावर पर चिल्लाएगा।"

"तो भी?" श्रुति के चेहरे पर उलझन बढ़ी है।

"तो भी। क्योंकि ऐसा वह यक़ीन से नहीं, आदत से करेगा। एक और बात...।" हनीफ़ फिर चुप्पी साध लेता है। श्रुति बेसब्र होकर पूछती है, "क्या-आ?"

"बता रहा हूँ।" हनीफ़ आँखें दिखाता है, "और अब तो ऐसा भी लगता है कि अपनी नायक़ीनी से घबराकर वह अति करता है जैसे शायद इस तरह उसका खुद का यक़ीन लौट आए।"

"उथल-पुथल तो हम सबमें हो रही है।" श्रुति नहीं मानना चाहती।

"यही होगा।" हनीफ़ बात आगे नहीं बढ़ाना चाहता, "उसकी उथल-पुथल में जो सवाल, जो झुकाव आ गए हैं, उनमें मगर, मैं..." 'मैं' कहने से पहले वह झिझकता है..."कहाँ फिट होता हूँ?"

"हेडशिप की माँग होगी—दूसरे किस्म की जोड़-तोड़ की।" झिझक ने हनीफ़ की आँखों में जाला बुन दिया है।

शरद पैदल निकल गया था सिगरेट खरीदने। फाटक से अंदर आता है तो दद्दू के पास हनीफ़ और श्रुति नज़र आते हैं। वह ठिठक जाता है।

'यहाँ हँसकर बात कर पाता है, स्टाफ़ रूम में चाय भी बिना किसी से बोलेचाले पियेगा!' शरद के मन में आता है।

'किस्सा सुना रहा होगा।' वह फाटक के पास सिगरेट के कश लेता है। उसे गुस्सा चढ़ने लगता है, 'मेरे ही घर में, मेरे ही बाप का, ज़्यादा सगा बन बैठा है, मुझे बाहर कर दिया है।'

पर वह कह कुछ नहीं सकता, क्योंकि उसे अंदर जाने से कोई नहीं रोकता, बस किसी न किसी बहाने हनीफ़ उठकर चल देता है।

'वह मुझे बर्दाश्त नहीं कर सकता।' वह आत्मदया से सोचता है, 'ऐसा क्या किया है मैंने? हमेशा उसके लिए लड़ा। हेड भी बनवा देता, अगर यह खुद ज़रा अपनी ऊँचाइयों से नीचे आता!'

'पर यह क्राइसिस उसने तो नहीं बनाई।' शरद की दया का पात्र खुद से बदलकर हनीफ़ होने लगता है। 'उसे पता होना चाहिए कि उसकी इतनी अकड़ कोई नहीं बर्दाश्त करेगा, न डिपार्टमेंट, न शहर।' शरद सोच रहा है, पर हमदर्दी से।

'लेकिन मुझे क्यों स्केपगोट बनाता है?' वह फिर चिनगता है, 'मेरी भी है वह क्राइसिस।'

सड़क पर गुज़रता आदमी-औरत का जोड़ा, जिज्ञासा से शरद को देखता है। वह ज़रा झेंपकर अंदर बढ़ जाता है, घर के सामने की खाली जगह में, जहाँ मधुमालती की बेल है। पैरों के नीचे सूखे पत्ते और फूल भरे हैं। ऊपर, जाड़ों के बावजूद मच्छर धावा बोल रहे हैं।

'यह पेड़ और लगा दिया, मार कूड़ा-करकट फैला दिया।' उसे चिढ़ की खुनक चढ़ती है, 'ऊपर आप खुशबू लें, नीचे हम गंदगी सहें!' अचानक मधुमालती की घनी लतर से जल जाता है। मच्छर उड़ाने में उठा हाथ कसकर मधुमालती की डाल पर लग जाता है। वह और ऐंठ जाता है।

अंदर तीनों हँस पड़े हैं।

'हँस रहे हैं! मेरी तो खुशी भी सहज नहीं रहने देते। हेडशिप की खुशी भी अपराध से लैस कर दी है। तुमने।' वह होंठ अँधेरे में बिचकाता है। इतनी चिढ़ होती है कि सिगरेट का जलता छोर मधुमालती की डाल पर लगाता है, ऐसे कि बुझे नहीं, जलाए, और बचकानी खुशी से उसको जलाने के भास से मुस्कराता है।

दद्दू ने बरामदे में बत्ती लगवा दी है। वह भी जल रही है और आसमान में पूर्णमासी का चाँद भी।

श्रुति और हनीफ़ घूम रहे हैं। घर से दूर नहीं जाते। सड़क ज़्यादा खाली रहती है। और फिर सर्दी की वीरान रातें। चाँद पर धुँधलके की झिल्ली पड़ी है। अचानक झिल्ली सरक जाती है और बिजली की वोल्टेज बढ़ने के जैसे, चाँद भक्क से चमकने लगा है!

"मुझे डर लग रहा है।" श्रुति हनीफ़ के पास सिमट आई है।

"किसी और वक़्त में यही खूबसूरत लगता।" हनीफ़ उसे सटा लेता है।

"तुम्हें नहीं?" श्रुति भुतैली चाँदनी को परखती है।

"मुझे भी।" कहकर हनीफ़ चाल बढ़ा देता है, उसे साथ पकड़े रखे, "जब शरद जैसे लोग कहते हैं कि जो हो रहा है, इस माने में अच्छा है कि जो भीतर था खुले में, 'ओपन' में आ रहा है और लोग अपने को, अब तक की, को, सवालों से छेद दे रहे हैं, तब..."

"अच्छा है न, खुलना, सवाल करना, जो अंदर दबा है, उसे सीधा-सीधा देखना? तभी तो जूझ पाएँगे।" श्रुति डर मिटाना चाह रही है।

"यह जूझने का पीरियड हमें डस लेगा। हम क्या करेंगे?" हनीफ़ हताश हो रहा है, "जब यह जूझने का दौर पूरा होगा तो क्या शरद मठ में होगा और मैं अंजुमन-ए-इस्लाम में?"

"तुम उसके पहले ही क़त्ल कर दिए जाओगे!" श्रुति तुर्श आवाज़ में कहती है, मानो वह ही क़त्ल कर देगी!

"हाँ।" हनीफ़ की आँखों में चाँद का अक्स है, "और उस मौत से कुछ नहीं हासिल होगा, न शहादत, न बहादुरी का खिताब। उससे किसी मुहिम का भला नहीं होगा। वह दरअसल सरासर टुच्ची मौत होगी, बेकार, फ़्यूटाइल।" हनीफ़ का स्वर खुश्क है, उसकी आँखें सूनी हैं।

"कुछ लेते क्यों नहीं?" दद्दू पूछते हैं।

खाँसते-खाँसते शरद जेब से डिब्बी निकालकर उन्हें दिखाता है और उसमें से एक गोली लेकर मुँह में डाल लेता है।

अपने पीछे दरवाज़ा भेड़कर जैसे ही श्रुति मुड़ती है, हनीफ़ से टकरा जाती है।

"श् श् श्।" वह होठों पर उँगली रख देती है। "ऊपर चलो, आज वहीं चाय पिएँगे।" हनीफ़ हतप्रभ उसके पीछे वापस अपने फ़्लैट में खिंचा चला आता है। अपने घर का दरवाज़ा बंद करके श्रुति उसका हाथ छोड़ती है।

"लगता है दद्दू को फिर वही दर्द हो रहा है। बार-बार किसी बहाने से अंदर चले जाते हैं। उन्हें अकेला छोड़ दो नहीं तो वहाँ बैठ नहीं पाएँगे।"

"डॉक्टर..." हनीफ़ ने कहा।

"उन्होंने फ़ोन कर दिया होगा।"

हनीफ़ बंद दरवाज़े को हसरत से देखता है। फिर श्रुति का हाथ पकड़ किचन में चला जाता है।

और शरद की आवाज़ आ रही है, न जाने क्लास रूम से कि गलियारे से।

"अनुशासनहीनता किसी हालत में सहन नहीं की जाएगी।" न जाने छात्रों को या कि एडमिनिस्ट्रेटिव स्टाफ़ को हड़का रहा है? फिर वह खाँसने लगता है।

नंदन की आवाज़ आती है, "किसी भी पानवाले से मुलैठी मिल जाएगी, वह बहुत आराम देती है।"

उर्मिला का स्वर उठता है, "पान की जड़ मिल जाए न तो बिलकुल जादू करता है।"

हनीफ़ को पान की जड़ का एक मज़ाकिया किस्सा याद आता है। वह खिड़की की तरफ़ पीठ घुमाकर, गोद में खुली किताब में उसे भुलाने की कोशिश करता है।

फ़ोन की घंटी बज रही है। अभी तो सवेरा भी ठीक से नहीं हुआ है। लगता है देर से बज रही है। श्रुति जग गई है। शरद और दद्दू सो रहे होंगे। घंटी बजती जा रही है, "हनीफ़।" श्रुति उसे झकझोरती है, "तुम देख आओ, दरवाज़ा तो खुला ही होगा।"

ट्रीं ट्रीं। जैसे ज़िद में है फ़ोन।

"ग़लत नंबर होगा।" हनीफ़ आधी नींद में करवट बदलता है।

रुक गई।

फिर शुरू हो गई।

हनीफ़ भी जग गया है। वह तेज़ी से उठता है और नीचे जाता है। जब तक श्रुति नीचे पहुँचती है, सबके सब जाग चुके हैं।

"बूढ़े महंत मारे गए।" हनीफ़ कहता है।

"कौन?" श्रुति पूछती है, "बड़ी-बड़ी डैनोंवाले?"

"हाँ।" शरद कहता है।

"जिनकी दाढ़ी में पत्ता अटक गया था?" बेवक़ूफ़ों की तरह श्रुति पूछती है।

"वही।"

"किसने मारा?"

"पता नहीं, पर उनके अंदरूनी झगड़ों का नतीजा हो सकता है।"

"यह तो होना ही था।" दद्दू दीवान पर जाकर बैठ जाते हैं, "राक्षस पैदा करोगे तो एक न एक दिन वह अपने ही माँ-बाप को निगल जाएगा।"

"मगर बूढ़े महंत?" श्रुति को उनका बुढ़ापा याद आ रहा है।

"अब वो उन्हें ज़रूरत से ज़्यादा फिसड्डी लग रहे थे, पिछड़े।"

"आओ, चाय पियो। ननकऊ तो उठा नहीं होगा। तुम्हीं पानी खौला दो।" दद्दू कहते हैं।

"बुरा लगता है, कोई भी मरे, और मारा जाए..." श्रुति को दया आ रही है।

"मुझे बुरा नहीं लग रहा।" हनीफ़ निर्दय भाव से कहता है, "शेरों को आदमखोर बनाओगे तो खुद कब तक बचोगे।"

फ़ोन ट्रीं ट्रीं चीखता है। शरद लपकता है, "यार हक़।" वह हनीफ़ से कहता है।

हनीफ़ बात कर चुका है।

दद्दू पूछते हैं "क्या कह रहे हैं?"

"वही। कोई भी बाहर मत निकलो।"

"सवाल ही नहीं उठता। कोई बाहर नहीं निकलेगा।" दद्दू मानो कमर

कसके इसी काम के लिए मुहैया हैं!

ट्रीं ट्रीं।

कापड़िया भी वैसी ही हिदायतें दे रहा है।

शरद बाबू पेंटर को फ़ोन मिला रहा है।

महंत के आखिरी दर्शन को भीड़ टूट पड़ी है। पुलिस को कड़ा बंदोबस्त करना पड़ा है, मगर लोगों को निकलने से रोक सकें, सवाल ही नहीं पैदा होता।

टेलीविज़न पर सीधा रिले हो रहा है। फूलों (गेंदे-गुलाब की मोटी-मोटी मालाएँ हैं) के नीचे महंत का पार्थिव शरीर दब गया है। स्क्रीन पर सफ़ेद और नारंगी वस्त्रों के फचक्के हैं। जनता हाथ जोड़े मृत महंत की परिक्रमा कर रही है।

राजधानी से हस्तियाँ फूल चढ़ाने आई हैं। तब से यही चल रहा है, जैसे एक ही जगह रील अटक गई हो। भजन के स्वर, गोल चक्कर काटती भीड़, फूलों में बरायनाम नज़र आती काया।

तब से यह भी चल रहा है कि दद्दू पाँच मिनट बैठकर टी.वी. बंद कर देते हैं और उनके बाथरूम जाने पर या कहीं जाने पर शरद टी.वी. चला देता है।

ननकऊ लौट आया है। खाना बनाने की खटर-पटर कर रहा है।

"आँसू गैस छोड़ी। हम भी भागे।" उसकी हँसी में खौफ़ है, "पर दर्शन कर लिए।"

चंदन की चिता पर महंत की अंत्येष्टि हुई। आज से अख़बार और प्रशासन

और टी.वी. वाले और शहर के लोग उन्हें महंतजी नहीं, महात्माजी, कह कर संबोधित कर रहे हैं।

हवा में खौफ़ है। इसलिए सब तरफ़ बंद है। पुलिस ऐलान न भी करती तो भी यही आलम होता।

सुबह की पूजा के दौरान किसी ने गोली चलाई, तहकीकात जारी है। इसके अलावा सारी खबरें अधकचरी हैं।

अख़बार नहीं आ रहा, दूध नहीं आ रहा। दद्दू पिटारा खोलते हैं और कंडेंस्ड मिल्क के दो डिब्बे पेश करते हैं!

"अभी कुछ पता नहीं चला है।" कापड़िया वर्दी में है। अंदर घुसा नहीं कि जाने को तैयार। "अब मठ असल उपद्रवी तत्वों के हाथ में गया। वे लोग राजनीति में सीधी घुसपैठ चाहते हैं, इलैक्शन में अपने उम्मीदवार खड़े करना चाहते हैं। तभी महात्मा महंत," वह दोनों संबोधन जोड़ देता है, "से मतभेद छिड़ा।"

"सँभलकर रहिए।" वह हनीफ़ को जाते-जाते ख़बरदार करता है।

"ओ दद्दू नमस्कार।" उन्हें प्रणाम करने वापस मुड़ता है।

नीचे जीप में घुसकर हँसता है, "अबे शरद, दाढ़ी कटा ले। मज़ाक नहीं कर रहा," धुआँ छोड़ती जीप दूर निकल जाती है।

धुआँ शरद को खाँसता छोड़ देता है।

टी.वी पर पुलिस के पैगाम 'भड़किए मत, शांति बनाए रखिए, अफ़वाहों पर विश्वास मत करिए' यही चल रहे हैं। दद्दू अपनी जानी-पहचानी अदा से

उठकर जाते हैं और ठक से बंद कर देते हैं उसे। दीवान पर बैठने आ रहे हैं तो श्रुति से नज़र मिलती है और दोनों षड्यंत्र भाव से मुस्कराते हैं।

श्रुति को एक अफ़वाह का पता चला है कि गोली भीड़ से नहीं, कहीं बाहर से, मठ की दीवार के पार से आई।

"बाहर कहाँ से आ सकती है?" वह नाहक दद्दू से पूछती है।

"खुदा जाने।" दद्दू हाथ उठा देते हैं, "मठ के एक तरफ़ मैदान है, दूसरी तरफ़ यूनिवर्सिटी।"

"वही तो।" श्रुति होंठ चबाती है।

दंगों का डर है। बंद बरक़रार है।

शोर सुनकर हनीफ़ और श्रुति अपने घर की बॉलकनी पर निकल आते हैं। बाईं तरफ़ उनकी कॉलोनी में कुछ घट रहा है। एक घर से एक औरत, जिसे वह सूरत से पहचानते हैं, बाहर आ गई है और कुछ चिल्लाते हुए एक आदमी के पीछे तेज़ी से बढ़ती है। वह नाइट गाउन में है और रबड़ की चप्पल फटफट मारती बढ़ रही है। आदमी तक पहुँचकर वह उसकी कमीज़ खींचती है और उसे फटकारती है। आदमी उसका बावर्ची है। अचानक वह चप्पल उतारकर उसी से आदमी को तड़तड़ तमाचे जड़ती है। गुस्से से लाल-पीली बैंगनी हो गई है।

बहुत से लोग खिड़कियों-बरामदों से झाँक रहे हैं। सब चुपचाप भीतर लौट जाते हैं।

यह तो अफ़वाहों में अफ़वाह निकली! अफ़वाहों की सरताज! कि गोली थी ही नहीं, बम था, जो कहीं दूर से फेंका गया!

गोली और बम का फ़र्क भी क्या आजकल नहीं मालूम पड़ रहा?

शरद को तैयार होकर निकलते देख दद्दू पूछते हैं, "कहाँ जा रहे हो?"

क्यों नहीं पड़ रहा फ़र्क, गोली और बम का? सौ फ़ी सदी पता पड़ रहा है—एक है हिंदू और एक है मुसलमान!

बहुत बुरी खबरें आ रही हैं।

हमें शुरू से ही इंतज़ार था! साँसें अटक गई थीं! फिर चल पड़ी हैं। धड़कती हुईं।

फ़ोन से बयानात आ रहे हैं—मारकाट की उमगती लीलाओं के! लोग घरों में घुसकर खेल रहे हैं।

हिंदुओं ने घर की दीवारों पर बड़े-बड़े, लाल अक्षरों में लिख दिया है : "ये हिंदू का मकान है।"

किसी को झूठ लिखने की हिम्मत नहीं है।

कहीं यहाँ कोई घुस आए और रासलीला मचाए और कहीं मेरी स्याही लुढ़क गई...? उसे लूटने की मंशा किसी को नहीं। फिर भी, उसे ख़तरा है! उनकी रँगरलियों में बेचारी जो गिरी कि फिर उठ नहीं पाएगी। एकदम टुच्ची शहादत होगी!

सुना है ऐसे डिब्बे-बोतलें बनने लगे हैं, जिनमें न हवा घुस सकती है, जो गिरने पर टूटते नहीं, जो जलते भी नहीं। उन्हें किसी तरह जुटाऊँ?

डरकर आँखें मींच ली हैं। खोलती हूँ तो दूर आसमान में काला-नीला धुआँ फैल रहा है। फैल नहीं, घुल रहा है।

ऐं? स्याही है?

देर से श्रुति, शरद और दद्दू बैठे हैं।

"आज तो माचिस की डिबिया नहीं भरेगी," श्रुति शोक से सोचती है।

हनीफ़ कुछ नहीं कर रहा। असल में उसकी समझ में ही नहीं आ रहा कि हो क्या रहा है। होता है, बंद हो जाता है, ऐसे कब तक चलेगा शहर। इसी को होना कहते हैं? या बस एक जगह अटक जाना?

शरद झन्नाटे से कहता है, "मक़बूल हक़ अपने अख़बार में बहुत बदतमीज़ी की बातें कर रहे हैं। कह रहे हैं कि मुसलमानों की अलग अदालतें हों, क्योंकि सरकारी अदालतों ने उनकी रक्षा नहीं की है।"

"बहुत ग़लत तो नहीं कह रहे।" श्रुति दुखी है।

"फिर माफ़ किया उन्हें। कोई भी तो तमीज़ से नहीं रहता।" शरद भड़कता है।

"छोड़ो बेटा।" दद्दू दुत्कारते हैं, "कौन तुम्हारी छत से चिल्ला रहे हैं? तुम्हारी सड़क पर तो नहीं खड़े हैं?"

शरद बैठ गया है, "हनीफ़ की कहानी लिख रहे हैं।"

"जाएँ भाड़ में।" दद्दू दुरदुराते हैं।

हमें गुस्सा आता है, जो हममें डर आता है।

शक़ से श्रुति दद्दू को घूरती है। आज वह ही उँगली उठाकर, हिलाकर, उन्हें घेर रही है "झूठ मत बोलिए। फिर वही आया था न? मैं उसकी गाड़ी की आवाज़ पहचानती हूँ।"

"अरे, मेरी दादी, मेरी नानी," दद्दू हार मानते हैं, "आने दो न उसे, मेरी डेली आरती उतारने! तुम तो पहरेदारी करने लगी!"

"दद्दू क्या आप...?" पर श्रुति पूछ ही नहीं पाती।

"डॉक्टर नहीं है, चपरगट्टू है! आता है कि मैं उसका इलाज कर दूँ।" दद्दू अपने दर्द की बात हँसी में उड़ा देते हैं।

मिठाई कुछ मुसलमानों ने बाँटी, जो बात डिपार्टमेंटवाले बुरी बात बता रहे हैं।

"ज़िद्दी बहुत हैं हनीफ़," छोटे जोश उसे कुर्ता पहने देख कहते हैं।

"अकड़ूपन है, पता है सबको बुरा लगेगा, महंत कितनों के लिए भगवान स्वरूप थे, पर ज़िद्द में मिठाई बाँटी।" उर्मिला अफ़सोस करती हैं।

कभी एक की बात करके क़ौम की होती है, कभी क़ौम की करके एक की होती है। यह गंगा-जमुनी दलीलें हुईं !

मठ के नए आचार्य का संवाद पढ़ा जा रहा है।

'हमारे मठ की प्रतिष्ठा को भंग करने हेतु यह मिथ्या बात फैलाई गई है कि यहीं से महात्मा पर गोली लगी।'

'हमारी प्रतिज्ञा है कि हम हत्यारे को पाकर रहेंगे।'

छात्र जासूस बने फिर रहे हैं, "वहाँ कोई छिपा रहे तो चौकीदार नहीं देख पाएगा।"

"चौकीदार तो, खुले में चोर खड़ा हो, तो नहीं देख पाएगा, इतनी नींद मारता है!" हँसी की बौछार होती है।

"वहीं से फेंका होगा, किसी पहुँचे हुए टैरोरिस्ट ने।"

शरद बाहर निकल आता है, "बावलो, इतना माहिर फेंकनेवाला हो तो ओलम्पिक में न भर्ती हो जाए?" बौछार फिर आती है।

कोई कहता है, "सर, ऐसा भी हो सकता है कि पूजा में कहीं भी फुटाने के इरादे से फेंका हो और वह सीधे मंच पर जा गिरा।"

"होने को कुछ भी हो सकता है।" हेड नंदन भी शरद के पीछे-पीछे निकल आए हैं, "पर यहाँ से मारा हो, बात में दम नहीं है।" वह दूर मठ के अंदर देख रहे हैं, जहाँ पुलिस की वर्दी घूम रही है।

"कुछ जँचता नहीं।" छोटे जोश भी आ गए हैं, "कि बड़े-बड़े सिद्ध धर्मात्मा आपस में बंदरों की तरह लड़ें!" वह हँस देते हैं, "धार्मिक जुनून चढ़े, दूसरे धर्मों को दोष दें, फिर भी उनके संतपन में आस्था रह पाती है। मारकाट पर उतर आएँगे तो टुच्चे राजनीतिज्ञों और उनमें क्या फ़र्क? वही ताक़त की लड़ाई!"

"मज़ाक कर रहे हो न भाई?" शरद हँसता है, "तुम भी तो नहीं चाह रहे कि मुसलमान हत्यारा निकले?"

"मुसलमान न सही, पर बाहर का गुंडा। हिंदू हो चाहे, मगर भक्त, साधु तो न हों!"

"हक़ जैसे, किराए के गुंडे से खून करा सकते हैं।" एक छात्रा बताती है।

"सुपारी देना उसी को कहते हैं।" दूसरी कहती है।

"फ़िल्में बहुत देखती हैं आप लोग, क्यों?" नंदन चिढ़ाते हैं।

"आपके दोस्त का क्या कहना है?" छोटे जोश शरद से पूछते हैं।

"आपके दोस्त, आपके दोस्त क्या लगा रहे हैं? नाम है उसका और बड़ी इज़्ज़त से लिया जाता है।" शरद सुनाता है।

कापड़िया कहता है कि कुछ लोगों पर संदेह है और श्रुति का कलेजा मुँह को आ जाता है, मानो उसमें कहीं अपराध छिपा हो। जल्दी से नाम बताएँ किन पर संदेह है, वह चाहती है, पर पूछ नहीं पा रही।

"रुको, मैं भी वॉक के लिए चलती हूँ।" श्रुति कहती है।

"अभी कह रही थी कि बाल धोना है।" हनीफ़ याद कराता है।

"आकर धो लूँगी।" हनीफ़ को अपनी ओर देखते पाकर श्रुति सुनाती है, "इतने दिन से वॉक पर नहीं जा पाई।"

"श्रुति।" हनीफ़ नरमी से कहता है, "मुझे नैचुरल रहने दो। तुम भी नैचुरल रहो। इतना डरेंगे तो कहाँ जाएँगे?"

"शरद सही कह रहा है। जब तक है, तब तक बेवरली के फ़्लैट में चले जाएँ।"

"वैसी नौबत नहीं आएगी। यहाँ भी हम सेफ़ नहीं तो फिर कहीं सेफ़ नहीं। ओफ़्फ़ो!" हनीफ़ को ऐसी बातें कहनी पड़ें, अच्छा नहीं लग रहा, "हमें अंदर तो डर नहीं भरना चाहिए। भागो-भागो! जीना मुहाल हो जाएगा!"

"हो ही गया है।" श्रुति मुँह फुलाती है, "गुस्सा मत करो।" हनीफ़ का चेहरा देखकर हाथ बढ़ाती है।

"सब डराने-धमकाने की बातें हैं।" हनीफ़ उसकी उँगलियों में अपनी फँसाता है, "ज़्यादातर।" वह खड़ा हो जाता है, "मैं पार्क तक जाता हूँ। जल्दी लौट आऊँगा।"

"साथ जिएँगे, साथ मरेंगे!" श्रुति भी खड़ी है।

"तुम नहा लो।" हनीफ़ का स्वर दृढ़ है।

श्रुति बाथरूम की खिड़की से उसे सड़क पर जाते देखती है। सड़क पर अकेला साया।

'गिर जाए अचानक तो क्या करूँगी?'

'गिरा दे कोई...' वह भयभीत होकर देखती है, जैसे अभी किसी तरफ़ से कोई सड़क पर कूद आएगा।

'मैं यों ही देखती रह जाऊँगी।' वह अपने नंगे बदन की सोचती है, 'जब तक निकल पाऊँगी...!'

आजकल मेरा कलम झटके खाता है, जैसे बीमारी है या बिगड़ रहा है या स्याही बिगड़ रही है।

या बातें इसी टूटती झटकेदार लय में चल रही हैं !

"तो क्या मुसलमानों ने धर्मात्माजी का काम तमाम कर दिया?" यह सवाल शहर पूछने लगा था, जानते हुए भी कि सवाल ग़लत था, उस तोष से भीगी मुस्कान के लिए, जो सवाल के साथ आ जाती थी, जिसे पाने की ख्वाहिश में अनगिनत हाथों ने उमाह से इसी सवाल को लपक लिया, और लपककर पूछा, उसी मुस्कान के साथ, जिसने झूठ को पोसकर विश्वास बना दिया और सवाल को जवाब बना दिया।

लोग खूब भड़के।

सच्ची! हिंदुओं के मोहल्ले में देखा। लड़का पंद्रह-सोलह साल का रहा होगा। चीख रहा था "फ़ुटबॉल! फ़ुटबॉल! हिलोगे तो पिटोगे! रुकोगे तो डरोगे।" नाली में खून था और वह अपने घुटनों पर टेढ़े, गोलाकार पैर, नाली के आजू-बाजू दिए लष्टम-पष्टम दौड़ा आ रहा था, दौड़ा या उचक-उचक कूदता आ रहा था, और अपनी खोपड़ी पर गाय का कटा हुआ सींग-सहित सिर पकड़े हुए था! नकली सिर नहीं था। या फिर कहो कि खून भी नकली था

तो मान लूँगी।

महंत, जो अब नहीं रहे, सब कह रहे हैं, सच ही महात्मा थे। उन्हें मठ चलाना था, बढ़ाना था, सात समंदर पार तक उसकी तूती बुलवानी थी। सो, एक हद तक आग भड़काना आवश्यक था, मगर एक हद तक ही। आग तो आग होती है, सबको निगल जाने को लोलुप। 'सँभल के' वह कहते रहे, पर आग जो आग थी और जिसे तरह-तरह के लोगों ने लहकाना शुरू कर दिया था, उन्हीं पर मुड़ गई।

हमारे शहर के लोग थककर कहने लगे कि जितला जो दो मठ के भक्तों की पार्टी को, आने दो न उनकी सत्ता, तभी तो वह शांति लाएँगे, अपनी काबलियत का सबूत देने के लिए? तब शायद आग बुझ जाएगी।

हम इससे भी डर रहे थे। जान-माल की रक्षा की ज़िम्मेदारी हिटलर भी ले तो एक-एक करके सब न झुक जाएँगे? पर यहाँ जिस रंग में शहर को तराबोर करने का हठ था, उसमें तो गीदड़ों के भी तेवर बदलना चाह रहे थे। कोई संगीन तानकर कहे साँस मत लो, तो रुका जाए है क्या?

श्रुति हनीफ़ से अपने डर छिपाती है। वह खुद को निपट अकेला महसूस करती है। हनीफ़ कह तो गया है, वह कहाँ जा रहा है और कब आएगा, मगर इसका मन है कि अजीब तरह डराता है।

गंदे कपड़ों की टोकरी में से श्रुति, सर्फ़ में भिगोने के लिए कपड़े निकालने में जुट जाती है। हनीफ़ की कमीज़ बाहर को गिरी हुई है। उसे खींचती है तो हनीफ़ की महक आती है—उसके तन की गंध और उसके साबुन की खुशबू और पसीने की बास। थोड़े विक्षिप्त भाव से वह कमीज़ को घूरती है। फिर उसे पहन लेती है और बॉलकनी के सामनेवाले कमरे में चहलकदमी करने लगती है।

दद्दू बड़ी मुस्तैदी से कुछ लिख रहे हैं। नहीं, हिसाब-विसाब नहीं, न चिट्ठी-विट्ठी। सादे कागज़ पर।

दो वाक्य लिखकर दद्दू उन्हें काट देते हैं! काट भी किस मुस्तैदी से रहे हैं। पहले कलम दाहिनी दिशा में गोल-गोल, अनवरत लड़ी में बढ़ाते हैं, फिर उसी तरह बाईं तरफ़। इतने पर भी संतुष्ट नहीं हैं। अब ऊपर से नीचे लकीरें खींचते हैं, पास-पास, हर अक्षर पर। मैं सूरज की तरफ़ उठाकर पढ़ने की कोशिश करती हूँ। बस, एक शब्द समझ आ रहा है।

'है।'

मगर क्या 'है'?

"बधाई हो हेड साहब!" नंदन शरद के कमरे में पहुँच लेते हैं।

"क्यों बनाते हैं हेड साहब!" शरद हँसता है, "आपके रहते कोई और हेड नहीं हो सकता। कितना ही उसे हेड-हेड पुकारा जाए!"

"अरे तो मार दीजिए मुझे।" नंदन भी हँसते हैं।

"तब आपकी रूह कुर्सी पर बैठेगी!"

"फिर तो एक ही इलाज है। उस कुर्सी को ही तोड़ दीजिए!" दोनों ज़ोर से हँसते हैं।

"कमरा बदल दीजिए, जल्दी ही।" नंदन शरद की आलमारियों को देखते हैं। हेड के कमरे में इन्हें शिफ़्ट करा दें।...अच्छा!" बड़े प्यार से हाथ मिलाते हैं।

"थैंक्यू।" शरद भी खड़ा हो जाता है।

कमरे के बाहर छात्रों का एक झुंड है।

"जाइए-जाइए! आप सब मुबारकबाद कहिए।" नंदन कहते हुए निकल जाते हैं।

छात्र क्या, सारा डिपार्टमेंट एक के बाद एक हाज़िरी देता है!

हनीफ़ को दरवाज़े पर देखकर शरद खुद-ब-खुद कुर्सी खिसकाकर खड़ा हो जाता है।

"कौंग्रैट्स!" हनीफ़ धीमे से मुस्कराता है।

शरद की आँखें छलछला पड़ी हैं। वह हाथ बढ़ाकर मिलाता है और बिना छोड़े कहता है, "बैठो ना।"

"क्लास है।" हनीफ़ जाने लगता है। शरद खाँसने लगता है।

"सर, मिठाई बँटनी चाहिए।" छात्र इसरार कर रहे हैं।

"क्या बात करते हो?" शरद मना करता है, "शहर के यह हाल और मिठाई बँटेगी?"

छात्र निराश खड़े हैं, नंदन स्नेह से एक की पीठ थपथपाते हैं, "सब ठीक हो जाने दो। मिठाई फिर बार-बार बाँटेंगे।"

शरद को लगता है, 'यह वाक़ई खुश हैं। मैं हेड बन गया।'

'शायद जो नहीं बनने पाया, उसे दरकिनार कर पाने की विजय ने कुर्सी छूटने के ग़म को मिटा दिया! कुर्सी गई, पर ताक़त तो दिखा दी!'

हनीफ़ के स्कूटर को जाते देख शरद ऊपर आ गया है।

उसे बेवरली की बहुत याद आ रही है।

श्रुति के साथ बैठा है।

"क्या बात है?" श्रुति पूछती है।

" 'काश!" बेवरली पूछती,' शरद सोचता है। वह कहना चाहता है कि उसे बेवरली की याद आ रही है, पर उसके मुँह से निकलता है, "वह मेरे बचपन का दोस्त है।"

"हाँ।" श्रुति सिर हिलाती है।

"मुझे ही कन्नी काटता है।" शरद दुख से कहता है।

"ठीक हो जाएगा," श्रुति कहती है और सोचती है, 'हनीफ़ से ज़्यादा इससे बात कर पाऊँगी, खुलकर।'

"मैं हनीफ़ से ज़्यादा तुमसे बात कर पाऊँगी, खुलकर," श्रुति अपना हाथ बढ़ाती है।

"हाँ, जिससे जितनी दूर हो, उतना ही उससे खुला जा सकता है," शरद ने फीकी मुस्कान दी। उसे लगता है कि वह श्रुति से बिलकुल बात नहीं कर पाएगा, खुलकर।

"मैं हेड बन गया।" वह कहता है, 'जैसे जुल्म का इक़बाल किया,' वह मन ही मन सोचता है।

"अच्छा है।" श्रुति धीरे से कहती है।

"लोग, पता है क्या कह रहे हैं? कह रहे हैं कि गांधी को मुसलमान ने मारा!"

"लोगों को सच से वास्ता ही नहीं। वह किसी घाव पर झूठ की मरहम लगा रहे हैं। जिस बात से घाव को आराम मिले!"

"घाव किसने दिया?" शरद पूछता है। 'यह इसका क्या सबब निकालेगी?' वह घबरा जाता है।

"सॉरी, क्या बोले!" श्रुति किसी सोच में गुम थी।

शरद चुप है, अपने एकाकीपन में। उसे बेवरली याद आ रही है। श्रुति से वह बात नहीं करना चाहता। वह सोच रहा है कि कैसे उठा जाए?

श्रुति शरद को पास पाकर खुश है। वह उससे बात करना चाहती है, हनीफ़ के लौटने तक।

"क्या होगा शरद?" वह उम्मीद से पूछती है।

"कुछ नहीं हो सकता।" शरद मायूसी से कहता है।

श्रुति तड़क गयी है, "हो सकता है। जो कहीं भी, कभी भी शुरू हो सकता है, वह कहीं भी, कभी भी, बंद हो सकता है।"

"नहीं, हमारे रीएक्शन ही इतने कंडीशंड हो चुके हैं कि उस क़ौम को कुछ होता है तो हम चच्च्-चच्च् करने लगते हैं, बेचारे-बेचारे करते हैं और हमारी क़ौम पर होता है तो ताना कसते हैं, 'इन पर हो रहा है तो बड़ा बिलबिला रहे हैं'।" उर्मिला ने कहा है।

हनीफ़ इन बातों में शिरकत नहीं करता। उठकर चला गया है।

"यह बातें पहले होती थीं यहाँ?" शरद याद कर रहा है, "क्या है यहाँ जो 'ओपन' में आ गया है?"

हनीफ़ सीढ़ियों तक पहुँच गया है। शरद उसे देखकर खाँसने लगता है।

दगड़ू उसके लिए पानी लाया है। शरद रूमाल से नाक और मुँह पोंछ कर धीरे-धीरे बोलता है, "शायद, हम अपनी एंटी-मुस्लिम फ़ीलिंग को खुद से छिपाने के लिए मन में उनके प्रति अपराध-बोध और सहानुभूति भर लेते हैं, क्योंकि उन्हें बेचारा कहकर तो हम अपनी नज़र में साफ़ निष्पाप रहते हैं। पर हिंदू को पिटते देखकर जो वहशी बिलबिलाहट ऊपर आने देंगे तो खुद को ही नहीं फ़ेस कर पाएँगे! हमारे संभ्रांत वैल्यू-सिस्टम ने हमें हिपोक्रिट बना दिया है। क्या कह रहा हूँ मैं?"

"यही मैं पूछ रही हूँ।" उर्मिला कहती हैं।

"इसमें अपराध-बोध कैसा शरद?" छोटे जोश फ़रमाते हैं, "अपनी कम्युनिटी के लिए तो इंस्टिंक्टिवली ज़्यादा फ़ीलिंग होगी ही। हम कोई दूसरा नुमाइशी भाव क्यों ओढ़ें?"

"हमारी कम्युनिटी?" शरद अचानक बेहद कड़वी आवाज़ में कहता है,

"वह तो एक तीसरी जमात थी!"

दरवाज़े पर खट खट सुनकर श्रुति और हनीफ़ दोनों स्तब्ध हैं। इतनी रात गए!

'मत खोलो।' श्रुति कहना चाह रही है।

हनीफ़ ड्रैसिंग गाउन डाल रहा है।

शरद खड़ा है! "हनीफ़...श्रुति..." उसकी फँफाती-सी आवाज़ हो रही है। सिर बेतहाशा हिलाए जा रहा है। सीने पर हाथ रखकर गिरता-गिरता खड़ा है।

"क्या हुआ?" दोनों के चेहरों से हवाइयाँ उड़ रही हैं।

शरद से बोला नहीं जा रहा। हनीफ़ उसे अंदर खींच कर बिठाता है। श्रुति दरवाज़े की चटखनी लगाती है।

"नहीं...नहीं..." शरद टूटी-टूटी फुसफुसाहट में बोल पाया है, "यहाँ," वह सीना मलता है, "...इतना दर्द...साँस नहीं ले...पा रहा...।"

उसके हाथ ठंडे हैं, माथे पर पसीना चमक रहा है। श्रुति उसका सीना मलने लगती है। हनीफ़ दरवाज़े की तरफ़ मुड़ता है।

"कापड़िया को फ़ोन करो।"

"वही करने जा रहा हूँ।"

"नहीं...नहीं..." शरद बोलने की कोशिश करता है, "स्कूटर पर..."

हनीफ़ नीचे जा चुका है। श्रुति कहती है, "गाड़ी बेहतर होगी।"

अँधेरी रात में राख के ढूह के पास कुत्ता सोया पड़ा है। जीप डरावनी गति से रात को चीरती चली जा रही है।

कुछ वर्दियाने हुक्म। कुछ अस्पताली फ़ुर्ती। स्ट्रेचर के साथ वर्दी और हनीफ़ और श्रुति।

"सब क्लियर है।" डॉक्टर निकलते हैं।

"मैं...कह ही...रहा था।...ई...सी जी की...ज़रूरत...नहीं।" शरद बेहतर

लग रहा है।

"खाँसते-खाँसते यहाँ," डॉक्टर शरद के सीने की तरफ़ निगाह करके कहते हैं, "घाव हो गया है। ऐंटीबायोटिक का कोर्स करिए बस।"

फाटक से दिख जाता है—लैम्प जला है। दद्दू। पर चलिए, सब ठीक है। सुबह में देर है।

हनीफ़ टायर पर झुका है कि नंदन बगल से अपनी मोपैड पर निकल जाते हैं।

"साला।" हनीफ़ बुदबुदाता है।

नंदन यू-टर्न लेकर वापस आ जाते हैं। "क्या हो गया? पंक्चर लगता है?"

"जी।" हनीफ़ सिर हिलाता है।

नंदन मोपैड पर बैठे-बैठे, पैर नीचे टिकाए, इंजन चालू छोड़कर, देखते हैं, "ऐसा करिए," वह कहते हैं। "आप घर चलिए। बेटा, अभी ठीक करा देगा।"

"आप क्यों ज़हमत उठाते हैं?" हनीफ़ झिझकता है।

"ज़हमत किस बात की? चलिए। पीछे बैठ जाइए। यहीं तो घर है। हमारे घर तो चल सकते हैं न?" नंदन हँसते हैं।

"कॉफ़ी पिएँगे।"

"कॉफ़ी पीने में मुझे कोई गुरेज़ नहीं, पर..." हनीफ़ संकोचवश खड़ा है।

"आइए।" नंदन इशारा करते हैं।

लॉन में बैठकर कॉफ़ी पी रहे हैं।

"बागवानी का भी शौक है, लगता ऐसा है।" हनीफ़ तारीफ़ के लहजे में कहता है।

"इन्हें नहीं, मुझे।" श्रीमती नंदन शिकायत करती हैं। "इनसे कहो कि ज़रा देख लीजिए आप भी तो बस नल में पाइप खोंसकर पानी लगा देते हैं!"

चारों ओर खुशनुमा फूलों की बहार है। हरी घास पर लाल कुर्सियाँ अलग फब रही हैं। धूप में कॉफ़ी पीते हुए हनीफ़ को अच्छा लग रहा है।

'यह मिसेज़ का बेबी है!' वह मन ही मन मुस्काता है।

"इसे छोड़ने का मुझे बहुत रंज रहेगा।" श्रीमती अफ़सोस प्रकट कर रही हैं।

"क्यों छोड़ेंगी?" हनीफ़ पूछता है, पर फ़ौरन ही उसे याद आता है कि

अब हेड बदल चुका है। 'तो क्या शरद,' वह सोचता है। "श्रुति को यहाँ अच्छा लगता।" यह भी उसके दिमाग में आ गया है।

"रिटायरमेंट ड्यू है भई।" नंदन कहते हैं, "छोड़ना तो पड़ेगा ही। थक चुका हूँ, डॉक्टर साब। शायद अर्ली रिटायरमेंट ले लूँ। अब आप लोग सँभालिए।"

हनीफ़ को फिर कोई किस्सा सूझा है, जो वह कह नहीं रहा। कोई और समय होता तो शरद को सुनाता। उसके मन के पटल पर दोनों मित्रों की काल्पनिक हँसी फैलती है।

शहर का हाल तो बस यही है कि तपता है, लपटता है और फिर ठंडा हो जाता है।

"अमरूद!" श्रुति सूँघते हुए कहती है।

"मैं खा रहा हूँ दीदी।" ननकऊ रसोई से पुकारता है।

"लाओ लाओ, इसके लिए भी लाओ।" दद्दू कुहकते हैं।

ननकऊ लाल चित्ती वाले दो हरे और दो पीले अमरूद लाकर रख देता है, "अभी-अभी धोए हैं।"

श्रुति तो दाँतों से काटती है, दद्दू छुरी आज़माते हैं और अमरूद की महक फैल जाती है।

"क्या है?" श्रुति बाहर निकल आई है, जहाँ शरद मधुमालती के पास खड़ा अंदर देख रहा है।

"यही है।" शरद अजीब नाकामी के भाव से कहता है। वह खूब थका-थका लगता रहता है।

अंदर हनीफ़ बैठा है।

"आ जाओ न।" श्रुति बुलाती है।

"नहीं, जाने दो।" शरद जवाब देता है। वह फूलों की लतर को निर्निमेष ताक रहा है।

"उससे कतराते क्यों हो?" श्रुति उसे अंदर चलने के लिए उकसाने के तात्पर्य से तनतनाती है।

"मैं उसी के लिहाज़ में नहीं जाता।" दरवाज़े के पार उसकी नज़र हनीफ़ से मिल जाती है। शरद सिटपिटा जाता है, "तुम चलो। बरामदे की बत्ती बुझा दो।"

श्रुति दरवाज़ा खोलती है तो दद्दू के प्लेयर से संगीत की तरंग उठती है। शरद अँधेरे में खिसक लेता है।

'उसके लिहाज़ में मैं तबाह हो रहा हूँ।' शरद बड़बड़ करता है। 'वह बेबी तो नहीं कि इतना सँभलकर पेश आऊँ? लेट हिम फ़ेस हिज़ एज।'

शरद थकन महसूस कर रहा है, 'ऐंटीबायौटिक क्या पटक के रख देती हैं।'

श्रुति फिर निकल आई है—"दद्दू कह रहे हैं फिर ठंड न खाओ, भीतर आओ।"

"वह बोलता क्यों नहीं?" शरद बेबस पूछता है, "सब शिक्षित, सेक्युलर मुसलमान चुप हो जाते हैं।"

श्रुति हैरत से देखती है कि इसे क्या हो रहा है? "उसके इंडिविजुअल स्वभाव को पूरी क़ौम का स्वभाव मत बनाओ।"

"पूरी क़ौम यही कर रही है। चिड़चिड़ा रही है, अंदर ही अंदर बिलबिला रही है, कुंठित होकर छिपकर हमले कर रही है।"

"सबको एक में मत मिलाओ।" श्रुति अचानक थकन महसूस करती है। वही-वही बातें, बस कहनेवाले बदल रहे हैं।

"बार-बार हम यही कह देते हैं, इंडिविजुअल अलग है," श्रुति से डरकर शरद मुँह लटका देता है, "मैं बहुत उलझ गया हूँ। जिस दिन मैं एक मुसलमान को उसी नफ़रत से फ़ैनेटिक बास्टर्ड कह पाऊँगा, जिससे हिंदू को कह सकता हूँ, उस दिन मानूँगा कि मैं दोनों को एक नज़र से देखता हूँ...।"

श्रुति हाथ बढ़ाकर मधुमालती की डाल पकड़ती है। वहाँ धूल भरी है। वह हाथ हटा लेती है।

'हाँ हाँ', शरद वेग से सिर हिलाता है, "एक सिगरेट पीकर आता हूँ।" वह माचिस जलाता है।

"सिगरेट मत पिओ।" श्रुति सख़्ती से कहती है और चली जाती है।

'सिनिस्टर सिनिस्टर।' शरद का सोच रिकार्ड की तरह घूम रहा है, 'हम जज़बाती, मध्यवर्गीय, शिक्षित, संभ्रांत, सैक्युलर बास्टर्ड! एक पलक में अपराधबोध से सिर झुकाते हैं, अगले पलक में विषैला सिर उठाते हैं।'

वह गुस्से से हनीफ़ को घूरता है, जो रोशनी में है और उसे नहीं देख

सकता। 'डरपोक, बोलेगा नहीं, कोई क्रिटिसिज़्म नहीं सुनेगा। जैसे कि मुसलमान खुश नहीं कि बम गिरे, कि डरा दिया...'

एकदम से शरद के भीतर हिंसा की इच्छा आई है। 'कौन कहता है कि वे कमज़ोर हैं? शाही ठाठ से पाकिस्तान में रहते हैं, यहाँ बम गिराकर।'

और जैसे कि कोई उससे कह रहा हो, 'तुम ग़लत कह रहे हो' वह बुदबुदाने लगता है, "नहीं, मैं नहीं ग़लत, यह सच है।"

सच, अँधेरे में भी उसकी आँखों में हिंसा की ज्वाला है। 'डरा के इतरा रहे हैं,' वह हनीफ़ को घूरे जाता है। वह खुद नहीं दिख पा रहा, इस बात से उसे बल मिल रहा है।

'साले,' वह हनीफ़ को एकटक देखता मुस्कराता है।

उसे लगता है कि इस दम वह कुछ भी कर सकता है, यहाँ दंगा छिड़े तो पता नहीं, क्या नहीं कर दिखाएगा। गुस्सा, दर्द, थकावट, बेवकूफ़ी, उस पर नशे की लहरों की तरह आ-जा रहे हैं।

वह अपनी सिगरेट फेंकनेवाला है, फिर कुछ सोच मधुमालती की तरफ़ बढ़ाता है, फिर कुछ सोचकर फेंक देता है और जेब से फ़ोल्डिंग चाकू निकाल लेता है और उसे खोलकर डाली पर खुट खुट कठफोड़वा की तरह मारने लगता है।

वहशी पागलपन अँधेरी रात में भी उसकी आँखों से चू रहा है।

यही था।

इनसान कहाँ बचे थे उस माहौल में। इनसान नहीं, प्रतीक बन चुके थे सब, एक न एक मुहिम के, और उनका मरना-जीना कुछ नहीं, बस उस मुहिम का मरना और जीना रह गया था।

नगाड़ों के शोर से आसमान गूँज रहा है, बैंगनी हो गया है। आगे-आगे देवी के कट-आउट और प्रतिमाएँ हैं। एक काला भुजंग आदमी, कोयले से पुता बदन, चेहरे पर नकली लाल ज़बान झुलाता, छोटी-सी पीली छाल कमर पर बाँधे, लाल दहकती आँखों वाला, पिनक में आगे-आगे कूदता, नाचता, चला आ रहा है।

पीछे भीड़ है, गेरुए वस्त्रों में संत और तिलकधारी, माथे पर गेरुआ पट्टा

बाँधे युवक, गृहस्थ लोग, हाथ जोड़े देवी की स्तुति गाते, झाँझ बजाते।

'गौरा भवभामिनी...' भजन-कीर्तन बढ़ रहा है।

फाटक पर एक स्वामिनी गेरुआ पताका खोंसकर बढ़ जाती है।

'रिपु दल संहारिनी...'

अचानक गेट को जैसे फाड़ते हुए शरद बाहर निकल आया है, "हैवानो", वह चिल्लाता है। खुँसे पताके को तोड़कर भीड़ की तरफ़ फेंकता है, "हमारे घर के आगे अपनी हैवानियत का नाच मत करो, गेट आउट..." कुछ युवक मुड़े हैं।

"चौऽऽप!" वह चिल्लाता है।

हनीफ़ दौड़ता हुआ आया है, शरद को खींचता है, डाँटता है, "चुप। चुप। अंदर चलो।"

हनीफ़ उसे खींच रहा है और वह मुड़-मुड़कर चिल्ला रहा है, "काली करतूतों वाले...तुम हिंदू नहीं हो...तुम किसी धर्म के नहीं हो...तुम मानवजाति पर कलंक हो..."

"तुम्हारा दिमाग फिर गया है?" हनीफ़ उसे ज़बरदस्ती ऊपर ले जाता है।

अंदर, भयभीत, श्रुति खड़ी है।

दद्दू सामने के कमरे में नहीं हैं।

दद्दू को देखकर पता नहीं चलता कि उन्हें क्या-क्या पता है। वे कह रहे हैं "...और नासमझी भरा कदम उठाया। नारे बुलंद करने की बात ही नहीं है। मनोरंजन रुपए-आने या पाई में आँका जाएगा? ज़ाहिर है, तुम कोई तर्कसम्मत जवाब नहीं दे सकते।"

फिर भी हनीफ़ चाय अकसर अपने ऑफ़िस में ले आता है और अकेले बैठकर पीता है। दरीचों में छिपे कबूतरों की गुटरगूँ आलस्य का समाँ बना रही है। जो आवाज़ें आ रही हैं, अधिकतर छात्रों की हैं। वही। काहिली भरी बातें। उनकी पड़ताल की मेहनत हम करेंगे कभी? हनीफ़ ऊँघता हुआ सोचता है, सुनता है।

'उनके संवैधानिक कानून...शरीयत....सड़क पर मज़ार...ताज़िया निकालना

है तो पेड़ कटाना...मज़हब मज़हब...जहाँ देखो, वहाँ अकड़...सब हो गए हैं उनके खिलाफ़...'

शरद की आवाज़ आती है, पर दूर। संतुलित स्वर ही पता चलते हैं।

"सब एलियनेट हो गए हैं! वो पागल कि हम, जो अकेले हवा से बात करते कुछ सैक्युलर-सैक्युलर कर रहे हैं?" कोई छात्र ज़्यादा जोश में है! फिर शरद कुछ कहता है।

"एक भी मुसलमान नहीं बोलता है। खोमेणी, शाह बानो, किसी इशू पर। जितना पढ़ा-लिखा होता है, उतना पंगु।" छात्र चीखा है।

हनीफ़ उनके बीच चला आता है। छात्र ने माथे पर केसरिया पट्टा बाँध रखा है।

हनीफ़ शरद की तरफ़ देखता है और ज़ोर से बोलता है, "हमने हमेशा कहा कि हम एक तीसरी जमात हैं, जिसमें तरह-तरह के मतों वाले शामिल हैं। खोमेणी, शाह बानो, वगैरह पर जिन लोगों ने बगावत की आवाज़ उठाई है, उनमें मुसलमान भी हैं। क्यों तुम," वह केसरिया पट्टे वाले छात्र से नज़रें मिलाता है, "सिर्फ़ मुसलमानों को एकदम अलग तलाश रहे हो?"

"आप तो मुसलमानों की तरफ़दारी करेंगे ही!" छात्र बदतमीज़ हो गया है, "हिंदुओं के खिलाफ़..."

"एक क़ौम की तरफ़दारी में अनिवार्यतः दूसरी की मुखालफ़त नहीं है।" हनीफ़ बहुत दिनों बाद कुछ बोल रहा है। आसपास से और छात्र व टीचर सरक आते हैं और सुनने लगते हैं।

"आप धर्म..."

"जो धर्म गैर इनसाफ़ी करे, उसे ही मैं नकारता हूँ..."

"हनीफ़ रहने दो।" शरद धीमे-से कहता है।

"बोलने दो मुझे शरद।" हनीफ़ ऊँची आवाज़ में कहता है। वह बोल रहा है और पट्टे पहने छात्र गुस्से से खड़े हैं।

ऐसी बातें यह पहले भी बोले हैं, पर उधरवालों के बारे में। 'वहाँ' यहाँ पहुँच ही गया लगता है!

माहौल टेढ़ा है। स्याही वाले को ही लें। मेरी बदौलत उसकी रोज़ी में बरकत है, पर वह मुझे ही डरा रहा है!

आख़िर जो सारा दूर था, दूसरों का था, हमारा हो गया है, इनका निजी क़िस्सा।

धूल तो वही है न दोनों जगह, चाहे उधर उड़े या हमारी आँखों में भरे या हमारी लतर की डालियों पर जमे? और वह सदियों से फूलती लाशों की सड़ाँध, हवा तो एक ही है न, जिसमें वह बहेगी?

पर हम इसके लिए कतई तैयार नहीं थे कि अपनी खाल खरोंचें तो वही महक यहाँ नीचे से उठे...

"जै जगदम्बे।"

रंग उड़ाते, टैम्पो में लदे, केसरी पट्टे माथे पर बाँधे युवक, घर के सामने से निकलते हैं तो टैम्पो धीमा होने लगता है और एक युवक उतरकर गेरुआ पताका फाटक पर खोंसता वापस अपने साथियों के पास कूदकर चढ़ जाता है।

"अरे, यह तो वही है!" श्रुति बॉलकनी से पहचानती है, "जिसको तुमने लताड़ा था।"

"नहीं।" शरद उसे पीछे खींच लेता है, "यह वह है, जो डिपार्टमेंट में हनीफ़ को उस दिन घूर रहा था।"

जो रंग उड़े हैं, उनकी बास आती है।

सब अकेले-अकेले लग रहे हैं।

न उन पर भरोसा है, न अपने आप पर, मगर उतारती जा रही हूँ। वे तो फ़ुटबॉल हो रहे हैं—उनकी मंशाएँ, उनके इरादे, उनकी कहनी, कभी इस खेमे, कभी उस खेमे, लुढ़क-लुढ़क!

नाखुश होकर नन्दन शरद से कहते हैं कि परेशानियों के वक़्त आपके दोस्त डिपार्टमेंट को देखिए छोड़ चले। हनीफ़ 'सेबैटिकल' पर जा रहा है।

"साथ जूझना चाहिए कि छोड़छाड़कर पेरिस-रोम निकल जाना चाहिए?"

नन्दू हनीफ़ को ग़ैर-ज़िम्मेदार ठहरा रहे हैं।

शरद अपनी रौ में है, सिर उदासी से हिलाता है, "भाग खड़ा हुआ।"

तो नन्दू खुशी से सिर हाँ में हिलाते हुए जेब से डिबिया निकालकर सुगंधित सुपारी बढ़ाते हैं, "सीधे लाहौर से आई है।"

ताक धिन धिन धिन! दद्दू का सिर! इसी लय में तब से चल रहा है, "अरे बच्चे, इनसान का दिमाग़ है, तुम उससे पार कहाँ पाओगे!" ताक धिन धिन धिन।

"ये सब इनसानों के खेल हैं।"

हीटर जला है, तब भी दद्दू अंदर से ले आए हैं। सांगानेरी प्रिंट की दुलाई और उसे लपेटकर दीवान पर ऐसे बैठे हैं कि तम्बू है, जिस पर ताक धिन धिन धिन सिर है।

कनटोप भी पहने हैं, आँखें थिरक रही हैं, सिर मचक रहा है, दरवाज़े के बाहर शीतलहर है, आवाज़ गंभीर है।

"अब उन्हें साथ जूझने का खयाल आ रहा है! क्यों नहीं? जब वह जा रहा है तो उसे आना चाहिए, रह रहा था, तब जाना चाहिए! क्या कर लोगी, हैं?"

श्रुति क्या कर लेगी? शायद ही कुछ। वह जिस आलम में है, इतना ही कर सकती हैं कि जितनी बार सांगानेरी तम्बू गिलास पर झुकता है, वह जल्दी से एक उबासी लेती है और आँखें कस-कसके झपकाती है कि खुल जाएँ।

"कुछ न कुछ तो करते रहना है न उन्हें? यह ज़रूरत तो सबकी है, सिर्फ़ मेरी तुम्हारी नहीं। बोलते रहो, हिलते रहो, हम ज़िंदा हैं इस एहसास को जगाते रहो।"

रज़ाई थिर है, पर उसके अंदर दद्दू पूरे के पूरे लहराते होंगे, जिसकी लय उनके ताक धिन धिन धिन सिर से निकल रही है, जो श्रुति में अजीब-सी मदहोशी भर रही है।

"सब साथ एक ही तरफ़ खड़े हो जाएँ तो फिर क्या बोलेंगे और फिर अपने जीने का यकीन कहाँ से लाएँगे? हम सब सहमत तो सहमति में सिर ही तो हिलाते रहेंगे? वह भी ज़रूरी नहीं! अरे, बहुत डराती है सहमति, मशीन बनाती है। और असहमति इनसान! इसलिए, इसीलिए, तुम उधर तो मुझे इधर ही होना पड़ेगा। तुम इधर आईं तो मैं झट से उधर जाऊँगा।

तुम्हें कुछ खरीखोटी सुनाऊँगा, तुम्हारी बात का मुक़ाबला करूँगा, तब न ज़ोरों की हरकत होगी, तब न विश्वास होगा कि भई हम हैं और ज़िंदा भी हैं?"

श्रुति नींद के झोंकों में ज़िंदा है! आँखें मुँदती जा रही हैं, दद्दू की आवाज़ दद्दू की उँगली बनकर उस तक आ रही है, जिसे वह थाम लेती है और सैर पर निकल जाती है, जिधर ले जाओ दद्दू!

"लोग..." दद्दू कह रहे हैं, "जो वे चिल्ला रहे हैं, उससे कहीं ज्यादा हैं और..." वे कहते जा रहे हैं, "उससे कहीं कम भी तो..." श्रुति सुनती है, "डरोगे या भरोसा करोगे?" दद्दू सवाल कर देते हैं।

उनकी उँगली दिलासा बनकर श्रुति की नींद में भर रही है यानी उनकी आवाज़, श्रुति की 'सैर' में!

"मैं तो कहता हूँ, न डरो, न भरोसे में पड़ो। मैं कहता हूँ, देखो ही नहीं उधर। वहाँ कुछ नहीं है। सिर्फ़ हवा है।" दद्दू की आवाज़ रुपहली है।

श्रुति को चाँदनी रात का रेगिस्तान दिख रहा है। बड़े-बड़े रुपहले ढूह। चाँद और हवा, जो बालू की चमकती कनियों को जैसे उँगलियों के बीच से बरसा रहे हैं।

"जो हो रहा है, कुछ नहीं, हवा है। डिपार्टमेंट में, शहर में। जो तुम लोग विचलित होकर इस गली उस गली चक्कर काटते बोल रहे हो, वह भी कुछ नहीं है, सिवाय हवा के। हवा की बातें हवा तक पहुँचतीं!"

हवा का स्वर। रेगिस्तान की ठंडी रेत पर धीमी सरसराती हवा। दूर घंटियाँ बज रही हैं। रेगिस्तान में घंटियाँ बज रही हैं।

"एक बोलता है, दूसरा सुनता है और दोनों समझते हैं कि उनके बीच असल है! उनके बीच बस हवा है।"

किसी जादूगर की तरह लिहाफ़ के तंबू पर टिका दद्दू का सिर ताक धिन धिन धिन हवा फैला रहा है। हवा, हवा, हवा!

उनकी आवाज़ श्रुति पर लहर-लहर लहराती आ रही है। अब समंदर है, जिसकी लहरें हैं, जो हवा है, जो आ रही है, उस पर छा रही है, लौट जा रही है, उसकी जेब में रेत भरकर।

"समंदर है बेटा..." दद्दू कह रहे हैं। "उसका अहंकार तो देखो। चट्टान से गरजकर कहता है, बड़े आए चट्टान कहीं के, सोचते हो कि अटल हो, हिलोगे नहीं? हम हिलाएँगे तुम्हें, तोड़ देंगे, चूरा करके अपने में समो लेंगे, तुम्हें रेत बना देंगे!"

ताक धिन धिन धिन!

"दोनों का अहंकार झूठा है। सिर्फ़ हवा है, जो सागर को उफान रही

है और चट्टान को पटक रही है। हवा, जो यहाँ टकराती है, फिर वहाँ।"

'दद्दू आप फिर कहानी पर कहानी बना रहे हैं' श्रुति सोचती है उसने कहा। उसकी अधखुली पलकों में ख़्वाब हैं।

"तुम लोग सोच रहे हो बड़ा ज़बरदस्त मंथन चल रहा है, सब अपने सोच परख रहे हैं, सदियों की तहें पलट रहे हैं। यह हम कर ही नहीं सकते। मंथन यहाँ..."

रज़ाई से हाथ उग आता है और दद्दू के सिर को बजाता है, कनपटी ठोंककर।

"...है ही नहीं। कहीं वहाँ..."

फिर हाथ फूटता है और बाहर, दूर के आसमान को इंगित करता है।

"...है और वहाँ हवा है।"

हाथ ग़ायब हो चुका है।

"वही हवा हममें से फूटती है, तो हम समझते हैं, हमने सोचा, हमने कहा, हमने बनाया। हमारा घमंड तो देखो, जो हमें लगता है कि हम गरजे और तुम टूटे! हवा का खेल है यह सब। वह आती है। फिर चुक जाती है। एक बार हमें गिरा जाती है, दूसरी बार हमें उठा लेती है। और हम सोचते हैं..."

ताक धिन धिन धिन!

"...हमारा सोच विकसित हुआ, हममें जीने की ताक़त बढ़ गई!"

ताक धिन धिन धिन ताक।

जादूगर ने मुट्ठियाँ बंद कीं, फूँका 'छू मंतर' और हॉल में हवा, हवा, हवा बहने लगी।

बस, दद्दू कभी न थमने के मूड में हैं!

श्रुति को बड़ी-बड़ी घास दिखने लगी है। सारी धरती पर उगी। हवा से झुकती चली जाती है और उसमें भी नृत्य है।

"तुम जिस शहर से ड़र रहे हो, वह कुछ नहीं है। उसकी वह अँधेरी गलियाँ, उसके वे चीखते लोग, उसकी सारी भूलभुलैया कुछ असल नहीं है।"

घास ऊँची हो रही है। सरसराहट नाद में बदल रही है। श्रुति के तसव्वुर में जंगल उग रहा है, जो घनाता जा रहा है, जिसकी टहनियाँ एक दूसरे में फँस गई हैं, जिसकी डगालें उलझकर हवा को रोक रही हैं।

वह 'पक्क' से आँखें खोल देती है।

सामने दद्दू बैठे हैं हीटर के ताप में सुर्ख और झिलमिल-झिलमिल।

"जो रिअल नहीं, उससे डरना क्या? यह सब फ़ंतासी है। यह आदमख़ोर लोग, जो शहर में फैले हैं, रिअल नहीं हैं। इनकी नफ़रत रिअल नहीं है।

यह सिर्फ़ अपने जीवित होने का यक़ीन पाने की चाह है। इन्हें अपना खालीपन भरना है, इन्हें अपने निर्जीव होने के भय को हिल-हिलकर दूर भगाना है। बस, हवा उड़ रही है, ये तो झूठे ही ललक रहे हैं।"

डगालों के बीच हवा लोप हो गई है। डगालें श्रुति को घेर रही हैं, उसी में घुस रही हैं, उसी में उग रहा है वह जंगल, जो घनाता जा रहा है, जो शहर है, जो ढँढार है, जहाँ हवा नहीं पहुँच पा रही, साँसें रुक रही हैं।

झटके से श्रुति उठ बैठी है। वह पूरी तरह होश में आ गई है। सजग कानों से दद्दू को सुनने लगती है।

"हम और तुम रोज़मर्रा के स्तर पर छिड़े हादसों से डर रहे हैं, जो फंतासी है, असल नहीं। इन्हें करनेवाले असल में इन्हें कर ही नहीं रहे। हवा उठापटक में लगी है!"

श्रुति सुनती है।

"असल तो बस तलाश है, वही चिरंतन तलाश, वही हवा की साँय-साँय में गूँजती तलाश।"

तम्बू में लहर है, सर्र-सर्र है।

"भूल जाओ सब कुछ।" जादूगर कहता है, "भीषण असल तो बस वही तलाश है। बाक़ी सब आएगा और जाएगा। ऐसा ही होता है। यह वहशी हिंसा, यह पगलाई शांति का स्वरूप, और हम सब, अपने-अपने अहं को पोसते।"

'अरे, मैं तो सपना देख रही थी।' श्रुति मन ही मन चौंकती है, 'मैं देख रही थी कि दद्दू मुझे उँगली पकड़कर चला रहे थे और हम डरावने घुमावदार पहाड़ी रास्तों से होकर अचानक आसमान के बिलकुल पास पहुँच गए, जहाँ सफ़ेद चोटियाँ बादलों को छू रही थीं। और चोटियों के नीचे हमारे कदमों के पास एक ताल था। बेहद नीला। उसमें से भाप उड़ रही थी। दद्दू ने हाथ के इशारे से नीले को चादर की तरह हटाया और वहाँ हरी, बेहद हरी चादर बिछ गई। कमाल है और मैंने सोचा कि क्या नाम है इसका? और मैंने सोचा : 'वोल्गा' !'

कमाल है, मैं भी तो उसके ख्वाब कॉपी कर रही हूँ। यह कहाँ देखा उसने? भूल गई जो देखा? या क्या मैं...?

फंतासी में फंतासी!

दद्दू अलग कहानी बनाए जा रहे हैं।

"असल और अटल तलाश। बाक़ी उसी तलाश की फंतासी हैं। जब इनसान आदमखोर हो जाता है तो वह खून में वही तलाशता है। वहीं उसे अपना मक़सद, अपना रास्ता, अपना होना नज़र आता है। वह उसी में पगलाता

है।"

मैं क्या कॉपी कर रही हूँ?

"जब शांति का नशा चढ़ता है तो वह भी बुखार की तरह। जो दौर होगा, उसी में मदांध होकर नाचेगा। हवा नचाएगी।"

दीवान ज़मीन पर ही ज़रा-सा उठ गया है। उसके पायों के नीचे हवा घुस रही है।

"यह खालीपन है, विरक्ति है, उसे भरने की वह आध्यात्मिक प्यास है, जो हमसे, किसी को भी भगवान बनवाकर, उसमें पागल भक्ति करवाती है, पागल प्यार करवाती है।"

दद्दू की आँखों में कनियाँ भरी हैं, जो सुनहली लौ में चमक रही हैं।

"हममें से कोई रिअल नहीं है, यहाँ कुछ असल नहीं है, हर तरफ़ फैले खालीपन को चाहे पशुता से भरो, चाहे प्रेम से, दोनों भ्रम हैं, सिर्फ़ हवा।"

सच्ची, दीवान को हवा ने उठाया है!

"हम डरते हैं, कुछ न होने से। तब हम चाहते हैं, कुछ भी हमें 'पोज़ैस' कर ले, हमें अपने में घोल ले, डुबा ले, सराबोर कर ले, ताकि हम भूल जाएँ, हम कुछ नहीं, उस रमने में समझे हम हैं, उसके रंग में डूबकर समझें यह हमारा रंग है, हमारे होने का सबूत है।"

हल्के-हल्के डोल रहा है दीवान। पहले उसके पाए उठे। फिर वह हवा में डोलने लगा, जैसे पानी पर तैरता जहाज़ हो!

"धड़कन कहीं और है और हम समझ रहे हैं कि हमारी है। मतलबहीनता को नाम दे दिया और सोचा कि मतलब मिल गया। एक नित्यक्रम बनाकर कुछ ठोस पकड़ना चाह रहे हो। क्या पकड़ोगे मगर? हवा?"

दद्दू की बस आँखें हैं और अचानक हँसी फैलती जाती है।

"हम जी नहीं रहे, हम सोच रहे हैं कि हम जी रहे हैं। अहंकार छोड़ो। किस बात का अहंकार करोगे? हम बस अपनी कल्पना में जी रहे हैं।"

रात के सन्नाटे में उनकी हँसी पर वीरान, एक टेर, घुमड़ने लगी है।

दद्दू हँस रहे हैं। हवा में एक सदा फैली है। दूर तक चली जा रही है। बाहर की अँधेरी सड़कों पर। गूँज की तरह फिर लौटने के लिए।

फाटक से मोटरबाइक का शोर आ रहा है। कोई और भी शोर आया है।

"कौन?" श्रुति दरवाज़ा खोलकर बाहर बरामदे में आ गई है।

तिलक लगाए, पट्टा बाँधे जवानों की टोली है।

"कहाँ है वह हरामी पिल्ला?" मोटरबाइक के शोर के ऊपर चिल्लाहट आती है।

"निकालो उसे बाहर, हमारा टीचर कहलाने वाला।" दूसरा लड़का लेटर बॉक्स पर पताका खोंसकर शेख़ी से खड़ा है। उसके हाथ में एक लिफ़ाफ़ा है। "यह देना है उसे।"

"गेट आउट।" दद्दू बरामदे से नीचे उतर आए हैं, "गेट आउट।" वह आगे बढ़कर पताका के दो टुकड़े करते हैं।

"ऐऽऽऽ।" बहुत-से लड़के बोले हैं।

अचानक मोटरबाइक का शोर बंद हो जाता है और फाटक खोलकर युवक अंदर आ जाते हैं।

"क्या है?" श्रुति डरकर दद्दू के आगे खड़ी हो गई है।

"उसे नंगा करके, मुँह काला करके, गधे पर उल्टा बिठाकर पूरे शहर में घुमाएँगे।" जो युवक कहता है, उसका एक-एक शब्द अपने बलवान होने की प्रतीति से भरा है।

"थू।" कोई पान की पीक वहीं पैरों के पास थूकता है और शोहदे अंदाज़ से श्रुति का हाथ पकड़कर उसमें वह लिफ़ाफ़ा ठूँस देता है।

"बदमाश।" श्रुति चिल्लाकर धक्का देती है।

हाथ बढ़ते हैं।

"चौ...ऽ...प।" दद्दू की आवाज़ है।

"बुड्ढे!" लड़कों की आवाज़ है।

फिर...।

एक बवंडर...।

युवकों ने श्रुति की बाँह झटककर दद्दू को पकड़ लिया है। दद्दू की आवाज़ नहीं, चीख है जो हमने कभी नहीं सुनी है।

एक लड़के ने दद्दू का बाजू जकड़ लिया है, "कहाँ छिपा रखा है उसे?"

"मारो! मारो!" दद्दू की आँखों में खून है। जिनके कोई भगवान नहीं, वह और क्या कर सकते हैं—"अपने शिक्षक को मार ही तो सकते हैं? क्या बचता है अब..."

यह फटते शब्द, यह लीर-लीर आवाज़, दद्दू की नहीं हो सकती। दद्दू ऐसे नहीं बोलते। दद्दू...

वही बोल रहे हैं! चीख रहे हैं।

"भेनचोद...चूहे...नामुराद नामाकूल हर्रामज़ादो...भोसड़ी के..."

दद्दू के शब्द नहीं हैं यह।

"बेशर्मो कुँजड़ो...मारो मारो...पहले मुझे मारो...मैं हूँ न...बदकारो, गीदड़ो ...हिजड़ो..."

दहाड़ के साथ भीड़ उन पर टूट पड़ी है। उन्हें दबोचकर उछाला है।

दद्दू हवा में कमान से छूटे तीर की तरह कुछ दूर तक सर्र से उड़ते चले गए हैं और मधुमालती की बेल में उलझकर, उसे साथ खींचते, ज़ोर का शब्द करते, धूल में जा अटे हैं!

गुलाबी मसूढ़ों पर दाँत की कतार अलग छिटकी पड़ी है और...

सिर्फ़ मैंने देखा था श्रुति को उन बच्चों के पैरों पर गिरके भीख माँगते हुए। इंजनों के कान-फाड़ शोर के साथ लड़के ग़ायब हो गए थे। एकदम सन्नाटा छा गया था।

दद्दू मुँह के बल गिरे पड़े थे। उनकी धोती जाँघों के ऊपर तक उलट गई थी और उनकी पतली नंगी टाँगें बेइज़्ज़त होकर धूल में पड़ी थीं।

एकदम से वे उठे और श्रुति के हाथ को अलग धक्का देकर हवा की-सी तेज़ी से अंदर चले गए।

उनके चेहरे पर, कपड़ों पर धूल पुती थी।

उनके 'डेंचर' के गुलाबी मसूढ़े घिनौना मांस का लोथ लग रहे थे, मधुमालती के नीचे गिरे पड़े।

वहीं मेरा कलम भी छूटकर जा गिरा था।

श्रुति ने 'डेंचर' उठाए. अंदर गई और उन्हें धोकर पोंछकर दद्दू के पास गई।

दद्दू ने कपड़े बदल डाले थे। मुँह धो चुके थे। पीठ करके पलंग पर लेट गए थे।

श्रुति 'डेंचर' रखके वहीं खड़ी है, उनकी पीठ को देख रही है। वह खड़ी रही, देखती रही। कुछ नहीं हुआ।

'डेंचर' वहीं पड़े हैं।

दद्दू चुप हो गए थे। उनके खड़े और गिरे के पल में सारी दुनिया एक बार घूम गई और सब कुछ उलट गया।

दद्दू ने मुँह बंद कर लिया।

मेरे हाथ से कलम गिर गया था। जब श्रुति ने मसूढ़े उठाए, मैंने कलम उठाया, पर लिख नहीं पा रही थी।

फ़ंतासी! दद्दू ने तो कह दिया। फ़ंतासी कैसे उतारें? किस आकार में पेश करें? यह सारा मसला, असल-फ़ंतासी, आकार के बाहर छिटक रहा है। आकार पाते-पाते स्याही बाहर फैल जा रही है, सूरत-शक्ल सब इधर-उधर, आकार-बेआकार।

दद्दू की चुप्पी मुझमें उतर गई है।

मुझे भी पता चल गया था कि वे अब कभी नहीं बोलेंगे।

बस, हम सब घबरा गए थे पौरुष और धर्म के नए-नए हथकण्डों पर, बहुत पहले से।

हालाँकि दद्दू को गिरते और किसी ने नहीं देखा था—श्रुति और मेरे सिवा।

खुद दद्दू को नहीं पता कि क्या हुआ?

जब वे गिरे तो श्रुति का दिल टूट गया। उनकी ग़ैरत का माप था सीधे सतर चलना और वैसे गिरना जैसे वे गिरे तो किसी की भी ग़ैरत को चूर कर सकता था।

बताते तो वे थे ही अपने को सौ बरस का, पर जब वे गिरकर उठे तो वाक़ई सौ ही बरस के लग रहे थे। जब वे खड़े थे तो सुंदर सतर, कड़वे तेल की ताज़ी महक में रचे-बसे, धरती पर पैर दिए, सिर पर आसमान उठाए, खड़े थे। जब वे गिरे तो धूल में घिसट रहे थे। आसमान के नीचे दब गए और मिट्टी में मुँह सन गया।

जब वे उठे तो उनका 'डेंचर' नीचे गिरा रहा। श्रुति ने उसे उठाया था और धो-पोंछकर उनकी बगल की मेज़ पर रख दिया।

वहीं वे रखे रहे।

सिर्फ़ मैंने देखा था उसे उन लोगों—वे लोग या ये लोग या जो भी लोग—के पैरों पर गिरकर दद्दू को छोड़ देने के लिए गिड़गिड़ाते।

वह भी एक टुकड़ा था, जो किसी क्रम में चलते-चलते अचानक टकराया और धमाका हुआ और सब बिखर गया....

फ़िलहाल यहाँ रुकती हूँ। कलम नहीं रुकना चाहता, तो भी। सामने ये बैठे हैं, दीवान के चुप साए इनकी आँखों में। दीवान चुप है, उस पर छिटकनेवाली हँसी भी, पर...

चलिए...जहाँ इतनी गवाही दी है—नकल भी गवाही है!—वहाँ अभी के लिए इतनी और!

मैं गवाही दे रही हूँ कि दीवान पर की हँसी भी उठी थी, धीरे-धीरे ऊपर उठी थी, और वहाँ, स्याही आसमान में, पतंग बन गई है, पतंग, जिसकी डोर है ना, होगी ही, यहीं कहीं...यहाँ...कहाँ...?

●●●